나보코프의 러시아 문학 강의

나보코프의 러시아 문학 강의

블라디미르 나보코프 지음
이혜승 옮김

Vladimir Nabokov
LECTURES ON RUSSIAN LITERATURE

을유문화사

옮긴이 이혜승

연세대학교 노어노문학과를 졸업하고 한국외국어대학교 통번역대학원에서 석사,
박사학위를 받았다. 현재 수원대학교 러시아어문학과 교수로 재직 중이며,
한국형 온라인 공개강좌(KMOOC) 플랫폼에서 "글로벌 소통의 중심, 통역과 번역",
"도시와 언어로 만나는 러시아" 강좌를 운영하고 있다. 한국통역번역학회 회장을
역임하였고, 한국과 러시아어권의 국가 정상급 회의 및 국제회의를 통역하고
있다. 저서로는 『은유는 번역될 수 있는가』(2011), 『내게는 특별한 러시아어를
부탁해』(2017), 『통역과 번역의 이해』(2018), 『텍스트유형론』(역, 2021) 등이 있으며,
「내러티브 프레이밍의 관점에서 분석한 The Great Escape: Health, Wealth and
the Origins of Inequality 한국어 번역」(2019), 「Прагмастилистический анализ
разновременных переводов романа Дж. Д. Сэлинджера 《The Catcher in the
Rye》: 《советская школа》 и современный перевод 《без купюр》」(2019),
「톨스토이의 〈부활〉 읽기 – 그 100년의 차이」(2018) 등의 논문이 있다.

나보코프의 러시아 문학 강의

초판 1쇄 발행 2012년 6월 25일
개정판 1쇄 발행 2022년 4월 25일
지은이 | 블라디미르 나보코프
옮긴이 | 이혜승
펴낸이 | 정무영
펴낸곳 | (주)을유문화사
창립일 | 1945년 12월 1일
주소 | 서울시 마포구 서교동 469-48
전화 | 02-733-8153
팩스 | 02-732-9154
홈페이지 | www.eulyoo.co.kr
ISBN 978-89-324-7466-3 03800

옮긴이의 말

유럽 전체를 뒤흔들던 나치의 망령을 피해 1940년 5월 미국으로 이주한 나보코프는 웰즐리, 코넬 등 미국 대학에서 강의하기 위해 강의록을 준비한다. 일일이 손으로 쓰거나 간혹 부인의 도움을 받아 타이핑한 상태로 남아 있던 이 강의록은 그의 사후 『러시아 문학 강의』라는 제목으로 미국에서 출간된다. 19세기라는 암포라를 채우는 여섯 명의 작가를 중심으로 총 열네 편의 작품에 대한 면밀한 해석과 냉철한 평가, 방대한 인용을 담고 있는 『러시아 문학 강의』는 공리주의에 대한 저항과 윤리적·사회적 요소에 대한 비판, 문학은 보편적 관념이 아닌 특수한 형상image에 속한다는 정의를 비롯해 나보코프가 문학이라는 예술에 대해 일관되게 견지하고 있던 태도를 분명하게 보여 준다.

대부분 자필 원고나 메모 형태로 남아 있는 다른 작가에 대한 강의록과는 달리, 고골에 대한 강의록은 나보코프가 1944년 출판한 『니콜라이 고골Nikolai Gogol』의 『죽은 혼』과 『외투』 부분을 발췌한 것이다. 문학은 '사실적인 사람', '사실적인 범죄', '메시지'를 전달해 주어야 하고, 『죽은 혼』에서 농노제, 관료주의가 만들어 낸 속물근성에 대한 폭로를 발견할 수 있다고 믿은 사회적 비평가들에 대해 나보코프는 치치코프의 죄는 관습상의 죄일 뿐 『죽은 혼』 어디에서도 '사실'을 발견할 수는 없다고 강조한다. 또, 다른 사람들의 눈이 곤충의 겹눈이라면 고골의 눈은 진화된 인간의 눈이라고 비유하면서 플류시킨의 정원에 대한 묘사를 자세히 보여 주기도 한다. 설교와 교훈으로 무장한, 죽은 혼이 아닌 산 혼으로 탈바꿈한 2권 집필에 십 년 넘게 집착한 고골의 실패 원인에 대해 나보코프는 1권 속 기괴한 인물들 속에 성직자의 모습을 그려 내는 것 자체가 애초에 불가능했기 때문임을 통찰한다. 창조적 독자를 위한 책이라고 규정한 『외투』에 대한 강의에서는 작품 속 세상을 콘서티나 우주에 비유하며, 푸시킨의 산문이 3차원적이라면 고골은 적어도 4차원적이라고 평가한다.

투르게네프에 대한 강의에서 나보코프는 고골 갤러리에 전시된 그림들이 생동감 넘치는 플랑드르파라면 투르게네프는 부드럽게 채색된 수채화 같은 그림이라고 표현하고 『사냥꾼의 수기』 속 풍경, 사람, 자연에 대한 탁월한 묘사를 높이 평가한다. 하지만 독자의 직관을 위한 공간을 남겨 놓기보다 인물 개개인의 이력에 대한 지루한 설명을 늘어놓고, 후기로 갈수록 예술성보다는 정치 시각이 투영된 작품을 집필한 투르게네프는 그저 읽기 편한 작가일 뿐 위대한 작가는 아니라고 정의한다. 또 투르게네프 최고의 걸작이자 19세기 대작 중 하나로 평가된 『아버지와 아들』의 섬세하고 생생한 색채는 인정하지만 부자연스러운 사건 전환, 테마 이동은 비난한다. 투르게네프의 최악이 고리키를 통해 완벽히 재현되었고, 투르게네프의 최선이 체호프에서 아름답게 승화되었다는 점 이외에 투르게네프, 고리키, 체호프 세 작가 사이에 어떤 연결 고리도 없다는 점을 짚어 내기도 한다.

자신의 입장이 다소 난처하고 곤란하다는 표현으로 시작한 도스토옙스키 강의에서 나보코프는 독서를 즐기지 않는 독자들에게는 혼란스러울 수 있다는 전제하에 도스토옙스키를 권좌에서 끌어내린다. 서구의 고딕풍, 감상주의가 종교적 연민과 결합되어 과장된 감상주의로 거듭난 결과, 도스토옙스키는 유럽 추리 소설의 영향에서 벗어나지 못한 가장 유럽적인 러시아 작가로 치부될 수도 있음을 지적한다. 극작가가 될 운명이었는데 어쩌다 길을 잘못 들어 소설을 쓰게 된 작가처럼 그의 작품 『카라마조프가의 형제들』은 꼭 필요한 만큼의 소품만을 갖춘 연극을 연상시킨다고 꼬집는다. 그는 예술가가 창조하는 세계는 완전히 비현실적일 수 있지만 그것이 존재하는 한 독자들에게 개연성 있게 받아들여져야 한다는 사실을 『햄릿』에 등장하는 아버지의 유령을 통해 강조하고, 이런 의미에서 병든 영혼 속으로 여행 떠난 도스토옙스키를 동행한 결과 과연 예술적 유희를 얻을 수 있었느냐고 독자들에게 반문한다.

시대를 앞선 푸시킨, 레르몬토프 등은 열외로 하고 19세기 위대한 산문 작가 순위에서 1위에 올려놓은 톨스토이를 강의할 때 나보코프는 어느 때보다 환희에 차 있다. 나보코프는 설교자 톨스토이가 지루한 존재임에도 그를 작가 톨스토이와 떼어 놓을 수 없는 이유에 대해 진실은 어떤 경우든 하나 즉 톨스토이 자신이자 예술이기 때문이라는 설명을 덧붙인다. 『안나 카레니나』 속에서 독자의 시간 감각과 정확히 일치하는 작가의 시간, 육체적 사랑과 도덕에 기초한 이상으로서의 사랑을 브론스키-안나, 료빈-키티 간의 관계로 대비시키는 뛰어난 형상화, 프루프루의 허리를 부러뜨리고 안나의 인생을 파괴하는 과정에서 드러난 상징화, 안나와 브론스키 사이의 이중 악몽에 대해 나보코프는 집요하게 파고들며 추적한다. 톨스토이 강의는 『안나 카레니나』 교본을 제작하기 위해 준비해 두었던 것으로 보이는데, 그 속에서 나보코프는 편집자의 말처럼 현기증이 날 정도로 톨스토이의 세계로 빠져든다. 『이반 일리치의 죽음』은 톨스토이가 위대한 소설을 쓰는 일은 죄악이라고 생각하고, 앞으로는 종교적이고 윤리적 색채를 띤 우화나 동화만을 쓰리라는 결심을 이미 굳히고 난 다음, 거의 예순에 가까운 나이에 집필한 작품임에도 불구하고 결국 톨스토이 안의 승자는 설교자가 아닌 예술가임을 보여 준 완벽하고 정교한 걸작이라고 나보코프는 극찬한다.

기본적인 메모 형태로 앞부분만 타이핑되어 있는 체호프에 대한 강의록에서 나보코프는 눈에 드러나는 정치 활동도 하지 않았고, 평범한 사람들의 일상에 사회적·윤리적 시각을 투영하지도 않았지만 러시아의 굶주리고 헐벗은 농민들, 무능해서 애처로운 지식인들의 삶을 어느 누구보다 사실적으로 보여 준 체호프를 전체주의의 호언이 난무하는 세상 속에서 더욱 아낌 받아 마땅한 작가로 높이 평가한다. 그리고 유머를 알기에 더욱 슬프고, 화려한 어휘적 기교나 문장의 굴곡 없이도 대작의 경지에 오른 체호프의 작품들을 가능한 자주 읽으라고 독자들에게 권유한다. 나보코프는 『개를 데리고 있는 부인』을 통해 작가가 선사해 준 예기치 못한 작은 전환과 무겁지 않은 획이 결국 체호프를 다른 모든 러시아 작가들보다 우위에, 고골, 톨스토이와 나란히 자리하게 한 이유라고 설명한다. 그는 체호프가 표방한 행복한 사람들, 부정한 세상 속에서도 온순함과 선량함을 간직한 사람들의 모습을 『골짜기』를 통해 마음껏 보여주고, 장거리보다는 단거리 주자인 체호프가 비록 완벽한 희곡 대작을 만들어 내지는 못했지만 『갈매기』를 통해 결정론적 인과관계의 틀, 극예술을 옥죄고 있던 한계를 극복할 방법을 제시해 주었다는 점을 간파한다.

고리키 강의록은 손으로 대충 쓴 메모 형태로 남아 있는 것이 전부이고 수록된 분량도 많지 않다. 창조적 작가가 되지는 못했지만 당시 러시아 사회 구조를 극명하게 반영한 하나의 현상으로서 고리키의 삶은 주목할 만하다고 나보코프는 지적한다. 빈약한 예술성과 사고의 혼돈을 보상하기 위해 잔혹한 테마, 폭력에 의존할 수밖에 없었던 고리키의 교훈극 같은 이야기 구조를 『뗏목 위에서』를 통해 짚어 낸 나보코프는 결국 그의 문학이 소비에트 문학에 다가가는 걸음일 뿐이라고 평가한다.

『나보코프의 러시아 문학 강의』에는 이 여섯 작가의 작품에 대한 강의록뿐 아니라 1958년 4월 10일 예술의 날 기념으로 코넬 대학에서 진행된 강의 「러시아 작가, 검열관 그리고 독자」를 비롯해 「속물과 속물근성」, 「번역의 예술」 등의 원고도 포함되어 있다. 「러시아 작가, 검열관 그리고 독자」에서 나보코프는 예술가의 영혼을 잠식하려 했던 두 세력을 군주주의 정부와 급진적·사회적 비평가 세력으로 규정하고 당대 최고 지식인 푸시킨을 비롯해 수많은 19세기 예술가들이 이 두 세력 모두에 의해 탄압을 받으며 이중고에 시달렸음을 성토한다. 나보코프는 소비에트의 출범으로 결국 승리를 굳힌 공리주의가 예술에 가한 압박을 통렬히 비판하며 작가를 속물적 도덕주의나 독재자로부터 구원할 수 있는 것은 훌륭한 독자밖에 없음을, 거작 속에서 사실을 찾으려 하지 않고 거작 자체를 발견할 줄 아는 독자밖에 없음을 강조한다. 「속물과 속물근성」을 통해 그는 집단과 시대의 고정 관념에 사로잡혀 있는 속물과 전 세계 모든 계급에서 공통적으로 나타나는 속물근성을 포실러스츠라는 러시아 단어와 연관선 상에서 고찰한다. 번역을 언어가 재탄생하는 진기한 세상으로 명명한 나보코프는 「번역의 예술」에서 세 가지 악과 세 가지 유형의 번역가를 분류하고, 대작을 번역하는 번역가가 갖추어야 할 자질로 역시 세 가지 조건을 제시한다. 작가와 동등한 재능을 가지고 있어야 하고, 두 나라와 두 언어를 철저하게 알고 있어야 하며, 작가의 몸짓과 행동, 생각을 내면화시킬 줄 알아야 한다는 것이다.

언어와 나비를 사랑했던 나보코프가 거듭되는 망명 생활의 슬픔 속에서 생계를 위해 선택한 강의를 통해, 수강생들은 스러져간 기억 속 세계에 대한 회상과 더불어 뛰어난 예술가이기에 가질 수 있었을 깊은 통찰을 함께 나눈다는 사실만으로도 행복하지 않았을까. 나보코프는 단순한 지식의 전달을 넘어 태어나고 자란 그 토양, 그 공기 안에서 러시아 문학을 보여 주고, 좋고 싫음에 대한 분명한 잣대를 제시해 작가와 작품을 만날 수 있게 해 주었기 때문이다. 1940, 1950년대 러시아 문학을 공부하며 그의 강의를 직접 들었던 소수만이 누릴 수 있었던 그 행복은 1981년에 출간된 『러시아 문학 강의』로 더 많은 독자들이 공유할 수 있게 되었다.

'업턴 루이스Upton Lewis', '빵만으로는 악령에 홀릴 수 없다Not by Bread Possessed' 같은 나보코프 특유의 표현 기법, 기존의 소설이나 인명, 지명을 패러디하거나 그중 일부를 잘라 내고 붙여서 독창적 고유 명사를 만들어 낸 언어유희는 비비안 다크블룸Vivian Darkbloom 못지않게 당황스럽다. 도무지 어울리지 않을 듯 보이지만 묘한 조화를 이루는 독특한 수식 어구와 명사의 조합, 러시아와 전 세계의 일류 작가, 화가, 이삼류급 예술가 들을 모두 섭렵한 나보코프의 해박한 지식이 만들어 낸 기발한 비유는 역자의 능력 부족을 매 순간 통감하게 만들었다. 번역 과정에서 역자는 영어 원서와 러시아어 번역서를 하나하나 대조하고, 필요한 경우 특히 이곳저곳에서 불쑥 등장하곤 하는 여러 작가와 작품명에 대한 이해를 돕기 위해 부분적으로 일어 번역서를 참조했다. 굳이 태생적 거리로 따지면 더 가깝다고 할 수 있는 러시아어에 의지하고 경도될 때마다 무임승차하는 기분이 들었고, 그럴 때면 치르치르와 미치르로 변신한 틸틸과 미틸의 운명[1]을 떠올리며 어깨를 늘어뜨린 채 영어로 되돌아가곤 했다.

응당 전문가의 몫이어야 할 기회를 아마추어에게 내어 주신 서울대학교 박종소 교수님, 바쁜 출장 일정에도 불구하고 옮긴이 주 작성에 조언을 아끼지 않으신 러시아 모스크바 국립대학교의 알렉산드르 레데뇨프Aleksandr Ledenev 교수님, 나보코프의 영어 속에서 진주 찾는 다이버마냥 가라앉기만을 반복하던 역자를 수면 언저리로 힘들게 끌고 와 준 윤승희, 역자의 설익은 모국어 틈새를 어떻게든 메우는 데 주저하지 않고 도와준 정정원, 나보코프와 동세기에

---

[1] 마테를링크의 『파랑새 L'Oiseau bleu』에 등장하는 아이들의 이름은 본래 틸틸과 미틸이다. 한국어 번역 시 원서에서 직접 번역하지 않고 일어 번역서에서 중역을 한 결과로 이들은 일본에서 나고 자란 외국인 같은, 치르치르와 미치르라는 이름으로 한국 독자들을 만났고, 한국 대중가요 가사에도 등장하는 영광을 누렸다.

자국 독자들에게 『러시아 문학 강의』라는 경험을 선사해 주고, 뒤늦은 역자의 게으름과 교만을 일깨워 준 러시아어와 일어 역자들에게 기회를 빌려 감사드리고 싶다.[2] 이들의 치밀함과 섬세함, 부지런함에 한참 미치지 못해 번역이 반역이 되고 벨 앵피델Belles Infidèles[3]로 전락한다 한들 그것은 온전히 역자의 모자람 탓임을 죄송한 마음 담아 독자에게 전한다. 나보코프 번역은 절망과의 싸움이라고 표현한 한 역자의 토로에 부끄럽지만 공감하며 오랜 기간 부족한 번역을 기다려 준 을유문화사 편집진, 번역이 끝나기만을 학수고대하는 가족들에게 고마움을 표한다.[4]

체호프 강의록에서 나보코프는 "21세기의 러시아가 지금보다는 더 매혹적인 나라가 되어 있기를 기대한다"고 썼다.

2022년 4월[5]

이혜승

---

2 일어 번역서는 미국에서 『러시아 문학 강의』가 출간된 이듬해인 1982년 출간되었고, 1992년 도쿄 북페어 기념으로 복간되었다. 러시아어 번역서는 1996년 출간되었으며 나보코프가 생전에 발표한 푸시킨, 레르몬토프 등에 대한 여러 에세이를 함께 싣고 있다. 일어 역자는 오가사와라 도요키小笠原豊樹, 러시아어 역자는 이반 톨스토이Ivan Tolstoy다.
3 '아름답지만 부정한 미녀'라는 뜻의 프랑스어. 독자에게 잘 읽히는 번역, 프랑스어의 위상을 높일 수 있는 번역을 하기 위해 원문을 잘라내고 희생시켰던, 17세기 프랑스에서 횡행한 번역 양태를 메나주(1613~1692)가 비판하면서 사용한 용어다. 원문에 대한 충실성보다 번역문 독자를 위한 가독성을 중시한 번역을 지칭할 때 사용된다.
4 작품들에 대한 직접 인용부를 어느 번역서에서 빌려 왔는지는 인용이 시작되는 초반마다 각주를 통해 확인했으며 별도의 인용 확인이 없는 작품들은 역자의 졸역임을 밝힌다.
5 이번 개정판은 2012년 6월 출간된 초판본 원고에서 인명, 지명 등을 국립국어원 외래어 표기법에 맞게 수정하였고, 필요한 경우 일부 표현을 다듬었다.

영문판 편집자의 말

　나보코프 자신이 언급한 대로, 그는 미국 대학에서 강의를 시작하기 전인 1940년, "다행히도 러시아 문학에 대한, 총 2천 페이지에 달하는 1백 개의 강의록을 가지고 있었다. 그 덕분에 웰즐리대학과 코넬대학에서 강의하며 보낸 20년 세월은 행복했다."[6] 미국 대학의 수업 시간인 50분에 정확히 맞게 짜인 이 강의록은 나보코프가 1940년 5월 미국에 도착한 이후부터, 1941년 스탠퍼드대학 서머스쿨에서 첫 강의를 하기 전까지 쓴 것이다. 1941년 가을 학기부터 그는 웰즐리대학 러시아학과 전임 교수로서 언어와 문법을 가르치기 시작했고, 이후 '번역으로 읽는 러시아 문학 고찰' 과목을 개설했다. 1948년부터는 코넬대학 슬라브학과 부교수로 재직하면서 '유럽 산문의 거장들', '번역으로 읽는 러시아 문학' 등의 과목을 가르쳤다.

　『러시아 문학 강의 *Lectures on Russian Literature*』에 소개된 러시

---

6 Nabokov, Vladimir, *Strong Opinions*(New York: McGraw-Hill, 1973), p. 5. *

아 작가들은 '유럽 산문의 거장들'과 '번역으로 읽는 러시아 문학' 수업의 일환으로, 부분적으로 다루어진 작가들이다. '유럽 산문의 거장들' 1학기에는 주로 제인 오스틴, 고골, 플로베르, 디킨스, 그리고 비정기적으로 투르게네프를, 2학기에는 톨스토이, 스티븐슨, 카프카, 프루스트, 조이스 등을 다루었다.[7] 이 책에 포함된 도스토옙스키와 체호프, 고리키 강의 부분은 '번역으로 읽는 러시아 문학' 강의록에 속해 있었다. 나보코프의 아들 드미트리는 이 수업에 몇몇 다른 러시아 작가들도 포함되어 있었다고 했지만, 안타깝게도 강의록은 남아 있지 않다.[8]

『롤리타*Lolita*』의 성공 이후 1958년 강의를 접은 나보코프는 러시아와 유럽 문학에 대한 다양한 강의 경험을 토대로 책을 출판하고자 했지만 성사되지 못했다. 『죽은 혼*Dead Souls*』과 『외투*The Overcoat*』에 대한 강의록을 수정해서 14년 전에 출판한 짧은 책 『니콜라이 고골*Nikolai Gogol*』이 있을 뿐이다. 『안나 카레니나*Anna Karenin*』[9]의 교본 출판 계획도 있었지만 역시 성사되지 않았다. 『러시아 문학 강의』에는 나보코프가 러시아 작가들에 대해 강의했던 강의록 필사본 중 우리가 입수한 모든 자료가 들어 있다.

---

7 비러시아 문학에 대한 나보코프의 강의는 『문학 강의』라는 책으로 출판되었다. Nabokov, Vladimir, *Lectures on Literature*(New York: Hartcourt Brace Jovanovich/Bruccoli Clark, 1980; London: Weidenfeld & Nicolson, 1981). ✳

8 코넬 대학 강의 당시 다루었던 작가들은 푸시킨, 주콥스키, 카람진, 그리보예도프, 크릴로프, 레르몬토프, 튜체프, 데르자빈, 아바쿰, 바튜시코프, 그네디치, 폰비진, 페트, 레스코프, 블로크, 곤차로프 등이다. 이 작가들을 한 강의에서 모두 다루기 위해서는 강의 진행이 매우 빨랐을 것이다. 하버드 대학 초빙 강사 시절인 1952년 봄에는 『예브게니 오네긴 *Eugene Onegin*』 편집을 위해 수집했던 자료를 바탕으로 푸시킨에 대한 강의만 했다. ✳

이 책을 살펴보면 유럽 작가들을 다루었던 『문학 강의Lectures on Literature』와 자료를 제시하는 방법이 사뭇 다른 것을 발견할 수 있다. 유럽 작가들에 대한 강의에서 나보코프는 작가의 개인 이력에는 관심을 두지 않았고, 수업에서 다루지 않는 다른 작품들은 소개하지 않았다. 작가별로 대표작 하나만 선정해 그것에 대해서만 집중적으로 강의했다. 이와 대조적으로 러시아 문학에 대한 강의에서는 각 작가의 간략한 이력을 먼저 소개하고, 그 작가의 다른 작품들에 대해 요약 설명을 한 뒤 작품에 대한 심층 분석에 들어갔다. 스탠퍼드와 웰즐리에서 강의를 처음 시작할 당시 이와 같은 학술적 강의 방식을 택한 것으로 보인다. 여러 지적을 종합해 본 결과, 미국 대학생들이 러시아 문학에 무지하다는 것을 실감한 그는 낯선 작가와 문명을 소개하는 데 이 같은 강의 방법이 적절하다고 생각했던 듯하다. 코넬대학에서 진행한 '유럽 산문의 거장들' 강의에서는 플로베르, 디킨스, 조이스 등 작가 개인에 대해 더 상세히 조명하긴 했지만, 웰즐리 시절의 강의록을 바꾸지는 않았다. 반면에 러시아 문학은 그에게 매우 친숙했기 때문에 코넬에서의 강의는 나보코프 자신이 『강한 견해Strong Opinions』에서 언급한 것처럼 즉흥적 멘트도 늘어나고 더 매끄러웠다. "눈동자를 위아래로 움직이면서 강의하는 방법을 개발했지만, 똑똑한 학생들은 내가 자연스럽게 말하는

---

9 『안나 카레니나』의 영문명은 'Anna Karenina'가 일반적이지만 나보코프는 톨스토이 강의 초반에서 여성의 성을 영어로 표기할 때 남편의 성에 -a를 붙여서 부인의 성을 만드는 러시아식 성명법을 따르지 않는다고 밝혔다. 이로 인해 'Anna Karenina'가 아니라 'Anna Karenin'이 되었다. 본 번역문에 등장하는 작품 및 인물의 영문명은 나보코프의 표기법을 그대로 따름을 밝힌다.

것이 아니라 쓴 것을 읽고 있다고 확신했을 것이다." 그러나 체호프나 특히 톨스토이의 「이반 일리치의 죽음 _The Death of Ivan Ilyich_」의 경우, 실제로 완성된 필사본이 존재하지 않기 때문에 강의록을 읽기만 하는 강의는 불가능했을 것이다.

강의의 구성적 측면보다 더 미묘한 차이점도 발견된다. 19세기 러시아 대작에 대한 강의에서 나보코프는 완전히 득의의 경지에 있었다. 이들이 러시아 문학의 절대적인 거장(푸시킨을 위시해서)이라는 사실 때문이기도 했지만, 나보코프가 경멸했고, 당시 사회 비평 세력과 이후 소비에트 정부가 표방했던 그 공리주의에 대해 이 작가들 역시 반기를 들었기 때문이다. '러시아 작가, 검열관, 그리고 독자'라는 공개 강의를 통해서도 이런 그의 태도를 확인할 수 있다. 실제 수업에서 투르게네프, 도스토옙스키, 고리키가 가지고 있던 사회적 요소는 각각 개탄과 조롱, 맹렬한 비난의 대상이 되었다. 『문학 강의』에서 19세기 프랑스 지방 도시의 부르주아적 삶의 모습을 찾으려는 의도로 『마담 보바리 _Madame Bovary_』를 읽어서는 안 된다고 강조했던 것과 같은 맥락에서, 그는 관찰한 만큼의 삶을 보여 줄 뿐 사회적 측면의 개입을 허락하지 않았던 체호프를 깊이 동경했다. 체호프의 「골짜기 _In the Gully_」는 있는 그대로의 삶, 있는 그대로의 사람들을, 이들을 탄생시킨 사회 체제에 대한 생각으로 왜곡하지 않고 예술적으로 보여 주기 때문이다. 톨스토이에 대해서는 안나의 부드러운 목 위에 드리워진 검은 곱슬머리의 아름다움이 농업에 대한 료빈[10]의 시각보다 예술적으로 더 중요하다는 점을 간과했다고 지적하며 애석해 했다. 이런 예술성은 『문학 강의』에서도 일관되게 강조되었지만, 러시아 문학에 대한 강의에서는 더욱 강경해졌다. 나보코프는 예술의 원칙이 『문학 강의』에서 그가 주장한 대로 1950년대 독자들이 가지고 있던 선입견뿐 아니라, (작가들에게는 이 점이 더 중요한데) 19세기 러시아 비평가들이 보여 준 적대적 공리주의, 이후 소비에트 정부의 교리로 굳어져 승리를 거두고 만 그 공리주의에 대한 저항이라고 생각했기 때문이다.

톨스토이의 세계는 나보코프의 잃어버린 고향을 완벽하게 그려냈다. 이 세계, 이 사람들이 사라진 데서 느꼈던 향수(나보코프는 어린 시절 톨스토이를 만난 적이 있다)로 인해 그는 고골, 톨스토이, 체호프로 이어지는 황금기 러시아 산문이 보여 준 삶의 예술적 표상화를 더욱 강조했다. 미학에서 예술적인 것은 귀족적인 것과 크게 다르지 않다. 나보코프 안에 있는 강한 이 두 가지 성향이 도스토옙스키를 거짓 감상주의라고 강하게 비난했던 행위의 기저에 깔려 있다고 해도 과언이 아니다. 고리키에 대한 경멸 역시 이와 맥을 같이한다. 번역본을 토대로 강의했기 때문에 문체에 대한 섬세하고 정확한 논의는 불가능했지만, 고리키에 대한 그의 반감에는 (정치적 성향은 차치하고) 인물과 상황을 그려 내는 데에 서툴다는 점뿐 아니라, 고리키가 보여 준 프롤레타리아적 문제가 적잖이 작용했음이 분명해 보인다. 도스토옙스키에 대한 비판적 시각에도 그의 문제를 높이 평가하지 않았다는 점이 영향을 주었다. 의미뿐 아니라 소리가 주는 강력한 느낌을 들려주려고 수업 중에 톨스토이 작품을 러시아어로 직접 읽어 준 것은 매우 효과적이었다.

---

10 일반적인 표기는 레빈이지만, 나보코프는 톨스토이가 자신의 이름을 레프가 아닌 료프로 발음했다고 지적하고 그의 선택을 존중하는 의미에서 료빈이라고 발음하고 표기한다. 『안나 카레니나』에 대한 나보코프의 해설 참조(396쪽).

러시아 문학에 대한 강의에서 나보코프가 보여 준 교육적 관점은 『문학 강의』와 큰 차이가 없다. 그는 학생들에게 친숙하지 않은 주제를 강의해야 한다는 점을 인식하고 있었다. 또한 러시아의 르네상스라고 자신이 표현했던 문학 속 사라진 세상의 사람들, 그들의 생생한 삶을 함께 탐닉할 수 있도록 이끌어야 한다는 것도 잘 알고 있었다. 그는 책을 읽으면서 어떤 느낌을 가져야 하는지, 그가 인도하려고 했던 그 감흥에 어떤 반응을 보여야 하는지, 그리고 백해무익한 비평 이론이 아닌 기민하고도 지적인 인식을 바탕으로 어떻게 위대한 문학을 이해해야 하는지 보여 주기 위해 작품 인용과 그에 대한 해석에 많은 시간을 할애했다. 위대한 대작에 대한 감흥을 공유하고, 예술적 가상semblance이기에 더욱 사실적인 다른 세상의 리얼리티 속으로 학생들을 감싸 안기 위해 모든 방법을 동원했다. 그래서 러시아 문학 강의는 공유된 경험을 강조한 사적인 강의였다. 러시아 문학이 주제였기 때문에 디킨스를 마음으로부터 음미하고, 조이스를 통찰하고, 플로베르를 공감했던 문학 강의보다 더 사적일 수 있었다.

하지만 그렇다고 이 강의에 비판적 분석이 부족하다는 뜻은 아니다. 『안나 카레니나』에서 이중 악몽이라는 테마를 지적해 내듯, 그는 숨겨진 중요한 테마를 알기 쉽게 드러내기도 했다. 안나의 꿈은 단순히 죽음의 전조로서의 의미만 갖는 것이 아니다. 나보코프는 안나와 브론스키의 첫 간통에서 안나를 정복한 직후 브론스키의 감정이 갖는 충격적인 의미를 통찰함으로써 이 장면과 안나의 꿈을 불현듯 연관시킨다. 또한 브론스키가 자신의 말 프루프루를 죽이는 경마 장면의 의미도 간과하지 않는다. 안나와 브론스키의 관계는 풍부한 관능성에도 불구하고 영적으로 결실을 맺을 수 없고 이기적인 감정으로 인해 파멸할 수밖에 없는 반면, 키티와 료빈의 결혼은 조화와 책임, 다정함, 진실, 가족의 기쁨이라는 톨스토이적 이상을 실현한다는 점을 꿰뚫어 본 것은 대단한 통찰력이다.

나보코프는 톨스토이의 시간을 다루는 능력에 매료되었다. 독자와 작가의 시간적 감각이 완벽하게 일치함으로써 궁극의 사실성을 느끼게 하는 톨스토이만의 비결을 그는 풀 수 없는 수수께끼로 내버려 둔다. 하지만 안나-브론스키 커플과 키티-료빈 커플 사이를 오가며 솜씨 좋게 시간을 배분하는 톨스토이의 방식을 그는 흥미로울 정도로 매우 상세하게 풀어 나갔다. 그는 생의 마지막 날 모스크바 거리를 마차로 지나가는 안나의 머릿속 생각을 보여 주는 방식에서 톨스토이가 어떻게 제임스 조이스보다 앞서 의식의 흐름 기법을 사용했는지도 지적했다. 한편, 나보코프는 파격을 알아보는 안목도 지녔다. 브론스키 연대의 장교 두 명이 현대 문학에서 최초로 그려진 동성애자들임을 간파한 것이다.

나보코프는 또 평범한 일상을 최고의 가치로 승화시킨 체호프를 열정적으로 보여 주었다. 서술을 방해할 정도로 인물의 개인사를 지루하게 이어 가고, 이야기가 끝난 후 각 인물들에게 무슨 일이 일어나는지 일일이 설명한 투르게네프를 비판하기도 했지만, 그가 선사한 섬세한 묘사, "햇빛에 잠겨 따뜻해진 벽에 붙어 있는 도마뱀"처럼 절제되고 유연한 문체는 높이 평가했다. 『죄와 벌*Crime and Punishment*』에서 라스콜니코프와 창녀가 마주 앉아 성경을 보는 장면에 드러난 도스토옙스키의 감상주의는 비난했지만, 그가 보여 준 거친 유머는 인정했다. 위대한 극작가가 될 수 있었던 도스토옙스키가 『카라마조프가의 형제들 _The Brothers Karamazov_』에서 소설이라는 형식 속에서 몸부림치고 있다는 나보코프의 결론은 예리하다.

이는 비평가뿐만 아니라 훌륭한 스승으로서, 그가 대작가의 경지에 오를 수 있음을 보여 주는 증표다. 특히 가장 환희에 찬 강의이자 이 책의 정수인 톨스토이 강의에서 나보코프는 이따금 현기증이 날 정도로 톨스토이 소설의 상상의 경험 속으로 빠져든다. 『안나 카레니나』를 통해 보여 주는 해석적 묘사는 그 자체로 예술이다.

나보코프가 학생들에게 기여한 최고의 가치는 단순한 경험이 아닌 지식을 바탕으로 한 경험을 공유할 수 있게 해 주었다는 것이다. 그 자신이 창조적 작가였기 때문에 나보코프는 작가들이 서 있던 토양 위에서 그들을 만날 수 있었고, 작품 속 이야기와 인물들을 자신이 이해한 세상 속에서 살아 있게 만들었다. 지적인 읽기가 중요하다고 역설한 그는 디테일을 다룰 줄 아는 독자야말로 대작의 비밀을 풀어내는 열쇠라는 점을 강조했다. 『안나 카레니나』에 대한 그의 해설은 독자로 하여금 소설의 내면을 꿰뚫어 보게 해 주는 보물이다. 작가로서 나보코프가 가지고 있는 특징이라고 할 수 있는 섬세한 디테일에 대한 과학적이면서도 예술적인 접근은 궁극적으로 나보코프 강의법의 핵심이기도 하다. 그는 자신의 감회를 다음과 같이 밝혔다. "강의를 할 때 나는 학생들에게 디테일, 그리고 감각의 불꽃을 타오르게 하는 그 디테일 간의 조화에 대해 정확한 정보를 주기 위해 노력했다. 그것이 없는 책은 죽은 것이나 마찬가지이기 때문이다.[11] 이런 측면에서 보편적 관념은 그 의미를 상실한다. 간통에 대한 톨스토이의 시각은 바보라도 이해할 수 있다. 하지만 진정으로 톨스토이의 예술을 즐기기 원하는 좋은 독자라면 반드시 마음속에 그려 보는 습관을 가져야 한다. 예를 들어, 백 년 전 모스크바와 페테르부르크를 오가는 기차의 객차는 어떤 모습이었을지 상상해 보듯이 말이다." 그리고 그는 이어서 "여기에는 도표가 가장 유용하다"[12]고 덧붙였다. 그래서 『러시아 문학 강의』에는 『아버지와 아들Fathers and Sons』에서 바자로프와 아르카디가 여행했던 경로를 말해 주는 도표, 모스크바에서 페테르부르크까지 브론스키와 같은 기차를 타고 간 안나가 묵었던 침대칸[13]의 모습이 그려져 있다. 키티가 스케이트를 탈 때 입었을 것 같은 드레스도 현대적 삽화를 통해 재현되었고, 사람들이 어떻게 테니스를 쳤고, 아침, 점심, 저녁 식사로 무엇을 언제 먹었는지에 대한 이야기도 들을 수 있다. 사실에 대한 과학자적인 숭배는 상상력의 극치를 이루며 복잡하게 얽힌 격정의 흔적에 대한 작가 고유의 이해와 결합되었다. 그것은 철저하게 나보코프적이며, 러시아 문학 강의가 선사하는 진정한 가

---

11 같은 페이지에서 존 사이먼은 이렇게 말했다. "나보코프는 사실이라 불리는 소극적 farcical이고 사기 같은 리얼리티를 거부하고, 사실의 모사resemblance가 아닌 그 가상 semblance을 요구했다. 조이스의 더블린, 1870년 페테르부르크와 모스크바를 오가던 침대칸의 모습을 알지 못하면 『율리시스』와 『안나 카레니나』를 이해할 수 없다는 것이다. 다시 말하면, 작가는 독자를 위대한 비현실의 세계, 혹은 더 위대한 현실의 세계로 끌어들이기 위한 미끼로 몇 가지 사실을 이용한다는 것이다."("The Novelist at the Blackbord", *The Times Literary Supplement*, April 24, 1981, p. 458) 독자가 상세한 디테일을 이해하지 못하면 작품의 상상 속 현실을 함께할 수 없다. 나보코프가 안나가 페테르부르크로 타고 갔던 기차에 대해 자세하게 설명해 주지 않았다면 그 악몽의 모티브가 이해되지 않았을 것이다. *

12 『*Strong Opinions*』, pp.156~157. *

13 톨스토이가 'sleeping car'라고 표현한 것이다. 나보코프가 당시의 침대칸이 침대가 없이 팔걸이의자와 발 뻗을 공간만 있었다는 점을 지적했기 때문에 『안나 카레니나』 본문에서는 '수면 차'라고 번역했다.

치이기도 하다.

이것이 나보코프의 교수법이다. 그리고 그 결과물은 나보코프와 수강생, 독자 사이에 공유된 따스한 경험이다. 그들 모두는 스스로가 위대한 예술가인 비평가들만이 가질 수 있는 감성을 통한 소통에 행복했을 것이다. 문학 속에서 그가 그토록 통렬하게 느꼈던 마법, 그것이 이 강의를 통해 우리가 얻을 수 있는 즐거움이자 다음의 일화가 선사해 주는 기쁨이다. 1953년 9월, 코넬의 첫 번째 문학 수업에서 나보코프는 학생들에게 수업을 수강하는 이유를 적어서 제출하라고 했다. 다음 시간에 나보코프는 한 학생이 적은 답을 이야기해 주었다. "이야기를 좋아하기 때문입니다."

프레드슨 바우어

일러두기
원주는 각주의 문장 끝에 *를 표시했습니다. *가 없는 각주는 옮긴이 주입니다.

차례

옮긴이의 말 · 5

영문판 편집자의 말 · 13

러시아 문학 강의를 시작하기에 앞서 · 25

러시아 작가, 검열관, 그리고 독자 · 27

니콜라이 고골 1809~1852

죽은 혼 1842 —————————————————————— 53

외투 1842 —————————————————————— 120

이반 투르게네프 1818~1883

이반 투르게네프 —————————————————————— 135

아버지와 아들 1862 —————————————————————— 150

표도르 도스토옙스키 1821~1881

표도르 도스토옙스키 —————————————————————— 195

죄와 벌 1866 —————————————————————— 216

지하 생활자의 수기 1864 —————————————————————— 225

백치 1868 —————————————————————— 245

악령 1872 —————————————————————— 250

카라마조프가의 형제들 1880 —————————————————————— 257

레프 톨스토이 1828~1910

안나 카레니나 1877 ——————————————— 267

이반 일리치의 죽음 1886 ——————————————— 430

안톤 체호프 1860~1904

안톤 체호프 ——————————————— 447

개를 데리고 있는 부인 1899 ——————————————— 465

골짜기 1900 ——————————————— 479

갈매기 1896 ——————————————— 512

막심 고리키 1868~1936

막심 고리키 ——————————————— 539

뗏목 위에서 1895 ——————————————— 550

속물과 속물근성 · 557

번역의 예술 · 565

맺으며 · 576

러시아 문학 강의를 시작하기에 앞서

국가라는 비대한 문어가 이끄는 대로 고분고분한 손들이, 그저 시키는 대로 움직이는 촉수들이 문학이라는 강렬하고도 근사한 자유를 얼마나 엉망으로 만들어 버렸는지 보고 있노라면, 모순이 주는 안도와, 경멸이라는 호사를 떨쳐버릴 수가 없다. 더불어 나는 혐오를 간직하는 법을 배웠다. 강한 혐오를 통해 내 나름대로 러시아 문학의 정신을 지켜낼 수 있음을 알았기 때문이다. 창조의 권리만큼 중요한 것이 비평의 권리다. 이것은 사고의 자유, 표현의 자유가 줄 수 있는 가장 풍요로운 선물이다. 여러분과 같이 자유를 누리며, 영혼의 자유를 억압하지 않는 곳에서 나고 자란 이들은 먼 나라에서 죄수 같은 삶을 살아가는 사람들의 이야기를 방금 그곳에서 뛰쳐나온 도망자들이 퍼뜨린 과장일 뿐이라고 치부해 버릴지도 모른다. 어떤 나라에서는 거의 사반세기 동안 노예를 사고파는 회사의 선전문구가 유일한 형태의 문학이었지만, 책을 읽고 쓰는 일이 의견을 갖고 표현하는 일과 동일시되는 나라에서 사는 이들에게는 좀처럼 믿기 어려운 상황일 것이다. 하지만 믿을 수 없다 하더라도, 적어도 상상은 할 수 있을 것이다. 그런 상상을 하는 것만으로도 자유로운 인간이 자유로운 인간을 위해 쓴 진정한 책의 가치가 무엇인지 다시금 순수한 깨달음과 자부심을 느끼게 될 것이다.★

★ 이 글은 별도의 제목 없이 18이라는 번호가 붙은 한 장짜리 원고로, 나보코프가 위대한 러시아 작가들에 대한 강의를 시작하기에 앞서 소비에트 문학을 간략히 소개한 강의 서두 부분의 유일한 기록이다.

러시아 작가, 검열관, 그리고 독자[14]

'러시아 문학'이라고 부르는 것, 그 개념 자체에 대해 비러시아인들은 19세기 중반부터 20세기 초에 이르기까지 대여섯 명의 위대한 작가들이 배출되었다는 사실을 우선 떠올린다. 산문뿐 아니라 번역 불가한 시인들까지 포함시키는 러시아 독자들에게는 그 범주가 더 확장되지만, 이들 역시 러시아 문학이라고 하면 눈부신 대작들이 탄생한 19세기에 초점을 맞춘다. 다시 말하면, '러시아 문학'은 최근의 사건이다. 게다가 특정 시기에 국한되어 있기 때문에 외국인들은 러시아 문학을 이미 완성되고 종결된 것으로 보는 경향이 있다. 이는 지난 40년간 소비에트 체제 아래에서 보잘것없는 주변 문학들만 만들어졌기 때문이기도 하다.

나는 19세기 초 이후 배출된 러시아 산문과 운문 작품들 중 가장 뛰어난 것들을 뽑아서 그 분량을 세어 본 적이 있는데, 일반 식자로 2만 3천 페이지였다. 프랑스 문학도 영문학도 그렇게 압축하기는

---

14 이 강의는 1958년 4월 10일 예술의 날 기념으로 코넬대학에서 진행되었다. *

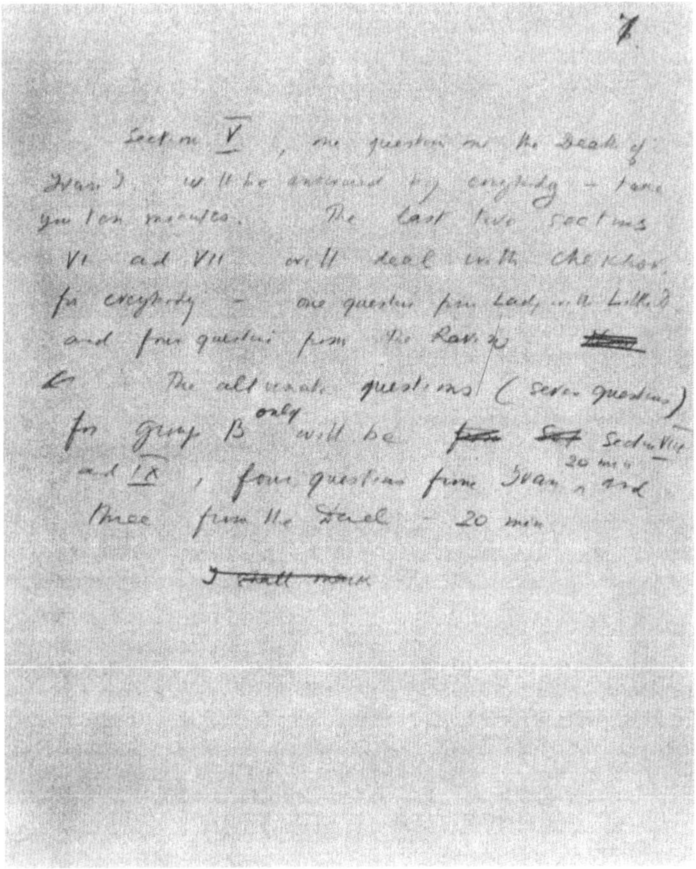

나보코프의 '러시아 작가, 검열관, 그리고 독자' 강의록 첫 페이지

Russian Writers, Censors and Readers

(read at Festival of Arts, Cornell, 10 April 1958)

No *Шкрапеls на табb*

The notion: "Russian literature" -- "Russian literature" as an immediate idea, this notion in the minds of non-Russians is generally limited to the awareness of Russia's having produced half a dozen great masters of prose between the middle of the Nineteenth century and the first decade of the Twentieth. This notion is ampler in the minds of Russian readers since it comprises in addition to the novelists -- some of them unknown here -- a number of untranslatable poets; but even so, the native mind remains focussed on the resplendent age of the Nineteenth century. In other words "Russian literature" is a recent event. It is also a limited event, and the foreigner's mind tends to regard it as something complete, once for all. This is mainly due to the bleakness of the typically regional literature produced during the last four decades under the Soviet rule.

I calculated once that the acknowledged best in the way of Russian fiction and poetry produced since the beginning of last century runs to about 23,000 pages of ordinary print. It is evident that neither French nor English literature can be so compactly handled. They sprawl over many more centuries, the number of masterpieces is formidable -- and this brings me to my first point. If we exclude one medieval masterpiece, the beautifully

불가능하다. 왜냐하면 이들 문학은 몇 세기에 걸쳐서 발전해 왔고, 대작들의 수만 해도 어마어마하기 때문이다. 이로써 첫 번째 결론이 가능해진다. 한 편의 중세 시대 걸작[15]을 제외하면, 러시아 산문은 19세기의 암포라[16] 안에 다 들어가고, 지금까지 쌓인 나머지 산문들은 크림용 작은 사기그릇 안에 들어갈 정도에 불과하다는 것이다. 문학적 전통이 전무했던 러시아는 오직 19세기만으로 예술적 가치나 세계적 영향력 등 분량을 제외한 모든 면에서 오래전부터 대작들을 배출해 온 영문학과 프랑스 문학의 빛나는 성과에 견줄 수 있다. 새로운 문명에서 이 같은 미학적 가치의 기적적인 분출이 가능했던 것은 19세기 러시아가 정신적 성장과 관련된 다른 분야에서도 비정상적인 속도로 오래전 서구 국가들이 이루었던 문화 수준을 달성했기 때문이다. 나는 이런 과거 러시아 문화가 아직 러시아 역사에 대한 외국인들의 인식 속에 제대로 자리 잡지 못했다고 생각한다. 혁명 이전 자유로운 사고의 발전은 1920, 1930년대 공산주의 선동에 의해 완전히 왜곡되었다. 공산주의자들은 러시아 계몽의 공을 자신들에게 돌렸다. 물론 푸시킨이나 고골 시대에도 화려하고 밝게 빛나는 창문 너머 고요히 내리는 눈발의 베일 속에서 대다수의 소외된 러시아인들이 추위에 떨고 있었다는 점은 부인할 수 없다. 이것은 수많은 사람들의 초라한 삶, 재앙으로 점철되어 있던 나라에 고도로 정제된 유럽 문화가 너무 빨리 들어왔기 때문에 빚어진 결과다. 이것은 별개의 문제다.

---

15 나보코프 자신이 영어로 번역한 바 있는 『이고리 원정기The Song of Igor's Campaign』를 뜻한다.

16 amphora. 고대 그리스와 로마 시대에 쓰던, 손잡이 달린 항아리

별개의 문제가 아닐지도 모르겠다. 러시아 문학사를 돌이켜 보면서, 아니 더 정확하게는 예술가의 혼을 장악하려 했던 세력들을 규정하는 과정에서, 운이 좋다면 영원한 예술적 가치와 혼란스러운 세상 속 고통 간의 간극으로 인해 진정한 예술이 가지게 되었던 깊은 비애를 더듬어 볼 수 있을지도 모르겠다. 문학이 당대에 관한 최신 가이드북 역할을 하지 않는 이상, 그것을 사치품이나 장난감에 불과하다고 치부하는 세상을 비난할 수는 없을 것이다.

한 가지 위안이 있다면, 자유 국가에서는 가이드북을 만들어 내라고 강요하지 않는다는 것이다. 이런 제한된 시각에서 본다면 19세기 러시아는 이상하게도 자유로운 국가였다. 책 출판을 금지하거나 작가들을 유배시키고, 엉터리 검열을 하고, 구레나룻을 기른 차르가 검열과 금지를 좌지우지하는 등 모든 작가들에게 국가가 원하는 것을 쓰게 하는, 소비에트 시대에 고안된 이런 모든 놀라운 방법이 제정 러시아에서는 없었다. 물론 그런 방법을 찾고 싶어 하는 반동 관료들은 있었지만 말이다. 열렬한 결정론 지지자라면 이에 대해 반박할지도 모르겠다. 민주주의 국가에서도 독자가 선호하는 기사를 쓰도록 강요하기 위해 작가들에게 재정적 압박을 가하기도 하기 때문에, 정치색 짙은 소설을 쓰도록 강요하는 경찰국가적 직접 압박과 이와 같은 자유 국가의 압박은 정도의 차이에 불과하다고 말이다. 하지만 그것은 옳지 않다. 자유 국가에는 다양한 매체와 철학적 체계가 존재하지만, 독재 국가에는 단 하나의 정부만이 있기 때문이다. 이것은 질적으로 다른 문제다. 미국 작가로서 내가 독특한 소설을 썼다고 가정해 보자. 행복한 무신론자이자 어딘가 특이한 보스턴의 한 시민이 역시 무신론자인 아름다운 흑인 여성과 결혼해서 불가지론을 신봉하는 어리고 영리한 아이들을 낳고 행복하고 단란하게 백여섯 살까지 살다가 밤잠을 자던 중 죽었다는 식의 이야기라고 가정해 보자. 아마 출판사에서는 내게 이렇게 말할 것이다. "나보코프 씨, 당신의 비범한 재능에도 불구하고 이 책을 출판할 회사를 찾을 수 없을 것 같은 느낌(이런 경우, 우리는 생각을 한다기보다는 느낀다)이 듭니다. 그 책을 팔 서점을 찾을 수 없기 때문이죠." 이것은 출판사의 의견이고 모든 사람은 의견을 가질 권리가 있다. 행여 어떤 미심쩍은 회사에서 이 행복한 무신론자에 대한 이야기를 실험적으로 출판한다고 해도 그런 작품을 썼다고 나를 혹독한 알래스카 벌판으로 유배 보내는 일은 벌어지지 않는다. 다른 한편으로 미국 작가들은 자유 기업이나 새벽 기도의 행복을 칭송하는 격조 높은 소설을 써 달라는 국가의 명령을 받지도 않는다. 소비에트 이전의 러시아에서도 제약이 없었던 것은 아니지만, 적어도 예술가에게 명령을 내리는 일은 없었다. 19세기의 화가, 작가, 작곡가들은 전제주의와 농노 제도가 존재하는 나라에 살기는 했지만, 이후 소비에트 시대에 태어난 자신의 손자들은 가지지 못한 하나의 특권을 가지고 있었다. 오늘날이 되어서야 제대로 평가할 수 있게 된 그 특권은 바로 그들은 전제주의와 농노제가 없다고 거짓말하라는 강요는 받지 않았다는 사실이다.

　예술가의 혼을 소유하려 하고 그 작품에 평가의 잣대를 들이댄 세력을 둘 꼽자면, 그중 하나는 정부였다. 특이하고 독창적인 모든 것은 불온한 것이고 혁명을 향한 지름길이라는 확신이 한 세기 동안이나 지속되었다. 여기에 가장 큰 경계심을 보인 것은 1830~1840년대 니콜라이 1세였다. 그의 냉혹함은 후임 통치자들이 보였던 비속함보다 더 강력하게 러시아의 삶을 지배했고, 문학에 대한 그의 관심은 그것이 진심에서 우러난 것이었다면 감동적이었을 만큼 지대했다. 그는 놀랄 만큼 고집스럽게 러시아 문학의 모든 것이 되고자 했다. 러시아 문학의 생부이자 대부가 되고자 했고, 보모와 유모, 교도관이자 비평가가 되고자 했다. 군주로서 보여 주었던 자질이 무엇이었든 간에, 러시아 문학에 대한 그의 태도는 최악의 경우 잔인한 깡패, 좋아 봐야 광대에 가까웠다. 그가 실시한 검열은 1860년까지 남아 있었고, 1860년대 대개혁 시기에 잠시 주춤했다가 19세기 말 다시 거세졌다. 그리고 20세기 초 잠시 잠잠해졌다가 소비에트 혁명 이후 무섭고 끔찍한 모습으로 부활했다.

19세기 전반, 오지랖 넓은 관료들, 바이런을 이탈리아 혁명가라고 생각했던 경찰 고위 간부들, 거만한 늙은 검열관과 정부에 기생한 기자들, 그리고 조용하지만 정치적으로 민감하고 용의주도한 교회까지, 한마디로 군주제와 종교적 광신, 그리고 관료적 비굴함의 조합은 예술가들을 강하게 압박했지만, 동시에 예술가들로 하여금 천 가지나 되는 교묘하고 흥겹고 반체제적인 방법으로 권력을 풍자하고 조롱할 수 있게 해 주었다. 아둔한 정부는 이에 대적할 수 없었다. 바보는 위험하다. 하지만 유약한 바보는 그 위험을 최고의 스포츠로 둔갑시킨다. 혁명 전 러시아의 관료들은 수많은 단점을 가지고 있었지만, 뛰어난 장점도 가지고 있었다. 머리가 모자란다는 것이었다. 비속한 표현에 대한 단속을 넘어 알아듣기조차 힘든 정치비유를 풀어내야 했던 검열관들은 골치가 아팠다. 니콜라이 1세 통치기의 러시아 시인은 늘 조심해야 했고, 파르니와 볼테르 같은 대담한 프랑스 작가들을 모방하려는 푸시킨식의 시도는 쉽게 검열

대상이 되었다. 하지만 산문은 고결했다. 다른 문학에 있는 생생하고 노골적인 르네상스 문학[17]의 전통이 없었던 러시아 소설은 지금까지 순결의 표본이 되어 왔다. 당연히 소비에트 문학은 순수 그 자체였다. 『채털리 부인의 사랑 *Lady Chatterley's Lover*』같은 러시아 문학은 상상조차 할 수 없다.

예술가와 대치했던 첫 번째 세력이 정부였다면, 두 번째 세력은 반정부적, 사회적, 실용주의적인 비평가와 정치적, 시민적, 급진적인 사상가들이었다. 전반적인 문화, 솔직함, 지향하는 바, 지적 활동, 인간성 면에서 이들은 정부가 먹여 살렸던 사기꾼들이나 흔들리는 왕권 주변에서 얼쩡거리던 무지한 반동주의자들보다는 훨씬 우위였다. 급진적 비평가들은 민중의 안위만 걱정했고, 문학·과학·철학을 빈곤층의 사회·경제적 지위 향상과 정치 체제 변화의 수단으로만 여겼다. 그들은 청렴하고 영웅적이었으며, 유배의 괴로움에 굴복하지 않았고, 예술의 섬세함 따위에는 무관심했다. 폭정에 대항했던 이런 사람들을 예로 들면, 1840년대의 맹렬한 벨린스키, 1850년대와 1860년대 불굴의 체르니솁스키와 도브롤류보프, 좋게 말해 따분한 미하일롭스키, 그리고 수십 명의 정직하고 고집 센 사람들을 들 수 있다. 이 모두는 하나의 경향으로 묶을 수 있다. 그것은 구 프랑스 사회주의와 독일 유물론에 뿌리를 두고 있고, 혁명적 사회주의와 최근의 완강한 공산주의의 전조가 된 정치적 급진주의다. 이것을 서유럽과 미국의 계몽 민주주의나 순수한 의미의 러시아 자유주의와 혼동해서는 안 된다. 1860, 1870년대 오래된 신문을 뒤적

---

[17] 러시아어 번역서에는 '라블레풍'의 전통이라고 되어 있다.

여 보면 이들이 절대 군주제 하에서 얼마나 극단주의적인 주장을 했는지 깜짝 놀랄 것이다. 좌파 비평가들은 많은 장점에도 불구하고 예술에 관해서는 정부와 마찬가지로 문외한이었다. 정부와 혁명주의자, 차르와 급진주의자들은 모두 예술에 대해서는 똑같은 속물이었다. 폭정을 뿌리 뽑고자 했던 좌파 비평가들은 다시금 자신들의 폭정을 심어 놓았다. 그들이 강제하고자 했던 주장, 설득, 이론은 정부가 고수한 구습만큼이나 예술에 무관심했다. 작가들에게 요구된 것은 사회적 메시지였지 무의미한 말들이 아니었다. 책은 민중에게 실질적인 이익을 가져다줄 수 있을 때만 유용했다. 그들의 열의에는 치명적인 결함이 있었다. 대담하고 용감하게 그들은 자유와 평등을 외쳤지만, 예술을 정치에 종속시키려 함으로써 자신들의 신념에 모순되는 결과를 초래했다. 차르가 작가들을 국가에 복무시키려 했다면, 좌파 비평가들은 민중에게 복무시키려 한 것이다. 이러한 두 가지 방향의 사고는 서로 만나서 힘을 합하고, 마침내 오늘날 헤겔 변증법의 결과로 탄생한 새로운 체제가 민중이라는 개념과 국가라는 개념을 결합시키기에 이른 것이다.

1820, 1830년대 작가와 비평의 충돌을 극명하게 보여 주는 예로 러시아 최초의 위대한 작가 푸시킨을 들 수 있다. 니콜라이 1세와 당시 관료 집단은 푸시킨 때문에 극도로 예민했다. 푸시킨은 다른 작가들이 했던 것처럼 적당한 관직에 앉아 국가에 충실하게 봉사하고 (굳이 글을 써야 한다면) 전통적 가치를 찬양하는 글이나 쓰는 대신, 극도로 대담하고, 극도로 독립적이고, 사악하기 짝이 없는 시를 썼기 때문이다. 게다가 그런 시들이 지향하는 세련된 작시법, 대담하게 표현된 감각적 환상, 폭정을 휘두르는 자들에 대한 조롱 속

에는 사고의 자유라는 위험 요소가 내재해 있었다. 교회는 그의 경솔함을 개탄했다. 경찰 관리들과 고위급 관료들, 정부에 매수된 비평가들은 얄팍한 시인이라는 굴레를 씌웠고, 정부의 문서를 베끼는 일을 단호히 거절했다는 이유로 당대 유럽의 가장 대표적 지식인이었던 그는 어중이 백작과 떠중이 장군[18]에 의해 무식쟁이, 지진아로 폄하되었다. 푸시킨의 재능을 압살하기 위해 정부는 금지 조치, 극심한 검열, 끈질긴 설교, 자애로운 훈계 등을 거듭했고, 그를 프랑스 귀족 출신의 보잘것없는 사기꾼과 결투하게끔 몰아넣은 페테르부르크의 악당들에게 호의를 베풀었다.

다른 한편으로 막강한 영향력을 가지고 있던 좌파 비평가들, 절대 군주제 하에서도 혁명적인 시각과 의견 피력을 서슴지 않았던 이 급진주의자들은 푸시킨의 짧은 생애 마지막 몇 년 동안 맹위를 떨쳤다. 이들 역시 민중과 사회적 평등에 복무하는 대신 믿을 수 없는 용기와 시적 생명력으로 이 세상의 모든 것에 대해 극도로 절묘하고 극도로 자율적이며 극도로 상상력이 풍부한 시를 써 내려간 푸시킨이 마음에 들 리 없었다. 크고 작은 압제자에 대한 태연한, 너

---

18 영어 원서에는 'Count Thingamabob', 'General Donner-wetter'로, 러시아어 번역서에는 튜트킨 백작과 레드킨 장군граф Тютькин и генерал Редькин으로 되어 있다. 이들은 실존 인물이 아니라, 푸시킨을 비판했던 세력을 통칭하기 위해 나보코프가 만들어 낸 가상의 인물이다. 웹스터 사전에는 Thingamabob이 '분류하기 애매하고 이름도 알 수 없는, 알았더라도 생각나지 않는 어떤 것'으로 기록되어 있다. Donner-wetter는 영어로 직역하면 'thunder weather'가 되는, 독일계 미국 이민자들 사이에 통용되던 욕설이다. 나보코프가 부정적 뉘앙스를 가지는 '캐릭토님'을 이들에게 붙인 것은 극도의 경멸, 멸시의 의미를 전달하기 위해서다. 튜트킨과 레드킨의 조합은 러시아어로 아주 어리석고 작고 건방진 사람, 얼간이 같은 아이들이나 정신 나간 노인들을 지칭한다. 본 번역서에서는 여러 방면에서 모여든 탐탁지 않은 사람들을 뜻하는 '어중이떠중이'를 이용했음을 밝힌다.

무도 태연한 풍자를 통해 드러나는 푸시킨의 다양한 관심사 역시 혁명 사상을 약화시킬 수 있다는 이유로 경계 대상이 되었다. 푸시킨 시의 대담함은 귀족적 장신구로, 그의 예술적 고고함은 사회적 범죄로 치부되었다. 정치적 비중이 있는 평범한 작가들은 그를 얄팍한 시인으로 묘사했다. 1860, 1870년대의 저명한 비평가와 오피니언 리더들은 푸시킨을 저능아라 불렀고, 러시아인들에게 필요한 것은 좋은 부츠 한 켤레지 푸시킨과 셰익스피어의 작품이 아니라고 역설했다. 극단적 급진주의자들과 극단적 군주주의자들이 러시아의 가장 위대한 시인에 대해 사용했던 수식 어구를 비교해 보면 그 유사함에 놀라지 않을 수 없다.

1830년대 말과 1840년대에 활동한 고골의 경우는 좀 달랐다. 우선 『검찰관*The Government Inspector*』과 『죽은 혼』은 그의 상상의 결과물이고, 그 자신이 만들어 낸 기괴한 도깨비들이 등장하는 악몽이라는 사실을 짚고 넘어갈 필요가 있다. 이들 작품은 당시 러시아의 모습을 반영하는 것이 아니고 그렇게 될 수도 없다. 다른 여러 이유를 차치하고 그는 러시아를 잘 몰랐다. 『죽은 혼』의 속편을 집필하지 못한 것도 그의 상상이 만들어 낸 작은 인물들을 국가 도덕의 증진을 목적으로 하는 사실주의적 작품에 이용하기에는 그가 가지고 있는 정보도 능력도 부족했기 때문이다. 하지만 급진주의 비평가들은 그의 희곡과 소설 속에서 뇌물과 문란한 삶, 국가의 부당함, 농노제에 대한 비판을 발견했고, 고골의 작품에서 혁명적 생각을 읽었다. 보수 인사들과 친분이 있던 소심한 모범 시민 고골은 자신의 작품에서 발견된 것에 겁을 집어먹은 나머지, 다음 작품부터는 혁명과 거리가 멀고 종교적 전통과 이후 자신이 발전시킨 신비주의에 부합하는 작품을 쓰고 있음을 계속 증명하고자 했다. 도스토옙스키는 젊은 시절 정치적 성향으로 인해 유형에 처해졌고 처형당할 위기까지 겪었다. 그러나 이후 그는 겸허와 굴복, 고통의 미덕을 찬양하기 시작했고, 급진주의 비평가들로부터 난도질을 당했다. 톨스토이 역시 귀족 신사 숙녀들의 낭만적인 사랑을 묘사했다는 이유로 비평가들의 공격 대상이 되었고, 교회는 그가 감히 자신의 신앙을 포교하려 했다는 이유를 들어 그를 파문했다.

이런 예만으로도 충분하다. 19세기 거의 모든 위대한 러시아 작가들이 이와 같은 이중고에 시달렸다고 해도 과언이 아니다.

황홀한 19세기가 끝났다. 체호프는 1904년, 톨스토이는 1910년에 사망했다. 신세대 작가들이 등장했고, 마지막 햇살, 재능의 열광적 분출이 일어났다. 혁명이 일어나기 전 20년 동안 시와 산문, 회화에서 모더니즘이 번창했다. 제임스 조이스에게 영향을 미친 안드레이 벨리, 상징주의자 알렉산드르 블로크, 그리고 여러 아방가르드 시인들이 전면에 등장했다. 2월 혁명 이후 1년이 채 지나지 않았을 때, 볼셰비키는 케렌스키 민주 정부를 전복시키고 자신들의 테러 통치를 출범시켰다. 대부분의 러시아 작가들은 외국으로 떠났고, 미래주의 시인 마야콥스키와 같은 몇 명만이 남았다. 해외 평론가들은 아방가르드 문학과 아방가르드 정치를 혼동했고, 소비에트 정부는 국외에서 체제를 선전할 때 이러한 혼동을 열심히 이용하고 발전, 유지시켰다. 예술에 대한 레닌의 취향은 속물적·부르주아적이었고, 탄생 초기부터 소비에트 정부는 저속하고 주변적인, 정치적이고 경찰적인, 보수적이고 진부한 문학을 위한 토대를 닦았다. 소비에트는 제정 러시아 시대의 소심하고 미온적이고 뒤죽박죽인

정책과 차별되는 솔직함으로 문학은 국가의 '수단'임을 천명했다. 그리고 지난 40년간 시인과 경찰 간의 이 행복한 합의는 매우 지적으로 지켜졌다. 그 결과 탄생한 것이 이른바 소비에트 문학이다. 그것은 진부한 부르주아적 문제와 이런저런 국가의 사상에 대한 절망적일 만큼 단조로운 해석으로 대변된다.

서구 파시스트와 볼셰비키가 가지고 있던 문학관에 어떤 차이도 없다는 점은 흥미롭다. "예술가의 인성은 자유롭게 제약 없이 개발되어야 한다. 우리가 요구하는 한 가지는 우리의 신념을 인정하는 것이다." 이것은 히틀러 정부 시절 문화부 장관을 맡았던 나치스트 로젠베르크가 한 말이다.[19] "모든 예술가는 자유롭게 창작할 권리가 있다. 그러나 우리 공산주의자들은 계획에 따라 예술가를 인도해야 한다." 이것은 레닌의 말이다. 이는 두 사람의 말을 직접 인용한 것으로, 슬픈 결과를 낳지만 않았다면 그 유사함이 제법 흥미로웠을 것이다.

'우리가 너희의 펜을 인도한다.' 이것은 공산당이 가지고 있던 문학에 대한 기본법이었고, 이는 곧 '중차대한' 문학의 등장을 가져와야 했다. 법의 섬세한 변증법적 촉수가 추구한 다음 단계는 국가의 경제 체계처럼 작가의 작품 활동을 계획하는 것이었다. 작가들은 공산주의 관리들이 엷은 미소를 지으며 '주제의 무한한 다양성'이라고 지칭했던 다양성을 부여받았다. 경제, 정치 노선의 변화는 곧 문학의 변화를 암시했기 때문이다. 오늘의 주제가 '공장'이었다면

---

19 알프레트 로젠베르크는 독일 민족 사회주의 진영의 사상가 중 하나였으며, 문화부 장관을 역임한 사실이 없다. -러시아어 번역서 옮긴이 주

내일은 '집단 농장', 그다음은 '사보타주', 그다음은 '붉은 군대', 이런 식이었다(이 얼마나 다양한가?). 소비에트 소설가들은 모범적 병원에서 모범적 광산으로, 댐으로 가쁘게 숨을 몰아쉬고 몸부림치며 질주해야 했다. 신속하게 글을 쓰지 않으면 자신이 칭송했던 강령이나 영웅이 책이 출판될 때쯤 이미 쫓겨나거나 없어져 버릴 수도 있다는 치명적인 두려움이 있었기 때문이다.

40년간의 절대 통치 기간 동안 소비에트 정부는 예술에 대한 통제를 놓은 적이 없다. 이따금 추이를 살피기 위해 나사를 풀어 주기도 하고 개인의 자기표현에 대해 약간 양보를 하기도 한다. 해외의 낙관주의자들은 새 책이 나오면 아무리 평범한 작품이라도 하나의 정치적 저항이라고 칭송한다. 『고요한 돈강 *All Quiet on the Don*』, 『빵만으로는 악령에 홀릴 수 없다 *Not by Bread Possessed*』,[20] 『모모 씨네 오두막 *Zed's Cabin*』[21]처럼 묵직한 베스트셀러들, 진부함의 극치이자 고루함의 대명사라 할 수 있는 작품들이 해외 비평가들에 의해

---

20 이 가상의 작품명은 블라지미르 두진체프의 『빵만으로는 살 수 없다 *Not by bread alone*』와 도스토옙스키의 『악령 *Possessed*』, 두 소설의 제목이 조합된 것이다. 두진체프의 작품이 출간(1956)된 후 소련에서 '빵만으로는 사람이 살 수 없다'라는 표현이 유행했고, 그것을 나보코프가 작품명으로 패러디한 것이다. 이 작품에서 중심이 되는 풍자 대상은 도스토옙스키의 『악령』이다.

21 미국의 사실주의 작가 해리엇 비처 스토의 『톰 아저씨의 오두막』에 비유한 가상의 작품명이다. 영어 원서에는 『*Zed's Cabin*』으로, 러시아어 번역서에는 『Хижина дяди Икс』, 즉 『X의 오두막』이라고 번역되어 있다. 나보코프는 『톰 아저씨의 오두막』을 거짓 감상주의로 가득 찬 문학적 비속함의 대명사로 여겼다. 특히 그는 여성 작가에 대해서 극도로 비판적인 입장을 가지고 있었다. 『*Zed's Cabin*』에서 Zed는 영어 알파벳의 마지막 문자 Z를 뜻하는데, 마지막 철자를 가상의 책이름에 붙임으로써 작품의 질이 매우 낮다는 것을 표현하고 있다. 본 번역서에서는 불특정 다수가 될 수 있는 Zed를 '모모'로, 그리고 거기에 비하의 의미를 가질 수 있는 '~씨'를 덧붙여서 『모모 씨네 오두막』으로 바꾸었다.

'힘 있는', '강렬한' 등의 형용사로 수식된다. 소비에트 작가들이, 실명을 대기는 그렇고, 예를 들자면 업턴 루이스[22]같은 문학의 경지에 올랐다고 가정한다 해도 한 가지 변치 않는 암울한 사실이 있다. 바로 소비에트 정부는 개인의 취향이나 창조적 용기, 새롭고 독창적이거나 어렵고 이상한 어떤 것도 용인하지 않는, 세상에서 가장 천박한 집단이라는 사실이다. 독재자도 나이 들면 죽는다는 사실에 속아서는 안 된다. 독재자들이 늙고 죽기를 반복한다고 해도 국가의 철학은 스탈린이 레닌을 대체하고 크루시체프인지 흐루시초프인지가 득세를 했다 해도 전혀 변하지 않는다. 1957년 6월 전당 대회에서 흐루시초프가 한 말을 인용해 보자. "문학과 예술의 창조적 활동은 공산주의 투쟁 정신에 입각해야 하며, 혈기와 신념의 힘으로 가슴을 가득 채우고 사회주의적 의식과 집단 규율을 고취시켜야 한다." 나는 이 집단주의적 문체와 수사, 설교적 문장과 갈수록 태산인 이 신문체를 사랑하지 않을 수 없다.

　작가의 상상력과 자유 의지에 뚜렷한 제약을 두었으므로, 모든 프롤레타리아 소설은 반드시 소비에트의 승리로 해피엔딩이 되어야 했다. 이때 작가는 이렇게 결말이 공식적으로 이미 독자에게 알려진 상황에서 흥미로운 플롯을 짜내야 하는 끔찍한 과제를 떠안

---

22 업턴 루이스 역시 실존 인물이 아니다. 이 이름에는 나보코프가 작가가 아니라 다작을 하는 피상적 저널리스트에 불과하다고 폄하하는 미국 작가 업턴 싱클레어Upton Beall Sinclair와 나보코프가 경멸하는 판타지 소설 작가인 영국의 클라이브 루이스Clive Staples Lewis의 이름과 성이 조합되어 있다. 여러 사람의 이름이나 성을 조합해서 새로운 인명을 만들어 내는 것은 나보코프가 즐겨 사용하는 기법이다. 나보코프의 소설 속에는 톨스토이와 도스토옙스키를 풍자적으로 조합한 '톨스토옙스키' 라는 인물도 등장한다.

게 된다. 서구의 스릴러물을 보면 악당은 보통 응징되고, 말수 적은 강한 남자가 연약한 수다쟁이 여자를 차지한다. 하지만 이 좋은 전통을 따르지 않는다고 금지 조치에 처해지지는 않는다. 그래서 사악하지만 낭만적인 주인공이 자유의 몸이 되고, 착하지만 지루한 친구가 변덕쟁이 여주인공에게 버림받는 스토리를 늘 기대할 수 있는 것이다.

그러나 소비에트 작가들에게 그런 자유는 없다. 결말은 법에 의해 정해져 있고, 독자는 작가만큼 그것을 잘 알고 있다. 그렇다면 어떻게 독자의 긴장감을 유지시킬까? 몇 가지 방법은 있다. 해피엔딩은 주인공이 아닌 경찰국가의 몫이기 때문에, 그리고 모든 소비에트 소설의 진정한 주연은 소비에트 국가이기 때문에 위대한 국가의 사상이 대승하는 결말만 보장되면 아무리 선량할지라도 비명횡사하는 볼셰비키나 여타 조연들을 얼마든지 등장시킬 수 있는 것이다. 몇몇 영악한 작가들은 소련을 살리기 위해 내가 죽는다는 식으로 마지막 페이지에 공산주의 영웅의 죽음을 끌어내고 그것을 행복한 공산주의 사상의 승리로 장식한다. 하지만 이 방법은 다소 위험할 수도 있다. 그 영웅과 함께 공산주의의 상징도 죽게 했다고, 함대 전체와 함께 불타는 갑판 위 소년도 죽게 했다고 비난받을 수 있기 때문이다. 더 신중하고 영리한 작가라면 나약하고, 정치적으로 조금(아주 조금) 편향된 시각을 가지고 있고, 부르주아적 절충주의 같은 구석을 보이는 인물을 설정하고 그의 행위나 죽음이 별다른 연민을 불러일으키지 못하는 상황을 만들어서 그의 개인적 불행을 합법적으로 정당화시키기에 충분하도록 만들기도 한다.

미스터리 소설 작가가 살인 사건이 일어나는 시골집이나 기차역 주변의 몇몇 인물들을 수집하듯이, 유능한 소비에트 소설가는 공장이나 집단 농장을 건설하는 데 관여한 몇 명의 등장인물을 물색한다. 소비에트 소설에서 범죄는 소비에트의 업무와 계획을 훼방 놓으려는 비밀 간첩의 형태로 나타난다. 그리고 일반 미스터리 소설에서와 마찬가지로 다양한 인물들이 등장해서 독자로 하여금 거칠고 어두운 인물이 정말 나쁜 사람인지, 쾌활하고 말만 번지르르한 사람이 정말 좋은 사람인지 고민하게 만든다. 탐정은 내전에서 한쪽 눈을 잃은 나이 든 노동자이거나 본부에서 생산량이 감소한 원인을 파악하기 위해 파견된 젊은 여성이다. 등장인물들은 공산주의 의식을 고취하기 위해 동원되는데, 그들 중 어떤 이는 확고하고 신념에 찬 사실주의자이고, 어떤 이는 혁명 초기의 낭만적인 기억을 간직한 사람이고, 또 어떤 이는 지식과 경험은 없지만 투철한 볼셰비키적 직관력을 가진 사람이다. 독자는 등장인물의 행동과 대화를 기억하고 이런저런 힌트를 추적하면서 그들 중 누가 진실한 사람이고 누가 비밀을 숨기고 있는지 따라간다. 플롯이 복잡해지면서 클라이맥스에 도달했을 때 강인하고 말수 적은 여자에 의해 악당의 베일이 벗겨진다. 어느 정도 예측한 대로 공장을 파괴하려 한 사람은 마르크스 교훈을 제대로 발음도 못하던 어리석고 늙은 노동자가 아니라(의욕만 대단한 이 영혼에게 축복을), 교훈 암송을 잘하던 약삭빠르고 구변 좋은 사람이었고, 그의 계모의 사촌이 자본주의자의 조카였다는 어두운 비밀까지 밝혀진다. 나는 인종 문제에 대해 이와 비슷한 구성을 가진 나치 소설을 본 적이 있다. 진부한 범죄 스릴러를 흉내 낸 구조 말고도 사이비 종교적인 측면을 주목할 필요가 있다. 나중에 착한 사람으로 판명되는 키 작은 늙은 노동자는 현명한 바리새인들이 다른 곳을 찾아 떠날 때 천국을 물려받은, 위트는 없지만 정신과 신념만은 강한 사람을 말도 안 되게 패러디한 것이다. 소비에트 소설 속 낭만적 테마는 더더욱 흥미롭다. 무작위로 뽑은 두 예를 들어 보겠다. 첫 번째는 안토노프가 1957년에 쓴 『거대한 심장 *The Big Heart*』이다.

올가는 침묵했다.

"아." 블라디미르가 울부짖었다. "왜 당신은 내가 당신을 사랑하는 것만큼 날 사랑하지 않습니까?"

"나는 조국을 사랑해요." 그녀가 말했다.

"나도 그렇습니다." 그가 소리쳤다.

"그리고 내가 더 사랑할 수밖에 없는 존재가 하나 더 있어요." 올가는 젊은 남자의 품에서 벗어나려 애쓰며 말했다.

"그게 무엇인가요?" 그가 물었다.

올가는 푸른색 맑은 눈을 그에게 떨구며 빨리 대답했다. "그건 바로 당이에요."

또 다른 예는 글랏코프의 소설 『에네르기야 *Energiya*』의 일부다.

젊은 노동자 이반은 드릴을 잡았다. 강철의 표면을 만지자마자 그는 혼란스러웠고 온몸을 꿰뚫는 전율을 느꼈다. 귀가 터질 듯한 드릴 소리에 소냐가 잠시 물러났다. 그러고 나서 그녀는 그의 어깨 위에 손을 얹고 머리카락으로 귀를 간지럽혔다. (······)

그녀는 그를 쳐다보았다. 가짜 곱슬머리 위에 얹어진 작은 모자가 그를 유혹했다. 전기 충격이 두 사람을 동시에 관통하는 듯 강렬했다. 그는 깊은 한숨을 쉬었고, 클러치를 더욱 세차게 눌렀다.

19세기 예술가의 혼을 앗아 가려 했던 세력, 소비에트 경찰국가가 예술에 가한 압박은 안타까움보다는 혐오를 자아낸다. 19세기 천재들은 생존한 정도가 아니라 번창했다. 사람들의 의견이 차르보다 더 강했고, 다른 한편으로 좋은 독자는 진보적 비평가들의 공리주의에 흔들리지 않았기 때문이다. 하지만 여론이 국가에 의해서 완전히 짓밟힌 오늘날, 좋은 독자가 톰스크, 아톰스크,[23] 혹은 러시아 그 어딘가에 살아 있긴 하겠지만, 그의 목소리는 들리지 않고, 그의 취향은 감시당하며, 그의 생각은 외국의 형제들과 단절되어 있다. 형제들, 이것이 핵심이다. 천부적인 재능을 가진 작가들, 그 범인류적 가족이 국경을 초월하듯, 훌륭한 독자 역시 시공간적 제약에 구속되지 않는다. 예술가를 황제, 독재자, 사제, 청교도, 속물, 정치 도덕주의, 경찰, 우체국장, 좀도둑 들로부터 구해 낸 것은 다름 아닌 뛰어난 독자다. 훌륭한 독자를 정의해 보자. 어떤 국가나 계급에도 속하지 않는다. 감시관이나 북클럽도 그의 영혼을 좌우하지 못한다. 주인공 중 어느 한 인물과 자신을 동일시하면서 '묘사를 생략'하는 일반 독자와 달리, 훌륭한 독자는 소설을 대할 때 그런 유치한 감정에 휘둘리지 않는다. 훌륭한 독자는 자신을 작품에 등장하는 소년이나 소녀와 동일시하는 것이 아니라, 그 책을 구상하고 구

---

23 핵, 원자라는 의미를 가지는 단어 atom을 토대로 만들어진 가상의 도시명으로, 당시 소련이 미국 바로 다음으로 핵무기와 원자력 발전에 뛰어들었던 사실이 함축되어 있다.

성하고 있는 사고와 동일시한다. 훌륭한 독자는 러시아 소설을 읽으면서 러시아에 대한 정보를 찾으려 하지 않는다. 톨스토이나 체호프 속의 러시아는 천재들이 만들고 상상해 낸 특별한 세계지 역사 속 실제 러시아가 아니라는 것을 알기 때문이다. 훌륭한 독자는 보편적 관념보다는 개별적 상상을 좋아한다. 특정 그룹(끔찍한 진보주의자들이 즐겨 사용하는 표현) 사람들과 어울리기 위해 소설을 읽는 게 아니라, 작품의 섬세한 디테일을 흡수하고 이해하기 때문에, 작가가 의도한 즐거움을 즐길 줄 알고, 내면과 온몸으로 빛을 뿜을 줄 알기 때문에, 그리고 위조의 달인, 상상의 달인, 마술사, 예술가가 만들어 낸 상상의 세계에 전율을 느끼기 때문에 소설을 읽는다. 위대한 작가가 창조하는 최고의 등장인물은 바로 독자다.

감상적으로 과거를 돌아보면, 러시아 작가가 다른 나라 작가의 모델이었던 것처럼 러시아 독자 역시 이상적인 독자상이었다. 그들은 아주 어린 나이에 이 매력적인 독서 이력을 시작한다. 보육원 유모가 『안나 카레니나』를 거두어 가면서 "내가 직접 내 말로 이야기를 해 줄게"라고 해도 그들은 톨스토이와 체호프를 직접 읽으면서 사랑에 빠진다. 좋은 독자는 이렇게 어려서부터 거작을 멋대로 잘라 내고 번역하는 번역가들, 카레닌 형제를 묘사한 우스꽝스러운 영화들, 그리고 게으름을 묵인하고 천재를 사지 절단하는 갖가지 행위들을 경계하는 법을 배운다.

다시 요약해서 강조하자면, 러시아 소설에서 러시아의 정신이 아니라 천재 개개인을 찾으려 노력하자. 그리고 거작을 둘러싼 틀이나 틀을 바라보는 사람들의 표정이 아니라 거작 자체를 보자는 것이다.

혁명 전 러시아 독자들은 푸시킨, 고골뿐 아니라 셰익스피어와 단테, 보들레르, 에드거 앨런 포, 플로베르, 호메로스에 대해서도 자부심을 가지고 있었다. 그리고 이것이 러시아 독자가 가진 힘이었다. 나의 선조들이 좋은 독자가 아니었다면 이렇게 오늘 이 자리에서 영어로 강의를 할 수 없었을 것이다. 좋은 글쓰기나 좋은 읽기만큼 소중한 것들이 많다. 하지만 무엇보다도 본질, 텍스트, 근원, 정수에 직접 다가가는 것이 중요하다. 그래야 무슨 이론이든 만들어질 것이고, 철학자든 역사가든 관심을 끌게 될 것이다. 그도 저도 아니면 시대정신에라도 부합하게 될 것이다. 독자는 자유롭게 태어났으며 자유로워야 한다. 시인뿐만 아니라 시인을 사랑하는 모든 이들에게 의미가 있을 푸시킨의 시 한 편으로 오늘 강의를 마치고자 한다.

핀데몬테의 시에서[24]

시끄러운 권리에 눈먼 자
한둘이 아니건만 나는 높이 보지 않는다.
국가의 조세 정책 공박하고
제왕 사이의 전쟁 뜯어말릴 행운
신들은 내게 안 주었건만 나 불평하지 않는다.
언론이 제멋대로 바보들을 우롱하고
잡지에 실린 익살꾼의 재담

---

24 알렉산드르 세르게예비치 푸시킨, 『잠 안 오는 밤에 쓴 시』, 석영중 옮김(서울: 열린책들, 2001).

From Pushkin

I value little those much vaunted rights
that have for some the lure of dizzy heights;
I do not fret because the gods refuse
to let me wrangle over revenues,
or thwart the wars of kings; and 'tis to me
of no concern whether the press be free
to dupe poor oafs or whether censors cramp
the current fancies of some scribbling scamp.
These things are words, words, words. My spirit fights
for deeper liberty, for better rights.
Whom shall we serve--the people or the State?
The poet does not care,--so let them wait.
To give account to none, to be one's own
vassal and lord, to please oneself alone,
to bend neither one's neck, nor inner schemes,
nor conscience to obtain some thing that seems
power but is a flunkey's coat; to stroll
in one's own wake, admiring the divine
beauties of Nature and to feel one's soul
melt in the glow of man's inspired design
--that is the blessing, those are rights!

(transl. by V.Nabokov)

나보코프가 번역한 시 「핀데몬테의 시에서」 원본

48

민감한 검열관이 억압해도 나 상관하지 않는다.

모두 다 말, 말, 말뿐이니까.

이보다 더 나은 권리 내게 소중하고

이보다 더 나은 자유 내게 필요하다.

황제에게 붙든 민중에게 붙든

죄송하지만 다 마찬가지 아닌가?

누구의 눈치도 보지 않고

오직 나 자신만을 기쁘게 섬겨

고관 하인 누구에게든

양심과 사상과 긍지 굽히지 않아

마음 내키는 대로 여기저기 쏘다니고

조물주 만드신 자연의 미래에 감탄하며

예술과 영감의 창조물 앞에서

환희와 감격으로 전율하는 것

이것이 행복이다! 이것이 권리다!

니콜라이 고골

1809~1852

죽은 혼
1842

　사회적 성향을 가진 러시아 비평가들은 『죽은 혼Dead Souls』과 『검찰관The Government Inspector』에서 러시아 지방 도시의 농노제와 관료주의로 인해 만들어진 사회적 속물근성social poshlust[25]에 대한 폭로를 발견할 수 있다고 했지만, 그들이 간과한 중요한 사실이 있다. 고골의 주인공들이 러시아 지주, 관료인 것은 우연의 일치일 뿐이다. 꾸며진 주변 환경과 사회 여건은 중요한 요인이 될 수 없다. 오메[26] 씨가 시카고의 비즈니스맨이고, 블룸 여사[27]가 비시니볼로초크[28]에 사는 한 교사의 부인일 수 있는 것과 마찬가지다. 게다가 주변 환경과 여건이 '실제 삶'에서는 어떠했든 간에 그것은 고골

---

25 'poshlust'라는 러시아 단어로 속물근성, 비속함이라는 뜻을 가진다.

26 프랑스 작가 귀스타브 플로베르Gustave Flaubert(1821~1880)의 『마담 보바리』에 등장하는 약사의 이름이다.

27 아일랜드 출신 작가 제임스 조이스James Joyce(1882~1941)의 『율리시스』에 등장하는 세 주인공 중 하나인 마리언 블룸을 지칭한다.

28 비시니볼로초크는 러시아 작은 지방 도시의 이름으로 작품의 배경은 인물의 성격, 작품의 의미와 관련이 없음을 강조하기 위해 미국의 대도시 시카고와 대비시킨 것이다.

의 특이한 천재성에 의해 심각하게 치환되고 재구성되었으므로(『검찰관』에서 이미 보인 것처럼) 『죽은 혼』에서 진짜 러시아의 배경을 찾으려고 하는 것은 구름 낀 헬싱괴르[29]에서 일어난 작은 사건을 토대로 덴마크를 이해하려는 것과 같다. '사실'을 원한다면 고골이 러시아의 지방 도시를 얼마나 겪어 봤는지 살펴볼 필요가 있다. 포돌스크 여관에서 여덟 시간, 쿠르스크에서 일주일을 지냈고, 나머지는 마차 차창을 통해 구경한 것이 전부다. 여기에 미르고로드와 네진, 폴타바 등 치치코프의 여행지들과는 사뭇 떨어져 있는 우크라이나 도시에서 보낸 유년 시절의 기억이 보태졌을 뿐이다. 그러나 『죽은 혼』이 포실랴키(남자)와 포실랴치키(여자)[30]에 속하는 부어오른 죽은 혼들의 모습을 고골식으로 열렬하게, 기괴한 디테일을 동원해 묘사함으로써 작품을 서사시의 경지까지 끌어올렸다는 점은 인정해야 할 것이다. '시'는 사실 고골이 『죽은 혼』에 붙인 부제이기도 하다. 속물적이라는 것은 나름 매끈하고 통통해서, 그 광택과 유연한 곡선이 예술가 고골을 매혹시킨 것이다. 목을 축이기 위해 우유 아래 깔려 있는 무화과를 집어 먹고, 나이트가운을 입고 방 한가운데서 선반 위의 모든 것을 들썩이게 할 만큼 스파르탄 댄스를 추어 대는(무아지경 속 그의 춤은 실제로는 그의 얼굴이라고 할 수 있는 뚱뚱한 장딴지를 핑크빛 맨발 뒤꿈치로 두들겨 대며 죽은 혼들의 진정한 천국으로 그를 몰고 간다) 거대한 뚱보 속물(복수 '포실랴키'가 아닌 단수 '포실랴크'다)의 모습은 초라한 러시아 지방 도시에서 발견될 법한

---

29 덴마크 동부의 항구 도시

30 포실랴키poshlyaki와 포실랴치키poshlyachki는 각각 천박, 비속한 속물 남자들, 여자들을 일컫는 러시아어 표현이다. 단수는 각각 포실랴크와 포실랴치카다.

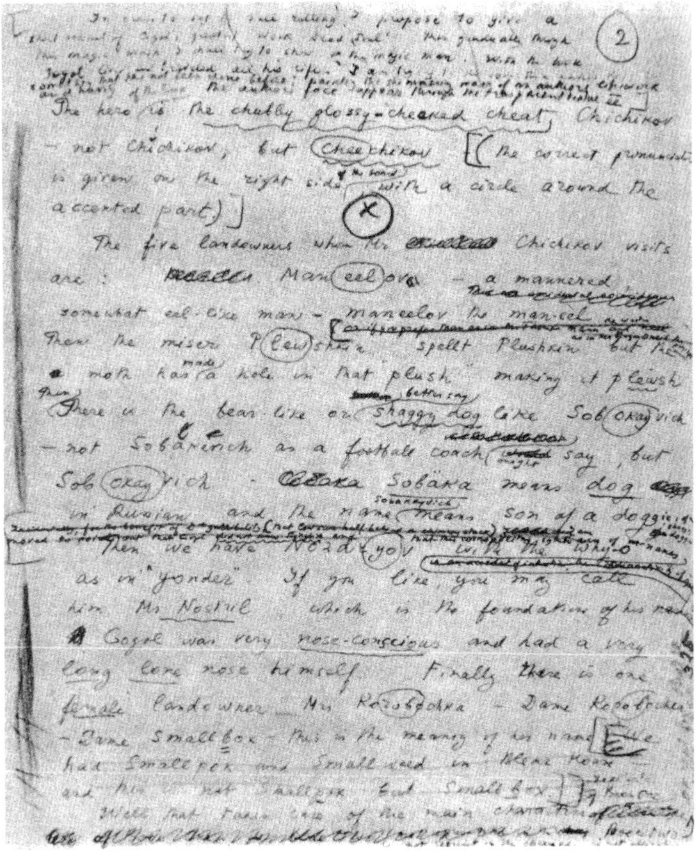

[illegible] I propose to give a [illegible] 2

The hero is the chubby glossy-cheeked cheat Chichikov — not Chichikov, but Cheechikov [(the correct pronunciation is given on the right side of the board with a circle around the accented part.)]

The five landowners whom Mr Chichikov visits are: Maneelov — a mannered somewhat eel-like man — Maneelov the man-eel [illegible]

Then the miser Plewshkin, spelt Plushkin but the moth has made a hole in that plush making it plewsh.

There is the bear-like or shaggy dog-like Sobokayvich — not Sobakevich as a football coach might say, but Sobokayvich. Sobaka means dog in Russian and the name means son of a doggie [illegible]

Then we have Nozdryov with the long o as in "yonder". If you like, you may call him Mr Nostril which is the foundation of his name. Gogol was very nose-conscious and had a very long lone nose himself. Finally there is one female landowner Mrs Korobochka — Dame Korobochka — Dame Smallbox — this is the meaning of her name. [illegible] had smallpox [illegible] small seed in [illegible] and this is not smallpox but Smallbox. [illegible]

With that farce cast of the main characters [illegible]

『죽은 혼』에 관한 나보코프의 강의 중 지주들에 대한 설명 부분

혹은 속물 관료가 가질 법한 여타 속물적 근성보다 더 압도적이다. 그러나 아무리 치치코프 같은 초대형급 속물이라고 해도 일종의 구멍, 틈 같은 것이 있게 마련이다. 그 틈을 통해 속물 냄새가 진동하는 공간의 심연에서 웅크리고 있는 쭈그러진 바보, 벌레를 발견할 수 있다. 죽은 혼을 산다는 발상은 처음부터 뭔가 살짝 바보스럽다. 죽은 혼은 지난 인구 조사 이후 죽었음에도 주인들이 여전히 인두세를 내고 있는 농노들의 혼으로, 지주들의 돈주머니 또는 유령을 사는 치치코프의 입장에서는 구체적 실체로 여겨질지 모르지만 그 자체로는 추상적인 존재일 뿐이다. 이런 희미하지만 역겨운 바보스러움은 얼마 동안 교묘한 조작의 미로 속에 가려져 있었다. 도덕적인 관점에서 치치코프는 죽은 사람을 사려 했다는 이유로 벌을 받을 수는 없다. 그 나라는 산 사람도 합법적으로 사고팔 수 있고 저당도 가능한 나라였기 때문이다. 국가가 생산하고 판매하는 것 외에는 사용이 금지된 프러시안 블루 물감으로 내 얼굴에 감청색 칠을 했다고 가정하자. 내 죄는 웃음거리조차 되지 못하고 어느 작가도 그것에 대해 '프러시안 비극'이라는 작품을 지어 낼 생각을 하지 않을 것이다. 하지만 내가 이 일을 엄청난 미스터리로 에워싸고, 그러한 유의 범죄를 저지르는 데 얼마나 복잡한 트릭이 요구되는지를 강조하며 영리함을 과시한다면, 그리고 수다스러운 이웃이 내 집에 있는 수제 물감 주조용 용기를 발견하도록 내버려 둔다면, 나는 체포되어 합법적인 물감으로 자기 얼굴에 프러시안 칠을 하고 다니는 사람들에게 처벌받을 것이다. 그리고 웃음거리는 바로 내가 될 것이다. 근본적으로 비현실적인 세상에서 근본적으로 비현실적인 치치코프의 캐릭터에도 불구하고, 그가 바보라는 것은 명백하다. 처음 시작부터 실수를 연발하기 때문이다. 유령을 무서워하는 노인으로부터 죽은 혼을 산다는 시도 자체가 바보 같다. 촌놈이자 깡패 같은 노즈드료프에게 절체절명의 거래를 제안한다는 것도 엄청난 과오다. 문학이 '사실적인 사람', '사실적인 범죄', '메시지'(엉터리 개혁파들의 은어에서 빌려 온 공포 중의 공포다)를 전달해 주어야 한다고 생각하는 사람들을 위해 다시 한 번 반복하자면, 『죽은 혼』 어디에서도 '사실'을 발견할 수는 없다. 치치코프의 죄는 관습상의 죄일 뿐이고, 그의 운명은 어떤 감정적 반향도 불러일으키지 못한다. 이것이 『죽은 혼』이 실존하는 현실을 묘사하고 있다고 여기는 러시아 독자들과 비평가들이 완전히, 터무니없이 틀린 또 다른 이유다. 전설적인 속물 치치코프가 고골의 작품 내에서 움직이는 특별한 브랜드로서, 하나의 고유한 피조물로서 인정되고 나면, 농노를 저당 잡히는 사업으로 사기를 친다는 설정은 이상한 사실감을 획득하면서 백 년 전 러시아의 사회 환경 속에서 일어났으리라 가정할 때보다도 더 큰 의미를 가지게 된다. 그가 구입하는 죽은 혼들은 단순히 종이 위의 이름들이 아니다. 고골이 사는 공간을 삐걱대는 날갯짓으로 채워 넣은 이들은 마닐로프, 코로보치카, 도시 N의 주부들, 책 전반에 걸쳐 등장하는 여러 작은 인물들의 어리석은 영혼이다. 치치코프는 단지 박봉에 시달리는 악마 대리인, 죽음의 나라 하데스에서 온 세일즈맨, 사탄 주식회사에서 '우리 미스터 치치코프'라고 부르는, 태평하고 건강해 보이지만 안으로는 공포에 시달리고 썩어 가는 중개상일 뿐이다. 치치코프가 형상화하고 있는 속물근성은 악마가 가진 주요 특성 중 하나인데, 덧붙이자면 고골은 그 악마의 존재를 신의 존재보다 더 진지하게 믿었던 것 같다. 희미하지만 끔찍한 냄새(어느 바보 같은 인간에 의해 식품 저장고에 내팽개쳐져 썩어 가고 있는 구멍 난 로브스터 캔처럼)가 새어 나오는 치치코프의 갑옷 위 녹슨 구멍은 악마가 착용하는 투구 덮개에 새겨진 틈이다. 그것은 속물근성이라면 보편적으로 갖게 되어 있는 본질적인 어리석음이다.

치치코프는 처음부터 불행한 운명을 갖게 되어 있었고, 그는 도시 N의 포실랴키와 포실랴치키가 고상하고 멋지다고 여기는, 엉덩이를 약간 흔들며 걷는 걸음걸이를 선보이며 자신의 운명을 향해 치닫고 있었다. 그는 자신의 진짜 의도를 끈적끈적한 비애로 덮어 버리려고 시작했던 장황한 연설(잠시 쉬었다가 촉촉한 목소리로 떨림을 섞어 "사랑하는 형제들이여"라고 말한)에서 '비열한 벌레'라는 말을 쓰는데, 신기하게도 눈을 가늘게 뜨고 그의 통통한 몸을 들여다보면 실제 그의 내장을 갉아 먹는 벌레가 시야에 잡힌다. 유럽에서 자동차 타이어를 선전하는 포스터가 고무로 된 동심원 링 여러 개로 사람을 형상화한 것을 본 적이 있는데, 그처럼 치치코프는 피부색의 거대한 벌레를 타이트하게 접어 놓은 듯한 모양이라고 할 수 있다.

작품의 테마를 형성하는 섬뜩한 캐릭터가 전달되었다면, 그리고 부분적으로 언급한 바 있는 속물근성의 서로 다른 여러 측면이 연결되어 전체적으로 하나의 예술적 현상을 만들어 냈음을 이해했다면(고골식 속물근성은 '원형'으로 형상화된다), 이제야 비로소 우스운 이야기나 사회 고발을 흉내 낸 것이 아닌 진지한 논의의 대상으로 『죽은 혼』을 살펴볼 준비가 되었다고 할 수 있다. 좀 더 자세히 들여다보자.

지방 도시 N에 있는 한 여인숙의 문으로[이렇게 시작된다] 보통 독신 남자들이 타고 다니는, 상당히 아름답지만 그다지 크지는 않은 용수철 달린 반개半開 사륜마차가 들어왔다. 그런 마차를 타고 다니는 사람들은 보통 독신남들로서, 주로 퇴역한 육군 중령이나 2등 대위, 아니면 1백여 명의 농노를 거느린 지주들인데, 한마디로 중류급 신사라 불리는 사람들이다. 반개 사륜마차에는 용모가 빼어나지는 않지만 추하지도 않고, 너무 뚱뚱하지도 너무 마르지도 않은 한 신사가 앉아 있었다. 그는 늙었다고 하기도 그렇고 아주 젊다고 하기도 뭐했다. 또한 그의 방문으로 도시에 소란이 일거나 어떤 특별한 사건이 일어난 것도 아니었다. 다만 여인숙 맞은편 주막의 문가에 서 있던 러시아 농민 두 명이 뭐라고 촌평을 했는데, 그것도 마차에 앉은 사람에 대해서가 아니라 마차에 대한 것이었다.

"이봐!" 그중 한 명이 다른 쪽에게 말했다. "저 수레 좀 봐! 어때, 만일 모스크바까지 가야 한다면, 저 바퀴로 갈 수 있을 것 같아 못 갈 것 같아?"

"갈 거야……." 다른 쪽이 대답했다.

"그럼 카잔까지는? 보아하니 못 갈 것 같은데?"

"카잔까지는 못 갈 거야." 다른 쪽도 맞장구를 쳤다.

이것으로 대화는 끝이 났다.

또한 그 반개 사륜마차가 아직 여인숙에 들어가기 전, 무늬가 있는 아주 좁고 짧은 카니파스 흰색 바지와 유행을 따른 티가 역력한 연미복을 입은 한 청년과 마주쳤다. 그 연미복 밑으로 셔츠 앞가슴에 툴라 기술자들이 만든 권총 모양의 청동 장식 핀을 꽂은 가슴받이가 보였다. 청년은 돌아서서 마차를 바라보다가 모자가 바람에 날릴 뻔하자 손으로 모자를 꼭 쥐고 가던 길을 어슬렁어슬렁 돌아갔다.[31]

두 러시아 농부들[무지크muzhiks, 고골이 좋아하는 표현]의 대화는 매우 사변적이다. 피셔 어윈과 토머스 크로웰의 끔찍한 번역에는 빠져 있는 이 부분은 원시적 수준의 죽느냐 사느냐 식의 명상이다. 햄릿이 그의 단도를 어디에 두고 온 건 아닌지 고민하지 않았던 것처럼, 마차가 모스크바까지 갈 수 있을지 없을지 모르는 이 두 남자 역시 마차의 행선지에는 관심이 없다. 그들의 관심은 상상했던 만큼의 거리를 가야 하는 바퀴가 상상했던 만큼 견딜 수 있을까 하는 것이다. 이 문제는 그들이 도시 N에서 모스크바, 카잔, 팀북투[32]까지의 거리가 실제로 얼마나 되는지 알지 못하고 관심도 없기 때문에 극단적 추상화에 이른다. 그들은 놀랄 만큼 창조적인 러시아 사람들의 능력을 형상화한다. 고골이 자신의 영감으로 아름답게 꾸며 준 이 능력은 바로 쓸데없는 짓 하기다. 상상은 쓸데없는 것일 때 의미가 있다. 두 사람의 잡담은 특정한 형태도 가지고 있지 않고 어떤 물질적 결과도 주지 않는다. 철학이나 시도 그런 식으로 탄생한 것이다. 도덕을 내세우며 참견하기 좋아하는 비평가들은 치치코프의 둥글둥글한 몸이 의심스러운 마차 바퀴 모양과 비슷하게 둥그런 모양으로 형상화되어 있기 때문에 슬픈 결말을 맞이할 운명이었다고 추측하기도 한다. 사사건건 간섭하기 좋아하는 안드레이 벨리는 『죽은 혼』의 1권은 축을 중심으로 바퀴살이 안 보이게 빙글빙글 도는 원과 같다고 보고, 둥근 치치코프를 둘러싼 줄거리가 바뀔 때마다 마차 바퀴의 형상이 등장한다고 지적했다. 고골 특

---

31 니콜라이 고골, 『죽은 혼』, 이경완 옮김(서울: 을유문화사, 2010). 본 번역서 내 고골의 『죽은 혼』에 대한 직접 인용부는 위 역서를 인용하였다. 인용부 내에 등장하는 고유 지명과 인명은 해당 번역서 상의 표현을 그대로 옮겨 왔음을 밝힌다.

32 서아프리카 말리Mali의 도시 이름. 아주 머나먼 곳이라는 의미로 사용되기도 한다.

유의 특성을 또 하나 들어 보자면 바로 행인에 대한 과장된 묘사이다. 젊은 남자가 갑자기 전혀 상관없는 디테일로 가득한 채 등장한다. 그는 마치 스토리 안에 오래 남아 있으려는 것처럼 등장한다. 고골 작품 속 수많은 작은 인물들이 오래 남기를 원했지만 그렇게 되지 않았던 것을 우리는 안다. 어떤 작가라도 남자에 대한 이런 자세한 묘사 이후에는 '이반이라고 불리는 한 사나이가 있었다' 식으로 다음 문단을 시작했을 것이다. 하지만 고골의 작품 속에서 이런 남자는 시야를 흐리게 하는 세찬 바람과 함께 그대로 사라져 버리고 다시 등장하지 않는다. 다음 단락에서는 몇 분 후 또 다른 얼굴 없는 인물인 급사(손님을 맞이하는 동작이 하도 빨라서 얼굴을 알아볼 수 없는)가 치치코프의 방에서 등장하고, 그는 계단을 내려오면서 종이쪽지에 적혀 있는 '파-벨 이-바-노-비-치 치-치-코-프'라는 이름을 나직이 읽는다. 이 음절들은 계단을 구분 짓는 분류학적 의미만을 가질 뿐이다.

『검찰관』의 경우, 나는 배경의 질감을 살아 있게 만드는 이런 유의 주변적 인물들을 찾아 모으며 즐거움을 느끼곤 했다. 하지만 『죽은 혼』 속 여관 하인이나 치치코프의 시종으로 나오는, 특별한 냄새를 풍기고 있어서 방마다 그 냄새를 전해 주고 다녔던 인물과 같은 사람들은 고골 작품 안의 '작은 인물'에도 속하지 않는다. 그들은 치치코프나 지주들과 함께 책의 전면을 구성하지만 말이 많지 않으며, 치치코프의 모험이 전개되는 데 별다른 영향을 미치지도 못한다. 기술적 측면에서 보면 희곡에서는 무대에 한 번도 등장하지 않은 이들이라도 그들의 이야기를 넌지시 물어보는 여러 종류의 대사를 통해 탄생할 수 있다. 하지만 소설에는 행위나 말이 별로 없는 부차적 인물들이 무대 전면에만 보이지 않을 뿐임을 알려 줄 조명 장치가 없기 때문에 더부살이도 할 수 없다. 고골은 그래서 나름의 트릭을 준비해 놓고 있다. 그의 소설 속 부차적 인물들은 다양한 은유, 비교, 서정성의 폭발이 포함된 종속절을 통해 만들어진다. 단순히 말의 모양새를 달리하는 것만으로도 살아 있는 인물을 탄생시킬 수 있다는 놀라운 현상이 목격된다. 가장 전형적인 예로 다음 문장을 들 수 있다.

마침 날씨마저 그에 딱 맞아, 그리 청명하지도 흐리지도 않게 어떤 밝은 회색을 띠고 있었다. 그건 유순하지만 때때로 일요일에 고주망태가 되는 수비대 병사들의 낡은 군복에서만 볼 수 있는 색이었다.

한 문장 안에 등장하는, 찌푸린 하늘 아래 흐릿한 풍경과 축제 분위기의 교외에서 독자에게 격하게 딸꾹질을 퍼붓는 축 늘어진 늙은 병사 사이의 논리적, 아니 오히려 생물학적이라고 할 만한 간극을 메우기 위해 이렇게 활기찬 구문을 일일이 평이한 영어로 옮기는 것은 쉬운 일이 아니다. 고골의 트릭은 문법적 연결사에 불과하면서 논리적 고리 역할도 하는 양 행세하는 '그렇지만'[33]에 있다. '병사'는 '유순한'이라는 단어와 대비되기 위해 구실을 제공하고, 허구적 연결사 '그렇지만'이 마법을 일으켜 착한 병사는 비틀비틀 노래 부르며 다시 본연의 부차적 모습으로 돌아간다. 여러 번 보아 왔던

---

33 러시아어로 'vprochem'이라는 단어로, '그렇지만', '그러나' 등의 의미가 있다. 본 인용문에서는 '유순하지만'이라는 표현에 포함되어 있다.

방식이다.

치치코프가 주지사의 파티에 참석한 장면에서, 눈부신 불빛 아래 검은색 연미복을 입고 화장한 여인들 주위를 배회하는 신사들에 대한 우연한 언급은 단숨에 파리떼와의 순진한 비교로 이어지고, 다음 순간에는 또 다른 삶이 시작된다.

빛나는 검은 연미복을 입은 신사들이 따로따로 혹은 한데 모여서 여기저기 분주히 움직이는 모습이, 마치 늙은 하녀[바로 여기 있다]가 어느 무더운 7월 여름날 창문을 열고 그 앞에서 원추형의 막대 설탕을 조그만 조각들로 깨부수고 파리들이 하얗게 빛나는 막대 설탕 위를 날아다니는 것 같았다. 그때 아이들은[다음 세대의 등장이다] 주위에 몰려들어 망치를 들어 올리는 그녀의 광폭한 손놀림을 흥미롭게 바라보고, 공기 중에 가볍게[고골에게 전형적으로 나타나는 반복 중 하나로, 문단별로 몇 년을 퇴고했어도 끝내 뿌리 뽑지 못했다] 날아다니던 파리 부대는 뚱뚱한 안주인들처럼 용감하게 날아들고, 하녀의 눈이 약간 먼 것과 그녀가 눈부신 햇살에 눈을 잘 못 뜨는 것을 이용해 산산이 흩어지거나 무더기로 쌓인 설탕 조각들을 뒤덮는다.

흐릿한 날씨와 술 취한 병사의 형상이 먼지 나는 어느 먼 교외(귀를 비트는 사람이라는 뜻의 우호뵤르토프[34]가 다스리는 곳)에서 끝맺었다면, 호메로스의 두서없는 비교법을 모방한 파리 떼 비유는 돌고 도는 악순환을 거듭한다. 재주 넘는 다른 작가들은 다 이용하는 안

---

34 고골의 『검찰관』에 등장하는 주변적 인물 중 하나

전그물도 없이 어렵고 위험한 공중제비를 돌고 난 고골은, 다시 처음의 '따로 또 같이' 포즈로 안착한다. 몇 해 전 영국에서 있었던 럭비 경기에서 뛰어난 선수인 오볼렌스키가 뛰면서 공을 멀리 차 버리고는 마음을 바꾸고 공쪽으로 뛰어가 다시 공을 잡아 오는 광경을 본 적이 있다. 이 비슷한 재주를 고골도 보여 주는 것이다. 물론 이 부분(모든 문단과 페이지)은 피셔 어윈의 번역에는 빠져 있다. 그는 이후 스티븐 그레이엄(1915년 영국 판)이 대단히 만족스럽게도 『죽은 혼』을 재출간하도록 동의했다. 그레이엄은 "『죽은 혼』은 러시아 자체"이고 고골은 "부자가 되어 로마와 바덴바덴에서 겨울을 보내게 되었다"고 생각했다.

개들이 힘차게 짖어대는 가운데 코로보치카 부인의 집에 치치코프가 등장하는 장면도 못지 않게 창조적이다.

그사이 개들도 있는 힘껏 목청을 돋우어 시끄럽게 짖어 댔다. 한 마리는 고개를 뒤로 젖혀 마치 이것에 대해 무슨 보수를 받는 양 길게 혼신의 힘을 다해 늘여 빼고, 다른 한 마리는 사원의 종지기처럼 톡톡 끊어서 짖어 댔다. 그 둘 사이에서 어린 강아지인 듯한 소프라노 개가 지치지도 않고 우편 마차 종소리 같은 소리를 내고, 마지막으로 개의 억센 기질을 타고난 늙은 개가 콘트라베이스처럼 쉰 목소리를 내며 베이스로 이 모든 하모니를 완결 지었다. 이것은 마치 연주회가 절정에 이르러, 테너 가수들이 높은 음정을 내려는 강한 열망에 까치발을 딛고 몸을 쭉 들어 올리고, 모든 이들이 고개를 뒤로 젖혀 위로 상승하려고 할 때, 혼자 면도도 안 한 턱을 넥타이에 쑤셔 넣어 거의 땅까지 내려가 거기서 자기 음을 내어 창문이 뒤흔들리고 덜컹거리게 하는 식이었다.

개 짖는 소리는 교회 성가대를 탄생시킨다. 치치코프가 소바케비치에게 가는 장면에 등장하는 음악가는 흐린 하늘과 술 취한 병사의 비유를 연상시킬 정도로 더 복잡하게 탄생된다.

현관 계단에 마차로 다가가면서 그는 한 창문에서 거의 동시에 밖을 내다보는 두 얼굴을 발견했다. 하나는 부인용 두건을 쓴, 오이처럼 가늘고 긴 여자 얼굴이었고, 다른 하나는 '고를랸키'라고 불리는 몰다비아 호박처럼 둥글고 넓적한 남자 얼굴이었다. 러시아에서는 그 호리병박으로 발랄라이카를, 두 줄의 가벼운 발랄라이카를, 두 줄을 조용히 튕길 때 나는 소리를 들으러 주위에 몰려든 새하얀 가슴과 새하얀 목의 소녀들에게 윙크하며 휘파람을 부는 솜씨 좋은 스무 살 청년, 세련된 멋쟁이의 자랑이요 위안거리인 발랄라이카를 만든다[이 젊은 청년은 이사벨 햅굿의 번역에서 "세련된 치장을 하고 눈을 깜빡이며 걷는 20세 예민한 청년"으로 번역되었다].

소바케비치의 큰 머리에서 시골의 음악가를 탄생시키기 위해 만든 복잡한 기법은 세 단계로 구성되어 있다. 큰 머리와 특정 종류의 호박 비교, 호박이 발랄라이카로 변신, 그리고 초저녁의 벌레들과 아가씨들에게 둘러싸여 새로 출시된 부츠를 신고 다리를 꼬고 통나무 위에 앉아 노래 부르는 시골 청년의 손에 발랄라이카 쥐여 주기, 이 세 단계. 단순한 독자에게는 매우 둔감하고 아둔해만 보이는 인물의 등장으로 서정적 일탈이 일어난다는 것은 주목할 만하다.

이렇게 비유를 통해서 탄생한 인물이 책 속에 융화되려고 너무 서두른 나머지 은유는 흥미로운 점강법bathos[35]으로 끝을 맺는다.

보통 물에 빠진 사람은 지푸라기라도 잡는다고 하는데, 그에게는 이 때 지푸라기를 타고 갈 수 있는 것은 파리뿐이라는 것을 생각할 만한 이성이 없는 것이다.

수영을 하다가 은유가 가진 힘에 의해서 꾸준히 무시무시하게 키가 커지고 몸무게가 늘어나고 뚱뚱해지는 이 불행한 사람은 누구인가 말이다. 누군지 알 길은 없지만, 그가 땅에 발을 디디는 데는 거의 성공한 것 같다.

주변적 인물들은 이따금 아주 단순한 방법으로 자신의 존재감을 확인시키기도 한다. 이런저런 상황이나 여건을 극도로 자세하게 그려 내고 강조하는 작가의 기법을 이용하는 것이다. 허버트 조지 웰스[36]의 『초상화 *The Portrait*』에서 초상화가 살아나서 더 이상 명령에 복종하지 않게 되자 화가가 초록색 물감을 뿌려 대항하려 했던 상대, 즉 음흉한 미소를 띤 그림 속의 아코디언 연주자처럼, 고골의 그림도 독자적인 삶을 시작하는 것이다. 평화로운 지방 도시에 내리깔리는 밤의 느낌을 표현한 제7장의 마지막 부분에 주목해 보자. 지주들과의 유령 거래를 성공적으로 마친 치치코프가 도시 명문가에서 대접을 받은 뒤 술에 취해 잠들고, 마부와 하녀가 은밀히 즐기러 나갔다가 비틀거리며 돌아와서는 매우 예의를 차리며 서로에게 기대어 잠드는 장면이다.

35 강하고 진지한 표현과 어조에서 약하고 우스운, 평이한 표현과 어조로 내려가는 수사법
36 허버트 조지 웰스 Herbert George Wells(1866~1946). 영국의 소설가이자 비평가

두 사람은 즉시 그때까지 들어 보지 못한 둔탁한 소리로 코를 골며 잠이 들었고, 그 소리에 옆방의 주인은 가는 콧소리로 화답했다. 곧 그들에 이어 모든 것이 잠잠해지고, 여관은 깨어날 수 없는 깊은 잠에 빠졌다. 랴잔에서 온, 장화를 엄청 좋아하는 육군 중위가 묵는 방의 작은 창문에서만 아직 빛이 보였다. 그는 장화를 이미 네 켤레나 주문해서, 연이어 다섯 번째 장화를 신어 보는 중이었다. 그는 몇 번 장화를 벗고서 누우려고 침대에 다가갔으나 차마 그럴 수가 없었다. 장화가 정말이지 너무나 훌륭하게 꿰매져서, 그는 다시 오래도록 한쪽 다리를 들어 올리고 경이로울 정도로 잘 꿰매진 뒤축을 민첩하게 살펴보았다.

그렇게 제7장은 끝난다. 여전히 중위는 불멸의 장화를 신어 보고, 가죽은 빛나고, 별이 떠 있는 밤하늘에 묻힌 죽은 도시의 불 밝힌 창문에서 촛불이 곧고, 밝게 타오른다. 나는 이 장화 랩소디보다 더 서정적으로 밤의 정적을 묘사한 글을 보지 못했다.

이 같은 유의 즉흥적 탄생은 죽은 혼 거래에 대한 소문이 퍼지면서 지방 도시를 떠들썩하게 한 유쾌한 소동을 그려 낸 제9장에서도 나타난다. 겨울잠 자는 쥐처럼 굴 속에서 웅크려 자던 지주들이 갑자기 눈을 깜빡이며 밖으로 기어 나온다.

들어 본 적도 없는 어떤 스이소이 파프누티에비치와 막도날드 카를로비치[삶으로부터의 절대적 요원함, 인물의 비현실성, 꿈속의 꿈과 같은 것을 강조하기 위해 필연적으로 사용된 이름]가 나타나고, 응접실들에 그렇게 큰 키는 본 적이 없을 만큼 엄청나게 큰 사람이 손에 관통상을 입은 채 얼굴을 내밀었다.

같은 장에서 왜 그가 이름을 부르지 않으려 하는지 장황하게 설명한 후 — "어떤 이름을 고안하든지 축복받은 우리나라의 어느 구석에는 그 이름을 가진 누군가가 살고 있기 마련이고, 그는 배가 아플 정도가 아니라 죽느니 사느니 할 정도로 화를 버럭 내면서 작가가 일부러 비밀리에 자신의 모든 것을 탐문하러 왔었다고 떠들어 대기 시작할 것이기 때문이다" — 고골은 치치코프의 비밀에 대해 잡담을 하도록 설정했던 두 명의 수다쟁이 여인이 이름을 말하지 않도록 막지 못했고, 등장인물들은 마치 실제로 그의 통제에서 벗어난 듯 그가 감추려고 했던 것을 떠벌려 버린다. 구르기와 점프를 반복하다가 흩어져 버리는 온갖 작은 인물들로 가득한(마귀할멈이 빗자루에 올라타듯 고골의 펜 위에 안착하는) 문단도 발견할 수 있다. 이 문단은 기이하게 구세대적인 분위기를 가지고 있어서 조이스의 『율리시스Ulysses』 속의 억양, 문체를 연상시킨다(간단한 질문에 이어지는 장황한 답변은 이미 로렌스 스턴이 사용했지만 말이다).

그러나 주인공은 이것을 전혀 눈치채지 못하고[훈계조의 지껄임으로 이미 파티에 참석한 한 여인을 진 빠지게 만들고 있었다] 다양한 장소에서 그와 유사한 경우에 말했던 많은 유쾌한 일을 이야기했다. 그 내용인즉슨, 심비르스키주[어디를 말하는가?]의 소프론 이바노비치 베스페치니 집에는 그의 딸 아델라이다 소프로노브나와 세 명의 시누이가 있었는데, 바로 마리아 가브릴로브나, 알렉산드라 가브릴로브나, 아델레이다 가브릴로브나이고, 랴잔현의 표도르 표도로비치에게, 그리고 펜자현의 프롤 바실리예비치 포베도노스니와 그의 형 표트르 바실리예비치 집에는 처제 카테리나 미하일로브나와 6촌 자매들인 로자 표도로브나와 에밀리야 표도로브나가 있으며, 뱌트카현 표트르 바스로노피예비치 집에는 그의 약혼녀의 언니 펠라게야 예고로브나와 조카 소피야 로스티슬라브나와 두 이복 자매인 소피야 알렉산드로브나와 마클라투라 알렉산드로브나가 있다는 것이었다.

고골은 이국적인 느낌의(여기서는 독일풍의) 기이한 이름들을 거리적 요원함과 안개로 인한 시각적 왜곡을 전달하기 위해 사용한다. 괴상하게 결합된 이 이름들은 형체가 없는, 아니면 아예 만들어지지도 않은 사람들에게 붙은 것이다. 위 열거의 마지막을 차지하는 약간 술 취한 듯한 느낌의 베스페치니와 포베도노스니라는 성은 (러시아어로 '부주의한', '승리하는'이라는 뜻을 가진다) 엉터리 난센스의 극치여서 우리가 이미 경의를 표시한 바 있는 러시아계 스코틀랜드인[37]을 희미하게 연상시킨다. 어떤 사고 체계를 가져야 고골에게서 '자연주의적 사조'의 전신, 그리고 '러시아를 그린 사실주의 화가'를 발견할 수 있는지 의문이다.

명명의 향연에는 사람들뿐 아니라 물건들도 참여한다. 관리들이 카드에 붙인 별명들을 살펴보자. '체르비'는 하트 모양을 뜻하지만 벌레를 뜻하는 '체르프'와 유사하게 들리고, 감정적 효과를 고조시키기 위해 단어를 길게 늘이는 버릇이 있는 러시아 사람들의 언어 습관 때문에 벌레 먹은 자국을 의미하는 '체르보토치나'가 되기도 한다. 스페이드를 뜻하는 '피키'는 익살스러운 개를 연상시키는 라틴 어미를 가진 '피켄시야'도 되었다가 그리스어 어미 비슷한 '피켄

---

37 7장 초반에 스코틀랜드식 셔츠를 입고 춤을 추는 치치코프를 의미한다.

죽은혼 69

드라'가 되고, 조류학적 뉘앙스를 주는 '피추라'가 되었다가 마침내 진화의 법칙을 거스르고 고색창연한 도마뱀 '피추리시추크'가 된다. 대부분 고골 자신이 직접 만들어 낸 이 그로테스크한 별명들이 가지고 있는 상스러움과 오토마티즘[38]은 그것을 사용하는 사람들의 정신 상태를 극명하게 드러내는 수단으로 사용되었다.

* * *

인간의 눈과 곤충 겹눈의 차이를 비교해 보면, 그것은 고화질 스크린으로 만들어진 반 톤짜리 연판鉛版과 신문 사진 인쇄에 쓰이는 조악한 스크리닝 사진의 차이와 같다. 고골의 시각과 보통 독자들, 보통 작가들의 시각 차이가 그 정도라고 할 수 있다. 고골과 푸시킨이 등장하기 전 러시아 문학은 반소경이었다. 문학이 인지한 형식은 이성에 의해 규정된 윤곽을 벗어나지 않았다. 자신의 색깔은 없었고, 조상들로부터 물려받은 장님 같은 명사와 개를 연상시키는 형용사의 조악한 조합에 불과했다. 파란 하늘, 붉은 석양, 녹색 나뭇잎, 아름다운 검정 눈동자, 잿빛 구름 등이다. 노란색과 보라색을 처음 발견한 것은 고골이다(그다음으로는 레르몬토프와 톨스토이가 있다). 일출의 하늘이 창백한 녹색일 수 있고, 흐린 날 눈이 푸른색으로 빛날 수 있다는 것은 18세기 프랑스 문학의 엄격한 색 체계에 익숙한 '고전적' 작가에게는 이교도의 난센스로 들릴 수도 있다. 묘사

---

38 오토마티즘automatism. 무의식 상태에서 발현되는 창조적 힘을 예술로 표현하는 기법으로 1920년대 이래로 초현실주의 화가, 시인들에 의해 사용되었다.

의 예술이 수 세기 동안 얼마나 발전했는지 알려 주는 증거로 예술적 시력의 변화를 들 수 있다. 겹눈이 놀랄 만큼 복잡한 기관인 인간의 눈이 되고, 죽고 어두컴컴한 사회 통념상의 기존 색이 점차 섬세한 색조에 자리를 양보하면서 새로운 표현의 기적을 만들어 낸 것이다. 나무 아래 땅 위에서 흔들리는 빛과 그림자의 무늬, 햇빛이 만들어 내는 나뭇잎 색의 트릭과 같은 놀라운 현상을 포착한 작가가 그 이전에, 물론 러시아는 아닐 것이고, 있었는지 의심스럽다. 플류시킨의 정원에 대한 묘사는 마네가 구레나룻 기른 속물들을 놀라게 했던 것처럼 러시아 독자들에게 충격을 주었다.

집 뒤로 뻗은 오래되고 널찍한 정원은 마을을 지나 이윽고 들판으로 이어졌는데, 무성하게 자라고 황폐해지긴 했으나 이 드넓은 마을에 혼자 생기를 부여하는 것 같았고, 혼자 그림처럼 황량한 모습이 완전히 그림 같았다. 자유로이 무성하게 가지를 뻗어 한 데 어우러진 나무 정수리들이 녹색 구름인 듯, 그리고 바르르 떨리는 잎사귀들로 어설프게 만든 둥근 지붕인 것처럼 지평선을 배경으로 펼쳐져 있었다. 폭풍우나 뇌우에 꺾여 정수리가 사라진 엄청나게 크고 하얀 자작나무 줄기가 이 녹색 덤불에서 솟아오르고, 마치 일직선으로 뻗은 빛나는 대리석 기둥처럼 공중에서 둥글게 굽었다. 끝이 뾰족하고 위로 기둥머리까지 올라가는 대신 비스듬히 굽은 하얀 줄기가 눈처럼 새하얀 몸통을 배경으로 모자나 검은 새의 머리처럼 검게 변했다. 그 밑으로는 잡초와 마가목, 그리고 개암나무 덤불을 질식시키고, 이윽고 울타리의 끄트머리를 따라 내달리던 홉 덩굴이, 마침내 위로 올라와 부러진 자작나무를 절반 높이까지 칭칭 휘감았다. 그것은 중간까지 도달한 후 아래로 늘어지며 다시 다른 나무들의 꼭대기에 매달리기 시작하거나 반지처럼 가느다란 사슬고리로 엮여 공중에 가볍게 흔들렸다.

군데군데 햇빛에 빛나는 녹색 숲들이 흩어지고, 그들 사이에 검은 아가리처럼 입을 벌린, 빛이 들지 않는 외진 곳이 보였다. 그 외진 곳은 완전히 그늘에 덮이고, 그 검은 시연에서 언뜻언뜻 죽 뻗어 가는 좁은 길, 무너진 난간, 다 쓰러져 가는 오두막, 메말라서 속이 텅 빈 버드나무 줄기, 버드나무 뒤에서 끔찍하게 말라 죽고 서로 뒤엉키고 서로 엇갈린 무성한 나뭇잎들과 작은 나뭇가지들을 뚫고 나온 회색의 무성한 관목 숲, 그리고 마지막으로 앞발처럼 자신의 녹색 잎사귀들을 옆으로 내민 어린 단풍나무 가지가 보였다. 그 앞발 모양의 녹색 이파리들 가운데 한 이파리 밑으로 햇빛이 어떻게 그랬는지 모르지만 몰래 스며들어 그 이파리는 갑자기 이 짙은 어둠 속에서 투명하게 불을 뿜으며 신비로운 빛을 발했다. 한쪽에, 정원의 맨 가에 다른 나무들보다 더 높이 자란 몇 그루의 사시나무들이 떨리는 정수리에 커다란 까마귀 둥지들을 들어 올리고 있었다. 그중 어떤 것에는 부러졌으나 아직 떨어지지 않은 가지들이 메마른 나뭇잎들과 함께 매달려 있었다.

한마디로 모든 것이 그 어떤 자연이나 예술도 상상하지 못할 정도로 좋았으니, 이것은 그것들이 함께 어우러질 때, 종종 인간의 무분별한, 지나치게 과도한 수고에 대해 자연이 마지막 조각칼을 대어 과중한 짐들을 가볍게 하고, 원래의 여과되지 않은 계획이 드러내는 조악해 보이는 규칙성이나 빈약한 상상력을 없애고, 차갑고 투명하고 정연한 방식으로 창조된 모든 것에 신비로운 따스한 온기가 주어질 때만 일어난다.

나는 내 번역이 특별히 낫다거나 번역의 투박함이 고골의 어지러운 문법과 잘 맞는다고 주장하고 싶지는 않지만, 의미적인 측면에서는 정확하다고 말할 수 있다. 내 전임자들이 이 아름다운 부분을 엉망으로 번역한 것을 보면 흥미롭다. 이사벨 햅굿(1885)은 실수에 실수를 거듭하면서도 빠뜨리지 않고 옮기려는 시도는 했는데, 예를 들면 러시아 자작나무를 어디서든 볼 수 있는 너도밤나무로, 사시나무를 물푸레나무로, 딱총나무를 라일락으로, 검은 새를 찌르레기로, '크게 갈라진ziyavshaya'을 '빛나는siyavshaya'으로 옮겨 주었다.

* * *

등장인물들의 다양한 특성은 그들을 구 모양으로 굴려서 책의 아주 먼 곳까지도 다다를 수 있게 해 준다. 치치코프의 아우라는 계속되고 코담뱃갑과 여행 가방으로 상징된다. 그가 모든 이들에게 권하던 '은빛 에나멜 코담뱃갑' 아래에는 향기를 좋게 하기 위해 제비꽃들이 섬세하게 붙어 있었다(일요일 아침마다 나무 뚫는 뚱뚱한 애벌레만큼 희고 퉁퉁한 그 인간 이하의 더러운 몸에 오드콜로뉴를 뿌렸던 것처럼 숨겨 왔던 과거의 밀수 경력 냄새가 풍긴다). 치치코프는 악몽 같은 마을 주민들의 기괴한 코를 즐겁게 만들어 주는 감상적 향수를 이용해서 그에게 스며드는 지옥의 비참한 냄새(불쌍한 그의 하인이 풍겨 대던 보통의 냄새보다도 더 끔찍한)를 질식시켜 버리고자 했던, 사이비 피크위크[39] 같은 육체를 가진 허구이자 유령이기 때문이다.

---

[39] 영국 소설가 찰스 디킨스Charles Dickens(1812~1870)의 『피크위크 클럽의 기록 Pickwick Papers』에 등장한 얼굴이 붉고 뚱뚱한 인물의 이름

작가는 호기심 많은 독자들이 손궤의 구조와 내부 배치까지 알고 싶어 할 것이라고 확신한다. 그 호기심을 만족시켜 주지 못할 이유가 무언가! 자, 그 상자의 내부 배치를 보시라.

그리고 작가는 독자들에게 미리 알려 주지도 않고 손궤의 내부가 아닌 지옥의 원과, 끔찍하게 통통한 치치코프의 영혼과 딱 맞아떨어지는 파트너를 그려낸다. 작가가 착수하려는 일은 치치코프의 내장을 밝은 해부실 램프 아래서 파헤치는 것이다.

한가운데 비누를 넣는 칸이 있고[치치코프는 악마가 불어 낸 비누 거품이다], 그 뒤에는 대여섯 개의 면도날을 넣을 수 있는 좁은 칸막이가 있고[치치코프의 통통한 볼은 항상 실크처럼 부드러웠다. 가짜 천사의 모습이다], 그다음 모래병과 잉크를 담는 직사각형의 구석진 공간이 있고, 그다음에 깃털, 봉납, 그리고 길게 생긴 거면[죽은 혼을 모으는 데 쓰이는 서기의 도구] 뭐든 넣을 수 있도록 끌로 파낸 홈이 있었다. 그다음으로는 짧게 말해서 부고장, 극장 포스터, 기억을 위해 메모해 둔 다른 것들로[치치코프의 사회 편력] 가득 찬 온갖 뚜껑 있는 칸과 뚜껑 없는 칸들이 나뉘어 있었다. 온갖 칸들이 나 있는 위쪽 서랍을 통째로 빼면 그 아래에는 종이 더미로 채워진 공간이 있고[종이는 악마와 교류하는 주요 수단이다], 그다음에는 돈 보관용 작은 비밀 서랍이 눈에 띄지 않게 손궤[치치코프의 심장] 옆에 이어져 있었다. 주인이 항상 그것을 급히 빼내고 또 바로 잽싸게 밀어 넣어서[심장의 수축과 이완] 그 안에 돈이 얼마나 있는지 도저히 알 도리가 없다[심지어 작가도 모른다].

안드레이 벨리는 진정한 천재들의 작품에서만 보이는 이상한 잠재의식 속 단서를 추적해 가는 과정에서 고골을 다루었다. 그는 『외투』의 외투가 아카키 아카키예비치의 정부였고, 『이반 시폰카와 그의 이모Ivan Shponka and his Aunt』에서 종루가 시폰카의 장모였던 것과 마찬가지로, 손궤가 (고골 속 인간 이하의 다른 등장인물들과 마찬가지로 무능력한) 치치코프의 부인을 상징한다고 지적했다. 책 속의 유일한 여자 지주로 등장하는 코로보치카는 '작은 상자'라는 의미인데, 이것은 몰리에르[40]의 『수전노L'Avare』에서 아르파공이 "내 작은 상자!Ma cassette!"라고 외쳤던 것을 연상시킨다. 결정적 순간에 코로보치카가 도시에 도착하는 모습은 치치코프의 영혼을 파헤친 방법과 유사하게 묘사되었다. 이들 장면을 제대로 이해하기 위해서는 안드레이 벨리로 하여금 손궤를 아내로 오인하도록 만든 프로이트식의 넌센스는 잊어버리는 편이 낫다. 안드레이 벨리는 근엄한 심리 분석에 대한 조롱을 즐겼다.

아래 인용부의 초반(작품 전체에서 가장 뛰어난 부분으로 여겨지는)에서 밤의 족속들에 대한 언급은 부츠 애호가의 모습이 그랬듯 주변적 성격을 띤다.

그러나 우리 주인공이[치치코프] 딱딱한 안락의자에 앉아 상념과 불면증으로 고통스러워하면서 노즈드료프[치치코프의 수상한 거래에 대해 폭로함으로써 주민들의 마음속 평화를 깨뜨린 장본인]와 그의 친척[욕설을

---

40 본명은 장 바티스트 포클랭Jean Baptiste Poquelin(1622~1673)으로 17세기 프랑스의 극작가이자 배우이다.

먹고 자연스럽게 자라난 '가족 나무'을 온 마음으로 대접하고, 그의 앞에 있던 밀랍 양초가 희미해지고, 그 양초의 등심이 오래전부터 심하게 그을음이 끼어 검은 모자를 둘러쓰고 금세라도 꺼질 듯하며, 이제 곧 다가오는 새벽으로 푸르스름해지는 어둡고 분별력을 잃은 밤이 창문을 통해 그의 눈을 바라보고, 먼 곳에서 수탉들이 "꼬끼오" 하며 울어 대고['먼' 곳과 '울어 댐'의 반복을 보라. 치치코프는 잠이 들면서 가늘게 코를 골았고 세상은 온통 희미하고 이상해진다. 코 고는 소리는 멀리서 들려오는 수탉 울음소리와 뒤섞이고 문장은 사이비 인간을 탄생시키느라 몸부림치고 있다], 완전히 잠든 도시 어디선가 값싼 모직 외투, 직책도 관등도 알려지지 않고, 겨우 러시아의 방탕한 종족에 의해 닳고 닳은 길 하나만 알고 있는[텍스트에서 동사는 사람의 지위를 차지해 버린 모직 외투와 마찬가지로 여성이다] 불행한 사람[바로 여기 있다]이 터벅터벅 걷는 동안[문장이 시작되는 동안]…….

수염을 깎지 않아 파르르한 턱과 붉은 코를 가진 외로운 행자에 대해 잠시 경의를 표한다. 치치코프의 번민에 상응하는 딱한 처지에 놓였다는 점에서 그는 치치코프가 단잠을 자고 있을 때 장화를 바라보며 황홀해 했던 열정적인 몽상가와는 다르다. 고골은 계속 이어 간다.

바로 이때 도시의 반대편 끝에서 우리 주인공의 불쾌함을 배가시킬 만한 사건이 벌어지고 있었다. 바로 도시의 한적한 거리와 쓸쓸한 골목길에 이상한 마차 하나가 달가닥거리는 소리를 내며 달리고 있었던 것이다. 그것은 적합한 이름을 찾기가 매우 난감한 마차였다. 유개 여행 마차[가장 단순한 형태의 마차]도, 쌍두 사륜 반포장마차도, 반개 사륜마차도 아니고, 차라리 바퀴 위에 볼이 통통하고 불룩 튀어나온 수박이 얹혀 있는 것에 가까웠다[여기서 치치코프의 둥근 손궤와의 대응 구조가 시작된다]. 이 수박의 볼, 즉 노란색 흔적이 남아 있는 작은 문들은 손잡이와 자물쇠 상태가 나빠 잘 닫히지 않았고 겨우겨우 밧줄로 이어져 있었다. 수박은 담배쌈지, 소파의 쿠션, 단순한 베개 모양의 사라사 베개들로 가득 찼고 빵, 원호형 흰 빵, 속을 넣고 우유나 버터로 맛을 낸 흰 빵, 누룩 없이 구운 전병, 그리고 끓이고 나서 튀긴 반죽으로 만든 8자형 흰 빵들이 든 자루들로 꽉꽉 채워져 있었다. 닭고기 파이, 소금물로 버무린 속을 넣은 파이가 위로 삐져나와 있기까지 했다. 뒤쪽 발판에는 알록달록한 수제 재킷을 입고, 새치가 가볍게 덥힌 턱수염을 깎지 않은 하인 출신의 사람이 자리를 차지하고 있었는데, 그는 '청년'이라는 이름으로 알려져 있었다(50세가 넘긴 했지만). 쇠 경첩과 녹슨 나사에서 나는 소음과 삐걱거리는 소리에 도시 다른 쪽 끝의 순경이 잠에서 깨었고[고골식으로 또 다른 등장인물이 탄생했다], 그는 자신의 미늘창을 집고서 비몽사몽간에 온 힘을 다해 "거기 지나가는 게 누구냐?" 하고 소리치기 시작했다. 그러나 아무도 지나가지 않고 오직 멀리 덜거덕거리는 소리만 들리는 것을 보고[꿈속의 수박이 꿈속의 도시 속으로 들어왔다], 그는 자기 옷깃에 있는 어떤 짐승을 잡아 가로등에 다가가 자기 손톱으로 그것을 즉결 처단했다[손톱으로 짓눌러 버림으로써. 거대한 벼룩을 상대하는 러시아인들의 방식이다]. 그러고 나서 미늘창을 옆에 두고 다시 자신의 기사도 규정에 따라 잠들어 버렸다[여기서 고골은 보초를 서느라 놓쳐 버린 마차를 따라간다]. 말들은 편자를 박지 않아서 앞무릎을 계속 찧으며 절룩거리고, 게다가 보아하니 도시의 평평한 포석이 말들에게는 그다지 익숙하지 않은 것 같았다. 커서 다루기 힘든 그 마차는 이 거리에서 저 거리로 모퉁이를 몇 번 돌고는 마침내 네도 티치키 가의 니콜라라는 교구 교회를 지나 어두운 골목으로 꺾어 들어서 사제장의 집 문 앞에 멈춰 섰다. 반개 사륜마차에서 머리에 수건을 두르고 솜을 둔 부인용 재킷을 입은 소녀가 나와[전형적인 고골 형식이다. 별다른 특징이 없는 마차가 비교적 유형의 세계라 할 수 있는 목적지에 도착함으로써, 이전까지 조심스레 그런 것이 아닐 거라고 얘기되던 마차는 확실한 운송 수단의 일종으로 자리매김한다] 마치 남자처럼 두 주먹으로 세계 문을 두드리기 시작했다(알록달록한 재킷을 입은 청년은 죽은 듯 잠들어서 이후 다리를 잡고 끌어냈다). 개들이 짖기 시작하고, 마침내 문이 입을 벌려 매우 힘겹긴 했으나 이 볼썽사나운 여행용 작품을 집어 삼켰다. 마차가 장작, 닭장, 갖가지 작은 우리들이 나뒹구는 비좁은 마당에 들어서자 마차에서 한 부인이 나왔다. 이 부인은 다름 아닌 여지주이자 죽은 제10등급 문관의 부인인 코로보치카였다.

치치코프가 피크위크를 닮은 것만큼이나 코로보치카는 신데렐라와 비슷하다. 그녀가 나오는 수박이 동화 속 호박과 같다고 볼 수는 없다. 수박은 코로보치카가 등장하기 바로 직전 반개 사륜마차로 변하는데, 이는 수탉의 울음소리가 휘파람 부는 듯한 코 고는 소리로 바뀐 것과 같은 이유를 갖는다. 그녀의 등장이 치치코프의 꿈속에서 이루어진 것이라고 가정할 수도 있다. 그가 불편한 안락의자에서 졸았다는 것이다. 그녀의 등장은 실제로 벌어진 일이지만 그녀가 타고 온 마차의 외양은 그의 꿈에 의해서 살짝 왜곡되어 있고(그의 모든 꿈은 상자 안의 비밀 손궤에 대한 기억의 지배를 받는다), 이 마차가 반개 사륜마차로 판명되는 것은 치치코프 역시 그것을 타고 왔기 때문이다. 모양의 변화는 차치하더라도 통통한 치치코프 자신이 둥글고, 그의 꿈이 고정된 중심축을 중심으로 돌기 때문에 마차는 둥근 모양을 하고 있다. 동시에 그녀의 마차는 치치코프가 가지고 있는 둥근 모양의 여행 가방이기도 하다. 마차의 내부와 외양은 상자 내부를 설명할 때와 마찬가지로 악마적이라고 할 만큼 꼼꼼하게 묘사되어 있다. 늘어진 베개는 상자 안의 '기다란 칸'에, 다양한 종류의 빵은 치치코프가 보관하고 있는 허접한 기념물들에 상응한다. 구입한 죽은 혼을 기록하기 위한 종이는 얼룩덜룩한 재킷을 입고 졸고 있는 농노에 의해 형상화된다. 그리고 치치코프의 심장을 상징하는 손궤 속 작은 비밀 서랍은 코로보치카 자신인 것이다.

***

비유를 통해 탄생한 주인공들에 대해 논하면서, 커다랗고 이상하게 생긴 고치에서 밝고 섬세한 작은 나비가 탄생하듯이 소바케비치의 둔하고 거대한 얼굴에 이어 서정의 격류가 몰아쳤던 것을 이미 지적했다. 이상하게도 소바케비치는 그 덩치와 근엄함에도 불구하고 이 책에서 가장 시적인 캐릭터다. 이는 설명이 좀 필요한 부분인데, 우선 소바케비치 개인의 상징과 특성을 살펴보자(그는 가구로 형상화되어 있다).

치치코프는 앉으며 벽에 걸린 그림들을 바라보았다. 그림들에는 전부 훌륭한 영웅들, 그리스 장군들이 등신상으로 새겨져 있었으니, 빨간 바지와 군복을 입고 코에 안경을 걸친 마브로코르다토스, 콜로코트로니스, 미아울리스, 카나리스 등이 있었다. 이 영웅들 모두 온몸에 소름이 끼칠 정도로 두꺼운 장딴지와 듣도 보도 못한 놀라운 콧수염을 하고 있었다. 이렇게 튼튼한 그리스인들 사이에, 대체 어떤 식으로 무슨 영문인지는 몰라도, 여위고 깡마른 바그라티온[유명한 러시아 장군]이 밑에 작은 군기들과 대포들과 함께 가장 좁은 액자에 끼워져 걸려 있었다. 그다음 다시 그리스 여전사인 보벨리나가 뒤를 이었는데, 그녀의 한쪽 다리가 오늘날 우리 응접실을 가득 메우는 멋쟁이 신사들의 몸통보다 더 굵어 보였다. 건장하고 튼튼한 주인은 자기 방 역시 튼튼하고 건강한 사람들로 장식하고 싶었던 것 같았다.

하지만 이것이 유일한 이유일까? 소바케비치가 낭만적인 그리스에 의지하는 데 어떤 특별한 점이 있는 것은 아닐까? 그 건장한 가슴속에 '가늘고 작고 성긴' 시인이 숨어 있는 것은 아닐까? 시적인 성향이 강한 당시 러시아인들에게 바이런의 사색보다 더 강한 감흥을 불러일으키는 것은 없었다.

치치코프는 다시 한 번 방을 둘러보았는데, 방에 있는 것 모두 아주 튼튼하고 너무나 볼품이 없어서 집 주인과 이상하게 닮아 보였다. 응접실 한쪽에는 배가 불룩 튀어나온 호두나무제 사무용 책상이 아주 빈약한 네 개의 다리로 서 있었는데, 영락없는 곰이었다. 책상, 소파, 의자 들 모두 아주 무겁고 불편하게 하는 특성을 갖고 있었다. 한마디로 물체 하나하나, 의자 하나하나가 "나도 소바케비치야!" 혹은 "나도 소바케비치랑 아주 닮았어!"라고 말하는 것 같았다.

그가 삼키는 음식은 게걸스러운 거인이나 먹음직한 것들이다. 돼지고기를 내오면 돼지를 통째로, 양고기라면 양을 통째로, 거위고기라면 거위를 통째로 식탁에 내놓는다. 음식에 대한 그의 생각은 원시적인 시의 형태로 묘사되었는데, 미식적 리듬이라는 것이 있다면 그의 식사가 갖고 있는 박자는 가히 호메로스급일 것이다. 사방을 갉아 먹고 빨아 먹은 양의 옆구리 절반, 그다음 그가 집어삼킨 접시보다 큰 페이스트리, 달걀, 쌀, 동물 간과 다른 내장들로 가득 찬 송아지만 한 타조 등은 소바케비치의 상징이자 겉모습, 자연스러운 장신구다. 그것들은 플로베르가 쓰기 좋아했던 수식구 '거대하게'를 연상케 하는 쉰 목소리의 웅변으로 소바케비치의 존재를 주장한다. 크게 조각내고 난도질한 음식을 먹는 소바케비치는 로댕이 세련된 안방에 자리잡은 로코코풍 싸구려 장식물을 짐짓 모른 체하듯, 식사 후 부인이 내온 특이한 잼을 무시한다.

이 몸뚱어리에는 영혼이란 게 아예 없거나, 있어도 있어야 할 그곳이 아니라 마치 불멸의 카셰이[러시아 구비 문학에 나오는 악귀]처럼 산 너머 어딘가에 아주 두꺼운 껍질에 갇혀 있어서, 그 영혼의 밑바닥에서 무슨 일이 있건 표면에는 아무 동요도 일어나지 않는 것 같았다.

***

죽은 혼들은 두 번 살아난다. 처음은 소바케비치(그들에게도 자신처럼 거대한 특성을 부여하는)를 통해서, 그다음은 치치코프(작가의 서정적 도움을 받은)를 통해서다. 그 첫 번째 방법, 소바케비치는 자신의 물건에 값을 매긴다.

　"함 봐요. 예를 들어, 여기 마차 제조공 미혜예프! 그는 짐마차 나부
랭이를 만든 게 아니라 언제나 스프링이 달린 마차만 만들었어요. 모
스크바 장인도 그렇게는 못 만들 거요. 어찌나 힘이 센지 한 시간만에
혼자 두들겨 부수고 옻칠을 할 거요!" 치치코프는 하지만 미혜예프는
이미 오래전에 세상에 없다고 말하려고 입을 떼었으나, 통상 말하듯이
언어의 힘에 사로잡혀 소바케비치의 입에서는 재치 있는 말들이 폭포
수처럼 쏟아져 나왔다.

　"그리고 목수 프로브카 스테판은 어떻고? 당신이 그만한 농노를 어
디서고 찾아낸다면 내 목이라도 내놓겠소. 얼마나 힘센 장사였다고!
그가 경비대에서 근무했으면, 그가 얼마나 멀리 나갔을지 아무도 몰라
요. 키가 2미터가 넘었으니까."

　치치코프는 다시 프로브카도 이 세상 사람이 아니라고 지적해 주고
싶었다. 하지만 소바케비치는 완전히 몰입한 듯했고, 말이 폭포수처럼
흘러나와 잠자코 듣는 수밖에 없었다.

　"밀류시킨, 그 벽돌공은 어떻고! 어떤 집에건 난로를 놓을 수 있었
어. 막심 텔랴트니코프, 이 구두장이는 송곳으로 구멍만 내면 바로 구
두가 나오는데, 그 구두가 얼마나 기막힌지 고맙다고 해야 했소. 술을
입에 대기만 하면 고주망태로 취했고. 그리고 예레메이 소로코플료힌
도 있죠! 이 농노 하나에만 모든 농노들 값을 다 내야 할 거요. 모스크
바에서 장사해서 소작료를 일 년에 5백 루블이나 가지고 왔으니까."

　치치코프는 존재하지도 않는 상품들을 선전해 대는 이 이상한
허풍쟁이에게 반박하려 했지만, 소바케비치는 그들이 죽은 농노들

이라는 사실을 인정하며 잠시 진정하는듯 싶다가 다시 열변을 토한다.

"그래요, 물론 죽었죠." 소바케비치는 말했고, 이제야 정신이 들어서 사실 그들은 이미 죽은 사람들이라는 것을 상기한 듯했다. "하지만 이렇게도 말할 수 있소. 오늘 살아 있는 것으로 등록되어 있는 농노들은 어떤 작자들이오? 그들은 어떤 종자들이오? 이들은 파리지 인간이 아니오."

"네, 하지만 그들은 존재하는 반면에, 죽은 농노들은 한낱 꿈일 뿐이에요."

"아니 그렇지 않아, 꿈이 아니오! 미헤예프가 어떤 사람이었는지 설명해 볼까요? 그런 사람을 당신은 어디서도 구하지 못할 거요. 그는 몸집이 엄청 커서 이 방에 들어오지도 못할 거요. 아니, 그는 꿈이 아냐! 그의 우람한 어깨엔 정말 어떤 말보다 힘이 넘쳤어요. 당신이 다른 어디서 그런 꿈을 찾을 수 있을지 알고 싶소."

이렇게 말하면서 소바케비치는 조언을 구하듯 바그라티온의 초상화를 향해 몸을 돌렸다. 흥정을 마치고 얼마의 시간이 흘러 거래 체결 전 엄숙한 침묵이 흘렀다.

매부리코의 바그라티온이 벽에서 이 거래를 아주 주의 깊게 지켜보고 있었다.

소바케비치의 영혼에 가장 가까이 다가갈 수 있는 것이 바로 이 순간이다. 상스러운 천성에서 터져 나온 아름다운 서정적 감성은 치치코프가 지주들로부터 구입한 죽은 혼들의 명단을 쳐다보는 장면에서도 목격된다.

이윽고 이 종이들에 적힌, 언젠가 정말로 농부들이었고 일하고 밭 갈고 술 취하고 마차 끌고 주인을 속였거나 어쩌면 그냥 좋은 농부들이었을 이 농부들의 이름을 바라보자 어떤 이상하고 그 자신도 이해 못할 감정이 그를 사로잡았다. 기입된 명단 하나하나가 어떤 독특한 개성을 지니는 것 같았고, 그것을 통해서 농부 자신들이 자신의 고유한 개성을 얻는 것만 같았다. 코로보치카의 소유였던 농부들 대부분은 부가 설명과 별칭이 있었다. 플류시킨의 명단은 음절이 짧은 것이 특징이었는데, 종종 이름과 부칭의 앞 글자들, 그리고 두 개의 점만 적혀 있었다. 소바케비치의 장부는 예외적으로 내용이 풍부하고 주변 상황들까지 기록되어서, 농부의 장점들 중 어느 것 하나 누락되지 않았다. (……)

"이보게들, 여기 빽빽이 모였구먼! 이보게들, 자네들은 평생 뭐 하며 지냈나? 어떻게 입에 풀칠하며 살았나?"[그는 이들의 삶을 상상해 보고, 농노들은 하나둘씩 뚱뚱한 치치코프를 밀어내며 존재감을 얻어 간다.]

"아! 바로 그 사람, 스테판 프로브카, 그 영웅 전사 말이지, 기병대로 보냈으면 딱이었을걸! 허리엔 도끼, 어깨엔 장화를 두르고[러시아 농부들이 신발을 아끼는 방법이다] 현 전체를 헤집고 돌아다니면서 빵 조각과 말린 생선 두 마리로 배를 잔뜩 채우고, 아마도 집에 돌아올 때마다 지갑에 은화 1백 루블씩 넣어 끌고 오고[주인에게 가져다주려고], 2백 루블 지폐 한 장은 마포 바지에 꿰매 넣거나 장화에 쑤셔 넣었을 거야. 근데 넌 어디서 목숨을 잃은 거지? 크게 돈벌이를 하려고[수리비 명목으로] 교회 지붕 밑에 사다리를 타고 올라가 아마 십자가까지 기어올랐다가 횡목에서 발이 미끄러져 땅으로 풀썩 떨어졌겠지. 그때 옆에 서 있던 어떤 미헤이 아저씨가 손으로 머리를 긁적거리며 '이런, 바냐, 꾐에 빠져 바보짓을 했구먼!'이라고 말하고, 이번에는 자기 몸을 밧줄로 감고 자네 대신 기어 올라갔을 거야. (……)"

"(……) 그리고리 다에자이-니-다에데시![도달하지 못할 곳으로 끝까지 간다는 뜻] 넌 어떤 녀석이냐? 마차 수송업을 하고, 트로이카와 거적으로 만든 포장마차를 마련해서 집과, 고향 집과 영원히 인연을 끊고 상인들과 장터로 길을 나섰을 거야. 넌 길에서 신에게 영혼을 맡긴 거냐, 아니면 친구들이 어떤 뚱뚱하고 볼이 발그레한 병사 아내를 얻기 위해 자넬 죽인 거냐? 아니면 네 가죽 장갑과, 키는 작지만 다부진 말들이 모는 트로이카가 숲의 부랑자 눈에 들어온 거냐, 아니면 농가의 천장 아래에 누워 생각만 하다가 갑자기 아무 이유도 없이 주막으로 향하다가 곧장 얼음 구멍으로 사라진 거냐."

그중 니우바자이-코리토라는 이름(무례와 돼지 구유라는 단어의 이상한 조합) 자체는 촌스럽게 제멋대로 늘어져 있는 길이로 미루어 이름 주인이 어떤 식의 죽음을 맞이했을지 짐작하게 한다.

"길 한가운데서 굼뜬 짐마차가 잠자는 널 깔고 지나간 거냐?"

플류시킨의 농노였던 포포프에 대한 언급은 그가 어느 정도 교육을 받았고, 그래서 평범한 살인이 아닌 고상한 도둑질로 벌을 받았을 거라는 가정 하에서 대화(이 초논리적인 전개를 보라) 형태로 길게 이어진다.

"하지만 군 경찰서장이 신분증이 없는 널 잡은 거야. 넌 당차게 대질 심문을 받으며 서 있지. '너는 누구 농노냐?' 군 경찰 서장은 아마 이런 경우 한두 마디 심한 욕설을 섞어 가면서 말할 거야. '누구누구 지주의 소유입니다요.' 넌 잽싸게 대답하지. '넌 여기서 뭐 하고 있나? [이렇게 멀리 떨어진 곳에서]' 군 경찰서장이 말하지. '소작료를 바치는 대신 도시에서 일하도록 허락받았습니다요.' 넌 거침없이 대답하지. '네 신분증은 어디 있나?' '주인인 피메노프 상인에게 있습죠.' '피메노프를 불러와!' (……) '자네가 피메노프인가?' '제가 피메노픕니다.' '저자가 자네에게 신분증을 맡겼나?' '아뇨, 신분증을 맡긴 적이 없는데요.' '너 왜 거짓말해?' 군 경찰서장이 다시 욕설을 섞으며 말하지. '정말 그렇네요.' 너는 재치 있게 대답하지. '그에게 맡기지 않았어요. 집에 늦게 왔거든요. 그래서 종지기 안티프 프로호로프에게 맡겼습죠.' '종지기를 불러와!' '저자가 자네에게 여권을 맡겼나?' '아뇨, 그에게서 신분증 받은 적 없는데요.' '어라, 너 또 거짓말했어!' 군 경찰서장이 욕을 곁들이며 말하지. '대체 네 신분증은 어디 있나?' '갖고 있었는데요.' 넌 당돌하게 말하지. '네, 어쩌면 길 가다가 어딘가에 떨어뜨렸는지 모르겠습니다요.' 군 경찰서장은 다시 자네에게 욕설을 퍼부으며 말하지. '그럼 병사 외투는 왜 훔쳤나? 사제 집에서 동전 상자는 왜?'"

얼마간 이렇게 계속되다가 포포프가 러시아에 차고도 넘치는 여러 감옥으로 끌려 다니는 모습이 그려진다. 이 죽은 혼들은 결국 불행한 결말, 죽음으로 이어질 운명으로 다시 태어나지만, 그들의 이런 부활은 고골이 순종적이고 경건한 국민들을 기쁘게 해 주기 위해 2, 3권에서 만들어 내려 했던 거짓스러운 '도덕적 부활'보다 훨씬 완벽하고 만족스럽다. 작가 자신의 변덕의 예술이 이 장면에서 죽은 혼들을 살려 낸 것이다. 도덕적·종교적으로 접근했다면 고골의 상상이 만들어 낸 이 부드럽고 따뜻하고 건강한 주인공들은 파괴되어 버렸을 것이다.

* * *

붉은 입술, 금발 머리에 감상적이고 지루하고 불결한 마닐로프(이 이름에는 '매너리즘', 안개라는 의미를 가진 '투만', '몽환적으로 유혹하다'라는 뜻을 가진 동사 '마니츠'[41]가 포함되어 있다)를 상징하는 것은 여러 가지가 있다. 다듬어진 관목과 푸른색 기둥의 정자(고독한 사색의 사원)를 가진 영국식 정원 안 연못에 낀 기름진 녹색 개구리밥, 그가 자식들에게 붙여 준 사이비 고전적인 이름들, 한결같이 14페이지가 펼쳐져 있는 서재 안에 놓인 책(다섯 페이지씩 읽어 내려간다는 인상을 줄 수도 있는 15페이지도 아니고, 악마의 한 다스를 뜻하는 13페이지도 아닌, 개성 없는 마닐로프를 닮은 무미한 핑크빛 금발의 14페이지다), 화려한 비단 천으로 꽉 끼게 두른 아름다운 의자와 실크가 모자라 거적으로 덮은 두 개의 의자, 고대의 세 여신과 사치스러운 자개 갓이 있는 검은 청동으로 된 현란한 촛대와 함께 놓인 기우뚱하고 휘어진 놋쇠 촛대 같은 가구 배치에서 보여지는 무성의한 틈새 등이다. 마닐로프를 가장 적절하게 상징하는 것은 아마 창문턱에 깔끔하게 열 지어 쌓여 있는 파이프에서 쏟아 낸 담뱃재 더미일 것이다.

---

41 원문에는 마니츠라는 동사의 과거형인 마닐 manil 로 표기되어 있다.

그게 그가 가진 유일한 예술적 유희이기 때문이다.

* * *

따분하고 혐오스러우며 자신의 슬픈 현실로 주위 사람들을 당혹스럽게 하는 인물들을 지나쳐 인간의 숭고한 가치를 보여 주는 인물들에게 다가가는 작가는 행복하다. 그는 날마다 소용돌이치며 맴도는 형상들 속에서 오직 몇몇의 예외적인 인물들만 선별하고, 한 번도 자신의 리라의 고양된 선율을 바꾸지 않고, 정상에서 가난하고 초라한 동포들에게 내려오지 않으며, 발을 땅에 대지 않고, 땅에서 멀리 떨어져 찬미를 받는 형상들에게 애정을 기울인다. 그의 행복한 운명은 배로 주위의 부러움을 산다. 그는 그들 속에서 마치 자기 가족 안에서처럼 편안하고, 그러는 사이에도 그의 명성은 멀리 우렁차게 울려 퍼진다. 그는 황홀한 연기를 피워 사람들의 시야를 가리고, 삶의 슬픈 사연은 덮고 아름다운 사람만 보여 주는 식으로 놀랍게 그들의 비위를 맞춘다. 사람들은 박수를 치며 그를 뒤따르고 그의 의기양양한 마차를 따라 내달린다. 그는 높이 나는 다른 어떤 새들보다 독수리가 더 위로 비상하듯이, 이 세상의 다른 어떤 천재들보다 높이 비상하는 세계적인 대시인이라고 불린다. 젊은이들의 뜨거운 가슴은 그의 이름을 듣기만 해도 전율에 사로잡히고, 모든 이들의 눈에서 그에 대한 답례로 눈물이 반짝인다……. 그 힘에 있어 그와 어깨를 나란히 할 자가 없으니, 그는 신이다!

그러나 매 순간 눈앞에 있으나, 무관심한 시선으로는 알아보지 못하는 것을 감히 밖으로 불러내는 작가의 운명은 그와 다르다. 그는 우리 삶을 뒤죽박죽으로 만드는 온갖 끔찍하고 충격적인 자질구레한 일상사와, 이 땅에서의 때때로 고통스럽고 지루한 삶을 가득 채우는 온갖 차갑고 조각조각 분열되고 일상적인 인물들의 영혼의 밑바닥을 불러낸다. 그는 그들을 감히 조각칼로 가차 없이 힘차게 돋을새김하여 모든 이들의 눈앞에 선명하게 드러낸다. 그는 민중의 박수갈채를 받지 못하고, 자신에 의해 고양된 영혼들이 그에게 흘리는 감사의 눈물과 그 영혼들의 혼연일체가 된 흥분을 보지 못한다. 머리가 어찔해지고 영웅의 매력에 흠뻑 빠진 열여섯 살 소녀들이 그에게 달려 나오지 않을 것이다. 그는 자신이 뽑아내는 말들의 달콤한 매력에 스스로 매료되는 일도 없다. 마침내 그는 동시대의 재판, 위선적이고 몰인정한 동시대의 재판을 피하지 못한다. 그 재판은 그가 애정을 담뿍 갖고 있는 창조물들을 무의미하고 저급하다고 부르고, 그에게 인류를 수치스럽게 하는 작가들 속에 경멸스러운 구석 자리를 하나 배정하고, 그가 묘사한 주인공들의 자질들을 그에게 붙이며, 그로부터 가슴도, 영혼도, 신성한 재능의 불꽃도 떼어 낼 것이다. 동시대의 재판은 태양을 비추는 유리와 눈에 띄지 않는 곤충들의 움직임을 전달하는 유리가 똑같이 신비롭다는 걸 인정하지 않기 때문이다. 동시대의 재판은 경멸스러운 삶에서 끄집어 낸 그림에 빛을 비추고 그것을 진주와 같은 작품으로 승화시키기 위해 영혼의 밑바닥까지 내려가야 할 필요를 인정하지 않기 때문이다. 동시대의 재판은 숭고하고 감격에 벅찬 웃음은 숭고한 서정적인 운율과 나란히 놓일 만큼 가치 있고, 그것과 발라간 어릿광대들의 찡그린 얼굴 사이에 엄청난 간극이 있음을 인정하지 않기 때문이다! 동시대의 재판은 이것을 인정하지 않고, 인정받지 못한 작가에게 온갖 질책과 비난을 퍼붓는다. 그는 정당한 자리도, 대답도, 연민도 없이 집 없는 떠돌이처럼 길 한가운데 홀로 남겨질 것이다. 그의 활동 영역은 가혹하고, 그는 자신의 고독을 고통스럽게 통감할 것이다.

그리고 나는 아직 오랫동안, 어떤 신비로운 힘에 이끌려 이상하기 짝이 없는 내 주인공들과 손에 손을 잡고 걸어가며, 큰 무리를 지어 흘러가는 삶을 관찰하고, 즉 세상에 보이는 웃음과 세상에 보이지도 알려지지도 않는 눈물을 삼키며 그것을 관찰하도록 예정되어 있다. 공포스러운 영감의 소용돌이가 그와는 다른 샘물로 성스러운 두려움과 광채에 에워싸인 머리에서 솟아오르고, 당혹스러운 전율 속에 다른 말들의 장엄한 굉음이 들리게 될 때는 아직 멀었다.

『죽은 혼』 2권에 고골이 어떤 내용을 이어 가려 했는지를 섬광처럼 살짝 보여 준 이와 같은 화려한 수사 바로 뒤에는 악마처럼 기괴한 장면이 이어진다. 바로 뚱뚱한 반나체의 치치코프가 침실에서 춤을 추는 모습이다. 이는 황홀한 웃음과 서정적 격정의 조화가 고골의 책에서 가능하다는 것을 보여 주기에 적절한 예는 아니다. 그렇게 웃는 게 가능하다고 생각했다면 그것은 고골의 자기기만이다. 서정적 감정의 토로는 책의 짜임새를 구성하지 않는다. 그저 짜임새가 제 모양이 되도록 도와주는 틈새 역할을 할 뿐이다. 『검찰관』에서 무대 뒤에서 들려오는 마부의 외침("이랴, 신나게 달려 보자!")이 여름 밤 공기 속 요원함, 낭만, '여행으로의 초대'[42]를 불러일으켰던 것처럼 고골은 그의 세계 다른 끝(이탈리아 쪽 알프스)에서 몰아닥친 폭풍에 휩쓸리는 것을 즐겼다.

고골의 시각으로 바라본 러시아가 마치 굉장한 꿈을 꾸고 있는 것마냥 사랑스럽게 그려질 때(특정한 풍경, 환경, 상징, 길고 긴 길을 통

---

42 「여행으로의 초대Invitation au Voyage」. 프랑스 시인 샤를 보들레르Charles Baudelaire (1821~1867)의 시 제목

해) 서정적 어조가 폭발적으로 드러난다. 다음 인용부는 치치코프의 마지막 출발, 아니 도망과 그의 어린 시절에 대한 묘사 사이에 위치한다.

반개 사륜마차는 그러는 사이에 돌아서 더 한산한 거리에 들어섰고, 곧 도시의 끝[시간이 아닌 공간적 의미에서]을 미리 알리는 긴 나무 울타리가 이어졌다[러시아 울타리는 윗부분이 뾰족한 톱니 모양으로 되어 있고 회색빛을 띤다. 멀리서 보면 전나무숲을 연상시킨다]. 곧 포석도 끝나고, 횡목과 도시도 뒤로 사라져 아무것도 안 남고, 다시 길이었다. 그리고 다시 길 양쪽으로 이정표[schlagbaum : 흰색과 검은색으로 칠해진 이동 가능한 기둥]가 세워져 있는 큰길을 따라 새로이 몇 베르스타[43]인지를 나타내는 표지판들, 역참지기, 우물들, 짐수레들, 그리고 사모바르, 아낙네, 손에 귀리를 들고 여인숙 마당에서 뛰어가는 민첩하고 수염이 더 부룩한 주인 등이 있는 잿빛 마을들, 다 떨어진 짚신을 신고 800베르스타[500도 아니고 100도 아닌 800이다. 고골의 세계에서는 숫자마저 개인성을 획득하는 듯하다]를 터벅터벅 걸어가는 보병, 작은 목조 가게, 밀가루 통, 짚신, 원형의 흰 빵과 다른 잡동사니 들이 아무렇게나 세워진 작은 도시들, 줄무늬 쳐진 횡목들, 수리 중인 다리들[언제나 수리 중이다. 고골 속 어지럽고 나른하고 궁색한 러시아의 모습이다], 길 이쪽으로도 저쪽으로도 무한히 펼쳐진 들판, 지주들의 대형 여행 마차, 탄약과 모모 포병대 소속이라는 서명이 있는 녹색 궤짝을 말로 운반하는 병사, 스텝을 따라 눈에 반짝이는 녹색, 노란색, 새로 파낸 검은색 밭이랑들[고골은 금방 갈아엎은 밭이랑을 의미하는 '검은색' 앞에 '새로 파낸'이라는 단어를 집어

---

43 미터법이 도입되기 전 러시아의 거리 단위로 1베르스타는 1.067킬로미터에 해당한다.

넣는 것이 러시아 통사 구조상 용인되는 필요 공간이라고 생각한다], 멀리 길게 울려 퍼지는 노래, 안개에 휘감긴 소나무 꼭대기, 멀리 울려 퍼지는 종소리, 파리처럼 보이는 까마귀들, 끝이 없는 지평선…… 루시여! 루시여![고대 러시아의 이름이자 시적인 표현] 난 그대를 바라보네, 내 신비롭고 아름다운 먼 곳에서 그대를 바라보네! 그대 안의 모든 것이 가난하고 뿔뿔이 흩어지고 쉴 곳이 없다. 대담한 예술의 신비들이 왕관으로 덧씌워진 대담한 자연의 신비, 창문이 많고 높으며 절벽 속에 자라난 높은 궁전들이 있는 도시들, 소음을 내고 영원한 물을 뿌리는 번쩍이는 폭포들을 맞으며 집 안으로 자라난 그림 같은 나무들과 담쟁이덩굴들이 그대의 시선을 즐겁게 하거나 경탄하게 위로 끝없이 육중하게 뻗어 가는 높은 돌덩어리를 바라보기 위해 고개를 뒤로 젖힐 일도 없다[이것은 고골 개인의 러시아다. 우랄도, 알타이도, 캅카스의 러시아도 아닌]. 포도 덩굴, 담쟁이덩굴, 수백만 송이의 야생 장미들로 뒤얽히고 서로 층층이 쌓인 검은 아치들 사이로 빛나지도, 은빛의 청명한 하늘로 높이 솟아오르며 영원히 빛나는 산줄기들이 그것들 사이로 멀리 빛나지도 않을 것이다. 그대 안의 모든 것이 탁 트여 텅 비고 평평하여, 점들처럼, 반점들처럼[지도 위의] 평원 한가운데 높지 않은 도시들이 솟아 있다. 눈길을 사로잡거나 황홀하게 하는 게 없다. 그럼에도 얼마나 이해하기 어려운 수수께끼 같은 힘으로 사람들이 그대에게 이끌리는가? 왜 우수에 잠긴 그대의 노래가 그토록 길게 넓게 바다에서 바다로 나아가며 끊임없이 울려 퍼지는가? 그 안에, 이 노래 안에 무엇이 있는가? 무엇을 부르고 흐느끼며 가슴을 부둥켜안는가? 어떤 소리가 나를 고통스럽게 애무하며 내 영혼에 파고들어 내 심장 주위를 휘감고 도는가? 루시여! 그대는 내게 무엇을 원하는가? 어떤 이해할 수 없는 연관성이 우리 사이에 숨어 있는가? 그대는 무엇을 그토록 바라보며, 왜 그대 안의 모든 것이 기대에 가득 찬 시선을 내게 돌리는가? (……) 내가 미혹에 사로잡혀 꿈쩍도 하지 않고 서 있는 동안 곧 쏟아져 내릴 비로 무거워진 소나기구름이 머리 위에 드리워지고, 탁 트인 그대를 마주하며 내 상념은 할 말을 잃는다. 이 한없는 공간은 무엇을 예언하는가? 바로 여기 그대에게서 그대가 끝이 없듯이 무한한 생각이 태어나지 않겠는가? 여기, 기지개를 켜고 뻗어 나갈 공간이 있는데 고대의 영웅 전사가 없겠는가? 무엇이든 할 수 있는 공간이 나를 위협적으로 에워싸며 내 영혼 깊은 곳에 무서운 힘으로 반영되고, 천상의 권세가 내 눈에 번쩍인다. (……) 오! 얼마나 빛나고 신비로우며 지상에 낯선 먼 곳인가! 루시여!

"잡아, 꽉 잡으란 말이야, 이 멍청아!" 치치코프가 셀리판에게 고함을 질렀다[서정적 감정의 토로가 치치코프가 한 명상의 산물이 아님을 보여준다].

"칼 맛 좀 봐야겠구먼!" 맞은편에서 온, 수염이 1아르신은 될 것 같은 부관이 소리쳤다. "안 보여, 정신을 얻다 빼놓고 다니는 거야, 이건 공무용 마차야!" 삼두마차가 이렇게 말하고서 마치 유령처럼 종소리를 내며 먼지와 함께 사라졌다.

시인이 고향에서 멀리 떨어져 있다는 사실은 러시아의 미래, 그리고 모든 러시아 사람들이 기다렸고 고골 자신도 반드시 집필하겠다고 다짐했던 2권의 미래가 요원하다는 사실로 전환된다. 나는 『죽은 혼』이 치치코프가 도시 N을 떠남으로써 끝났다고 생각한다. 1권을 마무리하면서 용솟음친 아래와 같은 웅변에서 시 자체가 부린 마법과 다른 종류의 마법 중 어느 게 더 감동적이었는지는 모르겠다. 왜냐하면 고골은 두 가지 과제를 떠안고 있었기 때문이다. 치치코프를 도주하게 해서 처벌을 면하게 하고, 자신의 집인 지옥으로 돌아가는 사탄의 사도를 인간의 법으로 처벌할 수 없다는 불쾌한 결론에서 가능한 한 독자의 관심을 떼어내야 한다는 것이었다.

셀리판은 다시 기력을 회복하고 적갈색 말 등에 채찍을 몇 번 휘둘러 그 말이 보다 빨리 달리게 했고, 모든 말들 위로 채찍을 크게 휘둘러 때리면서 여린 목소리로 노래하듯이 "겁낼 것 없어!"라고 덧붙였다. 말들은 활기를 띠면서 반개 사륜마차를 깃털처럼 가볍게 끌었다. 셀리판은 채찍을 휘두르며 "헤이! 헤이! 헤이!" 고함을 쳤다. 삼두마차가 구릉을 따라 미끄러지듯 날아오르자 그도 마부석에서 미끄러지듯이 튀어 오르고, 이제 눈에 거의 띄지 않게 밑으로 경사를 이루며 펼쳐지고 이정표가 점점이 박혀 있는 구릉길을 단숨에 내달렸다. 치치코프는 자기 가죽 베개에 가볍게 부딪힐 때마다 미소를 짓기만 했다. 그는 빨리 달리는 것을 좋아했기 때문이다. 어느 러시아인이 빨리 달리는 것을 싫어하랴? 머리가 핑핑 돌도록 진탕 먹고 마시고 이따금 "악마에게나 꺼져 버려!"라고 말하고 싶어 하는 그의 영혼이 그걸 좋아하지 않겠는가? 뭔가 의기양양하고 신비로운 것이 그 안에서 들릴 때, 영혼이 좋아하지 않겠는가? 마치 악마가 널 자기 날개에 태워 날아가니, 너도 날고 모두 날아간다. 수십 베르스타가 날아가고, 맞은편에서 여행용 포장마차의 마부석에 앉은 상인들이 날아오고, 어두운 전나무와 소나무 군집들에 도끼 소리와 까마귀 울음소리가 나는 숲이 양편에서 날아가고, 길 전체가 어딘지 모를 먼 곳으로 날아가다가 사라진다. 대상을 분별하기도 전에 빠르게 지나가며 어른거리고 흔적마저 사라지는 것에는 뭔가 공포스러운 것이 있다. 머리 위의 하늘, 가벼운 먹구름, 앞을 헤치고 나아가는 달만 움직이지 않는 것 같다.

헤이, 트로이카여! 새와 같은 트로이카여, 누가 널 생각해 낸 거냐? 넌 농담을 좋아하지 않는 땅의 활달한 사람들에게서만, 세상의 반을 차지하는 고르고 매끄러운 영토를 가진 나라에서만 태어날 수 있었을 거야. 그래서 한때 너는 베르스타의 이정표들을 세웠지. 네 눈앞에서 작은 얼룩 같은 안개들이 춤을 추기 전까지는. 너는 아마 영리한 여행 장비는 아닐 거야, 쇠 나사로 조인 것도 아니고, 야로슬라블의 솜씨 좋은 농군이 도끼와 송곳으로 되는대로 조합해서 만들었겠지. 마부는 무릎까지 오는 독일제 장화를 신지도 않고, 턱수염과 장갑을 끼고, 오직 악마만이 아는 자리에 앉았다가, 몸을 일으켜 채찍을 휘두르고 노래를 길게 읊조리기 시작했지. 말들이 회오리바람처럼 내달리고, 바퀴살은 하나의 둥근 원으로 뒤섞이고, 길은 전율하고, 놀라서 걸음을 멈춘 행인이 고함을 질렀지! 그리고 트로이카는 저 멀리 쏜살같이 날아올랐어, 날아올랐어, 날아올랐어! 그리고 저 멀리, 뭔가가 먼지를 일으키고 공중에 회오리가 이는 게 보인다.

그대, 루시여, 너는 민첩하고 아무도 따라올 수 없는 트로이카처럼 질주하고 있지 않은가? 그대 앞길에 먼지가 일고, 다리들은 쿵쾅거리며 모두 뒤처져 뒤에 남는다. 신의 기적에 놀란 방관자는 걸음을 멈추고, 이건 하늘에서 던져진 번개가 아닐까? 공포를 불러일으키는 이 움직임은 무엇을 의미하는가? 그리고 세상에 알려지지 않은 이 말들 속에 어떤 알려지지 않은 힘이 깃들어 있는가? 헤이, 말이여, 말이여, 너흰 어떤 말들인가! 너희의 갈기에 회오리바람이 앉은 거냐? 예민한 귀가 네 모든 힘줄에서 불타오르고 있는 거냐? 천상에서 내려오는 그 익숙한 노래를 듣기 시작하자마자, 다정하게 한 번에 세 가슴을 동여맨 구리줄을 조이고, 거의 발굽을 땅에 대지도 않고 허공을 가르며 하나의 긴 대열을 이루어 날아가고 신에 의해 영감을 받아 앞으로 돌진하는구나! 루시여, 넌 대체 어디로 질주하는 거냐? 대답하라! 답이 없다. 종은 신비로운 종소리를 내고, 조각조각 부서진 대기는 천둥소리를 내며 옆으로 비켜서 루시에게 바람으로 변한다. 땅에 있는 모든 것이 스치며 날아가자, 다른 민족들과 국가들은 곁눈질을 하며 옆으로 비켜서 루시에게 길을 내준다.

마지막 크레센도가 아무리 아름답게 들린다 할지라도 이는 독자들의 관심을 돌려서 대상이 사라질 수 있게 마법사가 빠르게 읊조리는 주문에 불과하다. 그리고 그 대상은 바로 치치코프다.

***

1842년 5월 다시 러시아를 떠난 고골은 이상한 여행 편력을 다시 시작했다. 돌아가는 마차 바퀴는 『죽은 혼』 1권의 실을 짜내 주었고, 흐릿한 유럽으로의 첫 번째 여행에서 그가 그려 낸 원들은 둥근 치치코프를 뱅글뱅글 도는 팽이, 안개 낀 무지개로 만들면서 일단락되었다. 작가는 실제로 빙글빙글 돌면서 평범한 독자들이 오랫동안 '러시아의 파노라마'('러시아의 일상')라고 생각했던 만화경 같은 악몽 속으로 자신과 등장인물들을 최면 걸어 끌어들일 수 있었다. 이제 2권을 준비할 때가 왔다.

혹처럼 툭 불거져 나와 있는 생각 이면에 고골이 다른 기대를 하고 있었던 건 아닐지, 1권을 쓸 수 있게 도와주었던 돌아가는 바퀴, 몸을 꼬며 풀려 나가는 상냥한 뱀 같은 길, 부드럽게 이어지는 취기가 2권을 자동적으로 써 내려가게 해 주어, 2권이 1권의 빙빙 도는 색채들 주변을 선명하고 밝게 비추는 링이 될지도 모른다는 생각을 하지는 않았을지 궁금하기도 하다. 2권은 후광이 될 것이라고 그는 믿었다. 그렇지 않으면 1권은 악마가 부린 마술로 전락할 수도 있다는 생각 때문이었다. 책이 출판된 이후에 작품 구상을 시작하는 고골의 집필 스타일을 고려하면, 고골은 사실상 (아직 쓰지도 않은) 2권이 1권을 탄생할 수 있게 해 주었고, 둔한 독자들에게 2권을 보여 주지 못하면 1권은 핵심이 빠진 삽화 정도로 전락하고 말 것이라는 확신이 있었다. 실제로는 1권이 가지고 있는 지배적 형식이 그에게 걸림돌이 될 수밖에 없었다. 2권을 집필하고자 했을 때 그는 체스터턴[44]의 이야기에 나오는 살인자 같은 신세였다. 이 살인자는 살인을 자살로 위장하려고 만든 가짜 유서 글씨가 들통 나지 않게 하려고 피해자 집안의 모든 필체를 자신의 것으로 바꾸어야만 했다.

병적인 경계심 역시 고골을 괴롭혔을 것이다. 그는 평범한 사람, 비평가부터 정부가 먹여 살리는 악당, 여론에 들러붙는 아첨꾼에 이르기까지 그 사람들이 자신의 작품에 대해 어떻게 생각하는지 알고 싶어 했다. 하지만 정작 편지를 주고받는 사람들에게는 폭넓고 객관적인 평가에만 관심 있노라고 설명하기 위해 애를 썼다. 진지한 시각을 가진 사람들이 『검찰관』에서 부패에 대한 공격을 보았던 것처럼, 『죽은 혼』에서 좋든 싫든 농노 제도에 대한 신랄한 비판을 발견했다는 것은 그를 매우 당혹스럽게 했다. 도시의 독자들에게

---

44 체스터턴Gilbert Keith Chesterton(1874~1936). 영국 언론인 겸 소설가. 탐정 소설 『브라운 신부의 천진함The Innocence of Father Brown』을 비롯하여 약 100편에 이르는 '브라운 신부 시리즈'를 남겼다.

『죽은 혼』은 『톰 아저씨의 오두막』이 되어가고 있었던 것이다. 이것은 그의 작품을 '음란'하다며 개탄한 검정 프록코트를 입은 고전 사조의 명사들, 경건한 독신녀들, 그리스 정교도 등 비평가들의 비판만큼이나 그를 괴롭혔을 것이다. 그는 자신이 만들어 낸 천재적 예술이 가진 권력과 그에 따른 혐오스러운 책임을 절실히 깨닫고 있었다. 그는 갈수록 더 큰 성을 원했던 푸시킨 동화 속 어부의 아내처럼 책임감은 없는 더 큰 지배를 원했을 수도 있다. 고골이 설교자가 된 것은 책 속에 있는 윤리를 설파해 줄 설교단이 필요했기 때문이며, 독자와의 직접 만남을 통해 자신이 가진 자기장적 힘을 더 발전시킬 수 있다고 믿었기 때문이다. 종교는 그에게 필요한 어조와 방법을 주었다. 그러나 그 외 다른 것은 주지 않은 것 같다.

* * *

특이한 이끼가 끼었던, 아니 끼게 될 거라고 생각했던 기묘한 구르는 돌처럼, 그는 몇 해 여름을 온천지를 옮겨 다니며 보냈다. 모호하고 변덕스러웠던 그의 병은 쉽게 고쳐지지 않았다. 그의 정신은 형용할 수 없는 예감으로 마비되어, 갑자기 환경을 바꾸는 것 외에는 고통을 덜어 낼 방도가 없을 때 우울감은 엄습했고, 어떤 옷을 입어도 그의 사지를 덥힐 수 없는 경련과 같은 육체적 고통이 뒤따라, 그가 할 수 있는 것이라고는 빠르게 걷기를 반복하는 것뿐이었다. 길게 걸을수록 더 나았다. 영감을 불어넣기 위해 꾸준한 움직임이 필요했지만, 역설적이게도 이 움직임은 집필 활동을 물리적으로 방해하는 결과를 낳았다. 이탈리아에서 보낸 비교적 편안했던 겨울들은 역관 마차에서 잠깐씩 보냈던 시간보다 훨씬 더 비생산적이었다. 드레스덴, 바트가슈타인, 잘츠부르크, 뮌헨, 베네치아, 피렌체, 로마, 피렌체, 만토바, 베로나, 인스브루크, 잘츠부르크, 카를로비바리, 프라하, 그라이펜베르크, 베를린, 바트가슈타인, 프라하, 잘츠부르크, 베네치아, 볼로냐, 피렌체, 로마, 니스, 파리, 프랑크푸르트, 드레스덴, 그리고 다시 반복된 세계 유명 관광 도시들로의 방문은 요양 차 여행을 떠나는 사람이 다닐 일정이 아니다. 혹은 그저 자랑하려고 아이다호주의 모스코와 러시아의 모스크바에 있는 호텔의 짐표를 모두 가져다 모으려는 사람이 다닐 만한 여정도 아니다. 이것은 어떤 지리적 의미도 가지지 않은 점선으로 연결된 악순환일 뿐이다. 고골에게 온천지는 공간적 의미가 아니었다. 중부 유럽은 시각적 현상에 지나지 않았다. 그를 괴롭힌 진짜 강박이자 비극은 끊임없이 절망적으로 하향 곡선으로 치닫는 그의 창작력이었다. 도덕적, 신비주의적, 교육적인 이유로 톨스토이가 절필했을 때 그의 천재성은 성숙하고 혈기왕성했다. 사후 출판된 원고를 보면 안나 카레니나의 죽음 이후로도 그의 예술은 계속 발전하고 있었다는 것을 알 수 있다. 그러나 고골은 작품이 몇 권 되지 않는 작가였다. 삶의 중대한 책을 집필하겠다는 그의 계획은 『검찰관』, 『외투』, 『죽은 혼』 1권에서 정점을 이룬 후 시작된 하강세와 맞물려 버렸다.

* * *

설교의 시기는 고골이 『죽은 혼』을 마지막으로 수정했을 때 시작된다. 수정한 내용은 앞으로 이어질 본격적인 찬양을 알려 주는 암시였다. 외국에서 친구들에게 보낸 서신을 보면 성서적인 톤으로 잔뜩 부풀려 있는 문장들을 발견할 수 있다.

"내 말을 듣지 않는 자들은 화를 입을지어다. 모든 것을 잠시 동안 버리고, 게으른 순간에 너의 상상을 간질이는 모든 쾌락을 버려라. 내게 복종하라. 1년, 1년만이라도 너의 영지를 돌보라."

영지 관리 임무(형편없는 작황, 평판 나쁜 감독관, 통제 불능 농노들, 나태, 절도, 빈곤, 경제적이고 '영적'인 조직의 부재 등 당시 영지의 사실상 모든 일들)로 지주들을 회귀시키는 것이 주요 테마이자 명령이었다. 그 명령은 모든 지구 상의 풍요를 거부하라고 명하는 선지자의 톤으로 표현되었다. 으스스한 산 정상에서 신의 이름으로 지주들에게 대단한 희생을 요구하는 것처럼 들렸지만, 그 톤에도 불구하고 고골은 지주들에게 정반대의 것을 요구하고 있었다. 대도시에서 쓸데 없이 돈 낭비하지 말고 신이 특별히 내리신 땅으로 돌아가 열심히 노고를 아끼지 않을 탄탄하고 건강한 소작농들과 함께 흑토를 원래처럼 더 기름지게 만들라는 요구였다. "지주의 일은 신성하다." 이것이 고골의 설교 핵심이었다.

고골이 바란 것은 골난 지주와 불만에 찬 관리들이 그들의 영지, 땅, 수확지로 돌아가는 것뿐이 아니었다. 고골은 이들이 무슨 생각을 하고 있는지 자기에게 세세하게 보고해 주기를 간절하고 너무도 열렬히 원했다. 판도라의 상자를 닮은 고골의 머리 한구석에는 러시아 농촌 생활의 윤리적, 경제적 상황보다 더 중요한 의미를 가진 무언가가 있지 않았을까 짐작해 볼 수 있다. 작가가 처할 수 있는 최악의 상황, 상상력을 잃어버린 상태에서 사실의 존재 자체에 의지할 수밖에 없었던 그가 집필을 위한 '진짜' 재료를 직접 얻고자 가련한 시도를 했을지도 모른다는 것이다.

문제는 적나라한 사실은 자연의 상태로 존재하지 않는다는 것이다. 사실이라는 것이 완전히 벌거벗은 상태일 수는 없기 때문이다. 손목에 남은 시계 자국, 벗겨진 발뒤꿈치에 들러붙어 말려 올라간 밴드는 아무리 열렬한 누드 지지자라고 해도 없애 버릴 수 없는 것과 마찬가지다. 에드거 앨런 포에게 보물의 위치를 암시해 주었던 시시한 암호처럼, 단순한 수의 나열 자체가 그것을 만들어 낸 사람의 정체를 들출 수 있다. 진부한 이력서라 할지라도 그것을 쓴 사람의 스타일대로 울어 대고 날개를 펄럭거리게 마련이다. 개인 전화번호를 누군가에게 불러 줄 때 필연적으로 자신에 대한 어떤 것을 상대방에게 알려 주게 되어 있는 것과 마찬가지다. 고골은 인류를 사랑했기 때문에 인류에 대해 알고 싶다는 희망을 누누이 얘기했지만, 정작 그에게 이야기를 들려준 인물에는 무관심했다. 그는 있는 그대로의 사실들을 원했다. 그리고 동시에 단순한 수의 나열이 아닌 세밀한 관찰의 집대성을 요구했다. 너그러운 친구들 몇 명이 그의 요구에 마지못해 열성을 다해 준비해서 지방과 농촌의 삶에 대한 자세한 내용을 써서 보내 주면, 그들은 감사의 인사 대신 실망과 낙담의 통곡을 듣기 일쑤였다. 왜냐하면 그들은 고골이 아니었기 때문이다. 고골은 묘사, 묘사만을 원했고, 친구들은 열의를 다해 그렇게 해 주었지만 그들은 작가가 아니었고, 고골은 원하는 재료를 얻지 못했다. 그렇다고 작가인 친구들에게 부탁할 수도 없었다. 그들로부터 얻은 사실들은 이미 '벗겨진' 상태가 아닐 것이기 때문이었다. 이는 '벗겨진 사실', '리얼리즘'과 같은 말들이 얼마나 완벽하게 무의미한지 보여 주는 실례가 된다. "고골은 사실주의자다!" 그렇게 교과서에 쓰여 있다. 책의 얼개거리를 얻기 위해 가련하고도 헛된 노력을 퍼부었던 고골은 정작 그것이 아주 이성적인 방법이라고 생각했을 수도 있다. 수많은 신사, 숙녀들에게 하루 한 시간만이라도 좀 앉아서 보고 듣는 것을 끼적거려 달라고 칭얼대는 것, 아주 간단하지 않은가? 초승달이든 보름달이든, 달 좀 따다가 택배로 부쳐 달라고 했을 수도 있다. 달을 담느라 서두르다가 꾸러미 안에 별 한두 개, 옅은 안개 정도가 섞여 들어갔다고 해도 걱정할 필요 없다. 달 모양이 망가지면 내가 바꿔 줄 테니까.

훗날 전기 작가들은 그가 원하는 것을 얻지 못했을 때 보여 준 신경질적인 반응에 대해 당혹스러워했다. 물론 천재 작가가 다른 사람들이 왜 자신처럼 글을 못 쓰는지 이해하지 못하는 사실 역시 당황스러운 것이었다. 그러나 고골을 정작 화나게 만든 것은, 자신의 힘으로는 더 이상 만들어 낼 수 없는 창작 재료를 어떻게든 얻어 보려고 고안해 낸 방법이 효과가 없었다는 것이다. 무기력감은 눈덩이처럼 불어나 자신과 다른 사람들에게 숨겨야 하는 하나의 질병이 되었다. '방해는 우리의 날개'라고 자신이 말했던 것처럼 그는 무언가에 의해서 중단되고 방해받는 것을 즐겼다. 그것이 작품 지체 사유가 될 수 있기 때문이었다. '너의 천국이 어두울수록 내일의 영광은 더 밝으리라'로 대변되는 고골의 말년 철학은 내일이 영영 오지 않을 수도 있다는 지속적 예감으로 촉발된 것이다.

내일의 영광이 좀 빨리 와야 되지 않겠냐고 누군가 묻기라도 하면 그는 자신이 일용 글쟁이도, 기능공도, 기자도 아니라며 불같이 화를 냈고, 러시아(그는 러시아는 곧 인류를 뜻한다는 자신만의 러시아식 사고방식을 가지고 있었다)에 중차대한 의미를 가지는 책을 쓸 거라고 자신과 사람들을 믿게 하려 최선을 다했다. 그러면서도 정작 자신의 신비주의로 빚어진 여러 소문은 참지 못했다. 독자의 시각에서 봤을 때 1권 집필 후 그의 삶은 '대단한 기대'의 시기였다. 어떤 이는 부패와 사회 불평등에 대한 더 신랄한 고발을 기대했고, 어떤 이는 페이지마다 웃음을 자아내는 흥겨운 이야기를 기다렸다. 유럽의 끝 남단에나 있을 법한 차디찬 돌방 안에서 떨었고, 그 모습은 그의 친구들에게 그의 삶이 대단히 성스럽다는, 심지어 그 육신의 모습조차 지혜의 포도주(즉, 『죽은 혼』 2권)를 담고 있는 깨진 토기 같아서 사랑과 관심으로 보살펴야 한다는 확신을 심어 주었다. 그러자 고향에서는 고골이 러시아 장군의 로마 모험기를 그린 최고의 작품을 완성해 가고 있다는 기쁜 뉴스가 퍼졌다. 마침 지금까지 남아 있는 2권 중 제일 나은 부분이 베트리셰프 장군의 태엽 인형과 관련된 부분이라는 것이 비극이라면 비극이다.

* * *

　고골의 비현실적인 세계에서 로마와 러시아는 심오한 조합을 이룬다. 로마는 그에게 북부에서는 불가능했던 건강을 찾게 해 준 장소였다. "나는 무덤가에 피어난 꽃들을 사랑한다"고 말한 적이 있었던 그는 이 이탈리아의 꽃들로 말미암아 코가 되고 싶다는 욕망을 가지게 되었다. "모든 봄 향기를 다 빨아들일 수 있는 큰 들통만 한 콧구멍을 가진", 눈, 팔, 다리는 하나도 없는 커다란 코 말이다. 이탈리아에 살 때 그는 유달리 코에 예민했다. 그곳에는 또 "콜로세움에서 바라보면 온통 은빛으로 빛나고 보드라운 광택을 지니면서 짙은 푸른 빛을 자아내는" 특별한 하늘이 있었다. 자신이 만들어 놓은 뒤틀리고 끔찍하고 악마 같은 세상의 이미지에서 벗어나기 위해 그는 이류 화가들이 로마를 표현할 때 쓰곤 하는 '그림 같은' 곳이라는 평범함에 애처롭게 집착했다.

나는 당나귀도 좋아한다. 멀리 멀어져서도 밝게 빛나는 하얀 모자를 쓴 강인하고 위엄 있는 이탈리아 여자를 등에 지고 반쯤 감긴 눈으로 느리게 걷거나 전속력으로 뛰어가는 당나귀, 방수가 되는 초록빛 나는 갈색 레인코트를 입고 땅에 끌릴까 봐 다리를 움츠리고 앉아 꼿꼿하게 허리를 편 영국인을 지고 힘들게 비틀거리며 걸어가는 당나귀, 끝을 뾰족하게 한 반다이크 수염을 기르고 나무로 된 물감 상자를 든 블라우스 입은 화가를 지고 가는 당나귀들 말이다.[45]

그는 이런 문체를 오래 지속하지 못했고, 한때 만족스럽게 써 보고자 했던 이탈리아 신사의 모험을 그린 전통 소설은 몇 가지 끔찍한 일반화로 끝을 맺었다.

그녀 안의 모든 것은, 어깨부터 고전적으로 숨 쉬는 다리와 발가락 끝에 이르기까지 모두 피조물의 극치였다.

---

45 고골의 작품 『로마 *Rome*』(1839~1842)의 일부분.

이걸로 충분하다. 고골식 러시아의 깊은 심연에서 생각에 잠긴 지방 관리가 불운을 털어내려 외치는 '에헴', '으음' 소리가 절망적으로 고전적인 웅변에 뒤섞여 버린다.

* * *

로마에 살고 있는 이바노프라는 위대한 러시아 화가가 있었다. 20년이 넘도록 그는 「민중 앞에 나타난 예수 그리스도 *The Appearance of the Messiah to the People*」라는 그림 작업에 매달려 있었다. 그의 운명은 많은 부분에서 고골과 닮았는데, 다른 점이 있다면 이바노프는 결국 자신의 대작을 끝냈다는 것이다. 1858년 마침내 작품이 전시되었을 때 그는 전시장 관객들을 아랑곳하지 않고 차분하게 앉아서 20년이나 걸린 그림 앞에서 마지막 붓질을 하고 있었다고 전해진다. 이바노프와 고골은 작품에 매진하느라 생계 유지에 필요한 돈벌이를 하지 않았기 때문에 가난에서 헤어나지 못했다. 둘 다 느린 작업을 힐난하는 조급한 사람들에게 시달려야 했고, 둘 다 과민하고, 성질이 고약하고, 교양이 없었고, 세상 모든 일에 아둔하리만치 서툴렀다. 이바노프의 작품을 묘사하면서('그리고 그는 천국의 고요와 신성한 거리를 유지하며 빠른 걸음으로 사람들에게 다가오고 있었다') 고골은 자신과의 유사함을 강조하곤 했다. 고골의 머릿속에서 이바노프의 그림은 이탈리아의 은빛 하늘에서 서서히 다가오고 있을 거라 생각되는, 아직 쓰지 않은 책의 종교적 요소와 왠지 모르게 겹쳐지는 듯하다.

***

『친구들과의 서신 교환선Selected Passages from Correspondence with Friends』작업을 할 때 그가 친구들에게 쓴 편지에는 교환선이라고 부를 만한 것이 없다. 만일 있다면 고골이 아니다. 의미나 톤 면에서 교환선과 비슷한 것들은 있다. 그는 몇 개의 서신은 하늘로부터 큰 계시를 받아 쓴 것이기 때문에 단식 주간 내내 그것을 읽어야 한다고 강요했다. 『검찰관』 1막에서 시장이 중요한 서류를 읽기 전 그랬던 것처럼 의식적으로 목을 정갈하게 하고 가족들에게 그것을 읽어 준 친구가 과연 있었을까? 서신 속 언어는 성인군자의 억양을 닮아 있지만 몇 가지 아름다운 예외도 있다. 가령 자신에게 사기를 친 출판사에 대해 사용한 강하고 세속적인 표현 같은 것 말이다. 그가 친구들을 위해 고안해 낸 경건한 행위에는 다소 귀찮은 임무들도 들어 있었다. 그를 위해 심부름을 해 주고, 책을 사다 주고, 포장을 하고, 비평가들의 평론을 복사해 주고, 출판사와 흥정하는 등 그에게 노예처럼 봉사함으로써 신에게 속죄할 수 있다는 식의 매우 독특한 시스템을 만들어 낸 것이다. 그 대가로 고골은 『그리스도를 본받아The Imitation of Jesus Christ』[46] 같은 것을 상세한 활용 지침서와 함께 보내 주었다. 물 치료 요법이나 소화 장애 관련 설명서와 비슷한 것으로 '아침 식사 전에 물 두 컵 마실 것'이 동료 고행자들에게 고골이 준 정보였다.

---

[46] 독일의 성직자이자 신비주의자인 토마스 아 켐피스Thomas à Kempis(1380~ 1471)가 썼다고 알려진 종교 서적 이름

'너의 일을 다 접어 두고 나의 일을 도와라'가 고골 서신의 주요 모티브였다. 서신을 받은 친구들이 '고골을 돕는 사람은 신을 돕는 것'이라고 믿는 신실한 제자들이었다면 제법 논리적으로 받아들였겠지만, 로마, 드레스덴, 바덴바덴에서 보내온 그의 편지를 받은 친구들은 고골이 미쳤거나, 의도적으로 자신들을 놀리고 있다는 결론에 도달했다. 그는 또 신성한 권력을 사용하는 데에 꼼꼼하지 못했다. 과거에 자신을 공격했던 사람들에게 편지를 보낼 때도 '신을 대표하는 사람'이라는 편리한 지위를 개인 용도로 사용한 것이다. 비평가 포고딘이 아내의 죽음으로 비통함에 잠겨 있을 때 고골은 이런 편지를 썼다.

"당신은 교육으로도 성향으로도 신사가 될 수 없는 사람이지만, 예수께서 신사가 될 수 있도록 도와주실 것이오. 나를 통해 그렇게 말씀하셨소."

참으로 독특한 애도의 편지가 아닐 수 없다. 악사코프는 고골의 충고에 대해 어떻게 생각하는지 알려 주고자 했던 몇 안 되는 친구 중 한 명이다.

"친구여, 친구들에 대한 자네의 진심 어린 믿음과 선의를 의심치 않네만, 그 믿음이 전달된 형식에 대해서 나는 분노할 수밖에, 아니 놀랄 수밖에 없네. 나는 쉰셋이고 자네가 태어나기도 전에 토마스 아 켐피스를 읽었지. 나는 다른 사람의 신념을 수용도 않네만 비난도 하지 않네. 그런데 자네는 마치 내가 아이나 된 것마냥 대하고 있군. 내 생각은 아랑곳하지 않고, 그에 대한 최소한의 언급도 없이『그리스도를 본받아』를 읽으라고 하다니, 그것도 심지어 모닝커피 후 정해진 시간에 한 장씩 마치 수업을 받듯 말인가…… 우습고도 짜증 나는 일이네……."

하지만 고골은 새로 고안한 이 장르에 집착했다. 그는 자신의 모든 말과 행동은『죽은 혼』2, 3권의 신비로운 본질을 드러내는 영혼에 영감을 받은 것이라고 주장했고,『서신 교환선』은『죽은 혼』2권을 받아들이는 데에 필요한 적당한 사고의 틀에 독자를 준비시키기 위한 하나의 수단이자 테스트라고 고집했다. 그는 그리도 친절하게 독자들에게 준비 단계를 마련해 주었지만, 정작 그게 무엇을 의미하는지는 전혀 이해하지 못한 것으로 보인다.

『서신 교환선』의 중심 내용은 러시아 토지 소유주, 지방 관리, 그리고 일반 신도들에게 전하는 고골의 조언이다. 대지주들은 천국에 자리를 하나씩 맡아 놓고 열심히 일하면서 세상 돈으로 얼마의 수수료를 챙기는 신의 대리인으로 간주되었다.

"쾌락을 즐길 자금이 필요해서가 아니라 신께서 의도하셨기 때문에 일을 시키는 것이라고 일꾼들에게 말하라. 그리고 물증으로 너의 통장을 가지고 나와서 일꾼들 앞에서 불태워 버려라……."

재밌는 그림이 그려진다. 대지주가 전문 마술사 같은 의도된 몸짓으로 현관 앞에서 섬세하게 염색된 빳빳한 통장을 꺼내 보인다. 순진한 듯 보이는 테이블 위에 성경이 놓여 있고, 아이는 촛불을 들고 서 있다. 수염 난 소작농들은 경외감에 마음 졸이며 입을 떡 벌리고, 불나비로 변한 통장을 보며 경외의 탄성을 지른다. 마술사는 가볍고도 빠른 동작으로 손가락 안쪽을 비비고 몇 마디 중얼거린 후에 성경을 펼친다. 아, 불사조마냥 거기서 보물이 발견된다.

초판에서 이 부분은 검열에 의해 삭제되었다. 국가가 만든 돈을 의도적으로 불태움으로써 국가에 결례를 범했다는 것이다. 『검찰관』에서 폭력적 역사 선생들이 국가 재산, 다름 아닌 의자를 부순 것이 높은 분들에 의해 비난받았던 것과 같은 이유다. 이 비유를 계속 이어 가서 고골이 『서신 교환선』 안에서 자신의 작품에 등장하는 유쾌, 기괴한 인물 중 하나의 모습으로 분장하고 있노라고 말하고 싶어질지도 모르겠다. 어떤 학교도, 책도 필요 없고 너와 네 마을의 사제만 있으면 된다는 것이 그가 대지주들에게 제시한 교육관이었다. "소작농들은 이 세상에 성경 외에 다른 책이 존재한다는 사실을 알아서는 안 된다", "어디를 가든 마을의 사제와 함께 다녀라……", "그를 재산 관리인으로 만들어라", 그리고 다음 단락에는 게으름 피우는 농노를 빨리 움직이게 자극할 수 있는 생생한 욕설도 쓰여 있다. 엉뚱한 수사를 어지럽게 늘어놓은 곳도 있고 불쌍한 포고딘에 대한 악의에 찬 공격도 있다. "모든 사람은 썩은 누더기가 되었다", "동포들이여, 나는 무섭다" 같은 문장도 발견할 수 있다. "동포들이여"는 '동지들' 혹은 '형제들'을 부를 때 쓰는 억양처럼 과장되어 있다.

이 책은 큰 파장을 불러일으켰다. 러시아의 여론은 민주적이었고, 그런 면에서 미국을 깊이 동경했다. 어떤 차르도 그 근간을 흔들 수 없었는데, 이후 끔찍하고 따분한 소비에트 정부에 의해서 비로소 파괴되었다. 19세기 중반에는 몇 개의 시민 사조가 있었다. 그중 가장 급진적인 것이 이후 끔찍하고 따분한 포퓰리즘, 마르크시즘, 국제주의(이후 필연적 순환 구조를 거쳐 국가 농노주의와 반동 민족주의로 발전하였다) 등으로 전락했지만, 고골의 시대에 '서구주의자'들이 양적·질적인 측면에서 고루한 반동주의자들을 능가하는 문화 세력을 형성하였음은 분명한 사실이다. 따라서 벨린스키를 예술 가치보다(그들에게 '예술'이 무엇을 의미했는지는 별개의 문제다) 시민 가치의 우위를 맹렬히 주장했던 1860, 1870년대 작가들의 선구자 정도로 치부하는 것은 (계통 발생학적으로 틀린 말은 아니지만) 적절치 않다. 체르니솁스키와 피사레프는 교과서를 쓰는 것이 대리석 기둥이나 님프를 색칠하는 '순수 예술'보다 더 중요한 일이라는 것을 증명할 증거들을 수집했다. 모든 미학적 가치를 편협한 사고의 경지로 끌어내려 수채화 그리는 능력 정도로 전락시키고, 국가적·정치적·속물적 관점에서 '예술을 위한 예술'을 비판하는 구시대적 발상이 현대 미국 내 일부 비평가들의 견해에서도 드러난다는 사실이 무척 흥미롭다. 예술적 가치를 감정하기에는 좀 모자랐지만, 시민으로서, 사상가로서 벨린스키는 진실과 자유에 대한 훌륭한 감각을 가지고 있었다. 그리고 그것은 당 정책으로만 파괴할 수 있었다. 하지만 당시 당 활동은 걸음마 단계에 불과했다. 그의 컵은 아직도 순수한 액체로 가득 차 있었고, 그 액체를 사악한 병균을 키워 낼 자양분으로 탈바꿈시키기 위해서는 도브롤류보프와 피사레프, 미하일롭스키의 도움이 필요했다. 한편, 고골은 물웅덩이 위에 퍼진 기름 띠를 신비한 무지개로 착각할 정도로 진창에 빠져 있었다. 『서신 교환선』의 본질이 지저분한 단어와 문구의 조합일 뿐이라고 밝힌 벨린스키의 편지는 고귀한 문서다. 차르 체제에 대한 비판이 담겨 있었던 이 편지의 배포는 시베리아 유형감이었다. 물질적 도움을 얻기 위해 고골이 귀족들에게 아첨했다고 말한 벨린스키에 대해 고골은 분노했다. 벨린스키는 '가난하지만 자부심 있는' 사조였고, 고골은 그 '자부심'을 규탄한 크리스천이었다.

자신의 책에 쏟아진 온갖 욕설과 조롱, 풍자에 고골은 겉으로 의연하게 행동했다. "죽음에 대한 공포라는 병적인 상태에서 썼다"는 점, 그리고 "그런 장르의 글을 써 본 적이 없다는 점이 악마의 도움으로 내가 가지고 있었던 겸손을 자만심으로 탈바꿈시켰다"는 것을 스스로 인정하면서도 ("나는 흘레스타코프처럼 행동하게 자신을 내버려 두었다"라고 고골 스스로 표현한 적이 있다), 그는 자신의 책이 반드시 필요한 것이었다고 순교자처럼 엄숙하게 역설했다. 그가 든 이유는 세 가지다. 사람들은 이 책을 통해 고골에게 그 자신의 모습을 보여 주었고, 결국 그들과 고골은 그들 자신의 모습을 보게 되었고, 그 결과는 마치 뇌우처럼 효과적으로 그의 주변을 깨끗이 정화시킨 것이다. 이는 그가 의도한바, 즉 『죽은 혼』을 읽을 수 있도록 여론을 준비시킨다는 목적을 달성했노라고 말하는 것과 다름없다.

* * *

해외에서 보내거나 러시아를 드나든 몇 년 동안 마차에서, 여관에서, 친구 집에서, 어디서든 고골은 최고의 명작 집필을 목적으로 이런저런 것들을 계속 종이에 끼적였다. 때로는 친구들에게 비밀스럽게 읽어 줄 정도로 몇 개의 장을 완성하기도 했고, 때로는 아무것도 쓰지 못했다. 친구들이 몇 페이지씩 복사해 갈 때도 있었고, 때때로 고골은 아직 모든 것은 자신의 머릿속에 있으며 아직 단어 하나도 쓰지 않았다고 주장하기도 했다. 죽기 전 남긴 필사본 이전 것들은 조금씩 태워 버리기도 했다.

집필을 위한 비극적 노력을 지속하던 중 그는 육체적 노쇠함을 감안하면 대단한 일로 간주될 수 있는 일을 했다. 예루살렘 순례가 그것이다. 집필에 필요한 성스러운 조언, 힘, 창조적 상상력을 얻기 위함이었다. 어둠이 내려앉은 중세 교회에서 불임 여성이 성모 마리아에게 임신하게 해 달라고 비는 것과 다를 바 없었다. 하지만 몇 해 동안은 계속 순례 일정을 연기했다. 영혼이 아직 준비되지 않았고, 신께서 원하지 않으신다는 이유였다. "그가 나의 길에 방해물을 놓으셨다"는 것이다. (순전히 이교도적인) 사업의 성공 가능성을 최대한 끌어올리려면 그리스도교에서 말하는 '은혜' 같은 특별한 정신 상태가 필요했다. 게다가 지루하지 않고 믿을 만한 동반자도 있어야 했다. 그는 변화무쌍한 기분을 맞춰 줄 수 있도록 때로는 조용하면서, 때로는 수다스러워야 했고 경우에 따라 부드러운 손으로 이불을 덮어 줄 수도 있어야 했다. 1848년 1월 비로소 순례를 강행했을 때, 그것의 성공 가능성은 다른 때와 마찬가지로 별로 없었다.

신실하고 고루한 서신 교환원들 중 하나인 상냥한 나제즈다 니콜라예브나 셰레메체바Sheremetev가 모스크바 통과 관문으로 그를 배웅 나갔다. 그들은 영혼의 구원에 대해 편지를 주고받던 사이였다. 서류는 다 갖추어져 있었지만 고골은 검문을 원치 않았다. 경찰들에게 자주 써먹던 그의 단골 메뉴인 암울한 신비주의가 다시 동원될 차례였다. 이번에는 이 불쌍한 여인도 당했다. 관문에서 그녀는 고골을 껴안고 눈물을 터뜨렸고, 고골에게 성호를 그어 주었다.

서류를 제시할 때가 되었다. 관리들은 둘 중 누가 떠나는지 확인해야 했다. 감정에 북받친 고골은 "이 작고 늙은 여인이여"라는 말을 남기고 울면서 갑자기 마차 안으로 뛰어들어 떠났고, 아주 황당한 상황에 처한 셰레메체바만이 어정쩡하게 남았다.

고골은 어머니에게 특별한 기도문을 보내며, 지방 교회 사제가 읽게 해 달라고 부탁했다. 이 기도문에서 그는 동부에서 강도들로부터 보호해 달라고, 이동 중 뱃멀미가 나지 않게 해 달라고 신에게 기도했다. 신은 그의 두 번째 부탁을 들어주지 않았다. '카프리'라는 흔들리는 배를 타고 나폴리와 몰타 사이를 건너던 고골은 '승객들이 소스라치게 놀랄' 정도로 심한 구토에 시달렸다. 순례의 나머지 여정에 대한 기록은 모호하다. 그래서 순례가 진짜 이루어졌다는 공식적인 증거가 남아 있지 않았다면 예전 그가 스페인을 다녀왔다고 지어냈던 것처럼 고골이 꾸며 냈다고 여겨졌을 수도 있다. 몇 년 내내 어떤 일을 하겠노라고 사람들에게 공언하다가 그것을 할 용기를 내지 못하고 있을 때, 불현듯 마치 그 일을 해 낸 것처럼 사람들을 속이고 훌훌 털어버리는 것이 해결책이 되는 것처럼 말이다.

"나의 꿈같은 상상력이 자네에게 무엇을 가져다줄 수 있는가? 나는 꿈의 안개 속에서 성지를 보았다네."(주콥스키에게 보낸 편지 중)

사막에서 동행자인 바실리와 논쟁을 벌이는 그가 어렴풋이 보인다. 그는 사마리아의 어느 곳에서는 수선화를, 갈릴리의 어느 곳에서는 양귀비를 뽑았다(루소처럼 식물학에 관심을 기울이며). 나사렛에서는 비가 왔고 그는 비 피할 곳(벤치 아래에는 닭이 비를 피해 있었다)

을 찾아서 "자신이 나사렛에 있다는 사실을 망각한 채", "러시아 마차 역에서 그랬던 것처럼 몇 시간이고 앉아 있었다." 성지는 영혼 속 신비로운 이상향과 합치되지 못했고, 성지는 독일의 요양원이 육신에 별다른 도움을 주지 못했던 것처럼 그의 영혼에 도움을 주지 못했다.

* * *

생애 마지막 10년 동안 고골은 『죽은 혼』 속편에 고집스럽게 집착했다. 그는 무에서 삶을 창조해 내는 마술 같은 능력을 잃었다. 하지만 반복할 만한 힘은 남아 있었기에 그의 상상력은 준비된 재료만 있으면 됐다. 1권에서처럼 완전히 새로운 세상을 만들 수는 없지만, 같은 직물을 이용해서 다른 패션 스타일로 디자인을 재조합할 수 있다고 생각했다. 1권에서는 발견할 수 없었던 뚜렷한 목적의식을 도입해서 그것이 새로운 동력으로서 1권에 소급적인 의미를 부여하게 만드는 것이다.

고골이 처해 있던 상황적 특성은 차치하고라도 그가 빠져 있던 망상이 문제였다. '예술이 무엇인가?' '작가의 임무는 무엇인가?' 유의 질문을 던지기 시작하면 그 작가의 수명은 끝난 것이다. 고골은 조화와 고요를 불어넣어서 아픈 영혼들을 치유하는 것을 문학의 목적으로 삼기로 했다. 치료는 설교라는 강한 약 처방을 포함하고 있었다. 그는 러시아 민족이 가진 장점과 단점을 그려 내면서 단점은 없애되 장점은 계속 지켜 나가야 한다고 강조했다. 속편에서는 등장인물들을 '완전히 고결한' 사람이 아닌 1권에서보다 '더 중요한'

사람으로 설정했다. 출판업자와 비평가들의 속된 표현을 빌리자면, 그는 등장인물들을 '인간적 호소력'을 더 많이 가진 인물들로 만들고자 했다. 작가가 어떤 등장인물을 동정하고, 어떤 인물에 대해 비판적 입장을 견지하는지 명백하게 드러내지 않으면 소설 쓰기는 죄악이 된다. 삶이 곧 대화라는 이유만으로 책 전체가 대화로 되어 있고 묘사는 거의 없는 작품을 즐겨 읽는 조악한 독자라고 해도, 자신이 누구 편에 서야 할지 안다. 고골이 독자들, 아니 미래의 독자들에게 약속한 것은 사실, 팩트였다. 이상한 괴짜의 어눌함이나 뻔뻔한 천박함과 비속함, 신성 모독을 위해 작가 개인이 사용하는 수단을 통해서가 아니라, "자연의 충만함과 내면의 풍요로운 다양성을 가진 러시아인"을 소개하겠다는 것이었다. 다시 말하자면, '죽은 혼'을 '산 혼'으로 만들겠다는 것이었다.

고골이(아니면 비슷한 불순한 의도를 가진 어떤 작가가) 한 말은 훨씬 단순하게 요약할 수 있다. "1권에서 나는 한 종류의 세상을 상상했고, 지금의 나는 선과 악의 개념에 더 잘 부합할 수 있는, 나의 미래 독자들이 의식적으로 공유하고 있는 그런 다른 세상을 상상할 것이다." 이와 같은 경우(통속 잡지 소설가들도 마찬가지다) 성공은 작가가 가지고 있는 독자상이 독자들 자신이 바라보는 일반적 독자상, 편집자들이 제공하는 정신적 추잉껌에 의해 계속 주입되고 유지되어 온 그 독자상과 얼마나 부합하는가에 달려 있다. 고골의 상황은 그리 단순하지 않았다. 그가 쓰는 것은 종교적 계시가 되어야 했고, 그의 상상 속 독자들은 잡다한 계시를 즐기기만 하는 것이 아니라 도덕적으로 도움 받고 개량되고, 완전히 새로운 삶으로 거듭나는 사람들이어야 했기 때문이다. 하지만 더 큰 문제는 세속적인 시각에서 보면 '이상함'으로 채워져 있던 1권의 재료(더 이상 새로운 창조를 할 수 없게 된 고골은 이것을 다시 이용할 수밖에 없었다)를 『서신 교환선』 같은 엄숙한 설교와 결합시키는 것이었다. 등장인물들을 '고귀'하기보다는 러시아의 열정과 감정, 이상을 모두 대변하는 '중요한' 인물로 만드는 것이 그의 의도였는데, 그의 펜으로 그려지는 '중요한' 인물들은 태생적 비정상성과 1권 속 악몽 같은 지주들과의 내면적 유사성으로 인해 불순해지고 있었다. 해결 방법은 다른 인물들을 등장시켜서 그들의 성격을 완벽하게, 두말할 나위 없이 '좋은' 사람들로 만드는 것이었다. 성격을 복잡하게 설정하면 이들은 또다시 불행한 조상들 덕분에 기괴한 인물들이 되어 버린 '고결하지 않은' 후손으로 전락할 것이기 때문이었다.

중세 암흑기의 음기 가득한 유행과 요한 크리소스토모스[47]의 웅변을 결합시킨 사제, 광신자 마트베이 신부는 1847년 고골에게 문학을 포기하라고, 그와 다른 신부들이 재단해 놓은 내세를 준비하는 종교적 임무에 복무하라고 권유했다. 고골은 마트베이 신부 뒤편에 계신 신께서 집필을 허락하셨는데, 그것을 교회도 허락해 준다면 『죽은 혼』의 인물들이 얼마나 훌륭한 사람들이 될 수 있는지 설득하려고 최선을 다했다.

"작가란 모름지기 자기의 소설을 통해 다른 작가의 인물들보다 더 생생한 실례를 제시할 수 있어야 하는 것 아니겠습니까? 실례는 주장

---

47 요한 크리소스토모스 John Chrysostom. 동방 정교회의 최대 교부로 추앙받는 4세기의 대표적 성서학자

보다 강력합니다. 실례를 제시하기에 앞서 작가들은 그 자신이 훌륭한 사람이 되어서 신을 기쁘게 해 드릴 수 있는 삶을 이끌게 됩니다. 대부분은 비도덕적이고 유혹적이지만 흥미롭고 재능도 있는 소설과 단편들이 요즘처럼 다양하고 광범위하게 읽히지 않았다면 저는 책을 쓸 엄두도 내지 못했을 것입니다. 저 역시 재능을, 이야기 속에서 자연과 사람을 숨 쉬게 하는 재주를 가지고 있습니다. 율법을 지키며 살아가는 신실하고 경건한 사람들을 소설 속에서 보여 주어야 하지 않겠습니까? 돈도 명예도 아닌 바로 이것이 제가 글을 쓰는 이유임을 진실되게 말씀드리고 싶습니다."

10년이라는 세월을 고골이 교회를 기쁘게 할 만한 것을 쓰느라 탕진했다고 생각하는 것은 우스운 일이다. 그는 예술가로서의 고골과 수도자로서의 고골 둘 다 만족시키는 것을 쓰고자 했다. 이탈리아의 위대한 화가들은 이런 목적을 수차례에 걸쳐 이루어 냈다는 생각에 그는 괴로웠다. 시원한 회랑에 벽을 타고 오르는 장미들, 두건을 쓰고 있는 수척한 사람과 프레스코의 빛나고 생생한 색채들, 이것이 고골이 그토록 열망한 배경이었다. 문학으로 만들어진 완성된 『죽은 혼』은 죄와 벌, 그리고 구원이라는 세 개의 연관된 이미지를 만들어 내야 했다. 이러한 목표 달성이 불가능했던 것은, 고골의 독특한 천재성은 자유롭게 풀어놓으면 기존의 전통적 틀과 충돌할 게 뻔한 데다가, 죄인인 주인공 역할을 그와 어울리지도 않고, 영혼 구원 따위는 있지도 않은 세상에 살고 있을 법한 사람인(그를 사람이라고 부를 수 있다면) 치치코프를 통해 구현하려 했기 때문이다. 1권에 등장한 고골의 인물들 속에 가련한 수도자의 모습을 그려 내는 것은 파스칼[48]에게서 외설적 농담을 기대하거나 스탈린의 연설에서 헨리 소로[49]에 대한 인용을 기대하는 것만큼이나 완전히 불가능한 것이었다.

남아 있는 2권의 몇몇 장에서 고골의 마술 안경은 희미해졌다. 치치코프는 여전히 주인공이긴 했지만 중심에서 벗어나 있었다. 잘 쓰인 문단도 몇 개 있었지만 그것은 1권의 울림에 불과했다. 구두쇠 지주, 성스러운 상인, 신을 닮은 공작 등 '훌륭한' 인물들이 있었지만 그들은 친숙한 물건들이 어색하게 배열되어 있는 황량한 집에 자리 잡으려 몰려 있는 이방인들을 연상시킨다. 이미 말한 대로 치치코프의 사기 행각은 범죄에 대한 환상이자 모방이었기 때문에 진정한 응징은 책 전체의 아이디어를 틀지 않고는 애초에 불가능했다. '훌륭한 사람들'은 고골의 세계에 속한 사람들이 아니었기 때문에 허구였고, 그렇기 때문에 그들과 치치코프가 만나는 매 장면은 삐걱대고 우울했다. 고골이 구원 부분을 치치코프의 영혼을 시베리아의 심연에서 구원하는 '훌륭한 그리스도교 설교자'로 마무리했다면(실제로 배경 설정을 위해 고골이 팔라의 『시베리아 식물계*Siberian Flora*』를 공부했다는 증거가 남아 있다), 치치코프가 그의 삶을 외딴 수도원에서 수척한 수도승이 되어 마감하는 운명이었다면, 작가는 눈을 멀게 할 정도로 강한 예술적 진실의 섬광으로 『죽은 혼』의 마지막 부분을 태워 버릴 수밖에 없었을 것이다. 마트베이 신부는 고골이 죽기 직전 문학을 포기했다는 것에 만족할지도 모르겠다. 절필

---

48 파스칼Blaise Pascal(1623~1662). 프랑스의 과학자이자, 수학자, 철학자
49 헨리 소로 Henry David Thoreau(1817~1862). 미국의 사상가이자 문학가

의 증거이자 상징으로 여겨진 짧게 타오른 불꽃은 실제로는 정반대의 것을 의미한다. 작가는 난로("어디 있는 난로?" 내 편집자가 묻는다. 답은 모스크바다) 앞에 웅크리고 앉아 흐느끼면서 완성된 책이 그의 천재성과 맞지 않는다는 것을 깨닫고 오랜 노동의 결과를 불태우고 있다. 그래서 치치코프는 전설 속 호숫가 거친 전나무 옆 목조 예배당에서 종교적 생을 마감하는 대신 본연의 모습으로, 초라한 지옥 속 푸른 불꽃으로 돌아갔다.

* * *

눈에 띄는 사람은 아니었다. 키는 작았고 마마 자국이 있는 불그스레한 얼굴에 눈은 흐릿하고 이마가 살짝 벗겨진, 양 볼에 주름이 패어 있고 치질 같은 혈색을 가진 (……) 관리의 이름은 바시마치킨이었다. 장화를 뜻하는 바시마크에서 유래되었다는 것을 짐작할 수 있지만 언제, 어느 시기에, 어떤 식으로 유래되었는지는 전혀 알려져 있지 않다. 아버지와 할아버지, 심지어 처남까지 모든 바시마치킨들은 장화를 신고 다녔고, 1년에 세 번만 구두창을 갈았다.

외투
1842

   고골은 이상한 존재였다. 하지만 천재는 늘 이상하다. 고상한 독자들에게 삶을 풍요롭게 만드는 현명한 친구로 간주되는 존재는 건강한 이류뿐이다. 위대한 문학은 비이성성의 주변을 맴돈다. 『햄릿 *Hamlet*』은 과대망상에 걸린 학자의 거친 꿈이다. 고골의 『외투 *The Overcoat*』는 어두운 삶에 검은 구멍을 내는 기괴하고도 음침한 악몽이다. 피상적으로 읽은 독자들은 그 속에서 정신 나간 광대들의 무거운 놀이만을 발견할 것이고, 진중한 독자들은 고골의 진정한 의도가 러시아 관료주의의 참상에 대한 비난임을 믿어 의심치 않을 것이다. 하지만 즐거운 웃음을 원한 사람이든, '생각을 하게 만드는' 책을 열망한 사람이든, 『외투』가 정말 무엇에 대한 이야기인지는 알 수 없을 것이다. 창조적인 독자가 있다면, 『외투』는 바로 그를 위한 책이다.

   분별력 있는 푸시킨, 냉철한 톨스토이, 차분한 체호프도 모두 비이성적인 통찰을 보일 때가 있다. 그로 인해 문장이 흐릿해지기도 하고 갑작스럽게 초점을 이동시켜야 할 만큼 중요한 비밀이 폭로되기도 한다. 하지만 고골의 경우 이러한 초점 이동은 예술의 근간을 이루기 때문에, 그는 문학적 전통에 맞추어 둥그스름하게 글을 쓰거나 논리적으로 이성적인 아이디어를 고민하는 순간 모든 재능을 잃었다. 불멸의 『외투』에서처럼 개인의 파멸 주변에서 행복하게 어슬렁거리도록 내버려 두었을 때 그는 러시아가 탄생시킨 최고의 예술가가 되었다.

이성적 삶을 갑작스레 기울어뜨리기 위해서 다양한 방법이 동원되고, 위대한 작가들은 저마다 자신만의 방법을 가지고 있다. 고골은 도약과 하강 두 개의 움직임을 결합했다. 발아래에서 갑자기 황당하게 함정 문이 열린다고 상상해 보자. 그다음 서정의 격류가 당신을 쓸고 올라가더니 다음 함정 구멍으로 떨어뜨려 버린다. 부조리는 고골이 제일 좋아하는 뮤즈다. 여기서 부조리는 진기함이나 우스움을 의미하는 것이 아니다. 비극과 마찬가지로 부조리는 수많은 음영과 정도의 차이를 가지고 있으며, 고골의 부조리는 비극과 맞닿아 있다. 고골이 등장인물을 부조리한 상황에 방치했다고 주장하는 것은 옳지 않다. 세상 전체가 부조리하다면 부조리한 상황에 사람을 놓아두는 것 자체가 불가능하다. '부조리'를 낄낄거리는 웃음을 자아내거나 어깨를 으쓱거리게 만드는 것쯤으로 생각한다면 더더욱 불가능하다. 그러나 부조리를 측은함을 자아내는 것, 인간이 처한 환경, 세상이 조금 덜 괴기스러웠다면 가장 고귀한 염원, 가장 깊은 고통, 가장 강렬한 열정과 연관되었을 그런 것으로 생각한다면 얘기는 달라진다. 이렇게 이해한다면 악몽 같고 무책임한 고골의 세상, 그 한가운데서 길을 잃은 불쌍한 인간이야말로 거꾸로 그곳에서 '부조리'한 사람이 될 것이다.

Section I (two min)

D.   MM   1.

Section II (thirty/forty min)

J.   A K. Part One   2.   3.
4.   5.   6.   7.

Section III (20 min) Group A Only!

A { AK   8   9   10   11.

Section IV (20 min) Group A only!

  { AK,   12   13   14.

Section V (10 min)

T   J J   15

Section VI (10 min)

Ch.   L D   16.

Sect VII (40 min)

—   J R   17   18   19   20

Section VIII (20 min) Group B only

B { T   J Y   8   9   10   11.

Section IX (20 min) Group B

  { Ch   Part   12   13   14

『외투』강의에서 털 달린 외투에 대한 설명이 들어 있는 강의록

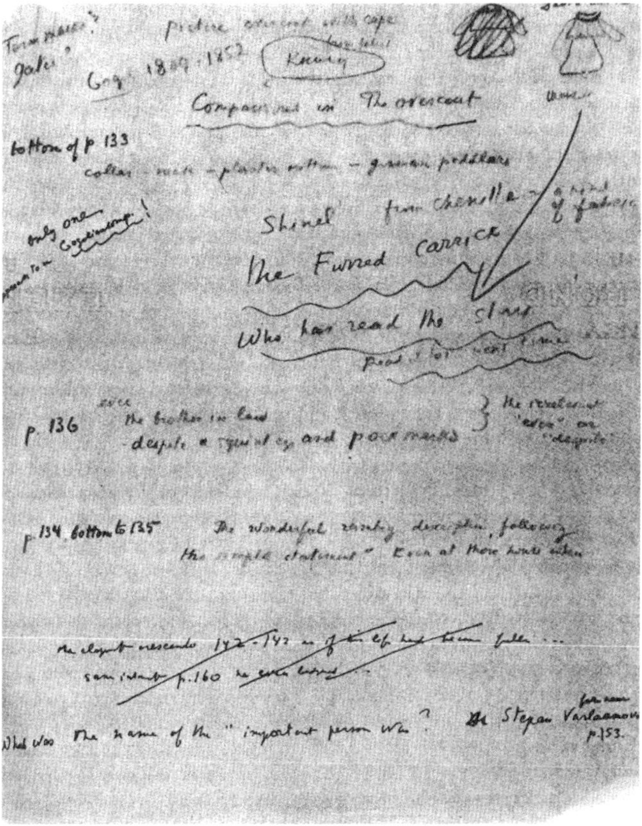

재단사의 코담뱃갑 뚜껑에 "한 장군의 초상화가 있다. 재단사가 엄지로 장군 얼굴에 구멍을 내서 네모난 종이로 막아 놓은 상태여서 나는 그가 어떤 장군인지 알 수 없다." 아카키 아카키예비치 바시마치킨의 부조리가 바로 이런 것이다. 우리는 그의 주위를 에워싸고 빙글빙글 돌아가는 마스크들 중에서 하나가 진짜 얼굴로 판명되거나 적어도 진짜 얼굴이 있어야 하는 곳으로 판명되기를 기대하지는 않는다. 인류 자체가 고골의 세상을 구성하는 허구의 혼돈 속에서 비이성적으로 유래한 것이다. 『외투』의 주인공 아카키 아카키예비치는 측은하기 때문에, 인간적이기 때문에, 그와는 정반대일 것 같은 힘에 의해서 탄생되었기 때문에 부조리하다.

그는 인간적이거나 불쌍하기만 한 것이 아니다. 그는 무언가 더 가지고 있어서, 그의 배경은 그저 희극의 수준에 머물지 않는다. 명백한 대비의 뒤 어딘가에 어떤 유전적인 관계가 있다. 그의 존재는 그가 속한 꿈속 세상과 같은 떨림, 같은 미광을 드러낸다. 조잡하게 채색된 스크린 뒤에 무언가 있을 거라는 암시는 피상적 서술의 짜임과 절묘하게 결합되어 있는데, 시민적 사고의 소유자라면 전혀 알아채지 못할 것이다. 고골을 창조적으로 읽다 보면 단순한 묘사 장면에서도 이 단어, 저 단어가, 때로는 부사, 전치사, '심지어', '거의' 같은 단어들이 여기저기 삽입되어 있는 것을 볼 수 있다. 악의 없는 문장을 악몽 같은 폭죽의 거친 향연에서 폭발하게 만들기 위함이다. 혹은 횡설수설 구어체로 시작된 문단이 갑자기 철로를 벗어나 자신이 속한 비이성의 세계로 방향을 틀기도 한다. 혹은 갑자기 문이 활짝 열리면서 거품으로 가득한 시의 파도가 물밀듯 밀려들어와 점차 녹아 없어지거나, 엇비슷한 모양으로 자기 패러디를 하거나, 빠른 속도로 읊조리는 마술사의 주문에 따라 깨지고 변신하는 문장에 부딪혀 터져 버리기도 한다. 마술사의 주문은 고골의 문체가 가지고 있는 전형적 특징이다. 그것은 무언가 터무니없는 것, 동시에 모퉁이 뒤에 숨어 계속 잠복하고 있는 무언가 신비한 것 같은 느낌을 주고, 어떤 것의 우스운comic 측면과 우주적cosmic 측면의 차이는 치찰음 하나에 불과하다는 것을 상기시킨다.

* * *

악의 없어 보이는 문장들 사이로 언뜻언뜻 보이는 기묘한 세상은 무엇인가? 그것은 어떤 면에서 실제 세상이지만 우리에게는 아주 부조리해 보인다. 왜냐하면 우리가 그것을 가리고 있는 무대 장치에 익숙해져 있기 때문이다. 언뜻언뜻 보이는 그 세상에서 『외투』의 주인공인 온순하고 작은 서기가 만들어진 것이다. 그는 고골의 문체를 관통하는 비밀스럽지만 실제인 세상, 그 세상의 영혼을 형상화한다. 온순한 작은 서기는 유령이면서 우연히 가엾은 관리의 모습을 쓰게 된, 비극의 심연에서 찾아온 방문자다. 러시아의 진보적 비평가들은 그에게서 사회적 약자의 이미지를 느꼈고, 이야기 전체는 일종의 사회적 저항으로 깊은 인상을 심어 주었다.

하지만 『외투』는 뭔가 훨씬 그 이상이다. 고골 문체의 짜임을 구성하는 틈과 어두운 구멍들은 삶이라는 짜임이 가지고 있는 허점이기도 하다. 무언가 대단히 잘못되었고, 사람들은 모두 원대해 보이는 목표를 달성하는 데 혈안이 되어 있고, 부조리하게 논리적인 힘은 이들이 헛고생을 계속하게 강요한다. 『외투』가 전하고자 하는 진짜 '메시지'는 이것이다. 이 철저하게 헛된 세상에서, 헛된 겸손과 헛된 지배의 세상에서 열정과 욕망, 창조에 대한 갈구로 얻을 수 있는 최고의 가치는 모든 재단사와 손님들이 무릎 꿇고 경외하는 새 외투인 것이다. 도덕적 측면, 도덕적 교훈을 말하는 것이 아니다. 학생도 선생도 없는 이런 세상에서는 도덕적 교훈 역시 있을 수 없다. 이 세상은 자신을 파괴할 수 있는 것은 무엇이든 거부해 버려서 어떤 발전도, 어떤 투쟁도, 어떤 도덕적 목적과 노력도, 별의 궤도를 바꾸는 것처럼 완전히 불가능하다. 이것은 고골의 세상이고 톨스토이와 푸시킨, 체호프 혹은 나의 세상과는 전혀 다르다. 하지만 고골을 읽고 나면 눈이 고골화되어 가장 예기치 못했던 곳에서 그의 세상을 쉽게 발견한다. 나는 여러 나라를 가 보았는데 아카키 아카키예비치에게 있어 외투와 같은 어떤 것이 고골에 대해 들어 보지도 못했을 이런저런 사람들의 열렬한 꿈이 되어 있는 것을 보았다.

* * *

『외투』의 플롯은 매우 간단하다. 가난한 서기가 원대한 결정을 내리고 새 외투를 주문한다. 제작되는 동안 외투는 그의 꿈이 된다. 제작이 끝난 외투를 입어 본 첫날 밤, 그는 어두운 골목에서 외투를 도난당한다. 슬픔에 잠긴 그는 눈을 감고, 그의 영혼이 도시를 떠돈다. 이것이 플롯의 전부지만 고골의 다른 여느 작품에서처럼 진짜 플롯은 문체와 이 초월적 일화의 내부 구조 안에 있다. 그것을 제대로 이해하기 위해서는, 문학이 가지고 있는 기존의 가치에서 벗어나 초인적 상상 속 작가의 몽환적 길을 따라가기 위해서는, 일종의 정신적 공중제비를 돌아야 한다. 고골의 세계는 '콘서티나 우주',[50] '빅뱅 우주' 같은 현대 물리학적 개념과 비슷하다. 편안하게 돌아가는 시계 같은 지난 세기의 세상과는 확연히 다르다. 공간에 곡률曲率이 있는 것처럼 문체에도 곡률이 있다. 하지만 망설임 없이 고골의 마술 같은 혼돈의 세계로 뛰어들고자 하는 러시아 독자들은 많지 않다. 투르게네프를 위대한 작가라 생각하고 차이콥스키의 허접한 오페라 대본으로 푸시킨을 평가하는 러시아인이라면, 고골의 불가사의한 바다 위 잔잔한 파도에서 노를 저으며 기발한 유머나 다채로운 재담만 즐길 수 있을 뿐이다. 하지만 흑진주를 찾고자 하는 다이버라면, 해변의 파라솔보다 심연의 유령을 선호하는 사람이라면 『외투』에서 가끔 희미하게 감지되는 비이성적 지각의 상황, 그 상태로 우리의 존재를 이끌고 가는 그림자를 발견할 것이다.

푸시킨의 산문이 3차원적이라면 고골은 적어도 4차원적이다. 그는 유클리드 기하학을 반박했던, 이후 아인슈타인이 발전시킨 수많은 이론들을 한 세기 전에 발견했던 동시대 수학자 로바쳅스키와 견줄 수 있다. 두 평행선이 서로 만나지 않는 것은 만날 수 없기 때문이 아니라 다른 할 일이 있기 때문이다. 『외투』에서 드러난 고골의 예술은 만날 수도 있고 꿈틀댈 수도, 과하게 꼬일 수도 있는 평행선을 제시한다. 물 표면에 비친 두 개의 기둥이 잔잔한 물결만 있어주면 제멋대로 떨리고 뒤틀릴 수 있는 것과 같다. 고골의 천재성은 바로 그 잔물결과 같다. 2×2가 5가 될 수도, 5제곱근이 될 수도 있

---

50 콘서티나 우주Concertina Universe. 아코디언처럼 접힌 모양으로 우주가 다층 구조로 되어 있다는 학설

고, 엄밀하게 말해서 어떤 이성적 수학도, 어떤 사이비 물리학적 정의도 존재하지 않는 고골의 세계에서는 모든 것이 자연스럽다.

* * *

아카키 아카키예비치가 옷을 입는 과정, 외투가 제작되고 그것을 입어 보는 과정은 폭로이자 완전한 나체 상태의 유령으로 돌아가는 회귀다. 이야기의 처음부터 그는 높이뛰기를 연습한다. 장화를 아끼기 위해 발끝으로 걸어 다니는 모습이나 자신이 길 가운데에 있는지 문장 사이에 있는지 헷갈려 하는 장면같이 악의 없어 보이는 디테일들은 아카키 아카키예비치의 모습을 점점 흐리게 만들고, 후반부로 갈수록 유령이 가장 현실감 있고 가장 사실적인 존재로 부각되게 한다. 그의 유령이 도난당한 외투를 찾아 페테르부르크 거리를 헤매 다니고, 불행에 빠진 그를 도와주지 않은 고위 관리의 외투를 가로채는 이야기는 단순한 독자에게는 일반적인 유령 이야기로 비칠지 모르겠지만, 후반부로 갈수록 적절한 수식어를 찾기 어려운 어떤 것으로 변모한다. 그것은 절정이자 쇠락이다. 인용해 보겠다.

유력 인사는 놀라서 죽을 뻔했다. 사무실에서 보통 부하 직원이 있는 앞에서 그는 강인한 성격의 소유자였고 그의 늠름한 풍채와 외모를 본 사람이라면 그가 어떤 기질을 가졌을지 상상해 보는 것만으로도 몸서리칠 정도였지만, 놀랄 만큼 강인한 모습을 한 많은 사람들처럼 지금은 이유 있는 공포에 질려서 **심지어** 발작을 할 것 같았다. 그는 **심지**

어 얼른 제 손으로 외투를 벗어 던지고 마부에게 전속력을 다해 집으로 가라고 거칠게 소리쳤다. 결정적인 순간에 보통 터져 나오는, **심지어**[이 단어의 반복에 주목하라] 뭔가 훨씬 의미심장한 느낌이 드는 목소리를 듣자 마부는 목을 움츠리고 채찍을 휘둘러 쏜살같이 마차를 몰았다. 6분 남짓 지나[고골의 특별한 시간 셈법이다] 유력 인사는 벌써 현관에 당도해 있었다. 창백하고 놀라고 외투도 없는 그는 [그가 숨겨 놓았던] 카롤리나 이바노브나 집에 가는 대신 자기 집으로 돌아왔다. 그는 침실로 뛰쳐 들어가 너무도 괴로운 밤을 보냈다. 다음 날 아침 식사에서 딸이 그에게 "얼굴이 많이 창백해요, 아빠"라고 할 정도였다. 그는 침묵을 지켰고[성경의 우화를 패러디한 것이다] 자신에게 무슨 일이 생겼는지, 또 어디에 있었고 어디를 가려 했는지 입도 뻥긋하지 않았다. 이 모든 사건은 그에게 강한 충격을 주었다[여기부터 고골이 특별히 필요한 경우 사용하는 특별한 점강법인 쇠락이 시작된다]. 부하 직원에게 "어떻게 이럴 수가 있나? 당신 앞에 누가 서 있는지 모르는 거야?"라는 식의 말을 하는 횟수가 심지어 현저하게 줄었고, 그런 말을 한다 해도 무슨 일인지 자초지종을 들어 보고 했다. 더 놀라운 것은 이때부터 관리의 유령이 더 이상 나타나지 않는다는 것이었다. 장군의 외투가 어깨에 딱 맞았나 보았다. 적어도 외투를 빼앗겼다는 말은 더 이상 들리지 않았다. 부지런하고 걱정 많은 사람들은 도시 변두리 어디에선가 관리의 유령이 목격됐다고 말하며 좀처럼 안심하려 들지 않았다. 콜로멘스코예 마을의 어떤 순경이 자신의 눈으로 어떤 집 뒤에서 유령을 보았다고 했다. 그는 원래 약골인지라 언젠가 한 번은 집에서 뛰쳐나온 다 자란 돼지 새끼한테 들이받히고 자빠져서 주변 마부들의 웃음거리가 된 적이 있는데 그 모욕에 대한 대가로 담뱃값을 받아 챙겼다는 인간이다. 그만큼 약했던 그는 유령을 불러 세우지 못하고 계속 어둠 속에서 그를 따라갔는데, 마침내 유령이 뒤를 돌아보며 "원하는 게 뭔가?"라고 물어보며 산 사람들에게서도 볼 수 없는 큰 주먹을 내보였다고 한다. 순경은 "아무것도 아닙니다"라고 말하고는 얼른 몸을 돌렸다고 했다. 유령은 키가 아주 크고 매우 긴 수염을 기르고 있었고 오부호프 다리 쪽으로 발걸음을 돌린 듯 보이다가 어둠 속으로 완전히 사라졌다고 한다.

연관성이 없는 듯 보이는 디테일("다 자란 돼지 새끼" 같은 상투적 표현은 보통 가정에서나 쓰는 말이다)들이 빗발치듯 쏟아져 내리며 최면 같은 효과를 만들어 내서 간단한 하나의 사실(마지막 장면의 백미라 할 수 있는)을 인식하지 못하게 만든다. 고골은 작품의 가장 중요한 정보이자 주요 구성 아이디어를 의도적으로 가면 밑에 숨겨 두었다(모든 리얼리티가 가면이듯). 외투를 잃어버린 아카키 아카키예비치의 유령으로 비춰진 사람은 사실 그 외투를 훔친 사람이다. 아카키 아카키예비치의 유령은 외투의 부재에 의해서만 존재할 수 있다. 그런데 순경이 이야기의 기묘한 역설 속에 빠져들어 정반대의 인물인 외투 도둑을 유령으로 착각한 것이다. 이렇게 해서 전체 이야기는 하나의 둥근 순환 구조를 이룬다. 사과, 행성, 인간의 얼굴 모양이 모두 둥글지만, 모든 순환이 그렇듯 이것 역시 악순환이다.

그래서 요약해 보자면 이야기는 중얼거림, 중얼거림, 서정의 격류, 중얼거림, 서정의 격류, 중얼거림, 환상적 절정, 중얼거림, 그리고 다시 모든 것이 파생된 혼돈 속으로 회귀한다. 이런 최고 수준의 예술에서 문학은 약자를 동정하거나 강자를 비난하는 것과는 거리가 멀다. 이것은 다른 세상의 그림자들이 이름 없는 조용한 배의 그림자처럼 지나가는, 인간 영혼의 비밀스러운 심연에 대한 호소다.

* * *

참을성 있는 한두 명의 독자는 이미 간파했겠지만, 내가 유일하게 관심 있어 하는 요소는 바로 이러한 호소다. 내가 고골에 대한 노트를 이렇게 끼적이는 목적은 명백해졌다. 그것은 다음과 같다. 속된 말로 러시아에 대해 무언가 알고 싶다면, 왜 악랄한 독일인들이 대러 공세를 망쳤는지 알고 싶다면, '관념', '사실', '메시지'에 관심이 있다면, 고골을 멀리해야 한다. 그것을 읽기 위해 러시아어를 배우는 엄청난 수고는 어떤 돈으로도 보상받을 수 없다. 멀리해야 한다. 그는 아무것도 당신에게 말해 줄 게 없다. 철로에서 멀리 떨어져야 한다. 그곳은 압력이 높고 당분간 폐쇄되었다. 피하고, 삼가야 한다. 나는 모든 수단을 동원해서 차단하고 거부하고 위협할 것이다. 성실하지 못한 독자는 어차피 거기까지 가지도 못할 것이므로 이 모든 조언이 필요 없을 수도 있다. 하지만 성실한 독자, 나의 형제, 나의 쌍둥이라면 환영한다. 나의 형은 오르간을 연주한다. 나의 누이는 책을 읽는다. 이 사람은 나의 이모다. 당신은 알파벳과 순음, 설음, 치음, 땅벌과 체체파리처럼 웅웅대는 소리를 공부하게 될 것이다. 모음 중 하나는 당신을 당혹스럽게 할 것이고, 동사의 인칭 변화를 배우고 나면 머리가 뻐근해지고 정신적으로 무언가에 얻어맞은 느낌을 받을 것이다. 하지만 나는 고골(이나 다른 어떤 러시아 작가들)에게 갈 수 있는 다른 길은 모른다. 그의 작품은 다른 문학 작품들과 마찬가지로 언어의 현상이지 관념의 현상이 아니다. '고골'이지 '고

걸'이 아니다. 마지막 'ㄹ' 발음은 영어에는 존재하지 않는 녹아내리는 연음이다. 작가의 이름도 제대로 발음하지 못한다면 그를 이해할 수 없다.

내가 번역해 놓은 몇 가지 문단들이 빈약한 어휘로 내가 할 수 있는 최선이다. 내가 나의 귀를 통해 듣는 것처럼 번역이 완벽하다고 해도 억양을 전달할 수 없는 한, 그것은 여전히 고골을 대체할 수 없다. 그의 예술에 대한 나의 생각을 전달하려 노력하면서, 나는 그의 존재를 증명할 수 있는 어떤 확증도 제시하지 않았다. 나는 가슴에 손을 얹고 고골은 내가 상상해 낸 인물이 아니라는 것을 주장할 수 있을 뿐이다. 그는 실제로 글을 썼고, 실제로 살았다.

고골은 1809년 4월 1일에 태어났다. 그의 어머니(이 조악한 일화를 지어낸 장본인이다)는 그가 다섯 살 때 쓴 시를 당시 유명 작가였던 카프니스트에게 보여 주었다고 한다. 카프니스트는 초라한 차림을 한 엄숙한 아이를 안으며 기뻐하는 부모에게 이렇게 말했다. "운명이 그에게 훌륭한 그리스도교 스승과 안내자를 허락한다면 그는 천재 작가가 될 것입니다." 하지만 다른 것, 그가 4월 1일에 태어났다는 것만큼은 여전히 사실이다.

이반 투르게네프

1818~1883

이반 투르게네프

이반 세르게예비치 투르게네프는 1818년 러시아 중부 오룔, 부유한 대지주의 가정에서 태어났다. 그는 농노들의 삶과 최악으로 치달은 농노와 지주 사이의 관계를 목격하게 해 준 영지에서 유년기를 보냈다. 어머니는 폭군 같은 포악한 성격의 소유자였고, 이것이 결국 소작농들과 그녀의 가족을 비참한 삶의 나락으로 떨어지게 했다. 어머니는 아들을 사랑했지만 조금이라도 말을 듣지 않거나 잘못하면 학대하고 매를 들었다. 훗날 투르게네프가 농노를 위한 탄원을 내려고 했을 때 어머니는 생활비를 끊어 버렸고, 부유한 유산이 있었음에도 불구하고 그를 빈곤 속에 방치했다. 투르게네프는 유년기의 고통스러운 기억을 잊지 않았다. 어머니 사망 후, 그는 소작농들의 환경을 개선하기 위해 많은 노력을 했고, 하인들을 해방시켰으며, 1861년 농노 해방 당시 정부에 적극적으로 협조했다.

투르게네프가 받은 유년기 교육은 고르지 못했다. 어머니가 마구잡이로 끌어들인 개인 교사들은 전문 마구 제조인을 포함해 모두 이상한 사람들이었다. 모스크바대학교에서 1년, 페테르부르크대

학교에서 3년을 보내고 1837년 졸업한 그는 균형 잡힌 교육을 받지 못했다고 생각했고, 그 간극을 메우고자 1838년부터 1841년까지 베를린대학교에서 수학했다. 그곳에서 그는 이후 헤겔 철학과 독일 '이상주의' 철학에 뿌리를 둔 러시아 철학계의 핵심이 되는 젊은 러시아 학생들과 교우했다.

투르게네프는 유년기에 미하일 레르몬토프를 모방한 듯한 미숙한 시 몇 편을 쓰기도 했다. 그러다 산문으로 방향을 바꾸고 『사냥꾼의 수기 *A Sportsman's Sketches*』 수록 작품 중 첫 단편을 발표하고 난 1847년에 비로소 작가의 대열에 들어섰다. 그의 작품은 큰 반향을 불러일으켰고 이후 다른 여러 작품들과 함께 한 권의 책으로 출판되었을 때 반향은 더욱 커졌다. 작품 속 음악과도 같은 우아한 흐름은 그에게 즉각적인 명성을 안겨 준 여러 이유 중 하나에 불과했다. 이야기의 주제 역시 큰 관심을 불러일으켰기 때문이다. 모두 농노를 다루었던 그의 이야기들은 섬세한 심리적 묘사를 제공할 뿐 아니라, 인간적 측면에서 농노들을 잔인한 지주들보다 더 우위에 두면서 그들에 대한 이상화를 시도했다. 이 단편들의 몇 장면을 소개한다.

페쟈는 즐거워하면서 억지로 웃고 있는 강아지를 위로 들어 올렸다가 마차 바닥에 내려놓았다. [「호르와 칼리니치 *Khor' and Kalinych*」]

······강아지는 온몸을 떨면서 눈은 반쯤 감은 채 잔디 위에서 뼈를 갉아 먹고 있었다. [「내 이웃 라질로프 *My Neighbor Radilov*」]

Tourgenev, Ivan Sergeyitch
(thus the patronymic is
pronounced instead
of the false rendering:
-gayevitch

1846   Rudin.   Virgin soil, fresh land
        which stands to twen[ty?] not
        by the superficially gliding coulter,
        but by the deeply [...] plough
        from the note-book of a farmer

The typical beginning of a novel: the statement
of a date, as here:

        [...] on a spring day in 1868
        a little after noon
        нату to подъему дня [...]

Дверь отворилась скромно и плавно, и вошла
скинав высоченную шляпу с [...]
коротко остриженной голове [...]
вошел мужчина лет под сорок высокаго
рост[у], стройный и [...] [Санин?]

                        perfectly modulated
a typical example of his smooth, well-oiled
prose, especially when picturing slow motion.
The phrase grows [...] like a [...]
[...]

투르게네프 강의록 첫 페이지

이반 투르게네프 137

뱌체슬라프 일라리오노비치는 지독한 여성 애호가여서 자신의 시골 도시 거리에서 예쁜 여인을 발견하기라도 하면 바로 따라 붙어서는 갑자기 절뚝거리기 시작한다. 이렇게 독특하다. [「두 지주 Two Country Squires」]

마샤(주인공을 버리고 떠난 집시)는 멈춰 서서 그쪽으로 얼굴을 돌렸다. 그녀는 빛을 등지고 서 있었는데 어두운 나무로 조각된 것처럼 온통 검은빛이었다. 두 눈의 흰자위는 은빛 아몬드처럼 빛났고 동공은 더 어두워졌다. [「체르토프하노프의 최후 Chertopkhanov's End」]

이미 날은 저물어서 태양은…… 사시나무 숲 뒤쪽에 숨어 버렸고, 숲 그림자가 조용한 들판을 따라 끝없이 뻗어 있었다. 한 농군이 바로 그 숲가의 어둡고 좁은 오솔길을 흰말을 타고 약간 빠르게 달리고 있었다. 그늘 속을 달리는 그의 모습은 어깨에 덧댄 헝겊까지 분명히 보였고, 언뜻언뜻 드러나는 작은 말의 다리도 보기 좋게 또렷했다. 햇빛은 숲속으로 파고들어 무성한 나무 잎사귀 사이를 뚫고 사시나무 줄기에 따스하게 던져졌다. 사시나무 줄기는 마치 소나무 줄기처럼 보였다. [『아버지와 아들』] [51]

이들이 투르게네프 최고의 작품들이다. 고골 갤러리에 전시된 생동감 넘치는 플랑드르파와는 다른, 부드럽게 채색된 수채화 같은

---

[51] 이반 투르게네프, 『아버지와 아들』, 이항재 옮김(서울: 문학동네, 2011). 본 번역서 내 투르게네프의 『아버지와 아들』에 대한 직접 인용부는 위 역서를 인용하였다. 인용부 내에 등장하는 고유 지명 및 인명은 해당 번역서 상의 표현을 그대로 옮겨 왔음을 밝힌다.

그림들이 여러 작품의 이곳저곳에 삽입되어 있고, 오늘날까지도 경외의 대상이 된다. 이런 특징은 특히 『사냥꾼의 수기』에 많이 나타난다.

투르게네프가 『사냥꾼의 수기』를 통해 보여 준 이상적이고 인간적인 농노의 모습은 농노제의 부당함을 강조했고, 당시 중요 인사들의 심기를 건드렸다. 검열을 통과시킨 검찰관은 해고되었고 정부는 작가를 곧바로 징계했다. 고골 사후 투르게네프는 짧은 기사를 썼는데, 페테르부르크에서는 검열을 통과하지 못했지만 모스크바에서는 발표할 수 있었다. 투르게네프는 불복종을 이유로 한 달 동안 감옥에 보내졌고 그의 영지로 2년 이상 추방되었다. 유배 생활에서 돌아와 첫 장편 『루딘Rudin』을, 그리고 『귀족의 보금자리A Nest of Gentlefolk』와 『그 전날 밤On the Eve』을 잇따라 발표했다.

1855년 작 『루딘』은 1840년대 독일 대학에서 수학하던 러시아의 이상주의적 인텔리겐치아 세대를 그리고 있다. 『루딘』에는 "……끝에는 에메랄드빛이 어렴풋이 비치는, 금빛으로 어둡고 달콤한 향이 나는, 오래된 라임 나무들이 가득한 골목"과 같은 뛰어난 묘사들이 곳곳에 보인다. 이런 묘사에서 투르게네프가 좋아하는 풍경을 엿볼 수 있다. 루딘이 라순스키의 집에 갑자기 나타나는 장면은 잘 만들어졌다. 파티나 식사 자리에서 냉철하고, 건조하면서, 영리한 주인공과 성질 급하고, 속물적이고, 가식적인 멍청이를 싸우게 하는, 투르게네프가 즐겨 쓰는 기법을 이용했기 때문이다. 투르게네프 등장인물들의 변덕스러운 습성을 엿볼 수 있는 전형적인 예문이다.

한편, 루딘은 나탈리아에게 올라갔다. 그녀는 일어섰고 당황스러운 빛이 역력했다. 그녀 옆에 앉아 있던 볼린체프 역시 일어섰다. "아, 그랜드 피아노가 보이는군요." 루딘은 여행길 왕자처럼 부드럽고 상냥하게 시작했다. 그때 누군가 슈베르트의 「마왕」을 연주했다. "이 음악과 이 밤은[자신도 편안하고, 다른 이의 영혼도 편안하게 만드는 별이 빛나는 여름 밤―투르게네프는 '음악과 밤'을 그려 내는 훌륭한 화가다]," 루딘이 말했다. "독일에서 보낸 대학 시절을 생각나게 하는군요."

독일에서는 학생들 옷차림이 어떤지 누군가 물었다.

"하이델베르크에서 나는 박차가 달린 부츠를 신고 자수가 달린 헝가리 재킷을 즐겨 입었지요. 머리는 길러서 거의 어깨까지 닿았고요."

루딘은 다소 거만한 젊은이였다.

당시 러시아는 하나의 큰 꿈이었다. 민중은 잠자고(비유적으로), 지식인들은 문자 그대로 앉아서 토론을 하거나 명상을 하느라 새벽 5시까지 잠 못 이루다가 다시 산책을 나가는 삶을 살았다. 옷도 벗지 못하고 깊은 잠에 빠져들거나, 다음 날 부리나케 옷 안으로 점프하곤 했다. 투르게네프에 나오는 여인들은 아침에 잘 일어나 서둘러 크리놀린을 입고 얼굴에 찬물을 뿜고 정자에서 있을 만남을 준비하기 위해서 싱싱한 장미처럼 정원으로 뛰쳐나온다.

독일로 가기 전 루딘은 모스크바 국립 대학교의 학생이었다. 친구 중 한 명이 그들의 젊은 시절에 대해 이야기를 해 준다.

"대여섯 명의 남학생들이 모였지요. 수지 양초는 타고 있었고……
값싼 차와 오래된 말라붙은 과자를 먹고…… 하지만 우리의 눈은 빛났
고, 볼은 붉게 상기되고, 심장은 뛰고 있었지요……. 우리는 신, 진리,
인류의 미래, 시에 대해 논했습니다. 가끔은 말도 안 되는 이야기들도
했지요. 하지만 문제 될 것 없었죠."

1840년대 진보적 이상주의자인 루딘의 성격은 햄릿식으로 요약
이 가능하다. "말, 말, 말." 진보적 사상에 심취해 있었음에도 그는
능력이 부족했다. 그의 모든 에너지는 열정적으로 이상주의적 잡담
을 쏟아 내는 데 쓰였다. 가슴은 차갑고 머리는 뜨거웠다. 자제력이
부족하고 행동은 할 줄 모른 채 몸만 바쁜 열정주의자였다. 그를 사
랑했고, 그 자신도 사랑한다고 믿었던 여인이 어머니가 결혼을 허
락하지 않을 것 같다고 말하자, 그는 자신을 따라 어느 곳이든 갈 준
비가 되어 있던 그녀를 단숨에 포기한다. 그는 러시아 전역을 떠돌
아다닌다. 그의 모든 이상은 흐지부지된다. 그를 따라다닌 불운, 웅
변을 늘어놓는 것 외에는 머리에 든 에너지를 표출할 방법을 몰랐
던 무능은 마침내 그를 단련시키고 강인하게 만들어, 1848년 혁명
의 전선 파리에서 무모하지만 영웅적인 죽음을 맞게 한다.

『귀족의 보금자리』에서 투르게네프는 귀족 사회의 정교적 이상이
지닌 고귀함을 찬양했다. 주인공인 리자는 순수하고 자부심 강한 투
르게네프 여인상의 결정체다. 『그 전날 밤』은 또 다른 투르게네프 여
인상인 엘레나에 대한 이야기다. 터키 치하에 있던 불가리아의 해방
을 위해 헌신한 인사로프를 따라가기 위해 가족과 국가를 떠나는 그
녀는, 어린 시절 그녀 주변을 맴돌았던 무능력한 젊은이보다 실천력

강한 인사로프를 좋아했다. 인사로프는 폐결핵으로 죽고, 엘레나는 용감하게 그녀의 길을 헤쳐 간다.

『그 전날 밤』은 그 긍정적 의도에도 불구하고 투르게네프의 작품 중 예술적으로 가장 성공적이지 못했다. 하지만 가장 인기를 얻은 작품이기도 했다. 엘레나는 여자였지만 사회가 원하는 영웅적 성격을 가진 인물이었다. 사랑과 의무를 위해 모든 것을 희생할 준비가 되어 있는 사람이었고, 앞길에 놓인 어려움을 용감하게 극복한 여인이자 억압된 사람들의 해방이라는 이상과 자신의 삶을 선택할 여성의 자유, 사랑의 자유에 충실한 여인이었다.

투르게네프는 1840년대 이상주의자들의 도덕적 몰락을 보여 주고 행동력을 보인 유일한 남자 주인공을 불가리아인으로 설정했다는 이유로 비난받았다. 긍정적이고 행동가적 기질을 가진 러시아 남성을 한 명도 보여 주지 않았다는 이유였다. 투르게네프는 『아버지와 아들』을 통해 그것을 보여 주려 했다. 투르게네프는 『아버지와 아들』에서 착하고 무능하고 나약한 1840년대 사람들과 새롭고 강인하고 허무주의적인 혁명 세대 사이의 도덕적 갈등을 그렸다. 바자로프는 젊은 세대를 대표하는 급진적 물질주의자다. 그에게는 종교도 미학도 도덕도 존재하지 않는다. 그는 자신이 해 본 과학 실험의 결과를 의미하는 '개구리들'만 믿는다. 동정도 수치도 모른다. 그는 탁월한 행동가다. 투르게네프는 바자로프를 좋아했지만 이 젊고 강인한 행동가를 만족스러워할 것이라고 여겨졌던 급진주의자들은 격분했다. 그리고 바자로프 안에서 반대파들이 좋아할 만한 인물상만을 끄집어냈다. 투르게네프는 재능을 다 소진, 명이 다한 사람으로 선언되었다. 그는 어이가 없었다. 진보 사회 진영의 연인에서 하루아침에 혐오스러운 요주의 인물로 전락한 것이다. 투르게네프는 공명심이 강한 사람이었다. 명예뿐 아니라 명예의 겉포장도 그에게는 중요했다. 그는 깊이 상처 입고 실망했다. 당시 외국에 머물고 있던 그는 간간이 짧게 러시아를 방문한 것을 제외하면 남은 생을 외국에서 보냈다.

다음 작품은 「이제 그만 *Enough*」이라는 단편으로, 투르게네프는 그 안에서 절필 의지를 내비쳤다. 그럼에도 불구하고 두 편의 장편을 더 집필했고, 생애 마지막까지 글쓰기를 계속했다. 두 장편 중 『연기 *Smoke*』에서 그는 러시아 사회의 모든 계급에 대한 신랄한 고발을 그려 냈고, 『미개척지 *Virgin Soil*』에서는 1870년대 사회 운동에 직면한 다양한 종류의 러시아인들을 보여 주고자 했다. 이 작품 속에는 끊임없이 민중에게 다가가고자 했던 혁명가들이 나온다. (1) 교육받고, 세련되고, 비밀리에 시와 낭만을 동경하지만, 투르게네프의 다른 긍정적 인물들과 마찬가지로 유머 감각 없고 나약한 데다 병적인 열등감과 쓸모없는 자괴감으로 스러져 가는, 햄릿같이 우유부단한 주인공 네주다노프, (2) 순수하고 진실하고 지극히 순진하며 '명분'을 위해서 죽을 각오도 되어 있는 마리아나, (3) 강인하고 말수 적은 솔로민, (4) 정직한 얼간이 마르켈로프 등이다. 다른 한편으로 시피야긴이나 칼로메이체프 같은 사이비 자유주의자와 노골적 반동주의자도 볼 수 있다. 예술적 감성에 이끌려서라기보다는 정치에 대한 자신의 시각을 보여 주려 집필한 작품이었기 때문에, 등장인물들과 플롯에 생명력을 불어넣기 위한 지고한 노력에도 불구하고 성공하지 못한 평범한 작품이 되고 말았다.

게다가 투르게네프는 동시대 다른 작가들과 마찬가지로 지나치게 명료했다. 독자들의 직관을 위한 여지는 남겨 두지 않은 채, 무언가를 제시하고, 그 제시된 것에 대한 지루한 설명을 늘어놓았다. 등장인물 각각의 운명에 대한 독자의 호기심을 충족시키기 위해 예술과는 거리가 먼 방법으로 최선을 다한 덕에, 공들여 완성된 그의 장편과 긴 단편들의 결말은 지나치리만큼 인위적이다.

그는 읽기 편한 작가일 뿐 위대한 작가는 아니다. 『마담 보바리』에 견줄 만한 어떤 것도 이루어 내지 못했다. 그를 플로베르와 동일한 문학 사조에 포함시킬 수 있다는 생각은 커다란 착각이다. 당시 만연했던 어떤 사회 문제든 소재로 삼을 준비가 되어 있었다 하더라도, 늘 쉬운 길을 찾아가는 안일한 플롯까지 더해 투르게네프는 플로베르의 준엄한 문학과 비교될 수 없다.

투르게네프와 고리키, 체호프는 해외에서 특히 유명한 작가들이다. 그러나 그들 사이에는 어떤 자연적 연관성도 없다. 다만, 투르게네프의 최악이 고리키를 통해 완벽히 재현되었고, 투르게네프의 최선이 (러시아 풍경 묘사와 같이) 체호프에서 아름답게 승화되었다고 할 수 있다.

『사냥꾼의 수기』와 장편 외에도 투르게네프는 많은 중편, 단편들을 썼다. 초기 작품들은 어떤 독창성도 문학적 가치도 없지만 후기의 몇 편은 매우 뛰어나다. 그들 중 「봄의 급류A Quiet Backwater」와 「첫사랑First Love」은 주목할 만하다.

투르게네프의 개인적 삶은 그다지 행복하지 않았다. 가장, 그리고 유일하게 사랑했던 사람은 유명 여가수 폴린 비아르도가르시아였다. 그녀는 행복한 결혼 생활을 하고 있었고, 투르게네프는 그 가족들과 가깝게 지냈다. 그녀와 행복해질 수 없다는 것을 알면서도 모든 삶을 바쳤고, 늘 지척에 살았으며, 그녀의 두 딸이 결혼할 때는 지참금도 내어 주었다.

러시아에 있을 때보다 외국에 살 때 그는 더 행복했다. 그곳에는 격렬한 공격을 퍼부으며 그를 물어뜯는 급진적인 비평가들이 없었다. 메리메, 플로베르 등과 교우했고, 작품은 프랑스어와 독일어로 번역되었다. 서방 문단에 소개될 만큼 지명도 있는 유일한 러시아 작가였던 투르게네프는 가장 위대한, 그리고 대표적인 러시아 작가로 간주되었고, 마음껏 햇볕을 쪼이며 행복할 수 있었다. 그는 외국인들과 교제할 때는 부드럽고 상냥한 매너로 그들을 감동시켰지만 러시아 작가, 비평가 들과 만날 때는 오만하고 교만했다. 그는 톨스토이, 도스토옙스키, 네크라소프 등과 논쟁을 벌이곤 했고, 톨스토이에 대해서는 그의 천재성에 탄복하면서도 질투심을 느꼈다.

1871년 폴린 비아르도가 파리에 정착하자 투르게네프도 파리로 이주했다. 비아르도를 향한 진실한 열정에도 불구하고 그는 외로웠고, 가족이 주는 평안함이 아쉬웠다. 그는 친구들에게 보낸 편지에서 고독함, 말년의 쓸쓸함, 정신적 좌절에 대해 토로했다. 때로는 러시아로 돌아가고 싶기도 했지만, 자신의 일상에 찾아올 엄청난 변화를 감당할 의지가 부족했다. 의지 부족은 늘 그를 따라다닌 약점이었다. 『아버지와 아들』 출판 이후 줄곧 그의 작품에 대한 편견에 사로잡혀 공격을 퍼부었던 러시아 비평가들에게 맞서 일어날 강인함이 없었던 것이다. 평단의 혹평에도 불구하고 투르게네프는 러시아 독자들에게 매우 인기가 있었다. 독자들은 그의 책을 좋아했고 그의 작품은 금세기 초까지 이어져 많은 사랑을 받았다. 인간적이고 자유주의적인 감성은 많은 독자들, 특히 젊은 독자들을 매혹시켰다. 투르게네프는 1883년 파리 근교 부지발에서 눈을 감았지만, 그의 유해는 페테르부르크로 옮겨졌다. 수천 명의 인파가 묘지로 향하는 그를 배웅했고, 수많은 단체, 도시, 대학에서 조문객이 찾아왔다. 셀 수 없이 많은 조화가 당도했고, 장례 행렬은 3킬로미터 넘게 이어졌다. 러시아 독자들은 생전 그를 향한 사랑을 마지막으로 이렇게 표현했다.

* * *

자연을 그려 내는 것 외에도 투르게네프는 영국 시골의 클럽에서나 본 듯한 컬러로 된 만화를 그려 내는 데에도 재능이 뛰어났다. 투르게네프가 그리기 좋아했던 1860, 1870년대의 멋쟁이들을 예로 들어 보자.

그는 정통 영국식으로 치장을 하고 있었다. 알록달록한 재킷의 일자로 된 주머니에 작은 세모 모양으로 튀어나와 있는, 끝부분이 색칠된 하얀 실크 손수건, 다소 넓은 듯한 검은 리본에 매달린 외알 안경, 윤기 없는 스웨이드 장갑이 체크무늬 바지의 옅은 회색빛과 잘 어울렸다.

투르게네프는 인물이 등장할 때 굴절된 햇빛, 그늘과 빛의 독특한 조화가 주는 효과를 이용한 최초의 러시아 작가이기도 했다. 햇빛을 등지고 등장했던 집시 소녀를 기억해 보자.

어두운 나무로 조각된 것처럼 온통 검은빛이었다. 두 눈의 흰자위는 은빛 아몬드처럼 빛났다.

이 인용문들은 완벽하게 조율되고 매끄럽게 이어지면서 느린 움직임을 전달하는 데에 효과적이었던 투르게네프 산문의 특성을 잘 보여 준다. 위의 예들은 햇빛에 잠겨 따뜻해진 벽에 붙어 있는 도마뱀을 연상시킨다. 그리고 마지막 단어들은 도마뱀의 꼬리처럼 휘어진다. 하지만 전반적으로 그의 문체는 뭔가 고르지 못한 이상한 효과를 주는데, 이는 작가가 좋아하는 몇몇 문단들이 다른 것들보다 지나치게 조밀하게 짜여 있기 때문이다. 탄력 있고, 강력하고, 작가의 의도에 따라 과장된 이 문단들은 전반적으로 깔끔하고 잘 쓰였지만 평범한 산문 위에서 도드라져 버린다. 그가 아름다운 글을 쓰기 위해 만들어 낸 완벽하게 유연하고 세련된 문장들은 꿀과 기름에 비유될 수 있다. 하지만 스토리 텔러로서의 그는 인위적이고 형편없다. 등장인물들을 쫓아가면서 그는 「두 지주 *Two Country Squires*」속 주인공처럼 다리를 절기 시작한다. 묘사에서 드러나는 독창성에 견줄 만한 자연스러운 이야기 전개 능력, 문학적 상상력이 부족한 것이다. 이런 근본적 약점을 알고 있어서인지, 아니면 주저앉게 될 것 같은 곳에 오래 머물고 싶지 않은 예술가의 자기 보호 본능 때문인지, 그는 행위를 묘사하지 않는다. 더 정확히 말하면 길게 이어지는 서술 속에 행위를 부각시키지 않는다. 그의 장편과 단편들은 인물에 대한 이력 소개나 시골 풍경에 대한 앙증맞은 묘사들이 간간이 등장하는, 여러 다양한 상황에 따라 아름답게 묘사된 긴 대화로 이루어져 있다. 하지만 오래된 러시아 정원 밖의 미를 관조하려 원래의 길에서 멀어지기라도 하면 그는 역겨운 달콤함에 빠져 버린다. 그의 신비주의는 향기, 부유하는 안개, 당장이라도 살아 움직일 것 같은 오래된 초상화, 대리석 기둥 등이 등장하는 조형 예술 같은 것이다. 그런데 그의 유령들은 온몸을 오싹하게 하지는 않는다. 아니, 뭔가 이상한 방법으로 오싹하게 한다. 미를 묘사할 때에는 극단으로 치달아서 그에게 고상함이란 "황금, 크리스털, 실크, 다이아몬드, 꽃, 분수"가 되고, 꽃 말고는 별다른 장식도 없는 옹색한 차림의 아가씨들은 보트 위에서 찬송가를 불러 대고, 호랑이 모피를 둘러쓰고 황금잔을 든(신분의 상징) 다른 아가씨들은 강둑에서 노닥거린다.

『산문시 Poems in Prose』(1883)는 가장 구시대적이다. 선율은 모두 잘못되었고, 광채는 싸구려 냄새가 나고, 철학은 진주를 찾아 다이빙을 할 만큼 깊지 않다. 『산문시』는 순수하고 균형 잡힌 러시아 산문의 실례로 인정받고 있다. 그러나 작가의 상상력은 요정이나 해골과 같은 식상한 상징들을 넘어서지 못한다. 그의 잘 쓰인 산문이 영양 가득한 우유라면 그의 산문시는 퍼지[52]에 불과하다.

『사냥꾼의 수기』가 그의 최고작들을 수록하고 있다고 말할 수 있다. 『사냥꾼의 수기』는 소작농들에 대한 이상화에도 불구하고 꾸밈없고 진실한 인물들, 풍경, 사람, 자연에 대한 탁월한 묘사를 선사해 준다.

투르게네프의 인물 중 가장 큰 명성을 얻은 이들은 '투르게네프의 여인들'이다. 「봄의 급류」의 마샤, 『루딘』의 나탈리야, 『귀족의 보

---

[52] 우유로 만든 연한 사탕을 말한다.

금자리』의 리자는 서로 차이는 보이지만 분명 모두 푸시킨의 타치아나에 녹아들어 있다. 서로 다른 이야기 속에서 그들은 공통적으로 도덕적 힘과 상냥함, 자신의 의무라고 생각하는 것을 위해 희생할 수 있는 능력, 그리고 희생하고자 하는 열망을 가지고 있었다. 리자처럼 고귀한 도덕적 이상을 위해 개인의 행복을 완전히 포기하는 경우도 있었고, 나탈리야처럼 순수한 열정을 위해 모든 것을 희생하는 경우도 있었다. 투르게네프는 부드러운 시적 아름다움으로 여주인공들을 감싸 안음으로써 많은 독자의 사랑을 받을 수 있었고, 러시아 여성상을 높게 정립하는 데 기여한 바가 크다.

아버지와 아들
1862

    『아버지와 아들』은 투르게네프 최고의 걸작이자 19세기 가장 눈부신 대작 중 하나다. 투르게네프는 자신이 의도했던 대로 사회주의 저널리즘의 꼭두각시로 전락하지 않는 동시에 자기 성찰은 부재한 젊은 러시아 남자 주인공을 만들어 냈다. 바자로프는 강인한 사람이다. 소설 속 그는 대학원생이었지만, 20대를 넘겨서까지 살아남았다면 소설의 지평을 넘어 분명 위대한 사상가나 유망한 내과 의사, 적극적인 혁명가가 되었을 것이다. 하지만 투르게네프의 천성과 예술의 기저에는 공통된 약점이 있었다. 남자 주인공을 그가 만들어 낸 존재의 틀 안에서 승리를 거두게 만들지 못한다는 것이다. 게다가 바자로프는 조급함, 의지력, 냉철한 이성 이면에 젊은이 특유의 자연스러운 열정을 가지고 있었는데, 그것을 훗날 그가 당도할 허무주의의 혹독함과 결합시키기란 쉬운 일이 아니었다. 이 허무주의는 모든 것을 부정하고 맹렬히 비난하지만, 열정적인 사랑을 떨쳐 버리지도, 사랑은 동물적 감정일 뿐이라는 생각과 화해시키지도 못했다. 사랑은 인간의 생물학적 취미를 넘어서는 그 이상의 것이었다. 영혼을 휘감은 낭만적 불꽃은 그를 충격에 빠뜨렸고, 보편적 청춘의 논리가 사고 체계의 논리(여기서는 허무주의)를 압도해 버린 바자로프의 내면이 그려졌기 때문에, 이 작품은 진정한 예술이 갖춰야 하는 요건을 충족했다.

투르게네프는 등장인물을 그 인물 스스로가 만들어 놓은 틀에서 끄집어내어 다양한 경우의 수가 존재하는 평범한 세상에 놓아둔다. 그는 바자로프 자신의 내면적 갈등이 아니라 어쩔 수 없는 운명에 의해 바자로프를 죽게 만든다. 바자로프는 전장에서처럼 조용하고 용감하게 죽음을 맞이하지만, 그의 죽음에는 투르게네프의 모든 예술을 관통하는 특징, 운명에 대한 굴복과 잘 어울리는 체념의 요소가 들어 있다.

독자들은 내가 이 책에 나오는 두 아버지와 삼촌이 아르카디나 바자로프를 닮지 않았을 뿐 아니라 두 명의 젊은이들도 서로 공통점이 없다는 점에 주목하려 한다는 것을 알아차릴 것이다(이 사실을 보여 주는 인용문을 바로 제시할 것이다). 아르카디는 바자로프보다 훨씬 친절하고 단순하고 일상적이고 평범하다. 특히 생생하게 그려진 몇몇 중요한 문단들을 살펴보려 한다. 예를 들어 보자. 아르카디의 아버지인 늙은 키르사노프는 페네치카라는 비천한 신분의 조용하고 부드러우며 매력적인 여인을 사랑한다. 페네치카는 투르게네프의 전형적인 여성상 중 수동적인 유형이다. 그녀 주변에 세 남자가 있다. 니콜라이 키르사노프, 일그러진 상상력과 기억력으로 인해 그녀에게서 자신의 인생 전체를 지배했던 지난날의 불꽃과 닮은 무언가를 발견하는 니콜라이의 형 파벨, 그리고 페네치카에게 구애하다가 결투에 이르게 되는 바자로프다. 하지만 바자로프를 죽게 만

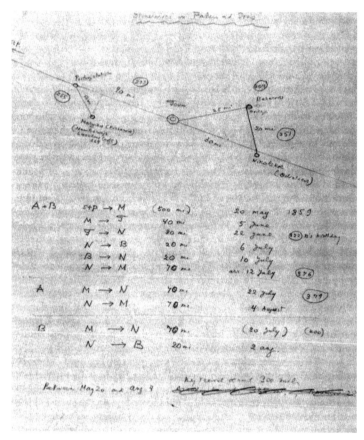

『아버지와 아들』 안의 여행 경로를 그린 도표

드는 것은 페네치카도 티푸스도 아니다.

* * *

투르게네프의 구조가 가지고 있는 특이한 점을 짚어 볼 필요가
있다. 그는 족보와 여러 특징을 등장인물들에게 부여하면서 그들
을 소개하느라 엄청난 노력을 기울이지만, 정작 그들을 다 조립하
고 나면 이야기는 끝나 버리고, 소설이 끝난 뒤 이들에게 일어날 일
들에 대한 장황한 에필로그와 함께 막이 내린다. 이야기 속에 사건
이 결여되어 있음을 의미하는 것은 아니다. 반대로 이 작품은 사건
으로 가득 차 있어서 논쟁, 충돌, 결투에 이어 드라마틱한 요소로 가
득한 바자로프의 죽음까지 등장한다. 그러나 매번 행위가 진행되고
사건이 바뀌는 경계 지점마다 인물들의 지난 과거 이야기가 끄집어
내지고 미화된다. 작가는 바자로프에 대해 서민들이 호의를 보이는
장면이나 아르카디가 친구의 새로운 사상에 맞춰 살려고 노력하는
장면 등의 실례를 통해 그들의 영혼과 생각, 기질을 끌어내기 위해
엄청난 노력을 기울인다.

테마 이동은 작가에게 가장 어려운 기술이다. 최고 경지에 오른
투르게네프 같은 일류 작가도 한 장면에서 다음 장면으로 넘어갈
때 전통적인 기제를 따르고 싶은 유혹을 느낄 수밖에 없었을 것이
다(특정 방법에 이미 길들여진 일반 독자를 상정하기 때문이다). 투르게
네프의 장면 전환은 매우 단순하고 진부하기까지 하다. 읽어 내려
가면서 문체와 구성의 특성들을 살펴보면 단순한 기제 몇 개가 반
복된다는 사실을 알 수 있다.

우선 사람을 소개하는 억양을 들 수 있다.

"표트르, 그래 아직도 안 보이느냐?" 1859년 5월 20일, 마흔 남짓한 지주가 (……) 물었다.

그러고 나서 아르카디가 도착하고 바자로프를 소개한다.

니콜라이 페트로비치는 재빨리 뒤돌아섰다. 그리고 술이 달린 길고 헐렁한 웃옷을 입고 방금 마차에서 내린 키가 큰 사람에게로 다가가서 그의 붉은 맨손을 꼭 쥐었다. 그 사람은 니콜라이 페트로비치에게 금방 손을 내밀지 않았던 것이다.

"진심으로 반가워요. 우리 집을 찾아 준 호의에 감사드립니다. 실례지만…… 이름과 부칭이?"

"예브게니 바실리예프[53]입니다." 바자로프는 약간 느리지만 씩씩한 목소리로 대답했다. 그리고 헐렁한 웃옷의 깃을 내려 니콜라이 페트로비치에게 자기의 얼굴을 활짝 드러내 보였다. 넓은 이마, 콧날은 밋밋하지만 끝은 뾰족한 코, 크고 푸르스름한 눈, 축 처진 모래 빛 구레나룻을 기른 길쭉하고 마른 얼굴은 조용한 미소로 생기 넘쳤고, 자신만만하고 이지적이었다.

"친애하는 예브게니 바실리치, 우리 집에서 심심치 않게 지내길 바라오." 니콜라이 페트로비치가 말을 이었다.

---

53 바자로프는 부칭 '바실리예비치'를 평민처럼 '바실리예프'라고 말했으며, 뒤에 이어지는 '바실리치'라는 표현은 '바실리예비치'를 줄여서 표현한 것이다. 위 역서 내 각주를 참고할 것

바자로프는 엷은 입술을 살짝 움직였지만, 아무 대답도 않고 모자를 약간 들어 올렸다. 그의 짙은 금발은 길고 숱이 많았지만 크고 넓은 머리뼈와 번듯하게 드러난 이마를 가리지는 못했다.

4장 초반부에서 파벨 삼촌을 소개하는 장면을 보자.

(……) 그러나 바로 그 순간 영국풍 검은색 양복에 최신 유행의 짧은 넥타이를 매고 에나멜 반장화를 신은 중키의 남자가 객실로 들어왔다. 파벨 페트로비치 키르사노프였다. 얼핏 보아 마흔 살쯤 되어 보였다. 짧게 깎은 흰 머리는 광택이 없는 은처럼 어슴푸레하게 윤이 났고, 신경질적으로 보이지만 주름이 없는 얼굴은 날카롭고 정교한 조각칼로 살짝 다듬은 것처럼 아주 단정하고 깨끗했다. 그는 놀랄 만한 미모의 흔적을 보여 주었다. 특히 밝게 빛나는 가늘고 긴 눈이 멋있었다. 전체적으로 우아하고 기품 있는 파벨 페트로비치의 모습에는 젊은이처럼 균형 잡힌 몸매와 땅을 차고 위로 비상하려는 열망이 보였다. 이런 열망은 대체로 스무 살이 넘으면 사라지고 마는 것이다.

파벨 페트로비치는 장밋빛 손톱을 길게 기른 아름다운 손을 바지 주머니에서 빼내어 조카에게 내밀었다. 그 손은 커다란 오팔 하나로 고정한 하얀 커프스 때문에 더욱 아름다워 보였다. 그는 우선 유럽식으로 악수를 하고 러시아식으로 세 번 키스를 했다. 즉, 향기로운 콧수염을 조카의 뺨에 세 번 댔다가 뗀 다음 그가 말했다. "잘 왔다."

그와 바자로프는 첫눈에 서로를 마음에 들어 하지 않았고, 투르게네프는 두 사람이 각각 대칭적으로 친구에게 감정을 털어놓는 코믹한 기술을 사용한다. 파벨 삼촌은 동생에게 바자로프의 헝클어진 외모를 불평하고, 조금 지나서 저녁 식사 후 바자로프는 아르카디에게 파벨의 손질된 손톱에 대해 비난한다. 단순한 대칭 구조가 유독 눈에 띄는 것은 전통 구조에 붙어 있는 장식이 그 전통보다 예술적으로 우월하기 때문이다.

그들이 함께하는 첫 번째 식사인 저녁은 조용히 지나간다. 파벨 삼촌은 바자로프와 마주치긴 했지만 첫 번째 언쟁까지는 아직 기다려야 한다. 4장의 마지막에 파벨 삼촌의 궤도에 또 다른 사람이 등장한다.

그의 형은 자정이 훨씬 넘도록 자기 서재에서 석탄불이 가물거리는 벽난로를 마주보고 널찍한 함브스 안락의자에 앉아 있었다. (……) 그의 생각이 어디를 헤매고 있는지는 아무도 모르지만, 단지 과거만을 헤매는 것은 아니었다. 그의 표정은 긴장되어 있었고 우울해 보였는데, 그것은 추억에 빠져 있는 사람에게서는 볼 수 없는 표정이었다. 그리고 작은 뒷방에서는 소매 없는 부인용 재킷을 입고 검은 머리에 하얀 스카프를 두른 젊은 여인이 커다란 궤짝 위에 앉아 있었다. 페네치카였다. 그녀는 때론 귀를 바싹 기울이기도 하고, 때론 졸기도 하고, 때론 활짝 열린 문을 바라보기도 했다. 그 문 안쪽으로 아기 침대가 보였고 거기에서 잠든 아기의 고른 숨소리가 들려왔다.

투르게네프가 파벨 삼촌을 니콜라이의 연인과 연결시키려는 의도가 중요하다. 아르카디는 독자들보다 조금 늦게 자신에게 어린 동생이 있음을 알게 된다.

다음 아침 식사는 바자로프 없이 시작된다. 토지 정리가 마무리

되지 않은 상황에서 투르게네프는 바자로프를 개구리 잡으러 보내 버리고, 그사이 아르카디는 파벨 삼촌에게 바자로프의 생각을 설명한다.

"바자로프가 뭐 하는 사람이냐고요?" 아르카디가 빙그레 웃었다. "큰아버지, 그가 정확히 뭐 하는 사람인지 말씀드릴까요?"

"그래, 말해 보거라 얘야."

"그는 니힐리스트예요."

"니힐리스트라고?" 니콜라이 페트로비치가 말했다. "내가 알기로 그건 라틴어 '니힐nihil', 즉 '무無'에서 나온 말인데. 그러면 그 단어는…… 아무것도 인정하지 않는 사람을 의미하는 것 아니냐?"

"아무것도 존경하지 않는 사람이라고 말해." 파벨 페트로비치가 말을 받아넘기면서 다시 빵에 버터를 바르기 시작했다.

"모든 것을 비판적 관점에서 보는 사람이지요." 아르카디가 말했다.

"마찬가지 아니냐?" 파벨 페트로비치가 물었다.

"아뇨, 똑같지는 않아요. 니힐리스트는 어떤 권위 앞에서도 굴하지 않고, 아무리 주위에서 존경받는 원칙이라고 해도 그 원칙을 신앙으로 받아들이지 않는 사람입니다." (……)

"그래. 전엔 헤겔주의자들이 있었는데 이젠 니힐리스트란 말이지. (……) 어디 그 공허 속에서, 그 진공 속에서 너희가 어떻게 존재하나 두고 보자. 니콜라이 페트로비치, 지금 종을 울려 줘. 내가 코코아를 마실 시간이야."

곧바로 페네치카가 등장한다. 그녀에 대한 아름다운 묘사를 보자.

스물셋쯤 되어 보이는 살갗이 희고 보드라운 여자였다. 머리칼과 눈은 까맣고 붉은 입술은 어린아이처럼 도톰하고 손을 부드러웠다. 그녀는 산뜻한 사라사 원피스를 입고 둥근 어깨에는 하늘색 새 삼각수건을 걸치고 있었다. 그녀는 커다란 코코아잔을 들고 와서 파벨 페트로비치 앞에 놓고는 몹시 수줍어했다. 사랑스러운 그녀 얼굴의 엷은 피부 아래로 뜨거운 피가 선홍색 파도처럼 퍼졌다. 그녀는 눈을 내리뜨고 테이블 옆에 서서 손가락 끝으로 테이블을 살짝 짚었다. 그녀는 이 자리에 온 것을 부끄러워하면서도 동시에 여기에 올 권리가 있다고 느끼는 것 같았다.

개구리 잡던 바자로프가 5장 말미에 돌아오고, 다음 장의 아침 식사 테이블에서 둘 다 중량급인 파벨 삼촌과 젊은 허무주의자 사이의 첫 번째 라운드가 펼쳐진다.

"방금 전 아르카디의 말을 듣자니 당신은 일체의 권위를 인정하지 않는다죠? 당신은 권위를 믿지 않소?"

"왜 제가 권위를 인정해야 합니까? 그리고 뭘 믿어야 합니까? 사실을 말해 주면 저는 동의할 뿐입니다. 이게 전부입니다."

"그럼 독일인들은 언제나 사실만을 말하나요?" 파벨 페트로비치가 물었다. 그의 얼굴은 아주 무심하고 냉담한 표정을 띠고 있었으며 마치 그 자신은 구름 너머 어떤 높은 곳으로 사라져 버린 것만 같았다.

"모두가 그런 건 아닙니다." 바자로프는 가볍게 하품을 하면서 대답했다. 분명히 바자로프는 입씨름을 계속하고 싶지 않아 했다. (……)

"나로 말하자면," 파벨 페트로비치는 살짝 애를 쓰며 다시 말문을 열었다. "미안하게도 나는 독일인들에게 호의를 갖고 있지 않소.

(……) 여기 내 아우는 그들에게 특별히 호의를 가지고 있지요. (……) 지금은 온통 무슨 화학자니 유물론자니 하는 사람들뿐이라서……."

"훌륭한 화학자는 그 어떤 시인보다 스무 배는 더 유익합니다." 바자로프가 파벨 페트로비치의 말을 끊었다.

표본 수집 과정에서 바자로프는 자신과 투르게네프가 딱정벌레의 희귀 표본이라고 부르는 것을 발견한다. 사실은 희귀 표본이 아니라 한 종이라고 불러야 옳다. 물방개가 다 희귀 표본은 아니기 때문이다. 자연에 무지한 사람들이나 희귀 표본과 종을 분간하지 못한다. 전반적으로 바자로프의 수집 과정을 그린 투르게네프의 묘사는 서툴다.

투르게네프가 첫 번째 논쟁을 세심하게 준비했음에도 불구하고 파벨 삼촌의 무례함은 독자들에게 사실적으로 보이지 않는다. 여기서 '사실적'이라는 것은 일반 독자가 일반적인 환경에서 일반적인 삶에 부합한다고 느끼는 것을 의미한다. 독자들의 의식 속에 파벨 삼촌은 이미 세련되고 경륜 있고 잘 차려입은 신사로 각인되어 있어서, 우연히 집에 들른 조카의 친구이자 동생의 손님에게 날카로운 질문 공세를 퍼부을 것으로는 보이지 않는다.

과거 이야기를 사건의 진행 부분에 장황하게 끼워 넣는 투르게네프의 특이한 구성에 대해 앞서 지적한 바 있다. 6장 말미에서 "아르카디가 바자로프에게 파벨 삼촌에 대한 이야기를 해 주었다"로 과거에 대한 회상이 시작되는데, 그것은 7장까지 계속 이어져서 이미 시작된 사건의 진행을 현저하게 방해한다. 여기서 우리는 파벨 삼촌의 연애사를 읽게 된다. 1830년대에 그는 매력적이고 운명적인 공주 R.과 사랑을 나누었지만, 수수께끼를 내는 스핑크스 같았던 이 낭만적인 여인은 그 해답을 신비주의에서 찾아내고는 1838년 파벨 키르사노프를 떠났고, 1848년 눈을 감았다. 그때부터 1859년 현재에 이르기까지 파벨 키르사노프는 동생의 영지에서 살고 있다.

이어지는 이야기 속에서 독자들은 페네치카가 니콜라이 키르사노프에게는 죽은 부인 메리를, 파벨 삼촌에게는 공주 R.을 대체하는 존재임을 알게 되는데, 이는 또 하나의 단순한 대칭적 구조가 된다. 파벨 삼촌의 눈에 비친 페네치카의 방을 살펴보자.

지금 그가 서 있는 이 방은 천장이 나지막하고 그리 크지 않았으며 아주 깨끗하고 아늑했다. 방에서는 최근에 새로 칠한 마루에서 나는 페인트 냄새와 민들레와 멜리사의 향긋한 냄새가 풍겼다. 등받이가 칠현금 모양으로 생긴 의자들이 벽을 따라 놓여 있었다. 그 의자들은 이미 고인이 된 장군이 원정 중에 폴란드에서 구입한 것이었다. 방 한쪽 구석에는 모슬린 휘장이 드리워진 자그마한 침대가, 그리고 그 옆에는 쇠테를 두른 뚜껑 달린 궤가 놓여 있었다. 맞은편 구석에는 커다랗고 검은 '기적을 행하는 성 니콜라이' 성상 앞에 현수등懸垂燈이 켜져 있었고, 성상의 후광에 붉은 리본으로 붙잡아 맨 조그만 도자기 달걀이 성인의 가슴 위로 늘어져 있었다. 창가에는 작년에 만든 잼을 넣고 꼼꼼하게 싸매 놓은 병들이 빛을 반사해 파랗게 보였다. 그 종이 뚜껑에 페네치카가 직접 큼직한 글씨로 '구스베리'라고 써 놓았다. 니콜라이 페트로비치는 유난히 이 잼을 좋아했다. 천장에는 꼬리가 짧은 검은 방울새가 사는 새장이 긴 노끈에 매달려 있었다. 검은 방울새가 끊임없이 지저귀고 움직이는 통에 새장이 계속 흔들거렸다. 그 바람에 모이통에서 삼씨 몇 알이 바닥으로 떨어지며 가볍게 소리를 냈다. 창문과 창문 사이에 놓인 장롱 위쪽에는 떠돌이 사진사가 찍은 다양한 자세의 니콜라이 페트로비치의 사진이 걸려 있었는데 모두 아주 조잡해 보였다. 같은 장소에 걸린 페네치카의 사진 역시 완전히 실패작이었다. 검은 사진틀 속에서 눈이 없는 듯한 어떤 얼굴이 부자연스럽게 웃고 있었으며 그 이상 아무것도 알아볼 수 없었다. 페네치카의 사진 위에는 양피 외투를 입은 예르몰로프 장군이 그의 이마 위로 떨어져 내린 구두 모양의 비단 바늘겨레 밑에서 무섭게 얼굴을 찌푸리고 머나먼 캅카스 산맥을 바라보고 있었다.

페네치카의 과거를 설명하기 위해 사건 진행은 다시 끊어진다.

니콜라이 페트로비치와 페네치카가 알게 된 사연은 이렇다. 삼 년 전쯤 그가 멀리 떨어진 읍내의 여인숙에 묵은 적이 있었다. 안내된 방과 침구가 깨끗한 것을 보고 그는 깜짝 놀랐고 기분이 좋았다. (……) 니콜라이 페트로비치는 그때 막 새 저택으로 이사를 했고 집에 농노를 두고 싶지 않아서 고용인을 구하고 있었다. 여주인 쪽에서는 읍내를 찾아오는 손님들이 적어져서 점점 살아가기가 힘들다고 하소연했다. 그는 여주인에게 자기 집에 가정 관리인으로 오라고 제안했다. 그녀는 제안을 받아들였다. 그녀의 남편은 그녀에게 페네치카라는 딸 하나만을 남기고 오래전에 세상을 떠났다. (……) 그때 이미 열일곱 살이나 되었던 페네치카(……)는 조용하고 소박하게 생활하고 있었다. 다만 니콜라이 페트로비치는 일요일마다 교구 교회의 한쪽 구석에서 그녀의 희고 가녀린 옆얼굴을 볼 수 있었다. 이렇게 일 년 이상이 지나갔다.

니콜라이가 페네치카의 충혈된 눈을 치료해 주었고 눈은 곧 나아졌다.

그러나 페네치카가 그에게 준 인상은 금방 사라지지 않았다. 조심스럽게 주저하면서 쳐들던 그 깨끗하고 우아한 얼굴이 계속 그의 눈앞에 아른거렸다. 그는 자신의 손바닥 밑에서 그 부드러운 머리칼을 느꼈고, 살짝 열린 순결한 입술과 그 안에서 햇빛을 받아 촉촉하게 반짝이던 진주 같은 치아를 보았다. 그는 교회에서 더욱 유심히 페네치카를 바라보게 되었고 그녀와 이야기해 보려고 애를 썼다. (……)

그녀는 조금씩 그에게 익숙해져 갔지만, 그의 앞에서는 여전히 부끄러워했다. 그러다가 갑자기 그녀의 어머니가 콜레라에 걸려 죽었다. 페네치카는 갈 곳이 없었다. 그녀는 신중하고 착실한 성품을 어머니에게서 물려받았지만 너무 나이가 어린 데다 의지할 곳도 없는 외로운 몸이었다. 그리고 니콜라이 페트로비치는 정말 선량하고 소박한 사람이었다. (……) 그 뒤의 일은 끝까지 이야기할 필요가 없으리라.

디테일이 감탄을 자아낸다. 불꽃이 튀어 충혈된 눈은 그 자체로 예술이다. 하지만 구성은 뭔가 모자라고 이 부분을 마감하는 문단의 마지막은 내숭인 듯 조악하다. '그 뒤의 일은 끝까지 이야기할 필요가 없으리라.' 독자들은 이미 잘 알고 있기 때문에 굳이 묘사할 필요가 없는 무언가를 암시하는 이상하고도 바보스러운 문장이다. 투르게네프가 그토록 신중하게 점잔을 빼며 가려 놓은 그 사건을 보통의 독자라면 분명 어렵지 않게 벌써 알아챘을 것이기 때문이다.

바자로프는 페네치카를 만나고 그녀의 아이 역시 보게 된다. 우리는 바자로프가 수염 난 소작농, 거리의 부랑아, 하녀 등과 같은 작고 단순한 영혼들과 얼마나 잘 사귀는지 이미 잘 알고 있다. 그리고 늙은 키르사노프가 슈베르트를 연주하는 것 역시 들을 수 있다.

***

10장 도입부에서 투르게네프는 또 다른 전형적인 기법을 동원하는데, 이 기법은 보통 단편의 에필로그나, 이번 경우처럼 작가가 잠시 쉬면서 등장인물들의 위치와 역할을 정돈할 필요가 있을 때 사용된다. 다음 문단에서 신원 확인을 위한 휴지기가 주어지는데, 여기서 바자로프는 사람들이 그에게 보인 반응을 통해 그려진다.

집안사람들은 모두 바자로프의 무관심한 태도며 간결하고 딱딱 끊어지는 말투에 익숙해졌다. 특히 페네치카는 그와 아주 친해져서 아들 미챠가 경련을 일으킨 어느 날 밤에는 그를 깨우러 사람을 보냈을 정도였다. 그는 여느 때처럼 농담을 하기도 하고 하품을 하기도 하면서 두 시간가량 그녀의 방에 앉아서 아기를 돌봐 주었다. 반면에 파벨 페트로비치는 바자로프를 극도로 미워했다. 파벨은 바자로프를 오만한 놈, 뻔뻔한 놈, 냉소적인 놈, 천한 놈이라고 간주했다. 또한 그는 바자로프가 자신을, 감히 파벨 키르사노프를 존경하지 않고 거의 무시한다고 생각했다! 한편 니콜라이 페트로비치는 이 젊은 '니힐리스트'를 은근히 무서워하면서 아르카디에게 끼친 그의 영향이 유용한 것인가를 의심했다. 그러나 그는 기꺼이 바자로프의 이야기를 듣고 물리나 화학 실험도 즐겁게 참관했다. 바자로프는 몇 시간씩 자기가 가져온 현미경에 매달렸다. 하인들은 바자로프의 조롱을 받으면서도 그를 따랐다. 그들은 바자로프를 자기들과 같은 부류의 사람이지 '주인 나리'가 아니라고 느꼈던 것이다. (……) 하인들의 아이들도 강아지처럼 '의사 선생님' 뒤를 따라다녔다. 그러나 프로코피치 노인만은 그를 좋아하지 않았다. 노인은 무뚝뚝한 표정으로 식탁에 앉은 그에게 음식을 가져다주었고 (……) 프로코피치는 자기 나름대로 파벨 페트로비치에 못지않은 귀족주의자였던 것이다.

이제 이 소설에서는 처음으로 지루한 엿듣기 기제가 활용되는 것을 볼 수 있다. 엿듣기는 레르몬토프 작품을 분석하면서 자세히 살펴본 바 있다.[54]

어느 날 그들이 웬일인지 오래도록 돌아오지 않았다. 니콜라이 페트로비치는 그들을 마중하러 정원으로 나갔다. 정자에 도착하자 두 젊은이의 빠른 발걸음 소리와 목소리가 들려왔다. 그들은 정자의 반대쪽을 걷고 있어서 니콜라이 페트로비치를 볼 수 없었다.

"자네는 우리 아버지를 잘 몰라." 아르카디가 말했다.

"자네 아버지는 좋은 분이네." 바자로프가 말했다. "그러나 이미 시대에 뒤떨어진 사람이야. 그의 시대는 끝났어."

니콜라이 페트로비치는 바싹 귀를 기울였다. 아르카디는 아무 대답도 하지 않았다.

---

[54] 출판된 『러시아 문학 강의』에는 레르몬토프에 대한 강의록이 포함되어 있지 않다. 웰즐리대학과 코넬대학에서 진행된 실제 강의에서는 레르몬토프를 포함해 다양한 작가들이 다루어졌지만 강의록이 남아 있지 않아 본 책에 수록되지 않았다.

'시대에 뒤떨어진 사람'은 그렇게 이 분가량 꼼짝 않고 서 있다가 천천히 집으로 걸어갔다.

"그저께 보니까 자네 아버지가 푸시킨을 읽고 있더군." 그사이에 바자로프는 말을 이었다. "그런 건 아무 쓸모가 없다고 말씀드리게나. 자네 아버지는 더 이상 철부지가 아니니까 그런 무의미한 짓은 그만 둬야 해. 요즘 세상에 낭만주의자가 되고 싶어 하다니! 자네 아버지가 실제적인 걸 읽도록 해 드리게나."

"무엇을 읽게 하면 좋을까?"

"우선 뷔히너의 『힘과 질료 *Stoff und Kraft*』 같은 책이 좋겠군."

"나도 그렇게 생각해." 아르카디는 동의한다는 듯이 말했다. "『힘과 질료』는 읽기 쉽게 쓰였으니까."

투르게네프는 이야기를 살리기 위해 뭔가 인위적인 것을 찾아다니는 사람처럼 보인다. 『힘과 질료』는 코믹스럽기까지 하다. 그다음에는 키르사노프 형제들의 사촌으로 콜랴진 삼촌의 아들인 마트베이 콜랴진이라는 인물이 새로운 꼭두각시로 등장한다. 마트베이 콜랴진은 지방 현 지사를 감찰하러 나온 검찰관 역할인데, 아르카디와 함께 시내 구경을 간 바자로프가 그곳에서 파벨 삼촌의 옛 연인인 공주 R.를 연상시키는 매력적인 여인을 만나게 하는 역할을 한다.

파벨 삼촌과 바자로프 사이의 두 번째 다툼은 첫 번째 다툼 후 2주가 지난 저녁 티타임에 벌어진다. 그사이 14일과 하루 세 끼를 곱해 50여 번이나 있었을 식사 시간에 대한 상상은 독자의 몫으로 남는다.

마침 화제가 이웃에 사는 한 지주에게로 옮겨 갔다. "그는 건달입니다. 귀족 나부랭이지요." 페테르부르크에서 그 지주를 만난 일이 있었던 바자로프가 냉담하게 말했다.

"실례지만 물어봅시다." 파벨 페트로비치가 입을 열었다. 그의 입술이 떨리기 시작했다. "당신의 견해로는 '건달'과 '귀족'이라는 말이 같은 의미요?"

"저는 '귀족 나부랭이'라고 말했습니다." 천천히 차를 한 모금 마시면서 바자로프가 말했다. (……)

파벨 페트로비치의 얼굴이 창백해졌다.

"그건 전혀 다른 문제요. 당신의 표현대로 내가 팔짱을 끼고 앉아 있다고 한대도 그 이유를 지금 당신에게 설명할 필요는 없소. 다만 말하고 싶은 것은 귀족주의, 이것은 하나의 원칙이며 우리 시대에 원칙 없이 살 수 있는 사람은 도덕이 없는 무뢰한이나 속이 텅 빈 시시한 인간들뿐이라는 거요." (……)

파벨 페트로비치는 살짝 실눈을 떴다.

"아, 그렇군!" 그는 유난히 침착한 목소리로 말했다. "니힐리즘은 모든 불행을 구원해야만 하니 당신들은 우리의 구원자요, 영웅인 셈이군. 그런데 당신은 왜 다른 사람들을, 심지어 당신과 같은 '폭로자들'까지 그렇게 욕하는 거요? 당신들도 모든 사람들처럼 요란스레 떠들기만 하는 것 아니오?" (……)

"우리의 논쟁은 너무 멀리 나갔습니다……. 이제 그만 하는 게 좋을 것 같습니다." 바자로프는 자리에서 일어나면서 덧붙여 말했다. "그러나 우리의 현대 생활, 말하자면 가정생활이나 사회생활에서 완전하고 가차 없는 비판을 피할 수 있는 제도를 하나라도 보여 주신다면 저는 당신의 의견에 기꺼이 동의하겠습니다." (……)

"파벨 페트로비치, 한 이틀쯤 여유를 가지십시오. 금방 뭔가를 생각해 내기는 어려울 테니까요. 러시아의 모든 계급을 분석해서 하나하나 잘 생각해 보십시오. 그동안 저와 아르카디는……."

"모든 것을 조롱해야만 하겠지." 파벨 페트로비치가 말꼬리를 잡았다.

"아닙니다, 개구리를 해부해야 합니다. 가세, 아르카디. 그럼 안녕히 들 계십시오."

투르게네프는 이상하게도 서로에게 적대적인 이 사람들을 행동하게 하는 대신 아직도 생각을 묘사하고 장면을 구성하는 데 여념이 없다. 이는 파벨과 니콜라이 두 형제에 대한 비교가 이루어지는 11장에서 특히 두드러지는데, 여기서는 뜻밖에 아담한 풍경에 대한 매력적인 묘사도 엿볼 수 있다.

이미 날은 저물어서 태양은 정원에서 오백 미터가량 떨어진 그리 크지 않은 사시나무 숲 뒤쪽에 숨어 버렸고, 숲 그림자가 조용한 들판을 따라 끝없이 뻗어 있었다.

다음에 이어지는 장들은 아르카디와 바자로프의 시내 관광에 초점을 맞추고 있다. 이 도시는 키르사노프의 영지, 그리고 도시에서 40킬로미터 떨어진 바자로프의 고향 마을 사이의 중간 지점이자 연결 고리 역할을 한다.

누가 봐도 그로테스크해 보이는 인물들이 등장한다. 오딘초바 부인은 한 진보적인 여성의 집에서 나눈 대화 속에 처음 등장한다.

"그런데 여기에도 아름다운 여자들이 있습니까?" 세 잔째 술을 마신 바자로프가 물었다.

"있지요." 쿠크시나가 대답했다. "그러나 모두 속이 텅 빈 사람들뿐이에요. 내 친구Mon amie 오딘초바는 예쁜 편이지만 유감스럽게도 평판이 안 좋고……."

바자로프는 현 지사의 무도회에서 오딘초바를 처음 본다.

아르카디는 뒤돌아보았다. 검은 옷을 입은 키가 큰 여자가 홀의 문가에 서 있는 것이 보였다. 그는 그녀의 기품 있고 당당한 태도에 깜짝 놀랐다. 맨살이 드러난 두 팔은 균형 잡힌 체구에 아름답게 매달려 있었고, 가느다란 푸크시아 가지가 반짝이는 머리칼에서 비스듬히 기울어진 어깨 위로 아름답게 드러워져 있었다. 맑은 두 눈은 도톰하게 튀어나온 하얀 이마 아래에서 조용하고 총명하게 빛났다. 그 시선은 고요하지만 생각에 잠겨 있지는 않았다. 그리고 입술은 보일 듯 말 듯 미소를 머금고 있었다. 그녀의 얼굴에서는 뭐라고 말할 수 없는 상냥하고 부드러운 힘 같은 것이 풍겼다. (……)

바자로프도 오딘초바에게 시선을 돌렸다.

"도대체 저 여자는 누구지?" 바자로프가 말했다. "다른 여자들과는 다르군."

그녀를 소개받은 아르카디는 마주르카를 추자고 청한다.

아르카디는 지금껏 이렇게 매력적인 부인을 본 일이 없다고 단정해버렸다. 그녀의 음성이 그의 귀에서 떠나지 않았다. 그녀가 입은 드레스의 주름도 다른 여자들이 입은 드레스의 주름과 달리 더 맵시 있고 더 풍성해 보였고, 그녀의 움직임은 유달리 경쾌하고 동시에 자연스러워 보였다.

마주르카가 진행되는 동안 춤에 서툰 아르카디는 춤을 추는 대신 그녀와 이야기를 나눈다.

그녀의 눈과 아름다운 이마, 그리고 사랑스럽고 위엄 있고 총명한 얼굴을 옆에서 바라보며 그녀와 이야기하는 행복감으로 가득 찼다. 그녀는 말을 그다지 많이 하지는 않았지만 한마디 한마디에 인생에 대한 지식이 담겨 있었다.

"시트니코프 씨가 당신을 저에게 데려왔을 때 당신 곁에 서 있던 분은 누구죠?" 오딘초바가 아르카디에게 물었다.

"아, 보셨나요?" 이번에는 아르카디가 물었다. "아주 잘생긴 친구죠? 제 친구 바자로프입니다."

아르카디는 자기 친구를 소개하기 시작했다.

그가 친구에 대해 얼마나 열정적으로 자세하게 얘기했던지 오딘초바는 몸을 돌려 바자로프를 유심히 쳐다보기까지 했다. (……)

현 지사가 오딘초바에게 다가와 만찬이 준비되었음을 알리고 염려하는 듯한 얼굴로 그녀에게 손을 내밀었다. 그녀는 물러가면서 뒤를 돌아보고 아르카디에게 머리를 끄덕이며 마지막 미소를 보냈다. 아르카디는 허리 굽혀 인사하고 그녀의 뒷모습을 바라보았다. [까만 비단 옷의 잿빛 광채에 휩싸인 그녀의 몸매는 정말로 날씬했다!] (……)

"그래, 어땠나?" 아르카디가 구석으로 돌아오자마자 바자로프가 물었다. "만족했나? 조금 전 어떤 지주는 그 여자를 보고 '오오, 아아'라는 말밖에 못하더군. 그 지주라는 사람은 바보 같았어. 그래, 자네가 보기에도 그 여자가 '오오, 아아'던가?"

"무슨 말인지 이해가 안 가는군." 아르카디가 대답했다.

"아직 멀었군! 정말 순진한 친구야!"

"나는 그 지주의 속내를 모르겠네. 오딘초바가 아름다운 건 분명해. 그러나 그녀는 아주 차갑고 엄격하게 행동하고……."

"얌전한 고양이가 부뚜막에 먼저…… 알겠나!" 바자로프가 말을 가로챘다. "자네는 그 여자가 차갑다고 말하는데, 거기에 묘미가 있는 거야. 자네는 아이스크림을 좋아하지 않나?"

"그럴지도 모르지." 아르카디가 웅얼거렸다. "난 그 문제에 대해 판단할 수 없네. 그건 그렇고 그 여자가 자네와 사귀고 싶어 해. 자네를 집에 데려와 달라고 부탁했어."

"자네가 얼마나 내 얘기를 늘어놓았는지 알 만하네. 그러나 잘했어. 날 데려가게나. 그녀가 그저 사교계의 여왕이건 쿠크시나처럼 '해방된' 여자건 그런 건 아무래도 좋아. 그 여자는 오랫동안 볼 수 없었던 아주 멋진 어깨를 가지고 있더군."

이것은 섬세하고 생생한 색채('잿빛 광채'), 색감과 빛, 그늘에 대한 뛰어난 감성이 어우러진 투르게네프 최고의 장면이다. '오오, 아아'는 뉴욕에 살고 있는 아르메니안인, 유대인, 그리스계 러시아 출신들 사이에서 아직도 많이 쓰이는 '오이, 오이, 오이'라는 러시아식 감탄사를 표현한 것이다. 다음 날 강인한 바자로프가 그녀를 소개받고 나서 혼란스러워하는 첫 번째 폭로 장면을 보자.

아르카디는 바자로프를 그녀에게 소개했다. 오딘초바는 어제와 마찬가지로 아주 침착한 반면, 바자로프는 당황스러워했다. 아르카디는 속으로 놀랐다. 바자로프 자신도 자기가 당황하는 걸 느끼고 마음이 언짢았다. '이것 봐라! 여자를 다 두려워하다니!' 이렇게 생각한 바자로프는 시트니코프를 흉내 내어 안락의자에 몸을 쭉 펴고 앉아서 지나치게 허물없는 태도로 이야기하기 시작했다. 오딘초바는 바자로프에게서 눈을 떼지 않았다.

강인한 지식인 바자로프는 귀족 부인인 안나 오딘초바에게 미친 듯이 빠져든다. 여기서 투르게네프는 진부해지기 시작한 기제를 다시 사용한다. 안나 오딘초바라는 젊은 미망인의 과거를 묘사하기 위한 휴지기가 그것이다(남편 오딘초프와의 결혼 생활은 그가 죽기까지 6년 동안 지속되었다). 그녀는 파격적인 언행 속에 숨겨진 바자로프의 매력을 발견한다. 투르게네프는 중요한 사실을 내보인다. '그녀는 속물적인 것을 싫어했는데 그 누구도 바자로프를 속물적이라고 비난할 수는 없었다.'

***

바자로프와 아르카디는 안나의 매력적인 영지를 방문한다. 2주 동안 머물 예정인데, 이 니콜스코예 영지는 도시로부터 몇 킬로미터 떨어져 있고, 바자로프는 그곳에서 아버지의 영지로 여행을 가려 한다. 바자로프가 현미경과 짐 몇 개를 키르사노프의 영지인 마리노에 두고 왔다는 사실이 언급되는데, 이는 바자로프를 키르사노프의 집으로 돌아가게 해서 파벨 삼촌-페네치카-바자로프 테마를 완성하기 위해 투르게네프가 세심하게 마련해 놓은 작은 장치다.

니콜스코예를 묘사한 장에는 아름다운 장면이 몇 군데 발견되는데, 다음 카챠와 보르조이가 등장하는 장면도 그중의 하나이다.

이때 하늘색 목걸이를 한 보르조이 개 한 마리가 마루를 쿵쿵 울리면서 객실로 뛰어 들어왔고, 그 뒤를 따라 열여덟 살쯤 되어 보이는 소녀가 들어왔다. 약간 둥근 얼굴에 명랑한 모습의 그 소녀는 까만 머리칼에 거무스름한 피부, 그리 크지 않은 까만 눈을 하고 있었다. 그리고 꽃이 가득 든 바구니를 두 손으로 들고 있었다.

"이 애가 우리 카챠예요." 소녀 쪽으로 머리를 돌리면서 오딘초바가 말했다. 카챠는 가볍게 무릎을 굽혀 인사하고 언니 곁에 앉아서 꽃을 정리하기 시작했다. (……)

카챠는 말을 할 때마다 아주 귀엽게 미소를 지었는데 수줍어하면서도 꾸밈이 없는 미소였다. 그리고 왠지 이상하게, 엄한 표정으로 눈을 치켜뜨곤 했다. 그녀 안의 모든 것은 아직 젊고 파릇파릇했다. 그녀의 목소리도, 얼굴의 솜털도, 손바닥에 희끄무레한 동그라미가 진 장밋빛 손도, 살짝 움츠린 어깨도 그랬다. (……) 그녀는 줄곧 얼굴이 달아올라 있었고 재빨리 숨을 돌리곤 했다.

바자로프와 안나 사이에 대화가 이어질 거라는 기대에 부합하는 여러 개의 대화가 등장한다. 첫 번째 대화는 16장에서 "그래요. 제 말이 당신을 놀라게 한 것 같군요, 왜죠?"라고 시작되고, 두 번째는 그다음 장에서, 세 번째는 18장에서 이어진다. 첫 번째 대화에서 바

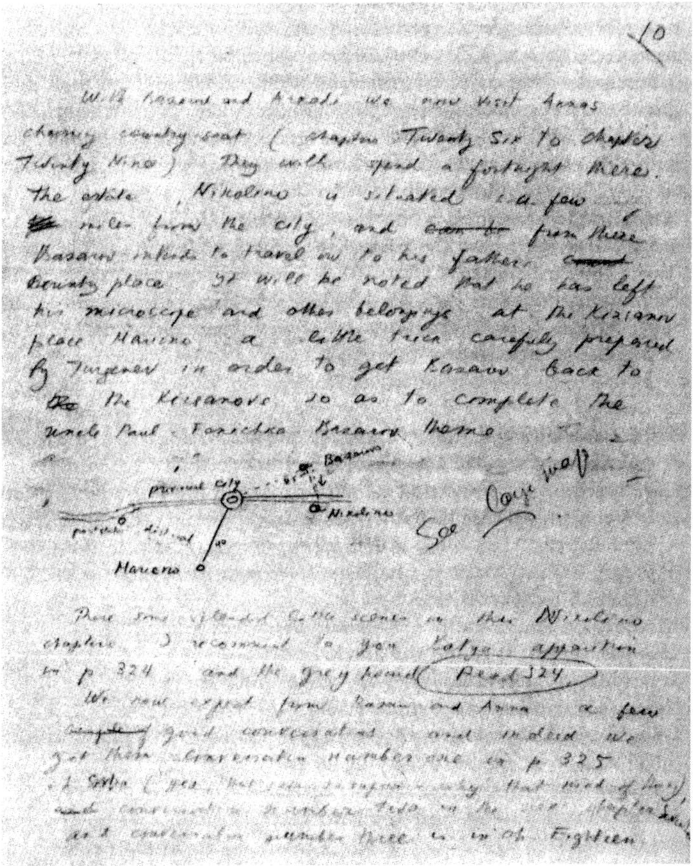

With Bazarov and Arkady we now visit Anna's charming country seat (chapter Twenty Six to chapter Twenty Nine). They will spend a fortnight there. The estate, Nikolskoe is situated a few miles from the city, and from there Bazarov intends to travel on to his father's country place. It will be noted that he has left his microscope and other belongings at the Kirsanov place Marino, a little trick carefully prepared by Turgenev in order to get Bazarov back to the Kirsanovs so as to complete the uncle Paul - Fenichka - Bazarov theme.

There are some splendid little scenes in these Nikolskoe chapters. I recommend to you Katya's apparition on p 324, and the grey hound (Read 324).

We now expect from Bazarov and Anna a few good conversations, and indeed we get them. Conversation number one is p 325

바자로프의 여행 경로를 그린 『아버지와 아들』 강의록

자로프는 그 시대 진보적 청년의 진부한 사상을 역설하고, 안나는 조용히, 우아하게, 나른한 듯 앉아 있다. 그녀의 이모에 대한 매력적인 묘사를 보자.

　주먹만 하게 오므라든 얼굴을 한 깡마른 작은 부인이었다. 회색 가발 아래의 심술궂은 눈은 큰 움직임이 없었다. 노부인은 손님들에게 인사를 하는 둥 마는 둥 하더니 편안한 벨벳 안락의자에 걸터앉았다. 그녀 말고는 아무도 이 의자에 앉을 권리가 없었다. 카챠가 이모의 발밑에 발판을 놓아 주었다. 그러나 노부인은 카챠에게 고마워하지도 않고 심지어 쳐다보지도 않았으며 단지 바싹 마른 몸을 거의 가린 노란 숄 밑에서 손을 살짝 움직였을 뿐이었다. 공작의 딸은 노란색을 좋아해서 실내모에도 밝은 노란 리본이 달려 있었다.

　아르카디의 아버지가 연주한 슈베르트는 이미 들었고, 이제 카챠가 연주하는 모차르트의 「피아노 환상곡 C단조」를 들을 차례다. 투르게네프가 보여 준 음악에 대한 소상한 설명은 그와 정적 관계였던 도스토옙스키의 심기를 매우 불편하게 만드는 요인이기도 했다. 안나와 바자로프는 식물 수집을 함께 떠나는데, 우리는 또다시 안나라는 인물에 대한 설명을 듣기 위해 조금 쉬어 가야 한다. '그 의사는 정말 이상한 사람이야'라고 그녀는 회상한다.

　바자로프는 곧 사랑에 빠진다.

　그의 피는 그녀를 떠올리자마자 뜨겁게 타오르기 시작했다. 그는 끓어오르는 피는 쉽게 가라앉힐 수 있었지만, 그 자신이 결코 용납하지 못했고 항상 조롱했으며 자신의 자존심을 온통 상하게 만드는 다른 뭔가가 그의 마음속에 둥지를 틀었다. (……) 그 순결한 손이 어느새 그의 목을 감아 안고, 그 오만한 입술이 그의 키스에 반응하며, 그 슬기로운 눈이 부드럽게, 정말로 부드럽게 그의 눈을 들여다보는 환상이 떠오른다. 그는 머리가 혼미해지고 잠시 자신을 망각하지만 곧 마음속에 다시 분노가 차오른다. 그는 온갖 '수치스러운' 생각을 하는 자기 자신을 발견한다. 마치 악마가 그를 약 올리는 것 같았다. 이따금 오딘초바에게도 변화가 일어나고 있으며 그녀의 표정에도 뭔가 특별한 것이 보이는 것 같았다. 어쩌면…… 그러나 보통 이 시점에서 그는 발을 쿵쿵 구르거나 이를 부드득 갈면서 주먹으로 스스로를 위협하곤 했다. [이를 갈거나 스스로를 주먹으로 위협하는 것 따위에 나는 크게 관심을 가져 보지 않았다.]

그는 떠나기로 하고 그녀는 창백해진다.

바자로프가 돌아올 것인지 알아보기 위해 집에서 보낸 늙은 집사가 등장하는 장면은 측은함이 묻어난다. 이것은 바자로프 가족 테마의 시작이기도 한데, 소설 전체에서 가장 성공적인 테마다.

이제 안나와 바자로프 사이의 두 번째 대화가 시작된다. 여름밤 장면은 실내에서 펼쳐지고, 낭만적 분위기 조성에 으레 등장하는 창문도 보인다.

"왜 떠나야만 하나요?" 오딘초바가 목소리를 낮추어 말했다.

그는 그녀를 힐끗 쳐다보았다. 그녀는 안락의자의 등받이에 머리를 기대고 팔꿈치까지 드러난 두 팔을 가슴 위에 십자형으로 포개 놓고 있었다. 종이 갓을 씌운 쓸쓸한 등불의 불빛을 받아 그녀의 얼굴은 평소보다 더 창백해 보였다. 헐렁한 흰 드레스의 부드러운 주름이 그녀의 온몸을 감싸고 있어서 역시 십자로 포개 놓은 그녀의 발끝이 아주 살짝 보였다.

"왜 남아 있어야만 합니까?" 바자로프가 대답했다.

오딘초바가 살짝 고개를 돌렸다.

"왜냐고요? 당신은 우리 집에 있는 것이 즐겁지 않은가요? 아니면 당신이 떠나도 여기에 당신을 그리워할 사람이 없으리라고 생각하세요?"

"네, 그렇다고 확신합니다."

오딘초바는 잠시 침묵했다. "당신 생각은 틀렸어요. 뭐, 어차피 저는 당신 말을 믿지 않아요. 진심으로 그렇게 말할 수는 없을 테니까요." 바자로프는 계속 꼼짝 않고 앉아 있었다. "예브게니 바실리예비치, 왜 말이 없으세요?"

"무슨 할 말이 있겠습니까? 대체로 사람들에 대해서는 아쉬워할 필요가 없습니다. 특히 저 같은 사람은요."

"그건 왜죠?"

"저는 실제적이고 재미없는 인간이니까요. 어떻게 말해야 할지 모르겠군요." (……)

"저 창문을 좀 열어요…… 왠지 답답하군요."

바자로프는 일어나서 창문을 밀어젖혔다. 창문이 삐걱거리며 단번에 활짝 열렸다. 그는 창문이 이렇게 쉽게 열리리라고는 생각하지 않았다. 게다가 그의 손은 떨리고 있었다. 어둠이 깃든 포근한 밤이 거무스름한 하늘과, 가볍게 술렁이는 나뭇잎들과, 바깥 공기의 맑고 신선한 향기와 함께 방 안을 들여다보고 있었다. (……)

"우리가 마음이 통했다……." 바자로프가 공허하게 말했다.

"그래요! 아, 당신이 떠나고 싶어 한다는 걸 잊고 있었군요."

바자로프는 일어섰다. 그윽한 향기가 풍기는 어슴푸레한 방 한가운데에 등불만이 희미하게 타오르고 있었다. 이따금 펄럭이는 커튼 사이로 톡 쏘는 듯한 싸늘한 밤의 냉기가 스며들었고, 밤의 신비로운 속삭임이 들렸다. 오딘초바는 그 자리에서 전혀 움직이지 않았지만, 알 수 없는 흥분이 점점 그녀를 사로잡았다. (……) 그 흥분은 바자로프에게도 전해졌다. 그는 문득 젊고 아름다운 부인과 단둘이 있다는 것을 깨달았다.

"어디로 가세요?" 오딘초바가 천천히 말했다.

바자로프는 아무 대답도 하지 않고 털썩 의자에 앉았다. (……)

"잠시 기다리세요." 오딘초바가 속삭였다. 그녀의 눈길이 바자로프에게 멎었다. 마치 그를 유심히 살펴보는 것 같았다.

바자로프는 잠시 방 안을 서성이다가 갑자기 오딘초바에게로 다가갔다. 그러고는 서둘러 "안녕히 계세요"라고 말하며 그녀의 손을 꽉 쥔 후 방 밖으로 나갔다. 그가 얼마나 세게 손을 쥐었던지 그녀는 하마터면 소리를 지를 뻔했다. 그녀는 맞붙은 손가락을 입술로 가져가서 입김을 불었다. 그러다가 갑자기 안락의자에서 벌떡 일어나 바자로프를 부르기라도 하려는 듯이 잰걸음으로 문 쪽으로 걸어갔다. (……)그녀의 머리채가 풀어져서 시커먼 뱀처럼 어깨 위로 흘러내렸다. 그 후에도 오딘초바의 방에는 오래도록 등불이 켜져 있었다. 밤의 냉기에 살짝 차가워진 팔을 이따금 손가락으로 문지르면서 그녀는 오랫동안 꼼짝 않고 앉아 있었다.

바자로프는 두 시간쯤 지나서 밤이슬에 흠뻑 젖은 부츠를 신고 헝클어진 머리칼에 우울한 표정으로 침실로 돌아왔다.

18장에서 세 번째 대화가 이어진다. 말미에 격정적인 감정의 분출과 함께 창문이 다시 등장한다.

오딘초바는 두 팔을 앞으로 쭉 뻗었다. 바자로프는 창문 유리에 이마를 꼭 대고, 숨을 헐떡이면서 눈에 띄게 온몸을 떨고 있었다. 그러나 그것은 젊은이의 수줍은 떨림도 아니고, 첫 고백의 달콤한 공포가 온몸을 사로잡은 것도 아니었다. 그것은 그의 가슴속에서 몸부림치는 욕망이었다. 증오와 닮은, 아마도 증오와 비슷한 강하고 고통스러운 욕망이었다. (……) 오딘초바는 두려우면서도 한편으로는 그가 가여웠다.

"예브게니 바실리예비치." 그녀가 말했다. 그 목소리는 본의 아니게 부드럽고 낭랑하게 울렸다. 그는 재빨리 몸을 돌려 탐욕스러운 시선을 그녀에게 던졌다. 그리고 그녀의 두 손을 움켜잡아 자신의 가슴에 가져다 대었다.

그녀는 포옹에서 금방 빠져나오려고 서둘지는 않았다. 그러나 잠시 후 그녀는 한쪽 구석에 멀찍이 서서 바자로프를 바라보았다. 그가 그녀를 향해 달려들었다.

"당신은 저를 이해하지 못했어요." 그녀는 놀라면서 황급히 속삭였다. 그가 만약 한 걸음이라도 더 다가오면 비명을 지를 것 같았다. 바자로프는 입술을 깨물고 방 밖으로 나갔다.

* * *

19장에서 바자로프와 아르카디는 니콜스코예를 떠난다(시트니코프의 등장은 다소 코믹하고 시기가 너무 적절해서 예술적이지 못하다). 이제 바자로프 가족들과 함께할 3일이 나온다. 바자로프가 가족을 떠난 지 3년이 지나고 나서 맞이하는 3일이다.

바자로프는 여행마차에서 몸을 밖으로 내밀었고, 아르카디는 친구의 등 뒤로 목을 빼고 내다보았다. 조그만 지주 저택의 현관 계단에 머리칼같이 헝클어지고 가느다란 매부리코를 한, 키가 크고 좀 마른 남자가 보였다. 그가 입은 낡은 군복에는 단추가 채워져 있지 않았다. 그는 두 다리를 벌리고 서서 긴 파이프로 담배를 피우며 햇빛에 눈이 부신 듯 실눈을 뜨고 있었다.

말들이 멈춰 섰다.

"마침내 돌아왔구나." 바자로프의 아버지는 담배를 피우면서 말했다. 손가락 사이에서 파이프가 몹시 떨리고 있었다. "자, 내려와라, 내려와. 어디 한번 안아 보자."

그는 아들을 끌어안았다. "에뉴시카, 에뉴샤."[55] 여자의 떨리는 목소리가 들려왔다. 현관문이 활짝 열리더니 하얀 실내모에 알록달록한 짧은 윗도리를 입은 통통하고 키가 작은 노파가 문지방에 나타났다. 노파는 '아!' 하고 탄성을 지르며 허둥거렸다. 바자로프가 그녀를 부축하지 않았다면 아마 땅에 쓰러졌을 것이다. 노파는 삽시간에 포동포동한 손으로 아들의 목을 휘감고 아들의 가슴에 머리를 가져다 대었다. 주변의 모든 것이 조용해졌다. 그저 노파의 흐느낌만이 단속적으로 들렸다.

바자로프의 영지는 22명의 농노를 거느린 작은 영지다. 키르사노프의 연대에서 복무했던 바자로프의 아버지는 시대에 뒤떨어진 구세대 지방 의사다. 첫 번째 대화에서 그는 자유분방하고 무덤덤

---

55 에뉴시카, 에뉴샤는 모두 예브게니의 애칭이다. 번역서 각주 참조

한 아들을 향한 감정적인 독백을 쏟아 낸다. 어머니는 3년이 지나서야 돌아온 아들이 얼마나 묵을 예정인지 궁금해 한다. 투르게네프는 이제 우리 모두에게 익숙해진 인물 소개를 위한 휴지기, 이 장에서는 바자로프 어머니의 출신과 성향에 대한 소개로 장을 마감한다.

두 번째 대화는 바자로프의 아버지와 아르카디 사이에 오간다(바자로프는 일찍 일어나서 산책을 나갔다. 수집에 성공했는지 모르겠다). 둘 사이의 대화는 아르카디가 바자로프의 친구이면서도 그를 존경한다는 사실을 흥미로워하는 바자로프 아버지가 시작한다. 자신의 아들이 존경받고 있다는 것에 아버지는 감동한다. 세 번째 대화는 건초 더미 뒤에서 바자로프와 아르카디가 나누는 것으로, 이 대화를 통해 바자로프의 몇몇 개인사가 알려진다. 이 영지에서 2년을 살았고 그다음에는 가끔씩 방문만 했다는 것, 그의 아버지가 군의사여서 떠도는 삶을 살 수밖에 없었다는 것 등이다. 대화는 철학적 주제로 옮아갔다가 가벼운 논쟁으로 끝난다.

한 달 후에 돌아온다는 약속을 하고 갑자기 떠나 버리는 바자로프로 인해 진짜 드라마가 시작된다.

조금 전만 해도 현관 계단에 서서 힘차게 손수건을 흔들던 바실리 이바니치는 맥없이 의자에 주저앉아 머리를 가슴에 푹 떨어뜨렸다. "우릴 버렸어. 우리와 있는 게 답답했던 거야. 이젠 혼자야, 이 손가락처럼 혼자 남았어!" 그는 몇 번이나 되뇌었고, 그때마다 집게손가락만 편 한쪽 손을 앞으로 내밀었다. 그때 아리나 블라시예브나가 다가와 백발이 성성한 자기 머리를 하얗게 센 남편의 머리에 가져다 대면서 말했다.

"바샤, 어쩔 수 없어요! 아들이란 부모의 슬하를 떠나는 거예요. 그 애는 매처럼 오고 싶으면 오고 가고 싶으면 가지만, 우리는 한 구멍 속에 난 버섯처럼 나란히 앉아서 꼼짝하지 않지요. 나만은 영원히 당신 곁에 있을 거예요. 당신도 그럴 테지요."

바실리 이바니치는 얼굴에서 두 손을 떼고 자기 아내를, 자기의 반려자를 포옹했다. 젊었을 때조차 하지 않았던 힘찬 포옹이었다. 그녀는 슬픔에 젖은 그를 위로해 주었던 것이다.

* * *

바자로프의 변덕으로 두 친구는 그들을 기다리지도 않는 니콜스코예를 들르게 된다. 네 시간을 무의미하게 보내고(카챠는 방에서 나오지도 않았다), 그들은 마리노로 떠난다. 열흘 뒤 아르카디는 니콜스코예로 돌아오는데, 바자로프와 파벨 삼촌의 결투 현장에 아르카디를 등장시키지 않으려는 투르게네프의 설정 때문이다. 부모님이 계신 집에서도 간단한 실험 정도는 할 수 있건만, 굳이 바자로프가 같이 떠나지 않는 정황에 대해서는 설명이 없다. '바자로프와 페네치카' 테마가 이제 시작된다. 다음은 엿듣기 기제로 마무리되는 유명한 라일락 덤불 장면이다.

"말할 때도 좋습니다. 목소리가 마치 시냇물이 졸졸 흐르는 것 같아요."

페네치카는 고개를 옆으로 돌렸다.

"당신은 참 이상해요!" 그녀는 손가락으로 꽃을 만지작거리며 말했다. "저 같은 사람 얘기를 들어서 뭐 하겠어요? 항상 현명한 부인들과 대화를 하시면서."

"아, 페도시야 니콜라예브나! 진심으로 말하건대, 이 세상의 모든 부인들은 당신의 팔꿈치만 한 가치도 없습니다."

"저런, 또 엉뚱한 걸 생각해 내셨네!" 페네치카가 속삭이면서 자신의 두 손을 꼭 마주잡았다. (……)

"그렇다면 말씀드리죠. 제가 원하는 건 이 장미꽃 한 송이입니다."

페네치카는 다시 웃음을 터뜨리며 심지어 손뼉까지 쳤다. 바자로프의 소원이란 건 그녀에게 정말로 우스워 보였다. 그녀는 웃었지만 동시에 기쁘기도 했다. 바자로프는 빤히 그녀를 바라보았다.

"좋아요, 그렇게 하세요." 그녀는 벤치 위에 몸을 굽히고 장미를 고르기 시작했다. "어떤 걸 드릴까요? 빨간 장미, 하얀 장미?"

"빨간 장미를 주십시오. 너무 크지 않은 걸로요." (……)

페네치카는 목을 길게 뻗어 얼굴을 꽃으로 가까이 가져갔다. (……) 머리에 썼던 스카프가 어깨로 미끄러져 내렸다. 약간 헝클어졌지만 윤기 나는 부드러운 검은 머리칼이 드러났다.

"잠깐만요, 저도 당신과 함께 향기를 맡고 싶군요." 이렇게 말한 바자로프는 몸을 굽혀 그녀의 벌어진 입술에 힘차게 키스를 했다.

그녀는 흠칫 몸을 떨고 두 손으로 그의 가슴을 밀어냈다. 하지만 그 힘이 약했기 때문에, 그는 다시 키스를 계속할 수 있었다.

메마른 기침 소리가 라일락 덤불 뒤에서 들려왔다. 페네치카는 순식간에 벤치 한쪽 끝으로 물러났다. 파벨 페트로비치가 나타나서 살짝 머리를 숙이고는 악의에 찬 침울한 모습으로 "당신들은 여기에 있었군요"라고 말하더니 물러갔다. 페네치카는 급히 장미를 모두 모아 정자 밖으로 나가 버렸다. (……) "당신은 나빠요, 예브게니 바실리예비치." 물러가면서 그녀가 속삭였다. 그녀의 속삭임에는 진실한 비난의 음조가 어려 있었다.

바자로프는 최근에 있었던 다른 장면을 떠올렸다. 그는 부끄러워졌고 자신이 혐오스러울 정도로 화가 났다. 그러나 그는 곧 머리를 흔들고 '형식상 바람둥이 대열에 합류하게 된' 자신을 아이러니하게 자축하면서 자기 방으로 향했다.

이어지는 결투에서 파벨 삼촌은 바자로프를 정면으로 겨냥하고 쏘지만 빗나간다. 바자로프는 한 걸음 더 내딛고는 겨누지도 않고 방아쇠를 당긴다.

파벨 페트로비치가 가볍게 몸을 떨더니 한 손으로 넓적다리를 움켜잡았다. 그의 하얀 바지 위로 한 줄기 피가 흘러내렸다.

바자로프는 권총을 옆으로 내던지고 자기의 적수에게 다가갔다.

"상처를 입었습니까?" 바자로프가 말했다.

"당신은 나를 표시선까지 다시 불러들일 권리를 갖고 있소." 파벨 페트로비치가 말했다. "그러나 그건 중요한 게 아니야. 결투 조건에 따르면 우린 한 발씩 더 쏠 수 있소."

"미안하지만 그건 다음에 하도록 하지요." 바자로프는 이렇게 대답하며 얼굴이 창백해져 가는 파벨 페트로비치를 부축했다. "저는 지금 결투자가 아니고 의사입니다. 우선 당신의 상처를 봐야겠습니다. 표트르! 이리 와, 표트르! 어디에 숨었나?"

"별일 아니오…… 나는 누구의 도움도 필요 없어." 파벨 페트로비치는 띄엄띄엄 말했다. "그리고…… 해야만 해…… 다시……." 그는 자기 콧수염을 잡아당기려고 했지만, 손의 힘이 풀리고 눈이 뒤집히더니 의식을 잃었다. (……) 파벨 페트로비치가 천천히 눈을 떴다. (……)

"가벼운 상처니까 뭔가로 묶기만 하면 걸어서 집에 갈 수 있을 거야. 아니면, 날 위해 마차를 불러도 좋아. 당신만 좋다면 결투는 그만 하지요. 당신은 훌륭하게 행동했소…… 나는 오늘, 오늘의 일을 말하는 거요."

"지난일은 떠올릴 필요가 없습니다." 바자로프가 대꾸했다. "앞날에 대해서도 골머리를 앓을 필요가 없고요. 왜냐면 저는 곧 이곳에서 사라질 테니까요."

파벨 삼촌의 총알이 귓전을 스쳐 지나가고 나서 냉철하게 자신의 총알을 허공으로 모두 쏘아 버렸다면 바자로프의 행동은 더 당당해 보였을 것이다.

* * *

투르게네프는 파벨 삼촌과 페네치카, 파벨 삼촌과 그의 동생 니콜라이 사이의 대화를 통해 첫 번째 총정리를 시작한다. 파벨 삼촌은 니콜라이에게 페네치카와 결혼하라고 진지하게 권유한다. 도덕이 그다지 예술적이지 못한 방법으로 강조된다. 영혼이 이미 죽어 버린 상태인지라 그는 외국으로 떠나기로 결심한다. 에필로그에서 마지막으로 언급되기는 하지만 투르게네프는 더 이상 그를 등장시키지 않는다.

이제 니콜스코예 테마를 정리할 차례다. 카챠와 아르카디가 물푸레나무 그늘에 앉아 있는 니콜스코예로 이동해 보자. 보르조이 피피 역시 그들과 같이 있다. 빛과 그림자가 아름답게 묘사되었다.

산들바람이 물푸레나무 잎사귀 사이로 살랑거렸고, 그늘진 오솔길과 피피의 노란 등을 따라 연한 금빛 반점이 앞뒤로 조용히 움직였다. 골고루 퍼진 그늘이 아르카디와 카챠를 감싸고 있었는데, 때때로 선명한 햇살이 그녀의 머리칼 위에서 타올랐다. 그들은 둘 다 말이 없었다. 그러나 말없이 나란히 앉아 있는 그들의 모습 속에는 신뢰에 찬 친근함이 엿보였다. 어느 쪽도 옆에 있는 사람을 신경 쓰지 않는 것 같았지만, 속으로는 서로 가까이 있는 것을 은근히 기뻐했다. 그들의 얼굴도 우리가 마지막으로 본 이후로 변해 있었다. 아르카디는 더 침착해 보였고, 카챠는 더 생기발랄하고 대담해 보였다.

아르카디는 바자로프의 영향에서 벗어나고 있다. 여기서 대화는 사건을 요약하고 결론을 내리고 최종 상황을 알려 주는 기능적 도구다. 카챠와 안나의 성격차를 드러내는 데에도 대화가 사용되었다. 이 모든 것은 매우 빈약하고 템포도 늦다. 청혼하려던 아르카디가 갑자기 자리를 떠나고 나서 안나가 등장하고, 한 페이지 뒤에는 바자로프가 왔다는 기별이 온다. 대체 무슨 영문인가?

이제는 안나, 카챠, 아르카디와 헤어질 차례다. 마지막 장면은 덤불에서 진행된다. 아르카디와 카챠는 대화를 나누던 중 안나와 바자로프 사이에 오가는 대화를 듣게 된다. 가히 희극 수준이다. 엿듣기 기제, 짝짓기 기제에 이어 총정리 기제까지 사용되니 말이다. 아르카디는 다시 구애하고 승낙을 얻는다. 안나와 바자로프는 깨달음에 도달한다.

"그것 보세요." 안나 세르게예브나가 말을 이었다. "우리가 잘못 생각했어요. 우리는 이미 청춘의 처음 시기를 통과했어요. 특히 저는요. 그리고 삶에 지쳤어요. 우리는 둘 다, 솔직히 말해, 영리한 사람들이죠. 처음에 우리는 서로에게 관심을 가졌고 호기심도 일어났지만…… 그 다음에는……."

"그 후에 바로 제가 신선미가 없어졌다는 말이죠." 바자로프가 말을 가로챘다.

"우리가 멀어진 원인은 그게 아니잖아요. 어쨌든 우리는 서로를 필요로 하지 않았어요. 바로 이게 중요한 원인이에요. 우리 속에는…… 뭐랄까…… 공통점이 너무 많았어요. 우리는 그걸 금방 깨닫지 못했어요. (……) 예브게니 바실리예비치, 우리는 자신을 억제할 수 없어요……." 안나 세르게예브나가 말을 계속하려고 했지만, 갑자기 불어온 바람이 나뭇잎을 흔들면서 그녀의 말을 실어 갔다.

"당신은 자유로운 몸이잖아요……." 잠시 후에 바자로프가 말했다.

더 이상 아무 말도 알아들을 수 없었다. 발걸음 소리는 멀어져 갔고 모든 것이 잠잠해졌다.

* * *

이제 마지막에서 두 번째이자 소설 속 가장 훌륭한 장인 27장에 도달한다. 집으로 돌아온 바자로프는 아버지의 진료 활동에 동참한다. 투르게네프는 그의 죽음을 준비하고 있다. 이윽고 죽음이 다가

온다. 바자로프가 아버지에게 질산은을 달라고 부탁한다.

"있지. 그런데 무엇에 쓰려고?"

"필요해서요…… 상처를 지져야만 해요."

"누구 상처?"

"제 상처요."

"아니, 네 상처라니! 왜 상처가 났어? 무슨 상처인데? 어디야?"

"여기, 손가락에요. 오늘 이웃 마을에 갔다 왔어요. 아시죠? 저번에 그 마을에서 장티푸스에 걸린 환자가 하나 왔었잖아요. 그의 시체를 해부한다고 하더라고요. 저도 오랫동안 해부 실습을 못했거든요."

"그래서?"

"그래서, 군의軍醫에게 해부를 할 수 있게 해 달라고 부탁했지요. 그러다가 좀 베었어요."

바실리 이바니치는 갑자기 얼굴이 창백해지더니 아무 말도 하지 않고 서재로 달려가서 곧장 질산은 한 조각을 가지고 돌아왔다. 바자로프는 그것을 가지고 나가려고 했다.

"제발." 바실리 이바니치가 말했다. "내가 하게 해 다오."

바자로프가 쓴웃음을 지었다.

"아버지는 정말 실습을 좋아하시네요!"

"농담하지 마라. 손가락을 보여 다오. 상처는 크지 않구나. 아프진 않니?"

"더 세게 누르세요, 겁내지 마시고요."

바실리 이바니치는 동작을 멈추었다.

"네 생각은 어떠냐, 예브게니. 불에 달군 쇠로 지지는 게 더 낫지 않겠니?"

"그러려면 진작 했어야 해요. 사실, 지금은 질산은도 별 소용이 없어요. 감염되었다면 이미 늦었어요."

"뭐…… 늦었다니……." 바실리 이바니치가 간신히 말했다.

"물론이죠! 상처가 난 지 네 시간은 더 지난걸요."

"군의에게 질산은도 없었다는 말이냐?"

"없었어요."

"오, 어찌 그럴 수가! 의사라는 사람에게 그런 필수품도 없다니!"

"그의 수술용 칼을 봤다면 기절초풍하셨을걸요!" 바자로프는 이렇게 말하고 밖으로 나갔다.

바자로프는 장티푸스 감염으로 병을 앓고, 회복하는 듯하다가 죽음의 문턱까지 악화된다. 안나를 부르기 위해 급사가 파견되고, 그녀가 독일 의사와 함께 도착한다. 가망 없다는 사실을 전해 들은 안나는 바자로프 옆으로 다가간다.

"이것 참, 고맙습니다." 바자로프가 되뇌었다. "마치 황제 같군요. 황제도 죽어 가는 사람을 방문한다잖아요."

"예브게니 바실리치, 바라건대……."

"아아, 안나 세르게예브나, 솔직하게 말합시다. 저는 이제 마지막입니다. 바퀴 밑에 깔렸어요. 그러니 미래에 대해 생각할 필요도 없지요. 죽음은 오래된 농담이지만 누구에게나 새롭지요. 아직 두렵지는 않지만…… 이제 의식을 잃게 되면 모든 게 끝입니다! (그는 힘없이 한 손을 내저었다.) 아, 당신에게 무슨 말을 해야만 하는데…… 저는 당신을 사랑했습니다! 이것은 전에도 아무런 의미가 없었지만 지금은 더욱 그러합니다. 사랑은 하나의 존재 형태인데, 나 자신의 형태가 이미 해체되고 있으니까요. 이렇게 말하는 게 더 낫겠군요. 당신은 참으로 훌륭합니다! 그렇게 서 있으니 정말로 아름답습니다······!"

안나 세르게예브나는 자기도 모르게 몸을 떨었다.

"괜찮습니다. 걱정하지 마세요······ 거기 앉아요······ 곁으로 다가오면 안 됩니다. 제 병은 전염되니까요."

안나 세르게예브나는 재빨리 방을 가로질러 바자로프가 누워 있는 소파 옆의 안락의자에 앉았다.

"참 너그러우십니다!" 그는 중얼거렸다. "아, 당신이 이렇게 가까이 있다니! 당신은 정말로 젊고 생기 넘치고 깨끗하군요······ 그런데 이렇게 누추한 방에 있다니! (······) 그럼, 부디 안녕히! 오래오래 사세요. 그게 무엇보다 좋은 일입니다. 그리고 시간이 있을 때 인생을 즐기세요. 날 봐요, 얼마나 추한 꼴입니까. 반쯤 짓밟힌 버러지가 여전히 꿈틀거리고 있어요. 이 꼴을 하고 죽어 가면서도 '나는 많은 일을 할 거야. 죽지 않을 거야, 내가 왜 죽어! 난 거인이고 할 일이 있는데!' 하고 생각했어요. 그런데 이제 이 거인의 과업은 어떻게 하면 의연하게 죽을 수 있을까······ 이것뿐입니다······ 누구도 이런 일에는 관심이 없겠지만······. 그러나 모든 게 마찬가지입니다. 난 꼬리를 흔들며 아양을 떨지는 않을 테니까." (······)

바자로프는 이마 위에 손을 얹었다.

안나 세르게예브나는 그에게 몸을 숙였다.

"예브게니 바실리치, 제가 여기 있어요······."

그는 순간적으로 그녀의 손을 붙잡고 몸을 반쯤 일으켰다.

"안녕히." 그가 갑자기 힘을 주어 말했다. 눈에서 마지막 광채가 번쩍였다. "안녕히······ 그때 나는 당신에게 키스하지 않았지요······ 꺼져 가는 램프를 불어 줘요. 그러면 곧 꺼질 겁니다······."

안나 세르게예브나는 그의 이마에 입술을 가져다 댔다.

"이제 됐습니다!" 이렇게 말하고 그는 베개 위에 머리를 떨어뜨렸다. "이제…… 어둠이야……."

안나 세르게예브나는 조용히 걸어 나왔다.

"어떻게 되었지요?" 바실리 이바니치가 속삭이는 소리로 물었다.

"잠들었어요." 그녀는 겨우 들릴 만한 목소리로 대답했다.

바자로프는 이미 다시는 깨어나지 못할 운명이었다. 저녁 무렵에 그는 완전히 혼수상태에 빠졌고, 다음 날 죽고 말았다. (……)

마침내 그가 마지막 숨을 거두고 집이 사람들의 곡소리로 가득 찼을 때, 갑자기 바실리 이바니치가 광분하기 시작했다. "나는 원망할 거라고 말했어." 그는 분노로 타오르는 얼굴을 찌푸리고 누군가를 위협하듯이 주먹을 공중에 휘두르며 목쉰 소리로 부르짖었다. "난 원망할 거야, 하늘을 원망할 거야!" 아리나 블라시예브나가 눈물범벅이 되어 그의 목에 매달렸다. 그리고 두 사람은 함께 바닥에 엎어지고 말았다. "그렇게 나란히," 나중에 안피수시카는 하인들 방에서 이렇게 묘사했다. "한낮의 양들처럼 머리를 숙이고 계셨지……."

그러나 한낮의 무더위가 지나가면 저녁이 오고 또다시 밤이 오기 마련이다. 그러면 괴롭고 지친 사람들은 조용한 은신처로 돌아가 달콤한 잠을 잔다…….

* * *

마지막 28장 에필로그에서 모든 사람은 결혼한다. 짝짓기 기제다. 교훈적이면서도 살짝 유머러스하다. 운명이 우세해지기는 하지만 여전히 투르게네프가 원하는 방향대로다.

안나 세르게예브나는 장래 러시아의 정치 활동가로 일하게 될 매우 현명하고 실제적이며 현실적인 감각과 확고한 의지, 그리고 뛰어난 말솜씨까지 겸비한 법률가와 최근에 결혼했다. (……)

키르사노프 부자는 마리노 마을에 정착했다. 그들의 살림살이도 점차 좋아지고 있다. 아르카디는 열성적인 농장 경영자가 되었고, '농장'은 벌써 꽤 많은 수입을 가져다준다.

카레리나 세르게예브나는 아들 콜랴를 낳았고, 미차는 벌써 힘차게 뛰어다니며 수다스럽게 떠들어 댄다. (……)

드레스덴의 브륄 테라스에서 오후 2시에서 4시 사이, 즉 산책하기에 가장 좋은 시간이 되면 여러분은 백발이 성성한 쉰 살가량의 한 남자를 만날 수 있다. 통풍을 앓고 있는 듯하지만 아직 멋진 용모에 우아하게 옷을 입은 이 남자는, 오랫동안 상류 사회에서 살아온 사람에게서만 볼 수 있는 독특한 느낌을 풍긴다. 이 남자가 파벨 페트로비치다. 그는 건강을 회복하기 위해 모스크바에서 외국으로 나갔다가 드레스덴에 눌러앉아서 주로 영국인들 혹은 러시아 여행자들과 교제를 하고 있다. (……) 쿠크시나도 외국으로 갔다. (……)

시트니코프는 페테르부르크에 있다. 자신 역시 위대한 인물이 되는 꿈을 꾸면서 빈둥거린다. 그는 바자로프의 '사업'을 계속하고 있다는 신념을 가지고 있다. (……)

러시아의 한 벽촌에 조그만 마을 공동묘지가 있다. 러시아의 거의 모든 공동묘지가 그렇듯이, 이 공동묘지도 서글픈 모습을 하고 있다. (……) 그러나 그 무덤들 가운데 사람의 손길도 닿지 않고 동물의 발에도 짓밟히지 않은 무덤이 하나 있다. 그저 새들만이 그 위에 앉아서 새벽에 노래를 부를 뿐이다. 철책이 무덤을 둘러싸고 있고, 어린 전나무 두 그루가 양쪽 끝에 심겨 있다.

이 무덤에 예브게니 바자로프가 묻혀 있다. 그리 멀지 않은 마을에서 이미 노쇠한 부부가 자주 이 무덤을 찾아오곤 한다. 그들은 서로를 부축하면서 무거운 발걸음으로 걸어온다. 울타리에 가까이 다가가서는 무릎을 꿇고 쓰러져 오랫동안 서럽게 울면서 말 못하는 비석을 빤히 바라본다. 그 비석 아래 그들의 아들이 누워 있다. 그들은 몇 마디 말을 주고받으면서 비석에 앉은 먼지를 털고 전나무 가지를 다듬어 주다가 다시 기도를 한다. 그리고 오랫동안 그곳을 떠나지 못한다. 거기에 있으면, 아들에게 더 가까이 있고, 아들과 관련된 추억에 더 가까이 있는 듯한 느낌이 드는 것이다.

표도르 도스토옙스키

1821~1881

표도르 도스토옙스키

「고골에게 보내는 편지*Letter to Gogol*」(1847)에서 벨린스키는 이렇게 말했다.

러시아가 신비주의, 금욕주의, 경건주의 속에서 구원을 찾는 것이 아니라 문명과 계몽, 인간주의의 성공에서 구원을 찾고 있음을 당신은 간과하고 있소. 러시아가 필요로 하는 것은 그토록 많이 들어 왔던 설교도, 그토록 많이 해 왔던 기도도 아니오. 수 세기 동안 진흙탕과 거름통 속에 파묻혀 있던 인간 존엄의 가치를 민중들에게 일깨우고 교회의 가르침이 아닌 상식과 정의에 부합한 권리와 법, 그리고 가능한 한 엄격하게 그것을 집행하는 것이 바로 러시아가 필요로 하는 것이오. 미국의 농장주들이 니그로Negro는 인간이 아니기 때문에 사고팔 수 있다고 자신의 행동을 정당화한 것처럼 별다른 구실도 없이 러시아는 사람을 사고파는 끔찍한 구경거리가 되었소. 사람들이 이름을 부르지 않고 반카, 바스카, 스테시카, 팔라시카 등 조악한 별명으로 서로를 부르고, 그리고 개인, 명예, 재산에 대한 어떤 보장도 없고, 경찰에 의해 유지되는 질서조차 부재한, 그 대신 도둑, 강도 같은 관료들의 어마어마한 집단만이 존재하는 그런 구경거리로 전락했소. 러시아가 직면한 가장 시급한 당면 과제는 농노제를 폐지하고 태형을 금지시킴과 아울러 기존에 있는 법이라도 가능한 한 엄격하게 집행하는 것이오. 이것은 지주들이 어떻게 소작농들을 다루는지, 해마다 얼마나 많은 지주들의 목이 소작농들에 의해 잘려 나가는지 잘 알고 있는 정부 역시 느끼고 있는 것 같소. 흰 피부의 니그로들을 위해 소심하고 무익한 미봉책이라도 내놓고 있는 것을 보면 말이오.

도스토옙스키에 대해 나는 다소 난처하고 곤란한 입장이다. 모든 강의에서 나는 문학이 나를 흥미롭게 한다는 관점, 다시 말하면 불후의 예술, 천부적 재능이라는 관점에서 문학에 접근한다. 이렇게 보면 도스토옙스키는 위대한 작가가 아니다. 훌륭한 유머가 번득이긴 하나 문학적 진부함이라는 황량함을 지닌 평범한 작가에 불과하다. 『죄와 벌Crime and Punishment』에서 라스콜니코프는 무슨 이유에서인지 전당포를 하는 늙은 노파와 그녀의 여동생을 죽인다. 경찰의 모습을 한 정의가 거침없이 그의 목을 조여 와 그는 마침내 사람들 앞에서 범죄 사실을 고백하고, 숭고한 창녀와의 사랑을 통해 정신적 갱생을 얻는다. 이런 내용은 책이 쓰인 1866년 당시에는 지금처럼 엄청나게 상투적으로 느껴지지 않았을 수 있다. 요즘에는 교양 있는 독자들이 숭고한 창녀를 냉소적으로 바라보는 경향이 있기 때문이다. 내 입장이 곤란한 이유는 이런저런 강의에서 만나는 독자들이 모두 교양 있는 사람들은 아니라는 데 있다. 그중 3분의 1은 말하자면 문학과 사이비 문학도 구분할 줄 모르고, 미국 역사 소설이나

『지상에서 영원으로 *From Here to Eternity*』 같은 졸작을 비롯한 하찮은 소설들보다 도스토옙스키를 더 비중 있고 예술적이라고 생각할 수 있기 때문이다.

여하튼, 나는 실로 탁월한 수많은 예술가들에 대해 긴 시간에 걸쳐 강의할 것이다. 바로 그런 높은 기준에서 보았을 때 도스토옙스키는 비난받을 수밖에 없다. 나는 좋아하지도 않는 주제를 가르칠 만큼 학술적인 교수가 못 된다. 나는 도스토옙스키의 정체를 폭로하길 간절히 원한다. 책을 많이 읽지 않은 일반 독자들은 이 가치 체계가 혼란스러울 수 있다는 점을 인정한다.

* * *

표도르 미하일로비치 도스토옙스키는 1821년 다소 빈곤한 가정에서 태어났다. 그의 아버지는 모스크바 한 빈민 병원의 의사로 근무했는데, 당시 러시아 국립 병원 의사라는 지위는 보잘것없어서 도스토옙스키의 가족들은 사치와 거리가 먼 환경, 빈민 구역에서 생활했다.

집에서 폭군과도 같던 아버지는 어느 날 알 수 없는 상황에서 살해되었다. 프로이트적 사고를 지닌 비평가들은 이반 카라마조프가 아버지 피살 사건에 대해 보이는 태도에서 도스토옙스키의 자전적 특징을 발견할 수 있다고 지적한다. 이반이 실제 살인범은 아니었지만 느긋한 태도를 보이며 막을 수 있었던 살인을 막지 않은 점 등으로 미루어 그는 부친 살해의 공범이나 마찬가지였기 때문이다. 이 비평가들에 따르면 마부에 의해 아버지가 살해된 이후 도스토옙스키 역시 비슷한 간접적 죄의식에 시달려 왔던 것으로 보인다. 어쨌든 도스토옙스키가 신경 쇠약 환자였고, 어려서부터 간질병이라는 기이한 병에 시달려 왔다는 것은 확실한 사실이다. 이후 그를 덮친 여러 가지 불행으로 이 간질병과 신경 쇠약은 더욱 악화되었다.

도스토옙스키는 모스크바의 기숙 학교에서 교육을 받다가 페테르부르크의 육군공병학교로 옮겨 그곳에서 수학했다. 공병에는 관심이 없었지만 아버지의 희망에 따라 입학한 것이었다. 그곳에서도 대부분의 시간을 그는 문학 공부에 할애했다. 졸업 후 육군성 제도국에서 교육 대가로 주어지는 의무 복무 기간을 마치고 1844년 퇴직한 그는 본격적으로 문학의 길에 들어섰다. 그의 첫 작품 『가난한 사람들*Poor Folk*』(1846)은 비평계와 일반 대중 모두에게 호평을 받았다. 첫 작품이 얼마나 환대를 받았는가에 대해서는 수없이 많은 일화가 전해진다. 도스토옙스키의 친구이자 작가인 드미트리 그리고로비치는 『가난한 사람들』의 필사본을 당시 가장 영향력 있는 문학 잡지였던 『소브레멘닉*Sovremennik*(동시대인)』의 편집자였던 니콜라이 네크라소프에게 보여 주자고 도스토옙스키를 설득했다. 네크라소프와 지인 파나예바 부인은 편집국에서 당시 문학계 유명 인사들이 드나들곤 했던 문학회를 열었다. 투르게네프, 그리고 이후에는 톨스토이도 문학회의 정회원이 되었다. 유명한 좌파 비평가인 니콜라이 체르니솁스키와 니콜라이 도브롤류보프 역시 문학회 소속이었다. 네크라소프의 서평에 실리는 것 자체가 문학적 명성을 보장해 주었다. 네크라소프에게 필사본을 남기고 돌아온 도스토옙스키는 '『가난한 사람들』은 비웃음거리가 되겠지' 라고 계속 되뇌었고, 불안에 떨며 잠자리에 들었다. 새벽 4시, 네크라소프와 그리고

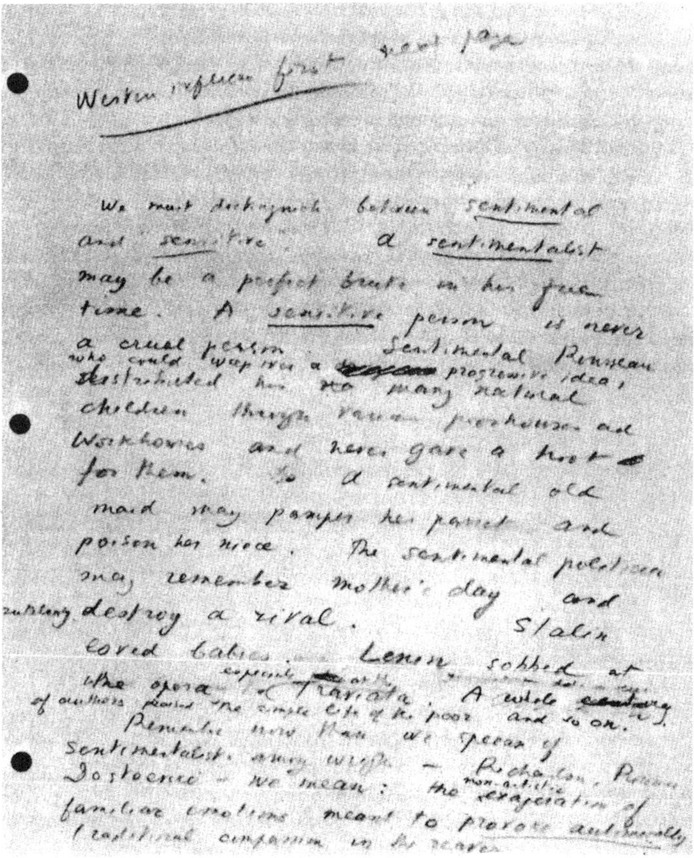
Western influence first next page

We must distinguish between sentimental and sensitive. A sentimentalist may be a perfect brute in his free time. A sensitive person is never a cruel person. Sentimental Rousseau who could weep over a progressive idea, distributed his many natural children through various poorhouses and workhouses and never gave a hoot for them. A sentimental old maid may pamper her parrot and poison her niece. The sentimental politician may remember mother's day and ruthlessly destroy a rival. Stalin loved babies. Lenin sobbed at the opera, especially at the Traviata. A whole century of authors praised the simple life of the poor and so on.

Remember now that we speak of sentimentalists among writers — Richardson, Rousseau, Dostoevski — we mean: the non-artistic exaggeration of familiar emotions meant to provoke automatically traditional compassion in the reader

도스토옙스키의 감상주의에 대한 토론이 담긴 강의록

로비치가 갑자기 도스토옙스키의 집으로 들이닥쳐 그를 깨우고는 러시아식 키스를 퍼부어 댔다. 저녁에 원고를 읽기 시작해서 다 읽을 때까지 눈을 뗄 수가 없었고, 너무도 감탄한 나머지 그를 깨워서 자신들의 생각을 당장 알려 주고 싶었다는 것이었다. "잠을 자고 있으면 어때? 이게 잠보다 더 중요해"라고 말했다고 전해진다.

네크라소프는 벨린스키에게 필사본을 보여 주며 새로운 고골이 탄생했다고 선언했다. "고골이 당신 안에서 독버섯처럼 자라고 있"다고 건조하게 답했던 벨린스키는 『가난한 사람들』을 다 읽고 나서는 감탄에 겨워 당장 작가를 소개해 달라고 부탁했고, 도스토옙스키를 만나서 그에게 열렬한 칭찬을 아끼지 않았다. 도스토옙스키는 기뻐서 어쩔 줄 몰랐고, 『가난한 사람들』을 『소브레멘닉』에 발표했다. 엄청난 성공을 거두었지만 그 성공은 안타깝게도 그리 오래가지 못했다. 『가난한 사람들』보다 한 수 위이면서 그가 써 왔던 작품 중 최고였던 두 번째 소설 『분신 The Double』(1846)이 냉담한 반응을 얻었던 것이다. 그사이 도스토옙스키는 엄청난 문학적 자만심을 키워 갔고, 예절을 지켜야 할 곳에서도 아둔하고 건방지고 예의 없이 굴었으며, 새로운 친구들, 팬들과의 관계를 악화시킬 만큼 안하무인 격으로 행동했다. 투르게네프가 그를 가리켜 러시아 문학의 코에 난 뾰루지라고 표현했을 정도다.

초창기에 그는 급진주의적 성향을 보였고 서구주의자에 더 가까웠다. 정회원이 되지는 않았지만 생시몽과 푸리에의 사회주의 이론을 받아들인 청년 비밀 단체 사람들과도 어울렸다. 당시 국무성 관리였던 미하일 페트라솁스키의 집에서 회합을 가졌던 이들은 푸리에의 책을 같이 읽고 토론하고 사회주의에 대해 이야기하며 정부를 비판했다. 1848년 유럽 몇몇 나라에서 혁명이 발생했고, 러시아에서도 반응이 감지되었다. 불안해진 정부는 모든 반정부 인사를 엄중 단속하기 시작했다. 페트라솁스키회에 소속된 사람들은 체포되었고, 도스토옙스키도 예외는 아니었다. '범죄 음모에 가담해 정교회와 차르 정권에 대한 모욕적 언사가 가득한 고골에게 보낸 벨린스키의 편지를 돌려 읽었고, 다른 이들과 함께 개인 인쇄를 통해 반정부 문건을 배포하려는 시도를 하였다'는 죄목이었다. 그는 판결이 날 때까지 페트로파블롭스크 요새 감옥에 구류되었는데, 그곳의 당시 소장이 나의 선조이신 나보코프 장군이었다(당시 죄인들에 대해 나보코프 장군과 니콜라이 1세 사이에 오간 서신 내용은 제법 흥미롭다). 시베리아 유형 8년(나중에는 차르에 의해 4년으로 감형되었다)이라는 가혹한 형이 선고되었다. 최종적으로 형이 선고되기 전에 끔찍하고 잔인한 과정이 선행되었다. 총살형이 내려질 것이라는 소식이 전해지고 나서 그들은 형 집행 장소로 끌려갔고, 셔츠 바람으로 첫 번째 열에 위치한 사람들이 기둥에 묶였다. 그러고 나서야 시베리아 유형에 처한다는 최종 판결문이 낭독되었다. 그들 중 한 명은 미쳐 버렸다. 그 기억은 도스토옙스키의 영혼에 깊은 상처를 남긴 채, 좀처럼 잊히지 않았다.

정치범과 일반범의 분리 수용이 도입되기 전이었기 때문에 시베리아 감옥에서의 징역 4년을 그는 살인범, 강도 들과 함께 보냈다. 그때의 기억은 『죽음의 집의 기록*Memoirs from the House of Death*』(1862)에 나타나 있는데, 즐거운 독서가 가능한 책은 아니다. 그가 당했던 모욕과 고난, 주변을 둘러싼 범죄자들의 모습이 상세하게 묘사되어 있다. 주변 여건으로 인해 완전히 미쳐 버리지 않기 위해 도스토옙스키는 무언가 탈출구를 찾아야 했다. 그것이 당시 그가 심취했던 병적인 그리스도교였다. 재소자들 가운데 짐승 같은 끔찍함 이외에도 가끔 인간적 면모를 보여 준 이들이 있었다는 것은 자연스러운 일이다. 도스토옙스키는 그런 경우를 모아 그것을 토대로 러시아 민중에 대한 매우 인위적이고 병적인 이상화를 시도한다. 이것이 기나긴 영혼 여정의 시작이다. 1854년 복역을 마쳤을 때, 그는 시베리아 인근 도시에 배치된 대대로 사병 발령을 받았다. 1855년 니콜라이 1세가 죽고 그의 아들 알렉산드르 2세가 황제로 즉위했다. 그는 19세기 러시아 지배자 중 가장 훌륭한 차르였다(역설적이게도 그는 혁명주의자들의 손에 죽었는데, 폭탄이 발 앞에 떨어져 몸이 말 그대로 둘로 절단되어 사망했다). 통치 초기에 많은 수형자들에 대해 특사 조치가 취해지면서 도스토옙스키 역시 사면되었고, 4년 후 페테르부르크로 돌아갈 수 있도록 허가되었다.

　유형 생활의 말기, 그는 『스테판치코보 마을 *The Manor of Stepanchikovo*』(1859), 『죽음의 집의 기록』 등을 쓰며 집필을 재개했고, 페테르부르크로 돌아와서 집필에 몰두했다. 출판도 시작해서 형 미하일과 함께 『브레먀 *Vremia*』라는 문학잡지를 발간했다. 『죽음의 집의 기록』을 비롯해 『학대받은 사람들 *The Humiliated and the Insulted*』(1861) 등 그의 여러 작품들이 이 잡지에 연재되었다. 그의 정치관은 젊은 시절의 급진주의적 성향과 판이하게 달라졌다. '그리스-정교회, 절대 군주제, 러시아 민족주의 숭배', 이 세 가지가 반동적이고 정치적인 슬라브 이상주의를 떠받치는 그의 신념이었다. 그는 사회주의 이론과 서구 자유주의를 서구주의적 오염의 산물이자 슬라브, 그리스 정교적 세계를 무너뜨릴 사악한 죄악의 전형으로 여겼다. 파시즘과 공산주의에서 인류 보편적 구원을 찾으려는 사람들과 같은 맥락이다.

당시까지 그의 개인적 삶은 행복하지 못했다. 시베리아에서 결혼했지만 첫 번째 결혼은 만족스럽지 못했다. 1862년부터 1863년까지 한 여성 작가와 사귀면서 그녀와 함께 영국, 프랑스, 독일로 여행을 갔다. '지옥 같은' 여자라고 그가 표현했던 그녀는 사악했다. 이후 그녀는 지극한 순진함과 극도의 천재성이 결합된 로자노프라는 뛰어난 작가와 결혼한다(나는 로자노프와 친분이 있었는데, 당시 그는 다른 사람과 결혼한 상태였다). 이 여인은 도스토옙스키의 불안정한 심리를 더 어지럽히면서 그에게 오히려 부정적인 영향을 끼친 것으로 보인다. 도스토옙스키가 도박에 그의 열의를 보이기 시작한 것이 바로 이 첫 독일 여행이다. 도박은 그의 남은 일생 동안 가족을 아프게 한 역병이자 그에게서 물질적 여유나 평안을 앗아 간 극복 불능의 장애 요소였다.

형이 죽은 후 그가 출간했던 잡지는 폐간되었고, 도스토옙스키는 파산했다. 게다가 형의 가족도 부양해야 했다. 그는 사망한 형 대신 가족을 부양하겠다는 자발적인 의지를 보였다. 이 무거운 짐을 해결하기 위해 도스토옙스키는 일에 몰두했다. 『죄와 벌』(1866), 『노름꾼 The Gambler』(1867), 『백치 The Idiot』(1868), 『악령 The Possessed』(1872), 『카라마조프가의 형제들 The Brothers Karamazov』(1880) 등 기념비적인 작품들은 모두 이런 스트레스 속에서 쓰였다. 마감 시간을 지키기 위해 서둘러 일해야 했고, 자신이 쓴 글은 물론 의무적으로 고용했던 속기사에게 불러 준 내용조차 다시 읽어 볼 시간이 없었다. 아주 헌신적이면서도 실용적 감각이 있어서 마감

시간을 지키도록 도와주었던 한 속기사 덕분에 그는 점차 재정적 궁핍에서 벗어날 수 있었다. 그리고 1867년 그는 이 속기사와 결혼했다. 그녀와의 결혼 생활은 행복했다. 1867년에서 1871년까지 4년간 재정 상태가 나아진 그는 러시아로 돌아올 수 있었다. 그때부터 죽는 날까지가 그의 삶에서 상대적으로 평온했던 시기다. 『악령』은 대단한 성공을 거두었다. 『악령』을 출판한 후 그는 메셰르스키 공후가 출판하는 보수 잡지인 『시민 Citizen』의 주필직을 의뢰받기도 했다. 그는 마지막 작품인 『카라마조프가의 형제들』 1권을 집필하고 나서 2권을 집필하던 중 사망했는데, 『카라마조프가의 형제들』은 그의 작품들 중 가장 큰 명성을 가져다주었다.

하지만 더 큰 관심을 불러일으킨 것은 1880년 푸시킨 동상 제막식에서 그가 한 연설이었다. 이 제막식은 러시아가 푸시킨을 얼마나 사랑하는지를 보여 주는 매우 중요한 행사였다. 19세기 최고의 작가들이 이 행사에 참석했다. 가장 큰 반향을 일으킨 연설이 바로 도스토옙스키의 연설이었다. 다른 국가의 이상을 제대로 이해하고, 그것을 자신의 정신세계에 맞추어 동화하고 소화해 낼 줄 아는 러시아 민족혼의 전형이 바로 푸시킨이다, 이것이 연설의 요지였다. 도스토옙스키는 이 능력이 모든 것을 포용하는 러시아 민족의 사명을 보여 주는 증거라고 보았다. 언뜻 읽어 보면 그 정도 명성을 가져다줄 연설로 보이지는 않는다. 그러나 러시아의 힘과 영향력 강화에 맞서 전 유럽이 연합했던 시기라는 시대적 요소를 감안하면 그의 연설이 애국주의자들에게 불러일으켰을 감흥을 더 잘 이해할 수 있다.

모든 사람의 인정과 존경을 한 몸에 받았던 도스토옙스키는 1년 후인 1881년, 알렉산드르 2세가 암살되기 얼마 전 눈을 감았다.

* * *

프랑스어, 러시아어 번역서를 통해 사무엘 리처드슨(1689~ 1761), 앤 래드클리프(1764~1823), 디킨스(1812~1870), 루소(1712~ 1778), 외젠 쉬(1804~1857) 등의 고딕풍 감상주의가 종교적 연민과 결합되어 도스토옙스키의 과장된 감상주의로 거듭난 것을 알 수 있 다.

우리는 '감상'적인 것과 '감성'적인 것을 구분해야 한다. 감상주의 자는 개인적으로 매우 잔인한 인간일 수 있다. 반면 감성적인 사람 은 잔인과 거리가 멀다. 진보적 사상에 눈물 흘릴 줄 알던 감상주의 자 루소는 자신의 친자식들을 구빈원에 맡기고 거들떠보지도 않았 다. 앵무새를 애지중지하는 늙은 감상주의자 하녀가 조카를 독살할 수도 있다. 어머니날도 기억하는 감상주의자 경찰이 무자비하게 자 신의 적을 파괴할 수도 있다. 스탈린은 아이들을 좋아했고 레닌은 「트라비아타La Traviata」 같은 오페라에 흐느꼈다. 한 세기의 작가들 이 가난한 자의 소박한 삶을 칭송했다. 리처드슨, 루소, 도스토옙스 키 등에서 보이는 감상주의란 자동적으로 독자의 연민을 불러일으 키게 되어 있는 친숙한 감정을 비예술적으로 과장한 것이다.

도스토옙스키는 유럽 추리 소설이나 감상주의적 소설의 영향에 서 벗어나지 못했다. 감상적 영향이란 그가 좋아했던 갈등 구조, 즉 선량한 사람들을 불쌍한 처지에 놓이게 한 다음 그 상황으로부터 일말의 동정을 불러일으키는 구조를 말한다. 시베리아에서 돌아온 이후 그의 핵심적 사상이 무르익기 시작했다. 그것은 죄를 통한 구원, 투쟁과 저항에 대한 고통과 굴복의 우위, 형이상학이 아닌 도덕적 명제로서의 자유 의지 옹호, 그리고 적그리스도적 유럽 대 인류애 가득한 그리스도적 러시아라는 극단적 이기주의다. 이런 그의 사상(많은 교과서에 나와 있는 대로)이 소설 전반에 팽배했지만 서구적 영향은 아직 남아 있었다. 서구를 그토록 증오했던 도스토옙스키야말로 가장 유럽적인 러시아 작가였다고 말하고 싶어질 정도다.

등장인물들의 역사적 발전 과정을 살펴보는 것 역시 흥미로운 연구 주제가 될 수 있다. 러시아 민속 우화의 단골 주인공인 바보 이반[56]은 형제들에게 박약하고 어리숙한 인간으로 비치지만, 실제로는 스컹크처럼 교활하고 극도로 비양심적으로 행동한다. 그는 전혀 시적이지 않고 불쾌한 인간이며, 숨겨진 교활함이 인간의 모습으로 나타나면 큰 사람, 강한 사람을 이길 수 있음을 보여 주는 인물이다. 감당할 수 없을 만큼의 고통을 감내해 온 나라, 러시아의 국민 캐릭터인 바보 이반이 바로 『백치』의 주인공, 착하기 그지없고 순진하고 겸손한, 금욕적이고 평안한 영혼을 가진 므이슈킨 공작의 전형이다. 최근 소비에트 작가인 미하일 조셴코가 이 므이슈킨 공작의 손자를 만들어 냈는데, 그는 전체주의 경찰국가에서 그럭저럭 살아가는, 바보짓 이외에는 피난처를 찾을 길 없는 발랄한 천치다.

---

56 영어 원서에는 John the Simpleton이라고 되어 있고, '바보 이반'을 뜻한다. 이 문단에서 두 번 등장하는 바보 이반은 원서 상의 표현을 보면 첫 번째는 John the Simpleton, 두 번째는 Johnny the Simpleton이다. 즉, 두 번째가 애칭으로 되어 있는데, 한국어로는 두 경우 모두 바보 이반으로 옮겼다.

도스토옙스키의 작품 속에 보이는 취향 부재, 전前 프로이트적 콤플렉스를 보유한 인간의 고통에 대한 단조로운 해석, 짓밟힌 인간 존엄의 비극에 대한 탐닉, 이 모든 것을 좋아하기는 쉽지 않다. 나는 '죄를 지음으로써 예수에게 다가가는' 혹은 이반 부닌의 직설적 표현대로 '온 천지에 예수를 흘리고 다니는' 등장인물들의 이런 트릭이 마음에 들지 않는다. 나는 음악에 대해 문외한인데, 안타깝게도 예언자로서의 도스토옙스키에 대해서도 그처럼 관심이 없다. 내가 보기에 그가 쓴 작품 중 최고는 『분신』이다. 거의 조이스에 가까우리만치 (비평가 미르스키가 지적한 대로) 스토리가 정교하고, 음성적·운율적 표현력이 문체에 강하게 녹아들어 있다. 다른 동료 관리가 자신의 정체를 빼앗아 갔다는 강박에 시달리다 미쳐 버린 한 관리의 이야기다. 뛰어난 걸작임에도 불구하고 예언자 도스토옙스키를 추종하는 사람들에게는 인정받지 못했다. 소위 위대한 소설이라 불리는 여러 작품들이 나오기 한참 전인 1840년대에 쓰였을 뿐 아니라, 패러디로 보일 만큼 고골에 닮아 있었기 때문이다.

예술적 시각의 진화라는 측면에서 보면 도스토옙스키는 아주 흥미로운 현상이다. 어떤 작품이든, 예를 들어 『카라마조프가의 형제들』을 유심히 살펴보면 어떤 자연 배경도, 감각적 지각에 관련된 어떤 것도 발견할 수 없다. 풍경이 있다면 그것은 사고, 도덕의 풍경일 뿐이다. 그의 세계에서는 날씨도 존재하지 않고 따라서 사람들의 옷차림도 중요하지 않다. 도스토옙스키는 상황과 윤리적 갈등, 심리적 반응과 내면적 번뇌를 통해서 인물을 형상화한다. 어떤 인물의 외모를 한 번 묘사하고 나면 그 인물이 등장하는 장면에서 더 이상은 외모에 대한 언급을 하지 않는 구시대적 방법을 사용한다. 이것은 예술가적 방법이라고 할 수 없다. 톨스토이의 경우, 늘 마음속으로 등장인물을 연구하면서, 이 순간 혹은 저 순간에 어떤 몸짓을 차용할 것인지 정확하게 파악하고 있다. 도스토옙스키 특유의 자질이 또 있다. 그는 러시아의 위대한 극작가가 될 운명을 부여받았으나 어쩌다 길을 잘못 들어서서 소설을 쓰게 된 사람처럼 보인다. 『카라마조프가의 형제들』은 늘 내게 가지가 제멋대로 뻗어 있는 연극, 소도구와 무대 소품이 딱 필요한 만큼만 갖춰져 있는, 물기 젖은 둥근 컵 자국이 남아 있는 동그란 식탁과 햇빛 같은 효과를 주기 위해 노랗게 칠해진 창문, 그리고 스태프가 서둘러 가져와서 털썩 내려놓은 듯 보이는 관목이 있는 연극을 연상시킨다.

* * *

문학을 대하는 또 다른 방법을 소개해 보겠다. 가장 간단하면서도 가장 중요한 자세일 수 있다. 만일 어떤 책이 마음에 들지 않는다면 그 작가가 쓴 것과는 다르게 혹은 좀 더 나은 방식으로 사물을 보고 묘사하는 것을 상상해 봄으로써 예술적 즐거움을 찾는 것이다. 평범하고 거짓되고 비속한(포실러스츠, 이 단어를 꼭 기억하기 바란다) 독자라 해도 무슨 상인가를 수상한 이류급 소설에 대해 욕을 퍼부으면서 짓궂지만 건강한 즐거움을 만끽할 권리는 있다. 하지만 여러분이 좋아하는 책은 숨이 턱턱 막히는 전율 또한 선사할 수 있어야 한다. 실용적인 방법을 하나 제시하겠다. 문학, 진정한 문학은 심장이나 뇌(영혼의 위라고 할 수 있는)에 좋다는 물약 삼키듯 단숨에 들이켜 버리면 안 된다. 문학은 손으로 잘게 쪼개고 으깨고 빻아야 한다. 그래야만 손바닥의 오목하게 파인 가운데에서 풍겨 나오는 달콤한 향을 음미할 수 있다. 그것은 아삭아삭 씹어서 조각난 상태로 혀 속에서 굴려야 한다. 그래야만 비로소 진정한 가치를 가진 진귀한 향기를 감상할 수 있다. 그리고 이렇게 부서지고 쪼개진 부분들이 다시 머릿속에서 하나로 통일되면서 당신이 다소간이나마 자신의 혈기를 투자한 그 작품 전체의 아름다움을 드러내는 것이다.

* * *

예술가는 작품을 시작할 때 자신이 풀어 갈 예술적 과제를 설정한다. 인물, 시대, 장소를 정하고 의도한 사건이 자연스럽게 전개될 수 있는 특별한 어떤 환경을 물색한다. 원하는 화제를 끌어내기 위해 작가가 개입하지 않아도 인물들 사이의 조화와 상호 작용을 통해 논리적이면서도 자연스럽게 전개되는 환경을 물색한다.

이를 위해 예술가가 창조하는 세계는 카프카나 고골의 세계처럼 완전히 비현실적일 수도 있다. 다만 우리가 요구할 수 있는 한 가지 절대 조건이 있다면, 그 세계가, 그것이 존재하는 한 독자 혹은 관객들에게 개연성 있게 받아들여져야 한다는 것이다. 예를 들어,『햄릿』에서 햄릿 아버지 유령의 등장은 꼭 필요한 것은 아니다. 셰익스피어의 동시대 사람들이 유령의 존재를 믿었기 때문에 하나의 리얼리티로서 유령의 등장은 정당화될 수 있다고 주장하는 비평가들의 의견에 우리가 동의하든 동의하지 않든, 혹 유령이 무대 소품 같은 것이 아닐까 하고 추측하든 그렇지 않든 상관없다. 살해된 왕의 유령이 극에 등장하는 순간부터 우리는 그를 받아들이고, 셰익스피어가 그를 극에 등장시킬 권리를 가지고 있다는 데에 추호의 의심도 하지 않는다. 사실, 진정한 천재성의 척도는 그가 창조한 세상이 얼마나 그만의 독창적인, 그 이전에는(적어도 문학 내에서는) 존재하지 않았던 세계인가 하는 것이다. 그리고 더 중요한 것은 얼마나 개연성 있게 그것을 만들어 냈는가의 문제. 여러분이 바로 이 관점에서 도스토옙스키의 세계를 살펴보았으면 한다.

두 번째, 예술 작품을 대할 때 우리는 예술이 신성한 게임이라는 사실을 염두에 두어야 한다. 신성함과 게임, 이 두 요소는 똑같이 중요하다. 정당하게 진정한 창조자가 됨으로써 신에게 가장 가까이 다가선다는 점에서 예술은 신성하다. 예술은 모든 것이 허구이고 무대 위 사람들이 실제로 살해된 것이 아님을 기억해 내기 전까지만 예술이다. 다시 말해서 아무리 공포스럽고 역겹다 해도, 우리가 정교하고 황홀하게 만들어진 게임에 참여하고 있는 독자며 관객이라는 사실을 인식하기 전까지만 예술이므로 그것은 게임이다. 이 균형이 깨지는 순간, 무대 위에는 우스꽝스러운 멜로드라마가 펼쳐지고 책 속에는 신문에나 나올 법한 살인 사건에 대한 끔찍한 묘사가 등장하는 것이다. 그러면 진정한 예술을 만났을 때 맛볼 수 있는 즐거움과 만족감, 정신적 떨림과 같은 복합적 감정은 더 이상 느낄 수 없다. 예를 들어, 셰익스피어 3대 걸작의 결말이 피투성이라고 해서 역겨워하거나 공포스러워하는 사람은 없다. 코델리아의 교수형, 햄릿의 죽음, 오셀로의 자살은 전율을 불러일으키지만 그것은 즐거움이 강하게 내재한 전율이다. 사람들이 죽어 가는 것을 보는 게 즐거운 것이 아니라 셰익스피어의 넘쳐나는 천재성을 즐길 수 있기 때문에 즐거운 것이다. 『죄와 벌』, 『지하 생활자의 수기

Memoirs from a Mousehole』를 이런 관점에서 분석해 보기 바란다. 도스토옙스키가 병든 영혼들 속으로 떠난 여행을 동행한 결과 얻어진 것이 과연 예술적 즐거움인가? 그 즐거움이 역겨움으로 인한 떨림, 범죄에 대한 병적인 집착 등 다른 감정들보다 여전히 우위에 있는가? 도스토옙스키의 다른 작품들에는 미학적 성과와 범죄 르포 사이의 불균형이 더욱 심하게 나타난다.

세 번째, 견딜 수 없을 만큼 무거운 삶의 무게 속 인간 영혼의 움직임과 반응을 연구하고자 할 때, 그 영혼의 반응이 어느 정도 인간적이어야 우리의 관심은 더 증폭된다. 그래야 영혼의 어두운 회랑으로 인도하는 예술가를 따라가고자 하는 마음이 생긴다. 물론 소위 평범한 사람의 정신세계만이 흥미롭고 또 흥미로워야 함을 의미하는 것은 아니다. 절대 그렇지 않다. 내가 말하는 것은 아무리 인간과 인간의 반응이 무한히 다양하다 해도, 미쳐 날뛰는 정신병자나 정신 병원에서 갓 탈출해서 또다시 그곳으로 돌아가려는 사람의 행동을 정상적인 인간의 반응이라고 받아들이기는 어렵다는 것이다. 타락하고 일그러지고 비뚤어진 영혼의 반응은 글자 그대로 더 이상 인간적이지 않은 경우가 많고, 아니면 그것이 너무 기이해서 비정상적인 개인의 반응을 통해 풀고자 했던 작가의 과제는 해결되지 않는 것이다.

의사들의 사례 연구[57]를 참고해서 도스토옙스키의 등장인물들을

---

57 정신병의 범주화에 대한 나보코프와의 토론은 다음 논문에 첨부되어 있다. S. Stephenson Smith & Andrei Isotoff. "The Abnormal From Within: Dostoyoevsky", *The Phychoanalytic Review 12*(1939. 4), pp. 361~391. *

그들이 겪고 있는 정신병의 종류를 중심으로 분류해 보았다.

1. 간질

간질병의 대표 주자 4인은 『백치』의 므이슈킨 공작, 『카라마조프 가의 형제들』의 스메르자코프, 『악령』의 키릴로프, 『상처받은 사람들』의 넬리다.

1) 므이슈킨은 고전적인 경우에 해당한다. 그는 황홀경에 자주 빠지고 감정적 신비주의 성향을 보이며 사람들의 감정을 직감적으로 알아차리는 놀라운 감정 이입 능력을 가지고 있다. 세세한 것, 특히 습자에 집착하는 성향을 보인다. 유년기에 잦은 발작 증세를 보이고 의사들로부터 가망 없는 '백치'라는 선고를 받는다.

2) 스메르자코프는 천치 여인과 아버지 카라마조프 사이에서 태어난 서자다. 유년기 때부터 극도의 잔인함을 보여, 고양이를 매달아 죽여서 신성 모독적인 장례 의식을 치르곤 한다. 성인이 되고 나서는 과장된 자존심을 보여 종종 과대망상에 빠지기도 하고, 자주 발작 증세를 보인다.

3) 키릴로프는 『악령』의 희생양적 인물로, 간질병 초기 증상을 보인다. 고상하고 상냥하고 고매하지만 전형적인 간질 성향을 가지고 있다. 자신이 경험하곤 했던 발작의 전조 증상을 정확하게 묘사하며 자살광적 증세가 더해져 복잡한 양상을 보인다.

4) 넬리는 위의 3인이 보여 준 간질 증상에 특별히 보탤 것 없는 큰 의미 없는 인물이다.

2. 노인성 치매

『백치』의 이볼긴 장군은 알코올 중독이 복합된 노인성 치매 환자다. 쓸모없는 차용 증서를 담보로 술 마실 돈을 빌리고 다니는 무책임한 인간이다. 거짓말이 들통 나면 처음엔 어쩔 줄 모르다가 곧 원래대로 돌아가 계속 우긴다. 알코올 중독으로 가속이 붙어 쇠락으로 치닫는 그의 정신 상태를 가장 잘 드러내 주는 것이 이 병적인 거짓말이다.

3. 히스테리

1) 『카라마조프가의 형제들』의 열네 살 소녀 리자 호흘라코바는 부분적으로 마비 증상을 보이는데, 이 마비는 히스테리로 인해 발생하고 기적으로나 고칠 수 있다. 매우 조숙하고 감수성이 예민하며 교태를 잘 부리고 끈기가 있다. 야뇨증에 시달리는데 이 모든 증상이 전형적인 히스테리에 부합한다. 밤마다 악마가 나타나는 꿈을 꾸고, 낮에는 악과 파괴에 대한 생각에 사로잡혀 있다. 드미트리 카라마조프가 혐의를 받고 있는 부친 살해에 대한 생각에 골몰하기를 좋아하며 모든 사람이 '아버지를 죽인 그를 사랑한다'고 생각한다.

2) 『백치』의 리자 투시나는 히스테리의 경계 선상에 있다. 매우 신경질적이고 안절부절못하고 거만하면서 쓸데없이 친절을 베풀기도 한다. 발작적으로 히스테리컬하게 웃다가 울어 버리거나 이상한 변덕을 부리기도 한다.

위에서 본 병적인 히스테리 환자 이외에도 도스토옙스키의 등장인물 중에는 히스테리 성향을 보이는 인물들이 많다. 『백치』의 나스타샤, 신경과민으로 고통스러워하는 『죄와 벌』의 카테리나도 있다.

대부분의 여자들은 크든 작든 히스테리 성향을 보인다.

4. 사이코패스

도스토옙스키 주인공 중에는 사이코패스가 많다. 스타브로긴은 '도덕적 정신 이상', 로고진은 '호색증', 라스콜니코프는 '명백한 광기', 이반 카라마조프는 반쯤 미친 사람이다. 이들은 모두 인격 해리 증상을 보인다. 완전히 미친 여러 인물을 포함해 다른 예도 많이 찾아볼 수 있다.

학자들은 도스토옙스키가 프로이트나 융보다 앞서 있었다는 일부 비평가들의 주장을 일축한다. 도스토옙스키가 비정상적 인물을 창조하는 과정에서 1846년 독일의 카루스C. G. Carus가 쓴 『프시케 Psyche』를 많이 참고했다는 것은 여러 경로로 증명되는 사실이다. 도스토옙스키가 프로이트보다 앞서 있었다는 주장은 카루스의 책에 나오는 용어나 가설이 프로이트의 용어, 가설과 비슷하다는 점에서 유래한다. 하지만 카루스와 프로이트에서 보이는 유사함은 언어적 용어의 유사함일 뿐 중심 개념과는 상관없고, 용어가 담고 있는 사상적 내용도 전혀 다르다.

작가가 창조해 낸 인물들이 거의 대부분 정신병자이거나 미치광이일 경우 '리얼리즘', '인간 경험'에 대한 진지한 논의가 과연 가능할지는 의문이다. 모든 것을 차치하고 도스토옙스키의 인물들이 가지고 있는 두드러진 특징이 또 있는데, 이들은 책이 끝날 때까지 인격 변화를 겪지 않는다는 점이다. 작품의 처음부터 우리는 완결된 상태로 그들을 만난다. 주변 환경이 변하고 별의별 희한한 일들이 다 일어난다 해도 그들은 변하지 않는다. 『죄와 벌』의 라스콜니코프를 예로 들면, 계획된 살인을 저지르고 나서 세상과의 화합을 통한 삶을 살아가겠다는 약속까지 하는 인물로 그려지는데, 이 모든 것은 외부의 변화일 뿐, 라스콜니코프 내면에는 어떤 진실한 인성 변화도 일어나지 않는다. 도스토옙스키의 다른 인물들은 더 심하다. 변화하고 흔들리고 예기치 못한 방향 전환을 하고 새로운 인물과 환경이 등장할 만큼 일탈을 거듭하는 것은 플롯뿐이다. 기본적으로 도스토옙스키는 모든 인물을 이미 완결된 특징과 취향을 가지고 있어서 일단 등장하고 나면 끝까지 변하지 않게 만들고, 처음부터 끝까지 복잡한 체스 판 위의 체스 말과 같이 취급하는 추리 소설 작가라는 사실을 늘 기억해야 할 것이다. 얽힌 플롯을 만들어 낸 작가로서 도스토옙스키는 독자의 관심을 잡아 두는 데에 성공한다. 절정으로 치닫게 하고 훌륭한 기술로 긴장을 유지시킨다. 하지만 한번 읽어서 그 놀랍고 복잡한 구성을 이미 알고 있는 상태라면 처음 읽을 때 느꼈던 긴장감이 더 이상 존재하지 않는다는 사실을 깨닫게 될 것이다.

죄와 벌
1866

긴장과 암시 속 실타래를 풀어내듯 이야기를 전개하기 때문에, 도스토옙스키는 페니모어 쿠퍼, 빅토르 위고, 디킨스, 투르게네프와 함께 러시아 학생들 사이에 인기가 많았다. 나는 45년 전 열두 살에 『죄와 벌』을 처음 읽었을 때, 황홀하게 강인하고 재미있는 책이라는 생각을 했다. 그리고 열아홉 살, 러시아 내전이 한창이던 끔찍한 시기에 다시 읽었을 때, 장황하고 극도로 감상주의적이며 제대로 쓰이지 않았다는 생각을 했다. 그리고 스물여덟 살 때는 내 책에 도스토옙스키에 대한 부분을 넣기 위해 다시 읽었고, 미국 대학 강의를 준비하면서 다시 읽었다. 그리고 최근에서야 이 책에 무엇이 잘못되었는지 깨달았다.

책의 구조 전체를 도덕적으로, 미학적으로 허물어뜨려 버린 결함, 그 틈은 4장 10절에서 발견된다. 구원이 시작되는 부분으로, 살인자 라스콜니코프가 소냐의 영향으로 신약 성서를 접하는 장면이다. 소냐는 라스콜니코프에게 예수와 라자로의 환생에 대한 이야기를 읽어 주고 있다. 여기까지는 괜찮다. 그러나 그다음 어떤 세계적

『죄와 벌』강의록 첫 페이지

Shivering = starting

235 - "For the next few minutes the whole company (R., his friends, sister, mother) was very cheerful -- its satisfaction was manifested by in laughter. Dounetchka alone grew pale at intervals and knitted her brows whilst reflecting on the previous unpleasantness."

---

247 - "What are you doing? And to me?" -- stammered Sonia growing pale with sorrow-smitten heart.

Upon this he rose. "I did not bow down to you personally, but to suffering humanity in your person", said he somewhat strangely going to lean against the window. (cp. original)

372 - "The dying candle lit up the low-ceilinged room where an assassin and a harlot had just been reading the Book of Books."

Analyze the perfectly idiotic scene of the "mad banquet".

---

396 - "Amalia (the landlady) ... moved ... in the room, howling with rage and throwing about her whatever came in her way. Some of the lodgers commented on the preceding scene, while others quarrelled; and others, again, struck up refrains" /apparently ignoring Amalia/.

at the beginning of Raskolnikov's redemption when through Sonia he discovers the New Testament, there occurs a statement that for sheer stupidity - moral and artistic stupidity has hardly its equal in World famous literature. This is ... To place Raskolnikov ... crime ... over the same level as poor Sonia degradation is something that neither a moralist nor an artist ...

『죄와 벌』 속 '도덕적·예술적 어리석음'을 맹비난하는 나보코프의 노트인 걸작에서도 찾아볼 수 없는 바보 같은 문장 하나가 등장한다.

촛불이 깜빡이며 가난에 찌든 방에서 같이 영원의 책을 읽고 있는 살인자와 매춘부를 흐릿하게 비추고 있었다.

'살인자와 매춘부', '영원의 책', 이 무슨 삼각관계란 말인가? 도스토옙스키식 수사적 꼬임을 전형적으로 드러내는 핵심 문장이다. 이제 도대체 무엇이 문제인지, 왜 그토록 어눌하고 비예술적인지 살펴보자.

진정한 예술가, 진정한 도덕주의자, 훌륭한 그리스도교도, 훌륭한 철학자, 시인, 사회학자, 이들 중 어느 누구도 살인자와 불쌍한 매춘부를 하나의 호흡, 하나의 거짓 수사 속에, 그것도 성스러운 책 위에 서로 너무도 다른 머리를 조아린 모습으로 나란히 놓아두지는 않을 것이다. 그리스도교도들이 믿고 있는 신은 이미 19세기 전에 매춘부를 용서하셨다. 하지만 살인자는 무엇보다 의학적 진단이 필요한 인간이다. 두 사람은 완전히 다른 차원의 사람들이다. 라스콜니코프의 비인간적이고 멍청한 범죄는 몸을 팔면서 인간 존엄에 상처를 입을 수밖에 없는 소녀의 가련한 처지와 전혀 비교 대상이 될 수 없다. 영원의 책을 함께 읽고 있는 살인자와 매춘부라니! 말도 안 되는 난센스다. 추잡한 살인자와 불운한 소녀 사이에는 어떤 수사적 고리도 없다. 고딕풍이나 감상주의적 소설에서나 볼 수 있는 사회 통념상의 연결 고리만이 있을 뿐이다. 그것은 조잡한 문학적 속임수지 비애와 경건함이 엿보이는 대작이 아니다. 예술적 균형미 부재는 또 어떤가. 우리는 라스콜니코프의 범죄를 추악하리만큼 상세하게 보았고, 그의 범죄에 대한 대여섯 개의 서로 다른 설명을 들었다. 소냐가 몸을 파는 장면은 단 한 번도 나오지 않았다. 미화된 클리셰. 매춘부는 너무도 당연하게 죄가 있는 것으로 치부된다. 나는, 진정한 예술가는 어느 무엇도 당연한 것으로 치부하지 않는 사람이라고 단언한다.

라스콜니코프는 왜 살인을 했는가? 동기는 지극히 혼란스럽다.

도스토옙스키가 독자들이 믿어 주기를 다소 낙관적으로 바랐던 것을 우리가 믿는다면, 라스콜니코프는 착하고 젊은 청년이면서 한편으로는 가족에게, 다른 한편으로는 높은 이상에 충실한 사람으로, 자기희생적이고 친절하고, 관대하고, 근면하지만 매우 자만심 넘치고 자존심이 강해서, 인간 대 인간 관계를 맺을 필요를 전혀 느끼지 않고 자신의 내면 세계에 완전히 천착하는 사람이다. 이 착하고 관대하고 자존심 강한 젊은 청년은 찢어지게 가난하다.

왜 라스콜니코프는 늙은 전당포 주인과 그녀의 동생을 죽였을까?

가족을 가난에서 구원하기 위해서, 그리고 오빠의 학비를 마련하려고 부자지만 악랄한 남자에게 시집가려는 여동생을 구제하기 위한 것으로 보인다. 하지만 그는 타인이 만든 도덕적 계율을 준수하는 평범한 인간이 아니라 자신만의 법을 만들 수 있고, 책임감이라는 엄청난 정신적 부담을 이겨 내고 양심의 가책을 털어낼 수 있으며, 내적 평정이나 고결한 생애를 침해하지 않으면서도 악랄한 수단(살인)을 선한 목적(가족을 돕는 것, 그를 인류의 은인이 되게 만들어 줄 교육)을 달성하는 데에 사용할 수 있는 사람이라는 것을 증명하겠다는 목적도 가지고 있었다.

　라스콜니코프가 살인을 하게 된 또 다른 이유는 겹쳐진 불운으로 쉽게 범죄의 길로 들어섰지만 근본은 착한 청년을 도덕적 기준 파괴, 나아가 살인으로 이끈 것이 바로 물질주의의 팽배라는 발상이다. 도스토옙스키 자신이 이렇게 생각했다. 논문에서 라스콜니코프가 전개한 이상한 파시스트적 생각을 한번 보자. 인류는 두 부류, 군중과 초인으로 구성되어 있어서, 대부분의 사람들은 도덕적 법에 따라야 하지만 그 대다수보다 훨씬 위에 있는 소수의 사람들은 자체적인 법을 만들 자유가 있다. 뉴턴 같은 여러 위대한 발명가들이 인류에게 발명의 혜택을 주는 데 방해가 된다면, 수십, 수백의 개인을 희생시키는 데에 주저할 필요가 없다는 것이다. 그러다가 나중에는 이 인류의 은인들에 대해서는 잊어버리고 전혀 다른 이상에 집착한다. 그의 모든 야망은 갑자기 나폴레옹에 집중된다. 그는 나폴레옹이 또 다른 찬탈을 기다리고 있을 권력을 대담하게 찬탈해서 대중을 지배하는, 성격적으로 강인한 사람이라고 생각한다. 이것은 장차 세상의 은인이 될 사람에서 장차 권력을 탐하는 폭군이 될 사람으로의 빠른 전환이다. 이 전환은 도스토옙스키가 서두르느라 제대로 하지 못했을 상세한 심리 분석을 요하는 부분이다.

　작가가 좋아하는 또 다른 생각은 범죄는 그것을 저지른 사람에게 사악한 인간들의 몫이라고 할 수 있는 내면의 지옥을 필연적으로 선사한다는 것이다. 그러나 이 고독한 내면적 고통은 무슨 이유에서인지 구원으로 인도하지 않는다. 죄인을 구원으로 이끄는 것은 대중 앞에서 공개적으로 당한 실제적 고통이다. 자신의 지인들 앞에서 의도적으로 자신을 굴욕하고 모욕하는 행위를 통해 죄인은 죄에 대한 용서, 구원으로 이끌리게 되고 새로운 삶으로 인도된다. 라스콜니코프가 따라가게 될 길이 바로 이렇다. 하지만 그가 다시 살인을 저지를 것인지는 말하기 어렵다. 그리고 최종적으로 자유 의지 즉 범죄를 위한 범죄라는 생각이 등장한다.

도스토옙스키가 이 모든 것을 개연성 있게 만드는 데에 성공했는가? 의심스럽다.

우선 라스콜니코프는 정신병자다. 정신병자가 어떤 철학에서 영향을 받았다고 해서 그 철학 자체를 가치 절하할 수는 없는 노릇이다. 라스콜니코프를 너무 순진하게 물질주의를 받아들인 나머지 쉽게 현혹돼 지옥으로 떨어진, 우직하고 고루하고 성실한 젊은 청년으로 설정했다면, 도스토옙스키는 소기의 목적을 달성하기가 오히려 쉬웠을 수도 있다. 하지만 그렇게 설정해도 별 도움이 안 되리라는 것, 머리를 돌게 만든 엉터리 사상을 받아들인 라스콜니코프가 우직한 청년이었다 해도 건강한 인간이라면 살인에 앞서 필연적으로 망설이게 되어 있다는 것, 그것을 도스토옙스키는 너무도 잘 알고 있었다. 도스토옙스키의 모든 범죄자들(『카라마조프가의 형제들』의 스메르자코프, 『악령』의 페드카, 『백치』의 로고진)이 제정신이 아닌 것은 우연이 아니다.[58]

설득력이 약하다는 것을 깨달은 도스토옙스키는 라스콜니코프를 독일 철학을 받아들임으로써 생겨난 살인에 대한 유혹으로 빠뜨리기 위해 온갖 구실을 끌어 모은다. 자신뿐 아니라 사랑하는 어머

---

[58] 나보코프는 그다음 문장을 삭제했다. "초인과 그의 특별한 권력이라는 이론을 가지고 있었던 최근 멸망한 독일 통치자들 역시 정신병자이거나 평범한 범죄자이거나, 아니면 정신병 걸린 평범한 범죄자다." *

니와 여동생이 겪는 물질적 궁핍, 곧 다가올 여동생의 희생, 전당포 주인의 극심한 도덕적 타락 등 온갖 이유들이 총동원된 것을 보면 도스토옙스키가 자신의 논지를 증명하는 데에 얼마나 고충을 겪었는지 알 수 있다. 크로포트킨의 지적은 적절했다.

라스콜니코프의 모습 뒤에는 그가 했던 것과 같은 살인을 도스토옙스키 자신 또는 자신과 비슷한 다른 사람으로 하여금 직접 해 보게 할까 고민하는 도스토옙스키의 모습이 보인다. (……) 하지만 작가들은 살인을 하지 않는다.

나는 "예심 판사나 악의 화신인 스비드리가일로프 같은 사람은 오히려 낭만적인 인물에 속한다"는 크로포트킨의 의견에 전적으로 동의한다. 더 나아가서 나는 소냐도 거기에 포함시키고 싶다. 소냐는 자기 잘못이 아님에도 사회가 만들어 놓은 경계 밖의 삶을 살아야 하고, 온갖 수모와 고통의 짐을 스스로 감내하도록 바로 그 사회에 의해서 만들어진 낭만적 여주인공의 전형적 후예다. 이런 유의 여주인공은 1731년 아베 프레보가 『마농 레스코 *Manon Lescaut*』라는 훨씬 더 세련되고 감동적인 작품을 통해 소개한 이후 처음으로 세계 문학에 등장했다. 도스토옙스키의 경우 비하, 모욕이라는 테마가 처음부터 계속 등장하는데, 이런 점에서 라스콜니코프의 여동생 두냐, 대로에서 마주친 술 취한 소녀, 그리고 선한 매춘부 소냐는 절망적인 인물들이 모여 사는 도스토옙스키적 가족 안의 한 자매들인 것이다.

도스토옙스키가 육체적 고통과 모욕이 인간의 도덕을 증진시킨다는 생각에 광적으로 집착한 것은 개인적 비극에 원인이 있을 수도 있다. 시베리아 유형으로 인해 그의 내면에 있던 자유 애호가, 반역자, 개인주의자로서의 모습이 어느 정도 사라져 버렸다. 그는 그 자연스러움이 상실되었음을 감지했지만, 그럼에도 자신이 '더 나은 사람'이 되어 돌아왔노라고 고집스럽게 주장했다.

지하 생활자의 수기
1864

이 작품은 '지하로부터의 회고록', '쥐구멍에서의 회고록'으로 번역되어야 맞는데 번역문에는 '지하 생활자의 수기'라는 엉뚱한 이름이 붙어 있다. 이 책은 병력으로 보면 다양한 유형으로 표출되는 피해망상의 연속 정도로 평가할 수 있다. 나의 관심은 이 소설의 문체에 국한되어 있다. 이 작품은 도스토옙스키의 테마와 형식, 억양을 잘 보여 주는 최고의 그림이자 도스토옙스키적인 것Dostoevskiana의 결집체다. 게다가 거니Guerney에 의해서 영어로 아주 잘 번역되어 있다.

1부는 열한 개의 작은 장으로 구성되어 있고, 2부는 길이는 두 배 정도 길지만 사건과 대화를 포함하고 있는 약간 긴 열 개의 장으로 이루어져 있다. 1부는 상상 속 독자의 존재를 가정하고 있는 독백이다. 1부에서 지하 생활자, 즉 화자는 아마추어 철학자, 신문 독자 등 그가 평범한 사람들이라고 부르는 청중에게 계속 말을 건넨다. 유령 같은 사람들은 그를 비웃고, 그는 그들의 조롱과 비난을 장소 이동이나 되돌아가기 등 똑똑한 머리에서 나올 만한 다양한 수를 동원해서 좌절시킨다. 이 상상 속 독자들은 그가 자신의 흔들리는 영혼을 계속 히스테리컬하게 취조해 가도록 추인하는 역할을 한다. 이때 1860년대 중반의 시사 문제가 언급되는 것을 볼 수 있는데, 사건들의 시사성은 모호하고 어떤 구조적 힘도 가지고 있지 않다. 톨스토이도 신문을 이용하지만 그는 훌륭하게 예술로 승화시킨다. 예를 들면, 『안나 카레니나』의 시작 부분에서 오블론스키를 형상화할 때, 그는 단순히 아침 신문에서 오블론스키가 즐겨 읽는 정보를 나열하는 데에 그치지 않고, 역사적 혹은 다소 사이비 역사적으로 정확하게 특정 시간과 장소를 명시한다. 반면에 도스토옙스키에게서는 구체적 특성이 일반화로 대체된다.

서술자는 자신을 어두운 사무실을 찾아오는 민원인들에게 으르렁대는 병적이고 심술궂고 악의적인 인간으로 묘사하는 것에서 시작한다. 그는 "나는 짓궂은 관리다"라고 말하고 나서는, 다시 뒤집어서 그조차 못 된다고 이야기한다.

나는 짓궂은 인간이 되지 못했을 뿐 아니라, 결국은 아무것도 되지 못한 위인이다. 악인도 될 수 없었고, 선인도, 비열한도, 정직한 인간도, 영웅도, 벌레도 될 수 없었다.[59]

제정신인 사람은 아무것도 될 수 없다고 자신을 위로하는 그는

---

59 표도르 도스토옙스키, 『지하 생활자의 수기』, 이동현 옮김(서울: 문예출판사, 1972). 본 번역서 내 도스토옙스키의 『지하 생활자의 수기』에 대한 직접 인용부는 위 역서를 인용하였다. 인용부 내에 등장하는 고유 지명 및 인명은 해당 번역서 상의 표현을 그대로 옮겨 왔음을 밝힌다.

비열하고 바보 같은 자들만이 무엇이든 될 수 있다고 말한다. 그는 마흔 살이고 초라한 방에 살며 낮은 등급을 가진 관리지만 조금의 유산을 물려받은 후 사표를 냈고, 자기 자신에 대한 이야기를 하지 못해 안달이다.

이쯤에서 11장으로 구성된 책의 1부는 무엇이 표현되고 서술되었는가가 아니라 어떻게 표현되고 서술되었는가, 즉 표현 방식이 중요한 의미를 가진다는 점을 지적하고 싶다. 방식은 인간을 반영한다. 도스토옙스키는 이러한 반영을 신경질적이고 분노에 차고, 좌절하고, 지독하게 불행한 한 인간의 타성을 그의 불결한 고백의 향연을 통해 보여 주고자 한다.

다음 테마는 인간의 자각(지각이 아니라 자각이다), 감정의 인지다. 이 지하 생활자가 선과 아름다움, 아니 도덕적 아름다움에 대해 인지하면 할수록 그의 죄는 더 커지고 더 깊게 진흙탕으로 빠져든다. 도스토옙스키는 인간과 죄지은 자들에게 일반적 메시지를 전달하고자 하는, 자신과 비슷한 여타 다른 작가들과 마찬가지로 주인공의 부패상을 정확히 부각시키지 않는다. 우리는 그저 추측할 뿐이다.

서술자는 자신이 비열한 짓을 하고 나서는 매번 지하방으로 기어들어가서 굴욕의 저주받은 달콤함, 회한, 불결한 자신이 주는 즐거움, 비하의 쾌락 맛 보기를 계속한다고 말한다. 비하의 쾌락은 도스토옙스키가 좋아하는 테마 중 하나다. 예술은 늘 구체적이어야 함에도 그가 어떤 죄를 지었는지는 아주 가끔 명시될 뿐이다. 그래서 이곳에서도 다른 작품에서와 마찬가지로 작가의 예술은 작가의 의도에 가려 뒤처진다. 행위와 죄는 당연히 있었던 것으로 가정된다. 여기서의 죄는 도스토옙스키가 빨아들인 감상주의적 소설과 고딕풍의 소설에서 사용되는 것과 유사한 문학적 통념에 지나지 않는다. 이 이야기 속의 추상적 테마, 혐오스러운 행위에 대한 추상적 묘사, 그리고 그 뒤를 잇는 비하는 무시할 수 없는 괴이한 힘으로 지하 생활자를 반영하는 방식을 보여 준다(다시 반복하지만 중요한 것은 방식이다). 2장 말미에서는 지하 생활자가 비하의 쾌락을 설명하기 위해 회고록을 쓰기 시작했다는 것을 알 수 있다.

그는 자신이 의식이 잘 발달되고 소심한 사람이라고 말한다. 그는 정상적인, 바보 같지만 정상적인 사람에게 모욕을 당한다. 청중은 그를 무시하고 사람들은 야유를 퍼붓는다. 채워지지 않은 욕망, 타는 듯한 복수에의 갈증, 반쯤 절망적이고 반쯤 그럴 법한 머뭇거림, 이 모든 것이 합쳐져 모욕당한 당사자에게 이상하고도 병적인 쾌감을 준다. 지하 생활자의 반항은 어떤 창조적인 충동 때문에 시작된 게 아니다. 그저 그 자신이 자연의 법칙은 곧 무너지지 않는 돌벽이라고 생각하는 도덕적 부적응자, 도덕적 난쟁이이기 때문이다. 그러나 여기서 또다시 우리는 일반화와 풍자 속에서 헤매게 된다. 왜냐하면 어떤 특정한 의도도, 어떤 돌벽도 구체화되지 않기 때문이다. 『아버지와 아들』 속 바자로프는 허무주의자가 무너뜨리고자 하는 것이 다름 아닌 농노제를 허가한 낡은 질서임을 알고 있었다. 반면 지하 생활자는 자기 자신이 만들어 낸 야비한 세상, 그것도 돌벽이 아닌 널빤지로 만들어진 세상에 대한 원한만 열거할 뿐이다.

4장에서는 비교가 등장한다. 그는 자신의 쾌감은 치통으로 인한 신음 소리, 아마도 사기꾼의 신음 소리와 비슷할 그 소리로 가족들을 못 자게 만드는 사람이 느낄 수 있는 쾌감이라고 말한다. 복합적 쾌감이다. 중요한 것은 지하 생활자가 자신이 속이고 있다는 것을 인정한다는 점이다.

5장쯤 되면 다음과 같은 상황이 전개된다. 지하 생활자는 자신의 삶을 가짜 감정으로 채워 놓는다. 진짜 감정을 가지고 있지 않기 때문이다. 게다가 그는 삶을 수용할 어떤 근거도, 어떤 출발점도 가지고 있지 않다. 그는 자신에 대한 정의, '게으름뱅이', '와인 감정사'와 같이 자신에게 붙일 라벨, 집게, 압정 같은 것을 찾으려 한다. 그러나 무엇이 그로 하여금 라벨을 찾게 만들었는가에 대해서 도스토옙스키는 밝히지 않는다. 그가 묘사하는 사람은 단순히 광인이자 타성의 얽힌 타래일 뿐이다. 프랑스 저널리스트 사르트르같이 도스토옙스키를 모방하는 평범한 작가들은 오늘날까지도 그런 식으로 글을 쓴다.

7장 시작 부분에 도스토옙스키식 문체를 보여 주는 좋은 예를 발견할 수 있다. 이것은 가넷 판본을 개정한 거니 판본이 잘 번역해 놓았다.

그러나 그것은 모두 부질없는 공상에 지나지 않는다. 아아, 애초에 누가 먼저 이런 소릴 꺼냈는지 묻고 싶다. 인간이 추악한 짓을 하는 것은 오직 자기의 참 이익을 모르기 때문이다, 라고 말한 것은 대체 누구인가? 이들의 생각에 의하면 인간이란 그 지성을 일깨워 주고 자기의 진짜 이익이 무엇인지 알도록 눈뜨게 해 주기만 하면, 이내 더러운 행위를 집어치우고 선량 결백한 인간이 되고 말 것이다. 왜냐하면 계몽된 지성을 지니게 되고 자기의 진짜 이익을 알게 되면, 선행 속에서 자신의 이익을 발견하게 될 것이기 때문이다. 세상의 어느 누구도 자기 이익에 반대되는 짓을 일부러 할 리는 만무하므로 필연적으로 선을 행하게 될 것 아닌가, 하는 식의 논리일 것이다. 아아, 이 얼마나 유치한 생각인가! 순진무구한 젖먹이의 꿈이랄밖에!

첫째, 천지개벽 이래 단 한 사람이라도 오직 자신의 이익만을 위해 행동한 사람이 있었을까? 인간이란 자기의 참된 이익을 잘 알고 있으면서 그것을 밀어젖히고 아무에게도 아무것에도 강제되고 있지 않은데도 다른 모험의 길로 돌진하는 법이다. 이것을 증명하는 무수한 사실들을 대체 어떻게 설명할 것인가? 인간이란 정해진 길을 고지식하게 걸어가기가 싫어서 오기로라도 그와는 다른 고통스러운 길을, 어둠 속을 더듬듯 고생하면서 스스로 개척해 나가는 것이다. 그렇다면 이 오기와 고집은 정녕 그 어떤 이익보다도 기분이 좋은 것이라고 봐야 한다.

단어와 구의 반복, 강박에 사로잡힌 억양, 완전히 진부한 단어들과 가두연설 같은 저속한 웅변은 도스토옙스키의 문체적 요소다.

같은 7장에서 지하 생활자, 혹은 그의 창조주는 '이익'과 관련해서 새로운 생각을 쏟아 낸다. 그는 인간의 이익은 자신에게 해로운 어떤 것을 원하는 데에 있다고 말한다. 모든 게 횡설수설이다. 그리고 비하와 고통의 쾌락이 지하 생활자에 의해 쉽게 설명되지 않았듯이 불이익의 이익 역시 설명되지 않는다. 일련의 새로운 타성들만이 감질나게 비슷한 형태로 반복되며 다음 페이지를 장식한다.

이 불가사의한 '이익'이라는 것은 도대체 무엇인가? 도스토옙스키가 보여 줄 수 있는 최선인 저널리즘적 일탈을 통해, 우선 문명이 논의된다.

하여튼 문명 덕택에 인간이 전보다 더 피에 굶주리게 되었다고는 말할 수 없더라도, 옛날보다 더러운 꼴로 굶주리게 된 것만은 확실하다.

　루소식의 구세대적 발상이다. 지하 생활자는 미래 공동 번영의 상을 제시하는데, 그것은 모든 이를 위한 수정궁이다. 뒤이어 이 불가사의한 이익이라는 것이 무엇인지 나온다. 그것은 제약받지 않는 자유 선택이자 제멋대로 자라난 자기 자신의 변덕이다. 세상이 아름답게 다시 꾸며졌는데, 한 사람이 나타나서는 자신의 변덕 때문에 이 아름다운 세상을 파괴시켜 버리겠다고 말하고 파괴시켜 버린다, 뭐 이런 식이다. 다시 말하면, 인간은 어떤 이성적 이익도 바라지 않는다. 그들이 원하는 것은 오직 '독자적인 선택'이라는 사실뿐이다. 심지어 그 선택이 논리와 통계, 조화와 질서를 파괴하는 것이라 하더라도 말이다. 철학적으로 이 모든 것은 말도 안 되는 엉터리다. 조화와 행복 역시 변덕의 존재를 상정하고 그것을 자기 안에 포함하기 때문이다.

　하지만 도스토옙스키적인 인물이라면 뭔가 비정상적이고 바보 같고 불리한 것, 예컨대 파괴나 죽음 같은 그런 것을 선택한다. 자신의 독자적 선택이기 때문이다. 우연히도 이것은 『죄와 벌』에서 라스콜니코프가 노파를 죽인 이유이기도 하다.

　9장에서 지하 생활자는 계속해서 목청껏 자기변호를 외쳐댄다. 파괴라는 테마가 다시 등장한다. 아마도 어떤 인간들은 창조보다 파괴를 선호하는 것 같다고 그는 말한다. 그들이 좋아하는 것은 어떤 목표의 달성이 아니라 목표를 이뤄 가는 과정이고, 오히려 인간은 성공을 두려워하고 있을지도 모른다, 인간은 고통을 좋아하며 고통이야말로 자의식의 유일한 원천일지도 모른다, 따라서 그들은 말하자면 고통을 자각하는 최초의 인류가 되는 것이라고 그는 말한다.

이상향으로서, 내세의 완벽한 삶을 나타내는 저널리즘적 상징으로서 수정궁이 다시 전면에 등장하고, 그것에 대한 논의가 이루어진다. 서술자는 자신을 격분의 상태로 몰고 가고, 조롱하고 야유를 퍼붓는 청중과 기자들이 그에게 접근하는 것처럼 보인다. 우리는 다시 출발점으로 돌아간다. 아무것도 되지 않는 것이, 지하방이나 쥐구멍 같은 곳에 남아 있는 것이 더 낫다고 한다. 1부의 마지막 장에서 그는 자신이 말하고 있던 청중, 향하고 있던 가상의 사람들이 독자를 창조하기 위한 시도였노라고 상황을 요약한다. 그리고 바로 이 가상의 청중에게 그의 정신 상태를 대변하고 설명해 줄 산발적인 기억의 조각들을 보여 준다. 젖은 눈, 진눈깨비가 내린다. 그것들이 왜 그의 눈에 누런색으로 보이는가 하는 것은 시각적이기보다는 상징적인 문제다. 도스토옙스키 자신의 말처럼 누런색은 깨끗하지 못한 흰색, 더러운 색을 암시하는 것이다. 그가 글쓰기를 통해 위안을 얻고자 한다는 사실이 언급된다. 이렇게 1부가 끝난다. 다시 말하지만 1부에서 중요한 것은 무엇이 아니라 어떻게다.

왜 2부에 '진눈깨비의 연상에서'라는 이름을 붙였는가는 1860년대에 여러 상징 및 비유에 대한 비유 같은 것을 좋아했던 작가들이 잡지를 통해 벌였던 논쟁에서 살펴볼 수 있다. 상징은 아마도 더러워지고 얼룩지게 된 순수를 의미한다. 이것은 도스토옙스키와 동시대인인 네크라소프의 서정시에서 따온 모토, 모호한 암시다.

2부에서 지하 생활자가 묘사하고자 하는 사건은 20년 전인 1840년대로 거슬러 올라간다. 현재와 마찬가지로 그는 우울했고 같이 일하는 동료들을 증오했다. 그는 자기 자신도 미워했다. 모욕과 관련된 실험이 언급된다. 어떤 사람을 좋아하든 그렇지 않든, 그는 그 사람의 눈을 똑바로 쳐다보지 못했다. 누구든 노려볼 수 있는지 실험도 해 보았지만 실패였다. 이것이 그를 광적인 상태로 몰고 갔다. 그는 자신이 겁쟁이였다고 하면서 어째서인지 이 시대에 제대로 된 모든 사람은 겁쟁이라고 말한다. 어느 시대를 말하는 것인가? 1840년대 혹은 1860년대? 역사, 정치, 사회적으로 두 시기는 확연히 달랐다. 1844년은 반동과 폭정의 시기를 겪은 해였던 반면, 이 책이 쓰인 1864년은 1840년대와 비교했을 때 변화와 계몽, 대개혁의 시기였다. 시사적인 언급에도 불구하고, 도스토옙스키의 세계는 근본적으로 어떤 것도 바뀔 수 없는 정신적 질병으로 얼룩진 회색 세계다. 오직 군복의 재단 방식만이 예외인데, 이 부분은 독자가 작품 속에서 생각지도 않게 만나게 되는 구체적인 디테일이다.

몇 페이지에 걸쳐 지하 생활자가 '낭만파'라고 부르는 것, 영어로 더 정확하게는 '낭만주의자'라고 할 수 있는 것이 언급된다. 1850, 1860년대 러시아 신문을 들춰 보지 않는 이상 현대 독자들은 그 맥락을 이해하기 어려울 것이다. 도스토옙스키와 지하 생활자가 정의한 '낭만파'는 자신들이 아름답고 고귀하다고 지칭하는 것을 관료들의 계급과 같은 실질적인 요소와 조합할 줄 아는 '가짜 이상주의자'다(슬라브주의자들은 이상이 아닌 우상을 세워 놓았다고 서구주의자들을 공격했다). 이 모든 것은 지하 생활자에 의해 아주 흐릿하고 진부하게 묘사되었고, 그것을 굳이 깊게 파고들 필요는 없다. 우리는 지하 생활자가 혼자서 밤중에 몰래 '지독한 음탕함'이라고 부르는 것에 열중하는 것을 볼 수 있다. 이것을 위해 그는 어둡고 음침한 곳을 방문한다(루소의 『줄리*Julie*』에 나오는 생 프레 역시 죄악의 집 안에 멀리 떨어져 있는 방을 찾아가 물이라고 생각하고 와인을 마시다 어느 순간 타락한 여인의 팔에 안겨 있는 자신을 발견한다. 이것이 감상주의적 소설에서 묘사되는 죄악이다).

'노려보기' 테마는 새로운 전환을 맞는다. '밀치기' 테마로 바뀌기 때문이다. 키가 작고 말라빠진 우리의 지하 생활자는 키가 180센티미터나 되는 장교에게 길에서 밀침을 당했다. 그는 페테르부르크의 중심가인 넵스키 대로에서 이 장교를 만난다. 매번 비켜나지 않겠다고 다짐하지만, 그는 마주칠 때마다 거인 같은 장교가 거리를 활보할 수 있게 길을 비켜 준다. 어느 날 결투 혹은 장례식에 갈 때처럼 차려입은 지하 생활자는 쿵쿵 뛰는 가슴을 안고 다시는 길을 비켜 주지 않으리라 다짐한다. 하지만 이번에도 그는 장교에 의해 고무공 팅기듯이 밀쳐지고 만다. 그는 다시 시도한다. 그리고 마침내 균형을 잡아 장교와 대등한 걸음으로 어깨를 맞부딪치고 완벽하게 밀리지 않고 지나친다. 지하 생활자는 환희에 가득 찬다. 책 전체에서 그가 승리를 거둔 것은 이 장면뿐이다.

2장은 풍자적 몽환에 대한 설명으로 시작된다. 2장의 프롤로그라고 할 수 있는 1장은 거니의 번역본으로 40페이지가 넘는다. 가끔 무슨 일이 있으면 그는 오래된 학교 동창인 시모노프를 찾아가곤 한다. 시모노프와 다른 두 친구는 이야기 속 또 다른 장교이자 학교 동창인 즈베르코프의 환송회를 열어 줄 계획을 짜고 있었다(그의 이름은 작은 짐승을 의미하는 '즈베료크'에서 유래하였다).

무슈 즈베르코프는 나에게도 동창 친구였다. 나는 학교 상급반에 올라가면서부터 특히 그를 미워했다. 하급반 시절만 해도 그는 귀엽고 활발한 5학년이었으므로, 모든 사람의 귀여움을 받았다. 그러나 하급반 시절에도 나는 그를 미워했다. 그가 귀엽고 활발한 소년이었기 때문이다. 그는 성적이 언제나 나빴고, 학년이 올라갈수록 더 나빴다. 그러나 뒤를 봐주는 사람이 있어서 거뜬히 졸업할 수 있었다. 졸업하기전 해에 그에게 농노 2백 명이 딸린 영지가 유산으로 굴러들었다. 그런데 우리 친구들은 거의 모두가 가난뱅이였으므로 그는 우리에게 큰소리를 치게 되었다. 그는 더없이 저속한 인간이었지만 악의가 없는 좋은 사나이여서 큰소리를 치고 있을 때도 그런대로 애교가 있었다. 우리는 입으로는 청렴이니 명예니 하면서 미사여구를 늘어놓고 있었지만, 그래도 극히 소수자를 제외하고는 모두들 즈베르코프 앞에서 굽실거렸다. 그래서 그는 더욱더 거드름을 피우게 되었던 것이다. 그렇다고 모두들 무슨 천한 속셈이 있어서 굽실거리는 게 아니라, 다만 그가 자연의 은혜를 부여받은 행운아이기 때문인지 모른다. 게다가 어찌 된 셈인지 동급생들 사이에서는 즈베르코프를 세련된 옷차림과 에티켓 면에서 제 일급에 속하는 인간으로 생각하고 있었다. 특히 이 점은 나를 분개시켰다. 자기 가치를 한 번도 의심해 본 일이 없는 듯한 쨍쨍 울리는 그의 음성과 스스로 자기의 익살을 만족스럽게 여기는 모습을 나는 진정 미워했다. 그는 지껄이는 데는 용감했지만, 그 익살은 언제나 지독하게 졸렬했다. 아름답기는 하지만 바보스럽게 보이는 그의 얼굴과[그러나 나는 언제든지 기꺼이 나의 영리한 얼굴을 그 바보스러운 얼굴과 바꿔 줄 용의가 있었다] 40년대[18세기]의 유물인 멋쟁이 장교식 제스처도 미웠다.

다른 두 동창 중 하나는 우스운 이름을 가진 페르피치킨이었는데,

독일계에 저속하고 우쭐거리는 인간이었다(도스토옙스키는 여러 작품에서 묘사한 대로 독일인, 폴란드인, 유대인을 병적으로 싫어했다). 또 다른 동창은 '부지런한'이라는 의미의 트루돌류보프라는 이름을 가진 군인이었다. 도스토옙스키는 이 작품뿐 아니라 다른 작품에서도 등장인물에게 캐릭토님[60]을 붙여서 18세기식 유머를 구사한다. 이미 알려진 대로 모욕당하기를 즐기는 우리의 지하 생활자는 자신을 초대해 달라고 부탁한다.

"그럼 인원은 세 명, 즈베르코프를 넣어 네 명, 회비는 21루블로, 장소는 파리 호텔, 시간은 내일 5시로 정하자." 간사에 선출된 시모노프가 최종 결정을 내렸다.

"어째서 21루블이지?" 나는 약간 흥분해서 이렇게 말했다. 분명히 나는 화가 났던 모양이다. "나까지 넣어서 계산하면 21루블이 아니라 28루블 아닌가?"

내가 이렇게 느닷없이 참가를 신청하면, 참으로 훌륭한 태도로 보여 모두들 즉석에서 찬성하면서 나를 존경의 눈으로 보게 될 것이라는 생각이 들었기 때문이다.

"아니, 자네도 참석하려나?" 하고 시모노프는 어색하게 나를 외면하면서 못마땅한 듯이 말했다. 그는 내가 어떤 인간인가를 뻔히 알고 있었던 것이다.

그가 내 성질을 속속들이 알고 있다고 생각하자 나는 밸이 뒤틀리는 것 같았다.

---

60 캐릭토님charactonym. 등장인물의 성격이나 외모, 직업에 부합하는 의미를 가진 이름을 붙이는 기법

"무슨 말인가? 나도 같은 동창인데, 나만 따돌린다는 건 솔직히 말해서 실례야." 나는 다시 흥분하기 시작했다.

"도대체 자네가 어디 사는지나 알아야 연락을 취할 수 있었을 게 아닌가!" 페르피치킨이 거칠게 가로챘다.

"게다가 자네 즈베르코프하고는 늘 사이가 좋지 않았잖은가?" 이번엔 트루돌류보프가 이맛살을 찌푸리면서 덧붙였다.

하지만 이렇게 된 이상 나도 가만히 있을 수는 없었다.

"그런 건 누구도 이러쿵저러쿵 말할 권리가 없다고 나는 생각하는데." 마치 큰일이라도 난 것처럼 나는 목소리를 떨면서 대꾸했다. "전에 사이가 좋지 않았으니까 오히려 이런 때 자리를 같이하고 싶다고 생각하는지도 모르잖나."

"흠, 자네 심중을…… 그토록 고상한 감정을 누가 알겠나." 트루돌류보프는 히죽 웃었다.

"좋아, 자네도 넣지." 시모노프가 나를 돌아다보면서 제멋대로 이렇게 결정해 버렸다.

"내일 5시, 파리 호텔이니까 그리로 나오게."

그날 밤 지하 생활자는 학창 시절에 대한 꿈을 꾼다. 개인 정신 병력 연구에는 별 도움 안 되는 일반적인 꿈이다. 다음 날 아침 하인 아폴론이 이미 닦아 놓은 구두를 다시 한 번 닦는다. 상징적으로 진 눈깨비가 짙게 흩날린다. 식당에 도착하고 나서야 그는 저녁 식사 시간이 5시에서 6시로 바뀌었고, 아무도 미리 자신에게 알려 주지 않았음을 알게 된다. 여기서부터 모욕이 축적되기 시작한다. 마침내 세 동창과 주빈인 즈베르코프가 도착한다. 다음에 이어지는 장면은 도스토옙스키의 명장면 중 하나다. 그는 희극과 비극을 뒤섞어 놓는 훌륭한 재주를 가지고 있었다. 히스테리에 가까운 유머를 선보이는, 서로 거칠게 모욕을 주고받으며 상처를 입히는 사람들. 그는 가히 경이로운 유머 작가라고 할 수 있다. 전형적인 도스토옙스키적 소동이 시작된다.

"그래 자네는…… 관청에 나가나?" 즈베르코프는 여전히 나를 상대로 말을 건넸다. 내가 어색해 하는 것을 보고 어떻게든 나를 달래고 용기를 북돋워 주어야겠다고 진심으로 생각하고 있는 듯싶었다.

'아니, 저 녀석은 내가 술병이라도 내던져 주길 바라는 건가?' 나는 속에서 화가 불끈 치밀어 오르는 걸 느끼면서 생각했다. 이런 장소에 익숙지 못한 탓인지 곧 신경이 곤두서곤 했다.

"XX국에 나가고 있지." 나는 접시에서 눈을 떼지 않고 퉁명스럽게 대꾸했다.

"그래……? 거기가 더 좋은가? 전 직장은 왜…… 그만두게 됐지?"

"그만둔 건 싫증이 났기 때문이야." 나는 거의 자제력을 잃고, 그보다 세 배나 길게 말끝을 끌며 이렇게 대답했다. 페르피치킨은 픽 웃었다. 시모노프는 비웃는 눈으로 흘끔 나를 보았다. 트루돌류보프는 먹기를 중단하고 호기심에 찬 눈으로 나를 훑어보았다. 즈베르코프는 적이 불쾌한 모양이었으나 내색을 하지 않으려고 했다.

"그래서 실속은 어떤가?"

"실속이라니?"

"월급 말이지 뭔가."

"자넨 구두시험을 하고 있는 건가?"

이렇게 말했지만, 결국은 내가 받는 금액을 솔직히 털어놓고 말았다. 나는 얼굴이 홍당무가 되었다.

"별로 넉넉지가 못하군 그래!" 즈베르코프는 거만하게 말했다.

"그 정도 월급 가지곤 카페 레스토랑에서 식사를 할 순 없겠군!" 페르피치킨까지 뻔뻔스러운 어조로 덧붙였다.

"내가 보기엔 넉넉지 못한 정도가 아니라 수준 이하의 박봉이군" 하고 트루돌류보프는 진심으로 말했다.

"자넨 몰라보게 여위었군 그래. 많이 변했어…… 하도 오랜만이어서……." 즈베르코프는 동정의 빛을 띠고 얼굴과 옷차림을 훑어보면서 이렇게 덧붙였으나, 그 어조에는 어딘지 빈정거리는 투가 섞여 있었다.

"그렇게 말하면 저 친구가 어리둥절해질걸." 페르피치킨이 히히거리면서 또 끼어들었다.

"이봐, 누가 어리둥절해진다는 거야?" 마침내 나는 발끈 화를 내고 말았다. "잘 들어 두게! 난 여기서, '카페 레스토랑'에서 내 돈 내고 식사를 하고 있어. 남의 돈으로 먹는 게 아니란 말이야. 똑똑히 알아 두게. 무슈 페르피치킨!"

"뭐라고! 그럼 여기서 누군가 자기 돈 내지 않고 먹고 있는 자라도 있단 말인가? 자넨 마치……." 페르피치킨은 구운 가재처럼 얼굴이 새빨개져서, 살기등등한 눈으로 나를 노려보며 이렇게 대들었다.

"아무것도 아니야." 내 말이 좀 지나쳤나 보다, 생각하면서 나는 대답했다. "그보다 좀 더 고상한 대화를 나누는 게 좋겠다는 것뿐이지."

"보아하니 자넨 자기의 지혜를 뽐내 보이고 싶은 모양이군?"

"걱정 말게. 이런 자리에선 그래 봤자 아무 소용도 없을 테니까."

"어쩌자고 그렇게 큰 소리로 떠드는 거야, 응? 설마 관청 생활을 하다가 머리가 돌아 버린 건 아니겠지?"

"그만둬, 그만들 두라구!" 즈베르코프가 위엄 있게 소리쳤다.

"처치 곤란한 친구로군!" 하고 시모노프가 중얼거렸다.

"정말 돼먹지 않았어! 우린 친구의 송별회를 위해 친한 친구끼리 모인 거야. 그런데 자넨 공연히 트집만 잡아 싸우려 드니 대체 무슨 심보인가!" 하고 트루돌류보프는 나한테만 퉁명스럽게 말했다. "자넨 이를테면 불청객이나 다름없잖나. 그러니 다른 사람의 기분을 망치지 않도록 조심해 줘야지."

(······) 나는 완전히 짓밟힌 꼴로 풀죽어 앉아 있었다.

'아아, 이것이 과연 내가 교제할 만한 친구들이란 말인가?' 하고 나는 생각했다. '뭣 때문에 나는 이따위 인간들 앞에서 바보 구실을 하고 있을까! (······) 도대체 여기서 꾸무럭거릴 필요가 있는가 말이다! 당장 자리를 차고 일어나서 모자를 집어 들고 아무 말 않고 그냥 나가 버리자. (······) 그것으로 경멸을 표시하는 거다! 그리고 내일은 결투를 신청해야지. 짐승만도 못한 놈들 같으니! 7루블의 회비쯤 아까울 것 없다. 7루블 정도는 문제가 아니야! 지금 당장 나가 버리자!'

그러나 물론 나는 그대로 남아 있었다.

나는 홧김에 포도주와 과실주를 큰 컵으로 마구 마셨다. 평소에 별로 술을 마시지 않기 때문에 이내 취기가 올랐고, 취기가 오름에 따라 더욱 화만 났다. 느닷없이 놈들에게 모욕을 주고 나서 이 자리를 떠나 버리자, 기회만 있으면 트집을 잡아 한 번 본때를 보여 주는 거다! 우스꽝스러운 놈이지만 머리는 좋다는 말을 하지 않을 수 없게 해야지······. 그리고······ 그리고······ 한마디로 말해서 이런 놈들은 아무것도 아니다! (······)

"자넨 그걸 마시지 않을 작정인가?" 더 이상 참지 못하겠는지 트루돌류보프가 나를 돌아보고 호통을 쳤다. (······)

"즈베르코프 중위!" 하고 나는 시작했다. "우선 양해를 구할 것은, 나는 공허한 미사여구와, 그런 걸 늘어놓는 자들을, 그리고 몸에 꼭 끼는 유행복 같은 걸 무엇보다도 싫어한다는 점이야. (……) 다음으로는 ……."

좌중에 동요가 일어났다.

"다음으로는, 교태를 부리는 여성들과 그 꽁무니를 쫓아다니는 자들이 구역질 날 만큼 싫다 이거야. 특히 후자가 더욱 가증스럽다고 생각해. 또 그다음으로는, 진실과 성의와 결백을 사랑한다는 점이야." 나는 거의 기계적으로 말을 계속했다. 그도 그럴 것이, 무엇 때문에 이런 소릴 지껄이는지 나 자신 알 수 없었을뿐더러, 일종의 공포감에 휩싸여 온몸이 얼음처럼 싸늘해 오는 것을 느꼈기 때문이다. "내가 사랑하는 건 대등한 관계에 기초를 둔 참된 우정이지, 결코…… 그 어떤…… 내가 사랑하는 건…… 뭐 아무래도 좋아! 나는 자네 건강을 축복하는 뜻에서 건배하겠네, 무슈 즈베르코프! 모쪼록 체르케스 아가씨들을 많이 유혹하고, 조국의 적들에겐 총알을 많이 먹여 주기 바라네. 그리고…… 그리고…… 자네의 건강을 축복하네, 무슈 즈베르코프!"

즈베르코프는 나의 인사말에 답하는 뜻으로 자리에서 일어났다.

"감사하네." 그는 이렇게 말은 했지만, 속으론 무척 불쾌한지 얼굴빛마저 새파랬다.

"망할 자식 같으니!" 트루돌류보프는 테이블을 주먹으로 내리치며 신음하듯 뇌까렸다.

"더 이상 참을 수 없다. 저런 소릴 하는 놈은 뺨따귀를 한 대 갈겨 줘야 해!" 페르피치킨이 소리쳤다.

"쫓아내 버려!" 시모노프도 한마디 했다.

"조용히! 손가락 하나라도 움직이면 안 돼!" 모두의 분노를 진정시키며 즈베르코프가 위엄 있게 외쳤다. "자네들의 호의는 감사하지만, 내가 이 친구의 말을 얼마나 존중하는지 스스로 증명해 보일 테니까⋯⋯."

"페르피치킨! 자네가 방금 한 말에 대하여 내일이라도 곧 내가 만족할 만한 조치를 취해야 할 걸세!" 나는 확고한 태도로 페르피치킨 쪽을 향해 이렇게 언명했다.

"그건 결투를 하자는 뜻인가? 좋아!" 하고 그는 대꾸했다. 그러나 내 도전이 나의 풍채에 어울리지 않아서 몹시 우스꽝스럽게 보였던지 모두들 배를 움켜잡고 웃어 댔다. 페르피치킨도 함께 웃었다.

"저 친구는 내버려 둬! 벌써 곤드레가 되도록 취했으니 말이야." 트루돌류보프가 씹어 뱉듯이 말했다. (⋯⋯) 이제는 지칠 대로 지쳐서 신경이 온통 엉망이 되어 있었으므로 나 자신의 목을 끊는 한이 있더라도 결말을 짓고 싶었다. 나는 열병에라도 걸린 사람 같았다. 땀에 젖은 머리털이 이마와 관자놀이에 들러붙어 있었다.

"즈베르코프! 자네한테 사과한다!" 하고 나는 단호한 어조로 잘라 말했다. "페르피치킨, 자네한테도 사과한다. 그리고 자네들 모두에게 사과한다. 나는 자네들을 모욕했어."

"하항! 결투는 별로 달갑지가 않단 말이군!" 페르피치킨이 이 사이로 밀어내듯 악의에 찬 어조로 대꾸했다.

나는 심장이 푹 찔리는 듯싶은 느낌이었다.

"나는 결투가 두려워서 그러는 게 아니야. 페르피치킨! 내일이라도 싸울 용의가 있어. 하지만 그건 일단 화해를 하고 난 다음의 일이야. 자넨 그걸 거부할 수 없을 걸세. 내가 결투를 두려워하지 않는다는 걸 자네한테 증명해 보이고 싶네. 우선 자네가 먼저 방아쇠를 당기게. 그다음에 나는 하늘을 향해 쏠 테니까." (⋯⋯)

그들은 모두 얼굴이 빨갛고 눈이 충혈되어 있었다. 꽤 많이 마신 모양이었다.

"나는 자네의 우정을 바라고 있네. 즈베르코프! 나는 자네를 모욕했어. 그렇지만……."

"모욕했다고? 자네가? 나를? 여보게, 무슨 일이 있어도 자네가 나를 모욕할 수는 없을 거야."

"그만 해 둬! 길이나 비켜 주게!" 트루돌류보프가 나섰다. "자, 가세." (……)

나는 잠시 혼자서 남아 있었다. 방 안은 온통 난장판이었다. 먹다 남은 요리 접시, 방바닥에 흩어진 술잔, 담배꽁초…… 머릿속에 가득 찬 취기와 악몽과도 같은 망상, 가슴속의 괴로운 우수, 그리고 이 모든 것의 목격자로서 의아한 눈초리로 나를 쳐다보고 있는 급사.

'그리로 가는 거다!' 나는 속으로 외쳤다. '놈들이 모두 무릎을 꿇고 내 다리를 끌어안으면서 우정을 애원하든가, 아니면…… 내가 즈베르코프의 뺨따귀를 갈겨 주든가, 둘 중의 하나다!'

위대한 4장이 마무리되면 지하 생활자의 망설임, 모욕 등이 계속 반복되고, 감상주의적 소설의 단골 인물인 고결한 창녀, 고귀한 마음을 가진 타락한 소녀의 등장과 함께 엇박자가 시작된다. 리가에서 온 젊은 여인 리자는 또 하나의 문학적 모조품이다. 우리의 지하 생활자는 자신의 고통을 덜고자 동료 등장인물인 불쌍한 리자(소녀의 동생뻘)를 상처 주고 겁주기 시작한다. 둘 사이의 대화는 매우 수다스럽고 평범하지만 어쨌든 끝까지 읽어 보기 바란다. 그런 걸 좋아하는 사람이 있을지도 모르니까. 지하 생활자는 모욕과 굴욕이

리자를 정화시키고 증오를 넘어 그녀를 향상시켜 줄 것이며, 고귀한 고통이 싸구려 행복보다는 낫다는 생각을 피력한다. 이로써 이야기는 끝난다. 이게 전부다.

백치
1868

『백치』에는 도스토옙스키가 보여 주는 긍정적인 인물이 등장한다. 므이슈킨 공작은 과거 그리스도만의 전유물이었던 선과 용서의 능력을 보유한 인물이다. 므이슈킨은 심하다 싶게 예민해서 멀리 떨어진 곳에서도 다른 사람들의 마음속에 어떤 일이 일어나는지 다 알아차린다. 이것이 그가 가진 영적 지혜이자 타인의 고통에 대한 이해와 연민이다. 므이슈킨 공작은 순수 그 자체이자 성심, 솔직함이다. 그리고 이런 성격으로 인해 그는 필연적으로 전통에 얽매인 인위적 세상과 고통스럽게 충돌한다. 그는 그를 아는 모든 사람으로부터 사랑을 받는다. 여주인공 나스타샤 필리포브나를 열정적으로 사랑하게 되면서 므이슈킨을 질투하고, 나스타샤를 죽인 집으로 므이슈킨을 끌어들인 잠재적 살인자 로고진마저 므이슈킨의 영적 순수함에 감화되어 세상과 화해하고 자신의 영혼 속에 몰아치는 격정을 잠재운다.

하지만 므이슈킨은 반 백치다. 여섯 살이 되어서야 말을 할 정도로 어려서부터 발달이 늦었고, 간질병을 앓고 있었으며, 조용하고 평안한 삶을 살지 않으면 뇌세포가 퇴화될 위험을 늘 안고 살았다 (소설에 묘사된 일련의 사건들이 터지고 나서 정신 질환이 불시에 그를 덮친다).

작가가 확실히 밝힌 대로 결혼을 할 수 없는 사람이었지만, 므이슈킨은 두 여인 사이에서 갈등한다. 그중 하나는 한없이 순수하고 아름답고 신실한 소녀, 아글라야다. 아글라야는 자신을 둘러싼 세상, 그리고 좋은 집안에서 태어났기 때문에 매력적인 성공남과 결혼해서 '영원히 행복하게 잘 살게' 되어 있는 숙명과 화해하지 못한다. 그녀는 자신이 원하는 게 정확히 뭔지 잘 모르지만 여하튼 다른 자매들이나 식구들과는 다른, 도스토옙스키식으로 좋게 말하면 '정상이 아닌'(그는 정상인보다 미친 사람을 훨씬 선호하지 않던가) 사람이자 '탐구'하는, 신적 영감을 품은 영혼이다. 므이슈킨은 (어떤 면에서는 그녀의 어머니도 포함해) 그녀를 이해하는 유일한 사람이다. 어머니가 딸이 다른 사람들과 뭔가 다르다는 점에 대해 걱정하고 있을 뿐이라면, 므이슈킨은 아글라야의 영혼 속 번민을 감지한다. 영적 행로로 인도함으로써 그녀를 구하고 보호해 주려 하던 므이슈킨은 아글라야와의 결혼을 승낙한다. 하지만 악마 같고 자부심이 강하면서도 배신당한 상처로 인해 가련한 면모도 지닌 신비롭고 사랑스러운 여인, 타락한 삶에도 불구하고 타락에 물들지 않은 순수한 인물 나스타샤 필리포브나가 등장하면서 상황이 복잡해진다. 나스타샤는 도스토옙스키의 소설에 득시글거리는 비현실적이고 짜증 나는, 수용 불가한 인간상 중 하나다. 이 오묘한 여인이 부리는 변덕은 가히 최상급이어서, 그녀는 한없이 친절하다가 한없이 사악해지길 반복한다. 나스타샤는 몇 년 동안 자신을 정부로 만들어 농락하다가 막상 결혼은 다른 고상한 여인과 하기로 한 바람둥이에게 버림받았다. 남자는 뻔뻔하게도 나스타샤를 자기 비서와 결혼시키려 한다.

주위 사람들은 사실 그녀가 근본은 정숙한 여인이라는 것을 다 안다. 그녀를 이런 애매한 상황에 처하게 만든 것은 다름 아닌 정부였기 때문이다. 그렇다고 약혼자(실제로 그녀를 매우 사랑했던)가 그녀를 타락한 여인이라고 질시하고, 아글라야가 그녀와 수상한 관련이 있음을 알게 된 가족들이 큰 충격에 휩싸이게 된 상황을 되돌릴 수는 없었다. 그리고 '타락함'에 대해 스스로를 질타하고, 실제로 정부가 되겠다고 결심하는 나스타샤 역시 되돌릴 수 없다. 오직 므이슈킨만이 마치 그리스도처럼 나스타샤에게 아무 잘못이 없음을 이해하고 감탄과 경의에 가득 차서 그녀를 구원한다(그리스도와 '간음한 여인'의 이야기가 숨겨져 있다). 이쯤에서 도스토옙스키에 대한 미르스키의 날카로운 지적을 인용해 보자.

그의 종교는 심히 의심스러운 것이다. (……) 실제 그리스도교와 동일시하기에는 위험한, 다소 피상적인 영적 현상이다.

도스토옙스키는 자신이 정통 그리스도교에 대한 진정한 해석자임을 자부해 왔고, 심리적 혹은 정신병적 매듭을 풀기 위해 필연적으로 매 순간 우리를 그리스도에게 데려간다. 아니, 더 정확히 말하면 그리스도에 대한 자신의 해석과 신성한 정교회로 우리를 이끌고 간다. 이 점을 덧붙여 생각해 보면 '철학자' 도스토옙스키가 짜증을 자아내는 이유를 더 쉽게 이해할 수 있을 것이다.

이야기로 돌아가 보자. 므이슈킨은 자신을 원하는 두 여인 중 더 불행한 나스타샤에게 자신이 더 필요하다고 깨닫는다. 그래서 그는 조용히 아글라야의 곁을 떠나 나스타샤에게 간다. 나스타샤는 아글라야와 행복한 삶을 꾸리도록 필사적으로 그를 놓아주려 하고, 므이슈킨은 나스타샤가 '죽음'(도스토옙스키가 좋아하는 단어다)에 이르는 것을 막기 위해 그녀를 놓아주지 않고, 하면서 이 둘은 누구 맘이 더 넓은지 내기하듯 상대를 위하느라 정신없다. 하지만 아글라야가 일부러 나스타샤를 욕보이기 위해 그녀의 집에서 난동을 피운 후, 나스타샤는 더 이상 경쟁자를 위해 희생할 이유가 없다는 생각에 므이슈킨을 모스크바로 데려가기로 결심한다. 그러나 마지막 순간 이 히스테리컬한 여인은 므이슈킨을 '죽음'의 나락으로 같이 떨어지게 할 수 없다는 생각에 다시 마음을 바꾸고, 결혼 직전 로고진에게 달려간다. 로고진은 그녀의 마음을 얻기 위해 상속 재산을 탕진하는 젊은 상인이다. 므이슈킨은 그들을 쫓아 모스크바로 간다. 이후 그들의 삶이 어떠했고, 무엇을 했는지는 베일에 가려져 있다. 도스토옙스키는 여기저기 중요하고 신비로운 단서들을 던져 놓기만 할 뿐 모스크바에서 무슨 일이 있었는지 독자에게 알려 주지 않는다. 점점 미쳐 가는 나스타샤로 인해 두 남자 모두 엄청난 심적 고통에 시달리고, 로고진은 므이슈킨과 십자가 목걸이를 교환하며 그리스도 안에서 형제가 된다. 질투에 불타 므이슈킨을 죽이고픈 유혹을 떨쳐 버리기 위해 한 행동임을 짐작할 수 있다.

셋 중 가장 정상적인 인간 로고진은 더 이상 참지 못하고 나스타샤를 죽여 버린다. 도스토옙스키는 범행 당시 로고진이 심한 열병을 앓고 있었다는 정상 참작을 부여한다. 그는 며칠 입원해 있다가 도스토옙스키에게 버려진 밀랍 인형들이 모이는 창고인 시베리아로 유형을 간다. 므이슈킨은 살해된 나스타샤 옆에서 로고진과 함께 하룻밤을 보낸 뒤 정신 질환이 재발해, 그가 어린 시절을 보냈고 떠나지 말아야 했던 스위스 요양원으로 돌아간다. 이 모든 광란의 도가니는 사형 제도나 러시아 민족의 위대한 사명 같은 문제에 대한 다양한 사회 계층의 시각을 보여 주는 대화와 뒤섞여 있다. 등장인물들은 말을 할 때마다 얼굴이 창백해지거나, 붉어지거나, 비틀거린다. 종교적 모티브는 그 몰취향으로 역겨움을 자아낸다. 작가는 순전히 정의에 의존하면서 그것을 뒷받침할 어떤 증거도 제시하지 않는다. 탁월한 절제미와 나무랄 데 없는 매너를 가지고 있다고 정의되었지만 이따금 화나고 정신 나간 왈패 같은 모습을 선보이는 나스타샤를 예로 들 수 있다.

하지만 플롯 자체는 긴장을 유지시킬 수 있는 여러 기발한 기제들을 통해 솜씨 있게 전개된다. 톨스토이를 예술가의 부드러운 손놀림에 비유한다면 이것들은 한낱 클럽에서의 주먹질에 불과하겠으나, 이런 내 의견에 동의하지 않는 비평가들도 많다.

악령
1872

『악령』은 폭력과 파괴를 모의하고 동료 중 한 명을 실제로 살해하는 러시아 테러리스트들의 이야기다. 당시 급진적 비평가들로부터 반동 소설이라고 맹비난을 받았다. 다른 한편으로 이 작품은 자신들의 사상에 빠져 결국 죽음이라는 수렁으로 떨어지는 사람들에 대한 깊은 천착을 담고 있다는 평가를 받기도 했다. 주변 풍경에 주목해 보자.

가느다란 가랑비가 주위로 스며들어 모든 빛과 음영을 집어 삼켜 버리고 모든 것을 하나의 자욱한 납빛, 뭉뚱그려진 덩어리로 만들어 버리고 있었다. 날이 밝은 지는 꽤 되었지만 아직 동이 트지 않은 것처럼 느껴졌다. [레뱌드킨을 살해한 다음 날 아침]

그곳은 거대한 공원 끝에 있는 아주 암울한 장소였다. (……) 차디찬 그 가을 저녁에는 얼마나 더 우울해 보였을까! 거기서부터 오래된 보호림 구역이 시작이었다. 오래된 거대한 소나무들이 암울하고 흐릿한

얼룩처럼 어둠 속에서 아른거렸다. 한 치 앞에서도 서로를 알아볼 수 없을 정도였다. (······)

무엇 때문에 그리고 얼마나 오래전에 거칠고 투박한 돌덩이로 우스꽝스러운 모습의 동굴을 만들어 놓았는지는 알 수 없다. 동굴 안에 놓인 탁자와 의자는 이미 오래전 썩고 부서졌다. 오른쪽으로 이백 보 정도 가면 공원의 세 번째 연못 끝에 다다른다. 이 세 개의 연못은 집에서부터 뻗어 나와 1베르스타 정도에 걸쳐 차례대로 아주 멀리, 공원 끝까지 이어져 있었다. [샤토프 살해 전]

지난밤에 내리던 비는 그쳤지만 날은 축축하고 회색빛을 머금었고, 바람도 많이 불었다. 누더기 같은 거무스름한 낮은 구름이 차디찬 하늘을 가로질러 재빠르게 지나갔다. 나무 꼭대기는 깊은 저음으로 포효했고 뿌리는 삐걱였다. 우울한 날이었다.

이전에도 말했지만 도스토옙스키는 극작가와 비슷한 방법으로 등장인물들을 다룬다. 어떤 인물을 소개할 때 짧게 그의 외모에 대해 묘사하고는 더 이상 그것에 대해 언급하지 않는다. 그의 대화 속에는 제스처, 외모 혹은 상세한 주변 환경을 설명하기 위해 다른 작가들이 으레 사용하는 삽입구가 등장하지 않는다. 마치 자신의 등장인물을 육체가 있는 존재로 보지 않고 움직이는 생각의 파고 속에 내던져진 꼭두각시, 아름답고 매력적인 꼭두각시 취급을 하는 것 같다.

도스토옙스키가 가장 좋아하는 테마인 인간 존엄의 비하는 정극적 요소만큼이나 소극적 요소를 가지고 있다. 진정한 유머 감각은 없으면서 소극에 심취하다 보니 도스토옙스키는 쉽게 수다와 저속한 난센스에 빠져든다(강인하고 히스테리컬한 늙은 여자와 유약하고 히스테리컬한 늙은 남자 사이의 관계가 『악령』의 처음 1백 페이지를 차지하고 있는데, 지루하고 비현실적이다). 비극과 뒤섞인 소극적 기교는 분명 이국적 냄새를 풍긴다. 플롯 구조상으로 이류 프랑스 소설과 닮아 있기 때문이다. 그렇다고 해서 인물이 등장하는 장면이 모두 이상하다는 말은 아니다. 『악령』에는 투르게네프를 희화한 장면도 등장한다. 현대 작가로 나오는 카르마지노프가 바로 그 인물이다.

얼굴이 붉은빛을 띠고, 두꺼운 회색 머리채가 원통형 긴 모자 밑에 오밀조밀 뭉쳐 조그맣고 깨끗한 선홍빛 귀 주변으로 곱슬곱슬 말려 있는 노인이다. 얇고 검은 리본이 달린 거북 껍질 쌍안경, 장식용 금속 단추, 단추, 도장이 새겨진 반지, 모든 것이 최고였다. 목소리는 달콤하지만 카랑카랑했다. 영국 해안에서 침몰한 증기선을 묘사하듯 자기 과시용으로만 글을 쓴다. '나를 좀 봐 보시오. 죽은 여인에게 안겨 있는 죽은 아이의 모습을 내가 얼마나 참을 수 없었는지.'

매우 의미심장한 풍자다. 투르게네프의 작품 속에서는 실제 젊었을 때 겪었던 불운한 사고를 연상시키는 화재 난 선박에 대한 자전적 묘사를 발견할 수 있는데, 이 에피소드는 평생 정적들의 놀림거리가 되었다.[61]

---

61 1838년 증기선 '니콜라이 1세' 침몰 당시 투르게네프가 침몰하는 선박에서 자신을 먼저 구해달라고 구조대에 애원했던 사실을 말한다.

＊＊＊

다음 날(……)은 놀라움의 연속이었다. 하나의 수수께끼가 풀리고 새로운 수수께끼가 던져진, 경악스러운 폭로와 그보다 더 절망적인 당혹이 몰아친 날이었다. 아침에 (……) 나는 바르바라 페트로브나의 부탁으로, 마침 그녀의 집을 방문한 내 친구 스테판 트로피모비치와 함께 시간을 보내게 되어 있었다. 그리고 오후 3시에는 리자베타 니콜라예브나와 만나기로 되어 있었다. 무엇인지 모르지만 아무튼 그녀에게 뭔가를 얘기하고 어떻게든 그녀를 돕기 위해서였다. 그런데 이 모든 것이 끝나 버렸다. 어느 누구도 예상치 못한 일이었다. 한마디로 그날은 놀라운 우연의 일치가 함께한 하루였다.

도스토옙스키는 클라이맥스로 치닫는 극작가처럼 열광적으로 작품에 등장하는 모든 인물을 하나 둘씩 차례로 바르바라 페트로브나의 집에 불러들인다. 그중 두 사람은 외국에서 불려 왔다. 믿을 수 없는 난센스, 전체적으로 음울하고 광적인 소극에 천재성이 살짝 드리워진 초대형 난센스다.

한 방에 모인 이들은 서로를 헐뜯고 끔찍한 소동을 벌인다(영어 번역자들은 러시아어 'skandal'이 프랑스어에서 유래되었다는 것 때문에 영어로 'scandal'이라고 잘못 번역한 경우가 있다). 그리고 이 소동은 갑작스레 야기되는 국면 전환으로 인해 흐지부지된다.

도스토옙스키의 다른 작품과 마찬가지로 끊임없이 돌진하고 추락하는 단어들의 반복, 옆으로 비껴 난 주절거림, 어휘의 과잉이 드러난다. 투명하면서 아름답게 균형 잡힌 레르몬토프의 산문에 익숙한 독자들에게는 가히 충격으로 느껴질 정도다. 도스토옙스키는 진실을 좇는 위대한 탐구자이자 인간의 병든 영혼을 연구하는 천재 학자일 수는 있겠지만 톨스토이, 푸시킨, 체호프 같은 위대한 작가는 못 된다. 다시 반복하자면 그 이유는 그가 창조한 세상이 비현실적이어서가 아니다(모든 작가의 세상은 비현실적이다). 가장 비이성적인 대작이라 하더라도 대작이 되기 위해 응당 갖추게 되는 조화와 경제성의 원칙이 결여된 채, 너무 급하게 쓰였기 때문이다. 어떻게 보면 도스토옙스키는 조잡한 방법론에 담기에는 너무 관념적이었다. 그에게 사실이란 영적인 사실에 불과했으며, 그의 등장인물은 사람의 탈을 둘러쓴 관념에 불과했다. 게다가 그의 작품에서 사실과 사람이 맺는 상호 관계가 전개되는 방식은 18세기 후반, 19세기 전반 통속 소설에나 나올 법한 기계적 방법에 의존한다.

도스토옙스키는 소설가라기보다는 극작가에 가깝다는 사실을 다시 한 번 강조하고 싶다. 그의 소설은 센 아 페르scène à faire,[62] 예기치 못한 손님, 코믹한 휴지기 같은 모든 연극적 요소를 동원해 장면, 대화, 모든 등장인물이 함께 등장하는 장면들을 연달아 보여 줄 뿐이다. 그의 작품은 소설이라 치면 조각조각 산산이 부서지고, 연극이라 치면 지나치게 길고, 산만하고, 균형이 안 맞는다.

---

62 scene to be made, 즉 특정 장르의 소설이나 영화가 반드시 갖추고 있는 필수 장면을 말한다. 첩보 소설이라면 당연히 등장하는 스위스 은행 계좌, 여기저기 숨겨져 유용하게 쓰이는 각종 도구 등이 이에 해당한다.

***

인물이나 그들 사이의 관계, 상황 묘사에서는 유머 감각을 발휘하지 못하지만 일부 장면에서는 비꼬는 유머를 선보이기도 한다.

***

『악령』의 등장인물 중 하나인 럄신이 작곡한 「프랑스-프로이센 전쟁 *The Franco-Prussian War*」이다.

무시무시한 소리로 「라마르세예즈 *La Marseillaise*」[63]가 연주되기 시작했다. "Qu'un sang impur abreuve nos sillons(그들의 불결한 피를 우리 들판에 물처럼 흐르게 하자)." 다가올 승리에 흠뻑 젖은 과장된 선율이 들려온다. 그런데 훌륭하게 변주된 국가의 박자와 함께 어디선가 아래쪽 구석 아주 가까운 곳에서 「나의 사랑 아우구스틴 *Mein Lieber Augustin*」[64]의 혐오스러운 선율이 들려온다. 「라마르세예즈」는 눈치채지 못하고 장엄한 클라이맥스에 도달한다. 「아우구스틴」은 더 강렬해지고 더 무례해진다. 「아우구스틴」의 박자가 예기치 못하게 「라마르세예즈」의 박자와 합치되기 시작한다. 「라마르세예즈」는 「아우구스틴」을 알아채고는 달라붙는 파리 내쫓듯 떨어내려 하지만 「아우구스틴」은 더 끈질기게 달라붙는다. 「아우구스틴」은 신나고 자신감에 충만하고 즐겁고 무례하다. 갑자기 「라마르세예즈」가 아주 바보 같아지면

---

63 프랑스의 국가를 의미한다.
64 독일 가요의 제목이다.

서 치욕스러움을 숨기지 않는다. 이것은 분노에 찬 통곡이자 신의 섭리에 호소하는 눈물이자 저주다. "**Pas un pouce de notre terrain, pas une piette de nos fortresses**(우리 영토 한 뼘도, 우리 성의 돌 하나도)."

그녀는 어쩔 수 없이 「나의 사랑 아우구스틴」과 한 박자로 노래를 할 수밖에 없다. 그녀의 멜로디가 어이없이 「아우구스틴」에게 합쳐지고 고개를 숙이더니 사라져 버린다. 간간이 **qu'un sang impur**(불결한 피) 소리가 불거져 나오긴 하지만 (……) 또다시 상스러운 왈츠에 겹쳐진다. 「라마르세예즈」는 완전히 굴복하고 만다. 이것은 모든 것을 내주고 비스마르크의 가슴에 기대어 흐느끼는 쥘 파브르다.[65] (……) 순간 「아우구스틴」이 거칠어지면서 쉰 듯한 소리가 들려오고 한없이 들이부어진 맥주, 자화자찬의 광란, 수십억과 가느다란 담배, 샴페인, 인질을 요구하는 소리가 들려온다. 「아우구스틴」은 광란의 포효로 탈바꿈한다.

---

[65] 쥘 파브르Jules Favre. 프랑스-프로이센 전쟁 당시 비스마르크와 협상을 벌인 프랑스의 외무상. 휴전 협상 이후 1871년 5월 체결한 프랑크푸르트 조약으로 프랑스는 막대한 전쟁 분담금을 떠안았고, 독일은 알자스와 로렌 대부분 지방을 병합했다.

카라마조프가의 형제들
1880

『카라마조프가의 형제들』은 도스토옙스키가 다른 소설에서도 사용하곤 했던 추리 소설적 기법의 최고봉이다. 1천 페이지가 넘는, 길고도 기이한 이 소설의 기이함은 여러 군데서 발견되는데, 심지어 각 장의 제목도 기이하다. 작가는 자신의 책이 가지고 있는 진기하고도 이상한 특성을 간파하고 있을 뿐 아니라, 독자들을 놀리고 호기심을 자극할 갖가지 기제들을 활용함으로써 그 진기함과 이상함을 강조하려는 듯 보인다. 각 장의 제목을 명시한 차례를 예로 들어 보자. 특이하고 혼란스럽다는 말은 이미 했다. 소설에 익숙하지 않은 사람이라면 차례를 보고는 무슨 소설이 아니라 엉뚱한 소극의 대본 정도 되는 줄 착각할 정도다. 3장 '불타는 가슴의 고백, 운문편', 4장 '불타는 가슴의 고백, 일화편', 5장 '불타는 가슴의 고백, 뒤집힘', 2부 5장 '거실에서의 발작', 6장 '이즈바에서의 발작', 7장 '집 밖에서' 등이다. 어떤 장의 제목은 '코냑을 마시며',[66] '아픈 발'[67]처럼

---

66 Za kon'yachkom으로 kon'yak은 코냑을 뜻하며 kon'yachok은 코냑의 지소형이다. *

엉뚱하게 지소형으로 되어 있는 경우도 있다. 대부분의 제목들은 '또 하나의 명성이 무너지다', '틀림없는 예전의 사랑'처럼 장 내용과 전혀 상관없으며 별다른 의미도 없다. 또 다른 몇 개는 독자를 조롱 하듯 경박하게 쓰여 있어 유머 모음집 차례를 연상시킨다. 가장 취 약한 부분이라고 할 수 있는 6편에서만 제목이 내용과 일치한다.

교활한 작가는 비웃음과 조롱을 통해 의도적으로 독자를 꾀어낸 다. 물론 꾀어내는 데에 쓰인 방법이 이것만은 아니다. 책 전체에 걸 쳐 독자의 관심을 돋우고 유지시키기 위해 끊임없이 다양한 방법 이 동원된다. 처음부터 사건의 배경이 되어 왔던 마을의 이름을 밝 히는 방식도 그중 하나다. 마을 이름을 소설 종결부까지 밝히지 않 다가 끝부분에 "스코토프리고니옙스크(가축 떼 몰아 넣는 축사, 가축 방목지), 스코토프리고니옙스크가 바로 내가 오랫동안 숨기고 싶어 했던 우리 마을 이름이다"라고 말한다. 독자는 작가가 놓은 덫에 걸 린 희생양으로, 발자국 흔적을 남기면 잡힐까 봐 여기저기 돌아서 도망가는 토끼 같은 작가를 사냥하는 사냥꾼으로 전락하는데, 작가 가 가진 독자에 대한 이런 과도한 감성 또는 생각은 부분적으로 러 시아 문학 전통에서 기인한다. 『예브게니 오네긴』의 푸시킨, 『죽은 혼』의 고골은 돈호법을 통해 불현듯 독자에게 말을 걸고, 때로는 사 과나 요구를 하기도 하고, 때로는 농을 건네기도 한다. 이것은 서구 탐정 소설, 혹은 그 선배격인 범죄 소설에서 유래한 것이기도 하다. 도스토옙스키는 범죄 소설과 유사한 흥미로운 기제를 활용한다. 어 떤 패를 들었는지 다 꺼내 보이는 것마냥 의도적으로 솔직하게 처

---

67 Nozhka로, 다리를 뜻하는 noga의 지소형이다. *

음부터 살인 사건이 발생했다고 밝힌다.

> 알렉세이 카라마조프는 비극적인 의문의 죽음을 맞이한 것으로
> (······) 한동안 세간에 오르내렸던 지주 표도르 카라마조프의 셋째 아
> 들이다.

이와 같은 의도적 솔직함은 처음부터 '비극적이고 의문스러운 죽
음'에 대해 독자에게 알리고자 작가가 만들어 낸 문체적 기제에 불
과하다.

이 책은 슬로 모션으로 이어지는 전형적 추리물이자 시끌벅적한
스릴러다. 시작은 이렇다. 똑똑한 추리 소설 작가라면 살해된다 해
도 동정의 여지가 없는 사람이라고 설정했을 법한 인물, 호색한이
자 음흉한 노인, 아버지 카라마조프가 등장한다. 그리고 살인을 저
질렀을지 모르는 네 아들이 나온다. 그중 셋은 적자, 나머지 하나는
서자다. 막내인 알렉세이(알료샤)는 분명 긍정적인 인물이다. 하지
만 도스토옙스키의 세계와 그 규칙을 감안하면 아버지라는 장애물
을 만난 형 드미트리를 도와주기 위해, 아버지로 대변되는 악에 맞
서 싸우기 위해, 혹은 다른 어떤 이유로든 알료샤 역시 아버지를 죽
일 수 있다는 가능성을 염두에 두어야 한다. 플롯은 오랫동안 독자
가 살인범을 예측하며 따라가도록 만든다. 게다가 정작 진범은 살
인 용의자로 재판장에 선 장남 드미트리가 아니라 서자 스메르자코
프였다고 밝혀진다.

잘 속는 독자를 추리 소설의 묘미인 추측에 얽어매기 위해 작가
는 독자의 머릿속에 살인범으로 보이는 데 필요한 드미트리의 초상

을 조심스레 심어 놓는다. 이런 유의 속임수는 드미트리가 3천 루블을 만들려고 동분서주하다 실패하고 18센티미터 가까이 되는 구리로 된 절굿공이를 주머니에 찔러 넣고 뛰쳐나갈 때부터 시작된다. "오, 하느님, 누굴 죽이기라도 하려나 봐." 한 여인이 절규한다.

드미트리가 사랑하는 여인은 도스토옙스키의 또 다른 악녀 그루센카다. 아버지 카라마조프 역시 그녀에게 반하는데, 그는 자신에게 오는 대가로 그루센카에게 돈을 주기로 했고, 드미트리는 그녀가 이 제안을 받아들였다고 믿는다. 그루센카가 아버지와 함께 있다고 확신한 드미트리는 불 켜진 창문이 훤히 보이는 아버지 집 정원으로 담을 넘어 들어간다.

그는 은밀히 다가가서 나무 덤불 뒤 그림자에 숨었다. 덤불의 절반은 창문에서 나오는 불빛을 받아 밝았다. '까마귀밥나무 열매로군, 색이 정말 붉구나.' 그는 영문도 모르게 중얼거렸다. 그가 침실의 창문으로 다가갔을 때 표도르 파블로비치의 작은 침실이 손바닥을 보는 듯 훤하게 눈앞에 펼쳐졌다.

그 작은 방은 붉은색 가림막에 의해 두 부분으로 나뉘어 있었다. 아버지 표도르는 창문 옆에 서 있었다.

새로 산 줄무늬 실크 가운 위에 술이 달린 실크 허리띠를 매고 있었다. 가운 깃 아래로는 말끔하고 깨끗한, 금단추가 달린 세련된 네덜란드제 리넨 셔츠가 보였다. (……) 노인은 오른쪽으로 나 있는 정원 대문 쪽을 쳐다보려고 거의 창문 밖으로 몸을 내민 상태였다. (……) 옆쪽에서 보고 있던 드미트리는 미동도 하지 않았다. 저주스러운 그의 옆모습, 툭 튀어나온 목젖과 달콤한 기대에 가득 차 웃음 짓는 입술, 이 모든 것이 방의 왼편에서 새어 나오는 등불에 의해 희미하게 비춰지고 있었다. 끔찍한 분노가 드미트리의 가슴에서 치밀어 올랐다.

자제력을 잃은 드미트리는 주머니에 있던 절굿공이를 갑자기 움켜쥐었다. 그다음에는 말줄임표가 포함된 웅변조의 문장이 등장하는데, 이 역시 흥미 위주의 소설, 유혈 낭자한 추리물 특유의 기법이다. 잠시 숨을 돌리고 작가는 다른 측면에서 다시 공격을 시작한다. "그 순간 신께서 나를 지켜보고 계신 듯했다"고 나중에 드미트리는 말했다. 마지막 순간에 무언가 그의 손을 멈추게 했다고 생각될 수도 있지만, 바로 뒤 콜론 표시가 등장하고, 전 문장을 더 강조하는 듯한 다음 문장이 이어진다. "바로 그 순간 늙은 하인 그리고리가 잠에서 깨 정원으로 나왔다." 즉, 신이 등장한 위 문장은 악의 길로 들어서려는 그를 수호천사가 막아 주었다는 의미가 아니라, 신이 잠자는 하인을 그 순간 깨워서 도망가는 살인자를 목격하고 정체를 밝혀내게 만들었다는 의미로 해석될 수 있다. 여기서 교묘한 조작이 드러난다. 도망친 순간부터 그루센카와 함께 술판을 벌인 장터에서 경찰에 체포되기까지(살인부터 체포 순간까지 총 75페이지에 달한다) 수다스러운 드미트리는 단 한 번도 자신이 결백하다고 주장하지 않았다. 자기가 휘두른 절굿공이에 맞아서 죽음에 이르렀을 늙은 하인 그리고리를 떠올릴 때도 드미트리는 그리고리라는 이름 대신 '노인'이라고 불렀다. '노인'이라는 호칭은 아버지에게도 해당될 수 있는 말이다. 너무 솜씨 좋게 만들어진 기제다. 드미트리를 아버지 살해범이라고 믿게 독자를 호도하려는 작가의 의도가 지나치게 부각된다.

이후 이어진 재판의 화두는 노인의 집에 갔을 때 이미 3천 루블을 구한 후였다고 주장한 드미트리의 말이 사실인가 하는 것이다. 거짓이라면 그는 노인이 여인을 위해 마련해 둔 3천 루블을 훔쳤다는 혐의를 받게 되고, 곧 살인을 저질렀다는 것을 증명하는 증거가 되기 때문이다. 재판에서 동생인 알료샤는 마지막으로 본 드미트리의 모습을 기억해 냈다. 그것은 가슴을 치면서 곤경에 빠진 자신을 구하는 데 필요한 모든 것이 여기에 다 있다고 소리쳤던, 아버지의 정원으로 야행을 가기 전 드미트리의 모습이었다. 당시 알료샤는 드미트리가 '여기'라고 한 것이 심장을 의미한다고 생각했다. 하지만 그는 드미트리가 반복해서 쳤던 것은 가슴이 아니라 그 윗부분이었다는 것을 불현듯 기억해 냈고(드미트리는 목걸이 같은 줄에 매달린 작은 주머니 속에 그것을 가지고 있었다), 이것은 드미트리가 이전에 이미 돈을 구했고, 그래서 아버지를 살해할 이유가 없었다는 것을 증명해 줄 약하지만 유일한 단서, 아니 단서 비슷한 것이 되었다. 사실, 알료샤는 틀렸다. 드미트리가 '여기'라고 말한 것은 줄에 달려 있던 부적을 의미했다.

의혹을 쉽게 풀고 드미트리를 구할 수 있게 해 줄 여타 정황은 작가에 의해 완전히 무시된다. 스메르자코프는 형 이반에게 자신이 진짜 살인범이고 무거운 재떨이를 범죄에 사용했노라고 털어놓는다. 이반은 형 드미트리를 구하기 위해 최선을 다하지만, 어째서인지 재판에서 이 중요한 정황을 언급하지 않는다. 만일 이반이 법정에서 재떨이에 대한 이야기를 했더라면, 재떨이에 묻은 혈흔과 그 모양을 피살자의 상처 모양과 비교하는 것만으로도 진실을 밝혀낼 수 있다. 하지만 그런 일은 일어나지 않는다. 추리 소설로 보면 큰 결점이 아닐 수 없다.

드미트리와 관련된 플롯 전개는 지금까지의 분석만으로 충분하다고 본다. 둘째 아들인 이반은 살인이 자행될 정황을 만들기 위해 마을을 떠나는데(그는 형이상학적인 방법으로 스메르자코프에게 살인을 사주했다), 이로써 그는 형 드미트리의 소위 공범자가 되어 버린다. 이반은 셋째 아들 알료샤보다 플롯에 더 밀접하게 맞닿아 있다. 알료샤에 대한 부분을 읽을 때 독자는 드미트리의 비극과 성스러운 어린 알료샤라는 두 가지 독자적인 플롯 사이에서 갈라지고 있는 작가를 발견한다. 알료샤는 러시아 우화 속 순박한 주인공에 대한 작가의 짝사랑을 대변하는 인물이다(다른 인물은 므이슈킨 공작이다). 전체적으로 길게 늘어진 조시마에 대한 부분은 삭제되었어도 소설 전체에 별 무리가 없었을 것이고, 오히려 삭제함으로써 구조를 더 통일성 있고 균형 있게 만들어 낼 수 있었을 것이다. 전체 구조에서 삐죽 튀어나온 것처럼 다소 독자적으로 보이는 부분도 있는데, 바로 학생 일류샤에 대한 묘사다. 자체적으로는 매우 잘 쓰였다. 하지만 일류샤, 콜랴, 강아지 주치카, 은빛 장난감 대포, 강아지의 차가워진 코, 히스테리컬한 아버지의 기이한 속임수 등을 묘사한 뛰어난 이야기들 속에서도 알료샤는 불쾌하고 꺼림직한 냉기를 자아낸다.

전반적으로 작가가 드미트리에 대한 묘사로 바빠질 때마다 그의 펜은 유례없이 생기를 띤다. 드미트리와 그를 둘러싼 모든 것이 강력한 램프로 계속 비춰진다. 하지만 알료샤에게 갈 때마다 우리는 생동감이 결여된 전혀 다른 세상으로 내던져지는 것 같다. 해 질 녘 오솔길이 천재 예술가에게 버림받은 어두컴컴한 차가운 이성의 세계로 독자를 끌고 들어가는 것 같다.

레프 톨스토이

1828~1910

안나 카레니나[68]
1877

톨스토이는 러시아의 가장 위대한 소설가다. 전 시대의 푸시킨, 레르몬토프 등은 논외로 하고, 러시아의 위대한 산문 작가들의 순위를 매겨 본다면 이렇다. 1위 톨스토이, 2위 고골, 3위 체호프, 4위 투르게네프.[69] 마치 학생들의 석차를 매기는 것 같다. 지금쯤 도스

---

68 "여주인공의 이름은 번역자들에게 상당한 골칫거리다. 러시아에서는 자음으로 끝나는 성의 경우(격변화를 하지 않는 경우가 아니라면) 여성을 지칭하려면 성 뒤에 'a'를 붙인다. 하지만 영어로 옮길 때에는 무대 예술가의 성에 한해서만 이 규칙이 적용될 뿐이다(가령 Pavlova의 경우 la Pavlova라고 칭하는 프랑스식 관습에 준하여 영어로도 the Pavlova로 옮긴다). 영미권에서 이바노프와 카레닌의 아내는 이바노바 부인, 카레니나 부인이 아니라, 각각 이바노프 부인, 카레닌 부인이 된다. 카레닌의 아내 안나를 안나 카레니나라고 옮겨 놓으면, 이후 그녀의 남편을 카레니나 씨라고 옮겨야 할 텐데, 그러면 레이디 메리의 남편이 메리 경이 되어 버리는 것처럼 웃지 못할 상황이 되고 마는 것이다." 나보코프의 해설 중에서.*

나보코프는 위와 같은 이유로 안나 카레닌으로 표기하였으나, 많이 알려진 작품인 만큼 본문에서는 이름과 성을 함께 쓸 때는 안나 카레니나, 이름 없이 성으로만 부를 때는 카레닌 부인으로 통일한다.

69 '투르게네프의 작품은, 그것이 투르게네프의 작품임을 알기 때문에 읽는다. 톨스토이의 작품은 한번 시작하면 멈출 수가 없기 때문에 읽는다.' 나보코프 본 단원 어딘가에 괄호로 표시해 둔 메모다. *

Epigraph:

Bible

Veng___ is mine; I will repay
(saith the Lord) " (Romans XII, 19)

1) It ___ _for Society (to judge Anne
had not yet

2) Anna ___ ___ to ___
punish ___ by her
revengeful ___ . Suicide

Mod. 44
You may leave out
373-414? Ch 24 to 32, in part III
755-778 ch 26 to 31 in part VI

Joseph Conrad writing to Edward Garnett
in a letter dated the 10th of June, 1902:

"Remember me affectionately to your wife
whose translation of Karenina is splendid.
Of the thing itself I think but little, so that her merit
shines with the greater lustre."

I shall never forget
Conrad ___ ___ . Actual
___ ___ a disaster

나보코프가 강의 교재로 쓴 『안나 카레니나』의 첫 페이지

a complete disaster, this translation.
which is partly still worse than the ? of ?ov?n
but I find it impossible no time to correct it
from beginning to end, as I start with Tolstoy.

ANNA KARENINA *begun*

PART I

March 1873
finem
April 1876

CHAPTER I

HAPPY families are all alike; every unhappy family is unhappy in its own way.

Everything was in confusion in the Oblonskys' house. The wife had discovered that the husband was carrying on an intrigue with a French girl, who had been a governess in their family, and she had announced to her husband that she could not go on living in the same house with him. This position of affairs had now lasted three days, and not only the husband and wife themselves, but all the members of their family and household, were painfully conscious of it. Every person in the house felt that there was no sense in their living together, and that the stray people brought together by chance in any inn had more in common with one another than they, the members of the family and household of the Oblonskys. The wife did not leave her own room, the husband had not been at home for three days. The children ran wild all over the house; the English governess quarreled with the house-keeper, and wrote to a friend asking her to look out for a new situation for her; the man-cook had walked off the day before just at dinner-time; the kitchen-maid, and the coachman had given warning.

Three days after the quarrel, Prince Stepan Arkadyevitch Oblonsky—Stiva, as he was called in the fashionable world—woke up at his usual hour, that is, at eight o'clock in the morning, not in his wife's bedroom, but on the leather-covered sofa in his study. He turned over his stout, well-cared-for person on the springy sofa, as though he would sink into a long sleep again; he vigorously embraced the pillow on the other side and

3

토옙스키와 살티코프가 내 사무실 앞에서 항의하려고 기다리고 있을지도 모르겠다.

이념적인 독소, 엉터리 개혁가들이 개발한 용어를 빌리자면 소위 '메시지'가 19세기 중반부터 러시아의 소설에 영향을 미치기 시작했고, 20세기 중반 즈음에는 러시아 소설을 말살시켰다. 언뜻 보기에 톨스토이의 소설은 작가의 교의가 깊이 스며 있는 것처럼 보일 것이다. 하지만 톨스토이의 이념은 너무나 밋밋하고, 모호한 데다 정치적 의도와는 거리가 멀다 보니, 훨씬 강렬하고, 명확하며, 독창적이고 보편적인 예술성이 그의 이념을 가려 버린다. 결국 사상가로서 톨스토이의 관심사는 삶과 죽음의 문제였으며, 이는 모든 예술가의 공통적 테마일 수밖에 없다.

* * *

레오[70](러시아어로는 레프 또는 료프) 톨스토이 백작(1828~1910)은 불굴의 영혼을 가진 강건한 남자였다. 그의 일생은 감각적인 기질과 지나치게 예민한 양심 간의 투쟁으로 점철되어 있다. 한편에는 한적한 시골길을 따르고자 하는 수행자가 있고, 다른 한편에는 끊임없이 도시의 육체적 쾌락을 추구하는 탕아가 있다. 그의 욕망은 끊임없이 그를 잡아끌어 조용한 수행자의 길에서 벗어나게 했다.

젊은 시절에는 방탕한 기질이 우세했고 그를 지배했다. 이후,

---

70 나보코프는 영어식 발음으로 '레오'로 쓰고 러시아어로는 '레프'로 발음된다는 부가 설명을 붙였다. 제목도 '레오 톨스토이'로 되어 있으나, 한국 독자들은 러시아식 이름에 익숙하므로 '레프'로 옮긴다.

1862년 결혼해 가정을 이룬 톨스토이는 재산(볼가 지역에 소유한 막대한 영지)을 현명하게 관리하고 최고의 작품들을 써 나가면서 잠시나마 평화를 누렸다. 1860년대에서 1870년대 초에 이르는 시기에 그는 『전쟁과 평화War and Peace』(1869)라는 대작과 『안나 카레니나Anna Karenin』라는 불멸의 걸작을 남겼다. 1870년대 말에 들어서면서, 그의 나이 마흔을 넘긴 후부터는 양심이 그의 삶을 압도했다. 도덕이 미학적·개인적 욕구를 압도했고, 그는 아내의 행복, 가정의 평화, 작가로서의 성취를 비롯한 모든 것을 포기하고 스스로 정한 도덕적 이상만을 추구했다. 합리적 그리스도교 윤리의 원칙에 따라, 예술가로서의 개인적인 삶이 추구하는 다채로운 모험 대신 소박하고 엄격한 보편적 인간의 삶을 선택한 것이다. 1910년, 자신의 영지에서, 자신의 이상과 충돌하는 가족의 품 안에서는 소박하고 경건한 삶이라는 이상에 도달할 수 없음을 깨달은 그는 80세의 나이에 방랑의 길을 떠났고, 그가 가고자 했지만 결코 도달할 수 없었던 어느 수도원으로 향하던 중에 작은 기차역 대합실에서 숨을 거두었다.

나는 위대한 작가들의 값진 삶에 대해 이러쿵저러쿵하기 싫다. 또 그들의 개인사를 들추고 싶지도 않다. 인간의 저속한 호기심 따위는 질색이다. 전 시대를 살았던 사람들에 대한 추문이나 이야깃거리도 관심 밖이다. 어떤 전기 작가도 내 사생활에 대해서 눈곱만큼도 알아낼 수 없을 것이다. 하지만 반드시 짚고 넘어가야 할 것이 있다. 도스토옙스키의 경우, 비천하고 멸시당하는 이들에 대한 그의 오만한 연민은 순전히 감상적인 동정일 뿐이며, 그만의 독특한 색채로 번득이는 그리스도교적 신앙에도 불구하고 그는 자신이 책을 통해 주장한 가르침과는 전혀 다른 삶을 살 수밖에 없었다. 반면 톨스토이는 자신의 분신 료빈처럼 동물적 본성과의 타협을 도저히 용납할 수 없는 사람이었다. 그는 자신의 동물적 본성이 때때로 더 나은 자신을 압도할 때마다 극심한 고통을 느꼈다.

새로운 종교를 발견하고, 자신의 종교(힌두교의 해탈과 신약 성서의 혼합, 교회를 배제한 예수의 가르침)를 논리적으로 전개시키는 과정에서 그는, 예술은 상상, 기만, 환상, 조작에 기반하므로 반종교적이라는 결론에 도달했다. 그는 위대한 예술가로서의 진정한 자아를 매몰차게 거부하고, 의도는 훌륭하나 결과적으로 다소 평범하고, 편협한 철학가로서의 삶을 선택한다. 결국 『안나 카레니나』로 예술적 완성도가 최고조에 달한 바로 그 순간, 그는 돌연 붓을 꺾고, 이후에는 도덕적 견해를 담은 몇몇 수필만 발표했다. 다행히도 강력한 예술적 창작욕을 언제나 억제할 수만은 없었기에, 그는 때때로 자신의 욕구에 굴복했고, 그 결과 인위적인 도덕론의 영향으로부터 자유로운 몇몇 걸출한 소설을 배출할 수 있었는데, 그중에서도 손꼽히는 단편 걸작이 바로 「이반 일리치의 죽음 The Death of Ivan Ilyich」이다.

톨스토이에 대한 많은 이들의 감상은 엇갈린다. 작가 톨스토이는 사랑받았지만, 설교자 톨스토이는 지루한 사람일 뿐이었다. 하지만 설교자 톨스토이와 작가 톨스토이를 분리해서 생각하기는 매우 어렵다. 깊고 느릿한 목소리도, 가늠할 수 없는 비전과 엄청난 사상을 추구하는 어깨도 모두 그의 것이기 때문이다. 어쩌면 우리는 톨스토이의 발아래 높다란 연단을 치워 버리고, 잉크와 종이 더미만 잔뜩 쌓아 둔 어느 외딴 섬의 돌집에 그를 가두고 싶은 것인지도 모른

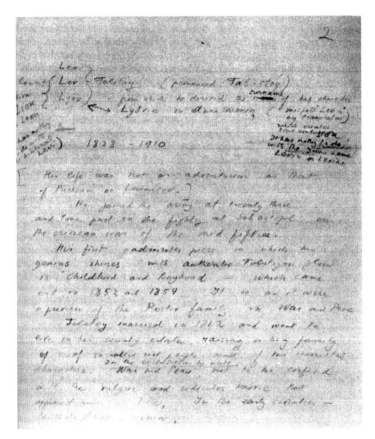

톨스토이의 삶에 관해 논한 첫 부분

다. 도덕적·교육적인 어떤 것도 그의 주의를 끌지 못하게 하여, 그가 안나의 하얀 목에 드리워진 검은 머리카락에만 집중하도록 말이다. 하지만 그럴 수는 없다. 톨스토이는 인격을 가진 한 사람이다. 한편에는 검은 흙, 흰 살결, 희다 못해 파랗게 빛나는 설경, 푸른 평원, 자줏빛 뇌운의 아름다움을 탐닉하는 인간이 있고, 다른 한편에는 허구는 죄악이며 예술은 부도덕하다고 역설하는 인간이 있어 그둘 사이의 충돌이 특히 말년의 그를 고통스럽게 했지만, 그 충돌은 결국 한 인간의 내부에서 벌어진 갈등일 뿐이었다. 예술 작품을 통해서건 설교를 통해서건, 톨스토이는 수많은 장애물에도 불구하고 진실에 도달하기를 갈망했다. 『안나 카레니나』의 작가로서 그가 택한 진실 추구의 방식은 설교를 통해 진실에 도달하고자 했던 방식과는 전혀 별개였다. 하지만 그의 예술이 아무리 섬세하고, 그의 가르침이 아무리 지루하더라도, 그가 장황한 말로 진실을 더듬어 찾았던 어느 날 마법처럼 진실이 그의 앞에 나타났든, 진실은 언제나 하나였다. 그 진실은 톨스토이 자신이었고, 그 자신은 바로 예술이었다.

우리를 불편하게 만드는 것은 단지 그가 진실에 직면했을 때마다 항상 진정한 자아를 인식한 것은 아니라는 점이다. 내가 좋아하는 일화가 있다. 집필을 그만두고도 수년이 지난 어느 날 지루함을 견디다 못한 늙은 톨스토이는 책을 하나 집어 들고 아무 데나 펼쳐서 읽기 시작했는데, 점점 빠져들어 읽다가 너무 재미있어서 제목을 들춰 보았더니 『안나 카레니나-톨스토이』라고 써 있었다고 한다.

톨스토이가 집착했고, 그의 천재성을 흐리게 했으며, 나아가 훌륭한 독자들을 괴롭히는 것은 무엇일까. 바로 천재적인 예술혼을 매개로 진실이라는 환상에 좀 더 쉽고 명확하고 완벽하게 도달할 수 있었음에도 불구하고, 그는 절대적인 진실(대문자 T로 시작하는 Truth)을 추구하는 과정 자체를 더 중시했다는 점이다. 그가 러시아의 전통으로부터 찾으려 했던 진실Old Russian Truth은 결코 편안한 동반자가 아니었다. 그것의 성격은 난폭하고, 발걸음은 육중했다. 그것은 단순한 진실, 단순한 일상적 사실pravda이 아니라 불멸의 진리istina였다. 그냥 진실이 아니라 내적 영혼을 밝히는 진리의 빛이었다. 톨스토이가 자신 안에서, 자신의 창조적 상상력의 발현 속에서 이 진리를 우연히 발견했을 때, 그는 자신도 모르는 사이 어느새 올바른 길에 서 있었다. 그의 장편 소설 어디에나 나타나는, 그의 상상력이 만들어 낸 문장들 앞에서는 그와 그리스 정교회의 불화도, 그의 윤리적 견해도 그 의미를 상실한다.

궁극의 진리, 즉 이스티나라는 러시아어 단어는 러시아어에서 압운을 맞출 수 없는 몇 안 되는 단어 중 하나다. 언어적으로 어울리는 단어도, 연관도 없이 혼자 멀찍이 떨어져 고고하게 서 있다. 태고의 바위처럼 은은한 빛만이 이 단어의 어원이 '서 있다(또는 견디다, stand)'임을 어렴풋이 짐작하게 할 뿐이다. 대부분의 러시아 작가들은 (대문자 T로 시작하는) 진리가 정확히 어디에 있고, 그 고유의 성질이 무엇인지에 지대한 관심을 가져 왔다. 푸시킨에게 있어서 진리는 숭고한 태양 아래 빛나는 대리석과도 같았다. 훨씬 열등한 작가인 도스토옙스키는 진리가 피와 눈물, 히스테리 발작과 현안의 정치적 문제들, 그리고 땀으로 이루어졌다고 생각했다. 체호프는 일상의 흐릿한 풍경에 몰두한 듯, 진리를 희화적 시선으로 마주했다. 톨스토이는 턱을 아래로 당기고 주먹을 꼭 쥔 채 진리에 맞서 나아갔고, 십자가가 서 있던 흔적에 도달했다. 어쩌면 그가 도달한 것은 그 자신의 이미지였는지도 모른다.

*　*　*

톨스토이는 한 가지 중요한 발견을 했지만 신기하게도 그의 발견은 비평가들에게 한 번도 주목받은 적이 없다. 그는 (틀림없이 자신도 인식하지 못하는 사이에) 삶을 그리는 가장 흡족하면서도 우리의 시간관념에 딱 들어맞는 방법을 발견했다. 그는 내가 아는 작가들 중 독자들의 수많은 시계와 똑같은 시간의 흐름을 갖는 유일한 작가다. 위대한 작가라면 누구나 훌륭한 눈을 갖고 있고, 톨스토이적 묘사의 소위 '리얼리즘'이라는 것도 다른 작가들에 의해 더욱 발전되어 왔다. 평범한 러시아의 독자라면 톨스토이의 매력은 그의 장편 소설에 드러난 절대적인 리얼리티, 즉 오래된 친구를 만나거나 익숙한 장소에 있을 때에만 갖는 그런 느낌이라고 말하겠지만, 그런 것은 어디에도 없다. 생생한 묘사라면 여느 작가들도 톨스토이에 뒤지지 않는다. 평범한 독자들을 사로잡는 그의 진정한 힘은 우리의 시간관념과 정확히 들어맞는 시간을 작품에 부여하는 그의 재능이다. 이것은 천재적인 능력이라 칭찬받아야 하는 요소라기보는 그 천재에게 내재된 성질에 속한 것으로, 거의 신비하기까지 하다. 선량한 독자들은 그의 작품을 읽으며 느끼는 일상의 리얼리티를 흔히 작가의 날카로운 시선과 연관시키곤 하지만, 이런 리얼리티 역시 톨스토이만이 갖는 시간적 균형 감각에서 온다. 톨스토이의 산문은 우리의 맥박과 같은 속도를 갖는다. 그의 등장인물들은 우리가 그의 책을 읽고 있는 방의 창밖으로 지나가는 사람들과 같은 속도로 팔을 저으며 걸어 다닌다.

신기한 점은 톨스토이가 객관적인 시간을 다루는 데 부주의했다는 점이다. 주의 깊은 독자라면『전쟁과 평화』에서 아이들이 너무 빨리 자라거나, 시간이 지나도 별로 자라지 않음을 발견했을 것이다. 고골의『죽은 혼』에서 작가가 등장인물의 의상에 주의를 기울였음에도 치치코프가 한여름에 곰 가죽 코트를 입고 있는 것처럼 말이다. 이제부터 살펴볼『안나 카레니나』에서는 작가가 시간이라는 빙판길 위에서 이리저리 미끄러진다. 하지만 이런 실수와 무관하게, 그가 전달하는 시간에 대한 인상, 그의 시간 개념은 독자의 시간 감각과 정확히 일치한다. 톨스토이 외에도 시간이라는 개념에 매료되어 시간의 흐름을 전달하고자 의식적으로 노력한 위대한 작가들이 있다. 프루스트의『잃어버린 시간을 찾아서*In Search of Lost Time*』의 주인공이 마지막 파티에 도착했을 때, 그는 예전에 알던 사람들이 무슨 이유에서인지 백발의 가발을 쓰고 있는 것을 발견한다. 그리고 그것이 가발이 아니라 진짜 머리임을 이내 깨닫는다. 그가 자신의 기억 속을 배회하는 동안, 시간이 흘러 버린 것이다. 제임스 조이스가『율리시스』에서 구겨진 종잇조각이 다리에서 다리로, 리피 강을 따라 더블린만으로 해서 다시 영원의 바다로 흘러가는 느리고 점진적인 흐름을 통해 시간 요소를 조절하는 방식도 눈여겨볼 만하다. 하지만 이렇게 실제로 시간을 공들여 다룬 작가들도 톨스토이가 아무렇지 않게, 무의식적으로 성취한 효과를 얻지 못했다. 그들의 시계는 독자의 괘종시계보다 느리거나 빠르다. 그것은 단지 프루스트의 시간이나 조이스의 시간일 뿐, 보통의 시간이 아니다. 톨스토이가 어떤 방식인지는 모르지만 아무튼 전달할 수 있었던 일종의 표준 시간과는 다른 시간이다.

그렇다면 나이 든 러시아인들이 저녁에 차를 마시며 톨스토이의 주인공들에 대해 마치 그들이 실제로 존재하는 이들인 양, 그들이 자신의 친구나 다름없는 이들인 양, 마치 자신들이 키티, 안나, 혹은 나타샤와 무도회에서 춤을 추고, 오블론스키와 그가 즐겨 찾는 식당에서 함께 식사라도 한 것처럼[71](우리도 곧 그와 식사를 하겠지만) 편안하게 담소를 즐기는 것도 이상한 일이 아니다. 독자들이 톨스토이를 거인이라고 부르는 것은, 다른 작가들이 난쟁이라서가 아니라 그가 항상 우리와 정확히 같은 높이에 있기 때문이다.[72] 즉, 다른 작가들처럼 멀리서 휙 지나가 버리는 것이 아니라 우리와 정확하게 보조를 맞추어 걷고 있기 때문이다.

이 점과 관련하여 흥미로운 사실이 있다. 자신의 개성에 대해 늘 인식하고 있었고, 등장인물들의 삶에 지속적으로 개입했던 작가 톨

---

71 "이처럼 매우 특별한 사실 감각, 피가 흐르는 사람의 느낌, 등장인물들이 실제로 살아 있는 듯한 느낌, 저절로 살아 움직이는 것 같은 생생한 느낌이 가능한 까닭은 무엇보다 톨스토이가 갖는 독특한 능력, 즉 독자와 시간의 흐름을 공유하는 능력 때문이다. 그러므로 다른 천체에서 온 어떤 생물이 지구의 시간 개념에 대해 궁금해 한다면, 이 문제를 설명하는 최상의 방법은 톨스토이의 소설을 읽게 하는 것이다. 러시아어로, 아니면 적어도 나의 의견을 곁들인 번역본이라도"라고 쓴 부분이 있었으나, 나보코프에 의해 삭제되었다. *

72 "러시아의 작가 부닌은 톨스토이를 처음 방문한 날 앉아서 그를 기다리고 있다가 작은 문으로 들어오는 작은 체구의 늙은이를 보고 충격을 받았다고 내게 말했다. 그가 부지불식간 상상해 왔던 거인이 아니었기 때문이다. 나도 이 자그마한 늙은이를 직접 본 적이 있다. 어릴 때 아버지가 길모퉁이에서 누군가와 악수를 하고 나서 가던 길을 계속 걸으며 내게 '저분이 톨스토이란다'라고 말해 주었던 기억이 희미하게 남아 있다." 나보코프는 이 부분도 삭제했다. *

스토이가 끊임없이 독자들에게 말을 걸었음에도, 그의 걸작들 안에서 작가는 보이지 않으며, 그 결과 그는 플로베르가 작가들에게 그렇게 강력하게 요구했던 이상인 감정적 중립성을 획득할 수 있었다는 점이다. 이것은 작가로 하여금 신이 자신의 우주 안에서 그러하듯 보이지 않으면서 어디에나 존재하도록 요구한다. 그러므로 우리는 때때로 톨스토이의 소설을 쓴 것은 왼쪽에서 오른쪽으로 펜을 움직여, 쓴 부분을 다시 보고 지우고, 고민하고, 수염이 덥수룩한 턱을 긁곤 하던[73] 어느 작가가 아니라, 작품 자체라는 느낌을 받는다. 다시 말해 작품이 스스로 이야기를 풀어 나가며, 그 자체의 문제, 테마에 의해 만들어지는 것 같은 그런 느낌이다.

앞서 언급했듯, 톨스토이의 소설에서 설교가 예술의 영역을 침범하는 부분이 어디인지 항상 분명하게 규명할 수 있는 것은 아니다. 설교의 리듬을 이러저러한 등장인물의 개인적인 명상의 리듬으로부터 분리하기란 어려운 일이다. 하지만 때때로, 사실은 매우 자주, 몇 페이지에 걸쳐, 본래의 이야기 전개와 크게 연관이 없음에도 전쟁, 결혼, 농업에 대해 우리가 어떤 생각을 해야 하는지, 또 톨스토이 자신은 어떻게 생각하는지가 장황하게 서술되어 있다. 마법의 주문은 깨지고, 우리 옆에 둘러앉아 우리의 삶에 들어와 있던, 친구 같고 가족 같던 인물들은 우리로부터 단절된다. 닫혀 버린 문은 근엄한 작가가 결혼, 나폴레옹, 농업 및 자신의 윤리적·종교적 견해를 설명하고 또 설명하는 장황한 설교가 끝날 때까지 열리지 않는다.

---

73 나보코프는 이어서 "그러다가 아내 소피아 안드레예브나에게 소란스러운 방문객을 옆방에 들였다고 짜증을 내던"이라고 덧붙였다가 삭제했다. *

한 예로, 농업 문제를 다루는 부분, 특히 농사를 짓는 료빈[74]에 관한 부분은 러시아어를 사용하지 않는 외국인 독자가 읽기에 여간 고역이 아니다. 나도 여러분이 이 상황을 통찰력 있게 고찰하리라고 기대하지 않는다. 톨스토이는 수많은 페이지들을 이런 문제들에 할애하는 예술적 우를 범했다. 특히 이런 문제들은 금방 시대에 뒤떨어지고, 특정 역사적 시기에 국한되거나, 시간의 흐름에 따라 변하는 톨스토이 자신의 의견과도 맞물려 있는데 말이다. 안나 또는 키티의 감정과 그녀들을 행동으로 이끄는 여러 동기는 우리에게 시대를 뛰어넘은 전율을 느끼게 하지만, 1870년대의 농업 이야기는 그렇지 못하다. 몇 개의 장은 다양한 지방 선거에 할애되어 있다. 지주들은 젬스트보Zemstvo라는 단체를 결성하여 농민들과 접촉하고, 학교를 더 많이 세우고, 더 좋은 병원과 설비 등을 갖추어 농민들을 (그리고 지주들 자신을) 돕고자 했다. 다양한 지주들이 여기에 참여했다. 보수적이고 반동적인 지주들은 공식적인 농노 해방 후 10년 이상이 흘렀는데도 여전히 농민을 노예 취급했다. 반면, 자유주의적이고 진보적인 지주들은 농민들이 지주들과 이해를 공유하고, 더 부유하고, 건강하고, 더 많은 교육을 받게 함으로써 그들의 삶을 향상시키고자 열의에 차 있었다.

---

74 일반적인 표기는 레빈이지만, 나보코프는 특별한 이유로 료빈이라고 표기한다. 해설 30 참조(396쪽)

* * *

나는 보통 작품의 플롯에 대해서는 이야기하지 않지만, 『안나 카레니나』의 경우는 예외로 하겠다. 윤리적 촉수들이 서로 얽혀 궁극적으로 작품의 도덕적 전개를 드러내기 때문에 보다 높은 단계의 논의를 시작하기 전에 플롯을 훑어볼 필요가 있다.

세계 문학사에서 가장 매력적인 여주인공 안나는 젊고 멋지고 본성이 착한 여인이며, 너무나 불운한 여인이다. 아주 어린 나이에 친척 아주머니의 악의 없는 중매로 장래가 촉망되는 관료와 결혼한 안나는 페테르부르크에서도 가장 빛나는 계층에서 부족할 것 없는 삶을 누린다. 그녀는 아들을 사랑하고, 자신보다 스무 살 연상인 남편을 존경하며, 밝고 낙관적인 성격으로 삶이 가져다주는 모든 세속적인 즐거움을 만끽한다.

모스크바 여행길에서 브론스키를 만난 안나는 그를 깊이 사랑하게 된다. 이 사랑은 그녀 주변의 모든 것을 변화시킨다. 이제 그녀는 눈에 보이는 모든 것을 다른 시각으로 보게 된다. 유명한 한 장면을 예로 들자면, 모스크바에서 돌아오는 안나를 마중하러 역에 나온 카레닌을 만난 안나는 남편의 귀가 크고 볼품없이 두루뭉술하다는 사실을 새삼 깨닫는다. 전에는 한 번도 남편의 귀가 눈에 들어오지 않았다. 남편을 비판적인 눈으로 본 적이 없기 때문이다. 그녀에게 남편은 자신의 주어진 삶 속에 있는 여러 가지 주어진 것들 중 하나였다. 하지만 이제 모든 것이 달라졌다. 브론스키에 대한 열정이 환한 빛을 발하면서 이전의 삶은 죽은 행성 위의 죽은 풍경처럼 보였다.

안나는 그냥 여인이 아니다. 그녀는 단순히 여성 중에 우월한 종에 불과한 것이 아니라, 그 본성이 강렬하고 진지한 도덕적 관념으로 꽉 차 있는 인물이다. 그녀의 캐릭터와 관련된 모든 것이 의미심장하고 매력적이다. 이는 그녀의 사랑에도 적용된다. 그녀는 비밀 연애를 적당히 즐기는 벳시를 비롯한 다른 등장인물들처럼 자신에게 한계를 짓지 못한다. 안나의 진지하고 열정적인 성격은 가장하지도 숨기지도 못한다. 그녀는 엠마 보바리와는 다르다. 시골뜨기 몽상가, 틈만 나면 이 남자 저 남자의 침대로 기어드는, 현실에 만족 못하는 시골 아낙네와는 다르다. 안나는 브론스키에게 인생 전부를 건다. 아들을 만나지 못하는 것이 그녀에게 너무나 큰 고통이었음에도 불구하고, 안나는 사랑하는 어린 아들 곁을 떠나 브론스키와 함께 살기 위해 처음에는 이탈리아로 떠났다가, 그다음에는 유럽 러시아 지역에 있는 브론스키의 영지로 떠난다. 이 '공공연한' 불륜으로 인해 그녀의 부도덕한 주변인들은 그녀를 부도덕한 여인이라 낙인찍는다(어쩌면 안나는 로돌프와 달아나려 했던 엠마 보바리의 꿈을 실현시킨 듯도 보이지만, 엠마였다면 자신의 아이와 헤어지는 것이 그다지 고통스럽지 않았을 것이고, 또 어떠한 도덕적 갈등도 없었을 것이다). 마침내 안나와 브론스키는 도시로 돌아온다. 그녀는 위선적 사회에 물의를 일으키지만 그것은 그녀의 애정 행각 때문이 아니라, 사회의 관습에 대한 그녀의 공공연한 도전 때문이었다.

안나가 사회적 지탄의 대상이 되어 모멸과 질시, 모욕과 '단절'을 경험하는 반면, 브론스키는 남자라는 이유로, 그것도 그다지 진중하지도 재능이 뛰어나지도 않은, 단지 사교계의 세련된 남자라는 이유 하나로 행동의 제약을 받지 않는다. 그는 사람들의 초대를 받고, 여기저기 마음대로 돌아다니고, 옛 친구들도 자유롭게 만난다. 명예를 더럽힌 여자라며 안나와는 한 공간에 머무르는 것조차 거부하는 교양 있어 보이는 여자들도 그에게는 관대하다. 브론스키는 여전히 안나를 사랑하지만, 때때로 즐겁고 화려한 세계로 기꺼이 돌아가려 한다. 그리고 가끔씩 그 세계의 즐거움을 만끽한다. 안나는 그의 사소한 부정을 사랑의 열정이 식은 것이라 오해한다. 그녀는 자신의 사랑만으로는 그를 잡아 둘 수 없다고 여기고 어쩌면 그를 잃을지도 모른다고 생각한다.

브론스키는 우둔한 남자다. 사려 깊지 못한 그는 안나의 질투가 지겨워지고, 결국 그녀의 의심을 사실로 확인시켜 준다.[75] 혼란과 절망으로 그녀의 열정은 갈피를 잡지 못하고, 결국 5월 어느 일요일 저녁 안나는 화물 열차 아래로 몸을 던진다. 브론스키는 자신이 무엇을 잃었는지 깨닫지만 이미 늦어 버린 뒤다. 그에게나 톨스토이에게나 때마침 불거진 터키와의 전쟁이 편리한 빌미를 제공한다. 때는 1876년, 브론스키는 의용군 대대와 함께 전쟁터로 떠난다. 이 부분이 소설 속에서 유일하게 수긍하기 힘든 장치일 것이다. 너무 단순하고 너무 뻔하기 때문이다.

(안나, 브론스키와) 평행선 상에서 진행되지만 다분히 독립적인 스토리 라인을 구성하는 것이 바로 료빈과 공작 영애 키티 셰르바츠카야의 연애와 결혼이다. 료빈은 톨스토이의 남자 등장인물 가운

---

75 나보코프는 다시 생각해 보기 위해 괄호 표시를 하긴 했지만 삭제하지는 않았다. "비록 엠마의 허접스러운 연인 로돌프 나리와 비교하면 비할 바 없이 교양 있는 사람이다. 하지만 때때로 연인이 질투로 이성을 잃을 때면, 그는 아마 마음속으로 이렇게 말하고 싶었을 것이다. 로돌프의 말투 그대로, '쓸데없는 시간 낭비요, 내 사랑.'" *

데 작가 자신의 초상에 가장 가까운 인물이다. 그는 도덕적 이상을 구현하며, 절대적 양심(대문자 C로 시작하는 Conscience)의 표상이다. 양심은 그에게 숨 돌릴 틈조차 허락하지 않는다. 료빈은 브론스키와는 전혀 다른 인물이다. 브론스키는 단지 자신의 충동을 만족시키기 위해서만 산다. 브론스키는 안나를 만나기 전 관습적인 삶을 살았다. 사랑에서조차 그는 도덕적 이상 대신 주변 사회 관습을 좇았고, 그에 대한 아무런 거리낌도 없었다. 하지만 료빈은 주변 세계를 냉철하게 이해하고, 그 세계 안에 자신의 자리를 찾는 것이 자신의 의무임을 느끼는 사람이다. 그러므로 그의 성격은 지속적으로 진화하며 소설 전반에 걸쳐 영적 성장을 계속한다. 즉, 당시 톨스토이 자신이 전개해 나가던 종교적 이상을 향해 성장해 갔던 것이다.

이 주요 인물 주변에는 다수의 주변 인물이 등장한다. 우선 경박하고 구제 불능인 안나의 오빠 스티바 오블론스키, 그의 아내이며 셰르바츠키가의 딸인 돌리가 있다. 돌리는 사려 깊고 진지하며 고통을 감내하는, 어찌 보면 톨스토이의 이상적인 여인상이다. 그녀는 자신의 삶을 온전히 자녀들과 한심한 남편에게 헌신한다. 이 밖에도 셰르바츠키 가문의 인물들이 몇 명 등장하는데, 이 가문은 모스크바의 유서 깊은 귀족 가문 중 하나다. 브론스키의 어머니 및 페테르부르크 상류 사회의 사람들도 있다. 페테르부르크 사회는 모스크바와는 많이 다르다. 모스크바에는 배려가 있고, 가정의 따뜻함과 부드러움이 있으며, 가부장적인 옛날 도시의 분위기가 느껴지는 반면, 페테르부르크는 세련되고, 차갑고, 형식을 중시하고, 멋이 있고 상대적으로 젊은 수도로서, 이 소설의 배경이 된 시대에서 약 30년 후 나도 그곳에서 태어났다. 물론 카레닌도 주요 등장인물이다.

남편 카레닌은 정의로우나 메마르고, 선행을 베풀지만 그 선행은 진심이 결여되어 잔혹하다. 그는 이상적 공직자이자 속물적 관료로서 친구들의 기만적 도덕성을 기꺼이 받아들이는 위선자이자 독재자다. 매우 드물게 선한 행동을 하기도 하고 호의를 베풀기도 하지만, 자신의 야망을 위해서는 모든 것을 쉽게 잊고 포기한다. 안나가 브론스키의 아이를 낳고 심하게 앓으면서 죽음이 멀지 않았음을 확신할 때(결국은 죽지 않지만), 카레닌은 브론스키를 용서하고, 진정한 그리스도교적 겸양과 관용의 마음으로 그의 손을 잡는다. 이후 그는 원래의 차갑고 불쾌한 성품으로 돌아가지만, 이 순간만큼은 임박한 죽음이 모든 것을 변화시키고, 혼수상태의 안나는 브론스키를 사랑하는 만큼 남편에 대한 사랑을 느낀다. 두 남자 모두 알렉세이라 불리며, 그녀의 꿈속에서 사이좋은 친구처럼 그녀의 사랑을 공유한다. 하지만 이러한 진정성과 배려는 그다지 오래가지 않는다. 카레닌은 이혼을 단행하려 하는데, 사실 이혼이 그에게는 그다지 큰 의미가 없는 반면, 안나에게는 모든 것이 송두리째 변하는 커다란 사건이다. 이혼하려면 거북한 상황을 겪어야 함을 알게 된 카레닌은 아무렇지도 않게 이혼을 포기하고, 다시는 시도하지 않으려 한다. 그는 이런 거부가 안나에게 어떤 의미가 있든 아랑곳하지 않는다. 게다가 자신의 정의로움에 만족스러워하기까지 한다.

세계 문학사에서 가장 훌륭한 사랑 이야기인 『안나 카레니나』는 단순히 모험을 다룬 소설이 아니다. 윤리적 문제에 심도 깊게 접근한 톨스토이는 시대를 막론하고 인류에게 보편적인 중요성을 갖는 문제들에 끊임없이 몰두한다. 『안나 카레니나』 역시 윤리적 문제를 다루고 있다. 물론 무심한 독자라면 이 소설의 윤리적 주제까지 파고들지 못할 수도 있다. 안나가 불륜을 저지르고 그 죗값을 치르는 것이 이 소설의 윤리적 교훈이 아님은 말할 것도 없고(『마담 보바리』의 저변에 깔린 윤리적 교훈이라면 또 모를까), 그 이유도 타당하다. 안나가 카레닌을 떠나지 않고, 자신의 불륜이 세상에 드러나지 않도록 요령껏 숨겼다면 그 대가로 처음에는 자신의 행복을, 그다음으로 자신의 목숨을 포기하는 일은 없었을 것이다. 안나가 벌을 받은 것은 자신의 죄 때문이 아니다(죄는 덮어 버릴 수도 있었다). 또한 사실은 도덕성이라는 불변의 요구와 무관한, 그저 세속적일 뿐인 사회 관습을 어겼기 때문도 아니다. 그렇다면 톨스토이가 『안나 카레니나』를 통해 전달하려 한 윤리적 '메시지'는 무엇이었을까? 책의 나머지 부분을 마저 보고, 료빈-키티 이야기와 브론스키-안나 이야기를 비교해 보면 이해가 더 쉬울 것이다. 료빈의 결혼은 육체적 사랑뿐 아니라, 형이상학적 개념의 사랑, 자발적 자기희생, 상호 존중에 기반을 둔다. 안나-브론스키의 조합은 단순히 육체적인 사랑에만 의거하며, 여기에 그 불행한 결말이 숨어 있다.

언뜻 보기에 안나는 남편이 아닌 남자를 사랑했기 때문에 사회적 처벌을 받은 것으로 보일 수도 있다. 하지만 그러한 '윤리'는 물론 완전히 '비윤리적'이고, 완전히 비예술적이다. 굳이 이유를 붙이자면 같은 사회에 속한 다른 귀부인들도 내키는 대로 불륜을 저질렀지만, 단지 은밀하게 검은 베일로 가려 놓았을 뿐이기 때문이다(엠마가 로돌프와 함께 마차를 타고 갈 때 그녀의 파란 베일과, 그녀가 루앙에서 레옹과 재회할 때의 검은 베일을 생각해 보라). 하지만 솔직하고 운도 따라 주지 않는 안나는 이 기만의 베일을 쓰지 않았다. 사회의 규범은 일시적인 것이다. 톨스토이의 관심은 도덕성이라는 영원한 이상이다. 이제 그의 진정한 윤리적 견해가 드러난다. 사랑은 온전히 육체적일 수만은 없는데, 이는 육체적 사랑은 이기적이고, 이기적 사랑은 창조가 아니라 파괴를 야기하기 때문이다. 따라서 온전히 육체적인 사랑은 죄악이다. 자신의 의견을 예술적으로 가능한 한 명확하게 드러내기 위해 톨스토이는 뛰어난 형상화를 통해 두 가지 형태의 사랑을 묘사하고, 나란히 보여 줌으로써 그 대비를 분명히 드러낸다. 한편에는 (충분히 관능적이지만, 치명적이고 영적으로 메마른 감정 속에서 허덕이는) 브론스키와 안나의 육욕적 사랑이 있고, 다른 한편에는 관능적으로 풍부하면서도 책임, 배려, 진실, 가족의 기쁨이라는 순수한 환경 속에서 균형과 조화를 이룬 료빈-키티 커플의, 톨스토이가 그리스도교적 사랑이라고 칭한 진정한 사랑이 있다. 이 둘이 대비를 이루는 것이다.

성서를 인용한 제명epigraph은 이렇다.

"원수 갚는 것은 내가 할 일이니 내가 갚아 주겠다."[라고 하신 주님의 말씀이 있습니다.] (로마서 12장 19절)[76]

무슨 의미일까? 우선, 사회는 안나를 심판할 권리가 없음을, 그리고 안나 역시 양심을 품고 자살함으로써 브론스키를 벌할 권리가 없음을 뜻한다.

---

[76] 『해설판 공동번역 성서』, 국제가톨릭성서공회 옮김(광주: 일과 놀이, 1995).

＊＊＊

　폴란드계 영국 소설가 조지프 콘래드는 역시 글 쓰는 직업을 가진 에드워드 가넷에게 쓴 1902년 6월 10일자 편지에서 이렇게 말했다.

　『안나 카레니나』를 훌륭하게 번역한 아내에게 나의 애정 어린 안부를 전해 주게. 작품 자체는 별로 대단치 않네만, 그래서 그녀의 재능이 더 빛을 발하는 것이지.

　나는 어이없는 망언을 한 조지프 콘래드를 절대로 용서하지 않을 것이다. 사실 가넷의 번역은 형편없다.

　『안나 카레니나』를 읽으며 플로베르의 작품을 읽을 때와 같이 각 장 안에서 인물에서 인물로의 부드러운 전환을 기대해 봤자 소용없다. 『안나 카레니나』가 플로베르의 『마담 보바리』보다 20년 정도 후에 출판되었지만, 구조 면에서는 보다 전통적인 방식을 따른다. 등장인물 간의 대화에서 또 다른 인물들에 관해 언급하고, 중간 역할을 하는 등장인물을 통해 주요 인물 간의 만남을 유발하는 것, 이것이 톨스토이가 사용한 단순하고 때로 투박한 방식이다. 장면의 배경을 전환하기 위해 별안간 장을 전환하는 방식에서 단순성은 더욱 두드러진다.

　톨스토이의 『안나 카레니나』는 8부로 이루어져 있고, 각각은 4페이지 정도의 짧은 장들을 평균 30개 정도 포함하고 있다. 톨스토이는 료빈-키티, 브론스키-안나가 이끌어 가는 두 개의 주요 스토리

라인을 충실히 따라가는데, 여기에 주요 인물을 서로 연결하는 주변인인 오블론스키-돌리 라인도 두 개의 주요 스토리 라인을 연결하기 위해 존재하며, 소설의 형식에 매우 특별한 역할을 한다. 오블론스키-돌리 라인은 료빈과 키티, 안나와 카레닌 간의 여러 사건에서 메신저 역할을 맡은 것이다. 게다가 결혼하기 전의 료빈을 보면, 그가 품고 있는 이상적 어머니상과 돌리 오블론스카야 간에 미묘한 상관관계가 형성된다. 이후 료빈은 자신의 아이들을 위한 그 어머니상을 키티에게서 발견한다. 또한 주목할 부분은 농부와 농사 이야기를 나누며 즐거워하는 료빈만큼이나 돌리도 농가의 여인과 아이들에 관한 이야기를 즐긴다는 점이다.

이 소설은 1872년 2월에서 1876년 7월까지 총 4년 반 동안의 이야기를 담고 있다. 소설은 모스크바에서 페테르부르크로 옮겨 갔다가 네 곳의 시골 영지(모스크바 근방에 있는, 브론스키의 어머니인 노 백작부인의 시골 영지도 비록 소설의 배경으로 등장하진 않지만 중요한 역할을 한다)를 오가며 진행된다.

제1부의 주요 주제는 소설의 발단이 되는 오블론스키가의 재난이며, 두 번째 주제는 키티-료빈-브론스키의 삼각관계다.

두 개의 주제 또는 두 가지 확장된 테마는 오블론스키의 간통, 그리고 브론스키에 대한 열정이 안나에 의해 좌절되면서[77] 키티가 겪는 실연이다. 이 두 가지 주제는 브론스키와 안나의 비극적 테마로 이어지는 도입부 역할을 하는데, 이 비극적 테마는 오블론스키와 돌

---

77 나보코프는 다음과 같이 덧붙였다가 나중에 삭제했다 "안나는 지혜롭고 품위 있게 오빠 부부를 화해시킨다. 즉, 선행을 베풀지만, 동시에 브론스키의 마음을 사로잡아 키티에 대한 그의 구혼을 망쳐 버리는 악을 행한다는 점에 주목해야 한다." *

리의 불화나 키티의 실연과 달리 원만하게 해결로 이어지지 않는다. 돌리는 다섯 아이를 위해, 또 남편에 대한 사랑 때문에 한심한 남편을 용서한다. 아이를 낳고 사는 부부는 신의 계율로 영원히 맺어진 사이라는 톨스토이의 생각 때문이기도 하다. 브론스키에게 실연당하고 2년 뒤, 키티는 료빈과 결혼하여 톨스토이가 생각하는 완벽한 결혼 생활을 시작한다. 하지만 10개월에 걸친 브론스키의 구애 끝에 그의 정부가 된 안나는 가정의 붕괴를 겪고 소설이 시작된 시점에서 4년 뒤 자살한다.

행복한 가정은 모두 비슷하고 불행한 가정은 각자 저마다의 사정으로 불행하다.

오블론스키 집안[영역본에서는 집, 즉 house이지만, 가정, 즉 home의 의미로 해석된다. 러시아어에서 집을 뜻하는 dom은 집과 가정 모두를 뜻하기 때문이다][78]은 모든 것이 엉망이었다. 아내는 남편이 전에 가정 교사로 데리고 있던 프랑스 여자와 바람을 피웠다는 것을 알고 앞으로 그와 같은 집에서 살아갈 수 없다고 선언했다. 이런 상황이 사흘째로 접어들었고, 이제는 남편과 아내뿐만 아니라 가족 모두는 물론 일하는 사람들까지도 사태를 인식하게 되었다. 집 안에 있는 사람들은 모두 자신들이 비록 한 집에 살고 있다 해도 그것은 아무 의미가 없으며, 떠돌다 우연히 어느 여관에 함께 머물게 된 사람들만큼의 공통점도 공유

---

[78] "Dom-Dom-Dom. 가족이라는 테마를 환기시키는 단어로, 영어의 house(집), household(식구, 가구), home(가정 또는 가족) 모두에 해당한다. 톨스토이는 일부러 소설의 첫 페이지에서 이 소설이 가정의 테마, 가족의 테마를 다루리라는 단서를 제공한다." 이 문장은 본 장의 첫머리에 대한 해설에서 가져왔다. 보다 자세한 내용은 나보코프의 해설 1 참조(386쪽) *

Anna Karenin

Part I

1872   Chapter I   Confusion in Oblonsky household. Steve's dream.   3

Chapter II   Anna to arrive. Matriona's advice.   5

Chapter III   Steve's morning. Children.   9

Chapter IV   Explanation between Steve and Dolly. Unsuccessful.   13

Chapter V   Steve at office. Levin.   18

Chapter VI   About Levin   27

Chapter VII   Levin and Kosnishev   30

Chapter VIII   "   "   32

Chapter IX   Skating rink   34

Chapter X   Oblonsky and Levin at the restaurant   41

Chapter XI   48

Chapter XII   Kitty. Old Princess Shcherbatsky's thoughts about Kitty and Vronsky   52

Chapter XIII   Levin's proposal.   56

Chapter XIV   At the Shcherbatskis   p. 66-67   59

X   Chapter XV   Scene between Prince and Princess Shcherb.   65

Chapter XVI   Vronsky   68

Chapter XVII   At the station   70

Chapter XVIII   "   "   "   Vronsky meets Anna.   73

Chapter XIX   Dolly and Anna   78

Chapter XX   Anna and Kitty.   p. 83-89   84

X   Chapter XXI   Oblonskys reconciled. Vronsky calls at Oblonskys   88

X   Chapter XXII   The Ball   p. 93 Anna   90

Chapter XXIII   "   Vronsky and Anna   p. 97 Kitty   95

Chapter XXIV   Levin after Kitty's refusal. Levin and his brother N.

Chapter XXV   103

X   Chapter XXVI   Levin back on his estate   p. 111 the calf;   109

Chapter XXVII   112

Chapter XXVIII   Anna and Dolly (about Vronsky and the ball). Anna leaves for Petersburg.   115

Chapter XXIX   On the train between Moscow and Petersburg.   118

Chapter XXX   Seeing Vronsky on train. Reaching Petersburg.   121

나보코프가 정리한 『안나 카레니나』의 제1부 구성

하고 있지 않다고 여겼다. 아내는 자기 방에서 꼼짝도 하지 않았고, 남편은 사흘째 집에 들어오지 않았다. 아이들은 온 집 안을 산만하게 뛰어다녔고 영국인 가정 교사는 가정부와 다툰 후 친구에게 새로운 일자리를 부탁하는 편지를 썼다. 요리사는 그 전날 저녁 식사 시간에 딱 맞춰 집을 나가 버렸고 하인들의 식사를 담당하는 여자와 마부도 그만두겠다고 통보해 왔다.

아내와 다투고 사흘 뒤, 사교계에서 스티바라는 애칭으로 통하는 스테판 아르카디예비치 오블론스키 공작은 평소와 마찬가지로 아침 8시에, 아내의 침실이 아니라 서재에 있는 모로코산 가죽 소파에서 잠을 깼다. 그는 탄력 있는 소파 위에서 공들여 보살핀 육중한 몸을 뒤척이며 막 다시 잠들려는 듯 앞에 놓인 베개를 꼭 끌어안고 뺨을 비비댔지만, 별안간 흠칫 놀라며 벌떡 일어나 소파에 앉더니 눈을 떴다.

"그래, 그래서 어떻게 됐더라?" 그는 꿈을 되새기며 생각했다. "그게 어떻게 됐지? 그래, 맞아. 알라빈이 다름슈타트[독일에 있는]에서 만찬을 열었지. 아냐, 다름슈타트가 아니라 미국 어디였는데. 그래, 그러니까 꿈속에서는 다름슈타트가 미국에 있었어. 그래, 알라빈이 유리로 만든 탁자들을 늘어놓고 만찬을 베풀었는데, 그 탁자들이 「일 미오 테소로(Il mio Tesoro, 나의 보물)」를 불렀어. 아니, 그게 아니라 뭔가 더 좋은 곡이었는데. 식탁 위에 작은 디캔터 같은 것들이 있었는데, 디캔터가 자세히 보니 여자였어.**79**

스티바의 꿈은 꿈의 제작자가 서둘러 만들어 낸 일종의 비논리적

---

79 나보코프가 강의에 사용한 인용문들은 콘스턴스 가넷의 번역을 그가 수정한 것이며, 구두로 읽으면서 내용을 줄이거나 자신의 표현 방식으로 바꾸어 말하기도 했다. *

조합이다. 꿈속의 탁자들은 유리로 덮여 있었던 것이 아니라 전부 유리로 만들어져 있다. 와인용 크리스털 디캔터들은 이탈리아인의 목소리로 노래를 부르는데, 아름다운 목소리의 디캔터들은 동시에 여자들이기도 하다. 꿈을 제작하는 아마추어 제작자가 종종 차용하는 경제적인 조합 중 하나다. 이것은 아주 유쾌한 꿈이다. 너무 유쾌하다 못해 현실과 크게 동떨어져 있다. 스티바는 부부의 침상이 아니라 아내에게서 쫓겨난 채 서재에서 눈을 뜬다. 하지만 진짜 재미있는 것은 그 점이 아니라 스티바의 무사태평하고, 속이 훤히 들여다보이고, 문란하고, 쾌락주의적인 성향을 작가가 꿈의 형상화를 통해 교묘하게 묘사하고 있다는 점이다. 꿈은 오블론스키를 소개하고 그가 어떤 사람인지 알려 주는 장치이다. 노래하는 작은 여인들이 등장하는 오블론스키의 꿈과 안나와 브론스키가 꾸게 될, 중얼거리는 작은 남자의 꿈이 매우 다르다는 것 또한 주목할 점이다.

이제 브론스키와 안나가 소설의 뒷부분에서 꾸게 되는 특정한 꿈이 어떤 인상으로부터 야기되었는지에 대한 의문점을 풀어 나가도록 하자. 꿈을 야기한 인상들 가운데 가장 두드러진 것은 안나가 모스크바에 도착하여 브론스키를 만나는 시점에 등장한다.

다음 날 오전 11시, 브론스키는 페테르부르크에서 기차를 타고 오는 어머니를 마중하기 위해 역으로 나갔다. 그가 거대한 층계 계단에서 처음 만난 사람은 같은 기차를 타고 오는 여동생을 마중 나온 오블론스키였다[그녀는 오블론스키와 그의 아내를 화해시키려고 오는 길이었다].

"어이, 이봐." 스티바가 소리를 질렀다. "누구를 마중 나왔나?

"어머니." 브론스키가 대답했다. "자네는?"

"아름다운 여인." 스티바가 말했다.

"호오." 브론스키가 말했다.

"이를 악하다 생각하는 자 부끄럽게 여길지어다, 내 누이 안나야." 스티바가 말했다.

"아, 그 카레닌 부인 말이군." 브론스키가 말했다.

"내 누이를 아나?"

"아는 것 같아. 아닌가? 잘 모르겠군." 브론스키는 카레닌이라는 이름과 함께 뭔가 딱딱하고 지루한 인상을 어렴풋이 떠올리며 건성으로 대답했다.

"하지만 내 유명한 매제는 알고 있겠지?"

"글쎄, 명성이야 익히 들어 알고, 본 적도 있지. 영리하고, 학식 있고, 교회에 열심히 나간다는 정도. 하지만 글쎄 뭐 나하고는 인연이 없는 얘기지not in my line." 브론스키는 마지막 말을 영어로 덧붙였다.

(……)

브론스키는 차장을 따라 어머니가 있는 차량으로 향했다. 계단을 오른 그는 입구에 못 미처 마침 객실에서 나오는 부인이 지나가도록 비켜 주느라 통로에 잠시 멈춰 섰다. 사교계에 익숙한 남자의 본능으로 그는 한눈에 그녀가 최상류 계층의 여인임을 직감했다. 여인에게 예를 표시하고 뒤로 물러섰다가 가던 길로 다시 발걸음을 돌리려던 찰나, 그는 고개를 돌려 다시 한 번 그녀를 봐야만 할 것 같은 기분이 들었다. 그녀가 매우 아름다웠기 때문도, 그녀의 우아함과 절제된 기품 때문도 아니었다. 단지 그를 스쳐 지나갈 때 그녀의 매력적인 얼굴에 떠오른 표정에서 예사롭지 않은 따뜻함과 부드러움을 감지했기 때문이었다. 그가 돌아보자 그녀도 고개를 돌렸다. 원래는 회색이지만 숱이 많은 속눈썹 때문에 더 짙어 보이는 그녀의 빛나는 눈은 마치 그를 알아보기라도 하듯 그의 얼굴을 친근하게 응시하더니, 그녀가 찾는 누군가가 있을 행인들의 무리 쪽으로 시선을 돌려 버렸다. 브론스키는 그녀의 얼굴 전체에 감돌며 빛나는 두 눈에서 조심스럽게 드러나는 생기와, 살짝 올라간 입 꼬리에서 희미하게 감지되는 미소를 놓치지 않았다. 그녀는 자신의 의지와 상관없이 눈과 미소를 빛나게 하는 뭔가로 가득 차 있는 듯했다. 그녀는 이내 두 눈에서 그 빛을 의식적으로 꺼 버렸지만, 여전히 그녀의 입술은 주인의 의지와 무관하게 희미한 미소를 띠며 빛나고 있었다.

이 여인, 즉 안나와 함께 기차를 타고 온 브론스키의 어머니는 그녀를 아들에게 소개한다. 오블론스키가 등장하고, 모두 기차에서 내릴 때, 사람들이 술렁인다(로돌프와 엠마의 첫 만남에도 피가 등장한다. 브론스키와 안나 역시 피를 매개로 만난다).

남자들 몇이 겁에 질린 표정으로 달려갔다. 역장도 예사롭지 않은 색[검은색과 붉은색]의 모자를 쓴 채 달려갔다. 뭔가 예사롭지 않은 일이 벌어졌음이 분명했다.

그들은 곧 건널목지기가 술에 취한 탓이었는지, 강추위 때문에 몸을 지나치게 싸매고 있던 탓이었는지, 역에서 후진해 나오는 기차 소리를 미처 듣지 못하고 열차에 치였다는 것을 알게 된다. 안나는 과부가 된 그의 아내(그는 딸린 식구가 아주 많았다)를 도울 방법이 없는지 묻고, 그런 그녀의 기색을 살핀 브론스키는 어머니에게 곧 돌아오겠다고 말하고 자리를 뜬다. 나중에 알게 되는 사실이지만 브론스키는 죽은 남자의 가족을 위해 2백 루블을 내놓았다(두껍게 옷을 껴입고 열차에 치인 남자에 주목해야 한다. 그의 죽음은 안나와 브론스키 간에 일종의 연결 고리를 형성한다. 앞으로 안나와 브론스키가 꾸는 꿈에 대해 논의하기 위해 이 모든 요소들이 필요할 것이다).

오가는 사람들은 여전히 방금 벌어진 일에 대해 이야기했다.

"정말 끔찍하게 죽었어." 지나가던 남자가 말했다. "몸이 반 토막 났다는군."

"오히려 그렇게 죽는 게 제일 쉽고 빠른 방법인 것 같아." 다른 사람이 말했다[안나는 이 부분을 기억에 새긴다].

"안전조치 하나 없다니 말도 안 돼." 또 다른 사람이 말했다.

안나는 마차에 앉아 있었다. 스티바는 그녀의 입술이 떨리고 그녀가 간신히 눈물을 참고 있음을 알고 깜짝 놀랐다.

"왜 그래, 안나?" 스티바가 물었다.

"나쁜 징조예요."

"말도 안 돼." 스티바가 말했다.

이어서 스티바는 안나가 와서 얼마나 기쁜지 모른다고 말한다. 안나와 브론스키의 꿈을 형성하는 다른 중요한 인상들은 후에 다시 등장한다. 안나는 무도회에서 다시 만난 브론스키와 춤을 춘다. 하지만 둘의 만남은 그것으로 끝이다. 이제 그녀는 돌리와 스티바를 화해시키고, 페테르부르크로 돌아가는 길이다.

'자, 이제 [브론스키에 대한 그녀의 관심이] 다 끝났어, 정말 잘됐어!' 발차를 알리는 세 번째 종소리가 울릴 때까지 객실 입구에 버티고 서 있던 스티바에게 마지막 인사를 한 그녀에게 제일 먼저 떠오른 생각이었다. 안나는 안누시카[안나의 하녀] 옆의 안락한 좌석에 앉으며 [소위] 수면 차의 희미한 불빛에 의지해 주변을 둘러보았다. '잘됐어! 내일이면 세르게이와 알렉세이를 만날 거야. 그러면 나도 다시 옛날처럼 살게 되겠지. 나무랄 데 없는 예전의 생활로 돌아가는 거야.'

여전히 그날 하루 종일 느꼈던 불안에서 벗어나지 못했으면서도, 안나는 즐거운 마음으로, 빈틈없이 여행을 준비했다. 작은 손을 민첩하게 움직여 붉은 손가방을 열었다 닫는가 싶더니 가방에서 꺼낸 작은 베개를 무릎에 놓고 다리를 잘 덮어서 편안한 자세를 취했다. 몸이 불편한 부인은 벌써 잘 채비를 하고 있었다. 다른 두 명의 부인이 안나에게 말을 걸었고, 뚱뚱한 노부인이 다리를 따뜻하게 싸매며 기차의 난방에 대해 뭐라고 말했다[치명적인 문제점은 난로는 객실 한가운데 있고 얼음처럼 차가운 외풍이 밀어닥친다는 사실이었다]. 안나도 몇 마디 말을 건넸지만, 즐거운 대화가 될 것 같지는 않았다. 그녀는 안누시카에게 여행용 소형 램프를 꺼내게 한 뒤 의자 팔걸이에 고정시키고 가방에서 종이칼과 [책장을 뜯지도 않은] 영국 소설을 꺼냈다. 처음에는 책장이 좀처럼 넘어가지 않았다. 주변이 어수선하고 부산스러워 방해가 되었다[사람들은 문으로 막혀 있지 않은 통로를 오갔다]. 게다가 기차가 출발하자 기차 바퀴 소리에 신경을 쓰지 않을 수 없었다. 곧 왼쪽 창문을 두드리며 창틀에 쌓이는 눈, 잔뜩 껴입은 채 지나가는 차장의 모습[예술적 장치가 드러난다. 눈보라가 서쪽에서 불고 있다는 사실과 함께 안나의 한쪽으로 치우친 감정, 도덕적 균형감의 상실을 드러낸다], 바깥에 눈보라가 점점 거세지고 있다는 사람들의 이야기 등이 안나의 주의를 산만하게 했다.

Anna Karenin.   (text corrections)
                        of Garnett version
         Part I

Chapter I
p.3,l.3-6 All was confusion in the Oblonskis' house. The wife had discovered
         that the husband had an affair with a French girl who had been a
         governess in their house, and declared to her husband...

                                                              Their
         situation had now lasted three days, and not only husband and wife,
         but all the members of the family...

l.10   ... it. All
l.11   the members of the family and the household were conscious....
l.13   in any roadside inn...
l.15   ... her own rooms, the ...
l.18-19   ... asking her to find her a new place for...
l.19   ... ; the chef had...
l.20-21   ... ; the woman who cooked for the servants and the
         coachman had given notice.
l.22   ... , Prince Stepan
l.23   Oblonski -- Steve...
l.25   ... , but on the morocco-upholstered sofa...

p.4,l.1 pressed his cheek against it; but all at once he gave a start...
l.3   "Yes, yes, how did it go?" he thought, recalling his dream. "Yes,
l.4   how did it go? Ah, yes! Alabin...
l.9,   ...decanters,
l.10   and these were at the same time women."
l.11   Steve's eyes......
l.16   cloth blinds, xxxxxx he gaily dropped his feet...
l.17-19   ... for his tawny morocco slipper
         embroidered by his wife (a present for his last-year's birthday.)
         And...

가넷의 『안나 카레니나』 번역본 첫 페이지에 대한 나보코프의 수정 내용

298   레프 톨스토이

그리고 같은 상황이 계속되었다. 계속되는 흔들림과 두드림, 계속해서 창문을 두드리는 눈, 금방 차가웠다 뜨거웠다 다시 뜨거워지기를 계속 반복하는 기차 안의 공기, 희미한 어둠 속에 어렴풋이 보이는 똑같은 형체의 사람들[검표원들, 화부들], 똑같은 목소리들 속에서 안나는 책의 내용을 이해하기 시작했다. 하녀는 무릎 위에 놓아둔 여주인의 붉은 가방을 손가락 끝이 해진[안나의 정신적 오점과 대응되는 사소한 결점 중 하나] 털장갑을 낀 커다란 손으로 꼭 쥔 채 벌써 졸고 있었다. 안나는 책을 읽었지만 다른 사람들의 삶의 그림자를 좇는 일이 유쾌하지 않다는 것을 깨달았다. 그녀는 스스로의 삶을 살고자 하는 욕구가 너무 강했다. 여주인공이 병든 남자를 간호하고 있으면, 안나는 발소리가 나지 않게 조용히 그 병든 남자의 방 안을 돌아다니고 싶어졌다. 정치가가 연설을 하는 장면을 읽고 있으면 그 자신이 그 정치가가 되어 연설을 하고 싶어졌다. 레이디 메리가 말을 타고 사냥감을 쫓고, 시누이를 놀리고, 대담한 행동으로 모든 사람을 놀라게 했다는 부분을 읽으면 안나 자신도 그렇게 하고 싶어졌다. 하지만 안나에게는 어떠한 기회도 주어지지 않았다. 그녀는 그저 부드러운 상아빛 칼을 작은 손으로 만지작거리며 계속 읽어 나가려고 애쓸 뿐이었다. [우리의 관점에서 볼 때 그녀는 훌륭한 독자였을까? 책 속의 삶에 대한 감정 이입이 다른 젊은 여성, 엠마 보바리를 연상시키는가?]

소설의 주인공이 영국인으로서의 행복, 즉 작위와 영지를 쟁취하려는 그때, 안나는 별안간 그가 뭔가 부끄러워해야 할 것만 같은 느낌과 함께, 그녀 자신도 부끄러워짐을 느꼈다[안나는 책 속의 주인공을 브론스키와 동일시한다]. 하지만 무엇에 대해 부끄러워해야 하는 걸까? '나의 무엇이 부끄러운 걸까?' 그녀는 굴욕적인 충격을 느끼며 자문했다. 그녀는 책을 내려놓고 팔걸이의자의 등받이에 몸을 기대며, 양손으로 칼을 꼭 움켜쥐었다. 부끄러울 일은 아무것도 없었다. 그녀는 모스크바에서 받은 인상들을 돌이켜보았다. 모두 좋은 인상들뿐이었고 즐거운 기억들이었다. 그녀는 무도회를 회상했고, 브론스키의 맹목적인 동경을 담은 얼굴을 떠올렸고, 그와 함께했던 그녀의 행동 모두를 떠올렸다. 부끄러울 만한 점은 없었다. 그럼에도 그녀의 회상 가운데 바로 이 부분에서 수치심은 커졌고, 마치 그녀 안의 목소리가 브론스키를 생각하는 바로 그 순간 스스로에게 이렇게 말하는 것 같았다. "따뜻해, 정말 따뜻해, 뜨거워." [물건을 감추고 온도에 관한 힌트를 주어 찾게 하는 게임. 밤 기차 속 온기와 한기의 반복을 염두에 둘 것.] '이건 뭘까?' 안나는 자문하며 의자에 앉은 채 몸을 뒤척였다. '무슨 뜻일까? 나와 그 젊은 장교 사이에 보통 아는 사이 이상의 관계가 존재한다는, 아니면 존재할 수도 있다는 뜻이기라도 한 걸까?' 안나는 어이없는 듯 코웃음을 친 다음 책을 다시 집어 들었다. 하지만 이제는 도저히 책 속의 이야기에 집중할 수가 없었다. 안나는 상아빛 종이칼로 창틀 위를 훑더니 칼의 부드럽고 차가운 표면[다시 온기와 냉기의 대비]을 뺨에 갖다 대고는 갑자기 이유 없이 떠오른 유쾌한 감정에 큰 소리로 웃을 뻔했다[감각적 자아가 그녀를 지배한다]. 안나는 자신의 신경이 바이올린 줄처럼 점점 팽팽하게 당겨지는 것을 느꼈다. 두 눈은 점점 커지고, 손가락과 발가락은 경련을 일으키고, 그녀 안의 뭔가가 그녀를 억압하는 것처럼 느껴졌다. 희미한 불빛 속의 모든 형체와 소리들은 그녀에게 익숙하지 않은 생동감으로 다가왔다. 의혹의 순간들이 계속해서 그녀를 엄습했다. 기차가 전진하고 있는지 후진하고 있는지[이 부분을 「이반 일리치의 죽음」에 등장하는 중요한 은유와 비교해 보라], 아니면 아예 멈춰 있는지, 옆에 있는 것이 안누시카인지 아니면 모르는 사람인지 알 수 없게 느껴졌다. '의자 팔걸이에 있는 건 뭐지? 모피 외투인가 아니면 털이 많은 커다란 짐승인가? 나 자신은 뭘까? 나 자신일까, 다른 사람일까?' 그녀는 이러한 망각의 상태에 자신을 맡기는 것이 두려웠다. 하지만 뭔가가 그녀를 그런 상태로 끌고 갔다. 안나는 허리를 바로 세우고 몸을 일으켰다. 무릎 덮개를 치우고 두꺼운 겨울 드레스에 달린 케이프를 떼어 냈다. 잠시 동안 그녀는 완전히 정신을 차렸고, 단추가 하나 떨어진 [안나의 정서적 패턴에 나타난 또 하나의 오점] 긴 무명 코트를 입고 객실에 들어와 있는 일꾼이 화부라는 사실과, 지금 온도계를 살피고 있는 그 화부의 뒤를 따라 객차의 문을 통해 바람과 눈이 들이닥쳤다는 사실[숨길 수 없는 오점]을 깨달았다. 하지만 다음 순간 모든 것이 흐릿해졌다. 그 화부는 벽에 있는 뭔가를 갉아 내고 있는 것 같았고, 나이 든 부인이 객차 반대편에 닿도록 다리를 쭉 펴자 객차 안이 검은 연기로 가득 찼다. 그런 다음 뭔가 삐걱거리고 두드리는 듯한, 무시무시한 소리가 났다. 누군가를 찢어 놓는 듯한 소리였다[이 가수면 상태의 꿈에 유의할 것]. 그런 다음 안나 앞에 눈부실 정도의 붉은색 불꽃이 일더니 벽이 위로 솟아 모든 것을 가리는 것 같았다. 안나는 바닥으로 꺼져 버린 듯한 느낌이 들었다. 하지만 불쾌하지 않았고 유쾌했다. 두껍게 전신을 감싸고[두껍게 껴입은 상태에 주목할 것] 눈을 잔뜩 뒤집어쓴 어떤 남자의 목소리가 그녀의 귀에 뭔가를 외쳤다. 그녀는 정신을 차렸다. 그리고 기차가 역에 도착했으며, 두껍게 옷을 껴입은 남자가 차장임을 깨달았다. 안나는 하녀에게 벗어 두었던 케이프와 따뜻한 숄을 달라고 해서 몸에 걸치고 문 쪽으로 걸어갔다.

"나가시려고요, 마님?" 하녀가 물었다.

"응, 바람을 조금 쐬고 싶어. 여긴 정말 덥구나." 안나는 객차 밖 탁트인 승강구로 향하는 문을 열었다. 거친 눈보라와 바람이 반대쪽에서 불어오면서 문은 쉽게 열리지 않았다. 하지만 안나는 문과의 실랑이를 즐겼다[책 말미에 료빈이 맞서게 되는 바람과 비교해 볼 것].

안나는 문을 열고 밖으로 나갔다. 바람은 그녀를 기다렸다는 듯[바람에 대한 또 다른 감상적 오류pathetic fallacy(고뇌에 찬 인간이 사물에 부여한 감정)] 즐겁게 휘파람을 불며 그녀를 붙잡아 데리고 가려 했지만, 그녀는 객차 끝의 차가운 강철 난간에 매달려 치맛자락을 붙잡고 역의 플랫폼으로 내려가 객차 옆에 붙어 바람을 피했다. 객차 끄트머리의 승강구 쪽은 바람이 세찼지만, 플랫폼은 기차가 막아 주어 바람이 강하지 않았다. (……)

하지만 또다시 기차의 바퀴 사이에서, 역사의 모퉁이를 돌아 기둥들을 휘감으며 요란한 소리를 내는 세찬 바람이 불어닥쳤다. 기차, 기둥, 사람들, 눈에 보이는 모든 것은 한쪽이 눈으로 뒤덮인 모습이었고, 그들을 덮은 눈은 점점 그 두께를 더해 갔다[뒤에 나올 꿈의 구성 요소가 이제부터 등장한다]. 남자의 구부정한 그림자가 그녀의 발치를 미끄러지듯 지나갔고, 그녀는 강철을 두드리는 망치 소리를 들었다. "그 전보 이리 내!" 화난 목소리가 반대편 눈보라 치는 어둠 속에서 들려왔다. (……) 옷을 잔뜩 껴입은 사람들의 형체가 눈으로 뒤덮인 채 달려갔다. 담배에 불을 붙여 든 신사 둘이 그녀 곁을 지나갔다. 그녀가 다시 한 번 신선한 공기를 깊이 들이마시고 머프에서 손을 빼 열차의 난간을 잡고 차에 막 올라타려는 순간, 군용 외투 차림의 또 다른 남자가 역사의 깜빡이는 등불을 가로막으며 그녀에게 바싹 다가섰다. 안나는 고개를 돌린 순간 브론스키를 알아보았다. 모자 차양에 손을 대며 고개를 숙여 인사를 한 브론스키는 뭐 필요한 것이 있느냐며, 자신이 도울 일이 없는지 물었다. 안나는 잠시 동안 말없이 그를 응시했고, 그가 빛을 가리고 있음에도 그의 얼굴과 눈에 떠오른 표정이 보였다. 어쩌면 보였다고 상상했는지도 모른다. 그 전날 그녀에게 커다란 인상을 남겼던 바로 그 경의와 동경의 표정이었다. (……)

"기차에 타고 계신 줄 몰랐어요. 왜 여기 계신가요?" 그녀는 철제 난간을 잡고 있던 손을 놓으며 물었다. 억누를 수 없는 기쁨으로 그녀의 얼굴이 빛났다.

"제가 왜 여기 있을까요." 브론스키는 그녀의 눈을 똑바로 보며 말했다. "이유를 아시잖아요. 당신이 있는 그곳에 있고 싶어서 기차를 탔습니다. 어쩔 수가 없었습니다."

그 순간, 바람이 마치 모든 장애물을 날려 버리기라도 하듯 열차 지붕 위의 눈을 날려 보냈고, 바람에 이음새가 느슨해진 철판들이 서로 부딪치며 덜컹거리는 사이 앞쪽에서 거친 엔진 소리가 슬프고 우울하게 울려 퍼졌다. (……)

차가운 난간을 움켜쥐며, 안나는 계단을 올라 재빨리 객차 안으로 들어가 버렸다. (……)

페테르부르크에서 기차가 멈춘 후, 열차에서 내린 그녀의 시선을 가장 먼저 끈 사람은 남편이었다. '어머나! 저 사람 귀가 왜 저럴까?' 안나는 남편의 차갑고 권위적인 모습을 보며, 특히 검은색 펠트 모자의 챙을 떠받치고 있는 귀의 연골을 보며 생각했다.

* * *

[료빈은] 스케이트장으로 통하는 길을 걸으며 혼자 계속 중얼거렸다. "흥분해선 안 돼, 침착해야 해. 대체 왜 그러는 거야? 뭘 원하는 거지? 가만히 있어, 이 바보야." 그는 자신의 심장에게 타일렀다. 하지만 진정하려 하면 할수록 점점 더 호흡이 가빠졌다. 아는 사람이 그를 보고 이름을 불렀지만, 료빈은 그를 알아보지도 못했다. 그는 활주용 얼

음 슬로프로 향했다. 썰매를 끌고 올라갈 때 체인이 부딪치는 소리, 위에서 내려오는 썰매들의 요란한 소리, 즐겁게 떠드는 목소리가 들려왔다. 몇 발짝 더 내딛자 눈앞에 스케이트장이 펼쳐졌고, 스케이트를 타는 사람들 중에서 그는 한눈에 그녀를 알아보았다.

심장을 파고드는 환희와 두려움으로 그는 그녀가 거기에 있음을 알수 있었다. 그녀는 링크 반대쪽 끝에 서서 어떤 부인과 이야기하고 있었다. 옷이나 태도 어디에도 눈에 띄는 점은 없었다. 하지만 료빈은 수많은 무리 가운데에서도 쉽게 그녀를 찾아낼 수 있었다. 그녀는 쐐기풀 숲에 피어난 한 송이 들장미 같았다.

* * *

일주일 중 바로 그날, 하루 중 바로 그 시간에는 다들 서로 안면이 있는 한 무리의 사람들이 스케이트장에 모이곤 했다. 그곳에는 재주를 뽐낼 만큼 상당한 수준의 스케이트 실력을 가진 사람들도 있었고, 초보자들은 나무로 만든 날이 달린 의자를 잡고 조심스럽고 어색한 자세로 조금씩 발을 뻗어 보곤 했다. 젊은이들도 있었고, 건강을 위해 스케이트를 타는 노인들도 있었다. 료빈에게는 모든 이들이 특별히 선택된 행운아들 같았다. 모두 그녀와 가까이 있을 수 있기 때문이었다. 스케이트 타는 이들은 아무렇지도 않게 그녀를 따라잡고, 앞지르고, 말을 걸기까지 했으며, 그녀가 있건 말건 훌륭한 얼음과 멋진 날씨를 즐기는 것 같았다.

키티의 사촌, 니콜라이 셰르바츠키는 짧은 재킷과 몸에 딱 붙는 바지 차림으로 스케이트를 신은 채 벤치에 앉아 있었다. 료빈을 본 그가 소리쳤다.

"아, 러시아 최고의 스케이터가 오셨군! 온 지 오래됐나요? 얼음 상태가 최고예요. 스케이트를 신으세요."

"스케이트를 안 가져왔는데." 료빈은 키티를 쳐다보지는 않았지만 한 순간도 그녀를 시야에서 놓치지 않은 채, 그녀 앞인데도 불구하고 이렇게 대담하고 거리낌 없이 행동하는 자기 자신에게 놀라며 대답했다. 마치 보이지 않는 태양이 자신에게 다가오는 느낌이었다. 키티는 링크가 구부러지는 지점에 있었고, 끝이 뭉툭하고 목이 긴 스케이트를 신은 날씬한 발을 모은 채 겁을 집어먹은 것이 역력한 모습으로 그를 향해 미끄러져 오고 있었다[웃기는 점은 가넷의 번역대로라면 키티는 발가락을 신발 밖으로 내놓아야 한다는 것이다]. 러시아식 옷을 입은 소년이 팔을 격렬하게 휘두르며 얼음 쪽으로 몸을 굽힌 채 키티를 앞지르려 하고 있었다. 키티는 불안하게 스케이트를 탔다. 줄을 달아 목에 건 작은 머프 밖으로 손을 꺼내어 만약의 경우에 대비하는 자세를 취하고 있었다. 료빈 쪽을 바라본 그녀는 그를 알아보고 미소를 지었다. 그를 향한, 그리고 겁을 내는 자신을 향한 미소였다. 링크를 한 바퀴 돈 후 그녀는 한 발로 힘차게 얼음을 밀며 사촌에게로 곧바로 다가왔다. 사촌의 팔을 잡은 키티는 료빈에게 미소를 지어 보이며 고개를 끄덕였다. 그녀는 료빈이 상상했던 이상으로 아름다웠다. (……) 하지만 언제나 전혀 예상치 못한 형태로 그의 마음을 느닷없이 사로잡는 것은 그녀의 눈빛, 부드럽고 고요하면서 진심을 담고 있는 그 눈빛이었다. (……)

"오신 지 오래됐나요?" 키티는 그와 악수를 하며 말했다. 머프에서 떨어진 손수건을 주워 주는 그에게 그녀는 "고마워요"라고 덧붙였다[톨스토이는 등장인물들을 매우 세밀하게 살핀다. 그는 인물들을 말하고 움직이게 만들지만, 그들의 말과 움직임은 그가 만들어 준 세계 안에서 자체적인 반응을 만들어 낸다. 무슨 말인지 이해가 되리라 생각한다].

"스케이트를 타시는지 몰랐습니다. 그런데 아주 잘 타시네요."

그녀는 그를 물끄러미 쳐다보았다. 마치 그가 어찌할 줄 몰라 하는 이유를 찾아내려는 것 같았다.

"당신 같은 분의 칭찬을 받다니 기분이 남다르네요. 스케이트 실력이 상당하시다고 들었거든요." 그녀는 검은 장갑을 낀 작은 손으로 머프 위에 떨어진 작은 서리 조각을 털며 말했다[여기서도 톨스토이의 냉철한 시선을 보라].

"네, 한때는 열정적으로 탔었죠. 완벽에 도달하고 싶었으니까요." 료빈이 대답했다.

"당신은 무엇이든 열정적으로 하시는 것 같아요. 스케이트 타시는 걸 꼭 보고 싶어요. 스케이트를 신으세요, 우리 함께 타요."

'함께 타자고? 그게 가능할까?' 료빈은 그녀를 바라보며 생각했다.

"당장 신고 오겠습니다." 그가 말했다.

그리고 료빈은 스케이트를 신으러 갔다.

"정말 오랜만에 오셨군요, 나리." 료빈의 발을 받치고 스케이트 나사를 죄며 스케이트장 직원이 말했다. "근래에는 나리 때처럼 스케이트를 잘 타시는 신사분들이 좀처럼 없으셨지요. 어떠세요?" 스케이트 끈을 죄며 그가 말했다.

잠시 후, 료빈 이후 세대에서 가장 잘 타는 축에 드는 젊은이 하나가 스케이트를 신고 입에 담배를 문 채 카페에서 나왔다. 그는 속력을 내나 싶더니, 스케이트를 신은 채로 계단을 달려 내려가 요란한 소리를 내며 도약했다. 얼음 위로 착지한 그는 아무렇지 않게 늘어뜨린 팔의 자세도 바꾸지 않은 채 그대로 멀리 가 버렸다.

'아, 저것이 새로운 기술인가 보군!' 료빈은 즉시 자신도 계단 위로 올라가 같은 묘기를 선보이려고 했다.

"그러다가 목 부러져요! 연습도 안 하셨잖아요!" 키티의 사촌이 그의 등 뒤에서 외쳤다.

료빈은 도약대로 올라가 가속도를 올리며 아래로 달려 내려오더니 균형을 잃지 않으며 익숙지 않은 팔 자세를 잡았다. 마지막 스텝에서 그는 넘어졌지만 겨우 한 손으로 얼음을 짚었고, 안간힘을 써서 몸을 바로 세우더니 소리 내어 웃으며 그 자리를 벗어났다.

*　*　*

이제 료빈이 키티에게 거절당하고 2년 뒤, 오블론스키가 마련한 만찬 장면으로 가 보자. 우선 미끄러운 버섯에 관한 짤막한 구절을 재해석해 보자.

"곰을 잡으셨다면서요!" 키티는 자꾸만 미끄러지는 절인 버섯을 포크로 집는 데 괜한 정성을 기울이며 말했다. 포크를 살짝 움직일 때마다 그녀의 하얀 팔을 감싼 레이스가 떨렸다[위대한 작가의 혜안은 자신이 삶을 불어넣은 인물들의 행동 하나하나를 놓치지 않는다]. "영지에 곰이 있나요?" 키티는 매력적인 작은 머리를 그에게로 반쯤 향한 채 미소 지으며 말했다.

이제 유명한 분필 장면으로 가 보자. 만찬 후 키티와 료빈은 잠시 동안 방 한쪽에 함께 있게 되었다.

키티는 카드 테이블로 다가가 의자에 앉더니 분필을 들어 깨끗한 초록색 테이블보 위에 동심원들을 그리기 시작했다.

그들은 식사 중에 토의했던 여성의 자유와 일이라는 주제에 대해 다시 이야기하기 시작했다. 료빈은 결혼하지 않은 여성은 자신의 가정 내에서 여성에게 적합한 일을 찾아야 한다는 돌리의 의견에 동의했다. (……)

침묵이 뒤를 이었다. 그녀는 여전히 탁자 위에 분필로 그림을 그리고 있었다. 그녀의 눈은 부드럽게 빛났다. 그녀의 영향으로, 그는 점점 커져 가는 행복감을 느꼈다.

"어머나! 탁자가 온통 낙서투성이가 되어 버렸네!" 키티는 분필을 내려놓으며 이렇게 말하고 일어서려고 했다.

'이런! 그녀 없이 혼자 남는 건가?' 이런 생각은 그를 두렵게 했다. 그래서 그도 분필을 들었다. "잠깐만 기다리세요. 오래전부터 묻고 싶었던 것이 있습니다." 그는 그녀의 다정하지만 겁먹은 눈을 똑바로 들여다보았다.

"말씀하세요."

"여기." 그는 '그, 거, 영, 안, 의'라고 머리글자를 썼다. '그때의 거절은 영원히 안 된다는 의미였나요?'라는 뜻이었다. 이렇게 복잡한 문장을 그녀가 알아볼 리 없을 것 같았다. 하지만 그는 마치 그녀가 이 말을 이해하느냐 마느냐에 자신의 인생이 달리기라도 한 듯 그녀를 간절하게 바라보았다. 그녀는 그를 진지하게 쳐다본 후, 눈썹을 찌푸리더니 글을 읽기 시작했다. 한두 번 그를 훔쳐보는 그녀의 표정은 '내 생각이 맞나요?'라고 묻는 것 같았다.

"뭔지 알겠어요." 키티는 살짝 얼굴을 붉히며 말했다.

"뭔데요?" 료빈은 '영원히'를 뜻하는 '영'을 가리키며 물었다.

"'영원히'라는 뜻이지요. 그건 그렇지 않아요!" 그녀가 말했다.

그는 재빨리 자신이 쓴 글자들을 지우고 그녀에게 분필을 건넨 뒤 일어섰다. 키티는 '그, 그, 대, 수, 없······'라고 썼다. '그때는 그렇게 대답할 수밖에 없었어요'라는 뜻이었다.

그는 대답을 기다리는 표정으로 소심하게 그녀를 보았다.

"그때만 그랬던 건가요?"

"네." 그녀는 미소로 대답했다.

"지금은요?" 그가 물었다.

"음, 이걸 읽어 보세요." 그녀는 '잊, 그, 용'이라고 썼다. '잊으세요, 그리고 용서하세요.'

약간은 지나친 비약이다. 비록 사랑은 기적을 일으키고 마음과 마음 사이의 심연을 이으며 다정한 텔레파시까지 가능하게 한다는 데에는 의심의 여지가 없지만, 아무리 러시아어라고 해도 이렇게 상세하게 남의 생각을 읽을 수 있다고 생각되지는 않는다. 하지만 주인공들의 움직임은 매력적이고, 이 장면의 분위기는 예술적으로 진실하다.

톨스토이는 자연에 가까운 삶을 옹호했다. 자연, 즉 신은 인간 여성은 예컨대 고슴도치나 고래보다 더 큰 출산의 고통을 경험해야 한다고 명했다. 그래서 톨스토이는 이 고통을 없애는 데 극렬히 반대했다.

『라이프*Life*』지의 저급한 자매지인 『룩*Look*』지 1952년 4월 8일 자에는 다음과 같은 제목으로 일련의 사진들이 게재되었다. '나는 내 아기의 탄생을 촬영했다.' 너무 못생긴 아기가 책장 한 귀퉁이에서 기분 나쁘게 웃고 있는 사진 아래에 이렇게 써 있었다. '아이오와 주 시더래피즈에 살고 있는 사진 저술가(도대체 뭘 하는 직업인지 모르겠지만) A. H. 휴싱크벨트 부인은 분만실에 누운 채 카메라의 셔터를 눌러 자신의 첫 아기가 태어날 때 첫 진통의 순간부터 아기가 첫 울음소리를 낼 때까지의 놀라운 광경을 기록(이라고 써 있다)한다.'

그녀는 사진으로 무엇을 담으려 했을까? 예를 들어, '(손으로 그린 몰취미한 무늬의 타이를 매고, 평범한 얼굴에 떨떠름한 표정을 짓고 있는) 남편이 진통이 한참 진행 중인 아내를 방문' 또는 '휴싱크벨트가 환자에게 소독약을 뿌리는 마리아 수녀를 촬영' 같은 사진으로 말이다.

톨스토이였다면 이 모든 것에 대해 강하게 반대했을 것이다.

어차피 별로 큰 도움도 못 되었던 약간의 아편을 제외하면, 당시에는 출산의 고통을 줄여 줄 어떠한 마취제도 사용되지 않았다. 1875년이었지만, 전 세계 여성들은 2천 년 전과 같은 방법으로 아이를 낳았다. 톨스토이는 여기서 두 가지 주제를 드러내고자 한다. 하나는 자연이 연출한 드라마의 아름다움이고, 둘째는 료빈을 통해 본 자연의 신비와 자연에 대한 두려움이다. 마취와 입원이라는 현대적 분만 방식이 있었다면 제7부 15장에서 보이는 위대한 출산 장면은 없었을 것이고, 자연의 섭리에 따른 고통을 인위적으로 경감시키는 행위에 대해 그리스도교 신자 톨스토이는 크게 못마땅하게 여겼을 것이다. 키티는 당연히 집에서 아이를 낳았고 료빈은 집안을 서성댄다.

그는 시간이 얼마나 됐는지도 몰랐다. 초는 모두 타 버렸다. (……) 그는 의사의 우스갯소리를 들었다. (……) 갑자기 키티의 방에서 괴상한 비명이 들렸다. 그 소리가 너무나 끔찍해서 그는 꼼짝도 못하고 겁에 질려 뭔가 설명을 바라는 시선으로 의사를 바라보았다. 의사는 고개를 돌려 소리에 귀를 기울이더니, 별일 없다는 듯 빙그레 웃었다. 모든 것이 너무 엄청나서 료빈으로서는 그런 반응이 더할 나위 없이 이상하기만 했다. (……) 이제 그는 발뒤꿈치를 들고 살그머니 침실로 들어가 산파[엘리자베타]와 키티의 어머니 옆을 돌아 키티의 침대머리에 섰다. 비명은 잦아들었지만 아까와 조금 달라졌다. 뭐가 달라졌는지 알 수도 이해할 수도 없었고, 알고 싶지도 이해하고 싶지도 않았다. (……) 키티의 부어오른 고통스러운 얼굴이, 땀에 젖은 관자놀이에 들러붙은 머릿단이 그를 향했다. 그녀의 눈이 그의 눈을 찾았고, 그녀의 손이 허공에서 그의 손을 찾았다. 그녀는 뜨거운 손으로 그의 차가운 손을 꼭 쥐어 자신의 뺨에 대고 눌렀다.

"가지 마세요, 가지 마세요! 두렵지 않아요, 난 두렵지 않다고요. 엄마, 귀고리를 떼 주세요, 거추장스러워요……." [이 귀고리를 손수건, 장갑 위에 떨어진 서리, 그리고 소설 속에서 키티가 다루는 다른 물건들과 같은 선상에 놓아 보자.] 그러더니 갑자기 료빈을 밀어냈다. "아, 너무 아파. 난 죽을 거예요. 저리 가세요." 그녀가 소리를 질렀다. (……)

료빈은 머리를 감싸 쥐고 밖으로 뛰어나갔다.

"괜찮아요, 다 잘되고 있어요." 돌리가 그의 등 뒤에서 외쳤다[그녀는 이미 일곱 번이나 경험한 과정이었다].

'하지만 사람들은 자기들 좋을 대로 이야기하지.' 료빈은 생각했다. 그는 이제 모든 것이 끝났음을 알고 있었다. 그는 옆방에 들어가 문기둥에 머리를 기대고 서서 누군가 소리치고 울부짖는 것을 들었다. 그가 한 번도 들어 본 적 없는 소리였고, 그는 그것이 키티가 내는 소리임을 알았다. 하지만 그는 이미 아이 같은 것은 더 이상 원하지 않은 지 오래였다. 이제 그는 그 아이가 미웠다. 그는 그녀의 목숨조차 바라지 않았다. 그가 간절히 바라는 것은 이 끔찍한 고통이 끝나는 것뿐이었다.

"선생님, 무슨 일입니까? 어떻게 된 거예요? 맙소사!" 그는 방에서 나오는 의사의 팔을 붙잡으며 말했다.

"자, 이제 마지막이오." 의사의 표정이 너무나 엄숙해서 료빈은 마지막이라는 말을 키티의 죽음으로 받아들였다[물론 의사의 말은 이제 곧 끝난다는 뜻이었다].

이제 출산이라는 자연 현상의 아름다움을 강조한 부분이 나온다. 아울러 문학적 허구의 역사가 진화해 온 모든 과정은 삶의 층을 한 꺼풀 한 꺼풀 단계적으로 파고 들어가는 과정이었다고 해도 과언이 아님을 기억하기 바란다. 기원전 9세기의 호메로스나, 17세기의 세르반테스가 출생의 세부적 순간들을 이렇게 멋지게 묘사하는 것은 상상조차 하기 어렵다. 문제는 그런 사건이나 감정들이 윤리적 또는 미학적으로 적절한가 아닌가가 아니다. 내가 말하고자 하는 요지는 예술가도 과학자와 마찬가지로 예술과 과학의 발전 과정에서 항상 뭔가를 찾아 주변을 탐색하고, 자신의 선임자보다 조금 더 이해하고, 더 날카롭고 밝은 눈으로 조금 더 꿰뚫어 본다는 점이다. 그리고 이것이 바로 그 예술적 결과물이다.

그는 정신없이 침실로 달려갔다. 처음 눈에 들어온 것은 산파의 얼굴이었다. 아까보다 더 찌푸리고 경직된 얼굴이었다. 키티의 얼굴은 없었다. 대신 그곳에는 무섭게 뒤틀린 채 끔찍한 소리를 내는 어떤 것이 있었다. [자 이제 가장 아름다운 순간이 등장한다.] 그는 침대의 나무틀에 머리를 기대고 주저앉았다. 가슴이 터질 것 같았다. 끔찍한 비명은 멈추지 않고 계속되었고, 점점 더 끔찍해지더니 마치 더 이상 끔찍해질 수 없는 한계에 도달한 듯 갑자기 멈췄다. 료빈은 귀를 의심했지만 의심의 여지는 없었다. 비명은 멈추었고 그는 조용한 소요와 수군거림을 들었고, 가쁜 숨소리와 그녀의 목소리를 들었다. 숨을 몰아쉬는, 생기 있고, 부드럽고, 환희에 찬 목소리가 조용히 내뱉는 소리였다. "이제 끝났어!"

그는 고개를 들었다. 지쳐서 양손을 이불 위에 놓고 너무나 사랑스럽고 고요하게, 그녀는 아무 말 없이 그를 바라보며 미소 지으려 했지만 그럴 수 없었다.

그러더니 갑자기, 그는 자신이 지난 22시간을 보냈던 신비하고 끔직한 머나먼 세계에서 느닷없이 원래의 일상적 세계로 돌아온 듯한 느낌이 들었다. 그로서는 감당할 수 없을 정도로 찬란한 행복이 넘쳐흘렀다. 팽팽하게 당겨져 있던 긴장의 끈이 툭 끊어지면서, 그가 미처 예상치 못했던 기쁨의 흐느낌과 눈물이 격렬히 쏟아져 나오고 온몸이 떨렸다. (……) 그는 침대 곁에 무릎을 꿇고 아내의 손을 잡아 입술에 갖다 대고 키스했다. 그러자 그 손은 손가락의 가녀린 움직임으로 그 키스에 답했다[이 장 전체가 놀라운 형상화로 이루어져 있다. 그나마 찾아볼 수 있는 약한 서술도 직접적인 묘사와 구별이 힘들 정도다. 하지만 마지막은 직유로 장식한다]. 한편, 침대 발치, 산파의 능숙한 손에는, 램프 기름 위에서 깜빡이는 빛처럼, 전에는 존재하지 않았지만 앞으로 (……) 살아가고, 또 자신과 같은 존재를 창조할 한 인간의 생명이 깜빡이고 있었다.

나중에 안나가 자살하는 장에서 그녀의 죽음과 연관한 빛의 이미지를 살펴볼 것이다. 죽음은 영혼의 탄생이다. 그러므로 아기의 탄생과 영혼의 탄생(죽음)은 동일한 신비, 공포, 아름다움의 요소들을 통해 표현된다. 키티의 출산과 안나의 죽음이 여기에서 만난다.

출산은 또한 료빈의 내부에서 탄생한 신앙이 불러 일으킨 격한 감동과도 맞물린다.

* * *

료빈은 성큼성큼 큰길을 따라 걸었다. 머릿속에는 생각이 뒤엉켜 있었지만 그는 그보다 자신의 영적인 상태에 더 깊이 몰두해 있었다. 그것은 이전에 한 번도 경험하지 못한 상태였다. (……)

[그와 이야기를 나눈 농부는 또 다른 농부의 이야기를 하면서 그 다른 농부가 자신의 배를 채우기 위해 살았다고 말하며, 인간은 자신의 배가 아니라 진실을 위해, 신을 위해, 자신의 영혼을 위해 살아야 한다고 말했다.]

'나 자신을 위한 해결책을 찾은 것일까, 내 고통도 끝날까?'

료빈은 먼지 쌓인 길을 걸으며 생각했다. 그는 격한 감정으로 숨이 가빴다. 그는 길을 벗어나 숲으로 들어가 사시나무 그늘 풀밭에 앉았다. 그는 더워진 머리에서 모자를 벗고 삼림 지대에 무성하게 자란 보드라운 풀[가넷은 깃털 같은 풀이라는 번역으로 섬세한 표현을 무참히 짓밟아 버렸다] 위에 팔꿈치를 괴고 누웠다

'그래, 나는 나 자신을 납득시켜야 해.' 그는 개밀풀 위를 기어오르는 작은 초록 벌레의 움직임을 눈으로 좇으며 생각했다. 통풍초 잎 하나가 초록 벌레의 길을 막고 있었다. '나는 무엇을 깨달았는가?' 그는

[자신의 영적 상태에 대해] 자문했다. 그리고 초록 벌레를 막고 선 잎을 옆으로 밀어 주고 벌레가 지나갈 수 있도록 다른 잎 하나를 낮추어 주었다. '무엇이 나를 기쁘게 하는가? 나는 무엇을 찾았는가?'

'나는 단지 전부터 계속 알고 있던 사실을 깨달았을 뿐이다. 나는 잘못으로부터 자유로워졌다. 나는 주님을 찾았다.'

하지만 여기서 우리가 주목할 점은 관념이 아니다. 결국 우리는 항상 문학이 관념의 패턴이 아니라 형상의 패턴이라는 점을 명심해야 한다. 관념은 한 권의 책이 갖는 형상과 마법에 비하면 아무것도 아니다. 여기서 가장 흥미로운 것은 료빈이 무엇을 생각했는가도, 톨스토이가 무엇을 생각했는가도 아니다. 흥미로운 존재는 바로 사고의 전환, 변화, 몸짓을 너무나 적절하게 표현하는 작은 벌레.

우리는 이제 료빈 라인의 마지막 장으로 간다. 료빈의 마지막 대화가 등장하지만, 여기서도 우리는 형상에 주목해야 한다. 관념은 어떻게 되든 상관없다. 말, 표현, 형상이야말로 문학의 진정한 기능이다. 관념이 아니다.

료빈의 영지에서 가족과 손님들은 바깥나들이를 한다. 이제 돌아갈 시간이다.

키티의 아버지와 료빈의 동복형 세르게이는 작은 마차를 타고 출발했다. 먹구름이 몰려오고 있었기 때문에 나머지 사람들도 집으로 바쁜 발걸음을 옮겼다.

하지만 폭풍을 머금은 구름은 원래의 흰색에서 검은색으로 어두워지며 사람들의 머리 위를 빠르게 지나갔고, 사람들은 비를 만나지 않기 위해 걸음을 재촉해야 했다. 가장 앞서 오는 구름은 낮게 드리우며 숯검정을 품은 연기처럼 재빠르게 하늘을 뒤덮었다. 이제 집까지 2백 보 정도 남았을 무렵, 거센 바람이 불어오기 시작하더니 금방이라도 빗방울이 떨어질 것 같았다.

아이들은 겁에 질린 듯하면서도 잔뜩 들뜬 고함을 지르며 달려갔다. 돌리는 다리를 휘감는 치맛자락을 떼어 내려 안간힘을 쓰면서 아이들에게서 시선을 떼지 못한 채 뛰다시피 했다. 남자들은 모자가 날아가지 않도록 손으로 잡으며 그녀 곁을 성큼성큼 지나쳐 갔다. 현관 계단에 다다르자마자 큰 빗방울이 뚝 떨어져 강철 배수통 가장자리에서 갈라져 내렸다. 아이들은 흥분해 조잘대며 아늑한 집 안으로 들어갔다.

"아내는 돌아왔나?" 료빈은 현관에서 소풍에서 돌아온 사람들에게 줄 수건과 무릎 담요를 들고 서 있던 가정부에게 물었다.

"마님께서도 함께 계시지 않았나요?"

"아기는?"

"잡목림에 계신가 봐요. 유모도 같이요."

료빈은 무릎 담요와 외투를 빼앗듯 받아 들고 잡목림을 향해 달려나갔다.

그 짧은 사이에 먹구름은 해를 완전히 집어삼켜 마치 일식 현상이 나타난 것 같았다. 바람은 그를 붙잡아 세우려 고집스럽게 버티더니 [바람의 감상적 오류를 안나의 기차 여행에 나타났던 것과 비교해 보라. 하지만 직접적인 형상화는 여기서는 비유로 바뀐다], 라임 나무의 잎과 꽃들을 날려 떨어뜨리고 흰색 자작나무 가지의 나뭇잎을 뒤집어 나무의 알몸을 추하고 기괴하게 드러냈다. 아카시아, 꽃, 우엉, 키 큰 풀들과 높은 나무 꼭대기까지, 바람은 모든 것을 뒤틀어 한쪽으로 던져 버렸다. 정원에서 일하던 농가의 젊은 여자들이 비명을 지르며 하인들의 거처

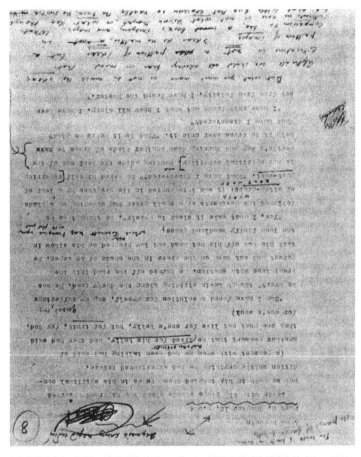

『안나 카레니나』 제8부 12장에 대한 나보코프의 노트. "문학은 관념의 패턴이 아니라……"라고 지적한 부분

로 뛰어 들어갔다. 폭우는 멀리 보이는 숲 전체에 어두운 장막을 드리우고 가까운 들판까지 절반가량 뒤덮으며 잡목림을 향해 빠른 속도로 나아가고 있었다. 비는 땅을 치고 작은 물방울로 퍼져 솟구치면서 공기 중에 습한 냄새를 흩뿌렸다. 고개를 앞으로 숙이고,[80] 들고 있던 담요를 빼앗으려 안간힘을 쓰는 바람[감상적 오류는 계속된다]과 싸우며, 료빈은 잡목림에 가까워지고 있었다. 참나무 뒤쪽에서 하얗게 아른거리는 뭔가를 발견한 그 순간, 갑자기 섬광이 번득이더니 온 천지에 불이 붙고, 하늘이 두 조각 난 것 같았다. 부신 눈을 뜨며 료빈은 쏟아지는 빗줄기 너머를 응시했고, 겁에 질린 그의 눈에 처음 들어온 것은 잡목림 한가운데 서 있던 눈에 익은 참나무 꼭대기가 묘하게 위치가 달라져 있는 모습이었다[경마 장면과 비교해 보라. 브론스키는 말이 장애물을 뛰어넘다가 허리가 부러졌을 때, 자신의 '달라진 위치'를 감지한다].

'벼락을 맞은 걸까?' 이런 생각이 머리에 떠오른 순간, 참나무 잎들이 점점 더 빠른 속도로 움직이는가 싶더니 다른 나무들 뒤로 자취를 감추었고, 그는 거대한 나무가 다른 나무들 위로 쓰러지는 요란한 소리를 들었다.

번개의 섬광, 천둥 치는 소리, 갑자기 몸을 타고 흐르는 한기가 모두 하나가 되어 그를 무서운 공포로 옥죄어 왔다. '맙소사, 맙소사, 나무에 깔린 건 아니겠지.'

물론 이미 나무가 쓰러진 이 시점에, 쓰러진 참나무로 인해 가족들이 죽지 않았기를 바라는 자신의 기도가 얼마나 쓸모없는 것인지 금방 깨달았음에도, 그는 기도를 반복했다. 이 쓸데없는 기도 말고 그가 할

---

80 가넷의 번역에는 "머리를 굽혀 앞에 들고"라고 되어 있다. 나보코프는 그냥 지나치지 않고 "가넷 여사가 이 남자의 목을 베어 버렸다"고 덧붙였다. *

수 있는 일이 아무것도 없음을 알고 있기 때문이었다. (……)

그들은 잡목림의 반대편 끝자락에 있는 오래된 라임 나무 아래에 있었다. 그들이 그를 불렀다. 어두운 색 드레스(집을 나설 무렵, 드레스들은 밝은 색이었지만)[81]를 입은 두 사람이 몸을 굽혀 뭔가를 감싸고 있는 모습이었다. 키티와 유모였다. 비는 거의 그쳐 있었다. 그가 그들 곁에 도착했을 때는 날이 개고 있었다. 유모의 치마는 젖지 않았지만, 키티의 치마는 흠뻑 젖어 몸에 달라붙어 있었다. 둘은 처음 폭풍이 불어닥칠 무렵과 같은 자세로, 초록색 우산을 씌워 놓은 아기의 침대 위에 몸을 굽힌 채 서 있었다. "살아 있소? 무사한 거지? 다행이다." 료빈이 말했다. 그들에게로 달려가는 그의 젖은 장화는 미끄러웠고, 물웅덩이를 지날 때는 첨벙첨벙 소리를 냈다. (……) [료빈은 아내에게 화가 났다.] 그들은 아기의 젖은 기저귀를 모아 들었다[비에 젖었을까? 확실하지 않다. 무섭게 쏟아지던 비가 어떻게 사랑스러운 아기의 젖은 기저귀로 변화했는지 주목하라. 자연의 힘도 가정이라는 힘 앞에 무릎을 꿇었다. 감상적 오류는 행복한 가정의 미소로 대치되었다].

아기의 목욕

키티는 한 손으로 포동포동한 아기의 머리를 받치고 있었다. 아기는 목욕통 속에서 위를 향한 채 다리를 버둥대며 물에 떠 있었다. 키티는 다른 손으로 스펀지가 머금은 물을 아기의 몸 위에 짜서 흘려보냈고, 그녀의 위팔 근육이 정교하게 수축했다(가넷은 여기서도 근육에 관한 언

---

81 나보코프는 "이 부분의 요지 역시 가넷에 의해 모호해진다. 가넷의 번역은 '집을 나설 때, 그들은 가벼운(light) 여름옷을 입고 있었다'라고 적었다. *

급을 모두 빠뜨리는 오류를 범했다).

유모는 한 손으로 아기의 작은 배를 받치며 아기를 목욕통에서 꺼내더니, 아기 몸에 물 한 바가지를 끼얹은 다음 수건으로 감쌌다. 몸의 물기를 닦아 낸 아기는 귀를 찢을 것같이 몇 번 소리를 지르더니 어머니의 품으로 옮겨졌다.

"저, 당신이 아기를 사랑하게 돼서 기뻐요." 키티는 평소 늘 앉는 자리에 편안하게 자리를 잡고 아기에게 젖을 물린 채 남편에게 말했다. "아기에 대해 아무것도 느낄 수 없다고 말한 것 기억해요?"

"정말? 내가 그랬나? 아하, 난 그냥 약간 실망했다고 말했었지."

"아기한테요?"

"아니, 아기한테 실망한 건 아니고, 그러니까 나 자신의 감정에 대해 말이오. 나는 뭔가 더 큰 것, 전에 없던 환희의 감정, 뭔가 예상 못했던 놀라운 것을 기대했었는데, 정작 내가 느낀 건 혐오와 연민이었어."

키티는 아기 너머로 남편을 바라보며 그의 말에 귀를 기울이면서, 아기를 목욕시키는 동안 빼놓았던 반지를 가느다란 손가락에 다시 꼈다. (……) [톨스토이는 몸짓 하나도 놓치지 않는다.]

료빈은 아기 방을 나와 주변에 아무도 없음을 깨닫고[82] 다시 마음속에 불분명하게 떠오르던 뭔가를 떠올렸다. 사람들 소리가 들려오는 거실에 들어가지 않고 테라스에서 발을 멈춘 그는 난간에 팔꿈치를 기대고 하늘을 올려다보았다. 하늘은 칠흑같이 어두웠다. 남쪽 하늘을 덮고 있던 구름은 반대편으로 흘러갔고, 그곳으로부터 번갯불의 번쩍임과 희미한 천둥소리가 들려왔다. 그는 정원의 라임 나무에서 일정한

---

82 나보코프는 이 첫머리에 대한 가넷의 번역, "아기 방을 나와 다시 혼자가 된"을 반박했다. *

간격으로 똑똑 떨어지는 물방울 소리를 들으며 그가 익히 알고 있는 삼각형을 이룬 별 무리와 은하수와 그 주변으로 뻗어 있는 별들을 올려다보았다[이제부터 사랑과 예지에 대한 매력적인 비유가 등장한다]. 번개가 번쩍일 때마다 은하수와 밝은 별들조차 사라졌지만, 번개가 잦아들자마자 별들은 다시 제자리에 나타났다. 마치 손 하나가 별들을 원래의 위치에 잘 가늠하여 뿌려 놓는 것 같았다. [무엇이 매력적 비유인지 알아챘는가?]

'흠, 무엇 때문에 내 마음이 어지러운 걸까?' 료빈은 자문했다. '나는 인간이 갖는 모든 다양한 종교와 신과의 관계에 대해 고민하고 있다. 하지만 나는 무엇 때문에 고민하는가? ['그러게, 왜?'라고 훌륭한 독자라면 혼자 중얼거리겠지.] 나라고 하는 한 인간, 나라고 하는 한 개인, 나의 마음이 의심할 수 없고, 이성을 통해서는 얻을 수 없는 하나의 분명한 깨달음을 얻었다. 그럼에도 나는 미련하게 이성으로 풀어 보려 고집을 부리고 있다…… 다른 종교의 문제, 그들과 신의 문제에 대해 결론지을 자격도, 능력도 없으면서.'

"안 들어갔군요." 갑자기 키티의 목소리가 들려왔다. 그녀는 거실로 가기 위해 테라스를 지나던 참이었다. "왜 그래요?" 별빛에 비친 남편의 얼굴을 주의 깊게 살피며 그녀가 물었다.

하지만 번갯불이 별빛을 감추고 그의 얼굴을 드러내지 않았다면, 키티는 남편의 표정을 볼 수 없었을 것이다. 번쩍이는 섬광 속에서 그의 얼굴이 분명히 보였고, 그의 얼굴이 행복하고 평화로운 것을 본 그녀는 그를 향해 미소 지었다. [앞서 살펴보았던 매력적인 비유가 이런 결과로 나타났다. 이제는 이해가 되리라.]

'그녀는 이해하고 있어.' 그는 생각했다. '아내에게 말할까? 그래.' 하지만 그녀가 입을 열었다. "부탁이 있어요. 손님방에 가서 세르게이

[료빈의 동복형]가 쓸 수 있게 방을 손봐 놓았는지 봐 줄래요? 내가 가긴 좀 뭐하네요. 새 세면대를 달아 놓았는지 봐 줘요."

"그러지⋯⋯." 료빈은 그녀에게 입을 맞추며 말했다.

'아냐, 말하지 않는 편이 좋겠어.' 그는 생각했다. '이건 전적으로 나 혼자만의 문제고, 근본적으로 나에게만 국한된 문제야. 말로 옮기지 않는 편이 나아. 이 새로운 감정은 나를 바꾸어 놓지도, 내가 꿈꾸었던 것처럼 나를 행복하게 해 주지도 않았어. 아이에 대한 감정도 그랬잖아. 기대 이상의 놀라움도 여기엔 없어. 하지만 이것이 믿음이건 그렇지 않건, 이 감정은 이제 내 안에 자리를 잡았어. 나는 계속 살아오던 방식대로 살아갈 거야. 마부한테 불같이 화를 내고, 화가 나서 언쟁을 벌이고, 상황에 안 맞는 말을 하면서. 내 영혼과 다른 사람들 사이에는 여전히 침묵의 벽이 존재하겠지. 아내와의 사이에서조차 그럴 거야. 나는 또 나 자신의 두려움 때문에 그녀를 책망하고, 또 그런 내 행동을 후회하겠지. 여전히 왜 기도하는지 머리로는 이해하지 못하면서, 그래도 계속 기도할 거야. 하지만 내 인생 전부가 이제, 앞으로 내게 무슨 일이 벌어지든, 내 인생의 매 순간이 이전처럼 무의미하지는 않을 거야. 내 인생은 선이라는 분명한 의미를 얻었고, 이제 나도 내 인생에 그 의미를 부여할 힘을 갖게 되었으니까.'

이렇게 책은 톨스토이가 창조한 인물의 독백이 아닌, 톨스토이 자신의 일기와도 같은 알 수 없는 기록으로 끝을 맺는다. 이제까지 본 것은 책의 배경이다. 책의 은하수다. 료빈-키티의 가정생활이라는 이야기의 줄기다. 이제 강철과 피의 패턴으로 가 보자. 별빛이 은은한 하늘을 배경으로 끔찍한 형상으로 부각된 브론스키-안나의 패턴으로 말이다.

브론스키의 이름은 책의 앞머리에서 이미 언급되지만, 그가 처음 등장하는 것은 1부 14장, 셰르바츠키가에서다. 그런데 여기서 한 가지 흥미로운 이야기 줄기가 시작된다. 바로 심령술, 즉 탁자를 흔들고 영매를 통해 영혼을 부르는, 당시 유행했던 여흥거리가 등장한 것이다. 브론스키는 가벼운 마음으로 강령술을 시도하는데, 이 이야기 줄기는 매우 흥미롭게 전개된다. 7부 22장에서는 카레닌이 페테르부르크 사교계에 후원자들을 갖고 있던 어느 프랑스 사기꾼의 심령술에 영향을 받아 안나와 이혼해 주지 않기로 한다. 이후 안나와 브론스키 간의 비극적인 긴장이 파국으로 치닫는 시기에 이혼이 불가능함을 알리는 전보가 도착함으로써 상황은 결국 안나의 자살로 이어진다.

　브론스키와 안나가 만나기 얼마 전, 카레닌의 부서에 있던 젊은 관리가 안나에게 사랑을 고백하고, 그녀는 가벼운 마음으로 이를 남편에게 전한다. 하지만 이번에는 브론스키와 무도회에서 주고받은 첫 시선으로부터 알 수 없는 운명이 그녀의 삶에 엄습해 온다. 그녀는 브론스키가 죽은 건널목지기의 미망인에게 돈을 준 사실을 돌리에게 말하지 않는다. 브론스키의 행위는 어떻게 보면 죽음을 매개로 그녀와 그녀의 미래 연인 사이에 일종의 비밀 연결 고리를 구축하는 행위였다. 나아가 브론스키가 무도회 전날 셰르바츠키가를 방문한 바로 그 순간, 안나는 오빠의 가정 문제를 원만히 해결하기 위해 모스크바에 며칠 머물게 되면서 집에 두고 온 아이를 생생하게 떠올리고 있었다. 그녀에게 이렇게 사랑스러운 자식이 있다는 사실은 이후 브론스키에 대한 그녀의 열정에 지속적인 걸림돌이 된다.

제2부 중간쯤 등장하는 경마 장면은 모든 종류의 의도된 상징적 암시를 담고 있다. 우선 카레닌의 시각이 드러난다. 경마장의 관람석에서 카레닌보다 사회적으로 높은 지위에 있는 군 관계자, 어쩌면 고위급 장군이거나 왕족일지도 모르는 사람이 카레닌에게 농을 건다. "그런데 자네, 자네는 경주에 참가하지 않나?" 이에 대해 카레닌은 무심한 태도로 애매하게 대답한다. "제가 참가하고 있는 경주가 더 어렵습니다." 이 문장은 이중적 의미를 지닌다. 즉, 단순히 정치가의 임무가 경주마를 모는 것보다 더 힘들다는 의미일 수도 있지만, 동시에 아내로부터 배신당한 남편으로서 자신의 곤란한 상황을 숨기고 결혼 생활과 공직자로서의 진로 가운데에서 타협해야 하는 미묘한 입장을 암시하기도 한다. 여기서 또한 주목할 점은 말의 허리가 부러지는 사건과 안나가 자신의 부정을 남편에게 밝히는 사건이 동시에 일어난다는 점이다.

　여기서 한 걸음 더 나아간 상징화가 흥미진진한 경주에서 브론스키가 보인 행동에 담겨 있다. 프루프루의 허리를 부러뜨리고, 안나의 인생을 파괴하는 과정에서, 브론스키는 유사한 행동을 반복적으로 보여 준다. 그는 두 장면 모두에서 '아래턱을 떠는' 행위를 반복하는데, 안나가 형이상학적 의미에서 무너지는 장면, 즉 브론스키가 부정을 저지른 안나의 몸을 내려다보며 서 있는 장면과, 브론스키가 물리적으로 무너지는 장면, 즉 죽어 가는 말을 내려다보며 서 있는 장면이다. 경주 장면이 나오는 장 전체의 어조는 그 감상적 절정으로 치닫는데, 이런 어조는 안나의 자살과 관련된 장들에서 반복된다. 자신의 잘못으로 인해, 즉 점프하는 동안 그러지 말아야 할 순간에 몸을 낮춤으로써 죽음에 이르게 한 아름답고 불쌍하고 섬세한 목을 가진 암말을 향한 브론스키의 폭발적인 분노는 이보다 불과 몇 페이지 앞에 등장하는, 경주에 나갈 준비를 하는 그에 대한 서술과 극렬한 대조를 이룬다. "그는 항상 침착했고, 감정을 절제할 줄 알았다"라는 서술과, 그가 다친 말에게 격렬히 저주를 퍼붓는 장면이 서로 대비된다.

프루프루는 그의 눈앞에 가쁜 숨을 몰아쉬며 쓰러져 있었다. 머리를 뒤로 젖히고 매력적인 눈으로 그를 보고 있었다. 무슨 일이 벌어졌는지 아직 깨닫지 못한 브론스키는 고삐를 잡아당겼다. 말은 다시 한번 물고기처럼 몸부림쳤고, 안장이 듣기 싫은 소리를 내며 펄럭였다. 말은 앞발을 내딛었지만 엉덩이를 들지 못했고, 온몸을 부르르 떨더니 다시 옆으로 쓰러졌다. 격해진 감정으로 얼굴은 보기 싫게 일그러졌고, 아래턱은 떨렸고, 뺨은 창백해진 채, 브론스키는 뒤꿈치로 말의 배를 걷어찼고 다시 몸을 숙여 고삐를 당겼다. 말은 움직이지 않았고 코를 땅에 박은 채 호소하는 눈으로 주인을 바라볼 뿐이었다.[83]

"아아!" 브론스키는 머리를 움켜쥐며 신음했다. "아! 내가 무슨 짓을 한 거야? 경주에 졌어! 그것도 내 잘못으로! 수치스럽고, 용서할 수 없어! 그리고 이 불쌍한, 사랑스러운 동물을 내 손으로 죽였어!"

안나는 브론스키의 아이를 낳는 도중 사경을 헤맨다.

브론스키가 죽어 가는 안나의 침대 곁에서 안나의 남편과 함께 있는 장면 뒤에 자살을 시도하는 부분에 대해서는 별로 말할 것이

---

[83] "(말은) 호소하는 두 눈으로 주인을 응시했다"라는 가넷의 번역에 대해 나보코프는 강의 노트에 "말은 두 눈으로 사람을 응시할 수가 없습니다, 가넷 여사"라고 적었다. *

my life now, my whole life, apart from anything that can
happen to me, every minute of it is no more meaningless, as it
was before, but it has the positive meaning of goodness, which
I have the power to put into it."

Thus the book ends on a mystic note
which is rather part of Tolstoy own life
than part of a character he has created.

THE END

I know see this the background of the book,
the milky way of the book — it
might be a good idea to call
the Levin-Kitty line the milky way.

The great equal We shall now see the
solid pattern of iron and blood
that stands in relief against this
starry sky.

Although
I shall have some more to say when Levin
is connected with agriculture meaning in
the book

나보코프가 강의 교재로 사용한 『안나 카레니나』의 마지막 페이지.
그의 최종 논평이 들어 있다.

없다. 흡족한 장면이 아니다. 물론 브론스키가 총으로 자신을 쏘려고 한 동기는 이해할 수도 있다. 가장 중요한 동기는 손상된 자존심이었다. 도덕적인 의미에서 안나의 남편은 자신이 더 훌륭한 사람임을 보여 주었고, 또 그렇게 비쳤다. 안나도 남편을 성인이라고 불렀다. 브론스키가 자신을 쏜 이유는 모욕을 당한 신사가 모욕을 준 상대에게 결투를 신청하는 이유와 같다. 즉, 모욕을 준 상대를 죽이기 위해서가 아니라, 상대로 하여금 자신, 즉 모욕당한 쪽을 쏘도록 강요하기 위한 것이다. 자신을 상대편의 강요당한 총구 앞에 노출시킴으로써 모욕을 씻을 수 있는 것이다. 총에 맞아 죽는다면, 브론스키는 상대편을 후회하게 함으로써 모욕당한 분풀이를 할 수 있을 것이다. 죽지 않는다면, 브론스키는 허공에 총을 쏨으로써 상대편의 목숨을 살려 주고 그를 모욕할 수 있을 것이다. 바로 이것이 결투의 바탕에 깔린 기본적 사고다. 물론 결투에 임하는 양측이 모두 상대의 총에 맞아 죽는 경우도 있었다. 불행히도 카레닌은 결투를 받아들이지 않았고, 브론스키는 자기 자신과 결투를 벌여, 자신의 총구에 스스로를 내몰 수밖에 없었다. 다시 말해, 브론스키의 자살 시도는 명예의 문제였고, 일본인들의 할복 같은 의식이었다. 이론상의 윤리라는 이 일반적인 관점에서 본다면 이 장은 문제가 없다.

하지만 예술적인 견해, 소설의 구조라는 관점에서 볼 때는 그렇지 않다. 이 부분은 소설에서 반드시 필요한 사건도 아니면서, 책 전반에 걸친, 꿈과 죽음을 연결하는 흐름에 끼어들면서 안나의 자살이 갖는 아름다움과 신선함을 방해한다. 내가 잘못 본 것이 아니라면, 안나의 죽음에 이르는 여정을 다룬 장에서 그전에 있었던 브론스키의 자살 시도에 대한 언급은 단 하나도 찾아볼 수 없다. 이것은 부자연스럽다. 안나는 자신의 운명적인 계획과 관련하여 어떤 방식으로든 그 사건을 떠올렸어야 한다. 예술가로서 톨스토이는 브론스키의 자살이라는 테마가 다른 음조, 다른 색깔, 다른 톤을 가지고 있다는 점을, 즉 다른 분위기와 다른 스타일로 이루어진 사건이라는 점을 느꼈고, 그래서 이를 안나의 마지막 상념들과 예술적으로 엮을 수 없었으리라 나는 확신한다.

이중 악몽

꿈, 악몽, 이중 악몽은 이 책에서 특히 중요한 역할을 한다. 내가 '이중 악몽'이라고 말하는 이유는 안나와 브론스키가 같은 꿈을 꾸기 때문이다(두 개의 개별적인 뇌 패턴이 상징을 매개로 상호 연결되는 현상은 현실에서도 전혀 새로운 사실이 아니다). 또한 안나와 브론스키는 불현듯 텔레파시를 통해, 카드 테이블 위의 초록색 천에 분필로 머리글자를 쓰면서 서로의 생각을 읽는 키티-료빈 커플과 사실상 같은 경험을 한다. 하지만 키티와 료빈의 뇌가 나누는 교감은 가볍고 밝고 사랑스러운 구조로서 부드러움, 유쾌한 의무, 커다란 희열로 시각화되는 데 반해, 안나와 브론스키의 경우에는 음울한 예언적 암시들을 담은 어둡고 흉측한 악몽으로 나타난다.

아마 어떤 이들은 이미 알아챘겠지만, 나는 상징에 강조점을 두는 프로이트적인 꿈 해석은 정중하지만 단호하게 사양하는 바이다. 이러한 상징들은 프로이트 같은 이들의 답답하고 꽉 막힌 정신세계에서는 가능한 얘기일지도 모르지만, 현대 심리 분석학의 제약을 받지 않는 개개인의 정신에는 들어맞지 않을 수도 있다. 그러므로 나는 이 책에 등장하는 악몽이라는 테마를 이 작품의 범주, 톨스토이의 문학이라는 테두리 안에서 논하도록 하겠다. 나의 계획은 이렇다. 나는 우선 내 작은 등불로 책 속 암울한 장면들을 비추어 안나와 브론스키의 악몽을 세 가지 단계로 나누어 살펴볼 것이다. 첫째, 안나와 브론스키가 깨어 있는 동안의 삶에서 발견되는 여러 가지 부분과 요소들이 어떻게 악몽의 형성으로 이어지는지 밝힌다. 둘째, 안나와 브론스키의 삶이 서로 얽혀 가면서 중요한 순간마다 두 사람이 꾸는 꿈을 꿈 그 자체로서 살펴보는 한편, 비록 두 사람의 꿈이 서로 다른 재료로 만들어졌지만, 그 결과, 즉 두 사람이 각기 꾸는 악몽은 안나의 꿈이 좀 더 생생하고 자세하다는 것 외에는 동일하다는 점을 논한다. 셋째, 안나가 자신의 꿈에 등장하는 몸집이 작은 남자가 철을 때리고 부수는 행위가 결국 자신의 죄로 물든 삶이 자신의 영혼을 때리고 부수는 것과 동일한 행위임을 깨닫는 장면, 처음부터 죽음이라는 생각이 그녀의 열정과 사랑이라는 양 날개에 존재했음을 깨닫는 장면, 그리고 마지막으로 꿈이 가리키는 대로 이제 그녀가 철로 만든 기차로 하여금 자신의 몸을 파괴하도록 만들 것임을 깨닫는 장면에서 각각 꿈과 죽음의 관계를 살펴본다.

우선 안나와 브론스키가 꾸는 이중 악몽의 재료를 살펴보자. 꿈의 재료란 무엇을 뜻하는가? 꿈이란 하나의 쇼다. 약간 몽롱한 상태의 청중을 앞에 두고 희미한 조명 아래 뇌 속에서 펼쳐지는 한 편의 무대극이다. 아마추어 배우들이 대충 갖다 놓은 소품을 이용해 흔들리는 무대 배경에서 연기하다 보니, 대부분의 경우 연출은 조악하고, 공연은 무성의하다. 하지만 흥미로운 사실은 꿈속의 연기자, 소품, 다양한 배경 재료 들이 꿈의 연출자가 의식적 삶으로부터 차용한 것들이라는 점이다. 최근에 얻은 여러 인상들과 과거의 일부 인상들이 어느 정도는 대충, 성급하게 합쳐져 꿈이라는 흐릿한 무대 위에 연출되는 것이다. 때때로 깨고 나면 우리는 간밤의 꿈에서 의미의 패턴을 발견한다. 만약 이 패턴이 아주 충격적이거나 심층의 감정들과 일치한다면, 그 꿈은 다시 재조합되어 반복될 수도 있다. 즉, 안나의 경우처럼 같은 꿈을 여러 번 반복해서 꾸게 되는 것이다.

꿈이 무대로 끌고 오는 인상들은 어떤 것인가? 아마도 깨어 있는 삶에서 슬쩍 훔쳐다 놓은 것들임이 분명하다. 비록 실험적 시도를 즐기는 감독이 몰래 가져온 인상들은 비틀리고 재구성되어 새로운 형태를 띠지만 말이다. 그렇다고 이 감독이 빈에서 온 흥행사라는 말은 아니다. 안나와 브론스키의 경우, 악몽은 흉측하게 생긴 작은 체구의 남자라는 형태를 띤다. 그는 수염을 덥수룩하게 기르고, 자루에 몸을 굽히고 그 안에서 뭔가를 찾기 위해 손으로 더듬으며, 생김새는 러시아 프롤레타리아 계급임에도 프랑스어로 철을 두드려야 한다고 말한다. 여기에 담긴 톨스토이의 예술성을 이해하기 위해서는 꿈의 형성 과정, 즉 꿈을 형성하게 될 잡동사니들이 어떤 방식으로 쌓여 가는지 주목해야 한다. 꿈을 구성할 재료는 철도 노동자가 열차에 깔려 죽는 첫 만남 장면에서 시작된다. 두 사람이 똑같이 꾸는 이 악몽을 형성하게 될 인상들이 등장하는 구절을 훑어보는 것도 좋겠다. 이 꿈을 형성하는 인상들을 나는 꿈의 재료라고 부른다.

후진하는 열차에 깔려 죽은 남자에 대한 회상은 안나를 괴롭히고, (안나의 악몽보다 덜 상세하지만) 브론스키가 꾸는 악몽의 기저에도 깔려 있다. 죽은 남자의 주요 특징은 어떠했는가? 우선, 그는 추운 날씨 때문에 몸을 두껍게 싸매고 있었고, 그래서 안나를 브론스키에게 데려다준 기차가 갑자기 후진하는 것을 알아채지 못했다. 이 '두껍게 감싼' 이미지는 실제로 사고가 벌어지기 전에도 다음과 같은 인상으로 나타난다. 다음은 브론스키가 안나가 탄 기차가 도착할 무렵 역에서 받은 인상들이다.

서리로 시야가 뿌옇게 흐려진 가운데 방한 재킷을 입고 펠트 장화를 신은 철도 노동자들이 휘어진 철로를 건너는 것이 보였고, 곧이어 엔진 소리를 내며 들어오는 기차와 잔뜩 싸맨 채 서리를 허옇게 뒤집어쓴 기관사가 고개 숙여 인사하는 모습도 보였다.

차에 깔려 죽은 남자는 불쌍하고 가난했고, 그의 가족은 무일푼이었다. 즉, 그는 초라한 행색의 비참한 모습으로 꿈에 나타난다.

여기서 다음에 주목하자. 이 비참한 남자는 브론스키와 안나를 잇는 첫 연결 고리다. 왜냐하면 안나는 브론스키가 단지 자신을 기쁘게 해 주려고 죽은 남자의 가족들에게 돈을 주었다는 사실, 그리고 그것이 자신에게 주는 첫 선물임을 알고 있기 때문이다. 또한 유부녀로서 모르는 신사로부터 선물을 받아서는 안 된다는 것도 그녀는 알고 있다.

그 남자는 철의 엄청난 무게에 압사했다.

여기에 몇 가지 선행하는 인상들이 있다. 즉, 기차가 들어올 때 브론스키가 받는 인상이다.

어떤 엄청난 무게가 굴러 오는 소리를 들을 수 있었다.

역 플랫폼의 떨림이 생생하게 묘사되어 있다.

이제 다음의 이미지들을 따라가 보자. 두껍게 껴입은 옷차림, 누더기 차림의 남자, 철로 두드려진 이미지 등을 책의 나머지 부분에서 찾아보자.

'두껍게 감싼' 차림은 안나가 페테르부르크로 돌아가는 밤 기차에서 경험하는 잠과 의식 사이의 흥미로운 감각의 전환 속에도 나타난다.

몸을 두껍게 감싸고 몸의 한쪽에 눈을 잔뜩 뒤집어쓴 차장과, 안나가 가수면 상태에서 꾸는 꿈속에 등장하여 뭔가를 뜯어내는 소리를 내며 벽을 갉던 화부는 바로 기차에 깔려 죽은 남자의 다른 모습이다. 브론스키에 대한 새로운 열정의 밑바닥에 있는 뭔가 감추어지고, 수치스럽고, 찢어지고, 부서지고, 고통스러운 어떤 것의 상징이다. 그리고 그녀가 브론스키를 만나게 될 정거장에 도착했음을 알리는 것도 그 두껍게 감싼 옷차림의 남자다. 무거운 철의 인상이 집으로 돌아가는 여행 장면 속에 담긴 요소들과 연결되어 있다. 브론스키를 만나는 역에서 안나는 자신의 발 위를 스치듯 미끄러져 지나가 망치로 바퀴의 철을 검사하는 구부정한 남자의 그림자를 본다. 그러고 나서 안나는 그녀를 따라 같은 기차를 탔고, 그 역 플랫폼에서 그녀 가까이 서 있는 브론스키를 본다. 그리고 이음새가 헐거워진 철판이 눈보라에 날려 내는 소리가 들린다.

기차에 깔려 죽은 남자의 특징들은 이제 안나의 마음속에서 확장되고 그곳에 깊이 새겨졌다. 그리고 여기에 두 가지 새로운 요소가 첨가되었다. 즉, 누더기와 철이 두드려진다는 요소다.

누더기의 불쌍한 남자는 뭔가에 몸을 숙이고 열중해 있다.

그는 강철 바퀴에 뭔가 작업을 하고 있다.

***

빨간 가방

안나의 빨간 가방은 1부 28장에 톨스토이가 마련해 둔 장치다. '장난감 같은' 또는 '아주 작은'으로 묘사되지만, 크기가 점점 커진다. 안나가 모스크바에 있는 돌리의 집을 떠나 페테르부르크로 향하려 할 때, 눈물이 쏟아질 것 같은 이상한 감정이 엄습했고, 안나는 취침용 모자와 손수건 등을 넣어 두는 빨간 가방 위로 상기된 얼굴을 숙인다. 그녀는 기차 안에서 잠잘 준비를 하며 이 빨간 가방을 열고 작은 베개, 영국 소설, 책의 페이지를 자를 종이칼 등을 꺼낸 다음 옆에서 졸고 있는 하녀에게 가방을 넘긴다. 이 가방은 4년 반 후 (1876년 5월) 그녀가 기차 아래로 몸을 던져 생명을 버릴 때 마지막에 내려놓는 물건이며, 이 가방을 손목에서 벗어 던지려 애쓰는 동안 그녀의 죽음은 잠시 지체된다.

우리는 이제 소위 여성의 '타락'이라는 것에 대해 살펴볼 것이다. 윤리적 관점에서 이 장면은 플로베르가 묘사한, 욘빌 근처 햇살 좋은 작은 소나무 숲에서 엠마 보바리가 느끼는 희열과 로돌프의 담배와는 전혀 다르다. 이 에피소드 전반에 걸쳐, 간통의 윤리적 의미는 잔혹한 살육에 끊임없이 빗대어진다. 윤리적 비유를 통해 안나의 몸은 연인에 의해, 그녀의 죄에 의해 짓밟히고 갈기갈기 찢긴 이미지로 드러난다. 그녀는 어떤 맹렬한 힘의 희생양이다.

브론스키로서는 거의 일 년 동안 그를 사로잡았던, 일생일대의 욕망
이며, 안나에게 있어서는 불가능하고, 끔찍하고, 또 그렇기 때문에 가
장 황홀한 희열을 꿈꾸게 했던 바로 그 욕망이 채워졌다. 그는 창백한
얼굴로 아래턱을 떨며 그녀 앞에 서 있었다. (⋯⋯)

"안나! 안나!" 그는 떨리는 목소리로 계속 그녀의 이름을 불렀다.
(⋯⋯) 그는 살인자가 자신이 생명을 앗은 시체를 보면서 느낄 법한 감
정을 느꼈다. 그 시체, 그가 생명을 빼앗은 몸은 바로 그들의 사랑, 막
시작한 사랑이었다. (⋯⋯) 벌거벗은 영혼에 대한 수치심이 그와 그녀
를 옥죄었다. 하지만 자신이 죽인 시체를 앞에 두고 느끼는 그 모든 공
포에도 불구하고, 살인자는 시체를 찢어발기고, 감추고, 살인을 함으
로써 손에 넣은 것들을 만끽해야 한다.

분노와 격정에 휩싸여 살인자는 시체에 달려든다. 시체를 질질 끌고
난도질한다. 이처럼 그도 그녀의 얼굴과 어깨에 키스를 퍼부었다.

두껍게 감싼 남자의 몸이 안나를 모스크바로 데리고 온 기차에
의해 두 동강 남으로써 시작된 죽음의 테마는 이렇게 전개된다.

이제 1년 후, 두 개의 꿈에 대해 살펴볼 차례다. 4부 2장에 등장한
다.

집에 돌아온 브론스키는 안나가 보낸 메모를 발견한다. 그녀는 이렇
게 썼다. '나는 아프고 비참해요. 나는 밖에 나갈 수 없지만, 당신을 만
나야 해요. 오늘 저녁에 오세요. 남편은 7시에 위원회에 나가서 10시
까지 그곳에 있을 거예요.' 브론스키는 자신을 집에 들이지 말라는 남

편의 반대에도 불구하고 안나가 자신을 초대한 것을 이상하게 느꼈으나 가기로 결심했다.

브론스키는 그해 겨울 대령으로 승진했고, 연대 숙소를 나와 혼자 살고 있었다. 점심을 먹은 후, 그는 소파에 누웠고, 지난 며칠 간 그가 목격한 역겨운 장면들에 대한 기억[그는 러시아를 방문한 외국 왕자에게 특사로 파견되어 그에게 노골적인 환락의 세계를 보여 주었다]들이 안나의 이미지, 그리고 언젠가의 곰 사냥에서 중요한 역할을 한 농부[덫을 놓는 사냥꾼]의 이미지와 합쳐지면서 누운 지 5분 만에 잠들었다. 그는 어둠 속에서 눈을 떴고[벌써 저녁이었다] 공포에 떨면서 서둘러 촛불을 켰다. "그건 뭐였을까? 대체 뭐지? 꿈에 나온 그 끔찍한 것은 뭐였을까? 그래, 그래. 그 사냥꾼을 닮은, 수염이 덥수룩한 작고 더러운 남자가 구부정한 자세로 뭔가를 하고 있었어. 갑자기 그는 프랑스어로 뭔가 이상한 말을 했어. 그래, 그게 다야." 그는 혼자 중얼거렸다. "하지만 왜 이렇게 기분이 나쁜 거지?" 그는 다시 그 농부와 그 농부가 내뱉은 알 수 없는 프랑스어를 생생하게 떠올렸다. 그러자 공포로 인한 한기가 등줄기를 타고 흘렀다.

'말도 안 돼!' 브론스키는 생각했다. 그리고 손목시계를 보았다[그는 안나를 방문하기로 한 시간에 늦었다. 그는 연인의 집으로 들어가다가 밖으로 나오는 카레닌과 만났다]. 브론스키는 고개를 숙였고, 카레닌은 입술을 깨물며 한 손을 모자에 갖다 대더니 그대로 가 버렸다. 브론스키는 고개를 돌리지 않은 채 카레닌이 마차에 타고, 하인이 창문 너머로 그에게 무릎 덮개와 오페라 안경을 건네고, 마차가 출발하는 모습을 보았다. 브론스키는 홀로 들어갔다. 그는 눈썹을 찌푸렸고 눈은 자랑스러움과 분노로 번득였다. (……)

그는 여전히 홀에 서 있다가, 돌아가는 그녀의 발걸음 소리를 들었다. 그는 그녀가 자신을 기다리고 있었고, 그가 오는지 귀를 기울이고 있다가 거실로 돌아가고 있는 것을 알았다[그는 늦었다. 꿈이 그를 지체시켰다].

"안 돼요." 그녀는 그를 보자마자 소리쳤고, 그녀의 첫마디 말과 함께 눈에는 눈물이 고였다. "안 돼요. 계속 이러다가는, 그 일은 훨씬, 훨씬 더 빨리 벌어질 거예요."

"뭐가 벌어진다는 거요, 안나?"

"뭐냐고요? 나는 괴로워하며 한 시간이고, 두 시간이고 기다렸어요. (……) 아니, (……) 난 당신과 싸울 수 없어요. 당연히 당신은 올 수 없었겠죠." 그녀는 두 손을 그의 어깨에 올리더니, 한참을 깊고, 열정적이고, 동시에 탐색하는 시선으로 그를 응시했다. (……)

[그녀의 첫마디가 희미하게 죽음에 대한 예감과 연결되어 있음에 주목하라.]

"꿈이라고?" 브론스키는 그녀의 말을 되풀이하며, 즉각 자신의 꿈에 나온 농부를 떠올렸다.

"그래요, 꿈. 오래전부터 계속 같은 꿈을 꿔요. 꿈에서 나는 침실로 뛰어 들어갔어요. 침실에서 뭔가를 가져와야 했어요. 뭔가를 찾으러 갔나 봐요. 꿈이란 게 원래 그렇잖아요." 말을 하는 그녀의 눈은 공포로 커졌다. "그런데 침실에, 한구석에, 뭔가가 있었어요."

"이런, 말도 안 돼! 어떻게 그런 걸 믿을 수……."

하지만 안나는 브론스키가 끼어들게 내버려 두지 않았다. 그녀에게는 너무나 중요한 이야기를 하고 있었기 때문이다.

"그 뭔가가 돌아섰어요. 그건 수염을 덥수룩하게 기르고, 체구가 작고, 흉측한 모습의 농부였어요. 달아나고 싶었지만, 그 농부는 자루 위에 몸을 굽히고 자루 안을 손으로 뒤지고 있었어요……." [안나도 '덥수룩한'이라는 단어를 썼다. 브론스키는 자신의 꿈에서 자루의 존재나 농부가 하는 말을 알아채지 못했다. 하지만 안나는 달랐다.]

그녀는 농부가 손을 어떻게 움직였는지 보여 주었다. 그녀의 얼굴에 두려움의 표정이 떠올랐다. 그리고 브론스키는 자신의 꿈을 떠올렸고, 같은 종류의 공포가 그의 영혼을 채웠다.

"그는 자루 안에 손을 넣어 뭔가를 찾고 있었고, 프랑스어로 빠르게 계속 말했어요, 그러니까 '내리쳐, 철을, 눌러, 짓이겨Ⅱ faut le battre, le fer, le broyer, le pétrir' (……) 나는 무서워서 깨어나려고 했지만, 그러다가 깨어난 것 같았지만, (……) 잠을 깨도 여전히 꿈속이었어요. 나는 그게 무슨 뜻이었는지 스스로에게 물었죠. 그랬더니 코르네이[하인]가 내게 말했어요. "아이를 낳다가 돌아가실 거예요, 마님. 돌아가실 거예요……." 그러다 깼어요[안나는 아이를 낳다가 죽은 것이 아니다. 그녀의 죽음은 영혼의 탄생과 함께 온다. 즉, 신앙의 탄생과 함께 그녀는 죽는다]. (……)

하지만 그녀는 느닷없이 말을 멈췄다. 그녀의 얼굴 표정은 순식간에 바뀌었다. 공포와 흥분은 어느새 부드럽고, 엄숙하고, 지극한 환희에 주의를 기울이는 표정으로 바뀌었다. 그는 그 변화의 의미를 이해할 수 없었다. 그녀는 그녀 안의 새로운 생명의 움직임에 귀를 기울이고 있었다.

[죽음이 어떻게 탄생과 연결되어 있는지 주목하라. 우리는 이것을 키티의 아기를 상징하는 불빛의 깜빡임, 또 죽기 직전 안나에게 보이는 불빛과 연결해서 봐야 한다. 톨스토이에게 죽음은 곧 영혼의 탄생이다.]

이제 안나의 꿈과 브론스키의 꿈을 비교해 보자. 물론 두 사람의 꿈은 본질적으로 동일하며 둘 다 궁극적으로는 1년 반 전 기차역에서 받은 인상에 기반하고 있다. 하지만 브론스키의 경우 농부, 즉 곰 사냥에 참여했던 농부가 처음의 누더기를 입은 불쌍한 남자를 대체했거나, 그 역할을 대신했다. 안나의 꿈에는 페테르부르크로 가는 길에 받은 인상들, 즉 차장, 화부의 이미지가 첨가되었다. 두 사람의 꿈에서는 모두 몸집이 작고 추한 외모의 농부가 수염을 지저분하게 기르고, 손으로 더듬어 뭔가를 찾는다. 모두 '두껍게 감싼' 이미지의 잔상들이다. 두 개의 꿈 모두에서, 농부는 뭔가의 위로 몸을 숙이고 프랑스어로 중얼거린다. 두 사람이 일상적 대화를 나누기 위해 사용하는 바로 그 프랑스어다. 그리고 그 안에서 톨스토이는 가짜 세상을 본다. 브론스키는 그 말의 의미를 파악하지 못하지만, 안나는 그렇지 않다. 이 프랑스어들은 철, 두드려 맞고 뭉개진 뭔가의 의미를 담고 있고, 그 뭔가는 바로 그녀 자신이다.

***

안나의 마지막 날

안나가 생을 마감하는 1876년 5월 중순의 어느 날 모스크바에서 일어나는 사건들과 시간적 순서는 매우 분명하게 드러나 있다.

금요일, 안나는 브론스키와 다투었고, 둘은 화해하면서 그녀가 원하는 대로 모스크바를 떠나 브론스키의 영지가 있는 유럽 러시아 지역의 시골로 월요일이나 화요일에 출발하기로 했다. 브론스키는 마무리해야 할 일 때문에 출발을 늦추고 싶었지만 안나의 뜻에 따르기로 한다(그는 말과 어머니 소유의 집을 팔려고 했다).

Comparison between the two dreams

Now let us compare ~~Anna~~ Anna's dream and Vronski's dream. They are essentially the same of course and both are founded in the long run on those initial impressions ~~railway~~ — on the railway snow ... by a ... a year before. But in Vronski's case the initial a tattered wretch is noted ...

by a peasant, a trapper, whose had ~~played~~ ... participated in a bear hunt. In both dreams the hideous little peasant ~~the~~ has a disheveled beard, and/a groping, fumbly manner — remnants of the "muffled up" idea ~~both~~ In both dreams (stoops over something and mutters something in French ~~And~~ — the French language they both used in speaking ~~the~~ ~~strangers~~ of every day things — in what Tolstoy considered an artificial ~~sinful~~ world of sham and ... ; but Vronski does not catch the sense of those words; Anna does — and ~~the~~ it is the idea of ~~to~~ the iron, of smth battered and crushed — and this somthy is the

0.42

나보코프가 안나와 브론스키의 꿈을 비교한 부분

토요일, 모스크바에서 560킬로미터 정도 북쪽에 있는 페테르부르크에서 오블론스키가 보낸 전보가 도착했다. 전보에서 오블론스키는 카레닌이 이혼해 줄 가능성이 매우 희박하다고 알려 왔다. 안나와 브론스키는 그날 아침 또 한 번 다투고, 브론스키는 일 때문에 하루 종일 밖에 나가 있었다.

일요일, 안나의 마지막 날 아침, 그녀는 끔찍한 악몽에서 깨어났다. 이미 여러 번 꾸었던 꿈이고, 브론스키와 연인이 되기 전에도 꾼 적 있는 꿈이었다. 수염을 지저분하게 기른 몸집이 작은 늙은이가 쇳덩이 위에 몸을 구부린 채 의미 없는 프랑스어를 지껄였고, 꿈속의 그녀는 항상 그렇듯(이 부분이 악몽의 끔찍한 부분이다) 농부가 그녀의 존재를 알아채지 못한다는 점, 그리고 그가 쇳덩이를 가지고 하고 있는 알 수 없는 그 행위의 대상이 바로 그녀 자신이라는 점을 알고 있었다. 마지막으로 그 불쾌한 꿈을 꾼 후, 안나는 창문을 통해 브론스키가 어떤 젊은 여성과 그녀의 어머니와 함께 잠시 동안 즐겁게 대화를 나누는 모습을 본다. 교외의 영지에 있는 브론스키의 어머니가 집을 팔기 위해 필요한 서류를 그들을 통해 보낸 것이다. 안나와 화해하지 않은 채 브론스키는 집을 떠난다. 우선 그는 마차를 타고 자신이 팔려고 하는 말이 있는 마사로 간 후, 안나를 위해 마차를 돌려보낸다. 이어서 그는 기차를 타고 교외에 있는 어머니의 집으로 간다. 집을 파는 문제로 어머니가 보낸 서류들에 서명을 받아야 했기 때문이다. 안나는 브론스키에게 자신을 혼자 두지 말라는 편지를 써서 마부 미하일을 통해 마사로 보낸다. 하지만 브론스키는 이미 마사를 떠난 후였고, 편지와 마부는 그냥 돌아온다. 브론스키는 시내에서 몇 킬로미터 떨어진 어머니의 집으로 가기 위해 이미 역으로 출발한 후였다. 안나는 다시 미하일에게 같은 편지를 브론스키의 어머니 집으로 가지고 가게 하고, 동시에 즉시 돌아오라고 재촉하는 전보를 같은 곳으로 보낸다. 느닷없는 전보는 애절한 편지보다 먼저 도착한다.

오후 3시경, 안나는 표도르라는 마부가 모는 마차를 타고 돌리 오블론스키의 집으로 향한다. 마차를 타고 가는 도중에 안나의 머릿속에 떠오르는 생각들은 잠시 후 분석해 보기로 하고, 우선 사건들의 흐름을 마저 따라가 보자. 6시경 안나는 집으로 돌아오고 전보에 대한 브론스키의 답장을 발견한다. 10시 이전에는 귀가할 수 없다는 내용이었다. 안나는 교외선을 타고 브론스키의 어머니 집 부근에 있는 오비랄롭카 역까지 가기로 한다. 역에서 내려 브론스키를 만나고, 만약 그가 그녀를 따라 모스크바로 돌아오려 하지 않는다면, 그녀 혼자 어디로든 떠나서 다시는 그를 만나지 않을 생각이었다. 기차는 오후 8시에 모스크바를 출발해 약 20분 후 오비랄롭카 역에 도착한다. 이날은 일요일이어서, 역은 사람들로 붐비고, 여러 가지 들뜨고 거친 인상들이 주는 효과가 그녀의 극적인 상념들과 뒤섞인다.

오비랄롭카에서 그녀를 맞은 것은 그녀가 편지를 들려 보냈던 마부 미하일이고, 그는 브론스키가 보낸 두 번째 회신을 가지고 있다. 역시 밤 10시나 되어야 집에 들어갈 수 있다는 내용이었다. 안나는 마부로부터 늙은 브론스키 백작부인이 아들의 배필로 마음에 두고 있는 젊은 여성이 백작부인의 집에(브론스키와 함께) 있다는 것을 알게 된다. 안나는 자신을 궁지에 빠트릴 잔혹한 음모가 진행되고 있다고 상상한다. 바로 그때 안나는 자살을 결심한다. 그녀는 들어오는 화물 열차 아래 몸을 던진다. 1876년 5월 어느 화창한 일요일 저녁, 엠마 보바리가 죽은 지 45년 후였다.

여기까지 대략적인 흐름을 살펴보았다. 이제는 다섯 시간 전, 일요일 오후로 돌아가 안나의 마지막 하루를 좀 더 세부적으로 살펴보자.

의식의 흐름 또는 내적 독백의 기법은 제임스 조이스보다 훨씬 앞서 러시아의 톨스토이가 개발한 표현 방식으로, 등장인물의 내면을 흘러가는 대로 보여 주는 방식이다. 인물의 내면은 개인적 감정과 회상을 가로질러 지하로 들어갔다가 감추어진 샘처럼 솟아올라 외부 세계의 다양한 대상들을 반영한다. 이것은 끊임없이 흘러가는 인물의 사고를 기록하는 방식의 하나로 하나의 이미지나 아이디어에서 다른 이미지나 아이디어로, 작가의 어떠한 언급이나 설명도 없이 옮겨 가는 방식이다. 톨스토이의 경우 이 기법은 아직 초기 형태를 띠기 때문에 작가가 독자에게 약간의 도움을 주곤 하지만, 제임스 조이스에 이르면 의식의 흐름을 기록하는 기법은 그 객관성이 극에 달한다.

이제 안나의 마지막 오후로 돌아가자. 1876년 5월 일요일의 모스크바. 아침에 이슬비를 흩뿌리던 날씨는 막 화창하게 개었다. 철제 지붕들, 보도, 길에 깔린 자갈들, 마차의 바퀴, 가죽 의자, 그리고 함석판, 모든 것이 5월의 햇살에 화사하게 빛난다. 일요일 오후 3시 모스크바의 풍경이다.

안나는 마차 한켠의 안락한 의자에 앉아 지난 며칠 간의 일들을 생각하고, 브론스키와의 다툼을 떠올린다. 그녀는 스스로의 영혼을 치욕스럽게 만든 자신의 잘못을 탓한다. 그리고 가게의 간판들을 읽기 시작한다. 이제부터 글은 의식의 흐름을 따라가기 시작한다.

　사무실과 창고. 치과. 그래, 돌리에게 다 말해야겠어. 돌리는 브론스키를 싫어해. 부끄럽지만, 말할 거야. 돌리는 나를 좋아하니까. 돌리가하라는 대로 할 거야. 그에게 굴복하지 않을 거야. 나를 가르치게 내버려 두지 않겠어. 필리포프의 빵집. 페테르부르크까지 반죽을 공수한다고 하던데. 모스크바의 물이 빵 반죽에 딱 좋다고. 아, 미티시의 샘물과 팬케이크가 생각나! (……) 벌써 오래전이네, 내가 열일곱 살 때 친척아주머니랑 거기 있는 수도원에 갔었는데. 그게 정말 나였을까? 그 붉은 손이? 너무 근사해서 손에 넣을 수 없을 것만 같던 것들이 이젠 다무의미해. 그때 내가 가졌던 것들도 이젠 영원히 잃어버렸어! 수치스러워. 내게 돌아오라고 매달리는 글을 보면, 그는 또 얼마나 우쭐하고기고만장해 할까? 하지만 보여 줄 거야, 보여 주고말고. 페인트 냄새가정말 지독해. 왜 건물에 항상 칠을 하는 걸까? 드레스 가게. 저 남자가나한테 인사를 하네. 안누시카의 남편이군. 우리를 좀먹는 기생충[브론스키가 그렇게 말했었다]. 우리? 왜 우리야? [우린 더 이상 아무것도 공유하지 않아.] 끔찍한 건 과거를 끊어 낼 수 없다는 거야. (……) 저 여자애둘은 무엇 때문에 미소 짓는 걸까? 사랑 때문일 테지, 아마도. 사랑이얼마나 우울하고 사람을 비참하게 만드는지 모를 거야. 가로수길, 아이들. 남자애 셋이 달려가네. 말 타기 놀이를 하고 있어. 세료자[안나의어린 아들]! 모든 것을 잃어버리고, 그 아이마저 되찾을 수 없다니.

　안나는 돌리를 찾아가지만, 그곳에서 우연히 키티를 보고, 아무런 성과 없이 집으로 돌아온다. 집에 가는 길에 의식의 흐름은 다시이어진다. 그녀의 사고는 우연히 떠오르는 (구체적인) 상념들과 극적인 (일반적인) 상념들 사이를 오간다. 얼굴이 불그스름한 뚱뚱한 남자가 그녀를 자신의 지인으로 착각하고, 번들거리는 모자를 벗으면서 마찬가지로 번들거리는 대머리를 드러내더니 자신이 착각했음을 깨닫는다.

나를 안다고 생각했군. 글쎄, 이 세상 누가 나를 알겠어. 나도 나를 모르는데. 프랑스 속담처럼 내가 아는 것은 내 욕구뿐이지. 저 애들은 저렇게 더러운 아이스크림이 먹고 싶은가 봐. 저 애들도 자신의 욕구를 알고 있어. 아이스크림 장수, 들통, 머리에 이고 있던 들통을 내리더니 수건으로 얼굴의 땀을 닦는군. 우리는 모두 달콤한 것을 원해. 비싼 사탕을 찾다가 안 되면, 값싸고 더러운 길거리 아이스크림을 찾지. 키티도 똑같아. 브론스키가 안 되면, 료빈. 그리고 우리는 서로를 미워하지. 나도 키티를 미워하고, 키티도 나를 미워해. 그래, 그게 진실이야[이제 안나는 우스꽝스러운 러시아 이름과 미용사를 뜻하는 프랑스어의 기묘한 조합에 시선을 빼앗긴다. 그녀의 꿈에 등장하는 몸집이 작은 러시아 남자도 프랑스어로 중얼거린다는 사실에 주목할 것]. 튜트킨(얼간이) 미용사. **Je me fais coiffer par Tyukin**(나는 튜트킨네 미용실에서 머리를 한다). [이 하찮은 농담에 그녀의 기분이 나아진다.] 그이가 돌아오면 얘기해 줘야겠다. 그녀는 미소 지었다. 하지만 이내 그녀는 이제 재미있는 것을 봐도 얘기해 줄 상대가 없음을 깨닫는다.

의식의 흐름은 계속 이어진다.

그리고 재미있는 것도 없어. 모두 짜증 나. 교회 종소리. 저 장사치는 정말 조심스럽게 성호를 긋는군. 천천히. 안주머니에서 뭐가 떨어

on, no matter where, but never see him again.
The train leaves at 8 p.m. and some twenty minutes later she is at Obiralovka, the suburban station. Remember it is a Sunday, and lots of people are around, and the impact of various impressions, festive and coarse, mingle with her dramatic meditations.

At Obiralovka, she is met by Michael, the coachman, whom she had sent with the message [...] the telegram — but he brings an a second answer from Vronsky saying that he cannot return before ten. Anna also learns that the young lady, whom the old countess Vronsky wishes their son to marry is there with Vronsky, at his mother's estate. The situation assumes in her mind the fiery colors of a deliberate injury against her. It is then that she decides to kill herself, and throws herself under a freight train on that sunny Sunday evening in May 1876, [forty five years after Emma Bovary had died]

This is the pattern, now let us look at some details of her last day   p. 881

안나가 자살을 결심하기 이전 일련의 사건들에 대한 나보코프의 해설

질까 봐 그러나 봐. 교회들도, 종소리도 다 거짓이야. 우리가 모두 서로를 미워하고 있다는 걸, 저기 서로 욕하고 싸우는 마부들 같다는 걸 숨기려는 것뿐이야.

마부석에서는 마부 표도르가 마차를 몰고, 그 옆에 하인 표트르가 앉아 있다. 안나는 마차를 타고 오비랄롭카로 가는 기차를 타러 역으로 향한다. 역으로 가는 길에 의식의 흐름이 재개된다.

그래, 마지막으로 뚜렷하게 생각난 게 뭐였더라? 미용사 튜트킨? 아니, 그건 아냐. 그래, 증오, 사람들을 하나로 묶는 유일한 것. 그렇게 가봤자 소용없을걸[마음속으로 마차를 탄 사람들에게 말을 건다. 시골로 소풍을 가는 사람들인 것 같다].개를 데리고 가도 별 도움이 안 될 거야. 자기 자신으로부터 벗어날 수는 없어. 엉망으로 취한 공장 노동자, 머리를 축 늘어뜨리고 있네. 그는 더 빠른 방법을 찾았군. 브론스키 백작도 나도 그렇게 바랐건만 찾지 못했는데 (……)
거지 여인네가 아기를 데리고 있어. 내가 자기를 불쌍히 여긴다고 생각하겠지. 미워하고, 괴롭히고. 어린 남학생들이 웃네. 세료자! [또다시 시적인 마음속 외침.] 나는 내가 아들을 사랑한다고 생각했고, 나 자신의 다정함에 감동하곤 했지만, 그 아이 없이도 살아왔고, 또 다른 사랑을 위해 아이를 포기했어. 그리고 그 사랑이 충족되고 나서야 후회했지. 그녀는 자신의 '그 사랑', 즉 브론스키에 대한 욕정이 의미하는 바를 생각하며 혐오스러워했다.

그녀는 역에 도착하고, 브론스키 백작부인의 영지에서 가장 가까운 오비랄롭카행 교외선을 탄다. 기차에 몸을 실을 무렵, 두 가지 사건이 벌어진다. 그녀는 누군가가 가식적인 프랑스어로 말하는 소리를 듣고, 같은 순간 머리는 헝클어지고, 온통 먼지투성이인, 못생기고 작은 남자가 기차 바퀴 위에 몸을 숙이고 있는 것을 본다. 초자연적인 존재에 대한 인식 때문에 충격을 떨쳐 버릴 수 없는 그녀는 자신의 오래된 악몽에 나오는, 쇳덩이를 망치로 두드리는 흉측한 농부와 그가 중얼거리는 프랑스어의 조합을 떠올린다. 프랑스어, 즉 가식적 삶의 상징과 누더기를 걸친 난쟁이, 즉 그녀의 죄, 영혼을 갉아먹는 더러운 죄의 상징. 이 두 가지 이미지가 한꺼번에 떠오르면서 불길한 운명을 예고한다.

이 장에 나오는 교외선 열차가 모스크바-페테르부르크 간 야간 고속열차와 객차 구조가 다르다는 점을 알아챘을 것이다. 교외선 열차는 객차가 훨씬 짧고 객차는 다섯 칸의 객실로 나뉘어 있다. 통로는 없다. 각각의 객실마다 한쪽에 문이 있어서 사람들은 요란스럽게 문을 여닫으며 드나든다. 객실과 객실을 연결하는 통로가 없기 때문에 기차가 움직이는 동안 차장은 객차 한쪽에 달린 발판을 이용해 이동해야 한다. 이런 형태의 교외선 열차의 최대 속도는 시속 50킬로미터 정도다.

안나는 20분 후 오비랄롭카 역에 도착한다. 하인이 가지고 온 편지를 통해 브론스키가 그녀의 애원에도 불구하고 즉시 돌아올 마음이 없음을 깨닫는다. 그녀는 플랫폼을 따라 걸으며 자신의 괴로운 마음에게 말을 건다.

하녀 둘이 고개를 돌려 안나를 빤히 보더니 그녀의 드레스에 대해 이야기를 주고받았다. 그녀가 입고 있는 옷의 레이스를 보며 "진짜야"

라고 말했다. (……) 음료를 파는 소년이 그녀를 빤히 쳐다보았다. 그녀는 플랫폼을 따라 걷고 또 걸었다. 안경 쓴 신사를 마중 나온 몇 명의 여인과 아이들이 하던 말과 웃음을 멈추고 역시 그녀를 보았다. 그녀는 발걸음을 재촉하여 플랫폼 끝까지 걸어갔다. 화물 열차 하나가 후진해서 들어오고 있었다. 플랫폼에 진동이 느껴졌다. 갑자기 그녀는 기차에 깔려 죽은 남자를 생각했다[브론스키를 처음 만난 날, 4년도 더 지난 그날의 기차가 이제 그녀를 향해 돌아왔다]. 그녀는 무엇을 해야 할지 알고 있었다. 잰걸음으로 물탱크와 철로를 연결하는 계단을 내려선 그녀는 천천히 육중한 몸을 움직이는 기차에 바싹 다가섰다[이제 그녀는 선로와 같은 높이에 서 있다]. 그녀는 기차의 아랫부분을 보았다. 나사, 사슬, 커다란 강철 바퀴가 천천히 그녀 곁을 지나갔고, 그녀의 눈은 앞바퀴와 뒷바퀴 한가운데를 찾고 있었다. 그녀의 몸이 앞 뒤 바퀴 사이 정중앙과 일치하는 순간을 잡기 위해서였다[정중앙, 죽음으로 가는 입구, 작은 아치]. "저 아래야." 안나는 기차 아래의 어둠, 침목 위의 석탄가루를 응시하며 중얼거렸다. "저 아래, 한가운데에서 나는 그를 벌하고, 모든 이로부터, 그리고 나 자신으로부터 벗어날 거야."

안나는 첫 번째 차량의 정중앙이 그녀 앞에 온 순간 바퀴 아래로 몸을 던지려 했다. 하지만 [우리가 익히 아는] 작은 빨간 가방을 손목에서 벗어 던지려고 애쓰다가 늦어 버렸다. 중앙의 입구는 벌써 지나가 버렸다. 그녀는 그다음 차량을 기다렸다. 멱을 감으러 강물에 들어갈 때 같았다. 안나는 성호를 그었다. 이 익숙한 몸짓과 함께 젊은 시절의 추억들이 파도처럼 밀려오더니, 그동안 모든 것을 덮고 있던 안개가 갑자기 걷혔다. 이제껏 살아온 삶의 모든 찬란한 순간들이 눈앞을 지나갔다. 그녀는 다가오는 차량의 바퀴에서 눈을 떼지 않았고, 정중앙과 자신의 위치가 일치하는 순간 빨간 가방을 던져 버리고 머리를 집어넣고 양손으로 바닥을 짚으며 열차 밑에 엎드렸다. 그리고 마치 금방 다시 일어날 것처럼 가볍게 무릎을 꿇었다. 순간 그녀는 겁에 질렸다. '여기가 어디지? 내가 무슨 짓을 하고 있는 걸까?' 그녀는 일어서려고, 몸을 돌리려고 했지만, 뭔가 거대하고 무자비한 물체가 그녀의 등을 치고 그대로 끌고 가 버렸다. 저항해도 소용없음을 느끼며 그녀는 기도했다. [마지막으로 그녀의 눈에 보인] 키 작은 농부는 혼자 중얼거리며 쇳덩이로 뭔가 작업을 하고 있었다. 그녀가 읽던 고뇌와 기만, 슬픔과 악의 책을 비추던 촛불이 갑자기 그 어느 때보다 밝게 타올라, 그때까지 어둡던 모든 것을 비추더니, 어느새 깜박거리다가 점점 어두워졌고, 마침내 영원히 꺼져 버렸다.

인물

오블론스키의 집에는 모든 것이 엉망이었지만, 톨스토이의 왕국에는 모든 것이 정확히 제자리에 있다. 사람들, 즉 소설의 주요 등장인물의 생동감 넘치는 안배는 제1부에서 이미 드러나기 시작한다. 안나의 흥미로울 정도로 이중적인 성격은 첫 등장에서 그녀가 담당하는 이중적인 역할에서 이미 감지된다. 요령껏 배려하고 여성 특유의 지혜를 발휘해 깨진 가정에 조화를 다시 불러오지만, 동시에 젊은 여성의 마음에 싹튼 연모의 감정을 부수어 버리는 사악한 요부의 역할도 그녀의 몫이다. 사랑하는 여동생의 도움으로 말도 못하게 곤란한 처지에서 재빨리 벗어난, 금빛 수염과 촉촉하게 젖은 눈망울로 인생을 되는대로 즐기는 오블론스키는 이미 료빈 및 브론스키와의 만남을 통해 소설 속 사건들이 무리 없이 전개되도록 자신의 역할을 톡톡히 해낸다. 지극히 시적인 일련의 이미지들을 통해, 톨스토이는 키티에 대한 료빈의 다정다감하고 열정적인 사랑을 표현한다. 처음에는 일방적이던 그의 사랑은, 소설의 전개와 함께 결혼을 하고 자식을 낳아 기르는, 톨스토이가 바라는 어렵지만 신성한 사랑의 이상에 도달한다. 료빈의 청혼은 때가 좋지 않았지만, 그로 인해 브론스키를 향한 대한 키티의 사춘기 열병과도 같은 서툰 열정은 특별한 위안을 얻는다. 브론스키는 뛰어난 미남이지만 어딘지 땅딸막한 느낌의 남자로, 매우 지적이지만 타고난 재능은 별로 없고, 다른 사람들과 있을 때는 매력적이지만, 개인적으로는 특별한 점이 없는 사내였다. 키티에 대한 그의 행동은 멋없고 둔감한 면을 보인다. 그런 둔감함은 쉽게 냉담함으로 발전하고, 후에는 잔혹함마저 드러낸다. 책에 빠져든 독자라면 제1부에서 사랑의 승리자는 젊은 청년들 가운데 누구도 아닌, 귀는 못생겼지만 위엄 있는 카레닌이라는 점을 놓치지 않을 것이다. 여기서 우리는 카레닌 식의 결혼, 즉 부부 간의 친밀감이 결여된 결혼은 안나의 불륜만큼이나 큰 죄악이라는 소설의 교훈에 다가간다.

제1부에서는 또한 안나의 비극적인 사랑이 시작될 조짐을 미리 엿볼 수 있다. 아울러 소설의 주제를 소개하는 동시에 안나의 경우와 대비시키기 위해, 톨스토이는 세 가지 불륜 또는 동거의 사례를 제시한다. (1) 서른셋의 나이에 이미 출산 경험이 많은 시들어 버린 여인 돌리는 남편 스티바 오블론스키가 얼마 전까지 자신의 아이들을 돌보던 프랑스인 여자 가정 교사에게 보낸 낯 뜨거운 편지를 우연히 발견한다. (2) 료빈의 형 니콜라이는 애처로운 인물로, 그 시대에 흔했던 사회 개혁에 심취해 저급 유곽에서 일하던 그다지 눈에 띄지도 않던 여자를 데려다가 착하지만 배운 것 없는 그녀와 함께

살고 있다. (3) 제1부 마지막 장에서 톨스토이는 아무런 속임수도 가족 관계도 개입되지 않은, 페트리츠키와 실톤 남작부인의 유쾌한 불륜 사건을 성공적으로 만들어 낸다.

이 세 가지의 비통상적인 정사, 즉 오블론스키, 니콜라이 료빈, 페트리츠키의 사례들은 안나 자신이 겪는 도덕적·심적 갈등의 주변 사건으로서 전개된다. 안나의 갈등은 그녀가 브론스키를 만나는 순간 시작된다는 점도 살펴볼 것이다. 사실, 톨스토이는 1부의 사건들(안나가 사실상 브론스키의 정부가 되기 1년 전에 벌어지는)이 안나의 비극적 운명을 더욱 어둡게 끌고 가도록 장치해 둔다. 예술적 역량과 이전 시대의 러시아 문학에서는 찾아보기 힘든 섬세함으로, 톨스토이는 처참한violent 죽음이라는 테마를 브론스키와 안나의 삶에 나타난 처절한violent 열정이라는 테마와 동시에 제시한다. 철도 노동자에게 일어난 치명적 사고는 둘의 첫 만남과 우연히 같은 시점에 일어나고, 브론스키가 단지 안나의 머릿속에 우연히 떠오른 (죽은 남자의 미망인을 돕고 싶다는) 생각을 듣고 죽은 남자의 가족을 조용히 도와줌으로써 이 사고는 두 사람을 잇는 어둡고 신비한 연결 고리가 된다. 남편이 있는 상류 사회의 여성은 모르는 신사로부터 선물을 받아서는 안 되지만, 브론스키로 인해 철도 노동자의 죽음은 안나에 대한 일종의 선물이 되어 버린다. 안나가 이 신사적 행동과 그 호의를 모르는 척 받아들인 행위(모르는 이의 우연한 죽음을 매개로)를 되돌아보며, 그것을 남편에 대한 배신의 시작으로, 그래서 이 일을 카레닌이나 브론스키를 사모하는 키티라는 젊은 아가씨에게 밝힐 수 없는 것으로 여기며 수치스러워한다는 점도 주목할 만하다. 더 비극적인 것은 안나가 오빠와 함께 역을 떠나려는 순간 갑자기(브론스키와의 만남 및 부정한 오빠가 저지른 사건을 수습하러 온 자신의 도착과 동시에 일어난) 그 사고가 악의 징조임을 느낀다는 점이다. 안나는 알 수 없는 불안을 느낀다. 지나가던 행인이 또 다른 행인에게 말한다. 그런 갑작스러운 죽음이 어쩌면 가장 쉽게 죽는 방법이기도 하다는 이 말을 안나는 우연히 엿듣고, 마음 깊이 담아 둔다. 이때의 인상은 이후 확장된다.

책 앞부분에서 부정을 저지른 오블론스키의 정신 상태가 안나의 운명에 대한 기괴한 패러디 역할을 하는 것은 물론, 그가 아침에 꾸는 꿈속의 중요한 장면에서도 한 가지 중요한 테마를 엿볼 수 있다. 스티바의 변덕스럽고 진지함이라고는 없는 성격을 고려할 때, 그가 꾸는 꿈은 그의 성격을 정확히 묘사하고 있다. 안나가 이후 꾸게 될 악몽도 마찬가지로 그녀의 깊고 풍부하고 비극적인 성격과 맞물려 비극을 암시한다.

톨스토이의 시간 배치

『안나 카레니나』에서 시간의 흐름은 문학사에서 보기 드문 독특한 예술적 시간 감각에 의거하고 있다. (총 135페이지, 34개의 장으로 이루어져 있는) 제1부를 읽고 나면 독자들은 등장인물들이 살아가는 여러 번의 아침, 낮, 저녁 시간들, 아울러 일주일이 엄청나게 세부적으로 묘사되었다는 인상을 받는다. 이제 실제 시간을 살펴보겠지만, 그 문제를 논하기에 앞서, 식사 시간에 관해 명확하게 하고 넘어가는 것이 좋을 것 같다.

1870년대 당시 모스크바 또는 페테르부르크 부유층들의 하루 식사는 이렇다. 아침 9시경, 차 또는 커피에 버터 바른 빵을 먹는다.

오블론스키가의 경우 둥글게 말아 구운 고급 롤빵(예컨대, 칼라치. 칼라치는 겉은 바삭하고 속은 부드럽게 구워 밀가루를 뿌린 것으로, 이름은 그럴듯하지만 도넛류의 빵이다. 뜨거운 상태로 냅킨에 싸서 먹는다)이 나온다. 오후 2시와 3시 사이에 가벼운 점심을 먹고 오후 5시 30분경 러시아 술과 프랑스 와인을 곁들인 푸짐한 저녁을 먹는다. 케이크, 잼, 다양한 러시아식 주전부리를 곁들여 9시에서 10시경 차를 마시고 가족들은 잠자리에 든다. 하지만 놀기 좋아하는 이들은 11시나 더 늦은 시간에 시내로 나가 가벼운 저녁으로 하루를 마무리하기도 한다.

1872년 2월 11일(구력) 금요일 오전 8시, 소설의 막이 오른다. 책 어디에도 이 날짜가 명시되어 있지 않지만 다음과 같은 계산으로 쉽게 추론할 수 있다.

1. 소설 말미에 언급된, 터키와의 전쟁 직전의 정치적 사건들은 1876년 7월에 마무리된다. 브론스키가 안나의 연인이 되는 것은 1872년 12월이다. 말 경주는 1873년 8월의 일이다. 브론스키와 안나는 1874년 여름과 겨울을 이탈리아에서 보내고, 1875년 여름은 브론스키의 영지에서 보낸다. 그런 다음 11월, 그들은 모스크바로 가고, 그곳에서 1876년 5월 어느 일요일 저녁 안나는 자살한다.

2. 제1부 6장에는 료빈이 겨울의 첫 두 달(1871년 10월 중순에서 12월 둘째 주)을 모스크바에서 보낸 후 2개월간 자신의 시골 영지에서 지내다가 이제 2월이 되어 다시 모스크바로 돌아왔다는 이야기가 나온다. 약 3개월 후, 생기 넘치는 삶을 묘사하듯 늦봄이 언급된다(제2부 12장).

3. 오블론스키는 조간신문에서 런던 주재 오스트리아 대사인 보

이스트 백작이 영국으로 돌아가는 길에 비스바덴을 거쳤다는 기사를 읽는다(해설 17번 참조). 이것은 영국 황태자의 회복을 축하하기 위해 1872년 2월 15일(신력 27일) 화요일에 열린 특별 감사 성찬례 직전이므로, 소설이 시작되는 금요일은 1872년 2월 11일(신력 23일)이다.

제1부를 구성하는 총 34개의 짧은 장들 가운데 첫 다섯 장은 오블론스키의 행적을 빠짐없이 서술하고 있다. 그는 오전 8시에 일어나 9시에서 9시 30분 사이에 아침 식사를 한 후 11시경 사무실에 도착한다. 오후 2시가 조금 못 되어 료빈이 갑자기 사무실에 나타난다. 제6장이 시작되면서부터 제9장이 끝날 때까지 소설은 오블론스키 이야기는 잠시 제쳐 두고 료빈을 주로 다룬다. 료빈의 테마를 다루기 위해 시간을 앞으로 되돌리는 톨스토이의 기법이 이 소설에서 처음으로 등장한다. 지난 4개월의 이야기를 대략적으로 보여 준 후, (제7~9장에서) 료빈이 금요일 아침 모스크바에 도착하는 순간부터 자신이 머무는 동복형의 집에서 형과 이야기하는 장면을 보여 주고, 오블론스키의 사무실을 방문한 사실이 짤막하게 언급되고, 오후 4시 스케이트장에서 키티와 스케이트를 타는 장면까지 이어진다. 오블론스키는 제9장에 다시 등장한다. 그는 오후 5시경 료빈을 저녁 식사에 데려가려고 나타나고, 앙글레테르 호텔에서 그들이 저녁 식사를 하는 장면으로 제10장과 제11장이 채워진다. 오블론스키는 다시 퇴장한다. 료빈이 옷을 갈아입으러 잠시 자리를 떴다가 파티에 참석하기 위해 셰르바츠키가로 향하는 사이, 셰르바츠키가의 정황이 등장한다(제12장). 료빈은 저녁 7시 30분에 셰르바츠키가에 나타난다(제13장). 제14장에는 료빈과 브론스키의 만남

이 그려진다. 이에 앞서 료빈과 키티의 이야기가 나온 후(제12~14장), 료빈은 오후 9시에 자리를 뜨고, 브론스키는 한 시간가량 더 셰르바츠키가에 머문다. 셰르바츠키가 사람들은 그날의 상황에 대해 이야기를 나눈 후 잠자리에 들고(제15장), 이후 자정 무렵까지 브론스키가 남은 밤 시간을 어떻게 보내는지가 제16장에서 묘사된다. 이 시점에서 독자들은 셰르바츠키가를 나선 료빈의 행보가 앞으로 등장하게 되리라는 것을 알아챌 것이다. 한편, 총 16장에 걸친 소설의 첫째 날, 즉 2월 11일(구력) 금요일 하루가 저녁을 먹고 호텔 방에서 편안하게 잠자리에 든 브론스키에게는 막바지로 치달을 즈음, 오블론스키는 밤늦게까지 문을 여는 어느 레스토랑에서 극적이고도 유쾌한 하루를 마무리하고 있다.

다음 날, 2월 12일 토요일은 페테르부르크에서 오는 어머니와 누이를 각각 마중하기 위해(제17~18장) 브론스키와 오블론스키가 오전 11시에 역에 도착하는 장면에서 시작한다. 안나를 집에 데려다준 오블론스키가 정오경 사무실로 향하면서 우리는 오후 9시 30분까지 모스크바에서의 첫날을 보내는 안나의 이야기를 따라간다. 토요일의 사건들을 다루는 장들(제17~18장)은 약 20페이지에 걸쳐 이어진다.

제22장과 제23장(약 10페이지)은 3~4일 후, 수요일인 1872년 2월 16일의 무도회 이야기로 채워진다.

다음 장(제24장)에서 톨스토이는 앞서 제6~8장에 간단하게 등장했고 앞으로 소설을 읽는 내내 두드러지게 보일 기법, 즉 료빈의 이야기를 하기 위해 시간을 되돌리는 방법을 사용한다. 2월 11일 금요일 밤으로 돌아가서, 료빈은 셰르바츠키가를 나와 형의 집에 9

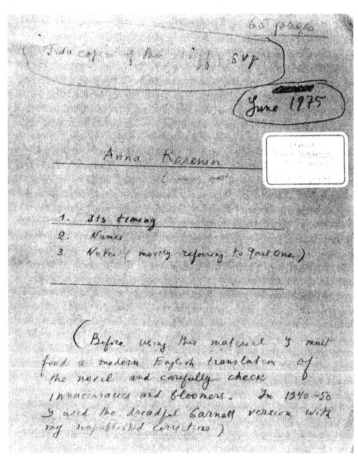

나보코프가 계획하던 『안나 카레니나』의 교본용 노트

시 30분경 도착한 후 형과 저녁을 먹는다(제24~25장). 다음 날 아침, 같은 날 안나가 도착하는 (페테르부르크) 역과는 다른 (니제고로드) 역에서 료빈은 유럽 러시아에 있는 (아마도 툴라 부근이라고 짐작되는) 자신의 영지로 돌아간다. 모스크바에서 남쪽으로 약 300마일(약 480킬로미터) 떨어진 그곳의 집에서 시간을 보내는 료빈의 모습이 제26~27장에 그려진다.

이제 1872년 2월 17일, 목요일로 시간을 훌쩍 뛰어넘어, 소설은 무도회 다음 날 페테르부르크로 향하는 안나를 쫓아간다. 밤 기차를 타고(제29~31장) 페테르부르크에 도착하는 시간은 2월 18일 금요일, 오전 11시(이 금요일에 대해서는 제31~33장에 자세히 나와 있다). 여기에서 톨스토이는 일부러 시간의 흐름을 정확히 그림으로써 카레닌의 자로 잰 듯한, 그러나 얼마 안 가 무너질 정확한 생활 방식을 은근히 비꼰다. 역에서 안나를 마중한 직후, 카레닌은 위원회에서 회의를 주관한 후 4시에 귀가한다. 저녁 5시에는 손님들과 함께 만찬을 들었고, 7시경에는 각료 회의에 참석하기 위해 집을 나섰다가 9시 30분에 돌아와 아내와 차를 마신 후 서재에 갔다가 정확히 자정에 부부의 침실로 들어왔다. 마지막 장(제34장)은 같은 금요일, 브론스키의 귀가를 다루고 있다.

제1부에서 시간의 흐름에 관한 간략한 설명을 통해 톨스토이가 시간을 하나의 예술적 도구로서 여러 가지 방식으로 사용함으로써 다양한 의도를 충족시킨다는 사실을 알 수 있다. 처음 다섯 장에 걸쳐 오블론스키의 시간이 평범하게 흘러가는 것은 아침 8시부터 오후 5시 30분 저녁 식사 시간까지 느긋한 평일의 일상을 강조하기 위한 도구로서, 그의 동물처럼 평범한 일상은 아내가 불행을 겪는

상황에서도 결코 깨지지 않고 반복된다. 이렇게 평범한 하루로 시작한 제1부는 오블론스키보다 근엄하고 엄격한 질서를 지닌 또 다른 시간, 즉 오블론스키의 매제 카레닌의 하루로 마감하면서 대칭적 구조를 지닌다. 안나가 겪는 심각한 내적 변화를 감지한 상황조차 그의 일과에는 아무런 영향을 미치지 못하는 듯, 그는 여러 개의 위원회에 참석하고, 관청의 잡다한 사무에 조용히 그리고 성실히 임한 뒤 잠자리에 들어 남편으로서의 합법적 권리를 누린다. 료빈의 '시간'은 순조롭게 흘러가는 오블론스키의 일상을 불현듯 비집고 들어온다. 쉽게 화를 내고 감정의 기복이 심한 료빈의 성품은 톨스토이가 짜는 시간이라는 그물의 실 여기저기를 흥미롭게 불쑥불쑥 밀고 나오는 방식으로 표현된다. 마지막으로 제1부에서 두 개의 특별한 장면들이 눈에 띄게 조화를 이룬다는 점에 주목해 보자. 무도회가 있던 밤 키티가 안나의 매력에 비현실적이고 과장된 방식으로 빠져드는 장면과 페테르부르크로의 밤 기차 여행에서 안나가 마음속의 명암에 따라 기괴한 환상을 경험하는 장면이다. 이 두 장면이 웅장한 건물 내부를 안에서 받치는 두 개의 기둥이라고 한다면, 오블론스키의 '시간'과 카레닌의 '시간'은 각각 두 개의 부속 건물이라고 할 수 있다.

구조

톨스토이의 대작 『안나 카레니나』의 구조를 제대로 감상하는 데 필요한 열쇠는 무엇일까? 구조를 이해하는 핵심은 시간의 배열을 고려하는 것이다. 톨스토이가 의도하고 결국 완성해 낸 것은 일곱 명의 주요 등장인물의 삶 간의 동시화다. 그리고 그의 마법이 우리

안에 만들어 내는 즐거움이 무엇인지 파악하기 위해 우리가 놓치지 말아야 하는 것도 바로 이 동시화다.

첫 21장의 주된 테마는 오블론스키에게 닥친 재앙이다. 이것은 독자들을 앞으로 드러날 두 가지 테마로 이끄는 역할을 한다. 하나는 료빈-키티-브론스키의 삼각관계고, 다른 하나는 브론스키-안나의 테마다. 안나는 (혜안을 지닌 아테나 여신의 품위와 지혜로) 오빠와 올케 간의 화해를 유도하는 동시에 브론스키의 마음을 사로잡음으로써 악마처럼 키티와 브론스키의 사이를 방해한다. 오블론스키의 간통과 셰르바츠키가의 절망은 브론스키-안나 테마를 위한 준비 장치이고, 브론스키-안나의 테마는 오블론스키-돌리의 불화나 키티의 좌절처럼 자연스럽게 해결되지 않는다. 돌리는 아이들을 위해, 그리고 남편에 대한 사랑 때문에 오블론스키를 용서한다. 키티는 2년 후 료빈과 결혼하고, 이는 톨스토이의 신념에 따른 완벽한 조합이자 결혼이다. 하지만 소설 속에서 어두운 아름다움을 대표하는 안나는 가정의 붕괴를 겪고 결국 죽음을 맞는다.

소설의 제1부(총 34장)에는 오블론스키, 돌리, 키티, 료빈, 브론스키, 안나, 카레닌의 일곱 개의 삶이 같은 시간 선상에 놓여 있다. 두 쌍(오블론스키 부부와 카레닌 부부)의 경우, 소설의 도입부에서 삐걱거리기 시작한다. 오블론스키 부부는 어떻게든 회복되지만, 카레닌 부부에게는 계속될 균열의 시작일 뿐이다. 두 쌍의 잠정적 커플, 즉 겨우 흔적만 남은 브론스키-키티 커플과 마찬가지로 위태로운 료빈-키티 커플은 완전히 해체된다. 그 결과 키티는 짝이 없고, 료빈도 짝이 없고, (잠정적으로 안나와 커플을 형성해 가는) 브론스키는 카레닌 커플을 갈라놓으려고 한다. 그렇다면 제1부에서 다음과 같은 중요한 포인트를 짚고 넘어가자. 일곱 명의 관계가 재구성된다. 일곱 명의 삶을 동시에 따라가야 하고(짧은 장들은 이들의 삶을 번갈아 오가며 진행된다) 이 일곱 명의 삶은 시간적으로 같은 선상에서, 즉 모두 1872년 2월 초에 시작한다.

제2부는 35개의 장으로 이루어지며 모두의 시간은 같은 해, 즉 1872년 3월 중순을 기점으로 한다. 하지만 여기서 흥미로운 현상을 볼 수 있다. 브론스키-안나-카레닌, 이 세 사람의 삼각관계를 형성하는 삶이 아직 짝이 없는 료빈이나 키티의 삶보다 더 빠른 속도로 전개된다. 이것은 소설의 구조상 아주 뛰어난 점이다. 짝을 이룬 인물들의 삶이 짝이 없는 인물들의 삶보다 더 빠른 속도로 흐른다. 우선 키티와 주변 인물들을 따라가다 보면, 짝이 없는 키티는 모스크바에서 시름시름 앓다가 3월 15일경 어느 유명한 의사의 진찰을 받는다. 키티는 자신의 우울한 심경에도 불구하고, 성홍열에 걸린 돌리의 여섯 아이(생후 2개월 된 아기 포함)를 간호한다. 1872년 4월 첫째 주, 키티는 부모의 손에 이끌려 독일의 휴양지 소덴으로 떠난다. 이런 사건들은 2부의 첫 세 장에 걸쳐 다루어진다. 우리가 실제로 셰르바츠키를 따라 소덴으로 가는 것은 제30장에 가서다. 소덴에서 시간과 톨스토이는 키티를 완전히 회복시킨다. 다섯 장을 할애하여 키티의 회복을 다룬 후, 키티는 러시아로 돌아 1872년 6월 말에는 오블론스키와 셰르바츠키가의 영지, 즉 료빈의 영지에서 겨우 몇 마일 떨어진 시골로 간다. 2부에서 키티에 관한 내용은 여기까지다.

같은 2부에서, 료빈이 러시아 시골에서 보내는 삶은 독일에서 머무는 키티의 삶과 정확하게 시간적으로 일치한다. 우리는 료빈이 시골 영지에서 펼치는 활약을 12장에서 17장에 걸쳐 알 수 있다. 그는 각각 페테르부르크의 브론스키와 카레닌 부부의 생활을 다룬 두 세트의 장들 사이에 끼여 있다. 여기서 주목해야 할 매우 중요한 부분은 브론스키-카레닌 팀이 키티나 료빈보다 1년 이상 시간적으로 앞서 있다는 점이다. 제2부 전반의 5장부터 11장까지, 남편은 고민하고 브론스키는 끈질기게 매달린다. 브론스키는 11장에 가서 약 1년의 구애 끝에 안나의 사실상의 정부가 된다. 1872년 10월의 일이다. 하지만 료빈과 키티의 삶에서 시간은 겨우 1872년 봄에 멈추어 있다. 둘은 몇 달이나 뒤처져 있다. 브론스키-카레닌의 시간 팀(나보코프가 개발한 훌륭한 용어이니, 시간 팀이라는 말을 쓰려거든 출처를 명시할 것!)은 18장에서 29장에 이르는 12개의 장에서 시간적으로 다시 한 번 도약한다. 이 부분에는 그 유명한 경마 장면이 포함되어 있고, 뒤이어 안나는 남편에게 브론스키와의 관계를 고백한다. 때는 1873년 8월이다(소설의 대단원까지 3년이 남았다). 무대는 다시 1872년 봄, 키티가 있는 독일로 옮겨 간다. 그 결과 2부 끝부분에서는 아주 흥미로운 상황이 연출된다. 키티의 삶, 료빈의 삶은 브론스키 및 카레닌 부부의 삶보다 14개월에서 15개월 정도 뒤처진다. 다시 말하지만, 짝이 있는 인물들은 짝이 없는 인물들보다 앞서간다.

제3부는 총 32장으로 이루어지는데, 여기서 우리는 잠시 료빈과 머물다가 그와 함께 오블론스키 영지에 있는 돌리를 방문하고, 곧이어 키티가 그곳에 도착한다. 마침내 제12장, 1872년 여름, 료빈은 독일에서 돌아온 키티가 마차를 타고 역에서 도착하는 모습을 본다. 이어지는 몇 개의 장에서 다시 페테르부르크의 브론스키와

안나 카레니나 **361**

카레닌 부부의 경주 직후의 모습이 보이고(1873년 여름), 다시 1872년 9월로 돌아와 료빈의 영지에서 그가 1872년 10월 집을 떠나 독일, 프랑스, 영국을 도는 뭔가 애매한 여행을 떠나는 것을 본다.

이제 내가 강조하고 싶은 점은 이렇다. 톨스토이는 난관에 부딪혔다. 그의 연인들과 배신당한 남편의 삶은 다른 등장인물들을 앞서 간다. 짝 없는 키티와 역시 짝 없는 료빈은 시간적으로 훨씬 뒤처져 있다. 제4부의 첫 16개의 장에 등장하는 페테르부르크는 1873년 한겨울이다. 하지만 료빈이 외국에 머무는 기간이 정확히 얼마인지는 책 어디에도 나와 있지 않다. 료빈-키티 커플과 브론스키-안나 커플 간의 1년 이상의 시간차는 제2부 11장에서 안나가 브론스키의 정부가 되는 시기와 관련한 언급에 의해 드러날 뿐이다. 브론스키는 약 1년간 안나에게 구애한 끝에 그녀를 무너뜨렸다. 그리고 그 1년의 차를 두고 료빈-키티 커플이 뒤처져 있다. 하지만 독자들은 어떤 사건이 언제 일어나는지에 일일이 주시하지 않는다. 훌륭한 독자라도 그런 경우는 드물기 때문에, 우리는 브론스키-안나의 에피소드들이 료빈-키티의 에피소드들과 시간적으로 완전히 일치한다고 착각하고 두 커플에게 각각 일어나는 다양한 사건들이 어느 정도 비슷한 시기에 일어난다고 생각한다. 독자는 물론 소설이 공간적으로 독일에서 러시아로, 시골에서 페테르부르크나 모스크바로 이동한다는 사실은 알고 있지만, 시간적으로 브론스키-안나의 경우는 앞으로, 료빈-키티는 뒤로 이동한다는 사실은 알지 못할 수도 있다.

제4부 앞머리의 다섯 개 장에서 우리는 페테르부르크에서 브론스키-카레닌 테마의 전개 상황을 따라간다. 시간은 1873년 한겨

울, 안나는 브론스키의 아이를 낳을 예정이다. 6장에서 카레닌은 공무 수행 차 모스크바를 방문하고, 같은 시점에 료빈은 외국에서 돌아와 모스크바를 방문한다. 오블론스키는 9장에서 13장에 걸쳐 자신의 집에서 만찬을 연다. 이때가 1874년 1월 첫째 주로, 여기에서 료빈과 키티는 다시 만난다. 분필로 이야기를 주고받는 장면이 등장하는데, 나의 계산에 따르면, 소설이 시작된 지 정확히 2년 후의 일이다. 하지만 독자들과 키티에게는 (료빈과 그녀가 카드 테이블을 사이에 두고 분필을 만지작거리며 나누는 대화 속에 등장하는 내용들을 살펴보라) 겨우 1년이 지났을 뿐이다. 여기서 우리는 다음과 같은 놀라운 사실에 맞닥뜨린다. 한편에는 안나의 물리적 시간이, 다른 한편에는 료빈의 영적 시간이 있고, 둘 사이에는 좁힐 수 없는 차이가 존재한다는 것이다.

제4부에 와서, 정확히 책의 절반쯤에서, 일곱 명의 삶은 다시 처음 1872년 2월과 마찬가지로 같은 선상에 놓인다. 안나와 나의 달력으로는 1874년 1월이지만, 독자와 키티의 달력은 1873년이다. 제4부 후반부에서(제17~23장) 페테르부르크의 안나는 아기를 낳다가 사경을 헤매고, 카레닌이 브론스키와 일시적으로 화해한 뒤, 브론스키는 자살을 시도한다. 제4부는 1874년 3월에 끝난다. 안나는 남편과 헤어져 연인과 함께 이탈리아로 떠난다.

제5부는 모두 33개의 장으로 이루어져 있다. 잠깐 동안 일곱 명의 삶은 같은 선상에 놓이지만, 이탈리아의 브론스키와 안나가 다시 선두로 나선다. 마치 경주를 보는 것 같다. 처음 여섯 개의 장에 걸쳐 보이는 료빈의 결혼식은 1874년 이른 봄의 일이다. 료빈이 다시 등장하는 것은 시골, 료빈이 형의 임종을 지키는 장면(제14~20장)에서

이며, 이것은 1874년 5월 초의 일이다. 하지만 브론스키와 안나(료빈의 결혼과 형의 임종 장면 사이에 끼여 있다)의 시간은 두 달 앞서 있고, 둘은 로마에서 남유럽의 7월을 어쩐지 불안하게 만끽한다.

두 시간 팀을 동시화시키는 연결 고리는 이제 외톨이가 된 카레닌이다. 일곱 명의 주요 인물이 등장하는 가운데, 소설이 인물들 간에 짝을 짓는 데 따라 전개되고, 일곱이란 수는 홀수이기 때문에 한 사람은 짝짓기에서 소외되어 혼자 남을 수밖에 없다. 처음에는 료빈이 겉도는 여분의 인물이었고, 이제는 카레닌이 그 역할을 한다. 다시 1874년 봄의 료빈 일가로 갔다가, 카레닌의 여러 가지 활약을 살피다 보면 점차 1875년 3월에 가까워진다. 이즈음에 브론스키와 안나는 이미 이탈리아에서 1년을 보낸 후 페테르부르크로 돌아와 있다. 안나는 아들의 열 번째 생일, 즉 3월 1일에 아이를 보러 가 가슴 아픈 장면을 연출한다. 곧이어 그녀와 브론스키는 브론스키의 시골 영지로 가서 머무르게 되는데, 그곳은 공교롭게도 오블론스키와 료빈의 영지와 같은 지역에 있다.

이제 일곱 인물은 제6부에서 다시 나란해진다. 제6부는 총 33장으로 1875년 6월에서 11월까지의 이야기를 다룬다. 1875년 여름 전반부에는 료빈 일가와 그 주변 인물들이 등장하고, 이어 7월에는 돌리와 오블론스키가 브론스키의 영지를 방문해, 테니스를 치는 장면으로 전환된다. 나머지 장들에서 오블론스키와 브론스키, 료빈은 1875년 10월 2일 지역 선거를 위해 한자리에 모이고, 한 달 후 브론스키와 안나는 모스크바로 간다.

31개의 장으로 구성된 제7부는 책에서 가장 중요한 부분이고, 비극적인 클라이맥스를 이룬다. 인물들은 모두 모스크바에서 같은 시점, 즉 1875년 11월 말에 놓여 있다. 주요 인물 중 여섯 명, 즉 불안하고 이미 불행을 맛보고 있는 브론스키-안나, 출산을 앞둔 료빈 부부, 오블론스키 부부 이렇게 세 쌍이 모스크바에 있다. 키티의 아기가 태어나고, 1876년 5월 초 오블론스키와 함께 우리는 페테르부르크의 카레닌을 찾아간다. 그리고 다시 모스크바로 돌아온다. 이제23장부터 7부의 마지막 장까지는 안나의 최후의 나날들에 대한 이야기가 이어진다. 그녀는 1876년 5월 중순에 자살로 생을 마감한다. 이 불후의 명장면들에 대해서는 이미 살펴보았다.

제8부, 대단원은 19장으로 이루어져 있는, 다소 육중한 기계 같은 느낌이다. 여기서 톨스토이는 이 작품에서 몇 번 사용한 적 있는 기법, 즉 등장인물을 한 장소에서 다른 장소로 이동시킴으로써 이야기의 흐름을 한 무리의 인물들로부터 다른 무리로 전환하는 기법을 사용한다.[84] 기차와 마차는 소설에서 중요한 역할을 한다. 제1부에서 안나는 두 번의 기차 여행을 한다. 페테르부르크에서 모스크바로, 모스크바에서 다시 페테르부르크로. 오블론스키와 돌리는 소설의 여러 지점에서 독자들을 톨스토이가 원하는 장소로 데리고 가는 이동 수단 역할을 한다. 사실 오블론스키는 작가가 요구하는 서비스를 제공한 대가로 급료를 많이 받는 편한 일자리를 얻는다. 마지막 제8부의 첫 다섯 장에서 료빈의 동복형 세르게이는 브론스키

---

[84] 나보코프는 행간에 다음과 같이 적어 넣었지만, 강의에서는 언급하지 않았다. "'거름 장치'라는 기법을 기억할 것이다." 이것은 나보코프가 바로 전 학기에 했던 디킨스 강의를 지칭한다. 이 강의에서 그는 또 자신이 만든 '페리'라는 용어로 지칭되는 인물들의 구조적 기능을 분석했다. 이런 인물들의 주된 역할은 사람들을 모으거나 대화를 통해 정보를 제공하는 것이다. 『나보코프 문학 강의 Lectures on Literature』 참조. 다른 곳에서 나보코프는 오블론스키를 일종의 '페리'라고 설명한다. *

와 같은 기차를 탄다. 전쟁에 관한 다양한 언급 덕분에 날짜를 추측하기가 용이하다. 동유럽의 슬라브 민족인 세르비아인들과 불가리아인들이 터키와 싸우고 있었다. 이것은 1876년 8월의 일로, 1년 후 러시아는 실제로 터키와의 전쟁을 선포한다. 브론스키는 의용부대를 이끌고 전쟁터로 향한다. 같은 기차에 탄 세르게이는 료빈의 집을 방문하는 길이었기 때문에 브론스키의 상황뿐 아니라 료빈 일가의 상황까지 다룰 수 있다. 마지막 장들은 료빈의 시골 가정생활과 톨스토이가 이끄는 대로 신을 찾아 방황하면서 그가 겪는 변화로 채워진다.

톨스토이의 소설 구조를 이렇게 살펴보면, 『마담 보바리』의 경우처럼 각 장 내에서 이야기가 한 무리의 등장인물에서 다른 무리로 옮겨 가는 경우보다 흐름이 훨씬 덜 유연하고 덜 정교하다는 것을 알 수 있다. 플로베르의 물 흐르듯 자연스러운 문단에 비해 톨스토이의 장들은 짤막하고 느닷없다. 하지만 또한 주목할 것은 톨스토이가 플로베르의 작품에서보다 더 많은 수의 삶들을 다루고 있다는 점이다. 플로베르의 경우 승마, 산책, 춤과 마차를 이용한 마을과 도시 간의 이동, 수없이 등장하는 사소한 행동과 작은 동작들을 이용해 한 장면에서 다음 장면으로의 전환이 각 장 내에서 이루어진다. 반면에 톨스토이의 소설에서는 거대하고 요란하고 증기를 내뿜는 기차가 인물들을 이동시키고, 죽이기 위해 사용된다. 그는 한 장에서 다음 장으로 이동하기 위해 오래된 방식을 쓴다. 가령 새로운 큰 단원이나 장을 시작하면서 오랜 세월이 지났다고 간략하게 서술하거나 그때의 사람들이 어떤 장소에서 어떤 일을 하고 있다고 서술하는 것이다. 『마담 보바리』는 이제껏 쓰인 소설 가운데 가장 시적인 소설 중 하나다. 플로베르의 시에 멜로디가 있다면, 톨스토이의 위대한 소설에는 강한 힘이 있다.

이제껏 살펴본 것은 책의 움직이는 뼈대이며, 나는 이 뼈대를 경주에 빗대어 설명했다. 처음에는 일곱 인물이 같은 선상에서 출발했고, 브론스키와 안나가 선두로 나서면서 료빈과 키티는 뒤에 처지고, 다시 모든 인물이 나란히 섰다가 이번에는 불쑥 튀어나오는 장난감처럼 브론스키와 안나가 또다시 앞으로 나오지만 그리 오래 가지는 않는다. 안나는 완주하지 못한다. 나머지 여섯 명 중 작가의 관심이 계속 머무르는 인물은 키티와 료빈뿐이다.

형상화

형상화란 언어를 매개로 독자의 색채, 모양, 소리, 동작에 대한 감각을 비롯한 모든 인지적 감각에 호소하기 위해 뭔가를 환기시키는 것이다. 가령 독자의 마음에 허구적 삶의 인상을 심어 주기 위해 그 인상을 독자의 개인적인 기억에 견주어도 될 만큼 생생하게 만드는 방법이 있을 수 있다. 작가는 이런 생생한 이미지를 만들기 위해 다양한 기법을 사용한다. 간략하고 명료한 수식 어구, 그림을 그리듯 정교한 언어적 묘사, 복잡한 비유 등이 여기에 포함된다.

1. 수식 어구: 주목할 만한, 그리고 감탄할 만한 부분들 중에는 '후루룩 입으로 빨려들어 가는', '깔끄러운'과 같은 수식 어구들이 있다. 모두 오블론스키가 료빈과 식사 중에 음미하는 상품上品 굴의 미끈미끈한 속살과 거친 껍질을 훌륭하게 표현하고 있다. 가넷 여사는 이 아름다운 수식 어구들shlyupaushchie, shershavye을 생략하고 말았지만, 제대로 살려 내야 한다. 키티의 풋풋한 아름다움과 안

나의 위험한 매력을 표현하는 무도회 장면에서 사용된 형용사들도 집중해서 살펴볼 필요가 있다. 특히 무도회에 참석한 여성들의 무리를 묘사하기 위해 사용한, 여러 개의 단어들을 결합한 수식구는 글자 그대로 해석하자면 '망사, 리본, 레이스가 다채롭게 어우러진 tyulevo-lento-kruzhevno-tsvetnoy'이라는 의미를 띤다. 셰르바츠키가의 노공작은 군살이 늘어진, 클럽의 늙은 회원을 가리켜 실류피크shlyupik라고 부른다. 실류피크는 뭉개져서 흐물흐물해진 물체를 가리키는 것으로, 부활절 달걀들을 굴려서 서로 부딪치게 하는 러시아의 전통 놀이에서 너무 많이 굴려 물컹물컹해진 달걀을 가리키는 아동어다.

2. 몸짓: 오블론스키는 이발사가 윗입술 부위를 면도하는 중이라 하인의 (안나가 혼자 오는지 남편과 함께 오는지 묻는) 질문에 대답 대신 한 손가락을 들어 보였다. 또는 안나는 돌리와 이야기하면서 스티바의 못 말리는 도덕적 망각증을 표현하기 위해 손을 이마 앞까지 올려 매력적이고 애매한 손짓을 해 보인다.

3. 비논리적 지각에 대한 상세 묘사: 안나가 기차에서 비몽사몽간에 꾸는 꿈의 서술 속에 다양한 예가 있다.

4. 다채로운 희극적 요소: 중매에 대해 이야기하면서, 노공작은 아내를 흉내 낼 의도로 기괴한 억지웃음을 지으며 무릎을 살짝 굽혀 여자처럼 절한다.

5. 그림 같은 묘사: 사례는 수없이 많다. 돌리는 화장대 앞에 비참한 표정으로 앉아서 가슴에서 울려 나오는 듯한 저음으로, 자신의 비참한 기분은 숨긴 채 남편에게 왜 왔느냐고 빠른 말투로 묻는다. 그리네비치의 끝이 구부러진 손톱, 졸리지만 지극히 행복한 늙

은 사냥개의 끈적끈적한 입술 등은 모두 유쾌하고 잊을 수 없는 묘사들이다.

6. 시적 비유: 스케이트장과 무도회에서의 키티를 묘사할 때 부서지는 햇살과 나비에 대한 매력적인 비유같이 감각에 호소하는 방법은 톨스토이 작품에서 매우 드문 사례다.

7. 실용적 비유: 눈보다는 마음, 미적 감각보다는 윤리적 감각에 호소하는 방법. 무도회 전 키티의 감정을 전투를 앞둔 젊은이의 감정에 비유했다. 군복을 입은 키티의 모습을 시각적으로 떠올린다면 우습겠지만, 언어의 논리적 대비 효과를 훌륭하게 이루어 냈으며, 톨스토이가 소설의 뒷부분에서 열정적으로 추구하는 교훈적 어조도 담아내고 있다.

톨스토이의 글에서 모든 것이 직접적으로 형상화되지는 않는다. 교훈적 비유는 의식하지 못하는 사이에 훈계조로 바뀌고 톨스토이가 어떤 상황 및 심리 상태를 설명할 때의 특징이기도 한 의미 있는 반복이 나타난다. 이런 점에서, 각 장의 도입부에 나타나는 "오블론스키는 학창 시절 공부를 잘했다" 또는 "브론스키는 진정한 의미의 가정을 경험해 본 적이 없다" 같은 직접적 진술은 특히 주목할 필요가 있다.

8. 직유와 은유

공원의 오래되고 흰 자작나무는 쌓인 눈의 무게에 눌려 가지를 늘어뜨린 것이 마치 새로운 축제 의상으로 갈아입은 것 같았다.(제1부 9장)

하지만 료빈에게는 수많은 사람들 속에서 그녀를 찾는 일이 쐐기풀속에 피어난 들장미를 찾아내는 일만큼이나 쉬웠다. 그녀로 인해 모든 것이 빛났다. 그녀는 미소 하나로 주변에 온통 빛을 뿌렸다. 그녀가 서 있는 곳이 그에게는 성스러운 신전처럼 보였다. (······) 그는 태양을 똑바로 보지 못하듯 한참 동안 그녀를 바라보지 못한 채 걸었지만, 마치 태양이 그러하듯 보려 하지 않아도, 그에게는 그녀가 보였다. (9장)

그는 마치 태양이 그에게 다가오는 것같이 느껴졌다. (9장)

태양이 구름에 가려지듯, 그녀의 얼굴에서 친근함이 완전히 사라졌다. (9장)

타타르인 웨이터는 (······) 마치 몸에 스프링 장치라도 달린 듯 제본된 메뉴판 하나를 내려놓는 순간 다른 메뉴판, 즉 와인 리스트를 집어들었다. (10장)

그녀는 그런 것을 믿을 수 없었다. 지금이 어떤 시대건 그런 말은 다섯 살짜리 아이들에게 가장 적합한 장난감이 장전된 권총이라는 주장만큼이나 믿음이 가지 않았다. (12장)

키티는 전투를 앞둔 젊은이가 느낄 법한 기분과 비슷한 기분을 경험했다. (13장)

안나의 말: "그 파란 안개가 뭔지 알아요. 마치 스위스의 산맥 위에 피어오르는 연무 같지요. 안개는 그 행복한 시절, 어린 시절이 끝나 갈

그 무렵의 모든 것을 덮고 있어요. 그리고 그 행복하고 즐겁기만 하던 넓디넓은 안개 속 세상을 벗어나면 [길은 점점 더 좁아져요.]" (20장)

마치 벌집에서 들려오는 벌들의 웅웅 소리처럼, 움직일 때마다 나는 바스락 소리(22장)

잠시 풀잎에 앉아 있지만, 금방이라도 무지갯빛 날개를 다시 나풀댈 것 같은 나비와 같은 그녀의 모습(23장)
그리고 브론스키의 얼굴에서 (……) 그녀[키티]는 자신을 매혹시켰던 표정 (……) 잘못을 저지른 똑똑한 개와 같은 표정을 보았다.(23장)

하지만 마치 오랫동안 신어 온 슬리퍼에 발을 집어넣듯 순식간에, 그[브론스키]는 자신이 이제껏 살아온 아무 걱정 없고, 즐거운 세계로 다시 빠져들어 갔다.(24장)

비유는 직유, 은유로 나타날 수 있고, 두 가지가 혼합되어 나타날 수도 있다. 몇 가지 비유의 모델들을 살펴보자.

직유의 모델 : 육지와 바다 사이의 안개가 베일 같았다.
이것이 직유다. '~처럼', '~같이(같다)' 등으로 연결되는 것이 직유의 특징이다. 하나의 대상이 다른 대상과 같다고 표현한다.
"안개가 신부의 베일 같았다"라고 말을 이어 간다면, 이것은 가벼운 시적 요소를 포함하면서 확장된 직유가 된다. 하지만 "안개가 뚱뚱한 신부의 베일 같고, 그 신부의 아버지는 딸보다 더 뚱뚱하며 가발까지 썼다"라고 한다면 이것은 문장이 비논리적으로 이어지는 장황한 직유다. 호메로스는 서사적 서술을 위해, 고골은 기괴한 꿈의 효과를 위해 이런 방식을 사용했다.

은유의 모델: 육지와 바다 사이에 놓인 안개의 베일

이처럼 은유에서는 '~같다'에 해당하는 연결 부위 없이 대상들이 결합한다. 확장된 은유는 "안개의 베일이 몇몇 군데에 찢어져 있었다"처럼 문장 끝이 논리적으로 이어진다. 장황한 은유에서는 비논리적으로 문장이 계속된다.

***

실질적 기능을 지닌 도덕적 비유

톨스토이 문체의 특징 중 하나는 직유건 은유건 대다수의 비유가 미적 의도가 아닌 윤리적 의도로 사용된다는 점이다. 다시 말해 그가 사용하는 비유는 실용적이고 기능적이다. 톨스토이의 비유들은 시각적 효과를 강화하기 위해서가 아니라 어떤 장면에 대한 독자의 예술적 인지에 새로운 관점을 부여하기 위해서 사용된다. 이런 비유들은 도덕적 요소를 환기시킬 목적으로 사용된다. 따라서 나는 이런 비유들을 톨스토이의 도덕적 은유 또는 직유라고 부른다. 윤리적 견해들이 비유를 통해서 표현되기 때문이다. 이 같은 직유와 은유들은, 다시 한 번 말하지만 철저하게 기능적이고, 따라서 매

우 확연하고 반복적인 양식을 따른다. 이 양식, 또는 공식은 "그는 ⋯⋯하는 사람이 된 느낌이었는데"와 같이 시작해서, 즉 감정의 상태를 맨 앞에 내세운 다음, "그 사람은⋯⋯"의 형태로 비유가 이어진다. 예를 들어 보자.

[료빈이 결혼 생활에 대해 생각하면서] 한 걸음 한 걸음 나아갈 때마다 료빈은 작은 배가 호수 위를 순조롭게 떠 가는 행복한 모습을 바라만 보다가 자신이 그 배를 타야 하는 입장이 된 사람이 경험할 법한 상황을 겪었다. 그는 가만히 앉아서 균형을 잃지 않는 것만으로는 부족하다는 점을 깨달았다. 배를 탄 사람은 잠시도 한눈을 팔지 않고 올바른 방향을 유지해야 한다는 것, 아래는 물이고 노를 저어야 한다는 것, 노 젓기에 익숙하지 않은 손에는 상처가 난다는 것을 깨달았다. 그저 바라만 보는 것은 쉬웠지만, 스스로 모든 것을 감당하는 것은 비록 아주 유쾌한 일이긴 하지만 매우 어렵다는 점을 알게 된 것이다. (제5부 14장)

[아내와의 작은 말다툼 중] 첫 순간의 느낌은 불쾌했지만, 동시에 아내로 인해 마음이 상하는 일은 있을 수 없다는 것을, 그녀가 곧 자기 자신임을 깨달았다. 처음 그 순간의 느낌은 갑자기 뒤에서 세게 한 대 얻어맞은 뒤 화가 나서 때린 사람을 찾아 앙갚음해 주려고 뒤를 돌아보았는데 그저 실수로 스스로를 친 것임을 알았을 때, 화를 낼 사람도 없고, 그저 혼자 꾹 참고 아픔을 달래야 한다는 것을 알았을 때 느낄 법한 그런 것이었다. (제5부 14장)

그런 이유 없는 비난을 견뎌 내야 하는 상황은 매우 비참했지만, 자신을 정당화함으로써 그녀의 마음을 괴롭게 만드는 것은 더 힘들었다.

심한 고통을 느끼며 반쯤 깨어난 상태에서는 아픈 부위를 잡아 뜯어 떨쳐 버리고 싶은 마음이 간절했지만, 깨어나자마자 그 아픈 부위마저 자기 자신임을 깨달은 사람 같았다. (제5부 14장)

그녀[키티]가 한 달 내내 마음에 품고 있었던 마담 시탈의 성녀와 같은 이미지는 영원히 사라져 버렸다. 마치 의자 위에 아무렇게나 던져 놓은 옷가지가 사람처럼 보였다가 그 구겨진 모양새가 눈에 들어오는 순간 그 사람의 형상이 사라져 버리는 것과 같았다. (제2부 34장)

그[카레닌]는 벼랑 위에 놓인 다리를 침착하게 건넌 사람이 갑자기 그 다리가 붕괴되고 다리 밑은 심연이라는 사실을 깨달았을 때 느낄 법한 감정을 경험했다. (제2부 8장)

그는 자신의 집에 돌아왔는데 문이 잠겨 있는 것을 발견한 남자가 느낄 만한 기분을 맛보았다. (제2부 9장)

고개를 숙인 황소처럼, 그는 도끼의 둔탁한 부분obukh이 자신을 내려치길 순순히 기다렸다. 이미 도끼가 그의 머리 위에 있음을 느낄 수 있었다. (제2부 10장)

그[브론스키]는 사교계의 문이 자신에게는 열려 있지만, 안나에게는 닫혀 있다는 사실을 이내 깨달았다. 마치 [여러 사람이 손에 손을 잡고 원을 이루고 서 있고, 한 사람은 그 원 안에, 다른 한 사람은 원 밖에 있는] 고양이와 쥐 게임에서처럼, 그는 원 안으로 들여보내 주지만, 안나에게는 자기들끼리 맞잡은 손을 내려 앞을 가로막아 버리는 것 같았다.

(제5부 28장)

그는 가는 곳마다 안나의 남편과 마주쳤다. 적어도 브론스키에게는 그렇게 느껴졌다. 손가락을 다친 남자가 마치 의도한 것마냥 계속해서 그 아픈 손가락을 여기저기에 스칠 때 느낄 법한 그런 기분이었다. (제5부 28장)

* * *

이름

교양 있는 러시아 사람들이 다른 사람을 부르는 가장 일반적인 형태 즉 개인적 견해나 감정을 배제한 호칭은 성이 아니라 이름과 부칭을 결합한 호칭으로, 이반 이바노비치(이반의 아들 이반) 또는 니나 이바노브나(이반의 딸 니나)와 같은 형태를 띤다. 가난한 소작 농들이라면 서로 '이반' 또는 '반카'라고 부를 수도 있지만, 그렇지 않을 경우 서로 혈연관계가 있거나 어린 시절의 친구이거나, 젊은 시절 같은 부대에서 복무하는 등의 특별한 관계의 사람들만이 서로 이름을 부른다. 나도 20~30년간 친하게 지낸 러시아인들이 꽤 있지만, 이반 이바노비치나 보리스 페트로비치 같은 호칭 말고 달리 그들을 부르는 것은 생각조차 할 수 없다. 나이 지긋한 미국인들이 술 몇 잔 같이 마시고 나면 어느새 서로를 '해리', '빌'이라고 이름으로 부르는 것이, 격식을 중요시하는 이반 이바노비치에게는 이상하게 보이는 것도 무리는 아니다.

가령 이반 이바노비치 이바노프(이바노프라는 성을 가진 이반의 아들 이반 또는 미국식으로 이반 이바노프 주니어)라는 어느 능력 있는 남자를 그의 지인들은 이반 이바노비치(종종 줄여서 이반 이바니치)라고 부를 것이고, 그의 하인들은 보통 바린(주인님)이라고 부를 것이고, 하인이 아닌 아랫사람들이라면 각하Your Excellency라고 부를 수도 있다. 만약 그가 고위 관료라면 하급 관료들도 그를 각하라고 부를 수 있다. 그보다 높은 지위의 관료가 몹시 화나 있거나, 그를 모르는 사람이 꼭 그를 불러야 하는데 이름과 부칭을 몰라서 이바노프 씨(Gospodin 또는 Mr. Ivanov)라고 부를 수도 있다. 학창 시절 그를 가르쳤던 선생님은 이바노프, 친척들과 어린 시절 친한 친구들은 바냐라고 부를 것이고, 바보 같은 웃음을 흘리며 진(또는 프랑스식으로 장)이라고 부르는 친척 누이도 있을 것이다. 다정한 어머니나 아내는 바뉴샤, 바뉴셴카라고 부를 것이고, 만약 그가 스포츠를 즐기거나 한량이거나 그냥 사람 좋고 교양도 있지만 별다른 지위나 영향력이 없는 사람이라면, 상류 사회에서는 그를 바네치카 이바노프 또는 조니 이바노프라고 부를지도 모른다. 이 이바노프 씨는 귀족일 수도 있지만, 이바노프처럼 성이 이름으로부터 유래한 경우 가계도가 그리 길지 않음을 암시하므로 그다지 유서 깊은 가문 출신은 아닐 것이다. 한편, 만약 이반 이바노비치 이바노프가 하층 계급 출신이라면, 예를 들어 하인, 빈농, 젊은 상인일 경우 윗사람들은 그를 이반이라고 부를 것이고, 동료들은 반카, 머리에 스카프를 둘러쓴 얌전한 아내는 이반 이바니치(Mr. 존슨)라고 부를 것이다. 만일 그가 한 가문에서 오랫동안 한 주인을 섬긴 나이 지긋한 고용인이라면 주인 가족은 반세기 동안 집을 지켜 준 그에게 남

다른 감정을 담아 이반 이바니치라고 불러 줄지도 모른다. 존경받는 늙은 농부나 기술자라면 무게가 느껴지는 '이바니치'라는 호칭도 가능하다.

오블론스키 공작이나 브론스키 백작, 실톤 남작 등 등장인물들의 작위는 혁명 전 러시아에서 유럽 대륙의 공작, 백작, 남작과 정확하게 일치하는 의미로 사용되었다. 공작prince은 대략 영국의 듀크duke, 백작count은 얼earl, 남작baron은 배러닛baronet에 해당한다. 하지만 작위가 러시아 황제 차르의 일가인 로마노프가와의 혈연관계를 의미하는 것은 아니라는 점에 유의해야 한다[차르의 직계 친척들은 대공Grand Dukes이라고 불렸다]. 또 매우 오래된 귀족 가문들 중 다수는 작위가 없었다. 료빈가는 브론스키가보다 유서 깊은 귀족 가문이다. 상대적으로 보잘것없는 가문 출신이지만 왕실의 총애를 받는 경우 차르로부터 백작 칭호를 받기도 했는데, 브론스키의 아버지는 그런 방식으로 귀족의 작위를 받을 수 있었던 것 같다.

외국인 독자에게 하나의 등장인물을 지칭하는, 대부분 발음하기도 어려운 10여 개의 이름을 들이미는 것은 불합리하고 또 불필요하다. 부록으로 첨부된 목록에는 톨스토이가 러시아어 텍스트에 사용한 그대로 인물들의 정식 성명과 작위가 나와 있다. 하지만 내가 새롭게 번역한 번역본[85]에는 호칭을 과감하게 단순화하고 부칭은 문맥상 꼭 필요한 경우에만 나타나도록 했다(해설 6, 21, 30, 68, 73,

---

85 이 책에 해설(commentary)이라는 제목으로 첨부된 부분과 함께 나보코프는 이름에 대한 설명들만 따로 모아 그가 계획했던 『안나 카레니나』 교본의 앞부분에 넣으려고 했다. 그는 또한 이 교본에 자신이 새로 번역한 『안나 카레니나』도 실으려고 했다. 이 계획이 실현되지 못한 것은 너무나 안타까운 일이다. *

79, 89 참조).

다음은 『안나 카레니나』 제1부에 등장하거나 언급된 인물들을 모두 나열한 목록이다.

***

오블론스키 - 셰르바츠키가와 주변 인물

스테판 아르카디예비치(아르카디의 아들) 오블론스키 공작 : 스테판의 영어식 애칭은 스티바. 34세. 유서 깊은 귀족 가문의 자손. 과거(1869년까지) 자신의 고향인 모스크바 북쪽의 트베리시에서 근무. 현재(1872년) 모스크바에 있는 관청 중 하나의 책임자이며 근무 시간은 오전 11시경에서 오후 2시, 오후 3시에서 오후 5시경이다. 자택에서 공무를 보기도 한다. 모스크바의 집과 (아내의 지참금으로 받은) 시골 영지 예르구쇼보를 소유하고 있다. 예르구쇼보는 료빈의 영지 포크롭스코예(모스크바 남쪽, 유럽 러시아의 툴라주에 위치한 것으로 추정)로부터 20마일(약 32킬로미터)가량 떨어져 있다.

스테판의 아내 돌리(돌리는 다리아의 영어식 애칭으로, 러시아식 애칭은 다샤 또는 다셴카) : 정식 이름은 다리아 알렉산드로브나(알렉산드르의 딸) 오블론스카야(오블론스키의 아내). 셰르바츠키 공작의 영애로 태어남. 33세로, 스테판과 결혼한 지는 제1부를 기준으로 9년째.

다섯 아이 : 스테판과 돌리에게는 (1872년 2월 현재) 세 딸과 두 아들이 있다. 이름은 각각 장녀(8세)인 타냐(타티아나의 애칭), 그리샤

(그리고리의 애칭), 마샤(마리아), 릴리(옐리자베타), 갓 태어난 아기 바샤(바실리). 여섯 번째 아이가 3월에 태어날 예정이고, 여기에 이미 사망한 두 명의 아이까지 더하면 모두 여덟 명이다. 3부에서 1872년 6월 말에 예르구쇼보로 갈 때 아기는 생후 3개월이었다.

돌리의 형제자매: 돌리에게는 이름은 알 수 없으며, 1860년에 발트해에서 익사한 오빠 하나와 두 명의 여동생이 있다. 나탈리아(프랑스식 이름은 나탈리)는 아르세니 르보프라는 외교관과 결혼했고, 르보프는 이후 궁정 업무 부서의 관리가 된다(아들이 둘 있는데, 그중 하나는 미하일의 애칭인 미샤로 불린다). 돌리의 또 다른 여동생은 키티(예카테리나의 영어식 애칭, 러시아식 애칭은 카탸, 카텐카)로, 18세다.

니콜라이 셰르바츠키 공작: 돌리의 사촌.

마리아 노르츠톤 백작부인: 젊은 귀족 부인, 키티의 친구.

알렉산드르 셰르바츠키 공작: 모스크바의 귀족. 그와 그의 아내(노 공작부인)는 돌리, 나탈리, 키티의 부모다.

필리프 아바니치 니키틴, 미하일 스타니슬라비치 그리네비치: 오블론스키가 근무하는 관청의 관리들.

자하르 니키티치(이름과 부칭): 오블론스키의 비서.

포민: 오블론스키의 관청에서 다루는 사건에 연루된 수상한 인물.

알라빈: 오블론스키의 사교계 친구.

골리친 공작: 앙글레테르 호텔에서 귀부인과 식사하던 신사.

브렌텔른: 샤홉스카야라는 귀족 영애와 결혼한 남자.

바닌 백작부인: 오블론스키가 일종의 사설 무대 공연 리허설을 위해 방문하는 집의 안주인.

칼리닌 부인: 장교[86]의 아내. 오블론스키에게 청원하러 옴.

마드무아젤 롤랑: 오블론스키가 아이들의 가정 교사였다가 오블론스키의 정부가 되는 프랑스 여자. 약 2년 후(1873~1874년 겨울) 제4부 7장에서 오블론스키는 그녀 대신 마샤 치비소바라는 젊은 발레리나와 만난다.

미스 헐: 오블론스키가 아이들의 영국인 가정 교사.[87]

마드무아젤 리농: 돌리, 나탈리, 키티를 가르쳤던 프랑스 가정 교사.

마트료나 필리모노브나(필리몬의 딸): 성은 알 수 없음. 애칭은 마트료샤. 셰르바츠키가 딸들의 보모였으며, 이제는 오블론스키가의 아이들을 돌보고 있음. 그녀의 남자 형제가 요리사로 일하고 있음.

마트베이(영어식 이름 매슈): 오블론스키의 늙은 몸종 겸 집사.

오블론스키가의 하인들: 가정부 마리야, 요리사, 하인들의 식사

---

86 staff-captain: 대위와 중위 사이의 계급
87 러시아어 원본에는 미스 굴Gul로 표기됨

를 담당하는 (여성) 보조 요리사, 이름을 알 수 없는 하녀들, 풋맨,[88] 마부, 매일 방문하는 이발사, 주 1회 방문하는 (시계태엽을 감아 주는) 시계공.

보브리셰프가, 니키틴가, 메시코프가: 키티가 즐거운 무도회와 지루한 무도회를 나누며 언급하는 모스크바의 가문들. 예고루시카(게오르기의 애칭) 코르순스키는 친구들이 개최하는 무도회에서 춤을 지휘하는 아마추어 지휘자.

리디(리디야): 코르순스키의 아내.

옐레츠키, 크리빈: 무도회의 다른 참석자들.

***

카레닌가와 주변 인물

알렉세이 알렉산드로비치(알렉산드르의 아들) 카레닌: 가계가 밝혀지지 않은 러시아 귀족 가문 출신. 과거(1863년경) 트베리주의 지사였으며, 현재 주요 행정부 가운데 하나, 아마도 내무부나 황실 재무관리부에서 고위직을 맡고 있음. 페테르부르크에 집이 있음.

안나 아르카디예브나(아르카디의 딸) 카레니나: 카레닌의 아내. 오

---

88 단정한 복장을 하고 주로 문을 열어 주거나, 식사 시중, 귀부인들이 외출할 때 동행하는 등의 임무를 맡는 남자 하인

블론스키 공작가의 영애로 태어남. 스테판의 여동생. 결혼 8년째.

세료자(세르게이의 애칭): 카레닌 부부의 아들. 1872년 당시 8세.

리디아 이바노브나(이반의 딸) **백작부인**: 성은 알 수 없음. 카레닌 부부의 지인. 당시 유행하던 구교(그리스 정교와 로마 가톨릭) 통합주의와 범슬라브주의에 관심이 많음.

프라브딘: 리디아 이바노브나와 편지를 주고받는, 프리메이슨 단원으로 짐작되는 남자.

옐리자베타 표도로브나 트베르스카야: 영어식 애칭은 벳시. 브론스키의 사촌. 안나의 사촌과 결혼함.

이반 페트로비치(이름과 부칭): 성은 알 수 없음. 모스크바 출신의 신사. 안나의 지인. 안나와 우연히 같은 기차를 탐.

이름을 알 수 없는 건널목지기: 후진하는 기차에 치여 죽음. 미망인과 대가족을 남김.

승객, 역무원 등 기차와 역에 있던 다수의 사람들.

안누시카(안나를 낮춰 부르는 약칭): 안나 카레니나의 하녀.

마리예트: 세료자의 프랑스인 여성 가정 교사. 성은 알 수 없음. 4부 말미에 미스 에드워즈로 교체됨.

콘드라티(이름): 카레닌의 마부 중 한 사람.

* * *

브론스키가와 주변 인물

알렉세이 키릴리치(키릴 이바노비치 백작의 아들) 브론스키 백작 : 애칭은 알료샤. 근위기병 대위. 왕실 시종무관. 임지는 페테르부르크. 모스크바에서는 휴가를 보냄. 상트페테르부르크의 모르스카야 거리(상류층이 많이 사는 지역)에 아파트가 있고, 시골 영지 보즈드비젠스코예는 유럽 러시아의 툴라주에 있을 것으로 추정되는 료빈의 영지로부터 50마일(약 80킬로미터)가량 떨어져 있다.

브론스키의 형: 이름은 알렉산드르(프랑스식으로는 알렉상드르). 페테르부르크 거주. 근위 연대장. 최소 두 명의 딸(장녀의 이름은 마리)과 갓 태어난 아들이 있다. 아내의 이름은 바랴(바르바라의 애칭)이고 결혼 전 성은 치르코바. 공작 영애이며 데카브리스트의 딸이기도 하다. 아내 외에도 무용수인 애인이 있다.

브론스키 백작부인: 알렉산드르와 알렉세이 브론스키의 어머니. 모스크바에 아파트 또는 저택이 있고, 모스크바에서 니제고로드 선기차를 타고 수분 내에 도달할 수 있는 오비랄롭카 역 부근에 영지가 있다.

알렉세이 브론스키의 하인들: 독일인 시종과 당번병, 노 백작부인이 페테르부르크에서 모스크바까지 여행할 때 동행했던 하녀와 집사 라브렌티. 모스크바 역까지 백작부인을 마중 나온 그녀의 늙은 풋맨.

이그나토프: 모스크바에 있는 브론스키의 친구.

'피에르' 페트리츠키 중위: 브론스키의 절친한 친구 중 하나. 페테르부르크에 있는 브론스키의 아파트에 기거 중.

실톤 남작부인: 피에르의 정부. 유부녀.

카메롭스키 대위: 페트리츠키의 동료.

페트리츠키가 언급하는 다양한 지인들: 동료 장교인 베르코셰프, 부줄루코프, 로라라는 여성, 로라의 연인인 페르틴고프와 밀레예프, 황녀(Grand Duchess : Grand Duke와 Grand Duchess는 로마노프 일가, 즉 황족을 뜻함).

***

료빈가와 주변 인물

콘스탄틴 드미트리치(드미트리의 아들) 료빈: 젊은 모스크바 귀족. 브론스키 백작 가문보다 유서 깊은 귀족 가문 출신. 소설 속 세계에서 톨스토이를 대변하는 인물. 32세. 카라진스키군의 포크롭스코예와 셀레즈뇨프군의 또 다른 영지를 보유하고 있음. 둘 다 유럽 러시아 지역에 위치함(카신 현은 아마도 툴라 현을 모델로 설정한 것으로 추정됨).

니콜라이: 료빈의 형, 괴팍한 성격의 폐병 환자.

마리아 니콜라예브나: 이름과 부칭. 성은 알 수 없음. 애칭은 마샤. 니콜라이의 동거녀. 전직 매춘부.

니콜라이와 콘스탄틴 료빈의 누나: 이름은 알 수 없고, 외국 거주.

세르게이 이바노비치 코즈니셰프: 아버지가 다른 료빈의 형. 철학 및 사회 문제에 대한 저술가. 모스크바에 집이 있고 카신현에 영지가 있음.

러시아 남부에 위치한 하르코프대학에서 온 어느 교수.

트루빈: 카드 도박 사기꾼.

크리츠키: 니콜라이 료빈의 지인. 어두운 성품의 급진주의자.

바뉴시카: 한때 니콜라이 료빈이 입양했던 소년. 지금은 료빈가의 영지 포크롭스코예에서 사무소 직원으로 일함.

프로코피: 코즈니셰프의 하인.

콘스탄틴 료빈 영지의 일꾼들: 영지 관리인 바실리 표도로비치(이름과 부칭), 과거 료빈의 누나를 양육한 보모였으나 지금은 그의 집안일을 돌보는 아가피아 미하일로브나(이름과 부칭), 정원사 필리프, 집안의 허드렛 일을 하는 쿠지마, 마부 이그나트, 도급업자 세묜, 소작농 프로호르.

해설(제1부)[89]

1. 오블론스키 집안은 모든 것이 엉망이었다

러시아어로 집을 뜻하는 돔dom(집, 가정, 가족)이 여섯 개의 문장 안에서 여덟 번 반복된다. 이처럼 지나칠 정도로 여러 번, 엄숙하게 반복된 돔은 (소설의 주요 테마 중 하나인) 가정에 닥칠 불행을 암시하기 위한 작가의 의도적 장치다.

2. 알라빈, 다름슈타트, 미국

오블론스키는 브론스키, 그리고 아마도 알라빈이라고 하는 친구를 포함한 몇 사람과 유명 여가수를 축하하기 위해 식당에서 식사를 함께할 계획을 세우고 있었다(해설 75 참조). 이 즐거운 계획이 그의 꿈속에 반영되어, 최근 신문에서 읽은 기사에 대한 기억들과 뒤섞여 버렸다. 그는 정치 관련 잡다한 소식들을 즐겨 읽는다. 내가 조사한 바로는 대략 이 시기에(1872년 2월) 다름슈타트(1866년 새로운 독일 제국의 일원이 된 헤센 대공국의 수도)에서 발행된 「쾰른 신문Cologne Gazette」은 소위 앨라배마호 배상 청구 분쟁(미국이 영국을 상대로 남북 전쟁 기간 중 미국 화물 선박에 끼친 피해에 대한 배상을 요구한 사건에 대한 총칭)에 대한 논의에 많은 지면을 할애했다. 그 결과, 다름슈타트, 알라빈, 미국이 오블론스키의 꿈속에서 뒤엉켜 나타난다.

---

[89] 해설 내의 인용부는 1935년 Modern Library본을 기준으로 하나, 주요 문장들은 나보코프가 다시 번역했다. *

3. 「일 미오 테소로 *Il mio Tesoro*」

모차르트의 오페라 「돈 조반니 Don Giovanni」(1787)에서 돈 오타비오가 부르는 아리아 「나의 보물」. 돈 오타비오의 여성에 대한 태도는 오블론스키에 비해 훨씬 도덕적이다.

4. 그녀가 집에 있는 동안은 나도 아무 짓 안 했는데. 정말 최악의 상황은 그녀가 이미 (……)

처음 언급된 '그녀'는 마드무아젤 롤랑이고, 두 번째 나온 '그녀'는 오블론스키의 아내 돌리다. 돌리는 이미 임신 8개월이다(돌리는 겨울이 끝날 무렵, 즉 3월에 여자아이를 출산한다).

5. 마차 대여업자

오블론스키가에 마차를 대여해 준 업자이며, 대여 만기가 도래했다.

6. 안나 아르카디예브나, 다리아 알렉산드로브나

하인과의 대화에서, 오블론스키는 자신의 누이와 아내를 지칭할 때 이름과 부칭을 사용한다. 돌리를 칭할 때, 다리아 알렉산드로브나 대신 크냐기냐(공작부인) 또는 바리냐(마님)로 칭했다 해도 큰 차이는 없었을 것이다.

7. 구레나룻

1870년대 유럽과 미국에서 유행함.

8. 한번 떠보려는 속셈이시군.

마트베이는 오블론스키가 안나의 방문 소식에 대한 돌리의 반응을 알고 싶어 한다는 사실을 알아챈다. 부부간의 문제가 돌리의 태도에 어떤 영향을 미칠지 궁금해 하고 있는 것이다.

9. 모든 일은 저절로 해결되기 마련입니다.

늙은 하인은 러시아어로 'obrazuetsya'라고 말한다. 속 편한 운명론적인 의미를 지니면서도 소박한 느낌의 이 말은 '그냥 놔두면 해결됩니다, 결국엔 다 잘될 겁니다, 시간이 해결해 주겠지요'라는 의미를 지닌다.

10. 썰매타기가 좋으면……

보모는 널리 알려진 러시아 속담의 앞부분을 인용한다. "썰매타기가 좋으면, 썰매 끌기도 즐겨라."

11. 갑자기 얼굴을 붉히며

등장인물이 얼굴을 붉히는 경우(또는 반대로 얼굴이 창백해지는 경우)가 이 소설 전반에 걸쳐, 나아가 동시대 문학 전반에 걸쳐 매우 빈번하게 등장한다. 19세기 사람들은 현대인보다 얼굴이 붉어지거나 하얘지는 일이 잦았고 얼굴색의 변화가 뚜렷했다. 이에 대해 당시 인류가 더 순수했기 때문이라고 그럴듯하게 우길 수도 있지만, 사실 톨스토이는 단지 얼굴색의 변화를 통해 독자들에게 등장인물의 감정 상태를 알려 주는 문학의 오래된 전통을 따랐을 뿐이다. 아무리 그렇다 해도 『안나 카레니나』에서는 이 기법이 너무 많이 쓰여서 실제로 얼굴이 붉어진 경우와 등장인물의 특징을 드러낼 뿐인 경우 사이에 혼동을 야기한다.

이는 또한 톨스토이가 즐겨 쓰는 또 다른 기법과도 비교해 볼 수 있다. '엷은 미소'라는 구절은 여러 가지 감정의 그늘, 즉 약간 상대를 깔보듯 베푸는 너그러움, 정중한 연민, 의뭉한 친근감 등의 의미를 담고 있다.

12. 상인

결국에 가서 예르구쇼보(오블론스키의 영지)의 숲을 차지하는 상인의 이름은 랴비닌이다. 그는 제2부 16장에 등장한다.

13. 여전히 눅눅한

러시아든 다른 어디든, 과거의 신문 인쇄업자들은 인쇄의 질을 높이기 위해 인쇄 전에 종이를 적셨다. 따라서 인쇄기에서 갓 나온 신문을 손으로 만져 보면 눅눅하게 젖어 있었다.

14. 오블론스키의 신문

오블론스키가 읽은 온건한 자유주의 성향의 신문은 (1868년부터) 모스크바에서 발행되던 일간지 「러시아 신문Russkie Vedomosti」일 것으로 추정된다.

15. 류릭

862년, 북방의 바랑고이 족(스칸디나비아 지역의 부족)을 이끌던 류릭은 스웨덴에서 발트해를 건너와 러시아에 첫 왕조(862~1598)

를 세웠다. 이후 정치적 혼란기를 거쳐 이를 계승한 로마노프 일가 (1613~1917)는 류릭의 후손들보다 가문의 역사가 훨씬 짧았다. 러시아의 계보학에 관한 돌고루코프의 저서에 따르면, 1855년 당시 존재하던, 류릭의 혈통을 이어받은 가문은 60개에 불과했다. 오블론스키라는 이름은 실제 류릭의 후예 중 오볼렌스키라는 성에 약간 방종한 이미지를 가미하여 만든 것으로 보인다.

16. 벤담과 밀

영국의 법학자 제러미 벤담(1740~1832)과 스코틀랜드의 경제학자 제임스 밀. 그들의 인도주의적 이상은 러시아 여론의 공감을 얻었다.

17. 보이스트가 비스바덴을 여행했다는 소문

프리드리히 페르디난트 본 보이스트 백작(1809~1886), 오스트리아의 정치가. 당시 오스트리아는 정치적 음모로 바람 잘 날 없었다. 신력으로 1871년 11월 10일, 보이스트 백작이 갑자기 총리직에서 해임되어 영국 대사로 임명되었다는 소식에 대해, 러시아 언론들은 추측을 남발했다. 1871년 크리스마스 직전, 그는 신임장을 제출하자마자 2개월간 북부 이탈리아에서 가족과 함께 지낼 계획으로 영국을 떠났다. 당시 신문 보도와 그의 회고록(1887, 런던)에 따르면 그가 비스바덴을 거쳐 런던으로 돌아온 시기는 1872년 2월 27일 (구력 15일) 화요일 세인트폴 성당에서 열릴 영국 황태자의 (장티푸스로부터의) 회복을 기념하는 감사 성찬례 준비 행사와 일치했다. 오블론스키가 비스바덴을 거친 보이스트의 여정에 대한 기사를 읽은 것은 금요일이었고, 이 상황에 일치하는 금요일은 1872년 2월 23일(구력 11일)밖에 없으므로, 이날이 소설의 첫머리에 등장하는 그날이다.

나와 톨스토이가 왜 이런 사소한 일들까지 언급하는지 의아해 할지도 모르지만, 톨스토이가 그랬듯 예술가들은 자신의 마법, 자신이 만들어 낸 이야기가 진짜처럼 보이도록 때로는 작품을 특정한 역사적 사건의 맥락 속에 집어넣기도 하고, 도서관이라고 하는 착각의 요새에서 확인이 가능한 역사적 사실을 인용하기도 한다. 보이스트 백작의 경우는 이른바 현실의 삶과 허구에 대해 논할 때 다루기 딱 좋은 사례다. 한편에는 보이스트라고 하는 정치가이자 외교관이 등장하는 역사적 사실이 있다. 그는 실존했을 뿐 아니라, 자신의 기나긴 정치적 여정을 통해 이런저런 상황에서 내놓은 흥미진진한 답변과 교묘한 말장난 등이 고스란히 담긴, 두 권으로 된 회고록까지 출판했다. 다른 한편에는 머리에서 발끝까지 톨스토이가 창조해 낸 스티바 오블론스키가 있다. 문제는 둘 중 어느 쪽이, 즉 '실존했던' 보이스트 백작과 '허구의' 오블론스키 공작 중 누가 더 살아 있는, 더 현실적인, 더 그럴듯한 인물인가 하는 점이다. 진부한 표현으로 가득한, 장황한 회고록을 남겼음에도 불구하고, 우리의 선량한 보이스트 백작은 그저 틀에 박힌 인물로 희미하게 남아 있는 반면, 이 세상에 존재하지도 않았던 오블론스키는 영원히 죽지 않고 생생히 살아 있다. 나아가 보이스트 자신도 허구의 세계에서 톨스토이 특유의 문체로 되살아남으로써 약간의 생동감을 얻었다.

18. 아이들[그리샤와 타냐]은 뭔가를 옮기려는 중이었는데, 뭔가가 떨어졌다. (……) '모든 게 엉망이야'라고 오블론스키는 생각했다.

간통을 저지른 남자의 엉망이 된 가정을 배경으로 장난감 기차에 작은 사고가 발생한다. 주의 깊은 독자라면 이 사건이 먼 훗날, 제7부에서 벌어질 훨씬 더 비극적인 사건을 위해 톨스토이가 만들어 둔 섬세한 예고 장치임을 짐작할 것이다. 특히 흥미로운 것은 나중에 안나의 아들 세료자도 학교에서 아이들이 고안한 기차놀이를 하게 된다는 점이다. 이때는 아이들이 직접 움직이는 기차가 된다. 가정 교사는 세료자의 기분이 좋지 않은 것을 발견하는데, 그것은 세료자가 기차놀이 중에 다쳤기 때문이 아니라, 자신의 가족이 처한 상황 때문에 화가 났기 때문이다.

19. 엄마 일어나셨어요.[90] (……) 그럼 또 밤새 한숨도 자지 않은 게로군.[91]

돌리는 평소 늦게 일어나기 때문에 이렇게 이른 시간(오전 9시 30분경)에 일어나 있다는 것은 밤새 제대로 잠을 자지 못했다는 뜻이다.

20. 탄추로치카

타티야나의 일반적인 애칭인 타냐 또는 타네치카보다 더 특별하게 애정을 담아 부르는 방법. 오블론스키는 일반적인 애칭에 러시아어로 딸을 뜻하는 도치카의 더 부드러운 애칭 도추로치카를 결합하여

---

90 오블론스키의 딸 타냐의 말
91 오블론스키의 생각

사용한다.

21. 청원자

여느 고위 관리처럼 오블론스키도 일의 처리를 앞당기거나, 복잡한 절차를 건너뛰거나, 심지어 석연치 않은 사건을 다루는 데 영향을 미칠 수 있는 위치에 있다. 청원자가 관리를 방문하는 것은 특별한 편의를 부탁하기 위해 지역구 의원을 찾아가는 일에 비교할 수 있다. 당연히 청원자들은 지체가 높거나 영향력 있는 가문보다는 일반인들인 경우가 많다. 오블론스키와 사적인 친분이 있거나 사회적으로 동등한 위치에 있는 사람이라면 식사를 함께하거나 인맥을 동원하는 방법을 선택할 것이기 때문이다.

22. 시계공

러시아의 지체 높은 가정에서는 일주일에 한 번씩, 주로 금요일에 시계공(책에는 독일인 시계공이 등장한다)을 집으로 불러 탁상시계, 벽시계, 괘종시계가 잘 작동하는지 점검하고 태엽을 감도록 하는 관습이 있었다. 시계공이 등장하는 구절은 소설이 무슨 요일에 시작되는지를 분명히 해 준다. 시간이 매우 중요한 역할을 하는 소설에서 시계공은 소설의 시작을 알리기에 매우 적합한 인물이다.

23. 10루블

1870년대 초, 1루블의 가치는 약 75센트였다. 하지만 1달러(약 1루블 30 코페이카)의 구매력은 어떤 의미에서는 오늘날보다 훨씬 컸다. 대략적인 계산으로, 1872년 오블론스키가 받은 6천 루블의 연봉은 당시 가치로 4천5백 달러 정도에 해당한다(1980년으로 치면 적어도 1만 5천 달러는 되는 셈인데, 거기다 세금도 떼지 않는다).[92]

24. 그리고 가장 끔찍한 건……

돌리는 자신이 약 한 달 후 아기를 낳는 것이 가장 최악의 상황임을 떠올린다. 앞서 오블론스키가 같은 문제를 생각했던 장면을 떠올리게 하는, 작가가 의도한 훌륭한 장치다.

25. 완전한 자유주의

톨스토이가 품고 있던 '자유주의'라는 개념은 서구의 민주주의적 이상이나 혁명 전 러시아의 진보주의자들이 가지고 있던 진정한 자유주의 개념과는 일치하지 않는다. 오블론스키의 자유주의는 가부장적 편향의 자유주의이며, 오블론스키가 인종적 편견의 관습으로부터 자유로울 수 없다는 점도 염두에 두어야 한다.

26. 제복

오블론스키는 외투를 벗고 관리들이 입는 제복(예컨대, 초록색 프록코트)으로 갈아입는다.

27. 펜자 현청

펜자현의 현청 소재지인 펜자시는 유럽 러시아의 동쪽에 위치했다.

---

92 이 책이 최초 출간된 1980년대의 가치로는 6만 달러가 족히 넘을 것으로 추정된다. *

28. 카메르융커

독일어 카메르융커Kammerjunker는 영어로 옮기면 왕의 침실을 지키는 신사 정도로 해석할 수 있다. 러시아의 궁정 관리 등급 중 하나로 명예직의 성격을 띤다. 행사할 수 있는 특권도 미미하여, 가령 왕실 무도회에 참석할 수 있는 권리 정도였다. 그리네비치의 이 직책이 언급된 것은 단지 그가 동료이자 행동이 굼뜬 늙은 관료 니키틴보다 특권층에 속하고, 그런 사실을 자랑스럽게 여긴다는 점을 드러내기 위한 것일 뿐이다. 여기에 등장한 니키틴은 이후 키티가 언급하는 니키틴과 반드시 연관된 인물이 아닐 수도 있다.

29. 키티의 교육

여성을 위한 고등학교가 이미 1859년에 생겼지만, 셰르바츠키가 정도의 귀족 가문에서는 딸들을 18세기부터 운영된 '젊은 귀족 여성들을 위한 교육 기관' 중 한 군데에 보내거나, 여성 가정 교사 또는 방문 교사를 두어 집에서 가르치는 경우가 대부분이었다. 교육 내용은 프랑스어(언어와 문학)의 완벽한 구사, 무용, 음악, 미술 등이었다. 많은 가정에서, 특히 모스크바와 페테르부르크의 가정에서는 영어도 프랑스어 못지않게 중요시했다.

키티와 같은 배경의 젊은 여성은 집 밖을 나설 때 반드시 여성 가정교사나 어머니, 또는 두 사람 모두를 대동했다. 언제나 정해진 시간에, 정해진 거리에서 산책을 했고, 이 경우 남자 하인(풋맨)이 몇 발짝 뒤에서 따라 걸었다. 귀족 여성을 보호하고, 또 상류 계층임을 보여 주기 위해서였다.

30. 료빈

톨스토이는 이 등장인물(러시아 귀족이며 소설이라는 상상의 세계에서 젊은 톨스토이를 대변하는 인물)에게 자신의 이름 레프(레오의 러시아식 이름)에서 파생된 '레빈'이라는 성을 붙였다. 러시아 알파벳에서 'e'는 예ye라고 발음되지만, 경우에 따라 요yo로 발음되기도 한다. 톨스토이는 자신의 이름을(러시아 알파벳으로 Lev라고 씀) 일반적인 발음 방식인 레프 대신 료프라고 발음했다. 내가 레빈을 료빈이라고 쓴 것은 발음은 같지만 파생 경로가 다른, 일반적으로 많이 알려진 유대계 성과의 혼돈(아마 톨스토이는 이런 혼돈의 가능성을 깨닫지 못했겠지만)을 피하기 위해서라기보다는 톨스토이의 선택이 갖는 감성적이고 개인적인 측면을 강조하기 위해서였다.

30-1. 르보프

르보프는 지극히 세련된 매너를 지닌 외교관이며, 나탈리 셰르바츠카야의 남편이다. 톨스토이는 격식comme il faut을 철저히 따르고자 했던 젊은 시절 자신의 또 다른 면을 부여하기라도 하려는 듯, 그에게 자신의 이름 레프에서 흔하게 파생되는 르보프라는 성을 붙여주었다.

31. 오블론스키는 친근한 호칭을 사용했다.

러시아인들은(프랑스인이나 독일인들처럼) 친한 사람들을 부를 때 영어에서 단수, 복수 의미를 모두 갖는 'you' 대신 단수의 의미만 갖는 'thou'(프랑스어의 tu, 독일어의 du에 해당)에 해당하는 ty를 사용한다. 보통 ty를 사용할 정도의 사이라면 대화 상대를 성이 아닌 이

름으로 부르는 것이 일반적이지만, ty와 성, 또는 ty와 '이름+부칭'
을 함께 사용하는 경우도 드물지 않다.

32. 젬스트보에서 활발히 활동하고 있는, 이 분야에서는 새로운 성향의 인물이지

(1864년 1월 1일자 정부 칙령으로 만들어진) 젬스트보는 세 집단에
의해 선출된 위원회를 갖는 지역 단위의 조직이다. 여기서 세 집단
이란 지주, 농민, 일반 주민이다. 료빈은 처음에는 이런 형태의 운영
조직을 열렬히 지지했지만, 지주들이 형편이 어려운 지주들을 여러
가지 이권에 관여하는 직책에 데려다 앉히려 한다는 이유로 젬스트
보에 반대했다.

33. 새 옷

당시 유행하던 옷차림을 고려한다면, 료빈은 아마도 가장자리를
맵시 있게 꼬임 처리한 짧은 코트sack coat를 입고 있다가 저녁에 셰
르바츠키가를 방문하기 위해 프록코트로 갈아입었을 것이다.

34. 구린

식당 주인의 이름. 구린이라는 이름은 그의 가게가 음식은 좋지
만 세련된 분위기의 식당은 아니며, 그저 근방에서 편하게 점심 한
끼 먹기에 알맞은 장소임을 암시한다.

35. 카라진스키군에 있는 8천 에이커(약 32평방킬로미터)의 땅

유럽 러시아, 모스크바 남쪽에 있는 툴라(소설에서는 카신)현에 있

는 지역을 언급한 것으로 보인다. 톨스토이 자신이 툴라현에 엄청난 땅을 소유하고 있었다. 현gubemiya은 여러 개의 군uezdy으로 이루어져 있었는데, 툴라현의 경우 12개의 군이 있었다. 카라진스키군은 카라진(1773~1842, 유명한 사회 개혁가)이라는 인물의 이름에서 따온 가상 지명이다. 또한 톨스토이 자신의 영지 야스나야 폴랴나Yasnaya Polyana가 위치한(모스크바-쿠르스크 선을 따라 툴라에서 13킬로미터 정도 떨어진) 크라피벤스키군과 이웃한 마을(카라미셰보)의 이름이 들어가 있기도 하다. 료빈은 같은 현(카신현)의 셀레즈뇹스키군에도 땅을 소유하고 있다.

36. 동물원에 딸린 공원

톨스토이가 염두에 둔 장소는 모스크바 북서쪽 변두리의 프레스넨스키 연못에 있는 스케이트장 또는 그 일부로, 동물원 바로 남쪽에 위치해 있다.

37. 붉은 스타킹

내가 조사한 바로는 보라색과 붉은색이 들어간 페티코트와 스타킹이 1870년경 파리의 젊은 여성들 사이에서 크게 유행했다[『복식변천사Mode in Costume』, R. 터너 윌콕스, 뉴욕, 1948, p. 308]. 당연한 이야기이지만 모스크바 사교계는 파리의 유행을 따랐다. 키티가 신었던 신발은 아마도 천이나 가죽으로 만들어진, 단추가 달린 보틴 bottine이었을 것이다.

38. 매우 중요한 철학적 문제

톨스토이는 적당한 주제를 고르기 위해 그다지 고심하지 않았다. 정신 대 물질의 문제는 여전히 전 세계적으로 논의되는 주제지만, 톨스토이가 책 속에서 정의한 문제는 1870년 즈음에는 이미 오래되고 명확해진 문제이며, 책에서는 매우 일반적인 언어로 서술되었다. 따라서 철학 교수가 이 문제를 논하러 일부러 하르코프에서 모스크바까지 먼 길을(480 킬로미터 이상) 여행했을 것 같지는 않다.

39. 카이스, 부르스트, 크나우스트, 프리파소프

『독일 종합 인물 사전*Allgemeine Deutsche Biographie*』(라이프치히, 1882)에 따르면 레이몬트 야코프 부르스트(1800~1845)라는 교육학자와 16세기 작곡가 하인리히 크나우스트(또는 크나우스티누스)라는 사람이 있긴 했지만, 프리파소프는 고사하고 카이스라는 사람도 찾을 수 없었다. 이 유물론 철학자들은 톨스토이가 기지를 발휘하여 만들어 낸 완전히 가공의 인물이라고 생각하는 편이 옳을 것 같다. 러시아 이름 하나에 독일 이름 셋이라니, 별로 믿음이 가지 않는 비율이지만 말이다.

40. 스케이트장

말의 정강이뼈를 이용한 최초의 스케이트가 만들어진 이래, 청년들과 어린 소년들은 얼어붙은 강과 습지에서 스케이트를 탔다. 혁명전 러시아에서 스케이트는 엄청난 인기를 누렸고, 1870년경에 와서는 남녀를 불문하고 크게 유행했다. 당시에는 끝이 뾰족하거나 둥근 강철 스케이트 날을 신발에 묶은 다음 걸쇠나 못, 나사 등으로 신발

바닥에 고정시켜 사용했다. 그러다가 스케이트가 신발에 영구 부착된 특별한 스케이트용 장화가 스케이트를 잘 타는 사람들 사이에서 사용되기 시작했다.

41. 공원의 오래되고 흰 자작나무는 쌓인 눈의 무게에 눌려 가지를 늘어뜨린 것이 마치 새로운 축제 의상으로 갈아입은 것 같았다.

앞에서 언급했듯이 톨스토이는 실용적인('교훈적인') 비유는 얼마든지 허용하면서도 독자의 예술적 감각에 호소하는 시적 직유나 은유는 지극히 제한적으로 사용했다. 이 자작나무(뒤이어 나올 '태양'과 '들장미'의 비유처럼)의 비유는 예외적인 경우다. 곧이어 자작나무들은 키티의 모피 머프 위에 축제 의상의 조각들을 흩뿌린다.

키티에 대한 구애가 시작되는 시점에 등장하는 이 상징적인 나무들을 료빈이 인식하는 장면과 책의 마지막 장에서 잔혹한 여름 폭풍에 시달리는 (료빈의 형 니콜라이가 처음 언급하는) 또 다른 오래된 자작나무들을 비교해 보는 것도 재미있다.

42. 의자 뒤에서

초보 스케이터들은 몸에 익지 않은 스케이트를 신고, 바닥에 나무 미끄럼대를 대어 얼음 위를 잘 미끄러지도록 만든 초록색 의자를 잡고 조심조심 발을 옮기곤 했다. 여성들은 스케이트를 타는 대신 친구나 돈을 주고 고용한 사람들이 밀어 주는 의자에 앉아 스케이트장을 누비고 다녔다.

skating costume. Polonaise and skirt of
waterproof tweed, with military trimming
and muff (4)   1872

copied from C. W. Cunnington "English women's clothing in
the nineteenth century", London, 1937, p. 266

나보코프가 그린 키티의 스케이트 의상

43. 러시아식 옷

상류층 자제인 이 청년은 스케이트를 타기 위해 서민들의 겨울 복장 또는 그것을 유행에 맞게 변형시킨 차림(긴 장화, 허리띠가 달린 짧은 코트, 양털 모자)을 하고 있다.

44. 저희는 목요일이면 늘 집에 있어요. (……) "목요일이면 오늘이군요?" 료빈이 말했다.

톨스토이의 작은 착각이다. 하지만 앞서 언급한 대로, 소설 전체에서 료빈의 시간은 다른 인물들의 시간보다 느리게 흐른다. 오블론스키 가족은 물론 우리도 이날이 금요일임을 알고 있고(제4장), 뒤에 나온 일요일에 대한 언급을 보면 금요일임이 더 확실해진다.

45. 앙글레테르 호텔로 갈까, 아니면 에르미타주로 갈까?

에르미타주는 언급만 되고 선택되지는 않았다. 소설가가 모스크바의 최고급 식당을 홍보하는 것은 적절치 못하기 때문이다(카를 베데커는 1890년대, 즉 이 소설보다 20년 후에 쓴 글에서 에르미타주에서 와인을 곁들이지 않은 괜찮은 저녁 식사 한 끼에 2루블 25코페이카, 또는 옛날 달러로 약 2달러가 든다고 적고 있다). 톨스토이가 가상의 앙글레테르 호텔을 에르미타주와 나란히 언급한 것은 앙글레테르 호텔의 음식 수준이 에르미타주 정도임을 나타내기 위해서다. 당시 저녁 식사 시간은 5시에서 6시 사이였다는 점도 기억해 둘 것.

46. 썰매

카레타(오블론스키가 사용하는 지붕이 달린 마차) 이외에, 영업용 또는 개인 용도로 사용되던 일반적인 교통수단은 두 사람이 겨우 탈 수 있을 정도의, 말이 끄는 썰매였다. 썰매를 탈 수 있을 정도의 눈이 모스크바와 페테르부르크를 덮는 시기는 대략 11월에서 4월까지였다.

47. 타타르인

제정 러시아에는 타타르인 또는 드물지만 더 정확하게 타르타르인이라는 호칭으로 불리던 사람들이 3백만 명가량 거주했다. 이들은 주로 이슬람교도였고, 대부분 13세기에 러시아에 들어온 몽골(타타르)인의 후예로 투르크계 혈통이었다. 19세기 러시아 동부의 카잔현에 있던 수천 명의 타타르인들이 페테르부르크와 모스크바로 이주했고, 그중 일부는 웨이터로 일했다.

48. 뷔페 카운터의 프랑스 여자

뷔페를 관리하고 꽃을 파는 역할을 했다.

49. 골리친 공작

일반화된 귀족 신사의 모습이다. (예술가 톨스토이는 셰익스피어 이후 가장 많은 수의 개연성 있는 인물들을 창조해 냈음에도 불구하고) 도덕주의자로서의 톨스토이는 없는 것을 '지어 내는' 데 거부감을 느꼈다. 그래서 그는 초안 원고에 '실존 인물의 이름'을 적어 놓았다가, 이후 살짝 몇 글자만 바꾸어 놓곤 했다. 골리친은 매우 잘 알려진 이름이고, 이 경우 톨스토이는 최종 원고에 골초프나 리친으로 바꾸는 작업조차 하지 않은 것으로 보인다.

50. 굴

플렌스부르크 굴: 독일의 굴 양식장(덴마크 남쪽에 인접한, 슐레스비히홀슈타인의 북해 연안에 있는)에서 생산되었으며, 1859년에서 1879년까지 덴마크 접경 지역 도시 플렌스부르크에 있는 어느 회사가 양식장을 임대했다.

오스탕드 굴: 1765년 이래로 양식용 굴의 종자를 영국(잉글랜드)에서 벨기에의 오스탕드로 공수했다.

플렌스부르크 굴과 오스탕드 굴은 모두 1870년대에 소량 생산되던 것으로, 러시아의 미식가들 사이에서 이 수입 굴들은 높이 평가받았다.

51. 양배추 수프와 죽

시(shchi: 삶은 양배추가 주재료인 수프)와 그레치네바야 카샤(grechnevaya kasha: 삶은 메밀가루로 만든 죽)는 아마 지금도 러시아 농부들의 대표적인 끼닛거리일 것이다. 료빈이라면 신사 계급의 농부, 흙의 사나이라는 역할에 걸맞게, 또 소박한 삶에 대한 지지의 표시로 농부들의 소박한 음식을 반겼을 것이다. 40년 후, 내가 자랄 때에는 시를 후루룩 마시는 것이 프랑스 요리를 깨작대며 먹는 것 못지않게 세련된 식사법이었다.

52. 샤블리, 뉘

부르고뉴 와인으로 각각 백포도주와 적포도주의 이름이다. 샤블리라는 이름으로 알려진 백포도주는 유럽에서 가장 오래된 포도밭, 즉 유서 깊은 부르고뉴 지역에 있는 욘(프랑스 동부)에서 만들어진다. 웨이터가 추천한 것으로 보이는 뉘(지명) 생조르주 와인은 부르고뉴 중심부의 와인 산지인 본 북부의 포도밭에서 생산된다.

53. 파르메산 치즈
치즈는 빵에 곁들여 전채 요리로 먹거나 코스 요리 중간 중간에 먹었다.

54. 용맹한 말
러시아의 위대한 시인 알렉산드르 푸시킨(1799~1837)은 소위 아나크레온티아(Anacreontea: 아나크레온풍) 가운데 53번째 오드ode를 (프랑스어에서) 러시아어로 번역했다. 아나크레온티아는 아나크레온(기원전 6세기 소아시아에서 태어났고 85세에 사망)이 썼다고 전해지는 시 모음이다. 아나크레온은 이오니아식 그리스어로 시를 썼지만 고대 작가들이 부분적으로 인용한 그의 시는 이오니아 방언 특유의 형식이 결여되어 있다. 오블론스키는 푸시킨의 번역을 엉터리로 인용한다. 푸시킨의 번역은 다음과 같다.

용맹한 말은
그 몸에 찍힌 낙인으로 알아보고,
거만한 파르티아인은
높이 세운 두건으로 알아본다는데:
행복한 연인들을
나는 그 눈으로 알아본다네.

55. 그리고 나는 혐오감으로 내 지난 인생의 두루마리를

읽고, 몸서리치고, 또 저주하고 그리고 뼈저리게 후회한다……

료빈은 가슴을 저미는 푸시킨의 시 「회상 *Recollection* 」(1828)의 한

구절을 인용한다.

56. 신병 모집

나는 1871년 12월 29일자 『폴 몰 버짓 *Pall Mall Budget* 』[93]의 주간

소식란을 보다가 "페테르부르크로부터 내려온 황제의 칙령으로 폴

란드 왕국을 포함한 러시아 제국 전체의 1872년 징병 인원이 1천

명당 6명으로 정해졌다. 이것은 육군과 해군 병력을 적절한 수준으

로 유지하기 위한 통상적인 징병률이다"라는 기사를 발견했다.

이 짧은 기사는 우리가 다루는 소설과 직접적인 관계는 없지만

그 자체로 흥미롭다.

57. Himmlisch ist's …… (더없는 기쁨이겠지……)

"세속적 욕망을 극복하는 것은 더없는 기쁨이겠지만, 설령 그러

지 못한다 해도 그 또한 커다란 행복이겠지."

모드 Maude 가 번역한 『안나 카레니나』(1937)의 주석에 따르면,

오블론스키는 이 구절을 오페레타 「박쥐 Fledermaus 」의 대본에서

인용한 것으로 되어 있지만, 「박쥐」는 오블론스키와 료빈이 만나 식

사를 한 날짜보다 2년 후에 초연되었다.

이 구절의 정확한 출처는 이렇다. 「박쥐」 총 3막의 희극 오페레

---

93 런던에서 발행된 주간지

타, 원작 메이악과 알레비[메이악과 알레비가 쓴 프랑스 희가극 『한밤의 축제Le Réveillon』 역시 베네딕스 원작의 독일 희극 『감옥Das Gefángnis』을 토대로 각색한 것임]. 각색 하프너와 제네, 음악 요한 슈트라우스(2세). 「박쥐」는 1874년 4월 5일 빈에서 처음 발표되었다[뢰벤베르크의 『오페라 연보Annals of Opera』, 1943]. 시대적 배경에 맞지 않게 인용된 이 구절을 「박쥐」의 악보에서는 찾을 수 없었지만, 아마도 전체 대본에는 나와 있을 것이다.

58. 디킨스의 책에 나오는 그 신사……

찰스 디킨스의 『우리 공통의 친구Our Mutual Friend』에 등장하는 거만하고 안하무인인 미스터 존 포드스냅을 지칭한다. 이 소설은 1864년 5월에서 1865년 11월까지 20개월 분량으로 나누어 매달 조금씩 출판되었다. 포드스냅은 "자신의 장점과 가치를 알기에 만족스러웠고, 만족스럽지 못한 지난일은 무엇이든 아예 존재하지도 않았던 것으로 치부하기로 정해 버렸다. (……) 그는 심지어 특유의 동작으로 오른팔을 휘둘러 세상의 모든 어려운 문제를 쓸어 모아 등 뒤로 던져 버리는 방법을 터득했다."

59. 플라톤의 『향연Symposium』

아테네의 악명 높은 철학자 플라톤(기원전 347년 80세의 나이로 사망)은 이 책에서 만찬에 모인 사람들에게 사랑에 대해 논하도록 한다. 어떤 이는 세속적 사랑과 거룩한 사랑의 차이를 거창하게 늘어놓고, 어떤 이는 사랑과 사랑의 효용에 대해 이야기한다. 그리고 또 한 사람, 소크라테스는 두 가지 종류의 사랑에 대해 이야기한다. 첫 번째 사랑('사랑을 한다는 것')은 특별한 목적을 위해 아름다움을 추구하는 것이고, 또 다른 사랑은 창의적인 영혼이 향유하는 것으로 이 사랑의 결과물은 육신으로부터 잉태한 자손이 아니라 훌륭한 행위라고 그는 말한다(브리태니커 백과사전의 구판을 참조하였음).

60. 계산서

이 문학적인 저녁 식사[94]의 비용은 팁을 포함해서 26루블이고, 따라서 료빈이 계산할 몫은 13루블(당시 가치로 10달러 정도)이었다. 남자 둘이서 샴페인 두 병, 보드카 약간, 최소 한 병의 백포도주를 마신 값이다.

61. 셰르바츠키 공작부인은 30년 전에 결혼했다.

작가의 실수다. 돌리의 나이로 미루어 보면, 적어도 34년 전에 결혼했어야 맞다.

62. 사회 관습의 변화

1870년, 여성을 위한 최초의 고등 교육 기관(루뱐스키 학교: Lubyanskie Kursy)이 모스크바에 문을 열었다. 러시아 사회 전반적으로 여성의 자유가 허용되기 시작하는 시기였다. 젊은 여성들은 과거 세대가 누리지 못한 자유를 주장했다. 무엇보다도 그들은 부모가 정해 준 결혼 상대가 아니라 자신이 직접 고른 상대와 결혼하는 자유를 원했다.

---

94 literary dinner. 1942년 발표된 나보코프의 작품 제목이기도 하다.

63. 마주르카

당시 무도회에서 추던 춤 가운데 하나(남자들은 왼발부터, 여자들은 오른발부터 슬라이드, 슬라이드, 슬라이드, 슬라이드, 발을 모으고, 뛰어오르며 회전……). 톨스토이의 아들 세르게이는 『안나 카레니나』에 대한 글[문학적 유산(*Literaturnoe nasledstvo*. vols). 37~38, pp.567~590. Moscow, 1939]에서 이렇게 말했다. "마주르카는 여성들이 좋아하는 춤이었다. 남성들은 특별히 마음에 드는 여성들에게 마주르카를 신청했다."

64. 칼루가

모스크바 남쪽, 툴라(유럽 러시아) 방향에 있는 소도시.

65. 고전, 현대

러시아 학교에서 '고전klassicheskoe' 교육은 라틴어와 그리스어 공부를 의미하고, '현대realnoe' 교육은 라틴어와 그리스어를 실제로 널리 사용되는 언어들로 대체함과 동시에 다른 과목에서도 '과학적'이고 실용적인 측면에 더욱 중점을 둔 교육을 말한다.

66. 심령술

제1부 14장에는 심령술을 이용해 탁자를 움직이는 이야기가 나온다. 료빈은 심령술을 비판하고, 브론스키는 한번 시도해 보자고 하며, 키티는 실험에 쓸 작은 탁자를 찾는다. 이들이 보인 태도는 모두 제4부 13장에서 범상치 않은 결과로 나타난다. 료빈과 키티는 카드용 탁자 위에 분필로 사랑의 암호를 주고받는다. 심령술은 한

때 유행했다. 유령이나 정체불명의 소리, 기울어지는 탁자, 방 안을 날아다니는 악기 등 물체와 정신에 흥미로운 괴현상이 일어나는가 하면, 영매들은 큰 보수를 받고 혼수상태인 척 연기하며 계시를 전달하거나 죽은 사람의 영혼이 들어와 있는 척했다. 가구가 춤을 추거나 유령이 나타나는 현상은 인류 역사만큼이나 오래된 화제지만, 현대적 형태의 유령이 처음 등장한 것은 뉴욕주 로체스터 부근의 하이데스빌이라는 작은 마을에서였다. 이곳에서는 1848년 정체불명의 소리가 들렸다는 기록이 있는데, 이것은 폭스 자매라는 소녀들이 발목뼈나 다른 신체의 일부를 이용해 낸 소리였다. 온갖 비난과 폭로에도 불구하고 심령술은 세상을 홀렸고, 1870년경에는 온 유럽인들이 테이블을 기울이느라 분주했다. 심령 현상이라고 주장하는 현상들을 조사하기 위해 런던변증학회Dialectical Society of London가 임명한 위원회는 당시 어떤 심령술 모임에서 흄이라는 영매의 몸이 "11인치 위로 떠올랐다"고 보고했다. 소설 후반에는 흄을 모델로 한 것이 너무나도 분명한 어느 심령술사가 등장하고, 여기에서 우리는 1부에서 브론스키가 장난삼아 제안한 심령술이 이혼에 대한 카레닌의 결심과 안나의 운명을 얼마나 기이하고 비극적으로 바꾸어 놓는지 알게 된다.

67. 반지놀이

러시아의 젊은 층이 주로 하던 실내 놀이. 다른 나라에도 비슷한 놀이가 있을 것으로 짐작된다. 게임 참가자들이 긴 줄 하나를 이어 잡고 둥글게 원을 만들고, 줄에 반지를 달아 손에서 손으로 옮기면, 원 가운데 있던 술래는 반지가 누구의 손에 있는지 알아맞히는 게임이다.

68. 공작

셰르바츠키 공작부인이 남편을 공작knyaz이라고 부르는 것은 나이 든 모스크바 귀족들의 방식이다. 또 공작이 딸들을 당시 유행하던 영어식 애칭('키티', '돌리')이 아니라 '카첸카', '다렌카'라는 러시아식 애칭으로 부르는 점도 주목할 만하다.

69. 얼간이들Tyutki

퉁명스러운 공작이 칠칠치 못한 청년들을 지칭하는 말로, 멍청하고 허영심이 많다는 의미를 포함하고 있다. 사실 공작이 여기서 특히 염두에 두고 있는 브론스키는 이런 의미와는 어울리지 않는다. 허영심이 많고 경솔할지는 모르지만, 브론스키는 야심이 있고, 지적이고, 끈기도 있다. 독자들은 안나가 죽기 직전 모스크바 거리를 마차로 지나다가 우연히 발견하는 간판(Tyutkin Coiffeur, 튜트킨 미용실)에서 이 매력적인 단어Tyutki 를 다시 떠올리는 재미를 경험할 것이다. 안나는 우스꽝스러운 러시아 이름 튜트킨과 미용실을 뜻하는 딱딱한 프랑스어 쿠아푀르coiffeur의 어울리지 않는 조합에 잠시 정신이 팔리고, 아주 잠깐 이 재미있는 이야기로 브론스키를 웃길 수 있겠다고 생각한다.

70. 유년 학교

황실 군사 학교Pazheski ego imperatorskogo velichestva korpus는 혁명 전 러시아의 귀족 자제들을 위한 군사 학교로, 1802년에 설립

되었고 1865년에 학제가 개혁되었다.

71. 꽃의 성, 캉캉

밤늦게까지 영업을 하며 희극 공연을 보여 주는 식당에 대한 언급. "악명 높은 캉캉 (……)은 그저 비대한 사람들이 나와 추는 카드리유 quadrille에 불과하다." [앨런 도드워스, 『춤과 교육 및 사회생활과의 관계 *Dancing and its Relations to Education and Social Life*』, 런던, 1885]

72. 역

모스크바 북중부에 있는 니콜라예프 또는 페테르부르크 기차역. 이 철도는 1843~1851년에 정부가 건립했다. 1862년에는 급행열차로 페테르부르크에서 모스크바까지(약 650킬로미터) 가는 데 20시간, 1892년에 와서는 13시간이 걸렸다. 페테르부르크를 오후 8시경에 출발한 안나는 다음 날 오전 11시가 조금 지나 모스크바에 도착했다.

73. 이봐, 백작 나리.

사회적 지위가 낮은, 예컨대 하인, 점원 또는 상인이 작위가 있는 사람(공작, 백작 등)을 '각하' 또는 '나리'(Vashe siyatel'stvo, 독일어로는 Durchlaucht)라는 호칭으로 부른다. 소설에서 오블론스키 공작은(그 자신도 물론 이런 호칭으로 불릴 자격이 있으면서) 브론스키 백작을 장난스럽게, 놀림조로 '나리'라고 부른다. 그는 나이 든 점원이나 고용인이 행실이 나쁜 젊은이의 행동을 말리려는 상황을, 또는 좀 더 정확하게는 가정이 있는 점잖은 남자가 자유분방한 총각에게 한

마디 하는 상황을 흉내 내고 있다.

74. 이를 악하다 생각하는 자 부끄럽게 여길지어다Honi soit qui mal y pense.

가터 훈장the Order of the Garter의 모토로, 1348년 에드워드 3세가 어느 귀부인이 떨어뜨린 가터[95]를 보고 웃는 귀족들을 꾸짖으며 했던 말이다.

75. 디바

'신성한 존재'라는 뜻의 이탈리아어로(예를 들어, 이 소설에 등장하는 카를로타 파티La diva Carlotta Patti의 경우처럼) 명성이 높은 가수에게 주어진 호칭이다. 1870년 무렵에 와서는 프랑스를 비롯한 여러 나라에서 각종 무대에 서는 화려한 여성을 지칭하게 되었지만, 이 소설에서는 존경받는 가수나 배우를 의미하는 것으로 보인다. 이 디바는 생각과 말을 통해 여러 번 등장하는데, 오블론스키가 2월 11일 금요일 오전 8시에 꾸는 꿈에도 나타난다. 2월 12일 토요일에 만난 오블론스키와 브론스키는 바로 다음 날인 2월 13일 일요일에 있을, 이 디바를 축하하기 위한 만찬에 대해 이야기한다. 같은 날인 토요일 아침 오블론스키가 그녀(새로운 가수)에 대해 브론스키 백작 부인과 역에서 이야기를 나눈다. 마지막으로 역시 같은 토요일 오후 9시 30분에 오블론스키는 가족들에게 브론스키가 외국에서 오는 유명인을 위한 다음 날의 만찬에 대해 방금 물어보았다고 이야

---

95 양말이나 스타킹이 흘러내리지 않도록 고정시키는 도구

기한다. 톨스토이는 이 만찬이 격식을 갖춘 행사인지 장난스러운 이벤트인지 결정을 내리지 못한 것 같다.

제5부 말미에 (이번에는 디바 파티라고 이름이 명시된) 유명 여가수가 안나-브론스키 로맨스의 중요한 고비에 등장한다는 점도 주목할 만하다.

76. 서리로 시야가 흐려져 철도 노동자 몇 명이 짧은 양가죽 코트와 방설용 펠트 장화를 신고 구부러진 철로 위로 내려서는 것이 어렴풋이 보인다.

이제 톨스토이가 안배해 둔 섬세한 장치들이 하나씩 나오기 시작한다. 이 장면은 끔찍한 사고를 야기하고, 아울러 안나와 브론스키가 함께 꾸게 될 중요한 악몽을 형성하는 배경이 될 인상들을 불러일으킬 첫 장치다. 찬 공기 중의 뿌연 서리는 시야를 흐리게 하고, 여기에 등장하는 철도 노동자들, 그리고 나중에 등장할 잔뜩 옷을 껴입고 서리를 뒤집어쓴 기관사처럼 몸을 두껍게 감싼 여러 인물의 형체들과 맞물린다. 톨스토이가 미리 준비한 건널목지기의 죽음이 등장한다. "건널목지기 (……) 강추위 때문에 몸을 지나치게 싸매고 있던 탓이었는지, 역에서 후진해 나오는 기차 소리를 미처 듣지 못하고[흐린 시야로 인해 소리마저 제대로 들을 수 없게 됨] 열차에 치였다." 브론스키는 짓이겨진 시신을 보았고, (어쩌면 안나도) 어깨에 가방을 둘러멘 농부가 기차에서 나오는 것을 본 후였다. 이 시각적 인상은 확장된다. '철(이후 악몽 속에서 두드려지고 뭉개질)'의 테마도 역의 플랫폼이 엄청난 무게에 진동하는 이 장면에서 시작된다.

77. 기관차가 들어왔다.

최초의 대륙 횡단 열차 두 대가 유타주 프로몬토리 서밋에서 만나는 유명한 사진(1869)을 보면, (샌프란시스코에서부터 동쪽으로 철도를 건설한) 센트럴퍼시픽사의 기관은 굴뚝 부분이 위로 갈수록 넓어지는 거대한 깔때기 모양인 데 반해, (오마하에서부터 서쪽으로 철도를 건설한) 유니언퍼시픽사의 기관은 좁게 쭉 뻗은 모양으로 윗부분에 불티를 막는 장치가 있다. 러시아의 기관차에는 두 가지 형태가 모두 사용되었다. 콜리뇽의 『러시아의 철도*Chemins de Fer Russes*』(1868)에 따르면, 페테르부르크와 모스크바를 잇는 급행열차의 기관차는 길이가 7.5미터, 차륜 구조는 oOOo[91] 형태였으며, 2.3미터가량 쭉 뻗은 깔때기 모양의 기관이 솟아 있었다. 즉, 기관의 높이는 톨스토이가 너무나 역동적으로 그 움직임을 묘사한 바퀴의 직경보다 30센티미터가량 길었다.[96]

78. 그 부인의 모습……

독자들이 반드시 브론스키의 눈으로 안나를 보아야 하는 것은 아니지만, 톨스토이가 창조한 예술의 세세한 부분을 놓치지 않고 감상하고자 한다면 안나가 어떻게 보이기를 기대했는지에 관한 작가의 분명한 의도를 파악할 필요는 있다. 안나는 살집이 좋은 편이지만 몸놀림이 대단히 우아했고, 특히 걸음걸이가 가벼웠다. 얼굴은

---

96 oOOo: 차륜 배치를 나타내는 방식. 앞뒤의 'o'는 각각 구동력이 없는 비구동축(앞쪽의 leading axle과 뒤쪽의 trailing axel), 가운데 OO는 구동축(driving axles)을 의미한다. 일명 컬럼비아식 차륜 구조라고도 하며, 바퀴의 수를 기준으로(화이트식 분류: Whyte Notation) "2-4-2"로 표시하기도 한다(출처: 위키피디아).

아름답고, 혈색이 좋았고, 생기가 넘쳤다. 곱슬머리는 잘 헝클어졌고, 회색 눈동자는 짙은 속눈썹으로 그늘져 검게 빛났다. 그녀의 시선은 매혹적인 빛으로 밝게 타오를 수도, 무겁고 우울한 빛을 담을 수도 있었다. 화장을 하지 않은 입술은 선명한 붉은색이었다. 팔은 통통하고, 허리는 가늘고, 손은 아주 작았다. 악수를 할 때는 힘이 넘쳤고, 동작은 빨랐다. 그녀의 모든 것이 우아하고, 매력적이고, 생생했다.

79. 오블론스키! 여기!

서로 가까운 친구 또는 동료인 사교계의 두 남자라면 서로를 성으로 부르거나 백작, 공작, 남작 같은 작위로 부를 수 있다. 이름이나 별명은 특별한 경우에 한해 사용한다. 브론스키가 스티바를 '오블론스키!'라고 부르는 것은 이름과 부칭을 이용한 스테판 아르카디예비치라는 호칭보다 훨씬 친근감이 느껴지는 방법이다.

80. Vous filez le parfait amour. Tant mieux, mon cher

네가 꿈같은 연애에 빠져 있다더구나. 참 잘됐다, 얘야.

81. 예사롭지 않은 색깔, 예사롭지 않은 사건

색깔과 사건 사이에 어떠한 실질적 관련성은 없지만, 같은 단어의 반복은 가식적인 우아함을 거부한다. 이는 감각을 쉽게 자극하기 위해서라면 어떤 강렬한 부조화도 허용하는 점과 함께 톨스토이 문체의 특징이다. 이보다 뒤에 나오는 '급할 것 없는'과 '다급히'의 유사한 충돌과 비교해 볼 것. 역장의 모자는 선명한 붉은색이었다.

82. 보브리셰프가

언급되고 있는 무도회가 보브리셰프가에서 주관하는 것임을 짐작할 수 있다.

83. 안나의 드레스

1872년 『런던 일러스트레이티드 뉴스London Illustrated News』지의 '파리의 2월 패션'이라는 기사에 따르면 여성들의 평상시 외출복은 바닥을 살짝 스칠 정도 길이였지만, 이브닝드레스에는 사각형으로 재단된 끝단을 길게 늘여 입었다. 벨벳이 크게 유행하는 가운데, 무도회 드레스로는 검은 벨벳 프린세스 드레스[97]를 파유[98] 스커트 위에 입었는데, 끝단은 샹티이 레이스[99]로 장식하고 머리에는 꽃을 달았다.

84. 왈츠

세르게이 톨스토이는 앞서 소개한 글에서(해설 63 참조) 소설 속에 등장하는 것과 같은 성격의 무도회에서 춤을 추는 순서를 이렇게 설명한다. "무도회는 가벼운 왈츠로 시작하여 카드리유를 네 번춘 다음, 여러 가지 대형을 만드는 마주르카로 이어진다. (……) 마지막 춤은 코티용으로 (……) 큰 동그라미, 사슬 등의 대형을 이루고 (……) 여기에 왈츠, 갤럽, 마주르카 등을 끼워 넣는다."

도드워스는 자신의 책 『춤Dancing』(1885)에서 '코티용 또는 저먼'

---

[97] robe princesse. 몸에 붙게 디자인된 드레스
[98] Faille. 비단의 일종
[99] 프랑스 샹티이 지역에서 생산되는 레이스

을 출 때 가능한 무려 250가지 대형을 소개하고, 그중 63번째 큰 원형grand-rond에 대해서 이렇게 설명한다. "남성은 남성을 선택하고, 여성은 여성을 선택하여, 커다란 원을 그리며 선다. 남성들은 원의 한쪽 편에, 여성은 반대편에 각각 모여 손에 손을 잡는다. 우선 모두 왼쪽으로 돌다가, 대형을 지휘하는 리더가 여성 파트너의 오른손을 잡고, 다른 이들은 뒤에 남겨 둔 채 원 한가운데를 가로지른다…… [그런 다음] 다른 남성들 모두와 함께 왼쪽으로 돌고, 리더의 여성 파트너는 다른 여성들과 함께 오른쪽으로 돌아 무도회장 가장자리를 따라 전진하면 두 줄로 서로 마주보게 된다. 마지막 한 쌍이 모두 대열로 들어서면, 두 줄은 앞으로 전진하여 남성들은 반대편에 서 있는 여성과 춤을 춘다." 여러 가지 '사슬' 대형, 즉 이중 사슬, 끊김 없이 연속된 사슬 등 책을 읽는 사람의 머릿속에 여러 가지 상상이 가능하다.

85. 대중 극장

모드의 번역본에 있는 주석에 따르면, 대중 극장(좀 더 정확히는 민간 출자 극장. 당시 모스크바에는 국영 극장밖에 없었다)은 1872년 '모스크바 폴리테크닉 박람회'에서 처음 시도되었다.

86. 그녀는 다섯 명의 춤 신청을 거절했다.

키티는 며칠 전 료빈도 거절했다. 무도회 전체가 ("음악이 멈췄다"라는 구절처럼 적절한 순간에 음악이 멈추고 춤이 중단된 상황까지도) 그녀의 기분과 그녀가 처한 상황을 미묘하게 드러내고 있다.

87. ……탄탄한 목과 목을 감은 진주zhemchug 목걸이도 매혹적이었고…… (그녀의) 생기 넘치는 모습ozhivlenie도 매혹적이었지만, 그녀의 아름다움은 어딘지 섬뜩하고uzhasnoe 잔혹zhestokoe했다.

'zh' 음절의 반복. 안나의 아름다움은 어딘지 귀를 울리는 불길함이 따르고, 이 불길한 울림은 23장의 끝에서 두 번째 문단으로 이어진다. "……그녀의 눈과 미소가 드러내는 억누를 수 없는 neuderzhimy 불꽃과 그 떨림drozhashchi에 그의 마음은 뜨겁게 타올랐다obzhog……."

88. 무도회 지휘자

"무도회 지휘자(또는 리더)는 잠시도 주의를 게을리 할 수 없다. 그는 뒤처진 사람들을 독려하고, 천천히 움직이는 사람들을 재촉하고, 멍하니 있는 사람들을 일깨우고, 홀을 너무 오래 점령한 사람들에게 눈치를 주고, 대형이 잘 꾸려지도록 미리 맞추어 보고, 파트너들의 위치가 바른지 살피고, 동시에 이루어져야만 하는 동작이 있을 때는 적절히 신호를 주어야만 한다. 그러므로 그는 춤을 리드하고, 지도하고, 진두지휘할 뿐 아니라, '사냥개를 몰아 사냥감이 있는 곳으로 달려가게 하는' 역할까지 해야 한다." 무도회에 참석한 사람들의 사회적 지위와 뛰어난 춤 실력을 감안하여 좀 더 부드럽게 표현한다면, 코르순스키의 역할과 거의 일치한다.

89. 어떤 신사분이 찾아오셨어요, 니콜라이 드미트리치.

니콜라이에게 말을 걸 때, 신분이 비천한 그의 동거녀는 마치 부르주아 가정의 공손한 아내처럼 이름과 축약된 부칭으로 그를 부른다.

하지만 돌리가 이름과 부칭을 사용해 남편을 부르는 것은 의미가 다르다. 그녀는 가장 격식을 갖추면서도 감정을 배제한 호칭을 사용함으로써 그들 부부 사이가 멀어졌음을 강조하려 하는 것이다.

90. 그리고 자작나무들과 우리가 공부했던 교실

(니콜라이 료빈은) 소년 시절 동생과 함께 가정 교사의 수업을 듣곤 했던 오래된 저택의 방들을 그리운 듯 떠올린다.

91. 집시

밤늦게까지 영업을 하는 식당에는 집시Tzygan 가수나 무용수들이 출연했다. 외모가 출중한 집시 여성들은 놀기 좋아하는 러시아 남성들의 인기를 한 몸에 받았다.

92. 양탄자를 깐, 좌석이 낮은 썰매

마치 미끄럼대 위에 깔개만 한 장 깐 것처럼 보이는 소박하고 편안한 썰매.

93. 집에 불을 땠다.

료빈의 저택은 장작을 사용하는 네덜란드식 난로로 난방을 했다. 방마다 난로가 있고, 창문은 이중으로 달고, 창틀 사이에 면모를 두껍게 끼웠다.

94. 틴들

존 틴들(1820~1893). 『운동 양식으로서의 열Heat as a Mode of Motion』(1863년 및 이후에 출간된 판)의 저자. 1860년대 초에는 아직 교과서에 등장하지 않았던 열역학 이론을 처음으로 대중에게 알렸다.

95. 세 번째 종소리

역에서 울리는 세 번의 종소리는 1870년대에 이미 러시아 전역에서 시행되는 관례가 되었다. 출발 15분 전에 울리는 첫 번째 종은 승객들에게 여행에 대해 환기시키는 역할을 했고, 그보다 10분 후에 울리는 종은 이제 곧 출발한다고 알리는 역할을 했다. 세 번째 종이 울리고 바로 기차는 경적을 울리며 출발했다.

96. 객차

19세기 말의 약 30년 동안 전 세계적으로 운행되던, 보다 안락한 야간 여객 운송 서비스는 두 가지로 구분할 수 있다. 미국의 풀먼 방식Pullman system은 객차를 커튼으로 나누고 잠든 승객들을 목적지까지 빠르게 운송하는 것을 최우선으로 삼았다. 유럽의 만 방식Mann system은 승객들이 누워서 쉴 수 있는 칸이 마련되어 있었다. 하지만 1872년에 모스크바와 페테르부르크를 운행하던 야간열차의 1등 객차(톨스토이는 완곡하게 '수면 차'로 표현했다)는 풀먼 방식과 안락한 만 방식의 중간쯤 되는 형태였다. 객차 한쪽 옆으로 통로가 있었고, 화장실과 장작 때는 난로가 있었다. 또 객차 끝의 승강구는 바람이 들이치는 트인 공간이었다. 톨스토이는 이 승강구를 '현관

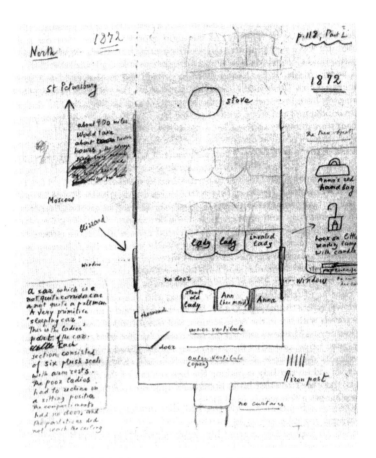

나보코프의 스케치. 안나가 탔던 모스크바-페테르부르크 간 기차의 침대칸 내부

krylechki'이라고 부르는데, 당시에는 아직 벽과 지붕으로 막힌 승강구가 개발되지 않았다. 그래서 검표원들이나 화부들이 객차 사이를 오갈 때마다 출입구를 통해 눈이 들이쳤다. 객차는 외풍이 있었고, 통로와 좌석 사이는 칸막이로 불완전하게 차단되어 있었다. 톨스토이의 묘사로 미루어 보면 한 칸에는 여섯 명의 승객이 들어갈 수 있었던 것 같다(수면 칸의 승객 정원은 이후 네 명으로 줄어든다). 수면 칸에 들어온 여섯 명의 부인들은 팔걸이가 달린 안락한 좌석에서 몸을 뒤로 기댄 채 세 명씩 마주보고 앉았으며 마주한 좌석 사이의 공간은 다리를 겨우 뻗을 수 있을 정도였다. 1892년에 와서, 카를 배데커는 모스크바-페테르부르크 노선의 1등 객차에 대해 "좌석을 침대로 변형시킬 수 있다"고 설명했지만 구체적으로 어떻게 변형되는지는 밝히지 않았다. 아무튼 1872년의 1등 객차는 완전한 수면 공간이라고 하기에는 부족했고 침대는 포함되어 있지 않았다. 안나의 밤 기차 여행의 중요한 측면들을 이해하기 위해, 독자는 다음과 같은 구조를 머릿속에 떠올릴 수 있어야 한다. 톨스토이는 객차 내의 푹신한 좌석을 구별 없이 모두 '작은 소파' 또는 '팔걸이의자'라고 불렀다. 두 가지 용어 모두 문제없는 것이, 마주 보는 좌석은 각각 소파를 세 개의 팔걸이의자로 나누어 놓은 형태였기 때문이다. 안나는 북쪽을 바라본 채 오른쪽(남동쪽)에 창문을 면한 창가 좌석에 앉았다. 그녀는 통로 건너편의 반대쪽 창도 볼 수 있었다. 그녀의 왼쪽에는 하녀 안누시카(모스크바로 올 때에는 2등 객차로 왔지만, 돌아갈 때에는 안나와 같은 객차를 타고 간다)가, 그 왼쪽에는 뚱뚱한 부인이 승객 칸의 왼쪽에 위치한 통로와 가장 가까운 자리에 앉아 있다. 그녀는 난로의 열기와 바깥에서 들어오는 찬 공기 때문에 몹시 불편을 겪는다.

안나의 맞은편에는 몸이 불편한 노부인이 최상의 휴식을 위해 만반의 준비를 하고 있다. 노부인 말고도 반대편에는 두 명의 부인이 더 있고, 안나는 그들과 몇 마디 이야기를 나눈다.

97. 작은 여행용 램프

1872년 당시, 이 작은 램프는 촛불, 반사경, 금속 손잡이로 이루어진 지극히 단순한 형태의 램프였다. 손잡이는 기차 객석의 팔걸이에 고정시킬 수 있게 되어 있었다.

98. 화부

앞서 나왔던, 옷을 잔뜩 껴입고 있다가 기차에 치여 죽은 건널목 지기(몸이 갈기갈기 찢긴)의 이미지, 이후에 나올 안나의 자살 장면의 이미지(시야를 막아선 벽, 몸이 '가라앉는' 느낌) 등 여러 가지 인상들이 등장한다. 반쯤 잠든 안나의 눈에는 누더기를 입은 화부가 벽에 있는 뭔가를 갉고 있는 것처럼 보인다. 이것은 그녀가 나중에 꾸는 악몽에서는 어느 추한 난쟁이가 뭔가를 찾아내어 짓이기는 이미지로 변형되어 나타난다.

99. 정차

기차가 정차하는 볼로고예 역은 모스크바와 페테르부르크 중간쯤에 위치했다. 1870년대, 기차는 자정을 갓 지난 새벽에 이 역에 도착해 20분간 정차했고, 승객들은 식어 버린 차라도 마시며 쉴 수 있었다(해설 72 참조).

100. 둥근 모자

1850년, 영국의 모자 디자이너인 윌리엄 볼러에 의해 정수리 부분이 낮고 딱딱한 모자가 등장했다. 이것이 영어로 볼러bowler 또는 더비derby라고 불리는 중산모의 시초다. 더비라는 미국식 이름은 더비 백작이 검은 테를 댄 회색 중산모를 자신의 이름을 딴 경마 대회에 쓰고 다녔기 때문이다. 중산모는 1870년대에 주로 유행했다.

카레닌의 귀는 안나의 기분을 두드러지게 드러내는 '올바르지 않은 것들' 시리즈 중 세 번째에 해당한다는 사실에 주목하기 바란다.

101. 범슬라브주의자

러시아를 주축으로 하는 모든 슬라브인들(세르비아인, 불가리아인 등)의 정신적·정치적 통합을 주장하는 이들이다.

102. (세료자를) 재우고

시각은 9시경(문단 말미를 참고할 것). 무슨 이유에서인지 세료자를 평소보다 일찍 재웠다(앞서 세료자의 평상시 취침 시간은 10시경이라는 언급이 있었다. 여덟 살 아이에게는 매우 늦은 취침 시간이지만 말이다).

103. Duc de Lille's Poesie des Enfers(드릴 공작의 지옥의 시)

아마도 프랑스 작가 마티아스 필리프 오귀스트 빌리에 드릴라당 백작(Count Mathias philippe Auguste Villiers de L'Isle Adam, 1840~1899)을 모델로 한 인물인 것 같다. '지옥의 시'라는 제목은 톨스토이가 만들어 낸 것이다.

104. 브론스키의 치아

소설 속에서 톨스토이는 여러 번 브론스키의 하얗고 고른 치아 sploshnye zuby에 대해 언급한다. 브론스키의 치아는 그가 웃을 때마다 고른 치열과 단단한 상아빛 자태를 드러낸다. 하지만 그가 마지막으로 등장하는 8부에서, 그를 만들어 낸 창조자인 작가는 그의 빛나는 이빨을 통해 그에게 치통을 안겨 주고, 그 고통을 놀라운 솜씨로 묘사했다.

105. 테니스 경기에 관한 특별한 주석

제6부 22장 마지막 부분에서, 돌리 오블론스키는 브론스키, 안나, 그리고 두 명의 남자 손님이 테니스를 치는 모습을 본다. 때는 1875년 7월이며 브론스키의 영지에서 그들이 치는 테니스는 현대적 경기로, 윙필드 소령이라는 사람이 1873년 처음으로 영국에 도입했다. 테니스가 러시아와 이 나라(미국)에 들어온 후 즉각적으로 인기를 누리고 많은 이들이 즐기게 된 것은 이미 1875년의 일이다. 영국에서 테니스는 흔히 잔디 테니스라고 불리는데, 처음에는 크로케 경기용 잔디에서 (풀을 짧게 깎아 딱딱한 잔디건, 풀이 많이 자란 곳이건 상관없이) 테니스를 쳤기 때문이다. 잔디 테니스라는 명칭은 또 특별한 실내 홀에서 진행된, 궁정 테니스라고 불리던 고전적 테니스 게임과 구별하기 위한 것이기도 하다. 셰익스피어와 세르반테스도 언급한 적이 있는 궁정 테니스는 왕들의 경기로, 소리가 크게 울리는 홀에서 발소리를 크게 내며 뛰고, 가쁜 숨을 쉬며 쳐야 했다. 하지만 이 소설에 등장하는 (잔디 테니스) 경기는, 다시 한 번 말하지만, 지금 우리가 치는 현대적 테니스 경기다. 톨스토이의 깔끔한 묘

안나가 브론스키와 함께 테니스를 칠 때 입었던 것과 같은 테니스 의상

사가 눈에 들어올 것이다. 경기에 참여하는 사람들은 각각 두 명씩 두 팀으로 나뉘어 금으로 도금한(나는 이 금 도금 부분이 마음에 든다. 왕실과 연관된 게임의 유래와 전통적인 느낌이 살아나는 것 같다) 기둥에 팽팽하게 매단 네트를 사이에 두고 잘 다져 놓은 크로케 경기장에 선다. 여러 가지 개인적인 기술이 묘사된다. 브론스키와 그의 파트너인 스비야시스키는 훌륭한 경기를 펼치며, 매우 성실하게 경기에 임한다. 다가오는 공을 주시하다가 서두르지도 망설이지도 않고 재빨리 공을 향해 달리고, 공이 다시 돌아오기를 기다렸다가, 정확하게 쳐서 넘긴다. 대부분 정도의 차이는 있어도 높이 뜬 공이었던 것 같지만 말이다. 안나의 파트너는 베슬롭스키라는 젊은이로 몇 주 전 료빈의 집에서 쫓겨난 적이 있다. 그는 다른 이들보다 실력이 형편없었다. 이제 훌륭한 세부 묘사가 나온다. 남자들은 여성들의 양해를 구하고 코트를 벗은 채 셔츠 차림으로 경기를 하고, 돌리에게는 경기와 관련된 모든 것이 부자연스럽기만 하다. 어른들이 애들처럼 공을 쫓아 달리니 말이다. 브론스키는 영국의 유행과 문화에 대한 열렬한 추종자이고, 테니스는 이런 그의 성향을 표현한다. 여담이지만, 1870년대의 테니스는 지금보다 훨씬 덜 거칠었다. 남성은 라켓을 눈높이에 수직으로 쥐고 강하게 서브했고, 여성은 언더핸드로 살짝 서브를 넣었다.

106. 종교 문제에 대한 특별한 해설

소설 속의 등장인물들은 러시아 교회, 소위 그리스 정교(더 정확하게는 그리스 가톨릭) 신자들이다. 그리스 정교는 1천 년 전 로마 가톨릭으로부터 분리되었다. 비교적 덜 중요한 역할을 맡은 리디아 백작부인이라는 등장인물이 등장하는 첫 장면에서, 그녀는 두 교회의 통합에 관심을 보인다. 또 마담 시탈이라는 딱한 귀부인은 그리스도교적 헌신을 가장한다. 키티는 소덴에서 마담 시탈에게서 받은 영향을 떨쳐 버린다. 하지만 책에서 중요한 위치를 차지하는 신앙은 그리스 정교 사상이다. 셰르바츠키 일가, 즉 돌리, 키티 및 그들의 부모가 가진 신앙은 전통적 의례와 톨스토이가 수긍하는 신앙 즉 자연에 가깝고, 구시대적이고 순리에 따르는 신앙을 결합한 형태로 보인다. 1870년대, 톨스토이가 『안나 카레니나』를 쓸 당시에는 아직 교회 의식에 대한 강한 멸시가 자라나기 전이기 때문이다. 키티와 료빈의 결혼식과 사제들에 대해서도 친근하게 묘사하고 있다. 수년간 교회에 나가지 않고, 스스로 무신론자라 여겼던 료빈이 신앙 탄생의 첫 신호를 느낀 것은 자신의 결혼식에서였다. 이후 그는 다시 의심을 품지만, 결국 책의 말미에서 우리는 톨스토이가 자신의 종교로 그를 부드럽게 인도하는 것을 보며, 그를 혼란스러운 은총 속에 남겨 둔다.

이반 일리치의 죽음
1886

정도의 차이는 있겠지만, 모든 사람의 마음속에는 두 가지 힘이 서로 대립한다. 한편에서는 고독을 지향하고, 다른 한편에서는 세상과 만나고 싶어 한다. 즉, 내면의 격정적 사고와 환상으로 이루어진 내적 삶을 지향하는 내향성과, 바깥세상의 사람들과 눈에 보이는 가치들을 지향하는 외향성이 충돌하는 것이다. 간단한 예를 들어 보자. 대학에서 공부하는 학자(여기서 학자라 함은 교수와 학생 모두를 일컫는다)는 두 가지 경향을 모두 보일 수 있다. 그는 책벌레이면서, 동시에 마당발일 수도 있다. 한 인간 안에서 책벌레와 마당발이 서로 투쟁을 벌이고 있을지도 모른다. 많은 지식을 쌓아 상을 받거나, 받고자 하는 학생이 한편으로는 소위 훌륭한 리더십으로 인정받거나, 그러고 싶어 하리라는 주변의 기대가 존재하기도 한다. 기질이 다른 사람들이라면 서로 다른 결정을 내리는 것이 당연하다. 그러므로 사람에 따라서는 내적 세계가 항상 외부 지향성을 압도하기도 하고, 그 반대의 경우도 발생한다. 중요한 것은 한 사람의 내부에 존재하는 두 가지 성향의 인간, 즉 내부 지향적 인격과 외부 지향적 인격 사이에는 투쟁이 계속되고 있거나, 그런 가능성이 존재한다는 사실이다. 내가 아는 학생들 중에도 내향적 삶을 지향하고, 열정적으로 지식을 추구하고, 자신이 좋아하는 과목을 갈고 닦느라 기숙사의 온갖 소음으로부터 귀를 막아야 했던 이들이 있다. 하지만 그들도 한편으로는 사람들을 만나 즐겁게 놀고, 파티와 모임에 나가고, 책보다 밴드 음악에 몰두하고 싶은 마음이 간절했던 적이 있었을 것이다.

내면에서 예술가와 설교자가, 엄청난 내부 지향적 인격과 강력한 외부 지향적 인격이 서로 다투었던 톨스토이도 이런 상황과 크게 다르지 않다. 그 역시 다른 많은 작가들의 경우처럼 자신의 내부에 창의적 고독과 인류와 소통하려는 충동이 책과 밴드처럼 서로 충돌하고 있음을 감지했음이 분명하다. 톨스토이의 시각에서 볼 때, 즉 그가 『안나 카레니나』를 완성한 후 발전시킨 철학의 견지에서는, 창의적 고독이란 죄와 다름없었다. 그것은 이기주의였고, 자기 좋을 대로만 하겠다는 응석이었고, 따라서 죄악이었다. 반대로, 전 인류를 지향하는 사상은 그의 의견대로라면 신의 뜻이었다. 신은 모든 인간의 내부에 존재하고, 신은 보편적 사랑이라는 뜻과 일치했다. 톨스토이는 보편적인 신의 사랑 안에서의 개인성 상실을 옹호했다. 다시 말해 그는 한 개인 안에 존재하는 반종교적 예술가와 신앙심 깊은 인간 사이의 투쟁에서 인간이 승리하는 것이 바람직하다고 생각했다. 그래야만 온전한 인간으로서 개인이 행복할 수 있다고 믿었던 것이다.

우리는 「이반 일리치의 죽음」이라는 작품의 철학을 감상하기 위해 이런 영적 사실들을 명확한 비전으로 머릿속에 넣어 두어야 한다. 다들 이미 알고 있겠지만, 이반은 히브리어로 '신은 선하다, 신은 자비롭다'라는 의미를 지닌 요한John의 러시아식 이름이다. 일리치는 러시아어를 사용하지 않는 사람들에게는 발음하기 어렵겠지만, 일랴의 아들이라는 뜻의 부칭이다. 일랴는 엘리아스 또는 엘리야의 러시아식 이름이고, 공교롭게도 히브리어로는 '여호와는 선하다'라는 의미를 지닌다. 일랴는 러시아에서 아주 흔한 이름이고, 프랑스어로 일리아il y a[100]와 발음이 매우 비슷하다. 일리치는 일Ill과 잇치Itch이므로 인간의 유한한 삶이 겪는 시련ills과 갈망itch으로 풀이될 수 있다.

나는 우선 이 이야기가 사실은 이반의 죽음에 관한 이야기가 아니라 이반의 삶에 관한 이야기라는 점을 말하고 싶다. 이 이야기에 등장하는 육체적 죽음은 인간의 유한한 삶의 일부이며, 인간의 유한성의 마지막 단계일 뿐이다. 톨스토이에 따르면, 유한한 인간, 사사로운 인간, 개별적인 인간, 육체적인 인간은 자신의 육체가 지닌 법칙에 따라 자연의 쓰레기통으로 가게 된다. 반면에 영적 인간은 보편적 신의 사랑이라는 구름 한 점 없이 깨끗한 그곳, 동양의 신비주의 사상에서 그렇게나 갈망하는 기쁨도 슬픔도 없는 완벽한 희열이 있는 그곳으로 돌아간다고 생각했다. 여기서 다음과 같은 톨스토이 공식이 성립한다. '이반은 옳지 않은 삶을 살았다. 옳지 않은 삶은 영혼의 죽음일 뿐이다. 그렇다면 이반은 살아 있어도 죽은 것이나 다름없는 삶을 살았다. 죽음 너머에는 신의 살아 있는 빛이 있

---

100 영어로 'there is'에 해당, '~이 있다'라는 뜻

다. 그렇다면 이반은 죽어서 새로운 삶(대문자 L로 시작하는 Life)을 얻게 된 것이다.'

내가 두 번째로 지적하고 싶은 점은 이 이야기가 1886년 3월에 쓰였고, 당시 거의 예순에 가까운 나이였던 톨스토이는 위대한 소설을 쓰는 일은 죄악이라는 결론을 이미 마음속에 굳힌 후였다는 사실이다. 그는 중년 시절 『전쟁과 평화』, 『안나 카레니나』와 같은 소설을 쓰는 대죄를 지었으며, 앞으로는 뭔가를 쓰게 되더라도 대중, 농부들, 어린 학생들을 위한 간단한 이야기, 종교적 교훈을 담은 우화, 윤리적 색채의 동화 같은 것만 쓰리라고 단단히 결심했다. 「이반 일리치의 죽음」 여기저기에는 작가의 결심을 실천하려는 장난스러운 시도가 보이고, 또한 우화와 유사한 문체를 띤 구절들도 발견할 수 있다. 하지만 전체적으로 보았을 때 승자는 예술가다. 이 소설은 톨스토이의 작품 중 가장 예술적이고, 가장 완벽하며 또한 가장 정교하다.

거니가 너무나 훌륭하게 번역해 준 덕분에 나도 마침내 톨스토이의 문체에 대해 논할 수 있는 기회를 갖게 되었다. 톨스토이의 문체는 매우 복잡하고 장황하다.

교육자가 아니라, 교육 이론으로 무장한 이들이 만든 끔찍한 교과서들을 본 적 있을지 모르겠다. 아니, 틀림없이 봤을 것이다. 그런 이들은 책의 맥락 안에서 이야기하지 않고, 그저 책에 대해서만 떠들어 댄다. 그런 이들은 이렇게 말할 것이다. 어느 위대한 작가의 가장 중요한 목적은, 그리고 그 작가의 위대함을 이해하는 가장 중요한 열쇠는 '단순성'이라고 말이다. 교육자가 아니라 교란자들이다. 그런 자들에게 호도된 남녀 학생들이 이런저런 작가들에 대해 쓴 답안지에는 종종 이런 문구가 등장한다. (아마도 천진난만한 학창 시절에 읽었던 기억을 되살린 모양이지만) "그의 문체는 단순하다"거나, "그의 문체는 단순 명료하다" 또는 "그의 문체는 아름답고 단순하다", "그의 문체는 매우 아름답고 단순하다." 명심하라. '단순성'은 헛소리다. 어떤 훌륭한 작가도 단순하지 않다. 『새터데이 이브닝 포스트*Saturday Evening Post*』[101]라면, 신문 기사 나부랭이라면, 업턴 루이스라면, 우리 엄마라면, 다이제스트 잡지라면, 욕설이라면 단순하겠지만 톨스토이와 멜빌은 결코 단순하지 않다.

톨스토이 문체의 특징 중 하나를 꼽으라면 내가 '탐구하는 완벽주의'라고 표현한 특징을 택하고 싶다. 깊은 사유나 감정 또는 가시적 대상을 묘사하는 데 있어서, 톨스토이는 사유, 감정 또는 사물의 윤곽선을 스스로 재창조한 표현, 자신만의 그 표현이 만족스러워질 때까지 계속해서 따라 그린다. 어쩌면 창의적 반복이라고도 부를 수 있는 이 작업은 반복적 진술들을 촘촘히 나열하여, 각각의 표현이 한 단계 한 단계 작가가 의도한 바에 가까워지도록 하는 과정이다. 그는 찾는다. 그는 언어라는 꾸러미를 열어, 그 안에 든 의미를 드러낸다. 그는 글이라는 사과의 껍질을 벗기고, 이번에는 이 방법으로, 그다음에는 더 나은 방법으로 말한다. 그는 가장 적절한 말을 더듬어 찾고, 시간을 두고 살펴보고, 이리저리 궁리해 본다. 그는 언어를 '톨스토이'한다.

톨스토이 문체의 또 다른 특징은 지극히 세부적인 묘사로부터 하

---

101 미국의 주간지. 현재는 격월로 출간되고 있다 .

나의 이야기를 짜 나가는 방식에 있다. 물리적 상태를 묘사하는 그의 표현은 신선하다. 1880년대 러시아에서는 아무도 톨스토이처럼 쓰지 않았다. 「이반 일리치의 죽음」은 소비에트 시대의 따분한 구닥다리 문학이 나오기 직전 러시아 모더니즘의 선구적 작품이었다. 이 소설은 우화적이기도 하지만 한편으로는 부드럽고 시적인 어조를 여기저기에 담고 있다. 또한 팽팽한 정신적 독백 즉 안나의 마지막 여정을 묘사하기 위해 그가 이미 개발한 의식의 흐름 기법도 찾아볼 수 있다.

「이반 일리치의 죽음」의 구조적 특징 중 흥미로운 점은 소설이 시작할 때 이반은 이미 고인이라는 점이다. 하지만 그의 죽음에 대해 이야기하고, 그의 시체를 내려다보는 살아 있는 이들의 존재도 그의 시체와 별다른 차이가 없다. 톨스토이의 견해로 볼 때, 살아 있는 이들은 살아 있는 것이 아니라 살아 있으되 죽은 존재들이기 때문이다. 책의 가장 첫머리에서 이 소설의 큰 줄기를 이루는 테마 중 하나를 발견할 수 있다. 그것은 하찮고, 기계적이고, 인정머리 없이 천박한 도시 중급 관료 계급의 삶이며, 이반 자신도 바로 얼마 전까지 그런 삶을 살아왔다. 이반의 동료들은 그의 죽음이 자신의 경력에 어떤 영향을 미칠지 계산한다.

그래서 이반 일리치가 죽었다는 소식을 듣고 방 안에 모인 신사들의 머리에 처음 떠오른 생각은 그가 죽음으로써 자신과 지인들의 자리에 어떤 변화가 있지나 않을까, 승진할 기회가 생기지 않을까 하는 점이었다.

'난 틀림없이 시타벨이나 빈니코프의 자리로 가게 될 거야.' 표도르 바실리예비치는 생각했다. '벌써 오래전에 그렇게 해 주기로 했었거든. 그렇게 되면 내 사무실도 따로 생기고 매년 800루블씩 더 받게 되겠네.'

'처남을 칼루가에 있는 자리에서 옮겨 달라고 말해 봐야겠어.' 표트르 이바노비치는 생각했다. '마누라가 꽤나 좋아하겠군. 처가를 위해 해 준 게 뭐 있느냐는 소린 이제 못하겠지.'

첫 번째 대화가 어떻게 끝나는지 주목하라. 사람들이 보인 이기적인 반응은 궁극적으로 무척이나 평범하고 소박한 인간의 속성이다. 왜냐하면 톨스토이는 도덕적 무례를 꾸짖는 설교자이기 이전에 작가이기 때문이다. 이반의 죽음에 관해 이야기를 나눈 이들이 각자 자기 입장에서 이런저런 생각들을 마친 후 자연스럽게 악의 없는 농담으로 옮겨 가는 과정도 주목해야 한다. 제1장에서 7페이지에 걸친 도입부가 끝나고, 이반 일리치는, 굳이 말로 옮기자면, 부활한다. 머릿속으로 자신의 삶을 전부 다시 한 번 산 다음, 그의 육신은 다시 1장에서 묘사된 상태로 돌아가고(죽음과 옳지 못한 삶은 동의어이므로), 그의 영혼이 향하는 곳은 마지막 장에서 너무나 아름답게 묘사된다(육체적인 존재는 이미 끝났으므로 더 이상의 죽음은 없다).

자기 본위, 기만, 위선, 그리고 무엇보다도 기계적 삶이 인생에서 가장 중요한 요소들이다. 기계적 삶은 인간을 무생물의 위치로 끌어내린다. 바로 그 때문에 이 소설 속에서는 생명이 없는 사물들이 행동을 하고, 등장인물로서의 역할을 하는 것이다. 이 작품에서 사물들은 고골의 작품에서처럼, 어떤 인물이나 성격을 상징하기 위해서가 아니라, 인간과 동일한 역할을 하기 위해 등장한다.

이반의 미망인 프라스코비야와 이반의 가장 친한 친구 표트르 간의 대화가 오가는 장면을 예로 들어 보자.

표트르 이바노비치는 더 깊이, 더 애통하게 한숨을 쉬었다. 프라스코비야 표도로브나는 감사의 표시로 그의 팔을 지그시 잡았다. 분홍색 덮개로 장식하고 희미한 등불을 밝힌 거실에 들어선 두 사람은 테이블을 사이에 두고 앉았다. 그녀는 소파에, 표트르 이바노비치는 등받이가 없는 푹신한 의자에 앉았다. 그의 무게에 짓눌리며 용수철이 부르르 경련을 일으켰다. 프라스코비야 표도로브나는 막 그에게 다른 곳에 앉으라고 말하려던 참이었지만, 자신의 처지가 그런 말을 하기에 어울리지 않는다는 것을 깨닫고 마음을 바꾸었다. 표트르 이바노비치는 자리에 앉으며 이반 일리치가 이 방을 꾸밀 때의 일이며, 자신에게 초록색 잎사귀 무늬가 있는 분홍색 덮개가 어떨지 조언을 구했을 때의 일을 떠올렸다. 방 전체는 가구와 자질구레한 장식품들로 가득했는데, 소파 쪽으로 가려는 미망인의 검은 숄에 달린 레이스가 무늬를 새겨 넣은 탁자 모서리에 걸렸다. 표트르 이바노비치가 레이스를 떼 주려고 엉거주춤 몸을 일으키자 그의 무게에서 벗어난 의자 용수철이 튕겨 올라오며 그의 엉덩이를 툭 밀었다. 미망인이 혼자서 걸린 레이스를 떼어 내려는 것을 보고 표트르 이바노비치는 말 안 듣는 용수철을 내리누르며 다시 자리에 앉았다. 하지만 레이스가 걸린 틈새에서 잘 빠지지 않자, 표트르 이바노비치는 다시 일어났고, 그 바람에 의자는 또다시 튀어 오르며 이번에는 삐걱 소리까지 냈다. 레이스를 겨우 떼어 낸 미망인은 깨끗한 면 손수건을 꺼내더니 울기 시작했다. (……) "담배 피우셔도 돼요." 그녀는 너그럽게 말했지만, 목소리는 갈라져 있었다. 그녀는 묏자리 가격 문제를 의논하기 위해 소콜로프에게로 몸을 돌렸다. (……)

"저 혼자서 모든 걸 처리한답니다." 그녀는 탁자 위의 앨범을 치우며 표트르 이바노비치에게 말했다. 담뱃재가 탁자 위에 떨어지려는 것을 보고 그녀는 얼른 재떨이를 내밀었다. (……)

톨스토이의 도움으로 다시 살아난 이반은 (쓰러지기 전의) 자신의 삶에서 가장 행복한 순간을 떠올린다. 그것은 벌이가 꽤 짭짤한 관직을 얻어서 가족과 함께 살 비싼 부르주아 아파트에 세를 얻었을 때였다. 여기서 나는 부르주아라는 단어를 계급적 의미가 아니라, 속물적이라는 의미로 사용했다. 내가 말하는 아파트는 1880년대의 개념으로는 약간 화려한 정도의 아파트로, 모든 장식품과 소품들을 갖춘 그런 집이다. 오늘날의 속물들이라면 십중팔구 유리와 강철, 책장인 척 가장한 비디오와 라디오, 그리고 답답한 가구들을 떠올릴 것이다.

이때가 이반의 속물적 행복의 절정이라고 이미 말했다. 하지만 죽음이 그를 덮친 건 바로 그 절정의 순간이었다. 커튼을 달다가 사다리에서 떨어지면서 그는 왼쪽 신장을 심하게 다쳤다(내가 내린 진단이지만, 결과는 아마 신장암이었을 것이다). 하지만 의사나 병원을 당최 싫어했던 톨스토이는 일부러 여러 가지 가능성을 언급함으로써 상황을 알 수 없게 만든다. 그는 유주신,[102] 위장 장애, 심지어 몇 번 언급된 왼쪽 옆구리와는 상관없는 맹장염까지 거론했다. 이반은 나중에 자신의 상황을 희화적으로 빗대어, 커튼이 무슨 적군의 요새라도 되는 양 덤벼들었다가 치명상을 당했다고 말한다.

***

이제부터는 자연이 육신의 소멸이라는 가면을 쓰고 소설에 등장하여 관습적이고 기계적인 삶을 파괴한다. 제2장은 이런 문장으로 시작한다.

이반은 지극히 단순하고 지극히 평범한 삶을 살았다. 즉, 그는 지극히 형편없는 삶을 살았다.

그의 삶이 형편없었던 이유는 그의 삶이 기계적이고, 진부하고, 위선적이었기 때문이다. 즉, 그는 동물적인 생존과 어린아이 같은 욕구의 충족만을 거듭할 뿐이었다. 자연은 이제 엄청난 변화를 가져온다. 자연은 이반에게는 불편하고, 더럽고, 저속한 존재다. 이반의 관습적인 삶을 지탱하는 것들은 품위, 겉치레, 남 보기에 격조 있고 단정한 생활, 격식 같은 것들이었다. 이제 이런 것들은 모두 사라졌다. 하지만 자연이 악역으로만 등장하는 것은 아니다. 자연은 그 나름대로의 좋은 점이 있으며, 매우 선하고 다정하기까지 하다. 여

---

102 유주신floating kidney: 신장이 정상적인 이동 범위 이상으로 움직이는 병. 뜬콩팥, 이동콩팥이라고도 한다.

기서 두 번째 테마, 즉 게라심이 등장한다.

톨스토이는 언제나 그렇듯 이원론적 사고에 따라 관습적이고, 인공적이고, 거짓되고, 본질적으로 비속하지만 표면적으로는 품위 있는 도시의 삶과, 게라심이라는 전형을 통해 보이는 자연의 순리를 따르는 삶 간의 대조를 그린다. 게라심은 맑고 조용한 성품을 가진 파란 눈의 농부이자 집안의 가장 비천한 하인으로서, 궂은일만 도맡아 한다. 하지만 그런 일을 하면서도 그의 태도는 세상을 내려다보는 천사처럼 무심하기만 하다. 톨스토이가 짜 놓은 소설의 구조 속에서 그가 맡은 역할은 자연의 선함을 형상화하는 것이며, 따라서 그는 신에 가장 가까운 인물이다. 그는 처음에 잰걸음으로, 소리 없이 주변을 돌아다니지만 역동적인 자연의 표상으로서 등장한다. 게라심은 죽어 가는 이반을 이해하고 측은히 여기지만, 그런 측은한 마음을 분명하면서도 담담하게 드러낸다.

그 일을 하는 게라심의 태도는 편안하고, 거리낌 없고, 우직했으며, 선량함이 느껴졌고 그런 선량함이 이반 일리치의 마음을 움직였다. 다른 사람들에게서 느껴지는 건강, 힘, 활기는 그의 마음을 언짢게 했지만, 게라심의 힘과 생기는 불쾌하지 않았고 오히려 위로가 되었다.

이반 일리치를 가장 괴롭혔던 것은 그가 죽어 가는 것이 아니라 그냥 좀 아픈 것이고, 가만히 누워 치료를 받으면 매우 좋은 결과가 있으리라는 거짓말, 어떤 이유에서인지 모든 사람에게 용인된 그런 기만이었다. (……) 그는 아무도 자신을 동정하지 않으며, 그것은 아무도 자신의 처지를 이해조차 하려 들지 않기 때문임을 알았다. 게라심만이 그를 알아주고 불쌍히 여겼고, 그래서 이반 일리치는 그와 함께 있을 때에만 편안했다. (……) 게라심 혼자만이 거짓말을 하지 않았다. 모든 정황으로 볼 때 게라심 한 사람만이 상황을 제대로 이해했고, 사실을 감출 필요가 없다고 여기면서도, 그저 자신의 여위고 병약해진 주인을 가엾게 여길 뿐이었다. 한번은 이반 일리치가 게라심에게 그만 가라고 하자 그는 이렇게 말하기까지 했다. "우리는 모두 죽습니다. 그런데 왜 사소한 일에 불평해야 합니까?" 이는 그가 자신의 일이 힘들다고 여기지 않았고, 그 이유는 자신도 언젠가 죽을 날이 오면 누군가가 자신을 위해 그렇게 해 주기를 바라기 때문임을 드러낸 것이다.

* * *

마지막 테마는 아마도 이반 일리치의 질문 속에 함축적으로 드러나 있을 것이다. '내가 인생 전부를 잘못 산 것이라면 어쩌지?' 살면서 처음으로 그는 다른 사람을 동정했다. 그러자 미녀와 야수의 결말에서 느낄 법한 비애가 느껴지면서 마법과도 같은 일이 벌어진다. 영적 개조의 대가로 야수를 다시 왕자로 만들어 주고, 믿음까지 되찾아 주는 변신의 마법 말이다.

갑자기 가슴과 옆구리에 어떤 충격이 느껴지면서 숨쉬기가 더 힘들어졌다. 그는 구멍으로 떨어졌고 그 바닥에 빛이 (……)

"그래 그건 모두 옳지 않은 일이었어." 그는 혼자 중얼거렸다. "하지만 상관없어. 이제부터 옳은 일을 하면 되지. 하지만 옳은 일이란 뭘까?" 이렇게 자문하던 그는 갑자기 조용해졌다.

삼 일째 되던 날도 저물어 갈 무렵, 그가 죽기 두 시간 전의 일이었다. 갑자기 학교에 다니는 아들이 살금살금 방으로 들어오더니 침대 곁으로 다가왔다. (……)

그 순간 이반 일리치는 그 틈새로 떨어지면서 빛을 보았다. 자신의 삶이 옳지 않았을지언정, 아직 바로잡을 기회가 있다는 것을 그는 분명히 알게 되었다. 그는 자신에게 물었다. "무엇이 옳은 일일까?" 그리고 조용히 귀를 기울였다. 그러자 누군가 그의 손에 입 맞추는 것이 느껴졌다. 그는 눈을 뜨고 자신의 아들을 보았다. 아들이 가여웠다. 아내가 다가왔고, 그는 아내를 응시했다. 그녀는 입을 벌린 채 그를 보았다. 코와 뺨에 흐르는 눈물을 닦지도 않고 얼굴에는 절망의 표정을 띠고 있었다. 그는 아내도 가여웠다.

'그래, 내가 모두를 비참하게 만들고 있구나.' 그는 생각했다. '다들 마음 아파하고 있지만, 내가 죽으면 나아질 거야.' 그는 이렇게 말하고 싶었지만, 입 밖에 낼 힘이 없었다. '가만, 왜 말하려고 하지? 행동으로 보여 주자.' 그는 생각했다. 아내에게서 시선을 떼지 않은 채 그는 아들을 가리키며 말했다. "아이를 데리고 가, 아이가 불쌍하고, 당신도 불쌍해." 그는 이렇게 덧붙이려 했다. "그만 용서해." 하지만 "그만…… 해"라고 말하고 손을 흔들었다. 꼭 알아들어야 할 그 누군가는 알아들었음을 알기에 (……)

갑자기 그를 짓누르고 놓아주지 않던 힘이 순식간에 옆구리에서, 그의 몸 온 사방으로부터 떨어져 나가는 것이 분명히 느껴졌다. 그는 그들이 애처로웠고, 그들이 고통스럽지 않도록 뭔가 해야 했다. 그들을 놓아주고 자신을 이 고통으로부터 자유롭게 하는 일이었다. '정말 좋다, 이렇게 간단할 수가!' 그는 생각했다. (……)

그는 자신이 늘 느끼던 죽음의 공포를 찾았지만 그것은 어디에도 없었다. '어디 갔을까? 죽음은 어디에 있지?' 공포는 없었다. 죽음을 찾을 수 없었기 때문이다.

　죽음이 있어야 할 자리에 대신 빛이 있었다.

　"그래, 바로 이거야!" 그는 갑자기 소리 내어 외쳤다. "정말 좋군!"

　그에게 이 모든 일은 한 순간에 벌어졌고, 그 순간의 의미는 변하지 않았다. 그 자리에 있던 이들에게 그의 고통은 두 시간이나 더 지속되었다. 그의 목에서 뭔가 부글부글 끓는 소리가 났고, 그의 여윈 몸이 경련을 일으키더니 가쁜 호흡과 끓는 소리가 점점 드문드문해졌다.

　"이제 끝이야!" 그의 곁에 있던 누군가가 말했다.

　그는 이 말을 듣고 마음속으로 따라해 보았다.

　"죽음이 모두 끝났어. 이제 죽음은 더 이상 없어." 그는 자신에게 말했다.

　그는 숨을 한 번 들이쉬고 내쉬는가 싶더니 더 이상 숨을 쉬지 않았고, 사지를 쭉 뻗은 채 그대로 죽었다.

안톤 체호프

1860~1904

안톤 체호프

안톤 파블로비치 체호프의 조부는 농노였지만 3,500루블을 내고 자신과 가족들의 자유를 샀다. 1870년대 잡화상을 하던 아버지가 파산하면서 전 가족이 모스크바로 이주하자 체호프는 고등학교를 마치기 위해 러시아 동남부 타간로그에 남아 고학으로 학업을 마친 뒤 1879년 가을 모스크바대학에 입학했다.

체호프의 초기 작품들은 가난에 허덕이는 가족의 생계를 위해 쓰였다. 의학 전공으로 모스크바대학을 졸업한 후 체호프는 지방 소도시에서 관내 의사의 조수로 일했다. 그곳에서 그는 치료를 받으러 온 농민들, 군 장교들[이 소도시에 군부대가 주둔하고 있었기 때문인데 『세 자매 *The Three Sisters*』에서 이 군인들의 모습을 볼 수 있다], 러시아 지방을 대변하는 전형적 인물들을 세심하게 관찰하기 시작했고, 이들은 나중에 많은 단편 속에서 재탄생했다.

당시 체호프는 여러 종류의 필명을 이용해 유머가 넘치는 단편들을 발표했고 의학 논문을 쓸 때만 실명을 썼다. 그의 작품은 폭력적 반체제 그룹에 속한 신문들을 포함해 다양한 일간지에 실렸다.

체호프 자신은 한 번도 정치 활동에 참여한 적이 없는데, 그것은 구체제 하에서 고통받는 사람들에게 관심이 없어서가 아니라 정치 활동이 자신에게 주어진 길이라고 생각하지 않았기 때문이다. 그는 매사에 정의를 가장 우선시하였고 모든 형태의 불의에 저항했다. 물론 작가로서 말이다. 체호프는 무엇보다 개인주의자였고 예술가였다. 그래서 정당 활동에 쉽게 몸담지 않았고 눈에 보이는 불의와 야만성에 대해 자신만의 방법으로 항거했다. 비평가들은 1890년 강제 유형에 처해진 이들의 삶을 연구하겠다고 사할린섬으로 위험하고도 힘든 여정을 떠난 체호프에 대해 도대체 무엇이 그를 이끌었는지 모르겠다는 반응을 보이곤 했다.

두 편의 첫 단편집 『얼룩진 이야기 *Speckled Stories*』와 『황혼에서 *In the Twilight*』는 각각 1886, 1887년에 발표되었고 독자들로부터 호평을 받았다. 선도적 작가 반열에 올라 주요 매체에 작품을 실을 수 있게 된 체호프는 의사로서의 일을 접고 문학에 전념할 수 있었다. 그는 곧 모스크바 근교에 가족들이 같이 살 수 있는 작은 집을 구입했고 그곳에서 인생의 가장 행복한 시기를 보냈다. 독립적인 삶, 연로하신 부모님께 베풀 수 있는 안락, 신선한 공기, 정원 가꾸는 일, 그리고 여러 친구들의 방문을 그는 철저히 즐겼다. 즐거움과 웃음이 삶의 주요 테마였기에 체호프의 가족은 늘 재미와 농담으로 충만해 있었다.

체호프는 모든 것을 녹색으로 바뀌게 하고 나무와 꽃을 심고 땅을 비옥하게 하는 것에만 열심이었던 것이 아니라, 늘 삶에 무언가 새로운 것을 만들어 내고자 했다. 삶에 대해 늘 확신에 차 있었고, 역동적

체호프 강의의 숙제 목록

이면서 지칠 줄 모르는 천성을 지닌 그는 삶을 단순히 묘사하는 데 그치지 않고 그것을 변화시키고 창조해 냈다. 그는 도서관, 열람실, 강의실, 극장을 갖춘 모스크바 최초의 복지원을 만들었고, 모스크바에 피부과를 개설했으며 화가인 일리야 레핀의 도움으로 타간로그에 회화와 조형 예술 박물관을 설립했고, 크림 지방 최초의 생물 실험실을 만들었다. 그는 사할린섬의 학교에 보낼 책들을 모으러 다니고 직접 대형 화물로 부쳐 주기까지 했으며, 모스크바에서 멀지 않은 곳에 농촌 아이들을 위한 세 개의 학교를 연이어 지었다. 그와 동시에 농민들을 위한 종탑과 소방서까지 지어 주었고, 크림 지방으로 이사하고 나서 그곳에 네 번째 학교를 설립했다. 그는 건축에 관심이 많았다. 무언가를 짓는 일이 인간 행복의 총량을 늘려 주는 활동이라고 그는 생각했다. 그는 고리키에게 이렇게 썼다.

'만일 모든 사람들이 자신의 조그만 땅 덩어리에 할 수 있는 모든 것을 다 한다면 우리 세상은 얼마나 아름다워질 것인가!'

체호프는 "이슬람교도들은 영혼을 구제하기 위해 우물을 판다. 삶을 아무 흔적도 없이 지나가고 사라져 버리는 것으로 만들지 않기 위해 우리 각자가 학교, 우물, 아님 무엇이든 남기고 떠날 수 있다면 참 좋을 것이다"라는 구절을 자신의 노트 앞면에 적어 두었다. 건축 일은 때로 높은 강도의 노동을 필요로 했다. 예를 들어, 학교를 지을 때 그는 노동자, 벽돌공, 난로 설치공, 목수 들과 직접 상대했고 타일, 아궁이 뚜껑에 이르기까지 모든 건축 자재를 직접 구매하고 현장 감독을 맡았다.

의사로서의 일도 그렇다. 콜레라가 창궐했을 때 그는 관내 의사로서 어느 누구의 도움도 없이 25개 마을을 혼자 담당했다. 흉작인 해에는 굶주린 사람들에게 도움을 주었다. 의사로서 일한 많은 시간은 주로 모스크바 근교 농민들을 치료하는 데에 할애되었다. 누이인 마리야 파블로브나는 간호사로서 그를 도왔는데 '1년에 천 명 이상의 아픈 농민들을 무료로 치료해 주고 약도 지어 주었다'고 회상했다.[103]

그가 얄타에서 '방문 환자 후견인 모임'의 일원으로서 했던 활동들을 열거하자면 책 한 권은 족히 될 것이다.

그는 엄청나게 많은 일들을 짊어지고 있었기 때문에 실질적으로 그 자신이 하나의 단체나 다를 바 없었다. 당시 많은 결핵 환자들이 동전한 닢도 없이 오데사, 키시네프, 하르코프 등지에서 얄타를 찾았는데, 그 이유는 단 하나, 체호프가 얄타에 있기 때문이었다.

"체호프가 우리를 고쳐 줄 거야. 체호프가 우리가 묵을 곳과 먹을 것을 마련해 주고 치료도 해 줄 거야."(추콥스키)

체호프의 이런 지극 정성은 작품 속에 그대로 배어 있다. 하지만 어떤 강령이나 문학적 메시지가 아니라 그의 재능에 덧입힌 자연스러운 색으로 묻어난다. 사실상 모든 러시아 독자들이 그를 흠모했고, 생애 마지막 몇 년 동안 그의 명성은 실로 엄청났다.

경이로운 사교성을 갖고 있지 않았다면, 가수와 함께라면 노래를 부르고 취객과 함께라면 술을 마실 만큼 어느 누구와도 어울릴 준비

---

103 이 강의 초반, 나보코프는 코르네이 추콥스키가 『애틀랜틱 먼슬리 *Atlantic Monthly*』에 게재한 「친구 체호프 *Friend Chekhov*」라는 글의 몇 단락을 인용했다. Atlantic Monthly, 140. September, 1947. pp 84~90. *

가 되어 있는 사람이 아니었다면, 삶, 취미, 대화, 수백 수천의 직업들에 대해 불타는 열정을 가지고 있지 않았다면, 그는 체호프 단편집이라는 이름으로 우리와 함께하고 있는, 광대하고 백과사전처럼 자세한 1880, 1890년대의 러시아를 창조해 낼 수 없었을 것이다.

"내가 단편을 어떻게 쓰는지 아세요?" 단편 작가이자 급진적 저널리스트 코롤렌코를 처음 만난 자리에서 그는 이렇게 말했다. "이렇게 한답니다!"

코롤렌코는 다음과 같이 말했다. "그는 테이블을 응시하다가 첫눈에 들어온 물건인 재떨이를 내 앞에 놓아두고는 말했지요. 당신이 원한다면 내일 당장 단편 소설 하나를 가질 수 있을 거라고. 그리고 제목은 '재떨이'가 될 거라고."

그 순간 바로 그곳에서 재떨이가 갑자기 마법처럼 다른 무엇으로 탈바꿈하는 것 같은 착각이 들었노라고 코롤렌코는 말했다.

"아직 구체적 모양새는 갖추지 못했지만, 어떤 미지의 상황과 모험들이 재떨이를 중심으로 몽글몽글 결정을 이루어 피어오르는 듯했다."

체호프의 건강은 좋은 적이 없었고(사할린으로의 힘든 여정이 준 결과다), 모스크바보다 기후가 온화한 곳을 찾아야 했다. 그는 결핵을 앓고 있었다. 처음에는 프랑스에, 다음에는 크림반도의 얄타에 정착했고, 그곳에 과수원이 딸린 시골집을 샀다. 크림반도, 그중에서도 얄타는 날씨도 좋고 매우 아름다운 곳이다. 그는 간간이 모스크바를 방문했던 것을 제외하면 1880년대 후반부터 거의 생애 마지막까지를 그곳에서 보냈다.

무대 연출에 탁월한 재능을 보였던 아마추어 연기자 스타니슬랍스키와 문필가 네미로비치-단첸코에 의해 1890년대 설립된 모스크바 예술 극장은 이전에도 유명했지만, 체호프의 희곡을 무대에 올리면서 새로운 경지의 예술적 완성도를 성취하며 진면목을 발휘하기 시작했다. 갈매기(차이카)는 극장의 상징이 되었고, 극장의 커튼과 안내 책자에도 갈매기가 새겨졌다. 『벚나무 동산 *The Cherry Orchard*』, 『바냐 삼촌 *Uncle Vanya*』, 『세 자매』 등 모든 작품이 작가뿐 아니라 극장에도 크나큰 명성을 안겨 주었다. 폐결핵 투병으로 쇠약해진 와중에도 체호프는 연극 초연에 참석해 청중의 열광적인 환호와 연극의 성공을 만끽하곤 했지만, 병세가 더욱 악화된 후에는 결국 얄타로 돌아갈 수밖에 없었다. 그의 부인이자 극장 최고의 여배우였던 올가 크니페르는 이따금 그를 보기 위해 얄타를 방문할 뿐이었고 결혼 생활은 행복하지 못했다.

1904년 위중한 상황에서도 그는 「벚나무 동산」 초연에 참석했다. 그의 등장을 기대하지 못했던 청중은 우레와 같은 갈채를 보냈고, 모스크바의 지식인들은 경의를 표하느라 끝도 없이 찬사의 연설을 이어 갔다. 모두에게 피부로 와 닿을 만큼 완연해진 병세에 청중들 사이에는 "앉으세요, 앉으세요, (……) 안톤 파블로비치를 좀 앉을 수 있게 해 드립시다"라는 아우성이 일었다.

얼마 지나지 않아 그는 치료를 목적으로 독일 남서부 삼림지대 바덴바일러로 마지막 여행을 떠났다. 독일에 도착한 지 정확히 3주 후인 1904년 7월 2일, 그는 가족들, 친구들과 멀리 떨어진 타국, 외딴 사람들 사이에서 눈을 감았다.

***

불쌍하고, 반쯤 미개하고, 불가해한 러시아 농민들에게 조금의 인내와 친절을 베풀어 주면 세상이 변할 거라고 믿었던, 순진한 겁쟁이 지식인이자 설교자였던 고리키와 진정한 예술가 체호프 사이의 차이는 명백하다. 체호프의 단편 「새 별장 *The New Villa*」을 예로 들 수 있다.

부유한 엔지니어가 자신과 부인을 위해 집을 지었다. 정원과 분수, 유리로 만든 공이 딸려 있는 그곳에는 농사지을 경작지만 없었다. 그저 깨끗한 공기와 휴식만이 필요했기 때문이다. 아름답고 윤이 나고 건강한, 눈같이 하얗고 놀라울 만큼 서로를 닮은 두 마리의 말이 마부 손에 이끌려 대장장이에게로 갔다.

"백조 같다." 경외심에 가득 찬 눈으로 대장장이가 말했다. 늙은 농부가 다가왔다. "글쎄." 교활하고 비웃는 듯한 표정으로 그가 말했다. "흰 것 말고 뭐가 있소? 내 말들도 배터지게 귀리 먹이면 저렇게 윤이 날 거외다. 쟁기 끌고 채찍 좀 맞아 보라지."

훌륭한 신념과 의도로 가득 찬 교훈적 소설이라면 이 문장은 지혜의 목소리로 칭송되고, 환경에 따라 달라지게 마련인 삶의 방식에 대한 자기 생각을 단순하고도 깊이 있게 내뱉은 늙은 농부는 부상하는 계급으로, 농민 계급 의식에 투철한 훌륭한 노인으로 부각될 것이다. 체호프는 어떨까? 그는 아마 자신이 당시 급진주의자들이 신성시했던 사상을 늙은 농부에게 주입했다는 것조차 알아채지 못했을 것이다. 그의 대사는 무엇을 상징하기보다는 그저 등장인물의 삶과 성격에 들어맞는지만을 중요시했다. 노인이 그런 말을 한 것은 현명해서가 아니다. 그가 사람들의 기분을 망치기 좋아하는 불친절한 인간인 데다, 흰 말과 뚱뚱하고 잘생긴 마부를 싫어하고, 홀아비로 살면서 외로움에 찌들어 있고, 탈장 혹은 기생충 때문에 일을 못하게 되면서 따분한 인생을 살고 있기 때문이다. 그는 과자점에서 일하는 아들에게 돈 몇 푼 낚아채 와서는 할 일 없이 하루 종일 거리를 배회하고, 어쩌다 통나무를 집에 가져가거나 낚시를 하고 있는 농부라도 보면 "통나무가 썩었네", "이런 날씨엔 고기가 안 물지"라며 염장 지르기 좋아하는 부류의 인간이다.

달리 말하면 체호프는 등장인물을 교훈의 수단으로 삼지 않았고, 인물을 미덕의 전형으로 만들지 않았다. 고리키나 다른 소비에트 작가들이 추구한 사회적 진실을 답습하지도 않았고(평범한 부르주아 소설에서 어머니와 개를 사랑하는 사람은 나쁜 사람일 수 없다고 말하는 것과 비슷하다), 그 대신 살아 숨쉬는 인간상 그대로를 정치적 메시지나 문학적 전통에 얽매이지 않고 그려 냈을 뿐이다. 그리고 우연히도 그의 작품에 등장하는 현명한 사람들은 대부분 폴로니어스처럼 지루하다.[104]

---

104 나보코프는 이 섹션을 다음과 같은 문단으로 마무리하지만 나중에는 삭제했다.
"결론을 내리자면 작품이 전달하는 완벽한 조화라는 면에서 체호프는 푸시킨과 함께 러시아가 낳은 가장 순수한 작가다. 이 강의에서 고리키와 함께 그를 언급하는 것이 영 내키지 않지만 그 둘 사이의 차이는 시사하는 바가 매우 크다. 러시아가 지금보다는 더 매혹적인 나라가 되어 있기를 기대하는 21세기에, 고리키는 교과서에 이름만 남아 있겠지만 체호프는 자작나무 숲, 노을, 그리고 글쓰기를 향한 열정이 남아 있는 한 오랫동안 살아 있을 것이다." *

선인이든 악인이든, 체호프의 등장인물들은 진정한 도덕과 정신문화, 물질적 안정과 풍요가 러시아 민중에게 뿌리 내리지 않는 한, 고매한 지식인들께서 선술집 옆에 다리나 학교를 짓느라 아무리 고군분투하더라도 아무 소용 없다는 것을 보여 준다. 그는 순수한 예술, 순수한 과학, 순수한 배움은 직접 대중과 접촉할 수 없다 하더라도 어설프고 혼란스러운 자선 활동보다 더 많은 것을 줄 수 있다는 결론을 내렸다. 체호프 자신이 체호프식의 러시아 지식인이었던 것이다.

* * *

어떤 작가도 체호프처럼 아무 과잉 없이, 종종 「마차*In the Cart*」 속 글귀를 통해 설명되곤 하는 부류의 가련한 주인공들을 만들어 내지 못했다.

"이해가 안돼요." 그녀가 말했다. "왜 신은 그토록 선량한 천성과, 슬프고 착하고 따뜻한 눈동자를 이 사람들, 이렇게 나약하고 불쌍하고 불행한 인간들에게 주셨을까요? 근데 난 이 사람들이 왜 이렇게 좋지요?"

「공무 수행*On Official Business*」에는 그 이유를 이해할 수도, 그렇다고 물어볼 수도 없는 하찮고 쓸데없는 심부름을 하느라 몇 킬로미터씩이나 눈 속을 헤치고 다니는 늙은 백부장百夫長이 나온다. 「나의 삶*My Life*」에는 건축가인 아버지가 띄엄띄엄 지어 놓은 흉물스러운 집들로 대변되는 시골 마을의 지겹고도 끔찍한 교만, 그것을 견디다 못해 집을 떠나 가난한 페인트공이 된 젊은이가 등장한다. 집을 짓는 아버지, 그리고 색을 입히는 아들의 비극적 운명을 동시에 그려 내고픈 유혹을 과연 어떤 작가가 뿌리칠 수 있을까? 그러나 그런 면을 강조하면 이야기의 짜임이 끊길 수 있고, 따라서 체호프는 그에 대해 언급조차 하지 않는다. 「다락이 있는 이층집 *The House with the Mezzanine*」에는 영어로는 발음하기도 어려운, 미슈스라는 이름의 허약한 아가씨가 등장한다. 어느 가을밤, 그녀는 얇은 모슬린 드레스를 입고 떨고 있는데, '나'라는 사람이 가녀린 그녀의 어깨에 코트를 덮어 준다. 불 켜진 그녀 방의 창문이 나오는가 싶더니 로맨스는 흐지부지된다. 「새 별장」에는 별생각 없이 대충 베푸는 지주의 쓸데없는 친절을 과하게 오해하면서 진심으로 축복을 기원하는 나이 든 농부가 나온다. 인형같이 생긴 버릇없는 주인집 딸이 자기를 잘 대해 주지 않는다며 울음을 터뜨리자 그는 다음과 같이 말하며 주머니에서 과자 부스러기가 달라붙은 오이를 꺼내 그녀 손에 쥐어준다.

"그만 울어라, 얘야. 계속 울면 엄마가 아빠한테 일러서 너는 몽둥이 찜질을 당하게 될 거야."

작가가 별도의 설명도, 강조도 하지 않지만 주인공이 살아온 일상의 모습이 자연스레 배어 나온다. 「마차」에는 울퉁불퉁한 길 때문에, 그리고 천하지만 순박한 별명으로 자신을 부르는 마부 목소리 때문에 가련한 몽상에서 깨어나는 여교사가 등장한다. 가장 놀라운 단편 「골짜기 *In the Ravine*」에는 다른 여인이 부은 끓는 물에 데어 죽게 된 벌거벗은 아이의 엄마인 온순하고 소박한 젊은 농사꾼 리파가 등장한다. 아이가 건강하고 밝게 살아 있을 때 엄마와 아이가 뛰놀던 모습, 문 쪽으로 다가가다 아이를 향해 뒤돌아서서 "안녕하세요, 니키포르 아니시미치?"라고 인사를 건네고 한달음에 달려와 아이를 안아 올리며 행복에 겨워하던 모습이 너무도 아름답게 그려진다. 소녀에게 자신의 러시아 방랑 편력을 들려주는 불쌍한 부랑자 노인도 등장한다. 모스크바에서 정치적 이유로 유배된 듯 보이는 한 나리가 어느 날 볼가강 근처에서 누더기를 걸친 깡마른 노인을 보고 울음을 터뜨리며 말한다.

"오, 자네의 빵은 검구려, 자네의 신세도 검고."

체호프는 구체적 의미 전달에 암류暗流를 많이 활용했던 최초의 작가다. 「골짜기」에는 리파와 아이 외에도 나중에 사기죄로 강제 유형에 처해지는 리파의 사기꾼 남편이 등장한다. 사업이 번창하던 예전에 그는 집으로 편지를 보내곤 했는데, 그것은 직접 쓴 게 아니라 누군가에 의해 곱게 대필된 것이었다. 어느 날 무심코 그는 편지 대필자가 친구인 사모로도프라고 말한다. 이 인물은 전면에 등장하지 않는데, 시베리아로 유형 간 남편이 보내온 편지를 보니 역시 같은 필체로 되어 있다. 이것이 알려진 사실의 전부지만, 사모로도프가 누구였든 그가 사기를 공모했고 같이 유형 중이라는 사실이 은연중에 드러난다.

***

    모든 작가의 내면 어딘가에는 자신이 쓸 수 있을 만큼의 페이지 수, 그 숫자가 새겨져 있다는 말을 한 출판인으로부터 들은 적이 있다. 내 숫자는 385였던 것으로 기억한다. 체호프는 좋은 장편을 쓰지 못했다. 그는 장거리보다는 단거리 주자였다. 그는 자신의 천재성이 여기저기서 뽑아낸 삶의 무늬를 오랫동안 담아내지 못했다. 삶의 무늬는 단편을 만들어 낼 만큼의 길이에서만 생생함이 유지됐고, 길게 이어지는 장편이 되기 위해 필요한 만큼 밝기와 섬세함을 유지하지 못했다. 그가 보여 준 극작가적인 자질은 긴 단편을 쓸 수 있는 능력에 불과했다. 그의 희곡이 가진 단점은 장편을 쓰려 했을 때 드러난 단점과 같다. 체호프는 프랑스의 이류 작가 모파상(무슨 이유에선지 드 모파상이라고 불리는)과 비교된 적이 있다. 예술적 측면에서 체호프에게 그다지 이로울 게 없는 비교지만, 두 작가에게서 나타난 공통점을 하나 들어 보자면, 바로 둘 다 장편을 쓰지 못했다는 것이다. 모파상의 펜이 능력을 초과해 장거리를 달린 결과로 만들어진 『벨아미*Bel Ami*』, 『여자의 일생*A Woman's Life*』은 기껏해야 초보적 단편을 인위적으로 뒤섞어 놓아 표면이 고르지 못한 단편 시리즈에 불과하다. 타고난 소설가 플로베르나 톨스토이가 테마를 이끌어 내기 위해 너무도 자연스럽게 구사하는 내면의 흐름이 거기에는 없다. 젊은 시절 한 번의 실패 후 체호프는 무게가 나가는 책을 쓰려는 시도를 다시는 하지 않았다. 「결투*The Duel*」, 「3년*Three Years*」은 길이가 긴 단편일 뿐이다.

    유머를 아는 사람들에게 체호프의 작품은 슬프다. 다시 말하면,

유머 감각이 있는 독자들만이 그 슬픔을 느낄 수 있다. 킥킥거림과 하품 사이에 있는 작가들은 대부분 전문 희극 작가들이다. 희미한 미소와 흐느낌 사이를 오가는 작가들도 있는데, 디킨스가 바로 여기 속한다. 비극적 장면 직후 기술적 휴지기 확보를 위해 작가가 일부러 만들어 낸 끔찍한 종류의 유머는 진정한 문학과는 거리가 먼 트릭이다. 체호프의 유머는 이들 중 어디에도 속하지 않는다. 그것은 온전히 체호프식의 유머다. 그에게 있어서 재미있는 것은 동시에 슬픈 것이기도 하다. 재미와 슬픔은 둘이 같이 얽혀 있기 때문에 재미를 느끼지 못하면 슬픔 역시 볼 수 없다.

러시아 비평가들은 체호프의 문체와 단어 선택에는 고골이나 플로베르, 헨리 제임스가 가진 어떤 특별한 예술가적 천착이 결여되어 있다고 지적하곤 했다. 그의 어휘는 빈약하고 단어 결합은 보잘 것없어서, 은빛 쟁반을 덮은 보랏빛 조각보 위에 놓인 주스 같은 동사, 등화유 같은 형용사, 박하주 같은 수식 어구는 도통 찾아볼 수 없다는 것이다. 체호프는 고골 같은 어휘 발명가는 아니다. 그래서 그의 문체는 늘 평상복 차림으로 파티에 간다. 때문에 체호프는 탁월하게 생기 넘치는 어휘 기술이나 극도로 세밀한 문장의 굴곡 없이도 완벽한 예술가의 경지에 오를 수 있음을 보여 주는 좋은 본보기다. 투르게네프는 풍경을 묘사하려 자리에 앉을 때 문구의 바지 주름에도 신경 쓰고, 다리를 꼬고 앉을 때 드러나는 양말 색깔에도 공을 들인다. 체호프는 상관하지 않는다. 그런 디테일이 중요하지 않아서라기보다(어떤 작가들은 기질적으로 이러한 디테일을 매우 자연스럽고 중요한 것으로 여긴다) 기질 자체가 어휘 발명과는 거리가 멀기 때문이다. 문법적 실수도, 맥 빠진 신문체 같은 문장도 개의치 않는다.[105] 초보라도 똑똑하기만 하면 충분히 피해 갔을 법한 우를 범하고, 어쩌다 마주친 평범한 인물, 평범한 단어에 만족하지만, 체호프는 화려하고 아름다운 산문의 대가라고 자부하는 수많은 작가들을 월등히 능가하는 예술미를 선사해 주었다. 이것이 체호프 예술의 마법이다. 희미한 불빛으로, 낡은 담장과 낮은 구름의 중간쯤 되는 잿빛으로 모든 어휘를 한결같이 비추어 주었기 때문에 가능한 일이다. 각양각색의 어조, 번뜩이는 재치, 인색해서 더 예술적인 성격 묘사, 생생한 디테일, 인생의 쇠락, 이 모든 체호프적 색채는 각도에 따라 색이 변하는 단어의 신기루에 둘러싸이고 번져 더욱 짙게 채색된다.

요란하지 않으면서도 정교한 유머가 그가 만들어 낸 잿빛 인생들 속에 녹아 있다. 러시아의 철학적, 사회적 비평가 들에게 체호프는 독특한 러시아적 유형의 인물을 독특한 방식으로 구현한 작가였다. 그 유형이 무엇이었는지, 무엇인지를 설명하기는 참 어렵다. 왜냐하면 그것은 19세기 러시아의 전반적인 사회적·심리적 상황과 깊이 맞물려 있기 때문이다. 체호프가 애처롭고 무능한 사람들을 그려 냈다는 표현은 적절치 않다. 그들은 무능했기 때문에 애처로웠다고 하는 편이 더 정확할 것이다. 러시아 독자들을 매료시킨 것은 그의 인물들, 즉 바깥세상에는 잘 알려지지도 않았고 소비에트 치

---

105 나보코프는 처음에는 "덜 신경 썼다"고 했고, 그 뒤에 다소 흥미로운 문단을 이어 나갔다. 하지만 이 문단은 나중에 삭제되었다.

"어떤 묘사를 종결하는 데 쓰려고 두 개도, 세 개도 아닌 두 개 반의 음절을 가진 단어를 찾아내려 고군분투했던 콘래드보다는 덜 신경 썼다. 콘래드는 자기 재능에 맞는 올바른 방법을 택한 것뿐이다. 'out'이나 'in'만으로 문장을 끝맺고 결말에는 별반 신경 쓰지 않았던 체호프는 착하고 늙은 콘래드보다 훨씬 위대한 작가였다." *

하에서는 존재할 수도 없는 기묘하고도 가련한 사람들, 러시아 지식인, 이상주의자 들이었다. 체호프의 지식인은 심오하기 이를 데 없는 인간적 품위를 갖고 있지만 정작 어떤 이상도, 원칙도 실현시키지 못하는, 우스우리만치 무능한 사람이다. 그들은 도덕적 아름다움, 국민의 평안, 우주의 안위에 몰두하면서도 실생활에서는 할 줄 아는 게 없다 보니 보잘것없는 자신을 자꾸만 유토피아적 몽상의 안갯속으로 내몬다. 좋은 게 뭔지, 가치 있는 일이 뭔지 알면서도 자꾸만 단조로운 존재의 진창으로 깊이, 더 깊이 빠져든다. 사랑으로 행복하지 못하고 모든 것에 절망적으로 무능하다. 좋은 사람이지만 정작 좋은 것은 만들어 낼 줄 모르는, 바로 이들이 의사, 학생, 마을 교사 등의 다양한 모습으로 체호프의 이야기를 만들어 내는 사람들이다.

정치적 성향을 가진 비평가들은 인물에게 어떤 정치 성향도, 어떤 강령도 부여하지 않는 체호프가 못마땅했다. 하지만 이게 바로 핵심이다. 체호프 속 무능한 이상주의자들은 테러리스트도, 사회 민주 당원도, 신예 볼셰비키도, 러시아 수많은 혁명 정당의 당원도 아니었다. 전형적인 체호프적 주인공은 짊어지고 가지도, 내던져 버리지도 못하는 짐을 인 채로 모호하지만 아름다운 인간의 진실을 담아내는 불행한 전달자다. 체호프의 모든 이야기 속에서 우리는 자꾸 무언가에 걸려 넘어지는 사람들을 만날 수 있다. 이들이 넘어지는 건 하늘의 별을 바라보고 있기 때문이다. 자기 자신은 물론 다른 이들도 불행하게 만드는 그들은 형제나 가까운 지인이 아니라 멀리 떨어져 있는 누군가를 사랑하는 사람들이다. 즉 머나먼 타국 흑인들, 중국의 막노동자, 먼 우랄에 사는 근로자의 아픔을 이웃이

나 아내가 겪는 불행보다 더 쓰라린 도덕적 고통으로 느끼는 것이다. 체호프는 전쟁 전, 혁명 전 러시아의 이러한 지식인 군상을 섬세하게 그려 내면서 작가적 기쁨을 만끽했다. 이들은 꿈꿀 수 있었지만 지배는 못했다. 이들은 자신과 다른 이의 삶을 망가뜨렸고, 바보같고 나약하고 쓸모없고 신경질적이었지만, 체호프는 그런 유형의 인간상을 만들어 낼 수 있는 나라가 축복받은 곳임을 보여 준다. 기회를 놓쳤고, 행동을 피했고, 만들지도 못할 나라를 설계하느라 뜬 눈으로 밤을 새웠지만, 열정과 불같은 자기희생, 순수한 영혼, 도덕적 고귀함으로 가득 찬 사람이 언젠가 살았었고, 지금도 무자비하고 추악한 러시아의 어딘가에 어떻게든 살고 있을 거라는 사실 자체가 좀 더 나은 내일을 기대할 수 있게 하는 약속이다. 훌륭한 자연의 법칙 중 가장 훌륭한 것이 약자 생존의 법칙이기 때문이다.

러시아 민중이 겪는 고초만큼이나 러시아 문학의 명성에도 관심을 기울일 줄 아는 사람들이 체호프에게 감사하는 이유가 바로 이것이다. 사회적·윤리적 메시지를 전달하는 것에 무관심했던 체호프는 본의 아니게 굶주리고, 헐벗고, 굽실거리고, 분노에 찬 러시아 농민들의 암울하기 그지없는 현실을 다른 여러 작가들, 채색된 꼭두각시 행렬 속에서 사회의식 고취에 여념 없던 고리키와 같은 수많은 작가들보다 더 적나라하게 드러냈다. 체호프보다 도스토옙스키나 고리키를 더 좋아하는 사람이라면 절대 러시아 문학과 삶의 정수, 더 나아가 예술적 정수를 느낄 수 없다. 러시아 사람들은 체호프를 좋아하는 사람과 그렇지 않은 사람으로 지인들을 나누어 보곤 했다. 체호프를 싫어하는 사람들은 제대로 된 인간이 아니라고 생각했다.

나는 체호프의 작품들을 (이들에게 고통을 안겨 준 번역을 통해서라도) 가능한 한 자주 읽으라고, 그리고 작품이 꿈꿔지길 바랐던 대로 그들을 통해 꿈을 꾸라고 진심으로 권하고 싶다. 강인한 골리앗의 시대에는 나약한 다윗을 읽는 것이 매우 유익하다. 암울한 풍경, 음울한 진창길 옆 시든 버드나무, 잿빛 하늘을 날아가는 잿빛 까마귀, 너무도 일상적인 공간에 갑자기 몰아닥친 기억의 흔적, 이 모든 애처로운 몽롱함, 이 모든 사랑스러운 나약함, 비둘기 빛을 띠는 이 모든 체호프적 세상은 강력한 자급자족 세계를 구축하겠다는 전체주의자들의 호언이 난무하는 이 세상에서 더욱 아낌 받아 마땅하다.

개를 데리고 있는 부인
1899

체호프는 노크도 하지 않고 「개를 데리고 있는 부인*The Lady with the Little Dog*」의 이야기 속으로 들어온다. 머뭇거림도 없다. 첫 문단부터 주인공, 흰색 스피츠를 데리고 다니는 젊은 금발의 여인이 흑해 연안 크림반도의 휴양지 얄타에 등장한다. 그리고 곧이어 남자 주인공 구로프가 나타난다. 모스크바에 아이들과 함께 남아 있는, 두꺼운 검은 눈썹에 고집도 세고 스스로를 '사고할 줄 아는' 여자라고 부르는 구로프의 부인이 생생하게 묘사된다. 작가가 모아 놓은 소소한 디테일의 마법이 발견된다. 편지를 쓸 때 음가 없는 철자는 생략하고, 남편을 이름으로 부르지 않고 성과 부칭을 모두 붙여 길게 부른다[106]는 두 가지 디테일은 상을 찌푸린 그녀의 표정, 꼿꼿한 자세와 맞물려 작가가 의도한 바로 그 인상을 심어 준다. 그녀는 강경한 페미니스트, 사회적 사상을 가지고 있는 엄격한 여인으로 보

---

[106] 러시아인의 이름은 이름, 부칭, 성으로 구성되어 있다. 가까운 친구, 가족들끼리는 이름을 부르고, 공식 석상이나 격식을 차려야 하는 사이에는 이름과 부칭을 같이 부른다.

Chekhov. The lady with the little dog. (1899).

Chekhov comes into his story, so to speak, without knocking.
There is no dilly-dallying. The very first paragraph discloses the
main character, the young fairhaired lady followed by her white
Pomeranian on the seafront of a Crimean resort, Yalta, with the
prompt simplicity of a door thrown open. And immediately after
this the male character, is shown. His wife, whom he has left
with the children in Moscow, is vividly depicted: her solid frame,
her thick black eyebrows and the way she had of calling herself:
a woman who thinks. Note the magic of the trifles the author
collects -- her manner of dropping a certain mute letter in spell-
ing and her calling her husband by the longest and fullest form
of his name, both traits in combination with the impressive dignity
of her beetle-browed face and rigid poise forming exactly the
necessary impression of a hard woman with the strong feminist and
social ideas of her time, but whom her husband finds in his
heart of hearts, flat, narrow, dull-minded and devoid of grace.
Then the natural transition is to Gurov's constant unfaithfulness
to her, his general attitude towards women -- "that inferior race"
is what he calls them, but without that inferior race he could not
exist. The surroundings, the color and a hint that these romances
were not altogether as lightwinged as in the Paris of Maupassant,
are beautifully rendered in the allusion that complications and
problems are unavoidable for those decent hesitating people of
Moscow who are slow heavy starters but plunge into tedious diffi-
culties when once they start going.

Then, with the same neat and direct method of attack, with
the transitional words "and so..." or perhaps still better rendered
by the "now..." which begins a new paragraph in straightforward

『개를 데리고 있는 부인』강의록 첫 페이지

일지 모르지만, 남편에게는 그저 주책없고 편협하고 매력 없는 여인일 뿐이다. 이제 장면은 바람을 피우면서도 여자를 '저급한 종자'라고 표현하고, 그 종자 없이는 하루도 못 사는 구로프를 향해 자연스레 이동한다. 이는 러시아의 로맨스가 프랑스 모파상류의 가벼운 것이 아님을 암시한다. 시작은 느리고 힘들지만 일단 시작하고 나면 고민거리 속으로 급속히 빠져드는 점잖고 우유부단한 모스크바 사람들에게 다사다난한 인생은 불가피해 보인다.

장면은 이전과 마찬가지로 단도직입적으로 세련되게, '그런데 어느 날'[107]이라는 연결사를 통해 단번에 개를 데리고 있는 부인에게 이동한다. 그녀의 모든 것, 심지어 헤어스타일마저 그녀가 적적해하고 있다는 것을 말해 준다. 구로프는 아름다운 휴양지에 혼자 있는 여인에 대한 자신의 끌림이 대부분 꾸며 낸 이야기일 뿐인 부정한 풍속 때문이라는 것을 잘 알고 있었다. 그러나 그는 매혹적인 상상에 이끌려 개를 부르고, 이것이 두 사람을 연결하는 고리가 된다. 그들은 식당에 앉아 있다.

구로프는 상냥하게 스피츠를 손짓으로 부르고, 개가 가까이 오자 손가락을 세워 위협했다. 스피츠는 으르렁거리기 시작했다. 구로프는 계속 개를 위협했다.

부인은 구로프를 힐끗 쳐다보고는 곧 눈을 내리깔았다.

"그 개는 물지 않아요." 그 부인은 말하면서 얼굴을 붉혔다.

"뼈다귀를 주어도 상관없을까요?" 그녀가 좋다고 고개를 끄덕였으

---

107 나보코프는 'and so⋯⋯'라고 말줄임표를 이용하지만 영어로는 동화의 새 문단이 시작될 때 사용되는 'now'라는 표현이 더 적절할지도 모르겠다. *

므로 구로프는 다시 애교 있게 물었다. "얄타에 오신 지 오래되시나
요?"

"닷새가량 되었어요."[108]

그들은 대화를 나눈다. 작가는 이미 구로프가 여인들과 함께일
때 위트를 구사할 줄 안다는 힌트를 흘렸다. 하지만 독자가 그 사실
을 당연하게 받아들이게 하는 대신(훌륭한 대화였다고 묘사하면서 정
작 대화 장면은 하나도 보여 주지 않는 낡은 수법도 있다) 체호프는 실제
로 매력적인 농담을 건네는 구로프를 그려 낸다.

이곳이 따분하다는 말은 정해진 말인 것 같군요, 벨료프나 지즈드라
같은 시골에 살면서도[체호프는 아름다운 지방 도시들의 이름을 열거했다]
지루해 하지 않던 사람들이 이곳에 오자마자 '아아, 심심하다! 아아,
먼지투성이야!' 하니까요. 마치 그라나다[109]에서라도 온 것처럼 말입
니다.

잠깐 살펴본 것만으로도 충분한 그들의 대화는 이후 간접 화법으
로 이어진다. 체호프가 간결한 자연 묘사를 통해 주변 환경을 어떻
게 그려내는지 여기서 처음 엿볼 수 있다.

물은 대단히 부드럽고 따뜻해 보이는 보랏빛이었고, 그 위에 한줄기

---

108 안톤 체호프, 『체호프 단편선』, 박형규 옮김(서울: 범우사, 1983). 본 번역서 내 체호프의
「개를 데리고 있는 부인」에 대한 직접 인용부는 위 역서를 인용하였다. 인용부 내에 등
장하는 고유 지명 및 인명은 해당 번역서 상의 표현을 그대로 옮겨 왔음을 밝힌다.
109 러시아식 상상에 잘 맞는 이름이다. *

금빛 달빛이 흐르고 있었다.

얄타에 살아 본 사람이라면 이 문장에 그곳의 여름밤이 얼마나 잘 녹아들어 있는지 알 것이다. 첫 부분[110]은 호텔 방에서 혼자 여인의 날씬한 목덜미와 잿빛 눈동자를 회상하는 구로프의 이야기로 끝을 맺는다. 이제야 체호프는 주인공의 상상을 통해 여인의 힘없는 몸짓, 지루해 보이는 표정에 딱 들어맞는 외모, 특징을 드러낸다.

잠자리에 들면서 그는 문득 그녀는 얼마 전까지만 해도 순진한 학생이었다는 것, 그리고 그녀의 웃음이나 낯선 남자와의 대화 속에는 아직도 때를 벗지 못한 수줍은 데가 남아 있었다는 것을 상기하고, 아마도 그녀는 생전 처음으로 이런 환경, 즉 어떤 엉큼한 욕심을 가진 사내들이 그녀에게 말을 걸고 그녀의 몸매를 훑어보곤 하는 이런 환경에 당면하게 되었을 것이라고 생각했다. 그는 또한 날씬한 그녀의 목덜미와 아름다운 잿빛 눈을 머릿속에 그려 보았다.
'그렇더라도 그녀에겐 어딘지 모르게 가련한 데가 있어' 하고 구로프는 생각하며 잠이 들었다.

다음 부분(네 개의 부분이 각각 4~5페이지 정도 길이다)은 일주일 후, 찌는 듯한 더위, 먼지 섞인 바람이 부는 날, 카페에서 찬 시럽을 사서 여인에게 건네주는 구로프에게서 시작된다. 열풍이 잦아든 저

---

110 영어 원서에는 movement, 러시아어 번역서에는 '걸음', '행동' 등의 의미를 가지는 шаг로 번역되어 있다. movement가 음악에서는 악장section의 의미도 가지고 있다. 본 작품은 장 구분이 없는 단편이기 때문에 '부분'으로 번역한다.

녁, 그들은 입항하는 증기선을 구경하러 선창가로 갔다. '그러다가 혼잡 속에서 로니에트[111]를 잃어버렸다.' 체호프는 일상적 단어를 이용해서 이야기 전개에 별반 영향도 주지 않는 이 문장을 그저 스쳐 지나가듯 넣었는데, 이미 앞서 언급했던 무기력한 연민과 잘 어울린다.

호텔 방에서 그녀가 보여 준 어색함, 부드러우면서도 모난 듯한 모습이 섬세하게 묘사되었다. 그들은 사랑하는 사이가 되었고, 여인은 오래된 그림에나 나올 법한 죄 많은 여자처럼 실의에 빠져 긴 머리를 양편으로 드리운 채 앉아 있다. 테이블 위에는 수박이 놓여 있고, 구로프는 한 조각을 잘라 천천히 먹기 시작한다. 전형적인 체호프식 사실 묘사다.

그녀는 먼 도시에서 어떤 생활을 해 왔는지 얘기하고 구로프는 그녀의 순진함, 혼란, 눈물에 살짝 지루해 한다. 그리고 폰 디데리츠라는, 독일계의 후손으로 보이는 그녀의 남편 이름이 처음 등장한다.

그들은 이른 아침 얄타의 연무 속을 거닌다.

오레안다에 도착한 두 사람은 교회 가까이에 있는 벤치에 앉아 아무 말도 없이 눈앞에 펼쳐진 바다를 바라보았다. 얄타는 아침 안개에 가려 희미하게 보였고 산꼭대기에는 흰 구름이 둥둥 떠 있었다. 나뭇잎은 흔들리지도 않았고, 매미 소리가 들리는 가운데 멀리서 들려오는 단조롭고도 둔한 해조음은 사람을 기다리는 안식을, 영원한 보금자리

---

111 한쪽에 긴 손잡이가 달린 안경. 18세기 후반부터 상류층 부인들의 액세서리가 되었다.

를 말해 주고 있었다. 바다는 아직 얄타나 오레안다가 없었던 옛날에도 출렁거렸고 현재도 출렁거리고 있으며 우리가 없어진 다음에도 여전히 무관심하게 출렁거릴 것이다. (……)

새벽빛을 받아 한결 돋보이는 젊은 여자와 나란히 앉아서 바다와 산과 구름, 넓은 하늘이 베풀어 주는 꿈과 같은 환경에 황홀해진 구로프는 이렇게 생각했다. '이 세상의 모든 것은 참으로 아름답다. 인생의 고상한 목적, 인간으로서의 자기 가치를 잊고 우리가 생각하고 행동하는 것 이외의 모든 것은 본질적으로 아름다운 것이다.'

어떤 사람 하나가 다가왔다. 아마도 문지기일 것이다. 그는 두 사람을 잠시 바라보고는 되돌아갔다. 이러한 사소한 일조차 그에게는 신비롭고 아름답게 생각되는 것이었다. 아침 햇살을 받으며 불을 꺼 버린 기선 하나가 페오도시야에서 들어오는 것이 보였다.

"풀잎에 이슬이 맺혔군요."

잠시 침묵을 지키다가 안나 세르게예브나가 말했다.

"그렇군, 돌아갑시다."

며칠이 흘러 그녀는 고향으로 돌아가야 한다.

'나도 이젠 북쪽으로 돌아가야겠군' 하고 그는 플랫폼을 나서면서 생각했다.

이것으로 두 번째 부분이 끝난다.

곧바로 구로프의 모스크바 생활이 이어진다. 러시아의 즐거운 겨울 풍경, 가족들, 식당에서의 저녁 식사, 모든 것이 빠르고 생생하게 전해진다. 그에게 일어난 기묘한 일, 바로 개를 데리고 있는 부인을 잊을 수가 없다는 사실을 설명하는 데 다음 한 페이지 전체가 할애된다. 그는 친구가 많지만 연애담을 털어놓고 싶은 이상한 충동을 그들에게 풀 수는 없는 노릇이다. 그는 연애와 여자에 관한 일반적인 얘기밖에 하지 못했고 아무도 그의 의도를 알아채지 못한다. 그의 부인만이 "드미트리, 당신에겐 그런 말이 어울리지 않아요"라며 미간을 찌푸릴 뿐이다.

이제 체호프의 조용한 이야기 속 클라이맥스라고 불릴 만한 장면이 시작된다. 일반인들이 로망스라고 부르는 것과 산문이라고 부르는 것이 있다. 물론, 두 가지 모두 예술가에게는 시를 쓰는 데 필요한 좋은 양식이다. 이 둘의 대비는 가장 낭만적인 순간에 호텔 방에 주저앉아 아삭아삭 수박을 베어 먹는 구로프를 통해 이미 선보인 바 있다. 어느 날 저녁, 식당을 나오던 구르프가 친구에게 "사실은 말일세, 얄타에서 아주 매력적인 부인과 사귀었다네"라고 마침내 연애담을 털어놓을 때 이 같은 대비가 다시 빛을 발한다. 관리로 일하는 친구는 썰매를 타고 달리기 시작하면서 고개를 돌려 구로프의 이름을 부른다. 털어놓은 비밀에 대한 어떤 반응을 기대하고 "응?"이라고 되묻는 구로프에게 관리는 말한다. "아까 자네가 한 말이 맞아, 그 철갑상어는 냄새가 아주 구렸어!"

카드와 폭식이 전부인 야만적 삶에 대한 구로프의 심경 변화가 자연스럽게 이어진다. 가족, 은행, 삶의 모든 것이 덧없고 싫증나고 무의미한 것으로 여겨진다. 크리스마스가 지나고 그는 아내에게 페테르부르크에 출장 간다고 말하고는 머나먼 볼가로, 그녀가 살고 있는 한 마을로 여행을 떠난다.

러시아가 시민 문제 마니아들로 넘쳐나던 그 좋은 옛날, 부르주아식 결혼의 문제점을 철저하게 조명하고 해결하는 대신 하찮고 쓸데없는 짓을 묘사하는 데 여념이 없던 체호프에게 비평가들은 분노를 퍼부었다. 아침 일찍 도시에 도착해 호텔 방을 잡은 구로프를 보여 줄 때, 체호프는 그의 감정이나 안 그래도 난처해진 윤리적 상황을 강조하는 대신 최고 수준의 예술은 어때야 하는지를 보여 준다. 군용 담요로 만들어진 잿빛 마루 깔개, 먼지를 뒤집어쓴 잿빛 잉크병, 목이 잘린 채 한 손으로 모자를 높이 쳐들고 있는 기마상, 이게 전부다. 아무것도 아닌 것처럼 보일지 모르겠지만 진정한 문학이 반드시 갖춰야 하는 덕목이다. 호텔 수위가 폰 디데리츠라는 독일 이름을 이상하게 발음하는 장면 역시 일품이다. 주소를 알아낸 구로프는 여인의 집으로 찾아간다. 건너편에 못이 제멋대로 박혀 있는 잿빛 담장을 바라보며 저런 담은 안 넘는 게 상책이라고 자신에게 되뇐다. 마루 깔개에서 시작되어 잉크병, 호텔 수위의 버벅거리는 발음으로 이어진 잿빛 단조로움의 모티브는 여기서 막을 내린다. 예기치 못한 작은 전환과 필치의 가벼움, 이것이 체호프를 다른 모든 러시아 작가들보다 높은 곳에, 고골과 톨스토이의 곁에 자리하게 하는 이유다.

곧 그는 낯익은 흰 스피츠를 데리고 집에서 나오는 노파를 발견한다. 그는 거의 반사적으로 스피츠를 부르려 하지만 갑자기 심장이 뛰고 흥분되어 개의 이름을 기억해 내지 못하는데, 이 역시 재미있는 터치 중 하나다. 다음 날 그는 「게이샤The Geisha」라는 오페레타가 상영되는 극장에 가기로 결심한다. 체호프는 단 60개의 단어로 지방 극장의 모습을 완벽하게 재현해 낸다. 점잖게 박스 좌석 커튼 뒤 의자에 숨어 앉아 손만 드러내 놓은 현지사의 모습도 빼놓지 않는다. 그리고 그녀가 등장한다. 그는 세상에 이렇게 가깝고 귀하고 소중한 사람은, 시골 사람들의 무리에 끼여 눈에 띄지도 않고, 싸구려 로니에트를 만지작거리고 있는 이 자그마한 여인밖에 없음을 깨닫는다. 그리고 그녀가 하인 같다고 묘사했던 남편의 모습이 보인다. 정말 하인과 비슷하다.

너무도 섬세하고 아름다운 장면이 뒤를 잇는다. 그녀에게 다가가 말을 거는 구로프, 그리고 지방 관리 제복을 입고 나타났다 사라지는 수많은 사람들 속에서 계단과 복도를 미친 듯이 뛰어 내려갔다 올라오는 둘의 모습이 그려진다. 체호프는 '층계 위에서 담배를 피우며 이쪽을 내려다보고 있는 두 명의 남학생'을 그려 넣는 것도 잊지 않는다.

"당신은 돌아가지 않으면 안 돼요……." 안나 세르게예브나가 속삭였다. "드미트리 드미트리치, 내가 모스크바로 가겠어요. 나는 이제까지 한 번도 행복하지 못했고 지금도 불행하며 앞으로도 결코 행복하지 못할 거예요, 절대로! 제발 이 이상 나를 괴롭히지 말아 주세요! 맹세하겠어요, 내가 모스크바로 가겠어요. 하지만 오늘은 이것으로 헤어져요! 나의 사랑, 이것으로 헤어져요!"

그녀는 구로프의 손을 꼭 쥐어 보고는 몇 번이나 뒤돌아보며 재빨리 층계를 내려갔다. 그녀의 눈빛에서 정말 행복하지 못하다는 것을 알 수 있었다. 구로프는 잠시 거기서 귀를 기울이고 있다가 주위가 조용해지자 외투를 찾아 들고 극장을 나왔다.

마지막 네 번째 부분은 모스크바에서의 밀회를 담고 있다. 모스크바에 도착한 그녀는 곧바로 구로프에게 사람을 보낸다. 그녀에게 가는 어느 날, 구로프는 마침 방향이 같아 등교하는 딸을 바래다주고 있다. 젖은 눈송이들이 천천히 흩날리기 시작한다.

기온이 영상임에도 이렇게 눈이 오는 것에 대해, 체호프는 지상의 온도는 높지만 먼 대기층의 온도는 전혀 다르기 때문이라는 설명을 덧붙인다.

길을 걸으며 그는 여인과의 밀회 사실을 아는 사람은 아무도 없고 아마 영원히 없을 거라고 되뇐다.

그리고 은행과 식당, 친구들과의 대화와 사회적 소임으로 대변되는 위선적 삶은 모두에게 공개되어 있는 반면, 정작 진정으로 행복한 삶은 감추어져 있는 현실에 대해 생각에 잠긴다.

구로프에게는 두 가지의 생활이 있었다. 하나는 공공연한 생활, 누군가 보고 싶다면 보일 수 있는 생활, 진실과 허위로 가득 찬 조건부의 생활, 친지나 친구들의 생활과 똑같은 생활이었고, 또 다른 하나는 몰래 영위되는 생활이었다. 이것은 일종의 기묘한 결합, 우연한 결합으로 이루어지는 것이라고나 할까. 어쨌든 그에게 가장 흥미 있고 필요하며 그가 더없이 성실할 수 있고 자신을 기만하지 않아도 되는 생활이었다. 생활의 핵심을 이루고 있는 것은 모두 남의 눈을 피해 비밀리에 행해지는 것이었고, 반면 구로프의 거짓이나 진실을 감추기 위한 위장, 예컨대 은행 일이나 클럽에서의 토론이나 그 '저급한 종자'라는 말이나 부부 동반의 연회 같은 것은 모두 공공연한 생활에 속했다. 그래서 그는 자신을 기준으로 남을 보았기 때문에 겉으로 보이는 것은 아무것도 신뢰하지 않았고, 사람에겐 누구에게나 밤의 장막 같은 비밀 속에서 영위되고 있는 가장 흥미 있는 생활이 있는 법이라고 생각했다. 개인의 사생활은 비밀이 있기 때문에 유지되는 것이다. 아마도 그 때문에 문화인들이 신경질적으로 개인의 비밀을 존중하라고 떠들어 대는 것이리라.

마지막 장면은 도입부처럼 연민으로 가득 차 있다. 그들은 만나고, 그녀는 흐느낀다. 서로가 이 세상 누구보다도 가까운 연인이자 가장 다정한 친구임을 느낀다. 구로프는 어느새 희끗해져 가는 머리를 바라보고, 죽어서야 이 사랑이 끝날 거라고 생각한다.

구로프의 손이 닿은 그녀의 어깨는 따뜻하나 떨리고 있었다. 지금은 이토록 따뜻하고 아름다운 이 생명도 자기의 생명과 마찬가지로 언젠가는 퇴색하고 시들어 버릴 것이다. 구로프는 그러한 여자의 생명을 불쌍하게 생각했다. 어째서 이 여자는 자기를 이토록 사랑하는 것일까? 구로프는 여자들의 눈에는 참된 구로프가 아닌 다른 모습으로 비치는 것이어서, 여자들은 구로프 자체가 아니라 자기들의 공상이 낳은 사내, 자기들이 자기 생애에서 열렬히 찾아 헤맸던 사내를 사랑했던 것이다. 그리하여 자기 잘못을 알아차린 뒤에도 역시 마찬가지로 사랑을 계속하고 있었다. 그리고 구로프와 결합하여 행복해진 여자는 단 한 사람도 없었다. 세월은 흘러서 구로프는 여자들과 사귀거나 친해지거나 했지만, 사랑한 적은 한 번도 없었다. 다른 것은 무엇이든 있었으나 사랑만은 없었다.

그러나 머리가 희어진 지금에 와서 구로프는 처음으로 진실한, 태어난 이후 처음으로 사랑을 알게 된 것이다.

이 둘은 자신들의 처지에 대해, 그리고 비밀스럽게 만나지 않고 늘 같이 살 수는 없는지에 대해 이야기를 나눈다. 하지만 어떤 해결책도 찾지 못한다. 그리고 체호프의 소설이 늘 그렇듯 이야기는 마침표가 아닌 자연스레 움직이는 일상으로 끝을 맺는다.

좀 기다리면 해결의 길이 열리고 그때는 멋진 새 생활이 시작될 것이라는 생각이 문득 일어났다. 그러나 두 사람은 분명히 알고 있었다. 끝날 때까지는 아직도 멀며, 가장 복잡하고 어려운 일은 지금 막 시작되었을 뿐이라는 것을.

전통적인 스토리텔링 기법은 20페이지 남짓 되는 이 아름다운 단편 속에서 모조리 무너졌다. 문제도, 일반적인 클라이맥스도, 끝을 맺는 마침표도 없지만 이 소설은 가장 위대한 작품이 되었다.

이제 체호프의 여러 작품에 전형적으로 나타나는 몇 가지 특징을 다시 살펴보자.

첫째, 최대한 자연스럽게 이야기가 이어진다. 투르게네프나 모파상처럼 식사 후 벽난로 옆에서 그러는 게 아니라 일생에서 가장 소중한 것을 이야기하듯이 은은한 목소리로 쉼 없이 천천히 이어진다.

둘째, 평범한 작가들이 의존하는 지속적인 묘사, 반복, 강조 등을 철저하게 배제하고, 소소하지만 가장 현저한 자질을 세심하게 선택하고 배분함으로써 정확하고 풍부한 성격 묘사를 이뤄 낸다. 어떤 묘사든 선택된 하나의 디테일이 행위 전체를 비춘다.

셋째, 어떤 특별한 도덕도, 어떤 특별한 메시지도 담아내지 않는다. 고리키나 토마스 만의 경향 소설과 비교해 보면 알 수 있다.

넷째, 이야기는 파동을 일으키는 장치에, 이런저런 감정의 그림자에 기반하고 있다. 고리키의 세계는 그것을 구성하는 분자를 중시하지만, 체호프의 세계에서 우리는 세세한 입자가 아닌 파동을 마주한다. 우주 생성에 대한 현대 과학의 입장과 비슷하다.

다섯째, 섬세한 통찰력과 유머로 곳곳에 삽입된 운문과 산문의 대비는 크게 보면 등장인물들만을 위한 대비일 뿐이며, 실제로는 체호프의 천재성, 즉 그가 귀함과 천함을 서로 다른 것으로 보지 않고, 수박 한 조각과 보랏빛 바다, 현 지사의 손, 이들 모두를 세상의 '아름다움과 가련함'을 구성하는 본질로 보고 있다는 것을 일깨워 준다.

여섯째, 사람들이 살아 있는 한 이야기는 끝이 나지 않으며, 그들의 고난과 희망, 꿈에는 어떤 뚜렷한 결론도 있을 수 없다.

일곱째, 이야기 서술자는 여러 사소한 디테일을 보여 주느라 자꾸 곁길로 새는 듯 보인다. 다른 소설에서는 이런 사소한 디테일이 국면 전환용 이정표로 쓰이기도 한다. 예를 들면, 극장에서 담배를 피우던 두 소년이 주인공들의 말을 엿듣고 소문을 퍼뜨렸더라, 잉크병이 이야기 전개를 바꾸는 편지를 의미하더라, 하는 식이다. 하지만 이런 사소한 일들이 정말로 별 의미를 가지지 않기에 이들은 모두 이야기에 실제성을 불어넣는 중요한 존재가 된다.

골짜기
1900

1900년 작 「골짜기」는 반 세기 전, 우클레예보라고 불리는 어느 마을을 배경으로 하고 있다. 우클레예보에서 clay(점토)와 비슷한 발음을 가진 '클레이'는 러시아어로 접착제라는 뜻을 가지는데, 이 마을에 대해서 얘기할 것이라고는 이것뿐이다.

어느 장례 때 늙은 목사가 다른 여러 음식들 중에 굵직굵직한 어란을 발견하고는 게걸스럽게 먹어 치웠다. 사람들은 목사의 옆구리를 쿡쿡 찌르기도 하고 소매를 잡아당기기도 했으나 목사는 어찌나 맛있던지 정신없이 어란만 먹었다. 접시의 어란을 모조리 먹어 버리고는 통에 들었던 4파운드의 어란마저 깨끗이 처치해 버렸다. 마을의 생활이 비참해서인지, 사람들이 단순해서인지 10년 전 일어난 이 보잘것없는 사건 이외에는 이 우클레예보 마을에 대해 달리 이야기할 건더기가 없었다.[112]

아니면 이것 외에는 딱히 얘기할 만한 좋은 게 없어서인지도 모른다. 위 일화 속에는 적어도 한 줄기의 재미, 웃음, 인간적인 무언가가 있지만, 마을에 있는 다른 것들은 모두 칙칙하고 사악했고, 사기와 부정의 도가니였다.

마을 전체를 통해서 석조 건물에 함석지붕을 씌운 집이라고는 단 두 채밖에 없었다. 그중 하나는 면사무소였고, 또 하나는 교회 맞은편에 있는, 예피판에서 온 그리고리 페트로비치 츠이부킨이라는 상인의 2층 집이었다.

두 집 모두 악의 온상이었다. 어린아이들과 어린 아내 리파를 제외하고 이야기 속 모든 것이 사기와 가식의 연속이다.

가식 1

그리고리는 식료품 가게를 한다. 그러나 이것은 겉모양뿐으로, 실제로는 보드카며, 가축이며, 가죽이며, 밀로 만든 빵이며, 돼지까지 매매했다. 그는 닥치는 대로 무엇이든지 사고팔았다. 예를 들어, 외국에서 여자 모자에 꽂는 까치 털을 주문해서는 두 개에 30코페이카씩 이익을 얻기도 하고, 산림을 사서 나무를 찍어 내기도 하고, 이자 돈을 놀리기도 했다. 아무튼 빈틈없이 장사 이치에 밝은 노인이었다.

---

112 안톤 체호프, 『체호프 단편선』, 김학수 옮김(서울: 문예출판사, 1967). 본 번역서 내 체호프의 『골짜기』에 대한 직접 인용부는 위 역서를 인용하였다. 인용부 내에 등장하는 고유 지명 및 인명은 해당 번역서 상의 표현을 그대로 옮겨 왔음을 밝힌다.

그리고리는 이야기가 진행되는 과정에서 흥미로운 변태를 경험하게 된다.

노인 그리고리에게는 아들이 둘 있었는데, 그중 귀머거리 아들은 생기발랄하고 귀엽게 보이지만 사실은 사악하기 그지없는 젊은 여자와 결혼했고, 고을 형사로 일하는 다른 아들은 아직 총각이다. 그리고리는 며느리 아크시니야를 무척이나 아꼈는데 이유는 곧 밝혀진다. 홀아비 그리고리는 바르바라라는 이름의 새 아내를 얻는다.

그녀가 2층에 자리 잡고 살게 되자, 마치 창문에 새 유리를 끼운 듯이 집 안의 모든 물건이 갑자기 환해 보였다. 성상 앞에는 등불을 켜고 테이블에는 눈처럼 새하얀 커버를 씌우고 창문과 정원 앞에는 빨간 꽃봉오리가 달린 여러 가지 꽃들을 놓았다. 그리고 식사 때에는 한 냄비에서 떠먹는 것이 아니라 한 사람 앞에 하나씩 접시가 배당되었다.

그녀 역시 처음에는 발랄하고 좋은 사람으로 비친다. 여하튼 노인 그리고리보다는 착하다.

사육제 때나 사흘 계속되는 교회 제일에는 도저히 옆에서 냄새를 맡고 서 있지 못할 만큼 악취가 풍기는 소금 절임 고기를 농군들에게 팔았다. 그리고 주정뱅이들한테서는 낫이며, 모자며, 여자 머플러 같은 것을 담보로 잡아 두곤 했다. 질이 나쁜 보드카에 곯아떨어진 공장 직공들이 진흙 속에 뒹굴면서 죄라는 것이 공중에 낀 안개처럼 자욱하게 느껴졌을 때에도, 악취를 풍기는 소금 절임 고기나 보드카와는 도무지 관계가 없을 듯한 깨끗한 용모에 마음씨가 유순한 여자가 이 집에 산다는 것을 생각하면 누구나 마음이 가벼워졌다.

그리고리는 고약한 인간이다. 지금은 소시민이지만 원래 농사꾼 출신인 그는(아버지가 부농이었던 것으로 보인다) 체질적으로 농부를 싫어한다.

가식 2

겉으로 천진해 보이는 아크시니야 역시 실은 지독하다. 그게 바로 그리고리가 그녀를 좋아하는 이유이기도 한데, 이 어여쁜 아가씨는 사기꾼이다.

아크시니야는 가게를 보았다. 병들이 부딪치는 소리, 또는 짤랑짤랑 돈 만지는 소리, 그녀의 웃음소리, 커다란 외침 소리, 그에게서 무안을 당하고 손님들이 화를 내는 소리 등이 안뜰에서 들려왔다. 이럴 때면 가게에서는 이미 보드카 판매가 시작되었음을 알 수 있었다. 귀머거리 스체판도 가게에 앉아 있는 것이 예사였고, 그렇지 않을 때는 모자도 쓰지 않은 채 양손을 주머니에 넣고 멍하니 농가를 바라보기도 하고 하늘을 쳐다보며 거리를 거닐기도 했다. 그들은 하루에 여섯 번씩 차를 마셨고 네 번씩 식사를 하러 식탁에 앉았다. 그리고 밤에는 매상고를 계산해서 장부에 기입하고 나서야 깊이 잠들어 버렸다.

이제 무명 공장과 그 공장 주인들에게 이동한다.

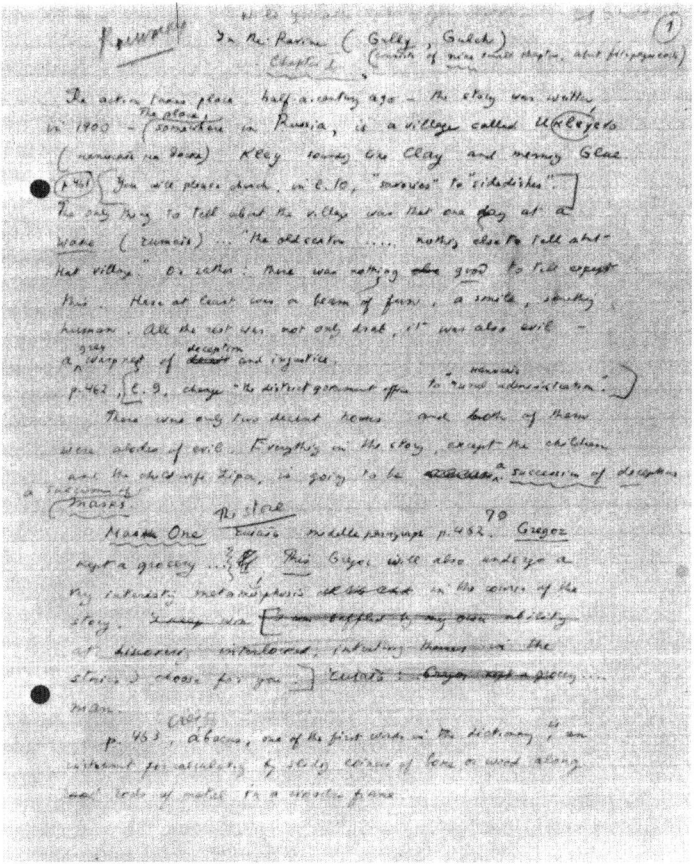

「골짜기」 강의록의 첫 페이지

가식 3 (간통)

아크시니야는 상점을 찾는 손님들만 속이는 게 아니라 이 공장 주인 중 한 명과 바람을 피우면서 자기 남편도 속인다.

가식 4

자잘한 가식에 해당되는 일종의 자기기만이다.

면사무소에도 전화가 가설되었으나 통 속에 빈대와 딱정벌레가 번식해서 말이 통하지 않았다. 이 마을의 면장은 교육이라고는 받아 보지 못한 사람이어서 사무소의 서류는 낱말마다 대문자로 썼다. 그리고 전화가 통하지 않을 때는 이렇게 말하곤 했다.

"이젠 전화가 없으니 일하기가 힘들 거야."

가식 5

고을 형사로 일하는 그리고리의 맏아들 아니심에 대한 부분이다. 이제 사기라는 테마의 심연으로 들어간다. 체호프는 아니심에 대한 중요한 정보를 다 주지 않는다.

맏아들 아니심은 큰 명절 때를 제외하고는 집에 돌아오는 일이 드물었다. 그러나 그 대신 자주 농군들 편에 선물이나 편지를 보내왔다. 편지는 언제나 청원서 용지에 아주 훌륭한 필적으로 누군가에게 대필해서 보냈다. 거기에는 아니심이 평소에 누구에게도 사용한 적이 없는 말투가 씌어 있었다.

'사랑하는 아버지, 어머니. 양친의 건강을 기원하는 의미에서 꽃차

한 폰드를 보내나이다.'

여기에는 나중에 차차 밝혀질 미스터리가 포함되어 있는데, '아주 훌륭한 필적으로 누군가에게 대필해서'가 그 힌트다.

아니심이 집으로 돌아오고, 경찰에서 해고된 사실을 암시하는 정황이 그려지지만 아무도 신경 쓰지 않는다. 오히려 아니심을 장가보내자고 작당한 가족들은 축제 분위기가 된다. 아니심의 의붓어머니 바르바라는 이렇게 말한다.

"아니 어떻게 된 거요, 나리님? 벌써 스물여덟이 됐으면서도 총각 신세를 면하지 못하니, 에이구, 쯧쯧⋯⋯."

다른 방에서 들으면 바르바라의 부드럽고 나직한 말소리가 단지 "에이구, 쯧쯧"밖에 들리지 않았다. 그녀는 남편과 아크시니야에게 귓속말로 무슨 말을 속삭이기 시작했다. 그리고 그 둘의 얼굴에는 마치 음모자들과 같은 교활하면서도 비밀을 가진 듯한 표정이 떠올랐다.

아이 테마
주인공 소녀 리파에게 시선이 옮겨진다. 품팔이 다니는 과부의 딸로 엄마를 도와 품팔이를 한다.

파리한 얼굴에 몸집이 가늘고 약한 처녀였다. 리파의 용모에는 상냥하고 세련된 아름다움이 깃들어 있었다. 수줍은 듯한 구슬픈 웃음이 그녀의 얼굴에서 떠나지 않았고, 그녀의 두 눈은 어린애처럼 순진한 호기심을 가지고 바라보았다. 리파는 젖가슴이 겨우 눈에 띌 정도의 어린 소녀였다. 그러나 시집가기에 조금도 어린 나이가 아니었다. 그녀는 정말 아름다웠다. 그러나 단 하나, 가위같이 축 늘어진, 사내처럼 커다란 두 손만은 마음에 들지 않았다.

가식 6

상냥하긴 하지만 껍질뿐인 친절 안에 아무것도 가진 게 없는 바르바라를 말한다. 이렇게 그리고리의 온 가족은 가식으로 똘똘 뭉쳐 있다.

이제 리파의 등장과 함께 믿음, 순진한 믿음이라는 새로운 테마가 시작된다.

2장은 아니심의 또 다른 모습을 보여 주며 막을 내린다. 그에 관한 모든 게 거짓이고, 무언가 단단히 잘못된 것 같은데, 그마저 그는 제대로 숨기지도 못한다.

선을 보고 나서 결혼식 날짜를 정했다. 그다음부터 아니심은 휘파람을 불며 이 방 저 방으로 돌아다니는가 하면, 문득 무슨 생각을 하고, 깊은 생각에 잠기면서 마치 땅속까지라도 꿰뚫을 듯한 눈초리로 뚫어지게 마루 위를 바라보곤 했다. 그는 부활제가 끝나면 곧 다음 일요일에 결혼식을 하게 되었는데도 조금도 기뻐하는 기색 없이 약혼녀를 보고 싶어 하지도 않았고, 그저 휘파람만 불 뿐이었다. 그가 결혼하게 된 것은 순전히 아버지와 계모의 뜻에 의한 것이 분명했다. 그리고 집안일을 돌볼 여자를 얻으려고 아들에게 아내를 얻어 주는 것이 이 고장 풍습이기 때문이기도 했다. 그는 근무처로 떠나가면서도 서두르는 기색이라곤 조금도 없었다. 예전에 왔을 때와는 완전히 다른 사람 같았다. 눈에 띌 정도로 버릇없는 행동을 취하기도 하고, 실없는 말을 지껄이곤 했다.

3장, 아니심과 리파의 결혼식 날, 아크시니야가 입는 노란색과 연녹색으로 프린트된 드레스에 주목하자. 체호프는 아크시니야를 일종의 파충류처럼 묘사한다(실제로 러시아 동부에서 '노란배'라는 이름의 방울뱀이 발견된 적 있다).

바르바라는 검은 레이스와 유리구슬이 달린 주황빛 옷을 맞추었고, 아크시니야는 앞가슴이 노랗고 치맛자락에 무늬를 한 연녹색 옷을 맞추었다.

이 재봉사들이 채찍질 고행단[113]에 속하지만 1900년 당시에는 신도들이 스스로 몸에 매질을 한다거나 하는 의미는 가지지 않았다. 그저 러시아에 있던 여러 계파 중 하나일 뿐이다. 그리고리는 이 불쌍한 두 자매에게도 사기를 친다.

재봉사들이 옷을 다 만들었을 때, 츠이부킨 노인은 현금을 주지 않고 자기 가게에 있는 물건으로 지불했다. 재봉사들은 조금도 필요치 않은 양초 봉지와 정어리 절임이 든 꾸러미를 안고 시름에 잠긴 모습으로 돌아갔다. 그리고 마을을 벗어나 들판에 이르렀을 때, 그들은 언덕 위에 앉아서 엉엉 목 놓아 울기 시작했다.

결혼하기 사흘 전, 아니심은 아래위 새 옷으로 갈아입고 집으로 왔

---

113 채찍질 고행단the Flagellants Sect. 극단적인 형태의 그리스도교 참회 행위 추종자들

다. 그는 반짝반짝 윤이 나는 고무 덧신을 신고, 넥타이 대신 작은 구슬이 달린 빨간 노끈을 매고, 소매에 손을 끼우지 않은 채 역시 새 외투를 등에 걸치고 있었다. 성상 앞에 정중히 기도를 드리고 나서, 그는 아버지에게 인사를 했다. 그리고 10루블 은화와 반 루블짜리 은화 열 닢을 아버지께 드렸다. 이 선물이 주는 색다른 매력은 어디서 주워 모았는지 모두 햇빛에 반짝이는 주화였다는 것이다.

위조 은화다. 사모로도프에 대한 언급이 시작된다. 그는 아니심의 친구이자 은화 위조 공모자로, 집으로 부치는 아니심의 편지를 대필해 줄 정도로 아름다운 글씨체를 가진 작고 까만 남자다. 은화 위조를 주도한 사람은 아니심이 아니라 사모로도프라는 사실이 갈수록 드러나지만, 아니심은 짐짓 거드름을 피우며 자신이 가진 관찰력, 형사적 재능을 뽐내려 애쓴다. 형사로서, 신비주의자로서, 어쨌든 그는 '세상은 넓지만 훔친 물건 숨길 곳은 없다'는 걸 잘 알고 있다. 이 이상한 인물을 둘러싸고 기묘한 신비주의의 기운이 감돈다.
시끌벅적하게 결혼식을 준비하는 모습, 교회에서 아니심의 심정에 대한 묘사는 눈여겨볼 만하다.

바로 이곳에서 그는 혼배 성사를 받으려는 것이다. 사람 된 도리를 다하기 위해서는 장가를 들어야 한다. 그러나 지금 그는 그런 생각을 하지 않았다. 그는 완전히 결혼식이란 것을 잊어버렸다. 눈물이 앞을 가려 성상을 똑똑히 볼 수도 없었다. 가슴이 메는 듯했다. 그는 기도를 드리면서 피할 수 없는 불행들이, 오늘이 아니면 내일이라도 닥쳐올지 모르는 불행들이, 비 한 방울 뿌리지 않고 마을 위를 지나가는 가문 날의 비구름처럼 무사히 지나가 주기를 주님께 빌었다. 그러자 지금까지 자기가 범해 온 수많은 죄악들은 피할 수 없을 뿐 아니라 시정될 수도 없고, 또 주님께 용서를 빌 수조차 없었음을 깨달았다. 그러나 그는 주님께 용서를 빌었다. 그리고 흑흑 흐느껴 울었다. 하지만 아무도 그에게 관심을 돌리는 사람은 없었다. 남들은 그저 술이 과해서 그러는 것으로 알았다.

잠시 동안 아이 테마가 등장한다.

시끄러운 어린애의 울음소리가 들려왔다.
"엄마, 여기서 나가, 엄마!"
"조용히 하십시오." 신부가 소리쳤다.

이제 새로운 인물의 등장이다. 장대 할아버지라는 별명을 가진 하청업자 목수 엘리자로프 노인인데, 아이 같은 성품을 가져 매우 친절하고 순진하지만 약간 정신이 나간 인물이다. 그와 리파 둘 다 사람 잘 믿고, 온순하고, 단순한 사람들이다. 소설에 등장하는 다른 악한 인물들 같은 교활함은 없지만, 그래서 더 인간다운 사람들이다. 장대 할아버지는 천리안을 가진 사람처럼 직감적으로 이 결혼이 낳을 엄청난 불행을 감지하고 그것을 미리 막아 보려는 듯 애쓴다.

"아니심과 너는 주님 뜻을 거역하지 말고 사이좋게 살아야 해. 알겠나? (……) 얘들아, 그러면 주님께서도 보살펴주시니라." 그는 빨리 중얼거렸다.

"귀여운 아크시니야, 귀여운 바르바라, 사이좋게 살아야 돼. 귀염둥이들아……."

그는 사람들을 애칭으로 불렀다.

가식 7
또 다른 가식, 또 다른 기만을 면장과 면서기를 통해 엿볼 수 있다.

14년 동안을 이 마을에서 근무하면서 그동안 한 번도 서류에 서명한 일이 없으며, 면사무소로 갔던 사람치고 그에게 속거나 모욕을 당하지 않은 사람이 없다는 면장과 면서기도 나란히 앉아 있었다. 두 사람 다 피둥피둥 살지고 기름이 번지르르 돌았다. 모두 부정과 사기가 몸에 배어서 그들의 얼굴 피부까지도 어쩐지 유달리 사기 근성이 깃든 듯이 느껴졌다.

'사기가 몸에 배어서', 바로 이것이 이야기 전체를 관통하는 두 개의 주요 모티브 중 하나다.
궁지에 몰린 자신과 곧 다가올 파멸에 대해 곱씹어 보는 불쌍한 아니심, "저 녀석들이 우리 피를 빨아먹었어! 모조리 페스트나 걸려 죽어라!" 라고 소리치는 시골 색시 등 결혼식의 다양한 면면이 그려진다. 그리고 그 뒤에 아크시니야에 대한 뛰어난 묘사가 이어진다.

아크시니야는 깜빡이지 않는 앳된 잿빛 눈을 가졌고, 그녀의 얼굴에서는 언제나 아리따운 웃음이 가실 줄을 몰랐다. 그리고 깜빡이지 않는 눈이며, 기다란 목에 자그마한 머리며, 가냘픈 그녀의 몸매가 어쩐지 뱀과 같은 인상을 주었다. 앞가슴만 노란 장식을 했을 뿐 온통 초록색 비단에 휘감겨서 방긋 웃는 모습은 봄날에 보리밭 이랑에서 머리를 도사리다가 튀어나와 통행인들을 노리는 살무사와도 같았다. 작은 흐르이민 패거리는 그녀와 허물없이 지냈다. 그리고 그녀가 흐르이민 패거리의 두목과 벌써부터 친한 사이라는 것은 누구나 다 아는 사실이었다. 그러나 귀머거리 남편은 아무것도 몰랐다. 그는 다리를 꼬고 앉아서 마치 권총을 쏘는 듯한 요란한 소리를 내면서 호두를 까먹었다.

한편 츠이부킨 노인은 방 중앙으로 나서면서, 자기도 러시아 춤을 추고 싶다는 뜻으로 손수건을 흔들었다. 그러자 집 안에서뿐만 아니라 안뜰에 있던 사람들까지 와아 하는 함성을 터뜨렸다.

"츠이부킨 노인이 춤을 춘대! 할아버지가 춤을 춘대!" (……)

춤은 늦게 새벽 2시까지 계속되었다. 아니심은 비틀거리며 성가대와 악사들을 바래다주러 밖으로 나갔다. 그리고 사람마다 반 루블씩 집어 주었다. 그의 아버지는 비틀거리지는 않았으나 한쪽 다리로 걷듯이 껑충거리며 손님들을 전송했다. 그러고는 한 사람 한 사람에게 말했다.

"이 결혼식에 2천 루블이나 들었어요."

손님들이 떠들썩하게 헤어질 무렵에 누군가가 자기의 헌 외투를 버리고 시칼로바 음식점 주인의 고급 외투를 입고 갔다. 아니심은 발칵화를 내고 고함을 쳤다.

"가만있어, 내 곧 찾아내지. 누가 훔쳤는지 당장 알 수 있어!"

그는 한길로 뛰어나가 어떤 사람을 쫓아갔다. 이윽고 그 사람을 잡아서 집까지 끌고 와서는, 취하고 화난 김에 얼굴이 빨갛게 상기된 채 땀을 흘리면서, 아주머니가 벌써 리파의 옷을 벗기고 있던 신방 안으로 그를 잡아넣고 철컥 자물쇠를 잠그고 말았다.

닷새가 지나고, 아니심은 품위 있는 사람이라 여겨지는 어머니 바르바라에게 자신이 언제든 체포될지도 모른다는 사실을 고백한다. 그가 마을을 떠나는 장면이 아름답게 그려진다.

마차가 골짜기를 올라가는 동안 아니심은 줄곧 마을 쪽을 돌아다보았다. 따스하고 맑은 날이었다. 가축들이 오늘 처음으로 뜰로 나왔다. 그 옆에선 명절 옷을 입은 아낙네들, 처녀들이 가축들을 쫓았다. 다갈색 황소는 뜰에 나온 것이 기쁜 듯 음매음매 울면서 앞발로 땅을 팠다. 여기저기서, 아래서 위에서 종달새가 노래 부른다. 아니심은 아름다운 흰 교회를 바라보았다. 그것은 바로 며칠 전에 자기가 그곳에서 어떻게 기도를 드렸는가 떠오르게 했다. 그는 초록색 지붕을 가진 학교를 바라보고 옛날 헤엄치며 고기잡이하던 시냇물을 바라보기도 했다. 마음속에서는 기쁨이 용솟음쳐 올랐다. 갑자기 땅속에서 담이라도 솟아올라 자기를 더는 가지 못하게 만들면 얼마나 좋으랴. 그리고 자기 생애에는 오늘까지의 과거만이 남아 준다면 얼마나 좋으랴 생각되었다.

이것이 그의 마지막 모습이다.

이제 리파에게 다가온 즐거운 변화를 엿볼 차례. 아니심이 가지고 있던 양심의 가책은 그 자신을 짓눌렀을 뿐 아니라 그의 모습으로 체화되면서 리파에게 엄청난 중압감을 주었다. 물론 리파는 그가 저지른 짓에 대해서는 전혀 몰랐지만 말이다. 이제 아니심과 그로 인한 중압감이 없어졌으니 그녀는 자유다.

리파는 지금 맨발에 다 떨어진 낡은 치마를 입고, 소매를 어깨까지 걷어 올리고서 은방울이 울리는 듯한 가냘픈 목소리로 노래를 부르며 현관의 층층대를 훔치고 있었다. 그리고 구정물이 담긴 커다란 통을 들고 밖으로 나가서 어린애 같은 웃음을 띠고 태양을 쳐다볼 때는 종달새와도 같은 느낌을 주었다.

체호프는 작가 입장에서는 자못 어려울 수 있는 일을 하려 한다. 리파의 침묵을 깨뜨리고, 조용하고 말 없던 그녀를 말하게 만들어서 미래의 재앙을 불러올 만한 사실을 이끌어 내는 것이다. 리파와 장대 할아버지는 멀리 떨어진 교회 예배에 참석하고 먼 길을 걸어 돌아오는 길이다. 리파의 엄마는 뒤로 처지고 리파는 이렇게 말한다.

"그런데 지금은 아크시니야가 또 무서워졌어요, 할아버지. 그렇다고 그분이 어떻게 한다는 건 아니에요. 그분은 언제나 웃는 낯이지만 때때로 창문을 내다보는 그 눈초리에는 마치 우리 속에 갇힌 양 같이 노기등등한 퍼런 빛이 번쩍이곤 해요. 작은 흐르이민이 또 그분을 꼬셔요. '너희 집 할아버지는 부쵸키노에 1백20에이커의 땅을 가지고 있어'라고 말하지 않겠어요. '그 땅에는 모래도 있고 물도 있으니, 아크시니야, 그곳에 벽돌 공장을 세우도록 해. 우리도 한 몫 낄 테니까'라고요. 지금 벽돌은 천 장에 20루블 정도니까 아주 수지가 맞는 일일 테죠. 그래 어젯밤 식사 때, 아크시니야는 아버지한테 이렇게 말하더군요. '저는 부쵸키노에다 벽돌 공장을 세우고 싶습니다. 저 혼자 힘으로 그 사업을 하고 싶어요'라고 말한 그분은 웃고 있었어요. 그러나 그리고리 페트로비치는 얼굴빛이 좋지 않았어요. 마음에 들지 않는가 보죠. '내가 살아 있는 동안 가족이 헤어져서는 안 돼. 모두 함께 살아야 하는 거야'라고 아버지는 말씀하셨어요. 이 말을 듣자 아크시니야는 눈을 부릅뜨고 이를 부득부득 갈았어요. (……) 기름과자가 나왔지만 먹지도 않았어요!"

그들이 이정표에 다다랐을 때 장대 할아버지는 이정표가 단단히 박혀 있는지 살펴보려고 손으로 만져 본다. 이 행동 하나에도 품성이 묻어난다. 장대 할아버지와 리파, 그리고 숲에서 버섯을 따는 처녀들의 모습이 바로 체호프가 표방하는 행복한 사람들, 불행과 부정이 판을 치는 중에도 온순하고 선량함을 간직하고 사는 사람들의 모습이다. 그들은 시장에서 돌아오는 사람들을 만난다.

달구지가 먼지를 일으키며 지나가고 팔리지 않은 말이 그 뒤를 따랐다. 말은 자기가 팔리지 않은 것을 무척 기뻐하는 것 같았다.

리파, 그리고 팔리지 않아 기뻐하고 있는 말이 상징적으로 연결된다. 리파 역시 주인이 사라진 상태이기 때문이다. 여기서도 아이의 테마가 드러난다.

어떤 노파가 커다란 모자와 긴 장화를 신은 소년을 데리고 왔다. 그 소년은 찌는 듯한 더위와 무릎을 굽힐 수 없는 무거운 장화 때문에 녹초가 되어 있었다. 그러면서도 장난감 나팔을 힘을 다해 불었다. 사람들은 벌써 골짜기를 내려서서 한길로 접어들었다. 그러나 여전히 나팔 소리는 들려왔다.

곧 아이를 갖게 될 리파도 소년을 바라보고 나팔 소리를 듣는다.

가난한 집에서 태어났고 겁에 찬 듯이 늘 양순한 마음씨만을 품은 것 말고는 아무것도 없이 일생 동안 가난에 쪼들리며 살아야 하는 리파와 그의 어머니도 잠시 동안은 이런 생각을 했을는지 모른다. 이 광막하고 신비로운 세상의 헤아릴 수 없이 다양한 생활 속에서 자기들도 인간 축에 들지 모르고, 이 세상에는 자기들보다 못난 사람이 있을지도 모르리라고.

'겁에 찬 듯이 양순한 마음씨만을 품은', 그리고 어느 여름밤의 작지만 아름다운 풍경을 기억하기 바란다.

드디어 그들도 집으로 돌아왔다. 문 앞과 가게 옆에는 품삯꾼들이 땅바닥에 앉아 있었다. 우클레예보 마을 농군들은 츠이부킨 집에서 일하기를 꺼렸기 때문에 다른 마을에서 품삯꾼을 데려와야 했다. 지금 어둠 속에 앉아 있는 것은 길고 검은 수염을 기른 사람들인 듯싶었다. 가게는 열려 있었다. 귀머거리 스체판이 어떤 소녀하고 장기를 두는 것이 들여다보였다. 품삯꾼들 중에는 겨우 들릴 만큼 가느다란 목소리로 노래를 부르는 사람도 있었고, 어제의 품삯을 달라고 큰 소리로 떠드는 사람도 있었다. 그러나 츠이부킨 집에서는 내일까지 그들을 잡아두려고 품삯을 지불하지 않았다. 츠이부킨 노인은 저고리를 벗고 조끼 바람으로 아크시니야와 벚나무 밑에서 차를 마셨다. 탁자엔 등불이 밝았다.

"영감님!" 일꾼 한 사람이 빈정대는 어조로 문 밑에서 소리쳤다. "그럼 반씩이라도 주슈! 영감님!"

다음 페이지에서 그리고리는 은화가 위조된 것임을 알고 아크시니야에게 내다 버리라고 시키지만, 그녀는 이 은화로 일꾼들에게 품삯을 준다. "에구, 망할 것 같으니." 깜짝 놀라 할 말을 잃은 그리고리는 소리쳤다. "어머닌 어째서 이런 집에 저를 시집보냈어요?" 리파가 어머니에게 묻는다. 5장 이후 한참의 시간이 흐른다.

6장에선 가장 인상적인 장면이 등장한다. 어리석은 남편의 운명이나 베일을 벗는 아크시니야의 추악한 본성 같은 것과는 아무 상관없이, 이 모든 사악함과는 거리가 먼 리파는 갓 낳은 아기에 푹 빠져 지낸다. 그리고 자신의 처지에서, 자기가 아는 한 제일 현실감 있는 미래를 여위고 자그마한 어린아이에게 약속한다. 그녀는 두 손으로 아이를 번쩍 들어 올렸다 내리기를 반복하면서 노래를 부르듯 이야기한다.

"이제 이만큼 크게 자라나면 그땐 나와 함께 일해요! 같이 바닥을 닦아요!"

마치 그녀의 어린 시절에 대한 가장 생생한 기억이 바닥 청소인 것처럼 말이다.

"어머니 저는 이 아이가 왜 이렇게 귀여울까요? 그리고 왜 이렇게 얘가 불쌍할까요?" 그녀는 떨리는 목소리로 말을 이었다. 그녀의 눈에는 눈물이 맺혔다. "이 아기는 어떤 아기일까요? 어떻게 보이세요? 새 털이나 빵 부스러기처럼 가볍지만 저는 이 애가 좋아요. 벌써 어른이 된 것같이 사랑해요. 이 애는 아직 아무것도 하지 못하고 입도 떼지 못 하지만, 저는 이 작은 눈이 무엇을 바라는지 알아요."

이 장 말미에 아니심이 6년간의 시베리아 유형에 처해졌다는 소 식이 전해진다. 그다음 이어지는 또 하나의 명장면, 노쇠한 그리고 리가 이렇게 말한다.

"나도 돈에는 꽤 박복한 놈이야. 당신은 아니심이 장가들기 전인 부 활제 전 주일에 그 녀석이 새 은화를 나한테 갖다 준 일을 기억하겠지? 그때 한 보따리는 감춰 뒀지만, 또 한 보따리는 내 돈하고 섞어 버리고 말았어. 그런데 내 숙부 드미트리 피라트이치가 ─ 주여 그분의 영혼 을 구하소서! ─ 아직 살아 계실 때, 그분은 장사를 하려고 노상 모스크 바나 크림으로 돌아다니는 것이 일이었어. 숙부에겐 마누라가 있었는 데, 글쎄 그 마누라가 남편이 장사하러 떠난 동안은 다른 사내하고 살 았다네. 그 집에는 자식이 반 다스나 있었지만, 숙부가 술을 마시는 날 이면 웃으면서 이런 말을 했다더군. '어느 놈이 내 자식이고, 어느 놈이 남의 자식인지 도무지 모르겠다.' 성미도 그쯤 되면 괜찮겠지. 바로 이 모양으로 지금 어느 돈이 진짜고, 어느 돈이 가짠지 알 수가 없어. 내 눈에는 모두 가짜로밖에 안 보인단 말이야. (……) 정거장에서 표를 사 고 3루블을 지불했는데 그것도 가짜 돈 같은 생각이 드네그려. 그리고 가슴이 할랑거리지 않겠나. 아무래도 병인 것 같아."

이때부터 그는 정신이 나간다. 아니 어떤 면에서는 제정신을 차린다고 해야 할 것이다.

　그는 문을 열고 구부러진 손가락으로 리파를 불렀다. 리파는 아기를 안고 노인 옆으로 왔다.

　"얘, 리푸인카, 무엇이든 필요한 것이 있으면 말해라." 노인은 말했다. "그리고 먹고 싶은 음식이 있으면 사양 말고 먹어. 조금도 아깝지 않으니까. 언제나 몸은 건강해야 되느니라……."

　노인은 손자의 머리 위에다 성호를 그었다.

　"그리고 손자를 잘 돌봐 줘. 아들놈이 없어서 아비 없는 아이와 다름없으니."

　노인의 두 볼에는 눈물이 흘러내렸다. 그는 어깨를 들썩이며 그 자리에서 물러섰다. 이윽고 자리에 들자 노인은 한 주일 동안이나 자지 못한 탓으로 깊이 잠들어 버렸다.

　끔찍한 사건이 일어나기 전이었으니, 이것이 가련한 리파가 가장 행복했던 밤이다.

　그리고리는 아크시니야가 벽돌 공장을 지으려 했던 부쵸키노 땅을 손자에게 넘기기 위해 여러 절차를 마치고, 아크시니야는 광분한다.

　"여보, 스체판!" 아크시니야는 귀머거리 남편에게 소리쳤다. "빨리 집으로 갑시다! 우리 부모한테로 가요. 난 이 죄인들과 같이 살고 싶지 않아요! 떠날 채비나 하세요!"

안뜰에는 빨랫줄 위에 옷가지가 널려 있었다. 아크시니야는 아직 마
르지 않은 자기 치마랑 재킷을 걷어서 귀머거리 남편 손에 던졌다. 화
가 치밀 대로 치민 그녀는 빨랫줄 옆을 뛰어다니며 옷가지를 모조리
낚아챘다. 그러고는 자기 것이 아닌 옷가지는 땅바닥에 내던지고 발로
짓밟았다.

"아아, 저 애를 저리 데리고 가 줘요!"

바르바라는 괴로운 듯이 말했다.

"무슨 여자가 저럴까! 부쵸키노를 줘 버리세요. 하느님을 위해서 줘
버리세요!"

이제 클라이맥스가 시작된다.

아크시니야는 빨래하는 소리가 나는 부엌으로 뛰어 들어갔다. 거기
서는 리파가 혼자서 빨래를 하는 중이었다. 요리사는 냇가로 옷을 빨
러 나가고 없었다. 난로 옆 대야와 솥에서는 김이 무럭무럭 솟아올라
부엌 안은 안개라도 낀 듯이 흐리고 무더웠다. 마루 위에는 빨지 않은
옷이 산더미처럼 쌓여 있었다. 그리고 갓난애 니키포르는 떨어지더라
도 다치지 않도록 바로 옆 벤치 위에 눕혀 두어 벌거숭이 발을 버둥거
렸다. 바로 아크시니야가 들어섰을 때, 리파는 아크시니야의 속옷을
빨랫감에서 끄집어내서 대야에 담고는, 상 위에 있던 커다란 국자를
잡고 끓는 물을 퍼부으려는 참이었다.

"이리 줘!"

아크시니야는 증오에 찬 눈초리로 리파를 바라보고 대야에서 옷을
끄집어내며 말했다.

"네년한테 속옷을 만지게 할 줄 알아! 너는 유형수의 여편네야! 자기 주제나 알고 덤벼!"

리파는 아크시니야를 보고 흠칫 뒤로 물러났다. 그 순간은 무슨 영문인지 몰랐으나, 문득 아크시니야가 갓난애를 보는 눈초리를 깨닫자, 갑자기 리파는 그 뜻을 알고 온몸이 파랗게 질리고 말았다.

"네놈이 내 땅을 빼앗았지!"

이렇게 말하며, 아크시니야는 끓는 물이 든 국자를 잡고 니키포르에게 퍼부었다.

곧 뒤이어 우클레예보 마을에서는 아직까지 한 번도 들어 보지 못한 비명 소리가 들렸다. 그리고 그 소리를 들은 사람은 리파처럼 연약한 여자가 어떻게 저런 비명을 지를 수 있는지 의심할 정도였다. 그러나 갑자기 안뜰도 잠잠해졌다.

아크시니야는 여느 때처럼 앳된 웃음을 지은 채, 아무 말 없이 집 안으로 들어갔다. (……) 귀머거리 남편은 한 아름 옷가지를 안고 이리저리 거닐다가 이윽고 아무 말 없이 그것을 다시 줄에 느릿느릿 널기 시작했다. 그리고 요리사가 들어올 때까지 부엌에 들어가 보겠다는 사람이 없었으므로 거기서 무슨 일이 있었는지 아무도 알지 못했다.

적을 무찌른 아크시니야는 다시금 미소를 지어 보인다. 자동적으로 땅은 그녀 소유다. 걷던 빨래를 다시 너는 귀머거리의 모습은 체호프가 남긴 또 하나의 천재적인 터치다.

리파가 병원에서 집으로 멀고먼 길을 걸어올 때 아이 테마가 다시 이어진다. 그녀의 아이는 죽었고, 싸개에 싸여 있다.

리파는 언덕길을 내려섰다. 마을로 들어가기 전에 작은 연못가에 앉았다. 한 아낙이 말을 끌고 와서 물을 먹이려 했으나 말은 물을 먹지 않았다.

"뭣이 먹고 싶니?"

아낙은 알지 못하겠다는 듯이 나직하게 물었다.

"뭣이 먹고 싶어?"

빨간 셔츠를 입은 소년이 연못가에 앉아서 아버지의 장화를 씻고 있었다. 그 밖에는 마을에나 언덕에나 사람이라고는 보이지 않았다.

"물을 먹지 않는군요…… ."

리파는 말을 바라보며 중얼거렸다.

이 사람들을 주목해 보자. 소년은 그녀의 아이가 아니다. 이 모든 것은 그녀의 것일 수도 있었던 단란한 가정, 그 행복의 전형이다. 다음 부분에서 체호프의 소박한 상징주의를 엿볼 수 있다.

이윽고 아낙도 가고, 소년도 장화를 들고 내려갔다. 이젠 정말 아무도 보이지 않았다. 태양도 금빛과 자줏빛 비단으로 휘감긴 채 잠자리로 들었다. 붉은빛이나 연자줏빛 가느다란 구름은 태양의 편안한 휴식을 보호하려는 듯 이리저리 하늘에 흩어져 있었다. 어디선가 멀리서 해오라기의 구슬픈 울음소리가 은은히 들려왔다. 마치 외양간에 갇힌 암소의 울음소리와도 같았다. 이 괴상한 새소리는 봄이 되면 언제나 들려오곤 했으나, 그것이 어떤 새이며, 어디 사는지 아는 사람은 없었다. 병원이 있는 언덕 위와 바로 연못가의 숲 속, 그리고 마을 저쪽 들판에서는 꾀꼬리의 노랫소리가 넘쳐흘렀다. 뻐꾹새가 누구의 나이를 세다가 잘못 세고는 다시 셈을 시작했다. 연못 속에서는 개구리들이

째질 듯한 심술궂은 목청으로 앞다투어 울어 댔다. 그 소리는 마치 이런 말을 지껄이는 것 같았다.

"너 같은 건 그렇지! 너 같은 건 그렇지!"

지독히 소란한 밤이었다. 이 모든 동물은 오늘 같은 봄밤에 아무도 자지 못하게 하려고 일부러 외치고 노래를 부르는 듯했다. 심술궂은 개구리들까지도 '인생은 덧없다, 일 분도 헛되게 보내지 말고 인생을 찬미하고 노래하라!'고 하는 듯이 느껴졌다.

유럽 작가 중에 누가 좋고, 누가 나쁜 작가인지 구분하려면 꾀꼬리가 노래하는 모습을 보면 된다. 통속적인 시에나 어울릴 법하게 꾀꼬리 한 마리만 노래하고 있다면 나쁜 작가다. 실제 자연에서 볼 수 있는 것처럼 여러 마리의 꾀꼬리가 같이 노래하고 있다면 좋은 작가다.

리파가 집에 돌아가는 길에 만난 남자들은 사실 밀주업자지만 달빛 아래 리파의 눈엔 다른 사람들로 보인다.

"할아버진 성자신가요?" 리파는 노인에게 물었다.

"아니, 우린 피루사노보에서 왔다오."

"아까 할아버지가 저를 보실 때, 저는 마음이 놓였어요. 그리고 저분도 친절한 분이시군요. 저는 틀림없이 성자일 거라고 생각했어요."

"어디까지 가시우?"

"우클레예보까지요."

"그럼 이 마차를 타시지. 쿠지메노크까지 데려다 줄 테니 거기서 바로 가면 될 테고, 우린 왼쪽으로 가고."

바빌라는 통이 실린 마차에 앉고, 노인과 리파는 다른 마차에 올랐다. 바빌라가 앞장섰고, 마차는 걸어가듯이 느릿느릿 떠나갔다.

"이 애는 하루 종일 괴로워했어요. 조그만 두 눈으로 물끄러미 바라볼 뿐 아무 말도 없었죠. 아, 하늘에 계신 아버지! 저는 슬픔에 못 이겨 그만 마루에 쓰러지고 말았어요. 그다음 일어섰다가 다시 침대 옆에 넘어지고 말았답니다. 네, 할아버지. 이렇게 어린것이 죽기 전에 왜 괴로워했을까요? 남자나 여자나 어른이 괴로워하는 것은 죄 사함을 받기 위해서라 하지만, 아무 죄도 없는 갓난애가 괴로워하는 건 어째서일까요? 네, 왜 그럴까요?"

"그걸 누가 알겠소?" 노인이 대답했다.

그들은 아무 말 없이 30분가량 마차를 달렸다.

"우리는 어떤 일이 왜 그런가를 모두 알 순 없는 거요." 노인은 입을 열었다. "어떤 새건 날개가 두 개씩 달렸지, 네 개씩 달린 것은 없거든. 그건 두 개의 날개로서 날게 되었기 때문이오. 그와 마찬가지로 인간도 전부를 알 수 있는 것이 아니라, 그 절반이나 4분의 1 정도밖에 모르게 돼 있는 거요." (……)

"근심하지 마오." 노인은 되풀이했다. "조금도 상심하지 말아요. 앞길이 구만리 같은 몸이니 아직 좋은 일도 있을 게고 나쁜 일도 있을 거요. 우리 러시아는 무척 큰 나라니까 별의별 일이 다 있다오."

그는 이렇게 말하며 사방을 둘러보았다.

"러시아 가운데서 내가 가 보지 못한 곳이라고는 없고, 또 여러 가지 일도 당해 봤지요. 그러니 내 말은 거짓말이 아니라오. 좋은 일도 있고 슬픈 일도 있는 법이오. 나는 남의 부탁을 받고 시베리아로 간 일도 있답니다. 그리고 아무르강에도 갔고 알타이의 산간벽지에도 갔으며, 시베리아에서 밭을 갈며 살아 보기도 했다오. 그러자 러시아가 그리워져서 다정한 고향으로 돌아오고 말았지요. (……) 그리고 집에 와 보니 집에는 말뚝 하나 없고 장작개비 하나 없는 형편이었다오. 내게도 마누라가 있었지만 시베리아에 남겨 두고 왔더니 거기서 죽고 말았지요. 그래서 지금은 머슴살이를 한다오. 그런데 말이오, 그러고 나서도 좋은 일도 있고 나쁜 일도 있었지요. 그래선지 죽고 싶진 않아요. 이제 20년만 더 살았으면……. 그러나 결국 따지고 보면 좋은 일이 더 많았던 셈이지요. 아무튼 우리 러시아는 넓으니까!" (……)

리파가 집에 돌아오니 집에서는 아직 가축들을 풀어 놓지도 않은 채 모두 잠들어 있었다. 그녀는 층계 다리에 앉아서 기다렸다. 맨 처음에는 츠이부킨 노인이 나왔다. 리파를 보자 노인은 무슨 일이 생겼는지 첫눈에 알아차렸다. 노인은 오랫동안 아무 말도 못하고 입술만 쫑긋거릴 뿐이었다.

"오오, 리파, 손자 놈을 잘 돌봐 주지 않고……."

바르바라도 일어났다. 그녀는 두 손을 비비며 흐느껴 울었다. 곧 죽은 아기를 자리에 눕혔다.

"정말 좋은 아기였는데…… 단 하나밖에 없는 아기였는데, 네가 좀더 잘 돌봐 주었더라면……."

아무 잘못도 없는 리파는 사람들에게 아크시니야가 아이를 죽인 장본인이라고 말할 생각도 못한다. 그래서 가족들은 리파가 부주의로 끓는 물이 든 통을 엎어 버리는 바람에 아이를 죽게 했다고 믿는다.

진혼제가 끝났다.

리파는 식탁에서 기다리고 있었고, 목사는 소금 절임 버섯을 포크로 찔러 들면서 리파에게 말했다.

"아기 일로 너무 상심하지 마시오, 모두 주님의 뜻이니까."

손님들이 모두 돌아가고 나서야, 리파는 니키포르가 이미 이 세상에 없다는 것, 그리고 앞으로는 다시 볼 수 없으리라는 것을 깨닫고 흐느끼기 시작했다. 그녀는 어느 방에 가서 울어야 할지조차 몰랐다. 아이가 죽은 다음부터는 자기 방이 없어지고 말았기 때문이다. 너는 이 집에서 소용없는 거추장스러운 물건이라고나 하듯이. 그리고 다른 식구들 역시 그렇게 느꼈다.

"아니, 왜 짜고 있는 거야?"

아크시니야가 갑자기 문 앞에 나타나며 앙칼지게 외쳤다. 그녀는 장례식을 핑계 삼아 아래위 새 옷을 입고 얼굴에는 분까지 바르고 있었다.

"조용히 해!" 리파는 울음을 멈추려고 했으나 멈출 수가 없었다. 리파는 더 큰 소리로 흐느꼈다.

"내 말이 들리지 않아……." 아크시니야는 발끈 화를 내고 발을 동동거리며 외쳤다. "내 말이 들리지 않아? 썩 밖으로 나가, 다시는 이 집에 얼씬도 말고. 정배살이 여편네 같은 것이! 썩 나가지 못해!"

"아니, 이거 왜들 그러느냐……." 츠이부킨 노인이 더듬더듬 말했다. "아크시니야, 그러는 게 아니야…… 애를 잃었으니…… 우는 것은 당연한 일이지 않냐……."

"네, 당연한 일이에요…… ." 아크시니야는 노인의 말을 흉내 냈다. "오늘 밤까지는 그냥 두지만 내일부터는 얼씬 못하게 해 주세요! 이것도 당연한 일이죠…… ."

그녀는 한 번 더 시늉을 하고는 샐쭉 웃으며 가겟방 쪽으로 사라졌다.

그다음 날 리파는 아침 일찍 어머니가 있는 톨구예보 마을로 떠나가
버렸다.

아크시니야만 제외하고 진실이 하나둘 드러난다.[114]
바르바라가 베푸는 기계적 선행, 자선 사업은 그녀가 만드는 잼
들을 통해 잘 나타난다. 그녀는 계속 잼을 만든다. 당화가 너무 진행
되어 먹을 수 없을 지경에 이른 잼이 결국 켜켜이 쌓여 처치 곤란이
된다. 잼을 너무도 좋아했던 불쌍한 리파가 떠오른다. 잼이 바르바
라에게 등을 돌린 것이다.

아니심이 보내오는 편지는 여전히 아름다운 필체로 쓰여 있다.
친구 사모로도프 역시 시베리아에서 유형 생활을 하고 있음을 짐작
할 수 있다. 그리고 진실이 하나 더 밝혀진다.

"저는 여기서 언제나 앓고 있습니다. 괴롭습니다. 어서 저를 구해 주
십시오."

반쯤 정신이 나가고 비참해진, 모두에게 잊힌 그리고리는 밝혀지
는 진실 중 가장 실감 난다.

어느 날 맑게 갠 가을 저녁이었다. 츠이부킨 노인은 교회 문 앞에 앉

---

114 나보코프는 이 강의를 다음과 같이 시작한다. "8장과 9장 사이에 다시 시간적 간극이
있다. 체호프식 디테일의 즐거움을 엿볼 수 있는 장면이 나온다. 아크시니야와 바람을
피우는 흐르이민 형제가 그녀의 벙어리 남편에게 금시계를 선물하는데, 벙어리 남편
은 시계를 주머니에서 꺼내서는 연신 귀에 갖다 댄다." *

아 있었다. 털외투에 목깃을 높이 세워 코와 모자 챙 외에는 아무것도 보이지 않았다. 기다란 나무 의자의 한 끝에는 하청업자인 엘리자로프 노인과 올해 칠십이 되는 학교의 수위 야코프 노인이 나란히 앉아 있었다. 그들은 이런 말을 했다.

"애들은 노인을 모셔야 하는 법이야…… 부모도 공경할 줄 알고……." 야코프 노인은 성난 듯이 말했다.

"그런데 저 집 며느리는 시아버지를 집에서 쫓아내고 말았네그려. 지금 저 사람은 먹지도 마시지도 못하고 있으니 어디로 가겠나? 사흘이나 아무것도 먹지 못했다더군."

"사흘이나!" 장대 할아버지는 깜짝 놀라며 말했다.

"저 사람은 아무 말 없이 저렇게 앉아 있기만 하니. 몹시 쇠약해졌어. 왜 가만있을까! 고소해 버리지. 재판소에서도 며느리를 칭찬하지는 않을 텐데."

"누굴 칭찬한다구요?" 장대 할아버지는 말귀를 알아듣지 못하고 이렇게 물었다. "뭘 말이오?"

"그래도 그 며느리는 일꾼이라오. 그 며느리가 없이 그 집 장사가 될 줄 아슈. (……) 나는 죄가 없다고 보는데요……."

"시아버지 집에서 시아버지를 내쫓는 법이 있나!" 야코프 노인은 성난 어조로 외쳤다. "자기가 벌어서 산 집이라면 또 모르겠지만. 에이구, 그런 년은 처음 봤어! 지독한 년이야!"

츠이부킨 노인은 꼼짝달싹도 않고 이 말을 듣기만 했다. (……)

"자기 집이건, 남의 집이건 따스하고, 여편네가 바가지를 긁지만 않는다면 모두 마찬가지라오. (……)" 장대 할아버지는 웃으면서 말했다. "젊었을 때 나는 내 마누라 나스타샤를 무척 사랑했지요. 마누라는 양순한 여자였는데도 늘 하는 말이 '여보 마카르이치, 집 한 채 사요! 집

한 채 사요' 하고 졸라 댔다우. 그리고 죽음이 임박해서도 이렇게 말하지 않겠소. '여보 마카르이치, 당신도 걸어 다니지 않게 경주용 마차를 한 대 사세요'라고요. 그런데 나는 마누라한테 푸랴니크[과자의 일종]를 사 주었을 뿐 아무것도 해 준 것이 없었어요."

"그 귀머거리 사내자식이 바보거든." 야코프 노인은 장대 할아버지의 말을 귀담아듣지도 않으며 말을 이었다. "정말 바보야. 거위처럼 아무것도 모른단 말이야. 몽둥이로 거위 머리를 때려 봤자 알 리가 없지."

장대 할아버지는 공장으로 가려고 일어섰다. 야코프 노인도 일어섰다. 두 노인은 이야기를 나누며 함께 걸었다. 그들이 오십 걸음가량 걸어갔을 때, 츠이부킨 노인도 일어섰다. 그는 마치 미끄러운 얼음판을 걷듯이 비틀거리며 그들의 뒤를 따랐다.

마지막 장에서 새로운 인물, 이빨 빠진 늙은 수위 야코프의 등장은 이야기가 끝나도 그 속의 사람들, 원래의 인물과 새로 등장한 인물들이 한데 어우러져, 우리네 삶처럼 그렇게 계속 살아가고 있을 거라는 존재의 영속성을 보여 주려고 천재 작가 체호프가 마련해 둔 또 다른 장치다.

이야기의 마지막이 어떻게 정리되는지 보자.

마을에는 벌써 황혼이 깃들었다. 비탈진 언덕을 따라 뱀처럼 구불구불 기어 올라간 한길 위쪽에만은 아직도 저녁 햇빛이 비쳤다.

아크시니야의 상징이기도 한 뱀처럼 굽은 길은 밤의 고요한 희열

속으로 사라진다.

아이들을 거느린 할머니들이 산에서 돌아왔다. 그들은 버섯이 든 광주리를 들었다. 농가의 아낙이며 처녀들도 떼를 지어 정거장에서 돌아왔다. 그들은 거기서 벽돌을 화차에 싣는 작업을 했기 때문에 눈 밑의 볼이며 코가 빨간 벽돌 가루로 뒤덮여 있었다. 그들은 노래를 불렀다. 그들 맨 앞에는 리파가 걸어왔다. 그녀는 하루의 일을 끝마치고 이제 편히 쉬리라는 기쁨과 즐거움에 차서 하늘을 쳐다보며 높은 소리로 노래를 불렀다. 그들 사이에는 리파의 어머니 푸라스코비야도 끼여 있었다. 그녀는 한 손에 보자기를 들고 여느 때와 같이 숨을 할딱이며 걸어왔다.

"안녕하세요, 마카르이치!" 리파는 장대 할아버지를 보자 인사를 했다. "안녕하세요, 할아버지!"

"오, 잘 있었니, 리푸인카!" 장대 할아버지는 무척 기뻐했다. "얘들아, 이 돈 많은 목수를 사랑해 다오! 하하! 이 귀여운 것들아(장대 할아버지는 눈물을 흘렸다), 내 귀여운 것들아!"

재앙을 막아 보려고 결혼식에서 덕담을 마다하지 않았던 장대 할아버지는 중요한 인물은 아니었지만 이야기를 전체를 비추어 주는 선한 영혼이다.

노인 그리고리는 나약하고 말 없는 리어 왕처럼 눈물 속에 빠져 있다.

장대 할아버지와 야코프는 저리 지나갔으나 그들의 말소리는 아직

kovya had dropped a little behind, and when the old man was abreast of them Lipa bowed down low and said:

"Good evening, Grigory Petrovich."

Her mother, too, bowed. The old man stopped and, saying nothing, looked at the two; his lips were quivering and his eyes full of tears. Lipa took out of her mother's bundle a piece of pie stuffed with buckwheat and gave it to him. He took it and began eating.

The sun had set by now: its glow died away on the upper part of the road too. It was getting dark and cool. Lipa and Praskovya walked on and for some time kept crossing themselves.

1900

[handwritten note:] Note the synthesis at the end of the story. The brilliant trail, a symbol of Aksinya, fades and vanishes in the serene bliss of the night. Crutch is the not very efficient but good genius good spirit who tried hard, in the dazed state he usually lives, spoken words of peace at the marriage :471 as if trying to avert the coming disaster. Tsibukin dissolves in tears — a weak and silent Kiy Year (Year was strong in a way and a poet). Lipa is her old self dissolving in song, happy in the tiny enclosure of her world, sensitive to her dead baby in the coolness of nightfall — and innocently, unconsciously, carries to God the pink dust of the bricks that are making the fortune of the exile Aksinya.

「골짜기」 강의록 원고 마지막 페이지

들려왔다. 그다음 얼마 안 가서 츠이부킨 노인을 만났다. 갑자기 모두들 잠잠해졌다. 리파와 푸라스코비야는 잠시 뒤로 물러섰다. 노인이 그들 옆에 다가왔을 때 리파는 정중히 인사를 했다.

"안녕하세요, 그리고리 페트로비치!"

어머니도 인사를 했다. 노인은 발걸음을 멈추고 그들 모녀를 물끄러미 바라만 보았다. 입술이 바르르 떨리고 그의 눈에는 눈물이 글썽하게 맺혔다. 리파는 어머니의 보자기에서 빵 조각을 꺼내 노인에게 주었다. 노인은 그것을 받아 들고 씹어 먹기 시작했다.

해도 이미 완전히 저물고 말았다. 한길 위를 비추던 저녁 햇빛도 자취를 감추었다. 주위에는 어둠이 깃들고 싸늘한 기분이 감돌았다. 리파와 푸라스코비야는 다시 발걸음을 옮기면서 연이어 자기 가슴에 성호를 그었다.

리파는 여전히 노래 속으로 녹아들어 가고, 해 질 녘 차가운 공기 속에서, 죽은 아이와 연대하는 자신만의 작은 세상에서, 그 울타리 안에서 마냥 행복하다. 그리고 의식도 하지 못한 채 아크시니야의 돈벌이인 벽돌, 그 붉은 벽돌 가루를 신에게 운반한다.

갈매기
1896

1896년 페테르부르크 알렌산드린스키 극장에서 상연된 「갈매기 *The Seagull*」는 완전히 실패했지만 1898년 모스크바 예술 극장에서의 공연은 대성공을 거두었다.

첫 번째 장면, 소녀 마샤와 마을 교사인 메드베덴코 사이에 이어지는 대화는 두 사람의 기분과 태도를 잘 보여 준다. 또 다른 두 주인공, 신인 배우 니나 자레츠나야와 시인 트레플레프가 등장한다. 그들은 공원 오솔길에서 아마추어 연극 무대를 꾸미고 있다. "두 사람은 서로 사랑하는 사이랍니다. 하나의 예술적 형상을 만들어 내기 위해 오늘 밤 두 사람이 혼연일체가 될 것입니다." 메드베덴코는 러시아 세미 인텔리들이 흔히 쓰는 고양된 어조로 말했다. 그도 그럴 만한 이유가 있었으니, 자기 자신도 사랑에 빠져 있었던 것이다. 하지만 이 도입부는 지나치게 직설적이다. 체호프는 헨리크 입센[115]처럼 가능한 한 빨리 모든 것에 대한 설명을 마무리하려는 성향이 있다. 무기력하고 선량한 지주 소린이 무대를 준비하느라 여념 없는 조카 트레플레프에게 들르고, 무대를 옮기는 일꾼들이 잠시 씻고 오겠다고 말한다. 그동안 소린은 마샤에게 밤에 개가 짖지 않게 아버지(그의 영지에서 일한다)에게 말 좀 하라고 이야기하고, 마샤는 직접 말씀하시라며 퇴짜를 놓는다. 실생활에 정말 일어날 법한 작고 엉뚱한 일들이 모여 완벽하게 자연스러운 극의 흐름을 만든다. 체호프의 천재성이 엿보이는 대목이다.

두 번째 장면에서 트레플레프는 소린에게 전문 배우인 어머니가 자신이 아니라 니나가 무대에 오른다는 사실에 질투하고 있다고 불평하면서, 어머니 앞에서 아무도 주제에 대해 말해서는 안 된다고 말한다. 칭찬을 했다가는 난리가 난다고 트레플레프는 목소리를 높인다.

극중 인물인 어머니를 자세하게 설명하기 위해 길게 이어진 이 대화는, 다른 작가가 썼다면 전통적 극 연출 기법의 조악한 예로 전락했을 법하다. 이야기를 듣는 상대가 인물의 오빠이기 때문에 더더욱 그렇다. 하지만 체호프는 탁월한 재능을 발휘해 위기를 헤쳐 나간다. 어머니는 은행에 7만 루블이나 되는 잔고가 있는데도 빌려 달라고 하면 우는 소리를 낼 거라는 등 흥미로운 디테일들이 이어진다. 그다음 트레플레프는 극장의 일상에 대해, 그 구태의연한 구습과 자신이 창조하고자 하는 극장의 상이 어떻게 다른지에 대해, 그리고 늘 유명한 배우와 작가 들에 둘러싸여 있는 어머니로 인해 느끼는 열등감에 대해 이야기한다. 독백은 꽤 길게 이어진다. 때마침 던져진 소린의 질문으로 트레플레프는 트리고린으로 테마를 옮

---

115 헨리크 입센Henrik Johan Ibsen(1828~1906). 근대극의 아버지라고 불리는 노르웨이의 극작가. 대표작으로 『인형의 집 Et Dukkehjem』(1879), 『유령 Gengangere』(1881) 등이 있다.

긴다. 물론 매력적이고 재능이 있지만, 톨스토이나 졸라[116]를 읽는 사람이라면 트리고린을 읽고 싶지는 않을 거라는 것이다. 톨스토이와 졸라를 동급으로 언급한 것은 1890년대 후반 트레플레프 같은 젊은 작가가 보여 줄 수 있는 전형적인 모습이다.

니나가 등장한다. 니나는 연극 무대에 서는 것을 반대하는 아버지에 대해 걱정한다. 이미 달이 뜨기 시작해 트레플레프의 연극을 시작할 시간이 되자, 소린은 사람들을 부르러 간다. 너무도 체호프적인 장면을 엿볼 수 있다. 소린은 슈베르트의 노래 소절을 부르다 말고 불현듯 목소리를 가다듬으며 예전에 노랫소리가 형편없다는 얘기를 들은 적이 있노라고 웃으며 말한다. 트레플레프와 키스를 하고 난 니나는 갑자기 "저기 서 있는 나무가 무슨 나무인가요?"라고 묻는다. 느릅나무라고 답해 준 트레플레프에게 니나는 "왜 저렇게 어두운 빛을 띠는 거죠?"라고 다시 묻는다. 사소해 보이는 이 디테일들은 망가져 버린 삶을 살고 있는 노인이나 결코 행복해질 수 없는 연약한 소녀처럼 가엾고 무기력한 인간 본연의 모습을 체호프 이전에는 볼 수 없었던 섬세함으로 그려 낸다.

일꾼들이 돌아왔고 이제 연극을 시작할 차례다. 니나는 아름다운 단편들을 많이 발표한 작가 트리고린 앞에서 연기를 한다는 데에 두려움을 느낀다. "글쎄, 모르겠는데, 읽어 보지 않아서." 트레플레프는 퉁명스럽게 답한다. 비평가들은 나이 든 여배우 아르카디나가 배우를 꿈꾸는 앳된 니나를 질투하고, 아직 성공도 못하고 재능도 별로 없는 그녀의 아들은 뛰어난 작가인 트리고린(작가인 체호프와 닮

---

116 에밀 졸라Émile Zola(1840~1902), 이상주의적 사회주의자였던 프랑스 소설가

은 인물)을 질투한다는 점을 지적(그런 지적을 좋아하는 사람들이 있다)하기도 했다. 청중이 도착한다. 늙은 의사 도른과 그의 옛 애인이자 소른의 영지 관리를 맡고 있는 샴라예프의 부인이다. 뒤이어 아르카디나, 소린, 트리고린, 마샤, 그리고 메드베덴코가 들어온다. 샴라예프는 그가 예전에 보고 감탄했던 오래된 희극에 대해 아르카디나에게 질문을 던지고, 아르카디나는 "당신은 늘 그런 케케묵은 유물들에 대해 묻는군요"라며 짜증스럽게 답한다.

이제 막이 오른다. 진짜 달이 떠 있고 무대 뒤편에는 장막 대신 호수가 펼쳐져 있다. 니나가 바위 위에 앉아 마테를링크[117] 스타일의 서정적 독백, 진부하고 지루한 대사를 이어 간다. "어딘지 모르게 퇴폐적인걸"이라고 속삭이는 아르카디나에게 트레플레프가 애원하듯 "어머니!"라고 말한다. 니나는 지구 상 모든 것이 사라진 후 혼자 남은 영혼이라는 설정의 연기를 계속한다. 무대 위에 악마의 두 눈이 등장하자 아르카디나는 빈정대고, 화가 난 트레플레프는 막을 내리라고 소리 지르고 뛰쳐나가 버린다. 사람들은 아르카디나가 아들에게 상처를 주었다고 질책하지만, 그녀는 감히 연극이 무엇인지 (……) 자기에게 가르치려 한 성질 나쁜 허영 덩어리 (……) 아들이 오히려 자기를 모욕했다고 느낀다. 여기서 중요한 것은 낡은 예술을 파괴하고자 한 트레플레프가 정작 새것을 창조할 만한 능력은 가지고 있지 않다는 점이다. 체호프의 설정을 주목해 보자. 진정한 재능은 불쾌하기 이를 데 없고 자만심 강한 여배우와 개인주의

---

117 마테를링크 Maurice Polydsore Marie Bernard Maeterlinc(1862~1949). 벨기에의 시인이자 극작가. 대표작으로 상징극인 『말렌 공주 La Princesse Maleine』(1889), 신비주의적 성향의 『파랑새』(1908) 등이 있다.

와 편견에 사로잡힌 전문 작가에게 주어지고, 정작 청중의 사랑을 받아 마땅한 긍정적 인물인 주인공은 형편없는 시인으로 전락한다. 체호프 말고 누가 이런 선택을 할 수 있겠는가.

호수에서 노랫소리가 들려온다. 아르카디나는 젊음과 유쾌함으로 가득했던 과거를 회상한다. 그리고 아들에게 상처를 준 것에 대해 후회한다. 니나가 무대에서 내려오고 아르카디나는 그녀를 트리고린에게 소개한다. "선생님 작품을 늘 읽고 있답니다." 니나는 말한다. 여기서 체호프가 운문과 산문의 대비라는 자신의 기법을 패러디한 장면을 볼 수 있다. "네, 무대 장치가 훌륭했습니다"라고 대답한 뒤 트리고린은 덧붙인다. "저 호수는 물고기가 많을 것 같군요." 니나는 창작의 기쁨을 경험한 작가가 낚시에서 즐거움을 찾는다는 사실이 어리둥절하다.

어떤 특별한 연결 고리도 없이(체호프가 즐기는 전형적인 기제다. 우리 삶도 실제로 그렇다), 샴라예프가 예전에 하던 말에 이어 극장에서 벌어진 몇 년 된 에피소드를 늘어놓는다. 잠시 정적이 흐르고 아무도 웃지 않는다. 모두 집으로 돌아가려 흩어지고 소린은 샴라예프에게 밤에 개 좀 짖지 않게 하라고 불평한다. 샴라예프는 교회 성가대원 에피소드를 다시 꺼내고, 사회주의적 사고를 가진 가난한 마을 교사 메드베덴코는 교회 성가대원이 얼마를 버는지 묻는다. 이 질문은 대답 없이 묻힌다. 연극에서 사실과 수치를 기대하는 많은 비평가들은 질문에 대답이 이어지지 않은 것을 당혹스러워했다. 나는 언젠가 '연극은 청중에게 모든 등장인물의 수입을 정확히 밝혀 주어야 한다. 그렇지 않으면 인물들의 행동과 기분이 제대로 전달되지 않기 때문이다'라고 근엄하게 쓴 글귀를 읽은 적이 있다. 그러나 일상성의 천재 체호프는 조화롭게 오가는 사소한 대사들을 통해 인과 관계의 노예들은 넘볼 수 없는 위대한 경지에 오른다.

도른은 다시 나타난 트레플레프에게 연극이 좋았고, 연극에 대해 뭐라고들 하는지 이야기해 준다. 그리고 자신의 인생관, 사상관, 예술관을 늘어놓는다. 처음에는 칭찬에 감동한 듯한 트레플레프가 두 번씩이나 그의 말을 가로막는다. "니나는 어디로 갔나요?" 그러고 눈물을 글썽이며 그녀를 찾아 떠난다. "젊음, 젊음이여!" 도른이 탄식한다. "사람들이 할 말 없어지면 늘 젊음, 젊음 타령하지요"라고 마샤가 쏘아붙인다. 코담배를 맡는 그녀를 도른이 나무란다. 마샤는 갑자기 히스테리컬한 어조로 트레플레프를 절절히, 깊이 사랑하게 됐노라고 털어놓는다. "모두들 너무 예민하군." 도른은 반복한다. "모두들 예민하고, 모두들 사랑에 빠지고 (……) 오, 마법과 같은 호수여! 가련한 아이여, 대체 내가 무엇을 할 수 있단 말이냐?"

여기서 1막이 끝난다. 일반 청중과 평범을 신봉하는 비평가들이 다소 성나고 혼란스러운 반응을 보였을 것임을 짐작할 수 있다. 어떤 명확한 갈등 구조도 발견되지 않는다. 아니, 더 정확히 말하면 모호하고 쓸데없는 몇 개의 갈등만이 드러난다. 성질 급하고 부드러운 아들과 성질 급하고 부드러운 어머니, 말을 뱉어 놓고 늘 후회하는 그 두 사람 사이에 다른 어떤 갈등이 생기길 기대할 수 없기 때문이다. 니나와 트리고린의 만남도 특이한 전개를 보이지 않고, 다른 인물들의 로맨스도 가망 없어 보인다. 막다른 골목에서 끝나 버린 1막은 주먹다짐 같은 무언가를 기대한 청중을 기만한 것처럼 여겨진다. 체호프 역시 자신이 깨뜨리고자 했던 전통적 틀에서 완전히 벗어나지는 못했지만(다소 밋밋하게 이어진 인물 설명이 그 예다), 비평가들부터 난센스, 실수라고 비난받은 바로 그 점이 훗날 진정 위대한 희곡을 탄생시킬 씨앗이다. 나는 진심으로 체호프를 좋아하지만, 천재성에도 불구하고 그가 완벽한 희곡 대작을 만들어 내지는 못했음을 인정한다. 그러나 결정론적 인과 관계의 늪에서 벗어나 극예술을 옭아매고 있는 빗장을 어떻게 풀어헤칠 수 있는가를 보여준 것, 그것이 그가 일구어 낸 성과다. 내가 미래의 극작가들에게 바라는 점이 있다면 결코 흉내 낼 수 없는 천재 체호프에 기대어 그만의 독특한 방식을 답습하려 하지 말고, 연극의 자유라는 몫을 더 크게 만들어 줄 창의적 방법을 모색하고 적용해 보라는 것이다. 이제 다음 막으로 넘어가 성나고 혼란스러운 청중을 기다리고 있는 것이 무엇인지 살펴보자.

제2막. 크로케 경기장, 집, 호수가 보인다. 아르카디나는 마샤에게 여인이 어떻게 스스로를 관리해야 하는지 말해 주고 있다. 우연한 대사를 통해 그녀가 꽤 오랫동안 트리고린의 연인이었다는 사실이 알려진다. 소린이 등장하고, 아버지와 계모가 3일 동안 집을 비운 덕에 이곳에서 머물 수 있게 된 니나도 함께 들어온다. 트레플레프의 기분, 소린의 건강이 좋지 않다는 대화가 오간다.

마샤   그분이 무언가를 낭송할 때면, 그의 두 눈은 빛나고 얼굴은 창백해져요. 그분은 아름답고 슬픈 목소리, 시인 같은 몸짓을 가지고 있어요.

(소린이 안락의자에서 코를 곤다)

도른	잘 주무시구려.
아르카디나	소린![118]
소린	으응?
아르카디나	자는 거예요?
소린	아니야, 잠은 무슨.

(휴지기)

아르카디나	치료를 받지 않다니, 그건 좋지 않아요, 오라버니.
소린	나도 그러고 싶다만 여기 의사 선생이 별 관심이 없구나.
도른	치료받기에는 나이가 좀 드셨죠?
소린	육십 먹어도 살고 싶기는 매한가지라오.
도른	(퉁명스럽게) 아, 그렇군요. 그럼, 이 신경 안정제라도 좀 드시지요.
아르카디나	줄곧 생각해 봤는데, 어디 온천에라도 좀 가면 낫지 않을까요?
도른	글쎄요…… 뭐, 가도 되고 안 가도 되고.
아르카디나	알아서 들으라는 얘기인 건가요?
도른	알아서 듣고 말고도 없어요. 어차피 뻔한 사실이니까.

---

118 나보코프는 톨스토이에 대한 강의에서 작품 속에서 등장인물을 부르는 복잡한 호칭으로 독자를 혼란스럽게 할 필요가 없다고 지적한 바 있다. 소린을 이름 표트르의 애칭 페트루샤로 부르는 경우처럼 한 인물에 대해 다양한 호칭이 등장하면 성으로 통일한다.

이렇게 계속된다. 신중하지 못한 청중이라면 갈등과 클라이맥스가 초조하게 구석에서 대기하고 있는 사이에 2막 전체가, 그 귀중한 20분이 덧없이 지나가는 것 아닌가 생각할 수도 있다. 걱정은 접어도 될 듯싶다. 작가는 자기 일을 누구보다 잘 아니까.

마샤   (일어나며) 식사 시간이 된 것 같네요. (게으르게 느릿느릿 걸어간다) 아우, 발 저려. (퇴장한다)

샴라예프가 등장한다. 그는 추수하느라 말들이 다 동원되었는데 그의 부인과 아르카디나가 시내 행차를 나간다는 사실에 불만을 표한다. 말다툼 끝에 샴라예프는 이성을 잃고, 영지 관리 일을 더 이상 못하겠노라고 선언한다. 이것이 갈등이라고 불릴 수 있을까? 예전에 이미 이런 사태를 짐작케 할 만한 사소한 단서(개를 밤에 못 짖게 하라는 부탁을 거절했던 것)가 있었다. 거만한 비평가는 이게 무엇에 대한 패러디냐고 물을지도 모르겠다.[119]

혁신가 체호프는 여기서 아주 단순하고 태연하게 낡은 기법을 동원한다. (무대 위 혼자 남은) 여주인공 니나로 하여금 독백을 하게 만든 것이다. 그녀가 신참 배우이긴 하지만, 그 사실이 이 독백을 정당화해 주지는 않는다. 다소 진부하다. 니나는 원하는 일을 못하게 됐다고 눈물을 터뜨리는 유명 여배우, 하루 종일 낚시만 하는 유명 작

---

[119] 이 부분에서 몰락해 가는 계급의 역설적 상황을 발견한다는 것은 아무리 도덕주의자라 해도 불가능하다. 주인에게 반항하는 하인은 러시아 지방 도시에서 흔히 발생하는 일이 아니다. 그저 인물들이 충돌하면서 빚어진 단순한 사고(일어날 수도, 일어나지 않을 수도 있는)에 불과하다(나보코프는 이 부분을 삭제했다). *

가에 대해 혼란스러워한다. 사냥에서 돌아온 트레플레프는 죽은 갈매기를 니나의 발밑에 던진다. "나는 오늘 갈매기를 죽이는 비열한 짓을 저질렀소." 그러고는 "곧 나 자신도 같은 방법으로 죽일 것이오"라고 덧붙인다. 니나가 날카롭게 맞선다. "요즘 며칠 동안 당신은 상징으로만 말을 하는군요. 이 새도 분명 어떤 상징이겠죠.(벤치에 갈매기를 올려놓는다) 하지만 죄송해요. 나는 너무 단순해서 그 상징들을 이해할 수가 없어요." (이 생각은 유연하게 결말로 이어진다. 그녀는 훗날 그 상징의 살아 있는 형상이 되지만 지금은 그것을 깨닫지 못하고, 트레플레프는 상징의 대상을 잘못 적용했다.) 트레플레프는 연극이 실패로 끝난 후 그녀가 자신에게 냉담하고 무관심해졌다며 악을 쓴다. 여기서 햄릿 콤플렉스에 대한 암시를 발견할 수 있다. 수첩을 손에 들고 걸어오는 트리고린을 향해 또 다른 햄릿 모티브를 연결 짓는 트레플레프를 통해 체호프는 이 햄릿 콤플렉스를 뒤집는다. "말, 말, 말……"이라고 소리 지르고 트레플레프는 퇴장한다.

트리고린은 자신의 수첩에 마샤를 관찰한 내용을 기록한다. "담배를 피우고, 보드카를 마시고…… 언제나 검은 옷을 입고 있으며, 한 교사가 그녀를 사랑한다." 체호프 자신도 필요할 때마다 인물을 기록하기 위해 수첩을 지니고 다녔다. 트리고린은 샴라예프와의 일 때문에 아르카디나와 자신이 곧 떠날 것 같다고 니나에게 말한다. "작가가 되는 일은 멋질 것 같아요"라고 말하는 니나에게 트리고린은 세 페이지에 걸쳐 미려한 답변을 남긴다. 자기 이야기를 할 기회를 잡은 작가가 너무 기쁜 나머지 현대극에서는 긴 독백을 지양한다는 사실을 잊은 듯하다. 작가라는 직업에 대한 너무도 실감 나는 설명이 이어진다. "이렇게 당신과 이야기를 나누며 행복해 하지만,

동시에 나는 책상 위에 아직 끝내지 못한 중편 소설이 기다리고 있다는 사실을 끊임없이 주지해야 하죠. 예를 들어서, 구름을 본다고 칩시다. 피아노 모양 같기도 한 구름을 보면서 나는 그것을 이야기에 써야겠다고 생각한답니다. 피아노를 닮은 모양의 구름이 지나가고 있었다, 이런 식으로 말이죠. 정원에 헬리오트로프 향기가 난다 합시다. 곧바로 나는 그 향을 가슴에 새겨 두고, 나중에 여름 저녁 장면을 묘사할 때 달콤한 향기, 미망인의 꽃이라고 써야지라고 생각합니다." 이렇게도 묘사한다. "새 희곡을 무대에 올릴 때마다 갈색 머리를 한 사람들은 적대적이고, 금발들은 냉랭하고 무관심하다는 생각을 했죠." 다르게도 표현한다. "오, 그래요, 글 쓰는 것은 즐거운 일이죠. 글을 쓰고 (……) 나중에는 (……) 대중이 그것을 읽고 말하죠. '그래, 매력적이고 재능이 있군, 하지만 톨스토이에 비하면 한참 모자라군.' '그래, 아름다운 얘기군. 하지만 투르게네프가 더 낫군.' 이렇게 말한답니다." (이것은 체호프의 실제 경험이기도 하다.)

니나는 명성을 얻을 수만 있다면 어떤 어려움과 실망도 헤쳐나갈 준비가 되어 있노라고 말한다. 트리고린은 호수를 쳐다보며 풍경을 가슴에 담고 일찍 떠나게 되어 아쉽다는 말을 남긴다. 니나는 강 건너편에 있는 집이 자기 엄마가 살던 집이라고 말한다.

니나	저는 저곳에서 태어났어요. 호숫가에서 평생을 살았기 때문에 모든 섬을 일일이 다 알죠.
트리고린	맞아요, 아름다운 장소군요. (벤치 위의 갈매기를 바라보며) 저건 뭔가요?
니나	갈매기예요. 트레플레프가 죽였어요.

트리고린	아름다운 새네요. 나는 떠나고 싶은 마음이 조금도 없답니다. 아르카디나에게 떠나지 말라고 설득 좀 해 봐요. (무언가를 수첩에 기록한다)
니나	무엇을 쓰고 계신가요?
트리고린	그냥 끼적이는 거죠. 이야깃거리가 생각나면…… (수첩을 감추며) 단편의 줄거리죠. 어린 시절부터 호숫가에 살았던 젊은 아가씨가 있다. 그녀는 갈매기처럼 호수를 사랑하고, 갈매기처럼 자유로웠다. 어느 날, 한 남자가 나타나서 그녀를 보고는 아무 이유 없이 이 갈매기처럼 그녀를 파멸시킨다.

(휴지기)

아르카디나	(창문에서) 트리고린, 어디 있는 거죠?
트리고린	지금 가요!
아르카디나	우리는 더 머물 거예요. (트리고린은 집으로 들어간다) (니나는 가만히 생각에 잠겼다가 무대 앞 라이트 옆으로 다가간다)
니나	꿈인 거야…….

막이 내린다.

2막의 마무리에 대해서 세 가지를 짚어 보고자 한다. 첫 번째는 이미 지적한 대로 체호프의 약점, 바로 시적인 젊은 아가씨에 대한 형상화다. 니나는 살짝 허구적이다. 라이트 옆에서 내뱉는 그녀의 한숨은 구태의연하다. 극 중 다른 부분에서 드러나는 완벽한 단순성과 자연스러운 현실감에 한참 뒤떨어지기 때문에 구식이다. 그녀가 아무리 배우 지망생이라고 해도 뭔가 매끄럽지 못하다. 트리고린은 니나에게 젊은 여성들을 만날 기회가 없었고, 열여덟 살이 주는 달콤한 느낌을 정확히 상상하기에는 너무 나이가 들었기 때문에, 그의 이야기 속에 등장하는 여성들은 실제와 거리가 멀다고 말한다(항상 입이 잘못 그려졌다고 초상화 모델의 가족들이 불평하면 원래 입이 이상해서 그렇다고 답하곤 했던 화가 사전트를 상기시킨다).[120] 트리고린의 말은 극작가 체호프에게 해당될 수도 있다. 「다락이 있는 이층집」이나 「개를 데리고 있는 부인」에서 젊은 아가씨들은 모두 생생하게 살아 있지만 말이 많지는 않았다. 말이 많아지니 바로 약점이 드러난 것이다. 체호프는 수다스러운 작가가 아니다. 이것이 첫 번째다.

두 번째, 외모로 보나 작가라는 직업에 임하는 자세나 관찰력 등으로 미루어 보나 트리고린은 훌륭한 작가다. 하지만 그가 새와 호수, 아가씨에 대해 적어 놓은 노트는 좋은 이야기가 될 것 같지 않다. 동시에 우리는 「갈매기」 자체의 플롯이 트리고린의 노트 속 이야기와 같을 것임을 이미 눈치채고 있다. 과연 체호프가 트리고린의 수첩에 담긴 다소 진부한 재료에서 훌륭한 이야기를 끌어 낼 수

---

120 미국 출신의 유명한 인물화가 존 싱어 사전트 John Singer Sargent(1856~1925)가 초상화를 그려 놓으면 입이 이상하게 그려졌다며 불평을 늘어놓는 당사자와 그 가족들을 비꼬아서 한 말이다. "초상화는 입이 이상한 대상을 그려 놓은 그림이다 A portrait is a painting with something wrong with the mouth".

있을 것인가에 기술적 관심이 모아진다. 만일 성공한다면 트리고린이 고루한 주제에서 좋은 이야기를 만들어 낼 수 있는 훌륭한 작가라는 가설이 증명되는 셈이다.

마지막으로 트레플레프가 죽은 갈매기를 가져왔을 때 니나가 그 상징을 이해하지 못했던 것처럼, 트리고린도 호수 옆집에 기거하면서 자신이 새를 죽이는 사냥꾼이 될 거라는 사실을 인식하지 못한다는 점이다. 다시 말하면, 2막의 마지막은 아무것도 예측할 수 없기에 일반 청중에게 여전히 모호하다. 싸웠고, 떠날 채비를 했고, 출발이 지연됐고, 이런 일들이 그냥 실제로 일어났을 뿐이다. 정말로 흥미로운 것이 바로 이런 애매함, 예측할 수 없는 예술적 전개다.

3막, 일주일이 지났다. 소린의 집 식당에서 트리고린은 아침을 먹고 있고 마샤는 "내 인생을 소재로 작품을 써도 된다"고 이야기한다. 마샤의 첫 대사를 통해 트레플레프가 자살을 시도했지만 상처가 심각하지는 않았다는 점이 드러난다.[121]

트레플레프를 잊기 위해 마을 교사와 결혼을 결심하는 것으로 보아 마샤는 그를 여전히 사랑한다. 트리고린과 아르카디나는 떠날 채비를 하고 있고, 니나와 트리고린 사이의 대화가 이어진다. 니나는 트리고린에게 그가 쓴 책의 이름과 페이지, 행을 새겨 넣은 목걸이를 선물한다. 아르카디나와 소린이 들어오자 니나는 황급히 자리를 뜨면서 트리고린에게 몇 분만 시간을 달라고 부탁한다. 사

---

121 내가 혐오하는 규칙이 하나 있다. 주인공은 막과 막 사이에 자살하면 안 되고, 죽지만 않는다면 시도는 해도 된다는 것, 마찬가지로 자살하려고 퇴장한 주인공이 마지막 막에서 실패하는 일도 없어야 한다는 것이다(나보코프는 이 부분을 삭제했다). *

랑한다는 말은 없었고 트리고린의 반응은 둔하기만 하다. 극이 이어지고 트리고린은 목걸이에 새겨진 페이지와 행에 어떤 문장이 있었는지 기억해 내려 계속 중얼거린다. 그가 "이 집에 내 책이 있던가?"라고 묻자 아르카디나는 소린의 서재에 있다고 답한다. 그는 책을 찾으러 옆방으로 간다. 그의 퇴장을 이끌어 내기 위한 완벽한 구실이다.

소린과 아르카디나는 트레플레프를 자살 시도로 몰고 간 질투심, 게으름, 자존심 등에 대해 이야기한다. 돈을 빌려 달라는 요구에 트레플레프의 예측대로 울음을 터뜨리는 아르카디나의 모습에 흥분한 소린은 현기증을 느낀다.

소린이 자리를 비우고, 트레플레프와 아르카디나는 대화를 나누는데 이 장면은 다소 억지스럽고 설득력이 떨어진다. 첫 번째 전환, 소린에게 돈을 빌려 주라고 말하는 트레플레프에게 아르카디나는 자신은 배우지 은행가가 아니라며 일언지하에 거절한다. 휴지기가 흐르고 나서 두 번째 전환, 어머니에게 붕대를 갈아 달라고 부탁하는 트레플레프는 예전에 어머니가 베풀었던 친절을 추억하지만 정작 어머니는 기억도 못한다. 그가 얼마나 어머니를 사랑하는지 말하고 나서 세 번째 전환, 그는 왜 어머니가 트리고린의 영향력 아래 있어야 하는지 물어보고, 이로써 어머니의 화를 돋운다. 그는 트리고린의 문학이 자신을 병들게 하고 있다고 말하고, 이 말에 어머니는 질투에 사로잡힌 무능력한 인간이라고 비난을 퍼붓는다. 격렬한 말다툼이 이어지고 트레플레프는 울기 시작한다. 죄 많은 어미를 용서하듯 그들은 다시 화해하고, 트레플레프는 니나를 사랑하지만 니나가 더 이상 자신을 사랑하지 않는다고 고백한다. 더 이상 글을 쓸 수 없으며 모든 희망을 잃었노라고 말한다. 감정의 기복이 너무 도드라져 마치 인물들이 각자 저마다의 방법으로 서로 옳다고 시위하는 것처럼 보인다. 그리고 바로 체호프의 크나큰 실수가 이어진다. 트리고린이 니나가 준 목걸이에 쓰인 행을 찾으려 페이지를 넘기고, 찾아낸 구절을 청중에게 읽어 주는 장면이다. "여기 있군, '내 생명이 필요하다면 언제든 와서 가져가세요.'"

실제라면 소린의 서재에 놓인 책장 아래 칸에서 책을 찾아낸 트리고린이 그 자리에 쭈그리고 앉아 그 구절을 읽어 보는 것이 정상이다. 실수는 또 다른 실수를 낳게 마련이다. 그다음 문장 역시 매우 빈약하다. 트리고린은 큰 소리로 생각을 말한다. "이 순수한 젊은 영혼의 호소가 왜 이렇게 슬프게 느껴지는가? 내 마음이 왜 이리 고통스럽게 가라앉는 것일까?" 명백한 오류다. 트리고린처럼 훌륭한 작가는 이런 연민에 빠지지 않을 것이기 때문이다. 체호프는 작가를 갑자기 인간적인 사람으로 보이게 해야 한다는 과제를 떠안는데, 그를 잘 보이게 만들려고 발판 위에 올려놓는 바람에 그 과제를 망쳐 버린다.

트리고린은 남아서 니나와 사귀어 보고 싶다고 아르카디나에게 주저않고 말한다. 아르카디나는 무릎을 꿇고 애원한다.

"아름다운 나의 사람 (……) 당신은 내 인생의 마지막 페이지예요. 당신은 당대 최고의 작가예요, 러시아의 유일한 희망이고요." 트리고린은 청중에게 자신은 아무 의지도 없는, 맥 빠지고 나약한 순종적 인간이라고 설명한다. 그리고 아르카디나는 수첩에 무언가 적고 있는 트리고린에게 무엇을 적는지 물어본다. "오늘 아침 아주 좋은 표현이 생각났어요. 원시림이라…… 나중에 쓸모가 있을 거요……

(기지개를 켜며) 이제 가는 건가요? 다시 기차 칸, 기차역, 식당, 커틀 릿, 대화……."[122]

    샤라예프가 말 채비가 끝났다고 알리려 들어오더니 예전처럼 늙은 배우에 대해 다시 질문을 던진다. 1막의 연장이지만 뭔가 이상하다. 체호프는 늘 황금 얘기만 늘어놓는 수전노나 약 얘기만 읊조리는 의사 대신 바보 같은 농담이나 엉뚱한 관찰, 생경한 회상을 하는 등장인물을 통해 그들을 더 생기 있게 표현한다고 말한 바 있다. 그러나 여기서는 약 오른 결정론의 여신이 복수를 하는 듯하다. 화자의 성격을 간접적으로 드러내는 재미있는 대사여야 할 것이 구두쇠의 인색함처럼 절대적이고 피할 수 없는 자질로 굳어 버린 것이다. 수첩을 들고 다니는 트리고린, 돈 얘기가 나올 때마다 울음을 터뜨리는 아르카디나, 극장 얘기만 계속하는 샤라예프, 이 모든 것은 고전극에서 매번 등장하는 부조리만큼이나 (무슨 말인지 이해할 것이다) 불쾌한 꼬리표가 되어 버렸다. 전혀 예기치 못한 순간에, 아니 어느 정도 예측된 순간에도 연신 같은 개그를 구사하는 등장인물로 전락하는 것이다. 예전과 다른, 진일보한 희곡을 창조한 체호프지만 자신이 놓은 덫에 교묘하게 걸려든 셈이다. 자신이 무너뜨리고자 했던 과거의 구습이 얼마나 다양한 형태를 가지고 있는지 더 잘 알았다면, 무너뜨렸다고 자부한 그 구습에 다시 말려드는 결과는 피할 수 있었을 것이다. 이것은 그가 연극 예술의 특성, 더 많은 희곡들의 기술적 면면을 완벽하게 연구하지 못했기 때문에 빚어진 결과다.

---

[122] 어머니와 아들의 갑작스러운 기분 변화와 마찬가지로 작가의 본분으로 다시 돌아가는 트리고린의 모습 역시 억지스럽다. 그리고 샤라예프까지 (나보코프는 이 부분을 삭제했다). *

떠날 채비가 번잡하게 이루어지는 동안(아르카디나는 기껏해야 50센트 정도에 불과한 1루블을 일꾼들에게 주면서 셋이 꼭 나누어 가지라고 반복해서 말한다) 트리고린은 니나와 몇 마디 대화를 나눈다. 그는 니나의 온순함, 천사 같은 순결함에 대해 장황하게 늘어놓고, 니나는 그를 만나러 모스크바로 가겠다고 말한다. 이 둘이 만날 약속을 하고 포옹하는 장면을 끝으로 막이 내린다. 3막은 좋은 점도 많지만 앞선 1, 2막에는 훨씬 못 미친다.[123]

제4막. 2년이 흘렀다. 체호프는 장소의 통일성을 확보하기 위해 시간의 통일성이라는 고전적 법칙을 희생한다. 이듬해 여름, 오빠가 살고 있는 마을로 다시 돌아오는 아르카디나와 트리고린의 모습을 자연스럽게 그려 내야 하기 때문이다.

트레플레프에 의해 거실이 서재로 바뀌었고 많은 책들이 꽂혀 있다. 결혼해서 아이도 낳은 마샤와 메드베덴코가 들어오고 마샤는 혼자 있기 두려워하는 소린을 걱정한다. 그들은 어두운 정원에 서 있는 극장 세트에 대해 이야기한다. 샴라예프의 부인, 즉 마샤의 엄마는 자신의 딸에게 좀 잘 대해 주라고 트레플레프에게 부탁하면서 마샤가 아직도 그를 사랑하고 있으며 남편이 어디론가 사라져 버리기를 바라고 있다고 말한다. 그리고 트레플레프가 잡지에 기고

---

123 결정론 여신의 복수라고 표현한 것에 주의를 기울이기 바란다. 성공했다고 생각하는 바로 그 순간에 무방비 상태의 작가 뒤에 악마가 도사리고 있는 법이다. 작가가 전통적인 루트로 돌아와 클라이맥스에 근접하고, 청중이 (어느 정도) 필수적인 장면이 등장할 거라고 기대감을 높이는 바로 그 순간에 체호프는 가장 취약해진다(나보코프는 이 부분을 삭제했다). *

를 한다는 사실이 우연히 알려진다. 늙은 소린은 트레플레프의 방에 침대를 두고 있다. 이 침대의 위치는 천식을 앓고 있고 무언가 변화를 갈망하는 소린에게는 지극히 자연스러운 것으로, 일종의 '무대에 그대로 남겨 두기' 같은 연극적 기술과 혼동해서는 안 된다. 의사 도른과 소린, 메드베덴코 사이에 즐거운 대화가 오간다. 아르카디나는 트리고린을 마중하러 기차역에 가 있고 도른은 외국에 여행가서 돈을 탕진하고 온 일을 이야기한다. 다른 여러 이야기들이 이어지고 잠시 휴지기가 흐른다. 그리고 메드베덴코가 묻는다.

메드베덴코　　의사 선생님, 다녀 본 나라 중에 어느 곳이 제일 마음에 드셨습니까?

도른　　　　제노바요.

트레플레프　　왜 제노바인가요?

도른은 그곳의 삶이 마치 구불구불 이어지고 다시 합쳐지는 길과 같아서 트레플레프의 연극 속 세계의 영혼을 연상시킨다고 답한다. 그러고는 연극에 등장했던 여배우는 지금 어떻게 지내는지 묻는다(아주 자연스러운 연결이다). 트레플레프는 니나 이야기를 도른에게 들려준다. 트리고린과 사랑에 빠져 아이를 가졌지만, 그 아이는 죽었고, 전문 배우가 되어 제법 큰 역할을 맡았지만 연기는 조악하고 개성 없이 몸짓만 크며, 격정적인 연기, 예컨대 죽는 장면에서 재능을 보이기도 했지만 그것도 순간일 뿐이라고 설명한다.

도른은 그녀가 재능이 있는지 묻고, 트레플레프는 답하기 어려운 문제라고 말한다(니나는 예술적 성취도 면에서 트레플레프와 같은 처지에 있다). 그는 그녀가 공연하는 곳은 어디든 따라다녔지만 그녀가 만나 주지 않았고, 트리고린이 떠난 후 정신적으로 이상해진 것 같으며, 편지를 보내올 때마다 갈매기를 그려 넣었다(트레플레프는 갈매기가 어떤 연관성을 가지는지 잊었다)는 이야기를 들려준다. 그리고 그녀가 지금 여기 살고 있고 이곳저곳 배회하고 있지만, 이 집에는 들르지 않을 것이며, 누구와도 말을 섞으려 하지 않는다고 덧붙인다.

소린   매력적인 여자였지.
도른   뭐라고요?
소린   매력적인 여자였다고.

아르카디나가 트리고린과 함께 역에서 돌아온다(그사이 장모로부터 구박당하는 메드베덴코의 가련한 모습이 그려진다). 트리고린과 트레플레프는 악수를 나눈다. 트리고린은 모스크바에서 트레플레프의 작품이 실린 잡지를 가져와서는 유명 작가가 신인에게 온정을 베풀듯 말한다. 모스크바 사람들이 그의 작품에 관심을 보이고 신비로운 작가라는 평을 한다고 전해 준 것이다.

트레플레프를 제외하고 나머지 사람들은 비 오는 밤에 늘 그랬듯 로또 게임을 시작한다. 트레플레프는 잡지를 살펴보고 "트리고린은 자기 소설만 읽고 내 부분은 거들떠보지도 않았군"이라고 말한다. 로또 게임을 하는 사람들의 모습이 이어진다. 전형적으로 체호프다운 아름다운 장면이 그려진다. 조금은 지루하게 우수를 자아내다가도 등장인물들이 전체적으로 편안하고 안락하고 자유로울 때 체호프의 천재성은 빛을 발한다. 여전히 졸고 있는 소린, 낚시에 대해 이야기하는 트리고린, 배우로서 화려한 과거를 회상하는 아르카디나처럼 사람들은 여전히 이상한 습관을 반복하지만 억지스러운 배경이 설정되었던 3막보다 훨씬 자연스럽다. 같은 장소에서 같은 사람들이 2년이라는 세월이 지나 다시 만난 상황인지라 오래된 습관의 반복이 더 부드럽고 애잔하게 느껴진다. 비평가들이 트레플레프의 작품을 혹평했다는 사실이 암시되고, 로또 게임의 번호가 외쳐진다. 아르카디나는 아들의 작품을 한 줄도 읽은 적이 없고, 사람들은 저녁을 먹으려고 게임을 잠시 중단한다. 자신이 쓴 글을 곱씹는 트레플레프만 남는다. 독백이 이어진다. 잘 쓰인 독백이므로 구습 따위는 걱정 안 해도 될 듯싶다. "새로운 형식에 대해 그리도 역설해 왔지만 정작 나 자신이 이 구습에 조금씩 빠져들고 있는 것 같다."(작가에 대해 언급하는 다른 장면들과 마찬가지로 이 역시 체호프 자신에게도 해당된다. 3막 같은 실수를 저지를 때가 있으니 말이다.) 트레플레프는 자신이 쓴 글을 읽는다. "'검은 머리로 둘러싸인 그녀의 창백한 얼굴'이라…… '둘러싸인'이 형편없군." 이렇게 외치며 그것을 지운다. "빗소리 때문에 잠을 깨는 주인공에서 시작해야겠구나. 달빛에 대한 묘사는 길지만 정교하네. 트리고린은 자기만의 기술이 있으니 이 정도는 어렵지 않겠지. 강둑에서 반짝거리는 깨진 병 주둥이와 물레방아 아래에 드리운 검은 그림자, 이 정도만 해도 달밤의 전경은 준비된 거잖아. 나는 뭐야. '흔들리는 불빛', '은은하게 반짝이는 별', 그리고 '부드러운 향기 가득한 밤공기에 녹아드는', '멀리서 들리는 피아노 소리', 정말 괴롭군……." (여기서 우리는 체호프와 다른 작가들 사이에 어떤 차이가 있는지 우연찮게 확인할 수 있다.)

곧 니나와의 만남이 이어진다. 고전극의 시각에서 보면 클라이맥스, 결정적이라고 할 수 있는 장면이다. 매우 아름답다. 작가가 순수하고, 열정적이고, 낭만적인 여인의 모습을 보여 주어야 한다는 강박에서 벗어나 있기에 니나의 대사는 더욱 체호프적이다. 그녀는 지치고, 화나고, 불행하고, 회상과 현실의 디테일이 뒤죽박죽이다. 그녀는 여전히 트리고린을 사랑하고, 자신 옆에 그녀를 머물게 하려는 트레플레프의 격정을 무시한다. "나는 갈매기예요." 뜬금없이 그녀는 이렇게 내뱉는다. "나는 모든 게 뒤죽박죽이에요. 언젠가 갈매기를 죽였던 것, 기억하세요? 어떤 사람이 우연히 지나가다가 새를 보고는 죽였다. 단편을 위한 소재지요. 아니…… 다시 모든 게 뒤섞이고 있어요." "잠시만 여기 있어 봐요, 내가 먹을 것 좀 가져올게요." 트레플레프는 마지막 지푸라기를 잡듯 간절하게 애원한다. 잘 만들어졌다. 그녀는 거절하고, 다시 자신을 비참하게 버린 트리고린에 대한 사랑을 이야기하다가 1막에 등장했던 트레플레프의 연극 독백을 읊조린 후 서둘러 떠난다.

트레플레프　(휴지기 후) 만일 정원에서 누군가 그녀를 보고 어머니에게 말해 버리면 어쩌지. 어머니를 화나게 만들 거야. [이것이 그의 마지막 말이다. 자신의 글을 찢어 버리고 나서 자살하게 될 옆방이 있는 오른쪽 문으로 나가기 때문이다.]

도린　(왼쪽 문을 열려고 애쓰며) [몇 분 전 트레플레프가 니나와의 대화를 위해 의자로 막아 놓았던 문이다] 이상하군…… 문이 잠긴 것 같아. (들어와서 의자를 치운다) 마치 장애물 넘기 같군.

(다른 사람들도 식사를 마치고 돌아온다)

(아르카디나, 샴라예프의 부인, 술병을 든 야코프, 마샤, 그리고 샴라예프와
트리고린이 들어온다)

아르카디나   포도주는 여기에 놓아요. 맥주는 트리고린을 위한 것
             이고. 게임을 하면서 마시죠, 자, 다들 앉으세요.

(촛불이 켜진다)

샴라예프   (트리고린을 벽장으로 데리고 가면서) 이거 보세요, 아까
             말씀드린 물건입니다…… (벽장에서 박제된 갈매기를
             꺼내며) 주문하신 물건입죠.

트리고린   (갈매기를 바라보며) 기억이 안 나는데요. (다시 생각하
             고는) 전혀 기억나지 않아요.

(오른쪽에서 총성이 들린다. 모두가 전율한다)

아르카디나   (놀라서) 무슨 일이죠?

도른   아무 일도 아닙니다. 진료 가방 안에서 뭔가 터진 모
             양이에요. 걱정 마세요. (오른쪽 문으로 나갔다가 잠시
             후 돌아온다) [다른 사람들은 게임을 다시 시작한다.] 내
             말이 맞네요. 에테르 병이 터져 버렸어요. (흥얼거리
             며) '나는 또 당신에게 매료되어 이렇게 서 있네…….'

아르카디나   (테이블 옆 의자에 앉으며) 휴우, 놀랐어요. 옛날 일이

생각나서…… (손으로 얼굴을 감싸며) 눈이 다 침침하네요…….

도른   (잡지를 넘기다가 트리고린에게) 이 잡지에 한두 달 전쯤 어떤 기사가 났어요. (……) 미국에서 온 편지였나 (……) 물어보고 싶은 게 있는데요 (……) (트리고린을 무대 앞 라이트 쪽으로 데려오며) 이 문제에 흥미를 느껴서 그런데요…… (낮은 목소리로) 아르카디나를 다른 곳으로 좀 데려가 주세요. 실은 트레플레프가 자살했어요…….

막이 내린다.

엔딩이 훌륭하게 마무리된다. 실제로 일어난 일을 알지 못하고 그저 몇 년 전 있었던 자살 시도를 떠올리며 마치 실제 상황처럼 몸서리치는 여주인공 아르카디나를 통해 무대 뒤 자살과 관련된 전통이 무너진다. 마지막 대사를 한 사람은 의사이기 때문에 죽음을 확인하고 청중의 의혹을 해소시키기 위해 다른 사람을 부를 필요도 없다. 실패로 끝난 과거의 자살 소동 전에는 자살에 대한 언급이 미리 있었지만, 이번에는 어떤 암시도 없었다. 그리고 그의 자살은 완벽한 동기를 가지고 있었다.[124]

---

124 이 마지막 말은 나보코프가 삭제했다. *

막심 고리키

1868~1936

막심 고리키

『유년 시대*My Childhood*』에서 고리키는 자신이 외조부 바실리 카시린의 집에 살았던 때를 회상한다. 외조부는 독재자처럼 잔인했고 그의 두 아들은 아버지를 무서워하면서도 한편으로 아내와 아이들을 괴롭히고 학대했다. 끊임없이 이어지는 학대, 무의미한 폭언, 인정사정없는 매질, 공공연한 돈벌이, 암울한 기도가 집안을 가득 메웠다.

고리키의 전기 작가인 알렉산드르 로스킨은 이렇게 말한다.

병영과 감옥 사이 늘 진흙탕인 길가에 적갈색, 녹색, 흰색 집들이 줄지어 서 있었다. 카시린네처럼 집집마다 사람들은 파이가 타 버렸네, 우유가 굳었네, 갖가지 이유로 서로 싸우고 으르렁댔다. 냄비며 프라이팬이며 사모바르며 팬케이크까지 별의별 것에 대해 사람들은 저마다 자기 고집을 피우느라 정신없었고, 생일이며 온갖 기념일들을 챙기느라, 배 터질 때까지 돼지처럼 먹고 마셔 대느라 제정신들이 아니었다.

그곳은 니즈니노브고로드였다. 이들은 농민의 바로 위, 중류층의 가장 낮은 부류인 소시민들이다. 땅을 일구지도 소유하지도 않는 이들은 땅과의 연관 관계가 끊어져 버렸지만 그렇다고 그 공백을 대체할 만한 어떤 것도 가지지 못한, 그래서 구원의 기회도 없이 중류층 최악의 전형이 되어 버린 사람들이다.

고리키의 아버지 역시 불행한 유년 시절을 보냈지만, 그럼에도 그는 선량하고 예의 바른 성인으로 성장했다. 아버지는 고리키가 네 살 때 돌아가셨는데, 이로 인해 어머니는 그 끔찍한 가족에게 돌아갈 수밖에 없었다. 당시에 대한 행복한 기억은 외할머니에 대한 것이 유일해서, 소름 끼치는 주변 환경에도 불구하고 그녀는 행복한 낙관주의, 무한한 친절을 베풀었다. 그녀로 인해 소년 고리키는 행복이라는 것이 있을 수 있다, 어떤 어려움이 있어도 삶은 행복할 수 있다는 것을 배웠다.

열 살이 되던 해부터 고리키는 자력으로 끼니를 때워야 했다. 신발가게 급사, 증기선 설거지, 견습 제도사, 성상 화가 견습공, 폐품장수, 새 잡이 등 안 해 본 일이 없을 정도였다. 어느 날부턴가 책을 접하고 나서 구할 수 있는 모든 것을 읽기 시작했다. 처음에는 손에 잡히는 대로 다 읽었지만 곧 진짜 문학을 구별해 내는 섬세하고 정제된 감각을 터득한다. 공부를 하고 싶다는 강한 열망이 있었지만 대학에 갈 수 없는 처지임을 이내 깨닫고 카잔으로 떠난다. 찢어지는 가난 속에서 그는 보샤키, 즉 부랑자들과 어울리고, 그들과 함께한 생활 속에서 얻은 귀중한 경험을 작품화해서 모스크바와 페테르부르크 독자들 앞에 폭탄처럼 터뜨려 그들을 기함하게 만든다.

그는 다시 일을 해야 했고 근로 시간이 열네 시간이나 되는 지하 빵집에서 보조 제빵사로 일했다. 곧 지하 혁명 그룹과 어울리면서 제빵 근로자들보다 더 마음이 맞는 사람들을 만난 그는 문학, 과학, 사회, 의학 할 것 없이 구할 수 있는 모든 것을 읽었다.

열아홉 살 되던 해, 그는 자살을 시도한다. 상처는 치명적이었지만 다행히 아물었고, 주머니 속 쪽지에는 이런 글귀가 적혀 있었다.

내 죽음에 대해서는 마음속 치통이란 걸 만들어 낸 독일 시인 하이네를 탓해 주시오.

그는 걸어서 러시아 전역을 방랑하며 모스크바까지 가 곧장 톨스토이의 집으로 향했다. 톨스토이는 집에 없었지만 백작부인이 그를 부엌으로 데려가 커피와 빵을 먹여 주었다. 수많은 부랑자들이 남편을 보기 위해 방문한다는 것을 그녀는 잘 알고 있었고, 고리키도 그중 하나였다. 니즈니로 돌아간 고리키는 두 명의 혁명주의자들과 교분을 쌓았는데, 그들은 학생 운동 가담 혐의로 카잔에서 추방된 사람들이었다. 경찰이 체포 영장을 가지고 들이닥쳐, 둘 중 하나가 도망간 사실을 알고는 고리키를 대신 체포했다.

심문 중 헌병대장은 이렇게 말했다.

"당신은 어떤 종류의 혁명주의자요? 글을 쓴다. (……) 풀려나면 코롤렌코에게 그것들을 한번 보여 보쇼."

한 달 복역 후 풀려난 고리키는 경찰의 조언대로 블라디미르 코롤렌코에게 찾아갔다. 코롤렌코는 당시 러시아 지식인들에게 많은

사랑을 받았던 이류급 작가로, 혁명주의적 성향을 보인다고 경찰의
의심을 받고 있던 매우 친절한 사람이었다. 하지만 그의 비평은 너
무도 혹독했고, 놀란 나머지 고리키는 한동안 글쓰기를 포기하고
로스토프로 가서 부두 노동자로 일했다. 고리키를 문학의 길로 인
도한 것은 코롤렌코가 아니라 티플리스에서 만난 혁명주의자 알렉
산드르 칼루주니였다. 끝없는 방랑길에서의 목격담을 생생하게 서
술해 낸 고리키에게 그는 말을 하듯이 글로 써 보라고 제안했고, 완
성된 후에는 지방 신문사로 가지고 가서 그곳에서 발표하게 해 주
었다. 1892년, 고리키 나이 스물넷의 일이다.

나중에 코롤렌코 자신도 많은 도움을 주었다. 그는 소중한 조언
을 아끼지 않았고 자신이 관여하고 있던 한 신문사 편집국에 일자
리도 마련해 주었다. 사마라에서 지낸 이 기간 동안 고리키는 전력
을 다했다. 끊임없이 공부했고, 문체의 완성도를 높이려 노력했다.
정기적으로 신문에 작품도 발표했다. 연말쯤 되자 그는 이미 어느
정도 지명도 있는 작가로 자리 잡았고, 볼가 지방 신문사로부터 많
은 작품을 의뢰받았다. 니즈니의 요청을 받아들여 고향으로 돌아
간 그는 작품을 통해 현대 러시아의 쓰라린 진상을 적나라하게 보
여 주었다. 하지만 그가 쓴 모든 문장에는 인간에 대한 무한한 신뢰
가 스며 있었다. 다소 역설적이지만 삶의 가장 어두운 면, 극악무도
한 악랄함을 그려 낸 고리키는 동시에 러시아 문학이 낳은 가장 낙
관주의적인 작가이기도 했다.

확고한 혁명주의적 성향을 가지고 있던 고리키는 급진적 지식인
들 사이에서는 명성이 갈수록 높아졌지만, 오랫동안 그를 용의 선
상에 올려놓고 있던 경찰의 경계 역시 한층 삼엄해졌다. 혁명주의

활동으로 체포된 한 사람의 셋방에서 헌정사가 적혀 있는 고리키의 사진이 발견되어 그는 곧 체포되지만 증거 불충분으로 풀려났다. 니즈니로 돌아간 후에도 경찰은 감시의 끈을 놓지 않았다. 수상한 사람들이 늘 그의 2층집 주변을 배회했다. 어떤 이는 벤치에 앉아서 한가롭게 하늘을 쳐다보는가 하면, 다른 이는 가로등에 기대어 신문을 읽고 있었다. 대문 앞에 늘 마차를 바짝 대고 서 있는 마부 역시 행동이 이상하기는 마찬가지였다. 그는 고리키나 그를 방문한 사람들이 원하는 곳이면 어디든 돈 안 받고 데려다주겠노라고 했다. 이 모두가 형사들이었다.

고리키는 자선 사업도 시작했다. 그는 수백 명의 헐벗고 굶주린 아이들을 위해 크리스마스 파티를 열어 주었고, 도서관을 비롯해 실업자와 노숙자를 위한 피아노 딸린 쉼터도 세웠다. 잡지에서 오려 낸 사진들을 붙인 스크랩북을 마을 아이들에게 보내 주는 운동도 전개했고, 혁명 운동에도 적극적으로 가담했다. 그러다 페테르부르크에서 비밀리에 등사기를 들여와 니즈니노브고로드에서 지하 인쇄 활동을 하던 사실이 적발되어 수감되고 말았다. 당시 그는 건강이 매우 좋지 않았다.

혁명 전 러시아에서 여론은 쉽게 무시할 만한 존재가 아니었다. 고리키를 구명하기 위한 여론이 거세게 일었고, 톨스토이 역시 그를 보호하기 위해 나섰으며, 저항의 물결이 전 러시아를 뒤덮었다. 정부는 여론에 굴복할 수밖에 없었고, 석방된 고리키는 가택 연금에 처해졌다. "경찰들이 방과 부엌에 진을 치고 있었다. 그중 하나는 고리키가 일하는 걸 방해하기까지 했다"라고 전기 작가는 회상했다. 곧 안정을 되찾은 고리키는 밤늦게까지 글을 쓰기도 했고, 가끔은 별다른 방해 받지 않고 거리에서 친구를 만나 임박한 혁명의 전운에 대해 이야기를 나누기도 했다. 통제가 끔찍한 정도는 아니었다고 할 수 있겠다. "경찰과 비밀경찰은 그를 제지할 수 없었다(소비에트 경찰이라면 단숨에 제지했을 것이다)." 불안에 떨던 정부는 그를 러시아 남부의 조용하고 작은 도시 아르자마스로 보내라는 명령을 내렸다. "고리키에 대해 행사된 정부의 압력은 레닌의 엄청난 분노를 자아냈다"라고 로스킨은 기록한다. 레닌은 "무기라고는 표현의 자유밖에 가지고 있지 않은 유럽의 위대한 작가가 독재 정권에 의해 재판도 없이 유형에 처해지고 있다"고 썼다.

체호프처럼 폐결핵을 앓고 있던 고리키는 유형 생활 중 갈수록 쇠약해졌고, 톨스토이를 포함한 그의 친구들이 정부에 압박을 가한 끝에 크림으로 보내졌다.

크림으로 가기 전, 아르자마스에서 고리키는 비밀경찰의 감시에도 불구하고 혁명주의 활동에 적극 가담했다. 이 시기에 그는 자신이 유년기에 직접 겪었던 어둡고 탁한 환경을 담아낸 「소시민 *The Philistines*」이라는 희곡을 썼지만 이 작품은 두 번째 희곡 「밑바닥에서 *When The Lower Depths*」만큼의 명성을 얻지는 못했다.

아직 크림에 살고 있을 때, 땅거미가 질 무렵이면 고리키는 현관 앞에 앉아 새 희곡을 소리 내어 구상하곤 했다. 주인공은 부유한 가정의 전직 집사였는데 우여곡절 끝에 구빈원 신세를 지게 되고 더 이상 그 속에서 헤어 나오지 못한다. 그가 가장 귀중하게 생각하는 것은 이전의 삶과 현재의 자신을 연결시켜 주는 고리인 연미복 셔츠의 옷깃이다. 구빈원은 사람들로 넘쳐났고 그들은 서로를 증오했다. 하지만 마지막 장면에서 봄이 찾아오고, 무대는 찬란한 햇빛으로 가득하다. 구빈원 사람들은 불결하기 그지없는 구빈원을 떠나고 서로의 마음속에 품고 있던 증오를 떼어 낸다.[로스킨, 『볼가강둑에서 *From the Banks of the Volga*』]

「밑바닥에서」상연이 끝났을 때 반응은 상상을 초월했다. 작품 속 모든 인물들은 살아 숨 쉬었고 좋은 배우들이 훌륭하게 이들을 담아냈다. 모스크바 예술 극장에서 상연된 「밑바닥에서」는 엄청난 성공을 거두며 모든 이들에게 알려졌다.

* * *

이쯤에서 이 놀라운 극장에 대해 몇 마디 덧붙여야 할 듯하다. 모스크바 예술 극장이 설립되기 이전에 극장 애호가들이 즐겨 찾을 수 있는 곳은 페테르부르크와 모스크바에 있는 황실 극장에 한정되어 있었다. 이 두 극장은 최고 재능의 인력을 고용할 수 있는 충분한 여건을 갖추고 있었지만, 매우 보수적인 극장 운영진 탓에 예술적 고루함에서 벗어나지 못했고 상연 작품들은 지극히 평범한 수준에 머물렀다. 최고의 배우에게 이 황실 극장 무대에 서는 것보다 더 큰 영광은 없었다. 다른 사설 극장들의 형편은 너무도 열악했고 황실 극장과 경쟁할 만한 상황이 되지 못했다.

스타니슬랍스키와 네미로비치-단첸코가 이 작은 극장을 만들고 나서 상황은 변하기 시작했다. 시작은 다른 극장들과 별반 다를게 없었지만, 모스크바 예술 극장은 섬세함을 갖춘 진정한 예술의 전당으로서 자신이 가야 할 길을 걸어가기 시작했다. 설립자와 몇몇 친구들의 개인 자금으로 운영된 이 극장은 대규모 재정을 필요로 하지 않았다. 기본적인 설립 이념 자체가 명성이나 부가 아닌 예술에 복무하는 것, 최고의 예술적 경지에 도달하는 것이었기 때문이다. 어떤 부분도 가볍게 치부되지 않았고, 작품의 선택만큼 그 작품 안의 섬세한 디테일들도 모두 신중히 다루어졌다. 배우들은 어떤 배역을 맡더라도 그 배역을 자신이 지닌 재능의 최대치까지 끌어올렸고, 아무리 비중 없는 배역이라도 마다하지 않았다. 모든 섬세한 디테일을 예술적으로 완벽하게 승화시켜 최고의 결과가 얻어졌노라고 무대 감독이 확신하기 전에는 아무리 많은 리허설을 거쳤다 해도 어떤 연극도 상연될 수 없었다. 시간은 문제가 되지 않았다. 최고의 예술에 대한 갈망과 열정은 모든 단원에게 생기를 불어넣어 주었다. 예술적 완성도에 대한 끝없는 추구, 그것이 최우선이 될 수 없다면 누구든 극단을 떠나야 했다. 예술을 향한 엄청난 집념으로 똘똘 뭉친 설립자들에 이끌린 모든 단원은 마치 한 가족처럼 매 작품이 마치 생애 유일한 마지막 작품인 양 최선을 다했다. 종교적인 경외감과 가슴 벅찬 자기희생이 있었고, 놀라운 팀워크가 있었다. 모든 배우에게 극 전체의 공연, 그것의 성공이 개인의 연기, 성공보다 늘 우선이었다. 커튼이 올라가고 나면 어느 누구도 극장에 입장할 수 없었고, 막과 막 사이 박수 소리도 허용되지 않았다.

극장의 정신은 이토록 투철했다. 러시아 극장이 외국 극장의 공연 방식을 그대로 답습하고 모방하는 차원에서 벗어나, 거꾸로 그들에게 영감을 주고 모델이 되는 위대한 예술 단체로 혁명적인 변화를 달성할 수 있었던 기저에는 근본이념이 있었다. 그것은 바로 배우는 정확한 테크닉이나 기교보다 자신이 보여 주게 될 인물의 영혼을 꿰뚫어 볼 수 있도록 심혈을 기울여야 한다는 것이다. 배우는 극중 인물을 설득력 있게 그려 내기 위해서 자신이 연기할 인물의 삶에 맞추어 가상의 생활을 하는가 하면, 일상생활을 하면서 극중 인물의 상황에 맞는 행동과 억양을 체화하는 연습을 했다. 이는 무대 위에서 배우들이 내뱉는 대사를 마치 배우가 아닌 실제 인물이 실제 생활에서 자연스럽게, 자연스러운 자극에 의해서 하는 말처럼 들리게 하기 위함이었다.

어떤 방법론이 옳으냐와는 별개로 언제나 명백한 사실은, 재능 있는 사람들이 진심으로 예술에 임하고, 혼신을 다해 자신의 능력을 최고치로 끌어 올리면, 그 결과는 언제나 대성공이라는 것이다. 모스크바 예술 극장이 바로 그랬다. 그곳은 눈부신 성공을 일구어 냈고, 극장 앞 행렬은 상연 전날부터 늘 줄을 이었다. 재능 있는 젊은 배우들은 황실 극장보다 모스크바 예술 극장에 설 기회를 얻기 위해 고군분투했다. 이어서 몇 개의 분점 스튜디오가 생겨났고, 이들은 본점과의 유기적 관계를 유지하면서도 각기 독자적인 방향으로 예술적 탐색을 시도했다. 하비마에서는 최고의 감독과 몇몇 배우들이 유대인이 아니었음에도 불구하고 유대어로 연극을 상연하기도 했는데, 놀랄 만한 성공을 거두었다.

모스크바 극장 최고의 배우는 단연 설립자이자 무대 감독, 그리고 절대 권력의 소유자였던 스타니슬랍스키였고, 네미로비치는 공동 권력자이자 무대 감독이었다. 엄청난 성공을 거둔 작품으로는 체호프의 희곡들과 고리키의 「밑바닥에서」 등이 있었다. 체호프의 여러 작품과 고리키의 「밑바닥에서」는 단 한 번도 상연 목록에서 빠진 적이 없으며 아마 앞으로도 극장과 영원히 함께할 것이다.

　제1차 혁명이 발발한 1905년 초, 정부는 차르에게 청원을 드리기 위해 평화적 행진을 하던 많은 사람들을 향해 발포 명령을 내렸다. 나중에 알려진 사실이지만, 이 행진은 처음에는 정부가 심어 놓은 이중간첩에 의해 조직되었다고 한다. 어린이들을 포함해 수많은 사람이 목숨을 잃었다. 고리키는 전 러시아 국민들과 유럽 언론에 강경한 호소문을 발표해서 이 발포를 의도적 살인으로 규정하고 차르를 맹비난했다. 당연히 그는 체포되었다.

　유명 과학자, 정치가, 예술가 할 것 없이 고리키의 체포에 반대하는 저항의 물결이 전 유럽을 뒤덮었고, 정부는 이에 다시 굴복해 그를 풀어 줄 수밖에 없었다(오늘날 소비에트 정부 하에서는 상상도 할 수 없는 일이다). 이후 모스크바로 간 그는 무기 구입을 위한 자금을 마련하고 자신의 아파트를 무기고로 사용하면서 공공연하게 혁명 준비를 도왔다. 혁명 청년들은 그의 숙소에 사격장을 마련해 놓고 사격 연습을 하곤 했다.

　혁명 실패 후 고리키는 국경을 넘어 독일로 갔고, 프랑스를 거쳐서 미국에 도착했다. 미국에서 그는 집회 연설을 하면서 러시아 정부에 대한 맹비난을 퍼부었다. 『어머니 *The Mother*』는 이 시기 미국에서 집필된 작품으로 이류에 불과하다. 그 이후 고리키는 해외에서, 주로 이탈리아의 카프리섬에서 지내면서 러시아 혁명 운동 단체들과 긴밀한 관계를 유지했으며 레닌과 막역한 사이가 되었다. 1913년 정부의 대사면 선언으로 러시아로 돌아온 그는 전쟁이 한참이던 시기에 잡지 『연대기 *The Chronicle*』를 발행하기도 했다.

1917년 가을 볼셰비키 혁명이 성공한 이후 그는 레닌을 비롯한 여타 볼셰비키 지도자들과 함께 존경을 한몸에 받았고, 문학계에서도 주도적 영향력을 행사했다. 하지만 교육을 제대로 받지 못했던 그는 자신이 문단을 아우르기에는 현실적으로 역부족이라는 사실을 잘 알고 있었고, 그런 연유로 늘 겸손하고 절제하는 모습을 보였다. 그는 또 정치적 이유로 박해를 받는 사람들을 위해 여러 인맥을 동원해 탄원을 해 주기도 했다. 1921년부터 1928년까지는 주로 이탈리아의 소렌토 등 외국에서 지냈다. 건강도 악화 일로를 걷는데다 소비에트 정부와 정치적 견해 차이를 보였기 때문이다. 1928년 다시 러시아로 돌아온 그는 1936년 숨을 거둘 때까지 여러 잡지의 편집자로 일하기도 하고 몇 편의 희곡과 소설을 남겼다. 그리고 늘 그랬던 것처럼 많은 술을 마셨다. 1936년 6월 병세가 악화된 그는 소비에트 정부가 마련해 준 안락한 다차[125]에서 눈을 감았는데, 당시 소비에트 비밀경찰 체카[126]에서 그의 독살을 사주했다는 여러 정황이 포착되었다.

창조적 작가로서 중요한 획을 긋는 데에는 실패했지만, 러시아 사회 구조를 극명하게 대변한 하나의 현상으로서 고리키의 삶은 주목할 만하다.

---

[125] 러시아식 별장

[126] '전 러시아 반혁명 및 사보타주 척결 비상위원회'라는 러시아어의 약자로, 1917년 혁명 후 소비에트 체제 수호를 위해 창설된 비밀 첩보 기관이다.

뗏목 위에서
1895

고리키의 전형적인 단편 「뗏목 위에서*On the Rafts*」라는 작품을 통해 작가의 노출 기법에 주목해 보자.[127] 미챠와 세르게이는 넓고 안개 낀 볼가강을 뗏목을 타고 노를 저어 가고 있다. 뗏목의 주인은 선수 쪽 어딘가에 앉아서 화난 듯 소리치고, 세르게이는 독자가 듣기를 바라듯 투덜댄다.

"소리치라지! 삐쩍 말라 지푸라기도 못 부러뜨리게 생긴 아들을 노 젓게 만들고 자기는 강 전체에 다 들리게 소리나 지르고 앉았네. 부조 타수라도 하나 둘 것이지 고약하긴. 그러고는 고래고래 소리나 지르고!"

마지막 문장에서 다른 작가들과 유사한 기법을 발견할 수 있다. 세르게이는 마치 다 들으라는 식으로 이 문장을 크게 뱉어 낸다(청

---

[127] 필사본의 5페이지 첫 문장인데, 그 아래에는 고리키에 대해 '조야한 싸구려 문체'라고 말했던 코트니Courtenay의 인용문이 지워져 있다. 그 이전 페이지는 남아 있지 않다. *

if you look up the word "lurid" you will find the
following example: gorky's luridly cheap style, and
if you look up the word "cheap" you will find
"the cheaply lurid style. That was Courtenay's little
way of cornering the writer he disliked just as in
the explanation of political terms he always very
cleverly made fun of the Tsar's government.

Let us select and examine a typical gorky
short story for instance the one called "On the
Raft: Consider the author's method
of exposition A certain Mitia and a certain Sergei
are steering the raft against the wide and misty Volga.
The owner of the raft who is somewhere on the forward
part, is heard yelling angrily, and the man Sergei
mutters for the leader to hear: Shout away! Here's
your miserable devil of a son (the other chap,
Mitia) who could not break a straw across his knee
and you put him to steer a raft, and then
you yell so that all the river (and the water)
hears you. You were mean enough (Sergei goes on
to explain in monologue) to take a second steersman
(but have your son instead) so now you may
shout as much as you like." These last words the
author notes and now many authors have used this
particular turn — these last words were growled out
loud enough to be heard forward as if Sergei (the
author adds) wished them to be heard (heard by the

중에게도 들으라고 하는 것 같다. 이런 식의 노출은 주인 험담을 늘어놓으며 가구를 닦는 하인들이 등장하는 오래된 연극의 첫 장면처럼 어색하다).

이어지는 세르게이의 독백을 통해 뗏목 주인인 아버지가 아들 미챠에게 예쁜 아내를 얻어 주고는 그녀를 자신의 애인으로 만들어 버렸다는 사실이 알려진다. 건강하고 시니컬한 세르게이는 맥없는 미챠를 조롱하고, 고리키가 이런 순간을 위해 마련해 놓은 듯 두 사람은 수사적으로 이어지는 긴 대화를 나눈다. 미챠는 어떤 종교적 계파 소속이 되고 싶다고 이야기하고, 여기서 독자는 선한 러시아적 영혼의 깊고 오래된 내면으로 억지로 끌려 내려간다. 장면은 뗏목의 다른 쪽 끝으로 옮겨지고 아버지, 그리고 그의 애인이자 아들의 아내인 마리야가 등장한다. 아버지는 여느 소설에 자주 등장하는, 전형적으로 활력 넘치고 건장한 노인이고, 매혹적인 여인 마리야는 고양이처럼 몸을 꼰 자세로 아버지에게 몸을 기대고 있다. 아버지는 하던 말을 이어 간다. 작가의 톤은 과장되었을 뿐 아니라 등장인물들 사이를 집요하게 따라다니면서 신호를 주는 듯하다.

"내가 죄인이라는 걸 나도 알지." 아버지는 말한다. "미챠도 괴롭겠지만, 나는 뭐 즐거운 줄 아나?"

이런 식이다. 미챠와 세르게이, 그리고 아버지와 마리야 사이의 두 대화를 통해 작가는 모든 것을 사실감 있게 보이려 노력한다. 그리고 오래된 희곡처럼 "이미 여러 번 말한 대로"라는 대사를 반복하게 만든다. 도대체 왜 볼가강의 한가운데에서 두 콤비가 다툼을 벌여야 하는지 독자들이 궁금해 할 거라는 생각 때문일 것이다. 다른 한편으로는 그런 대화의 무한 반복을 용인한다고 해도 도대체 뗏목이 어디 도착할 수나 있을지 궁금해진다. 넓고 힘찬 강물을 노 저어 헤쳐 나갈 때 사람들은 보통 말을 많이 하지 않기 때문이다. 아니, 어쩌면 이것이 냉혹한 리얼리즘인지도 모르겠다.

새벽이 되고 고리키는 다음과 같이 자연을 묘사한다.

볼가강 주변 에메랄드빛 녹색 벌판이 다이아몬드 같은 이슬로 덮여 반짝반짝 빛났다.

보석상 쇼윈도 같지 않은가? 한편, 뗏목 위에서 아버지는 미챠를 죽이자는 제안을 하고 마리야의 입가에는 묘한 웃음이 번진다. 막이 내려간다.

고리키의 작품에 등장하는 인물도와 기계적 이야기 구조는 오래전 사라진 우화시나 중세 시대의 교훈극moralité을 연상시킨다. 러시아에서 '사이비-인텔리겐치아'라고 불리는 낮은 문화 수준 역시 지적할 필요가 있는데, 이것은 작가가 타고난 비전과 상상력 즉 평범한 펜대에서도 기적을 만들어 낼 수 있는 상상력을 가지고 있지 않다면 치명적일 수밖에 없다. 논리적 입증이나 추론이 성공하려면 어느 정도 지적인 영역이 필요한데, 고리키는 그것을 전혀 가지고 있지 않았다. 빈약한 예술성, 사고의 혼돈을 보상하고자 그는 충격적 테마, 대비, 갈등, 폭력, 냉혹함에 더욱 집착했고, 이런 '강인한 소설'은 유순한 독자들로 하여금 다른 유의 진정한 평가를 할 수 없게 만들기 때문에, 러시아와 전 세계 독자들에게 극도로 강력한 인상을 심어 주었다. 나는 「26인의 남자와 한 소녀 *Twenty-Six Men and*

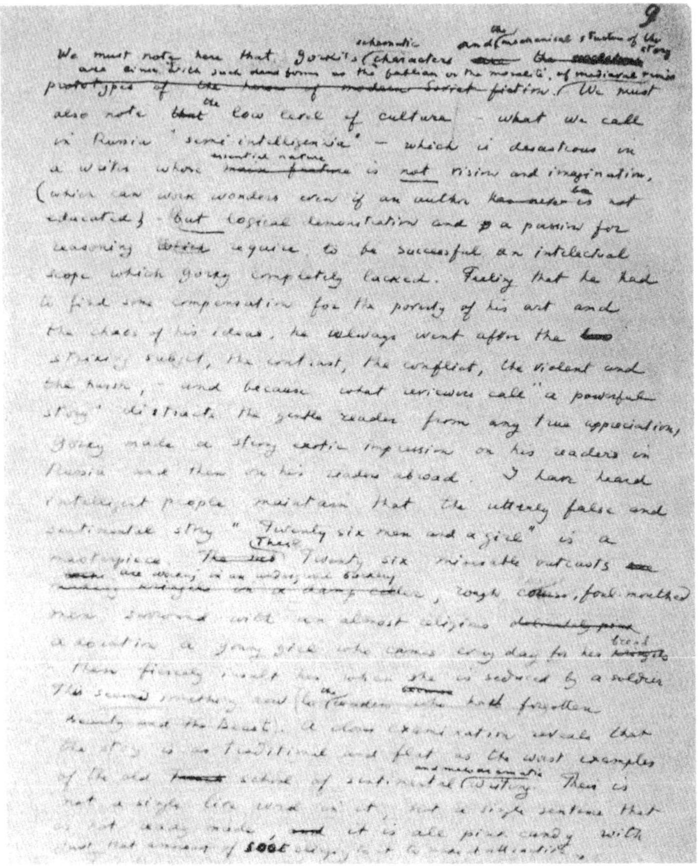

9

We must note here that Gorki's ~~characters~~ schematic characters and the mechanical structure of the story are akin with such dead forms as the fabliau or the morality, of mediaeval times ~~prototypes of the heroes of modern Soviet~~ fiction. We must also note ~~that~~ the low level of culture — what we call in Russia "semi-intelligenzia" — which is disastrous in a writer whose ~~main feature~~ essential nature is not vision and imagination, (which can work wonders even if an author ~~has never~~ be not educated) — but logical demonstration and a passion for reasoning ~~[illegible]~~ require to be successful an intellectual scope which Gorky completely lacked. Feeling that he had to find some compensation for the poverty of his art and the chaos of his ideas, he always went after the ~~[illegible]~~ striking subject, the contrast, the conflict, the violent and the harsh, — and because what reviewers call "a powerful story" distracts the gentle reader from any true appreciation, Gorky made a strong [illegible] impression on his readers in Russia and then on his readers abroad. I have heard intelligent people maintain that the utterly false and sentimental story "Twenty six men and a girl" is a masterpiece. ~~The~~ Their twenty six miserable outcasts ~~[illegible]~~ are working in an underground bakery ~~[illegible] in a damp cellar~~, rough [illegible], foul-mouthed men surround with an almost religious ~~[illegible]~~ adoration a young girl who comes every day for her ~~[illegible]~~ bread. Then fiercely insult her when she is seduced by a soldier. This sounds something new (to ~~readers~~ the reader who had forgotten Beauty and the Beast). A close examination reveals that the story is as traditional and flat as the worst examples of the old ~~[illegible]~~ school of sentimental and melodramatic writing. There is not a single live word in it, not a single sentence that is not ready made, ~~and~~ it is all pink candy with just that amount of soot [illegible]

고리키 강의록 마지막 페이지

overs medicamen

Here is a threefold definition of a philistine (pronounced also "philistean" and even "philistine").

A philistine is a full-grown person whose interests are ~~of~~ of a material and commonplace nature, and whose mentality is formed of the stock ideas ~~of~~ of his or her group and time. (Repeat)

I have said "full-grown person" because the child or ~~an~~ the adolescent ~~that looks like a small philistine~~ is only a small ~~philistine~~ a parrot mimicking the ways of confirmed vulgarians. "Vulgarian" is more or less synonymous with "philistine": the stress is not so much on the conventionalism of a philistine as on the vulgarity of some of his conventional notions. I may also use the terms genteel and bourgeois. Genteel implies the lace-curtain, the refined vulgarity which is worse than simple coarseness. To burp in company may be ~~coarse~~ rude but to say "excuse me" after a burp is genteel, and thus worse than vulgar. The term "bourgeois" I use following Flaubert, not Marx. Bourgeois in Flaubert's sense is a state of mind, not a state of pocket. A bourgeois is a smug philistine, a dignified vulgarian.

a Girl」가 걸작이라고 칭송하는 지식인들을 접한 적이 있다. 지하 빵집에서 일하는 26인의 방랑자들은 거칠고, 음탕하고, 입버릇이 고약하다. 이들은 매일 빵을 사러 오는 한 어린 소녀를 거의 종교적으로 숭배하는데, 그녀가 한 군인의 유혹을 받은 후에는 혹독한 모욕을 퍼붓는다는 내용이다. 뭔가 새로워 보일지는 몰라도 자세히 들여다보면 감상적 멜로드라마에 등장하는 진부하고 밋밋한 스토리에 불과하다는 사실을 알게 된다. 살아 숨 쉬는 어휘도, 독창적 문장도 발견할 수 없다. 주의를 끌기 위해 군데군데 검댕이 자국을 남겨 놓은 핑크빛 캔디일 뿐이다. 이 여정에서 한 발짝만 더 나아가면 소위 소비에트 문학이라는 것에 도달하게 된다.

속물과 속물근성

속물이란 일상적인 사리사욕에 가득 차 있고, 집단과 시대의 고정관념에 사로잡혀 있는 어른을 말한다. 여기서 '어른'이라 하는 이유는 아이들이나 청소년은 완성된 속물을 흉내 내는 작은 앵무새에 불과하기 때문이다. 다 자란 백로보다는 앵무새가 되는 게 더 쉬운 이치다. '속물'은 '천박한 인간'과 비슷한 뜻을 가지지만 천박한 인간은 하나의 전형이라기보다는 천박한 근성을 가진 족속이라는 측면이 더 강조된다. 나는 또 '고상함', '부르주아적'이라는 어휘도 사용할 것이다. '고상함'은 레이스 달린 천박함이라고 생각하면 되는데, 이는 단순한 조악함보다 더 나쁘다. 사람들 앞에서 트림을 하는 것은 무례지만, 트림을 하고 나서 "실례했습니다"라고 하는 것은 고상한 것이고, 그래서 더 천박하다. 내가 사용하는 부르주아라는 말은 마르크스가 아닌 플로베르식의 정의를 의미한다. 플로베르식의 부르주아는 주머니가 아닌 머릿속의 상태를 말한다. 부르주아는 의기양양한 속물이자 근엄하면서 천박한 인간이다.

속물이 원시 사회에서는 존재하지 않았을 것 같지만 그곳에서도 속물근성의 단초를 발견할 수 있다. 자신이 집어 삼킬 인간의 머리가 좀 아름답게 치장되어 있었으면, 하고 바랐던 식인종이 충분히 있을 수 있지 않은가? 미국 소시민들이 오렌지빛 오렌지를, 핑크색 연어를, 그리고 황금빛 위스키를 선호하는 것과 마찬가지로 말이다. 하지만 일반적으로 속물근성이란 수 세기 동안 어떤 전통이 산더미처럼 축적된 끝에 비로소 악취가 나기 시작하는, 어느 정도는 발전된 문명을 전제로 한다.

속물근성은 전 세계적 현상이다. 모든 나라, 모든 계급에서 발견된다. 영국 공작이 미국의 목사, 프랑스의 관리, 소련의 시민만큼 속물적일 수 있다. 레닌과 스탈린, 히틀러가 예술과 과학에 대해 가지고 있던 사고방식은 완전히 부르주아적이었다. 노동자나 광부도 은행가나 주부 혹은 할리우드 스타처럼 부르주아적일 수 있다.

속물근성에는 단순히 고정 관념뿐 아니라 특정 문구, 상투적 표현, 진부하고 오래된 단어를 사용하는 것도 포함된다. 진정한 속물은 이 모든 사소하고 하찮은 것들의 결정체다. 우리 모두는 어떻게 보면 상투성에서 자유롭지 않다는 점을 인정해야 한다. 매일의 일상에서 우리는 자주 단어를 단어로서가 아니라 하나의 기호로, 공식으로 사용하기 때문이다. 우리 모두가 속물이라는 뜻은 아니지만 진부한 이야기를 주고받는 자동 반사적 과정에 빠져들지 않도록 경계해야 한다는 것을 뜻한다. 무더운 어느 날 누군가 당신에게 "너무 덥지요?"라는 말을 건넨다. 물론, 그렇다고 그 사람이 속물이라는 뜻은 아니다. 단지 앵무새이거나 수다스러운 외국인일 뿐이다. 어떤 사람이 당신에게 "어떻게 지내세요?"라고 묻는다고 가정하자. 그에 대한 상투적 답변은 "잘 지내요"일 것이다. 이런 답변 대신 당신이 정말 어떻게 지내는지 자세하게 설명을 늘어놓는다면 융통성 없는 따분한 인간 취급을 받을 것이다. 사람들은 위장을 하거나 바보와의 대화를 피하기 위한 방편으로 이런 진부한 이야기들을 주고받기도 한다. 나는 식당에서 '네, 아니요, 고마워요' 등 가장 일상적인 몇 마디만 주고받는 위대한 학자, 시인, 지식인 들을 본 적이 있다.

'의기양양한 속물'이라 함은 잠시 잠깐 동안 속물적인 것을 의미하는 것이 아니다. 그것은 고상한 부르주아, 머리끝부터 발끝까지 평범함과 둔감함으로 무장한 총체적 유형이다. 주변에 잘 적응하는 체제 순응주의자이면서 사이비 이상주의, 사이비 동정, 사이비 지식으로 가득 찬 전형이다. 사기꾼은 진정한 속물에 가장 근접한 동맹군이다. 의기양양한 속물의 입을 통해 나오는 '아름다움', '사랑', '자연', '진실' 같은 위대한 단어들은 가면이 되고 탐욕이 된다. 『죽은 혼』의 치치코프, 『황폐한 집*Bleak House*』의 스킴폴, 『마담 보바리』의 오메가 그렇다. 속물들은 감동을 주고 감동을 받기 좋아하기 때문에 그 내면과 그를 둘러싼 주변은 온통 사기와 서로에 대한 기만으로 들끓는다.

순응하고, 소속되고, 같이 끼이기를 열망하는 속물은 두 가지 욕망 사이에서 갈등한다. 다른 모든 사람들처럼 행동하고, 감탄하고, 다른 사람들이 가지고 있는 것이라면 자신도 같이 소유하고픈 욕망이 그중 하나다. 다른 하나는 특별한 사람들, 조직, 클럽의 일원이 되어, 호텔 특실에 묵고, 흰 제복을 입은 선장이 모는 여객선 1등실에서 환상적인 음식을 대접받고, 회사의 사장이나 유럽의 백작과 함께 나란히 앉아서 담화를 즐기고픈 욕망이다. 속물은 때로는 부와 지위에 현혹되어 "여보, 오늘 공작부인과 이야기를 나누었지 뭐요!"라는 식의 말을 즐기는 허영 덩어리다.

속물은 예술, 문학에 대해서는 문외한이고 천성적으로 반예술적인 기질을 타고났다. 하지만 정보에 대한 욕구를 충족시키기 위해 잡지를 읽는다. 『새터데이 이브닝 포스트』를 즐겨 읽고, 읽을 때에는 늘 등장하는 인물들과 자신을 동일시한다. 남자라면 매력적인 회사 사장이나 다른 거물, 초연한 싱글이지만 마음속에는 여린 아이와 골퍼의 감성을 갖고 있는 사람이 된 것처럼 상상한다. 여자라면 붉은빛이 도는 금발에 몸은 가녀리지만 감성은 따뜻한 어머니 같은, 그리고 나중에는 늠름한 사장과 결혼에 골인하는 인물과 자신을 동일시한다. 속물들은 어떤 작가든 가리지 않는다. 사실 많이 읽지도 않고 읽어 봐야 자신에게 필요한 것만 골라 읽는다. 그래도 북 클럽에 소속되어 있어서 아름다운, 아름답기 그지없는 책들, 예를 들면 시몬 드 보부아르, 도스토옙스키, 존 마퀸드, 서머싯 몸, 『닥터 지바고Dr. Zhivago』, 르네상스 시대의 여러 대작 등을 탐닉한다. 그림에도 별 조예가 없지만 체면치레를 하기 위해, 사실은 노먼 록웰[128]을 더 좋아하면서 거실에 반 고흐나 제임스 휘슬러[129] 복제품을 걸어 놓기도 한다.

이들은 유용한 것, 물질적인 것을 선호하는 생활 패턴을 가지고 있어서 광고업계의 표적이 되기 쉽다. 광고 중에도 예술적 가치를

---

128 노먼 록웰Norman Rockwell(1894~1978). 『새터데이 이브닝 포스트』지의 표지 그림을 비롯해 미국 사회와 미국인의 일상을 담은 그림과 삽화를 그린 미국의 화가

129 제임스 휘슬러James Whistler(1834~1903). 예술을 위한 예술을 주창했던 인상파 화가. 미국 출신이지만 주로 유럽에서 활동했다.

가진 광고가 있기는 하지만 그것은 논외의 일이고, 중요한 것은 광고가 은식기나 속옷 등 여러 가지에 대한 물욕이 강한 속물들의 자존심을 이용하는 경향이 있다는 것이다. 다음과 같은 광고를 예로 들어 보자. 한 가정에 오디오 세트나 TV 세트(혹은 자동차, 냉장고, 은제 식기, 어떤 것이든 무방하다)가 등장한다. 엄마는 박수를 치며 좋아하고 아이들은 주변에 둘러 모여 들떠 있다. 꼬마 아이와 강아지는 우상이 놓인 테이블 옆으로 다가오고, 할머니도 주름진 눈으로 지하 방 어딘가에서 엿보고 있다. 조끼 겨드랑이에 엄지손가락을 찔러 넣고 팔짱을 낀 아빠가 승리를 쟁취한 아버지, 자랑스러운 기부자의 기세등등한 모습으로 서 있다. 광고에 나오는 어린아이들은 너 나 할 것 없이 주근깨가 나 있고, 꼬마 아이들은 앞 이빨이 빠져 있다. 나는 주근깨를 싫어하지는 않는다. 오히려 현실감 있게 받아들인다. 통계상 대부분의 미국 아이들이 주근깨가 나 있다거나, 성공한 사장님들이나 주부들도 어렸을 적에는 주근깨를 가지고 있었다거나, 하는 조사 결과가 있을지도 모르겠다. 다시 말하지만, 나는 주근깨에 거부감을 가지고 있는 사람은 아니다. 단지 광고 회사와 여타 업체에서 주근깨를 이용하는 것에 속물근성이 묻어 있다고 생각할 뿐이다. 주근깨가 없거나 얼마 나지 않은 아이의 경우 일부러 주근깨를 얼굴에 찍어서 화면에 내보낸다는 말을 들었다. 최소한 도가 22개여서 양 볼에 각각 8개씩, 콧등에 6개가 기본이라는 것이다. 만화에서 주근깨는 발진처럼 보이기도 하는데, 어떤 만화에서는 아주 작은 동그라미처럼 표현된 곳도 있었다. 어쨌든 광고에 등장하는 귀여운 어린아이들은 금발이나 붉은색 머리에 주근깨가 있고, 젊은 남성들은 짙은 갈색 머리에 짙은 눈썹을 하고 있다. 스코틀

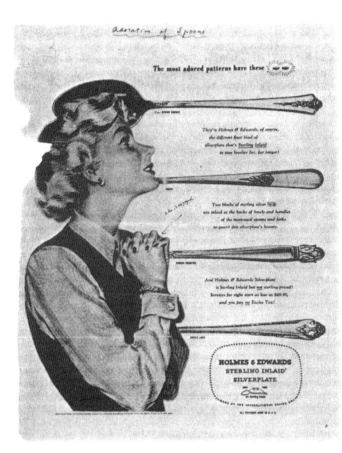

비속함을 보여 주기 위해 나보코프가 선택한 1950년 광고

랜드족에서 켈트족으로의 진화라고 할 수 있다.

광고에서 속물근성이 짙게 배어 나오는 것은 이런저런 상품의 장점을 강조하기 때문이 아니라 최고의 행복이 돈으로 살 수 있는 것이며, 소비자는 구매함으로써 더 고귀한 존재가 된다는 인식을 심어 주기 때문이다. 물론 광고 속 세상이 판매자가 임의로 만들어 낸 세상이고, 소비자는 그 가상의 세계에 동참할 뿐이라는 것을 잘 알고 있기 때문에 광고 속 세상 자체가 유해하다고 할 수는 없다. 흥미로운 것은 시리얼을 먹는 혹은 서빙하는 사람들의 황홀한 미소 이외에는 어떤 것도 남아 있지 않다는 것도, 부르주아적 규칙에 따른 감각의 게임이 펼쳐진다는 것도 아니다. 흥미로운 것은, 광고 속 세상은 실재하는 세계 위에 일종의 위성처럼 떠 있는 그림자 세계라는 점이다. 판매자는 물론 소비자들조차 진심으로 그 세계를 믿지 않는다. 특히 이렇게 현명하고 차분한 나라에서는 말이다.

러시아어에는 이런 의기양양한 속물근성을 지칭하는 포실러스츠라는 단어가 있다. 그것은 저질의 극치이자 거짓 소중함, 거짓 아름다움, 거짓 재주, 거짓 매력의 총체다. 무언가에 대해서 이 단어를 쓰는 것은 곧 미적 심판이자 도덕적 비난이다. 진정한, 정직한 것은 결코 포실러스츠가 될 수 없다. 단순하고 교육받지 못한 사람은 포실러스츠가 될 수 없다. 왜냐하면 그것은 문명이라는 허울을 전제로 하기 때문이다. 농부가 비속한 포실랴키가 되기 위해서는 도시인으로 탈바꿈해야 한다. 포실러스츠를 만들어 내기 위해서는 목젖이 넥타이로 가려져 있어야 한다.

러시아에서 이런 용어가 만들어진 것은 혁명 전 러시아 사람들이 단순미와 좋은 감각을 숭배해 왔기 때문일 것이다. 도덕적 천치들, 웃음 짓는 노예들, 그리고 무표정한 파괴자들의 세상이 되어 버린 오늘날의 러시아에서는 더 이상 포실러스츠를 논하지 않는다. 소비에트 러시아는 폭정과 사이비 문화가 뒤섞여 만들어진 독특한 브랜드로 가득하기 때문이다. 예전 고골과 톨스토이, 체호프는 단순한 진리를 탐구하면서 저질스러운 사이비 통찰력과 속물근성을 완벽하게 폭로했다. 포실랴키는 어느 곳이든, 어느 나라든, 미국에도 유럽에도 존재한다. 미국 광고들의 고군분투에도 불구하고, 이는 사실 유럽에서 더 흔하다.

번역의 예술

언어 재탄생의 진기한 세상에는 세 단계의 악이 존재한다. 첫 번째 악은 잘 몰라서 혹은 이해를 못해서 빚어진 실수로, 정도가 가장 약하고, 능력 부족으로 인한 실수인지라 용서할 수 있다. 지옥으로 이어지는 두 번째 악은 미지의 독자들에게 모호하거나 생소하게 느껴질 수 있는, 혹은 이해가 잘 안 되는 단어나 문단을 임의로 삭제하는 경우다. 아무 거리낌 없이 사전에 나온 대로 베껴 놓거나 깔끔하게 만드느라 학자적 전문성을 희생시키는 자들은 작가보다 자기가 우월하다고 생각하기 때문에 그 사실 자체로 애초부터 작가보다 나을 수 없는 존재다. 세 번째, 가장 최악은 독자층의 생각과 선입견에 맞춰 재단하기 위해 대작을 대패질하고 다듬는 부도덕의 극치다. 이는 중세 시대 표절에 대해 내려졌던 엄벌처럼 강력한 처벌을 요하는 중범죄다.

첫 번째 유형은 또다시 두 부류로 나눌 수 있다. 첫 부류는 언어 지식의 부족으로 말미암아 아주 일상적인 표현이 작가가 전혀 의도하지 않은 뭔가 의미심장한 것으로 탈바꿈하는 경우에 해당한다.

'Bien être general'(전반적인 안락함)[130]이 건장한 남자의 주장 'It is good to be a general'(장군이 되어서 기쁘다)로 탈바꿈한 것이 그 예다. '전반적인 안락함'을 '장군'으로 바꾸어 준 『햄릿』의 프랑스어 번역가는 이 용감한 장군에게 캐비아도 대접했다고 한다. 체호프의 독일어 번역서에서는 교실에 들어와서는 '그의 신문'을 읽는 데에만 몰두하는 교사의 모습이 그려진다. 이로 인해 혁명 전 러시아 학교 교육의 실태를 개탄하는 비평이 일기도 했는데, 원래 체호프는 교실에 들어와서 결석자 확인을 위해 '출석부'를 펼치는 교사를 그렸을 뿐이다. 거꾸로 영어의 'first night', 'public house'가 러시아어로 '첫날밤', '사창가'로 옮겨지기도 했다. 이 정도의 예로 충분하리라 생각된다. 다소 우스꽝스럽고 거슬리긴 하지만 악의적 번역은 아니기 때문에 작품 전체 맥락 속에서 어느 정도 의미 전달은 된다.

둘째 부류는 좀 더 정제된 유형의 실수로, 언어적 색맹 현상으로 인해 순간적으로 눈이 멀게 되면서 발생한다. 답이 분명하게 보이는데도 애써 멀리 둘러 가거나('에스키모가 아이스크림과 기름진 고기 중 어느 것을 더 좋아할까요?'라는 질문에 '아이스크림'이라고 답하는 번역 가다), 반복해서 읽는 과정에서 잘못 각인된 의미 때문에 너무도 단순한 단어나 뻔히 보이는 은유를 이상하게 왜곡해서, 때로는 너무 아름답게 바꾸어 준 경우에 해당한다. 한 양심적인 시인이 번역과 씨름하다가 'is sicklied o'er with the pale cast of thought'[131]를 '창백한 달빛'으로 옮긴 것을 본 적 있다. 그는 '낫'이라는 뜻을 가

---

130 프랑스어에서 bien être는 각각의 단어가 good과 be 동사 의미를 가지긴 하지만 두 단어가 붙어서 '안락함'을 뜻하는 명사가 된다. Bien être general은 '전반적인 안락함'으로 번역될 수 있다.

진 sickle로 착각해 달의 모양을 뜻한다고 생각했기 때문이다. 러시아어에서 '활'이라는 단어와 '양파'라는 단어가 동음이의어이기 때문에 푸시킨 동화 속 '활처럼 굽어진 해안'이라는 표현을 '양파해'라고 옮겨 준 독일 교수의 유머 감각도 여기에 해당한다.

두 번째 유형은 훨씬 더 심각한데, 번역가가 도저히 무슨 말인지 몰라서 생략해 버리는 경우는 그나마 낫다. 무슨 뜻인지 다 알고 있으면서 바보 겁주게 될까, 귀하신 몸 버리게 할까 전전긍긍하는 경우가 더 나쁘다. 이 빅토리아식 위선의 가장 적절한 예는 『안나 카레니나』의 초기 영역본이다. 브론스키가 안나에게 무슨 일이 있느냐고 묻자, 안나는 이렇게 답한다. "I am beremenna." 이 번역을 읽고 독자들은 beremenna가 동양의 무슨 신종 질병 같은 것인 줄 착각할 수밖에 없는데, 이렇게 옮겨 준 이유는 "I am pregnant"(임신했다)고 하면 순수하고 고결한 영혼들에게 충격을 주게 될까 봐 일부러 임신에 해당하는 러시아어를 그대로 놔둔 것이다.

이렇게 무언가를 감추거나 원문의 톤을 의도적으로 낮추는 번역은 세 번째 유형에 비하면 귀여운 수준이다. 세 번째 유형의 번역가는 보석 달린 소매 단을 뽐내며 능수능란하게 셰헤라자데의 내실을 자기 취향대로 바꾸고, 외양을 보기 좋게 전문가적 식견으로 바꾸어 놓기 때문이다. 오필리어가 갖고 있던 잡초들을 예쁜 꽃으로 탈바꿈시킨 셰익스피어 러시아어 번역본이 그렇다.

---

131 셰익스피어의 『햄릿』에 나오는 구절. '우울이라는 창백한 빛으로 채색된다'로 번역될 수 있다.

There with fantastic garlands did she come
Of crowflowers, nettles, daisies and long purples.[132]

러시아어 번역본을 그대로 영어로 옮겨 보면,

There with most lovely garlands did she come
Of violets, carnations, roses, lilies.[133]

　각양각색 꽃의 향연은 왕비의 일탈성을 제거하고, 그 대신에 애석하게도 원래 그녀가 갖고 있지 않았던 종류의 품위를 부여한다. 또한 곧이어 언급되는 자유로운 양치기들의 역할까지 일축해 버린다. 에이번Avon[134] 강변에서 이 같은 식물 채집을 어떻게, 누가 할 수 있는가는 별개의 문제다.

　러시아 독자들은 이런 질문을 던지지 않았다. 원문을 몰랐고, 식물에 무관심했으며, 그들이 셰익스피어를 읽은 유일한 이유는 독일 평론가들과 러시아 급진주의자들이 말했던 '영원한 숙제'를 알기 위해서였기 때문이다. 고네릴[135]의 강아지들에게 무슨 일이 일어났는지 역시 아무도 개의치 않았다.

---

132 젓가락풀, 쐐기풀, 데이지, 자주개자리로 만들어진 아름다운 화관을 쓰고 그녀가 왔다네.

133 제비꽃, 카네이션, 장미, 백합으로 만들어진 너무도 사랑스러운 화관을 쓰고 그녀가 왔다네.

134 셰익스피어가 태어난 도시 이름

135 셰익스피어의 『리어 왕』에 등장하는 세 딸 중 첫째 딸의 이름이다. 다만 아래 문구에 등장하는 개들은 고네릴이 아니라 리어 왕의 반려견 또는 그의 상상이 만들어 낸 개들이라는 의견도 있다.

Tray, Blanche and Sweetheart, see, they bark at me.[136]

이 구절은 다음처럼 심각한 글이 되어 버렸다.

A pack of hounds is barking at my heels.[137]

생생히 살아 숨 쉬는 고유의 디테일들이 사냥개 무리에 묻혀 버렸다.

하지만 복수는 달콤한 법. 그게 의도치 않은 것이었더라도 말이다. 러시아 최고의 작품인 고골의 『외투』 이야기다. 비극적 암류를 형성하는 이 작품의 비이성성이야말로 이 작품을 단순한 일화로 전락시키지 않는 핵심적 자질이고, 그것은 특이한 문체와 유기적으로 결합된다. 같은 부사의 기이한 반복은 불길한 주문과 같은 효과를 주고, 곧 몰아닥칠 혼란을 감지하기 전까지 의미 없어 보였던 묘사들이 곳곳에 숨어 기다린다. 천진한 문장 곳곳에 고골이 심어 놓은 이런저런 단어와 비유 들은 일순간 문단을 악몽 같은 불꽃놀이의 나락으로 몰고 간다. 손으로 더듬어야만 나아갈 수 있는 서투름 역시 작가가 인간의 꿈 기저에 있는 투박한 몸짓을 보여 주기 위해 의도적으로 집어넣은 것이다. 단정하고 생기 넘치는 영역본에는 이들 중 어떤 것도 남아 있지 않다(클로드 필드의 영역은 한 번 보고 다시는 보지 말기 바란다).

---

136 내 작은 개들, 트레이, 블랜치, 스위트하트. 모두 날 보고 짖는구나.
137 사냥개 한 무리가 내 발을 향해 짖고 있구나.

다음 예는 마치 내가 살인을 목격하고 막지 못한 듯한 느낌을 준다.

고골: ……his third or fourth-story flat (……) displaying a few fashionable trifles, such as a lamp for instance — trifles purchased by many sacrifices……**138**

필드: ……fitted with some pretentious articles of furniture purchased, etc……**139**

다른 나라의 대작, 아니 소작이라도 작품에 손을 대기 위해서는 소극에 등장하는 무고한 제3자 같은 역할이 필요하게 마련이다. 얼마 전 한 유명 러시아 작곡가가 40년 전 자신의 음악에 삽입했던 러시아 시를 영어로 번역해 달라는 부탁을 해 왔다. 그는 영어 번역이 가능한 러시아어 원문과 비슷하게 들렸으면 좋겠다고 부탁했다. 알고 보니 그 러시아어 원문은 「종Bells」이라는 에드거 앨런 포의 유명한 시를 발몬트K. Balmont가 번역한 것이었다. 발몬트의 번역을 관찰해 보면 그가 한 문장도 음감 있게 쓸 줄 모르는 병적인 무능력의 소유자임을 알 수 있다. 몇 개의 진부한 운율, 히치하이킹하듯 마구잡이로 남발한 은유 덕에, 적지 않은 창작의 고통이 들었을 포의 작품은 러시아 삼류 시인이 휘갈겨 쓴 졸작으로 전락했다. 영어로 번역하면서 나는 러시아어와 비슷한 발음을 가진 영어 단어를 찾는 데에만 관심을 기울였다. 누군가 나의 영역본을 본다면 그것을 다시 러시아어로 옮겨 보고픈 충동이 일 것이다. 포의 흔적은 이

---

138 ……램프 같은, 다른 것을 희생할 가치가 있는 여러 가지를 두루 갖춘…….
139 허세 부리기 위해 장만한 여러 가구들로 가득 찬…….

미 없어진, '발몬트화'한 이 「종」이 '침묵'하게 될 때까지 말이다. 강렬하면서도 몽환적인 보들레르의 작품 「여행에의 초대Invitation au Voyage」에는 더 기괴한 일이 일어난다. 발몬트보다 시적 감성이 더 빈곤한 메레시콥스키Merezhkovski의 번역을 보자.

원문: Mon enfant, ma soeur, Songe à la douceur……[140]
메레시콥스키: My sweet little bride, let's go for a ride[141]

갑자기 발랄한 톤이 되어 버린 시는 러시아 거리 악사들의 단골 연주곡이 되었다. 프랑스어 번역가가 이 러시아 민요를 다시 프랑스어로 번역한다면 어떤 일이 일어날까.

Viens, mon p'tit,
A Nijni[142]

등 말도 안 되게 이어질 것이다ad malinfinitum.[143]

***

완전한 사기꾼, 온순한 천치, 무능한 시인을 제외하면 번역가는

---

[140] 나의 아이, 나의 누이여, 부드러움을 떠올려 보자.
[141] 나의 어린 신부여, 질주를 시작하자.
[142] 아이야, 니즈니로 와.
[143] 끝도 없이 이어진다는 라틴어 표현 -러시아어 번역서 옮긴이 주

크게 세 가지 유형으로 나눌 수 있다. 앞서 지적했던 세 가지 악과는 관련이 없다(아니, 물론 이들도 비슷한 실수를 범하기는 할 것이다). 첫째는 온 세상이 자신처럼 무명 천재의 작품을 탐닉하길 바라는 학자, 둘째는 직업 번역가, 셋째는 외국 동료의 작품 속에서 휴식을 취하는 전문 작가다. 학자는 정확하고 현학적일 것이다. 책 끝에 미주로 몰아넣기보다 원문과 같은 페이지에 각주를 삽입하려 할 것이고, 그 각주는 방대하고 자세할 것이다. 한 작가의 전집 17번째 권을 17시간째 번역하느라 지친 아가씨는 덜 정확하고 덜 현학적일 것이다. 하지만 이것이 학자가 번역 노동자보다 실수를 덜 한다는 의미는 아니다. 이 두 집단 모두 창조성 있는 천재와는 거리가 멀다. 배움도, 부지런함도 상상력과 문체를 대신할 수는 없다.

위의 두 부류가 지닌 미덕을 모두 가지고 있고, 자신의 시를 쓰는 대신 레르몬토프나 베를렌을 번역하면서 기분 전환을 하고 있는 작가에 대해 이야기해 보자. 그는 원문의 언어를 몰라서, 덜 똑똑하지만 더 많이 배운 누군가에 의해 '자구적으로' 번역된 것에 의존하는 사람이거나, 언어는 알지만 학자적 꼼꼼함과 전문 번역가의 경륜이 부족한 사람일 것이다. 이런 사람의 단점은 재능이 뛰어날수록 자신이 가진 문체, 그 반짝이는 물결 밑으로 외국 대작을 끌고 내려가려 하는 경향이 더 크다는 것이다. 자기가 그 작가처럼 옷을 입는 대신 작가에게 자신의 옷을 입히는 것이다.

다른 언어로 쓰인 대작을 번역하는 데에 필요한 자질을 유추해 볼 수 있다. 첫째, 번역가는 작가를 능가하는, 아니 적어도 작가와 동등한 재능을 가지고 있어야 한다. 이런 시각에서 보면, 아니 딱 이런 시각으로만 봤을 때 보들레르와 포, 주콥스키와 실러가 이상적인 파트너라고 할 수 있다. 둘째, 번역가는 두 나라, 두 언어를 철저하게 알고 있어야 하고, 작가 특유의 문체, 방법론, 단어의 어원, 결합 유형, 역사적 시기와의 연관 관계 등 모든 디테일을 완벽하게 숙지하고 있어야 한다. 이것이 셋째 조건으로 이어진다. 천재성과 지식 외에도 그는 작가의 몸짓과 말, 행동과 생각을 내면화시키면서 최대한 그럴듯하게 그의 흉내를 낼 줄 알아야 한다.

최근에 나는 오역되었거나 아직 번역되지 않은 러시아 시 번역을 시도한 적이 있다. 내가 구사하는 영어는 러시아어에 비해 가늘다. 연립 주택과 세습 영지, 노력해야 느낄 수 있는 편안함과 몸에 밴 안락함의 차이 정도로 비교할 수 있겠다. 번역 결과가 만족스럽지는 못하지만, 다른 작가들에게도 도움이 될 만한 몇 가지 규칙을 찾아낼 수 있었다.

푸시킨 최고의 시 첫 구절을 번역하면서 적지 않은 진통에 시달렸다.

Yah pom·new chewed·no·yay mg·no·vain·yay[144]

최대한 발음이 유사한 영어로 각 음절을 옮겼다. 위와 같이 배열된 러시아 단어는 좀 이상해 보이긴 하지만 그건 중요하지 않다. 'chew'와 'vain'은 아름다움, 중요함을 뜻하는 다른 러시아 단어들과 음성적으로 연관되고, 한가운데 놓인 'chewed·no·yay'는 잘 익

---

[144] 푸시킨이 1825년에 쓴 『***에게』의 첫 구절로 '환희의 순간을 기억하오'라고 번역될 수 있다.

고 통통한 황금빛 과일처럼 고조된 선율로 양옆에 있는 'm', 'n' 들과 조화를 이루어 흥분과 진정의 감흥을 동시에 전해 준다. 예술가라면 이런 역설적 조합을 잘 이해할 것이다.

사전을 펼쳐서 이 네 단어를 살펴보면 'I remember a wonderful moment'라는 밋밋하고 바보스러운, 어디서 많이 본 것 같은 문장을 얻게 된다. 천상의 새인 줄 알고 쏘았는데 알고 보니 도망친 앵무새였던, 그리고 아직도 바닥에서 날개를 펄럭이며 삑삑 울어 대는 이 새를 어찌할 것인가. 완벽한 시를 시작하는 완벽한 첫 문장에 'I remember a wonderful moment'가 어울린다고 생각할 영미권 독자는 한 명도 없을 것이다. 이 첫 문장을 자구대로 번역하는 것은 의미가 없다는 게 처음 든 생각이었다. 풋내기 다이버의 배치기 다이빙같이 밋밋한 'I remember'보다 'yah pom·new'는 더 깊고 자연스럽게 과거에 천착한다. 'chewed·no·yay'는 유령이라는 뜻의 'chud', 햇빛이라는 뜻을 가지는 'luch'의 여격 형태, 듣다는 의미를 가지는 고대 러시아어 'chu' 등 다른 러시아 단어들과 다양하게 관계를 맺고 있다. 'chewed·no·yay'는 음성적으로, 의미적으로 일련의 다른 러시아 단어들과 연관되어 있는데, 이것은 영어 'I remember'가 가지고 있는 연상 관계와는 맞지 않는다. 그럼 반대의 경우는 어떨까. 'remember'는 상응하는 의미를 가진 러시아 단어 'pom·new'와는 충돌하지만, 영어만의 자체적인 연상 관계를 가지고 있어서 대가들의 작품에서도 종종 발견된다. 하우스만의 'What are those blue remembered hills?'에서 'remembered'는 러시아어로 'vspom·neev·she·yes·yah'가 되는데, 이는 그 앞의 'blue'와는 전혀 어울리지 않아서 제멋대로 자란 혹과 뿔처럼 튄다. 러시아적 blue의 이미지는 'remember'에 해당하는 러시아 단어가 가지고 있는 연상 관계에 속하지 않기 때문이다.

단어 사이의 상관관계, 언어에 따라 달라지는 연상 관계 등은 또 다른 규칙을 제시해 준다. 한 문장 내 세 개의 주요 단어는 서로 긴밀하게 연관되어 있어서, 각각의 단어가 독자적으로 혹은 다른 단어와 결합해서는 만들어 낼 수 없는 새로운 의미를 탄생시키는 것이다. 단어들 사이의 단순한 결합뿐 아니라, 한 단어가 다른 단어에 대해 혹은 전체 행의 운율에 대해 가지고 있는 지위가 명확히 정해져 있기 때문에 이와 같은 가치의 신비로운 재구성이 가능해지는 것이다. 번역가가 염두에 두어야 하는 사항이다.

마지막으로, 운의 문제를 들 수 있다. 'mg-no-vain-yay'는 조금만 건드려도 툭 튀어나오는 용수철 인형처럼 2천 개도 넘는 운을 가지고 있는 데 반해, 'moment'는 그렇지 않다. 'mg-no-vain-yay'를 행의 마지막에 놓은 것도 그렇게 되면 운이 맞는 다른 단어를 찾으려 고민하지 않아도 된다는 것을 푸시킨이 의식적이든 무의식적이든 이해하고 있었기 때문이다. 하지만 영어 번역에서 맨 뒤에 'moment'를 놓으면 득보다는 실이 많아져 경솔한 선택으로 치부될 가능성이 크다.

푸시킨으로 가득 찬 나는 그토록 독창적이고 조화로운 첫 행을 번역하면서 이런 문제들을 마주해야 했다. 첫 행을 다양한 각도에서 면밀히 검토한 후 번역을 시작했다. 한 행을 번역하는 데 꼬박 하룻밤이 걸렸고, 결국은 끝까지 번역했다. 하지만 내 번역을 이 자리에서 공개하면, 아무래도 몇 가지 중요한 원칙만 어기지 않으면 완벽한 번역이 가능할 거라는 착각을 불러일으킬 것 같다.

맺으며

지금까지 한 세기 동안 이어진 문학의 세계를 소개했다. 이 문학이 러시아 문학이라는 것은, 여러분이 러시아어를 읽지 못하는 상황에서 별 의미가 없을 듯하다. 문학이라는 예술에 있어서(나는 문학을 예술로 이해한다) 언어는 보편 예술을 여러 개의 민족 예술로 나누어 주는 유일한 리얼리티다. 다른 강의에서도 나는 문학이 보편적 관념이 아닌 특별한 단어와 형상에 속한다는 것을 강조해 왔다.

톨스토이(1828~1910)와 체호프(1860~1904)가 우리가 자세하게 공부할 수 있었던 마지막 작가다. 그 이후 우리 세대까지, 아니 정확히 말해 내 세대까지 50년의 시간이 있다는 사실을 간파했을 것이다. 여러분 중 누군가는 이 시기를 연구하고 싶을지도 모르겠다.

미국 대학생들이 어려움을 겪을 수밖에 없는 것은 우선 1900년부터 1950년에 이르는 시기의 작품들이 형편없이 번역되었기 때문이다. 두 번째 이유는 대부분 시(블라디미르 마야콥스키, 보리스 파스테르나크의 시 몇 편)인 대작들을 찾기 위해 정치 선전용으로 쓰인 평범한 졸작들의 방대한 바다를 헤쳐 나가야 하기 때문이다.

the many wonders of Russian literature of
our time have been produced not by
expatriates. This however is a
somewhat personal subject and it is
here that I shall stop - and
turn to the subject of the final
examination. This final examination
will consist of twenty questions so
devised that none of them will take
you more than 10 minutes and most of them, about five
minutes. You must be careful, however,
to write briefly and concisely, abbreviating
names (AK for Anna, M for Menu...
YY for Ivan Ilich, L for Lipa etc)
and avoiding any repetition or padding
be specific and stick to the question.
And remember that if you
who have taken notes and read the notes
have nothing to think...

이 시기는 다시 1900년부터 1917년까지, 1920년부터 1957
년까지의 두 부분으로 나눌 수 있는데, 첫 번째 시기에는 모든 예
술 형식이 왕성하게 번창했다. 알렉산드르 블로크(1880~1921)가
쓴 몇 편의 서정시와 안드레이 벨리(1880~1934)의 『페테르부르크
Petersburg』(1916)가 그중 가장 돋보이는 작품이다. 이들은 러시아
지식인들도 이해하기 어려울 만큼 실험적인 형식을 시도했는데, 영
어 번역을 통해 이 중 많은 부분이 훼손되었다. 즉, 언어를 알지 못
하면 이 두 작가에 대한 연구는 엄청난 어려움을 노정한다.

1920년부터 1957년까지에 대해서는 강의 초반에 전반적으로
설명한 바 있다. 갈수록 커져 가는 국가의 압박, 강령에 기초한 글쓰
기, 정치 경찰에서 영감을 얻는 시인, 그리고 문학의 쇠퇴로 요약할
수 있다. 독재는 늘 예술에 있어 보수적이다. 따라서 러시아를 떠나
지 못한 작가들은 영문학, 프랑스 문학 중 가장 부르주아적인 작품
들보다 훨씬 더 부르주아적인 작품들을 양산했다(아방가르드 정치가
아방가르드 문학과 동의어 관계인 것마냥 사람들을 현혹했던 선전 활동은
소비에트 시대 초기에만 이루어졌다). 수많은 예술가들이 해외로 망명
했고, 우리 시대를 대표하는 러시아 문학 작품은 해외 망명 작가들
에 의해 만들어져 왔다. 이것은 다소 개인적 주제이고, 이쯤에서 강
의를 마치고자 한다.